MW01717103

AISLADA ISLA

PIO RAFAEL ROMERO

LEJANOS CARIÑOS Y MUCHAS GANAS QUE DISFRUTE DE LA LECTURA DE ESTE LIBRO.

AISLADA ISLA

PIO RAFAEL ROMERO

EDITORIAL SARGANTANA

No se permite la reproducción total o parcial de este libro, ni su almacenamiento en un sistema informático, ni su transmisión por cualquier procedimiento o medio, ya sea electrónico, mecánico, por fotocopia, por registro o por otros medios, sin permiso previo y por escrito de los titulares del copyright.

"Cualquier forma de reproducción, distribución, comunicación pública o transformación de esta obra solo puede ser realizada con la autorización de sus titulares, salvo excepción prevista por la ley. Diríjase a CEDRO (Centro Español de Derechos Reprográficos, www.cedro.org) si necesita fotocopiar o escanear algún fragmento de esta obra".

© Del texto: Pio Rafael Romero
© De la foto de portada: Thinkstockphoto.com

© De esta edición: Editorial Sargantana (Libreria Vanaol s.l.)
Marva, 9 - 46007- Valencia
Email: info@editorialsargantana.com
www.editorialsargantana.com

Primera edición: Marzo 2016
Impreso en España

ISBN: 978-84-945086-2-2
Depósito legal: V-638-2016

«La libertad, Sancho, es uno de los dones que a los hombres dieron los cielos; con ella no pueden igualarse los tesoros que encierra la tierra ni el mar encubre; por la libertad, así como por la honra, se puede y debe aventurar la vida, y, por el contrario, el cautiverio es el mayor mal que puede venir a los hombres».

«El Quijote» Segunda Parte, Capítulo LVIII.

« —En el fondo, Harry, ¿cómo se convierte uno en escritor?

—No renunciando nunca. Mire, Marcus, la libertad, el deseo de libertad es una guerra en sí mismo. Vivimos en una sociedad de empleados de oficina resignados y, para salir de esta trampa, hay que luchar a la vez contra uno mismo y contra el mundo entero. La libertad es un combate continuo del que somos poco conscientes. No me resignaré nunca»

«La verdad sobre el caso Harry Quebert».
Joël Dicker

Para «mi gente», las de antes y las de ahora,
que todas son, aunque algunas no estén.

Índice

Preludio

Este no es con exactitud científica un relato histórico, pues está escrito como lo recuerdo, y la memoria juega malas pasadas por lo que es posible que no ocurriera así con toda precisión.

Pero es verídico, pues todo lo que dice ocurrió, es cierto, o al menos es mi verdad, y si es mi verdad a nadie engaño.

Lo escribo para mis hijos y nietos. A ellos no les voy a legar nada material. Ningunas riquezas tengo. Es este relato la herencia que puedo dejarles.

Me gustaría que conozcan cómo fue la vida para la generación que le tocó vivir a su padre, prefiero creer que por suerte más bien que por desgracia, a pesar de todo lo que van a enterarse en esta historia.

Quisiera que de este conocimiento crezca su deseo de disfrutar al vivir, de mantener joven el corazón. Que evalúen lo cara que se cotiza la libertad y cuánto la he buscado a lo largo de toda mi vida. Que sean conscientes que ellos la reciben como un regalo, y puedan aprender a apreciarla y a cuidarla.

Y, claro que sí, para los que aun sin haber nacido o vivido allá aprendan a querer lo cubano, que es también suyo.

Este es mi legado. Si vale para más cosas, bienvenidas sean, pero hoy cuando comienzo a escribir, estas no son mis pretensiones.

Una buena parte del relato está escrita en cubano o al menos como recuerdo que se hablaba en cada una de las épocas que narra la historia, pues si algo es vivo y cambiante en Cuba es la forma de comunicar: escribiendo, cantando, componiendo música, jugando al béisbol... Pero sobre todo hablando en la calle…

Los personajes son reales y como es usual, se cambian algunos de los nombres por aquello de no aludir o lastimar personas; pero con seguridad todos los cercanos saben quién es quién. Pueden faltar algunos. No los he mencionado, mis razones tengo, pero no los olvido, y eso pertenece a mi intimidad.

Pido perdón por anticipado si relatando, alguna vez estimáis que no soy objetivo. Ha sido una característica de mi vida tomar partido con pasión, y ahora es tarde para cambiar.

Aunque todo lo escrito ha ocurrido, a veces lo he novelado un poco. Esto también sabed perdonármelo, pues no los quiero aburrir. Así que las semejanzas con personajes o historias reales que ustedes puedan apreciar en el relato NO son pura coincidencia.

	1	2	3	4	5	6	7	8	9
V									
HC									

Calentando el brazo

Antes de empezar el partido de béisbol los jugadores hacen su preparación lanzándose pelotas entre sí. Calientan el brazo. Después llegará el Pleibol (Play Ball), esta es la palabra mágica que pronuncia el "ampaya" (umpire) y así comienza el juego.

Un día del siglo XXI

—Me ha dado un subidón, macho. Llevo muchos años aquí, sin ir a Cuba. Muchísimos. Pero no la he dejado de desear ni uno solo de todos esos días.

— ¿Es porque eres un exiliado, papá?

—Sí y no. Es complicado. Y qué más da... ¡Ñó, pero qué ganas tengo!

«Pero parejo al embullo va el miedo. Miedo a que pase algo, miedo a que cualquier "hijeputa" me la juegue. No porque sea yo importante, o lo fuera en el pasado. Soy insignificante. Es por temor a la cabrona envidia. Que yo conozco mi gente.

Miedo también a que las cosas no sean como yo me las he acomodado en mis recuerdos, mis recuerdos interesados, en esa novela mental que me diseño, que quita lo feo y lo malo, lo simplifica y lo convierte en un libreto de cine de Hollywood, donde yo soy el "bueno", pues al final te ayuda a vivir».

—Pero así y todo, ¡carajo que ganas tengo...!

—Es la Patria, que tira.

—¿La Patria? Sí, está bien. Pero es algo más que una cuestión de conceptos abstractos. Lo que en verdad me llama es la familia, mis amigos y mis amigas (ellas sobre todo), los rincones de mi pueblo, La Loma de Camoa, la Carretera Central, La Alameda. Caminar desde la estación de trenes al Instituto de la Habana, andar por La Rampa. Volver al taller del Cerro, a la Empresa en la Habana Vieja. Pasear la Habana, mi querida Habana. Un poco «cheo», tal vez hortera, nada romántico, pero eso…

«Miedo al después, pues seguro se va a acabar, quince días y ya. ¿No es mejor mantener este culebrón interno… Mi novela...?»

—¿Y si lo escribo? Así estaré con vosotros. Así habrá antes, después y siempre. Pues sí. No es mala idea. ¡Pleybol!.... Las cosas sucedieron más o menos así. Recuerdo que…

	1	2	3	4	5	6	7	8	9
V									
HC									

I.- Primera entrada (parte alta)

El béisbol es pasión en Cuba, tanto que uno de nuestros mejores escritores lo ha referido como una de las señas de identidad nacional. Esta obra no trata sobre el béisbol, pero en nuestra manera de hablar el español se usan tantas expresiones «cubanizadas» relacionadas con el juego, que hay necesidad de explicar algunas, dosificando, en cada inicio de capítulo, para los no expertos. Así se entenderá mejor.

El encuentro de pelota se juega a nueve entradas (innings). En cada entrada los equipos, por turnos, van a la defensa (al campo) y el otro a la ofensiva (batea). Comienza a batear el equipo visitante (V), después el de casa, "jonclú". (Home club), (HC). Aunque aquí el que ríe el último ríe mejor. El tanteo se anota en una pizarra tal como la que está arriba.

Finales de Mayo de 1966-

El autobús se movía y se veía lejos, aún pequeño, al doblar y poner proa hacia la parada de guaguas al final del pueblo, donde Abel espera esa ruta 141 que lo lleve a La Habana. Una gran preocupación lo tiene atrapado. Un telegrama, que le ha llegado en la mañana, lo ha mantenido tenso durante el día. Todos sus planes futuros se pueden ver arruinados.

No ha podido desalojar, ni un solo minuto, el conejo saltarín que se le coló sin ser invitado en la misma boca del estómago, y lo ataca en el gran simpático, sin que a él le haga ninguna gracia. Recién ha terminado de trabajar hace dos horas, pero la inquietud no se le pasa.

Se encuentra a treinta y dos kilómetros que lo separan de su meta nocturna: su centro de estudios, y que los chatos autobuses húngaros recorren en una hora.

Y aquí está, cavilando, tratando de encontrar la objetividad que le ayude a serenarse y esperando la llegada de su guagua, que lo llevará como todas las tardes. Ya habrá otra que lo devolverá a media noche.

Acecha, dando pasitos adelante y retrocediendo a su origen, a ver si acaba de llegar la dichosa guagua desde las Cuatro Esquinas que es el centro económico, cultural y sentimental del pueblo. Espera con esa impaciencia que es natural en un joven de dieciséis. Sospecha, pesimista, que no habrá ningún asiento vacío en el ómnibus y tendrá que hacer el viaje de pie.

Abel es un joven que pertenece a la «generación del carbón». Es esta la época que le ha tocado, y que tiene que convivir entre dos tiempos. Es la que está viviendo la transformación total de su país durante el paso de un sistema social a otro diferente. Es la generación que le toca «quemarse», sin tener muchas otras alternativas de poder escoger algo diferente.

Él es un muchacho, que en esta sociedad es un fragmento más de la masa, informe o moldeable, aunque él ansía reconocerse individuo, a pesar de que alguna de estas cosas no las tiene aún tan despejadas y claras como el cielo que ya hace alarde de azul, después del aguacero que acaba de llover. El chaparrón caído debería darle esperanzas porque es agua de mayo.

Mira la Carretera Central, serpiente negra, que recorre entera la isla de Occidente a Oriente y que se ha quedado limpiecita. La más importante vía del país, a sus treinta y pico, se percibe vital y fresca, y con tantas curvas como una «medio tiempo» más o menos conservada y acabada de bañar. Está reluciente, y pequeñas nubecillas, del agua que se evapora al contacto del caliente asfalto, se elevan al cielo ya abierto. El entorno intenta colaborar para tratar de serenarlo.

Porque Abel quiere vivir. Quiere bailar en esta fiesta que es la vida, aunque le toque hacerlo con la más fea; lo que no quiere es quedarse sin poder participar. No quiere evaporarse intrascendente como esas nubecillas de vapor de agua que está mirando ahora.

Él quiere poder montarse en la guagua de la vida, sin dejarla pasar. No se la quiere perder. Y se ha propuesto ocupar un asiento. Viajar de pie a lo largo de este extenso trayecto, le resultaría muy pesado.

Estaremos, por la magia de la palabra, para acompañarlo en su itinerario. Ocuparemos un puesto a su lado y viajaremos, junto a este moderno Ulises durante sus alegrías y desventuras, que de ambas habrá muchas. Conoceremos y conversaremos con sus compañeros de viaje en este autobús, que como guagua cubana que es, va llena. En algunos momentos sacaremos la cabeza por la ventanilla del imaginario vehículo para que el viento de su tiempo nos pegue recio en la cara; para disfrutar los paisajes que su hermosa tierra nos regala; para estar atentos y ¿por qué no?, tratar de interpretar las señales de carretera que nos indicaran cómo es la sociedad que le ha tocado vivir. Ella, su época, vendrá con nosotros, y tal vez sea la más importante pasajera de este formidable viaje.

«¡Le "sumba" el mango! Tener que ir de pie, sin poder sentarse hasta La Habana, después de estar currelando desde las siete de la mañana... Pero bueno, tengo que estudiar, quiero ser algo. Aunque con este telegrama que me ha llegado...» se dice, y espera.

Abel espera como todos los cubanos de su tiempo. Piensa en clave de isleño. Lo que entra y lo que sale, lo que ha de venir y no viene. Siempre en la onda de entrada y salida, por el mar o por el aire, las únicas y amplias fronteras. Y siempre con un inconsciente temor a no tener lo necesario en el momento oportuno. Pensando que depende de otros y no de él mismo. De que no llegue, de que no entre, y la zozobra de esperar... Y esperando, llega la deseada guagua.

No se equivocaba en su pesimista predicción, no hay asientos disponibles. Camina al centro y se agarra del pasamano.

«No hay arreglo, hay que ir parado» – certifica para sí.

Sale el autobús, y después que alcanza cincuenta kilómetros por hora comienza a vibrar de manera violenta. Estas guaguas son así, no tienen bien balanceado el motor, pero son húngaras hermanas. No armoniza su mitológico nombre de Ikarus, él que quería volar, con su comportamiento real: el traqueteo. Y tiemblan tanto que se convierte en un masaje, un jacuzzi, pero en seco. Al principio podría ser hasta agradable; Abel pensó que le podía ayudar a expulsar el simpático conejito, pero a los diez minutos el cosquilleo es casi insoportable.

Se sucedían los pueblos, uno, otro y otro más, siempre atravesándolos por el centro. Comienzan a entrar en La Habana, a la vista de La Virgen del Camino, amplia plaza en un cruce de avenidas, cuya glorieta central da cobijo a una figura de mujer a la que su escultora Rita Longa, previsora, le puso una rosa de los vientos en sus bronceadas manos. Confluencias de las Calzadas de Luyanó, San Miguel del Padrón y la Central, por donde han entrado.

Un joven campesino y su pareja, que se aprecia muy claro que son guajiros, gente muy humilde, tratan de ponerse de pie para buscar la puerta e intentar bajarse. Ven bajar a otros y consideran que ya ha llegado a la ciudad y les asalta la ansiedad del que, desorientado, no sabe muy bien dónde se encuentra.

Abel, diario viajero de esta ruta y que va a su lado, se da cuenta y le pone una mano en el hombro al chico, que no le deja ponerse de pie y le dice discreto al oído:

—Vuelve a sentarte y espera, que aún te quedan quince minutos para llegar.

—Muchas gracias, compañero, es que somos del campo, ¿sabe?

—No te preocupes, yo te aviso.

Abel querría, en este momento que su vida también está en una encrucijada, no tener falsas expectativas como los guajiritos, y que alguien le pudiera decir poniéndole una mano en el hombro y con tanta seguridad: «No te preocupes, yo te aviso». O hasta se conformaría con que le prestaran la indicadora rosa de los vientos de la señora de bronce de la plaza que acaban de dejar atrás.

Más adelante, el Paso Superior y la sucia vista de las industrias de alrededor del puerto, con sus riachuelos contaminados como pulmones enfermos.

«Hasta nuestra Habana tiene cosas feas» – le susurra, allá dentro de su cerebro, el hemisferio izquierdo a su homólogo derecho.

En la Calle Fábrica se baja un pasajero este sí sabe dónde debe quedarse, y le hace señas un tipo del fondo para que aproveche el asiento desocupado, puesto es la única persona que hay de pie a esta altura del viaje.

—Que va, tigre, ahora ya no lo quiero— le dice tozudo Abel y lo escucha todo el pasaje– si ya me he quedado sin dormir toda la noche en este velorio, pues me quedo pa'l entierro. Ya no queda na' —y de forma inconsciente modifica, a peor, su lenguaje para no parecer un «gil» .

— Sin tema socio —contesta el que le había hecho el gesto, y le sonríe, a pesar del brusco desaire del joven.

Los Elevados, El Puerto, La Estación Central.

—Ahora sí —les indica a la joven pareja, de la que no ha querido separarse a pesar del asiento vacío–. Ahora sí que hemos llegado.

—Muchas gracias, compañero. ¡Que Dios se lo pague! —Y la expresión le sale desde dentro, de donde salen también las preciosas sonrisas en los jóvenes rostros y que certifican su agradecida tranquilidad.

Andando desde la Estación Central de Ferrocarriles hasta el Instituto de Segunda Enseñanza tiene cronometrados unos diez minutos, que siempre son los más relajantes del día para

Abel. Es como si en este rato se saliera de sí mismo, de sus problemas, y se convirtiera, de manera mágica, en otra persona. La Habana para el joven ejerce un encantamiento, una fascinación extraordinaria, y caminando despacio, la va disfrutando. Este trayecto de unas diez cuadras otros lo hacen en guagua. Él camina por dentro de su cuento de hadas. Hoy lo necesita más que nunca.

La Habana tiene encanto, tiene «mendó», que es swing en habanero. Aún cuando desde hace varios años está dormida en su desarrollo urbanístico, en su mantenimiento y en su conservación. Dormida y no muerta. Y como buena cubana en su costumbre de esperar, La Habana aguarda que un príncipe azul aparecerá algún día para despertarla a ella: La Bella Durmiente del Caribe.

Hace largos y eleva a quince los minutos del recorrido, sin importar demasiado la hora de entrada a clases.

Tiene tiempo y necesita gastarlo, gustarlo, invertirlo en serenidad interior. Y para ello nada mejor que esta ciudad que ama y que lo tranquiliza.

Sube por Zulueta dejando a un lado, en Apodaca, la estación de bomberos que hay en esta esquina, y piensa que no le valen para apagar su incendio interior. Y deduce que la menor distancia entre la zozobra y la paz interior es el camino más largo que los une. Por ello vuelve y se desvía para subir por Dragones, pasa por delante del Teatro Martí, que lo han remozado en los últimos tiempos y le parece que ha ganado mucho en presencia. A su espalda la estación de la policía adonde, por puro instinto, no mira.

Y llega a Prado, vislumbra de frente y a su izquierda la Fuente de la India, la mujer de perfectos senos de mármol de Carrara, custodiada desde el siglo XIX por unos delfines que siempre le han llamado la atención por sus caras raras de seres mitológicos, en contraste con la belleza de la nativa mujer.

Toma la ancha y despejada Calle Prado y camina despacio, para que dure. El contacto con la gente de la calle, con la vida de esta ciudad, le hipnotiza, y siente distendidos sus músculos del cuello.

–«Mira para esa mulata, ¡tremenda nevera!» –dice para sí al cruce de una chica. Y disfruta como contonea de este a oeste, sus dos macizas nalgas, que como perfectos hemisferios nacen en la imaginada línea del ecuador, insinuado, mucho más que exhibido, en la retaguardia de su ajustado vestido.

No se atreve a piropearla como le correspondería a un habanero en estado puro. Él es casi un niño, sólo es un tímido adolescente. Y como niño va cual si fuera tomando un helado, al que da lengüetazos poco a poco para que le aguante y saborear. Lame cada detalle de su Habana. Y lo que siente, le reconforta, le relaja.

Es la Habana con B, la suya, la criolla, la que ambiciona vivir este joven, la que quiere descubrir, pero que intuye que solo la conocen de verdad los que la pueden gozar.

Se llena por los poros de la ciudad. Y todo tipo de sensaciones saturan sus jóvenes neuronas y sus sentidos. La tarde va cayendo, pero aún la luz es potente como para avisar a la alegría. Corre una brisa fresca que viene del mar, distante, pero presente, que mueve las pencas de las palmas reales alrededor del Capitolio. Desde su posición, al otro lado de la calle, mira las muchas flores, con colores muy vivos que le ha traído de regalo la primavera a los jardines del impresionante monumento. El cielo azul, muy azul, inmaculadamente azul, como solo lo es en esta isla, contrasta con la cúpula blanca y esférica que remata el edificio. Todo, en esta legendaria ciudad, le convoca a la vida, a esa vida de la que él está enamorado. Disfruta lo que está sintiendo, con conciencia plena, como un fumador de puros saboreando su habano, e intuye que para lograrlo debe ir despacio.

Aquel que dijo que los principales aportes cubanos a la cultura universal estaban relacionados de manera directa con la sobremesa, dijo bien. Café, azúcar y tabaco. Dijo bien, pero no lo dijo completo.

Hay también un aporte espiritual, que es estar en disposición de gozarlo, de ser consciente del placer. Muy en especial el habanero. Con la amplitud de proyectarlo a todos los actos de la vida y no sólo al pequeño momento de la sobremesa. Siempre en vivo, en directo, con despliegue de todos los sentidos y en el momento mismo de estar produciéndose.

Existir es una cosa. Vivir con la conciencia de lo que estás haciendo, gozando, aún en los más pequeños detalles, esto es un escalón más alto, una superior categoría filosófica. Y Abel, por ello, se ejercita: porque quiere tener el dominio de esta filosofía, para graduarse, además de otras cosas, de habanero.

Sigue por Prado, pasa ahora de la acera a los anchos soportales, va bajando en el sentido del mar. Anchas también son las columnas de estos pórticos, que conjugan tres tiempos del verbo estar, antes la Colonia, después la República y ahora la Revolución, y siguen siendo centenarias testigos de la vida de esta ciudad sin que de manera aparente ninguno de esos tiempos haga mella sobre ellas.

–« ¡Quisiera parecerme a estas columnas que a pie firme lo han aguantado todo y no parecen cansadas. Seguro que lo seguirán haciendo, sabe Dios cuánto tiempo más!»

En un rótulo indicador, pegado a una de estos puntales, lee al paso y por enésima vez el nombre de la calle: Paseo de Martí. Pero con total respeto al Apóstol, ¿quién carajo le llama así a esta calle en La Habana? Imaginar que Jorrín en su famoso chachachá de «La Engañadora» hubiera tenido que usar este nombre en la designación de su famosa esquina: la de "Prado y Neptuno", por donde iba la chiquita que todos los hombres tenían que mirar. De verdad que no, Prado es: Prado. Y es así, porque las costumbres del pueblo son más fuertes que los despistados rótulos indicadores.

Ahora, con la perspectiva que le ofrece caminar por la acera de enfrente, vuelve a mirar el majestuoso edificio de El Capitolio, que imita en medio de La Habana a su hermano mayor, el americano de Washington. Vuelve a encontrarse con los novios de la guagua, que andando, han pasado muy cerca de él, y se percata por su conversación y por sus gestos que están fijando el edificio como referencia del camino para no perderse a la vuelta. Guajira brújula.

«Servía en la República de sede del Parlamento, ahora es la Academia de Ciencias y que tanto antes como ahora es guía de los guajiros para no perderse cuando vienen a la capital. Faro de orientación, antes político, ahora científico y siempre práctico. Polivalente» –piensa Abel.

Tuerce en la esquina de Prado y Teniente Rey, bordeando los portales del edificio del periódico Granma, revolucionario que es y antes Diario de la Marina, colonial y republicano que fue; y que entonces como ahora, con total «independencia», sirven al que manda. En la mitad de la cuadra un vendedor de periódicos vocea los titulares.

—Oye, lleva Rebedde, Rebedde.

Se refiere al periódico Juventud Rebelde, hermano menor de Granma, que se diferencia de aquel porque es vespertino, pero por poca cosa más…

—¡Oye, que los cogieron conspirando! ¡Conspirando los cogieron!

—¡Oye, que los cogieron conspirando! ¡Conspirando los cogieron!

Y así pregona hasta el infinito.

«Qué gente tan completa y sabia en el manejo de la publicidad son los voceadores de los periódicos habaneros —piensa Abel–, es un arte transmitido de generación en generación. Son una mezcla de expertos en marketing y licenciados en ciencias de la información por la Universidad de la Calle; y con una voz que llega a registros de los mejores tenores. Creadores del suspense, discípulos de Hitchcock. Saben enmarañar los titulares y siempre pregonar dejándote la impresión de que tienen las noticias más importantes, trascendentales, y… siempre picas y les compras».

–A ver, paisano, dame uno.

Pide Abel al viejo mulatón, profesional del periodismo callejero, que solo así calla un segundo de dar voces.

–Toma el níquel.

Y deja caer una moneda de cinco centavos en la inmensa palma de la mano.

–Senkiu, manito –Le responde el vendedor, sin esfuerzos en el uso de un perfecto anglo mexicano. A la vez le entrega el diario que lleva en la otra mano no cobradora, reponiendo de inmediato con otro ejemplar que saca del zurrón inventado de cartón y cuerdas, que cuelga a un costado de su cuerpo.

Abre el periódico buscando y encuentra la noticia que anunciaba el vendedor. Una conspiración. Es un recuadrito pequeño pero eso sí, en primera plana y como la totalidad del periódico consta sólo de cuatro hojas, todas las noticias de actualidad vienen en primera. El veinticinco por ciento de lo todo lo publicado sale en primera plana.

Cuatro párrafos. Al final nada nuevo. Resumen: Cinco verracos que pensaban formar una organización opositora clandestina y que según pone el texto, «…las eficientes y abnegadas fuerzas de la Seguridad del Estado han desmantelado, abortando sus planes subversivos al servicio de los yankees…»

–«Es posible que de los cinco, dos fueran infiltrados del G2 », — lo piensa con tanta vehemencia que se asusta de que puedan haber escuchado sus pensamientos y mira suspicaz a su alrededor, por si acaso…

Lo de siempre. Nada de nada. Y así le queda, como a la mayoría de sus compatriotas, la profunda sensación de impotencia. La propaganda machaca y machaca sobre ello. Y es eficaz. La Seguridad actúa y también machaca. Y es eficaz.

Y bien lo ha escuchado y grabado, Abel, de las pachangas que salen por la calle y que como el vendedor de periódicos vociferan:

–Somos socialistas pa´lante y pa´lante y al que no le guste, que tome purgante.

–Somos socialistas, lo dijo el Caballo y al que no le guste que lo parta un rayo.

–Somos socialistas pa´lante y pa´lante y al que no le guste, que aguante, que aguante.

Eso es lo que se repite. Al que no le guste que se lo trague, que no son tiempos de flojeras. Es la lucha de clases al son de tumbadoras. Tropicalizada. No ha quedado constancia en las investigaciones históricas que Lenin la concibiera así, pero es que esto es La Habana.

–«Pues si no me gusta, tendré que aguantarme, o largarme, o camuflarme, o que me parta el puñetero rayo y a otra cosa mariposa», –bufa, más que reflexiona, en su rebelde fuero interno.

En su rápida ojeada de la prensa, va a la página de deportes, es la tercera y en su casi totalidad se trata del béisbol. A ver quién juega hoy en el Latino, busca ansioso.

—«Industriales frente a Orientales. Anunciados para lanzar Manolito Hurtado (y el reglano que viene terminando a todo tren) ¿y quién en contra?: Otro Manuel, Alarcón, el cobrero. Duelo de piches asegurado. Y qué manía la de los comentaristas deportivos de usar siempre el gentilicio de los jugadores. ¡Coño, que se le pega a uno! Ya veremos si aguanto o me voy al partido. ¿Y si me fugo? Hoy no tengo la cabeza para clases» —se embulla, hablando consigo mismo.

Mirando la prensa y caminando, llega al portal del Instituto Nº 1. El José Martí, que así se llama, porque muchas cosas se llaman así en Cuba. Pero en este caso especial, por derecho propio, ya que en esta institución estudió nuestro prócer, aunque entonces la sede no estaba en este mismo edificio.

Sube Abel por las escaleras delanteras, traspasa el gran portón de entrada, el vestíbulo y toma el pasillo de la derecha en la dirección de la biblioteca. Si Abel supiera, tal vez le ilusionaría saber que devolverá el libro que tiene prestado, muy gastado, y que ¿quién sabe?, también pasó sus ojos por él, ayudando a su desgaste, un genial escritor. Pero Abel no sabe. No puede saber.

En esta venerable casa también estudió Guillermo Cabrera Infante aunque hoy, en la década de los sesenta, él no se imagina siquiera quién es este señor. Por entonces, a nivel popular, pocos lo conocen. Estuvo en «Lunes de Revolución», suplemento de un periódico cuando había más de dos. Hizo crítica de cine en «Carteles» en el capitalismo y poco más. Ahora mismo está por publicar «Tres tristes tigres», pero ni el propio Cabrera sabe que lo titulará así, pues, en principio le llama de otra forma, todo esto lo pondrá en su sitio el tiempo. O al menos para los que lo puedan saber, pues pocos dentro de la isla conocerán de su obra, por obra y gracia de la censura. Hoy es impensable que las únicas editoriales que existen, las estatales, publiquen algo de un escritor que no esté integrado al proceso, que no esté del todo alineado (¿o alienado?). Es una calle de una sola dirección, con una gran señal roja que indica que no se permite circular en contra, para que el tráfico cultural esté bien ordenado y bajo control.

Por ello se podría predecir, casi con exactitud, que a este Abel le pasará lo mismo que al bíblico. Que morirá inocente y sin conocer qué fue de la vida y obra de Caín. El G. Caín de la Revista Carteles.

Pero hoy, por esas cosas del espacio y que no dependen del tiempo, aunque todos estén en la fórmula de velocidad, el muchacho camina por el mismo amplio y pulido pasillo que circuló el escritor y que lleva a la biblioteca, donde según él mismo cuenta, descubrió la Literatura.

El joven lee bastante, pero gusta hacerlo de lo que a él interese, no lo que de manera obligatoria, casi fanática, indican en los planes de estudio. A él le gustaría ser médico. La Literatura para aprobar y punto. Y para ser médico hay que cursar el bachillerato que se ha rebautizado como Preuniversitario, el «Pre» como lo abrevia todo el mundo así. Y graduarse de bachiller, a pesar de que no es más que un puente, ya es un grado en sí mismo. Después, ya veremos qué pasa, se dice siempre que piensa en el futuro.

Para los cubanos nacidos en la primera mitad del siglo, en la etapa de la República, el hacerse bachiller era similar a lo que hoy es poder cursar una carrera universitaria. Ser bachiller abría puertas. Ser bachiller daba nivel y caché, tanto si se seguía o no después, la carrera universitaria o si, en cambio, se matriculaba en la universidad de la calle. Y el nivel de cultura general que se obtenía en los cursos de bachillerato era bueno en la forma y el fondo. Es un hecho que el número de estudiantes de este nivel era mucho menor que el nivel actual, que se ha duplicado o triplicado en el poco tiempo del proceso revolucionario.

Un rápido trámite hace que el muy gastado libro, prestado y ahora devuelto a la guardiana y gentil bibliotecaria, vuelva a los anaqueles para ser leído, dentro de Dios sabe cuándo, por otro alumno necesitado de aprobar Literatura. Se vuelve por el pasillo por donde ha venido.

Unos gritos a su derecha le hacen girarse. De nuevo gritos, siempre gritos.

—Abe, Abe. ¡Coño viejo! Le pasas por la´o a una y ni la saludas ni na´, estás que no conoces a nadie –Es Susana, una amiga del pueblo que estudió con él en Secundaria Básica, los cursos del séptimo al noveno.

—No te vi, Susana, venía entretenido, pensando, estoy preocupado. ¿Qué para el pueblo? –Y camina con ella acompañándola en la dirección de la puerta de salida para ella y las escaleras de subida al piso superior para él.

—Claro, «mi´jito», me voy porque este partido me aburre. A jalar guagua.

—Dichosa tú, que vas ahora. A mí me toca a las once y cuarto.

—Sí, pero ahora, a las ocho, es la hora pico. Ahora me «repellan» «to´a», pues hay que ir «apretujao». A la hora que te vas ya está más floja.

–Es verdad –responde Abel –Bueno, vieja, ¿qué le vamos a hacer? Es el bloqueo, que está ahí para que le echemos la culpa de todo. Pero cuídate y que Oshun te conserve tan rebuena como estas. Y si en la guagua el «jamoneo» es inminente, relájate y goza —con aquellos que tiene más confianza, y una vez que rompe el hielo, se muestra menos tímido y más comunicativo.

—Abe, tú cuando arrancas te pones «salsoso». Pero al final «amagar y no dar». «Na de na». Bueno, mi amigo, cuídate tú también, que de los buenos quedamos poco. Chaíto.

Y se lanza, después de pasar el gran portón de entrada, escaleras abajo como alma que lleva el diablo, sandunguera, con la agilidad y gracia femenina que bien sabe una criolla derrochar a raudales.

Vieja, viejo, mi hijito. Si un ciego hubiera estado escuchando la conversación, sólo habría podido adivinar que era diálogo de adolescentes por el timbre fresco de sus voces.

«¡Ay coño! Qué envidia me da. Poder estudiar en el curso diurno y no tener que hacerlo por la noche. Me sale cara mi independencia: de día cuesta un año menos. Pero es que no quiero depender de nadie, ni siquiera de mis viejos. Libre, libre, sin depender. ¡Coño, que es mi vida!».

La necesidad de libertad es esencial para él, como lo es para cualquier adolescente. Y tiene el sentido práctico de no sentir ataduras, mucho más que ser un concepto abstracto. Es por ello que el encuentro con su paisana vuelve a desencadenar, por asociación gentilicia, las especulaciones y las malas sensaciones que ya traía de casa, y que su reconfortante paseo le había hecho casi olvidar.

«Mi aldeano y querido pueblo; yo sé cómo se mueven las cosas allí. "Pueblo pequeño, infierno grande". Y es esa citación para una entrevista en el puñetero Comité Militar. No me pinta bien. Me van a joder, seguro que me van a joder. Y yo sé por qué. ¿Y cómo será ese condenado Comité? Yo sólo he pasado por fuera de las oficinas. La gente le tiene miedo. ¡Carajo, que el diablo no regala caramelos!»

Trata de verlo con objetiva normalidad, y no puede, no le gusta nada. Hace cábalas y suposiciones que él considera agudas. Porque a pesar de sus pocos años, Abel se cree, con un poco de arrogancia, que es maduro como un hombre. Tal vez lo sea. Quizás porque el trópico todo lo apresura y la vida sucede mucho más temprano. También porque una revolución, que es cambio, lo acelera todo y los acontecimientos sociales se suceden a velocidad de vértigo y la Revolución, como Rey Midas, imprime velocidad a todo lo que toca. Y lo toca todo.

Sube por las amplias escaleras al piso superior. Escucha que están jugando abajo en uno de los patios interiores, que se ha convertido en una cancha de baloncesto. Asomado al balcón, mira sin atender el partido que disputan. Las pepillas del curso de tarde corean a las preguntas de una líder:

–¿Quién pica?

–¡La avispa!

–¿Quién gana?

–¡La Habana!

–¿Quiénes son los más astutos?

–¡Los del Instituto!

–¿Y de dónde son?

–¡De La Habana!

–¿De dónde?

–¡De La Habana! ¡De La Habana! ¡De La Habana! ....

Y también gritando (¡todo el mundo grita en esta ciudad!), ejercen la función de cheerleaders, oficio que no saben que existe y mucho menos que se llama así. Lo hacen por pura intuición.

«Gritar y repetir, repetir y gritar. ¡Cuánto coreamos las mismas cantaletas! Burujón de consignas, tantas como dioses tenían los romanos y como ellos, una para cada cosa. Pero lo que jode, como en las comidas con mucho ajo, es lo que repiten y repiten. ¿Piensan que te lo vas a creer a fuerza de repetirlo? Tal vez sí.» –cavila, en su incesante diálogo interior, el introvertido joven.

Y aquí Abel engancha, al mirar un cartel que invita a participar en el trabajo del Cordón de La Habana y como para tratar de desconectar de lo que tanto le preocupa, una de esas ensoñaciones paródicas periódicas…

«Y si a los romanos, esos del libro que acabo de devolver, les hubiese tocado una Revolución Socialista, o si las revoluciones por las que pasaron hubiesen estado "tropicalizadas" como la que nos ha tocado a nosotros. Me imagino a un pregonero romano, con su tabla de cera escrita con afilado estilete, en medio del foro gritando dentro de su túnica blanca:

"Adelante ciudadanos romanos, compañeros, que no se quede nadie sin participar el próximo domingo –que diría día del sol, u otra cosa parecida y no domingo, que esto es cristiano–, sin participar en el trabajo voluntario del Cordón de Roma.

Todos a concentrarnos temprano, a la hora prima, en la Vía Apia, para de allí partir en caravana en dirección al Monte Aventino a dar nuestro aporte a la siembra de café –que tampoco conocían los romanos.

Cada romano tiene un compromiso con la Revolución de plantar cinco mil plantas de café caturra. Adelante, camarada, participa de manera entusiasta en el trabajo voluntario.

¡Hagamos de Roma un Jardín Productivo! Ya Roma no será la ciudad eterna, ¡Roma será la ciudad Jardín!"»

Y en su inventada película mental, en su soñar despierto, se imagina a los romanos en la situación que viven los habaneros de hoy. Y le parece tan absurda la situación imaginada, como ridículo percibe el experimento actual. En una sociedad en cambio constante, los experimentos son muchos, pues para hacer que las cosas cambien hay que hacer cosas diferentes y esto requiere probar y volver probar.

Este experimento ha sido poner en práctica una fantástica idea del Emperador. Lo de fantástica porque de tan innovadora, es pura fantasía. Rodear la ciudad con un cordón de vegetación para hacer productivo lo bello y bello lo productivo. Café caturra, tamarindos, mangos y otros frutales, que a la vez que puedan producir, embellecer y cumplir función ecológica. Para redondear todo debía ser realizado con trabajo voluntario, la fragua donde se forja el hombre nuevo.

Planes y teorías… ¿Ideas estupendas? Puede ser. Aunque tal vez no le parezca así a la testaruda realidad objetiva... Ella juzga que los resultados esperados no llegaron. Y analiza con imparcialidad (de otra manera no puede) que la tierra no era la adecuada para los cultivos, que se gastó cuarenta o cincuenta veces más que lo necesario. Y después se entra en el campo de la subjetividad para achacar a Dios sabe, o Júpiter, para estar a tono, cuantas cosas más sucedieron… Pero al final como Roma Imperial, el Cordón de la Habana pasó, a diferencia de aquella, con tantas penas y sin ninguna gloria. Y después a seguir esperando, pasatiempo nacional, por otro caprichoso gran plan que se pueda probar.

Están por empezar las clases del curso de Abel, que deja de apuntar su vista en el sentido del partido de baloncesto, que era evidente que no miraba y entra en el aula.

Minutos antes, dos profesores conversan en su lugar de reunión.

—Cada día veo más cerca nuestra jubilación —dice una veterana profesora de literatura hablando con el de química.

—Pero aún nos quedan años de servicio, años útiles. ¿No te parece? —mientras mira afuera por el cristal de la ventana.

—No lo digo por eso. Lo digo porque cada día es más evidente que los «makarenkos» nos están desplazando a nosotros, los profesores. Y lo hacen con todo el apoyo oficial.

Los profesores son aún los viejos profesores, y ya comienzan las contradicciones y conflictos entre la vieja escuela y los nuevos maestros «preparados para formar a la nueva generación».

–¿Pero tú crees que van a sustituir a todos los profesores experimentados por chicos acabados de graduar de noveno grado con un curso acelerado de magisterio? No se improvisa un verdadero profesor así.

Los «doctores», así se les llama a los antiguos profesores titulares, ven venir su desplazamiento por parte de los «makarenkos», que toman su sobre nombre en homenaje al ilustre pedagogo ucraniano. Hay un inmenso movimiento de formación de maestros, cuya cantera son chicos graduados de noveno curso, que llegan a las capitales de provincia y en mayor cantidad a La Habana a formarse como maestros. Están internos, se les llama «los becados» mientras estudian, y son centenares los que se forman. Es una urgente producción en serie. Esto también es la lucha de clases proyectada en la educación. Y aquí es donde tiene más exactitud el término de «clases».

–Lo que yo sé es que nosotros sobramos. Con nosotros no podrán alcanzar las metas que ellos quieren, Julián. Quieren crear el hombre nuevo. Y nosotros somos lo viejo, el pasado. Lo demás no les importa. Es más ideología que sensatez —dice la profesora con pesar en su voz.

–Sí, realmente es difícil adoctrinar con gente como nosotros, que no se deja manejar. Después ya habrá tiempo de dialogar y pluralizar. Así se argumenta. ¡Qué Dios nos coja confesados!

Ahora es necesario moldear la arcilla fresca y cambiar la mentalidad egoísta por una nueva: formar al hombre nuevo. Los dirigentes piensan que ahora es el tiempo de concentrar esfuerzos y hacer que el proceso que ha nacido se consolide en el campo de las ideas. Para poder acabar con lo viejo hay que reeducar al pueblo y con los profesores del pasado no se puede hacer.

–Sí, nuevas ideas, muy pocas en verdad. Pero fijadas y machacadas hasta la extenuación. Lo que conviene al momento histórico. Bueno, tengo que comenzar, me toca el primer turno. Ya hablaremos.

Los viejos pupitres, de acero y madera, son pequeños y están juntos, anclados al suelo. Sus paletas están ralladas y escritas por varias generaciones de habaneros, precursores de los «grafiteros». Hay nuevas y viejas heridas en la madera. Han pasado muchos habaneros y un habanero no resiste pasar sin dejar constancia. Las palabras se las lleva el viento, pero las paletas de los pupitres no.

Entra la veterana profesora de literatura y comienza a impartir su clase. Silencio. Aún se respeta mucho a los profesores.

–Me gusta la descarga esta del Cid, pero la vieja me cansa un poco –se atreve a comentar por bajo Pepe Sotolongo que está sentado a su lado.

–María Otilia, mi profe de la Secundaria, esa si sabía un montón.

–Shhh, cállate compadre, que nos van a sacar de clase.

El duelo de Calahorra, el juicio de Dios, fue el tema dentro del estudio de los romances y en especial del «Cantar del Mío Cid». Abel escucha y traduce mentalmente, porque en castellano antiguo no se entiende ni papa: «Dos tipos, en un duelo, se juegan la posesión de una ciudad. El bueno de la película, Rodrigo, es hombre de palabra y no se anda con chanchullitos, chismes y esas cosas. Es hombre a todo. Gana la pelea y la ciudad para su Rey. Es como una pelea de boxeo, pero con caballeros. Pero Rodrigo es un tipo que se busca los líos pues le dice al pan, pan y al vino, vino. Esto le trae problemas con su Rey, que es caprichoso y ambicioso y que estaba puesto para él desde hacía tiempo. Y se tiene que exiliar. Siempre uno se busca líos con la gente así».... Suena estridente el timbre que molesta a los oídos y avisa que ha terminado el turno y es la señal de salida para todo el mundo que se lanza como tropel al pasillo.

–Oye, Abe, ¿quién juega hoy en el Latino? –pregunta Pepe.

–Mi socio, pichea Hurtado contra los orientales. ¿Te embullas?

—Para mí no mires, tú sabes que yo siempre tengo el pie en el estribo.

–Para luego es tarde, hoy lo necesito más que nunca, ¡voy abajo!

En un minuto se han puesto de acuerdo para saltarse los tres turnos que quedan y, cuadernos en ristre, darse a la fuga. Con buena suerte, si pasa rápido la ruta 61, les llevará diez minutos más o menos hasta el viejo estadio del Cerro. Solo perderán el primer inning, pues los partidos comienzan a las nueve. Con el cañonazo del Morro, un colonial ritual, se escucha el Himno Nacional en el estadio. Este es un ritual republicano que siempre pone en marcha el partido.

Atacan la escalera sin pudor. Escalones de dos en dos o de tres en tres. Cruzan Zulueta, suicidas, sin mirar apenas. La parada de la 61 está en frente. Comienzan a esperar. Conocer los números de las rutas de La Habana y su itinerario preciso es uno de los tesoros más preciados de un buen habanero y prueba de ser del lugar. Si no te lo sabes eres como del campo, un poco «guajimene», despectivo de campesino en el argot.

Pepe y Abel saludan al Chibirico, pequeño y gordito mulato, un buscavidas que lo logra con un pequeño puesto de ostiones situando con gran visión estratégica para las ventas, al lado izquierdo de la parada de ómnibus. A este pequeño «timbiriche» bajan de vez en cuando estos dos jóvenes en los recesos, a tomarse una copa de los babosos moluscos.

–Dime, Chibirico, ¿cómo va el negocio?

–Hola, muchachones. Pues aquí me pueden ver. Yo ayudando a to´ el mundo a que se le pare el «negocio». Y el mío no se para, cada vez peor. No sé qué pasa con las cosas, pero cada día cuesta más trabajo encontrar na, y de astilla ni me digas, todo caro como el carajo.

La inteligente alusión es prueba del constante juego de dobles sentidos (¿o tal vez único?) de la conversación habanera. Las urbanas leyendas confieren propiedades afrodisíacas al ostión, considerado un antecedente natural de la viagra. Pararse es, en una acepción habanera, ponerse erecto, pero también en otra, es hacer florecer un negocio.

El ostión, más grande y basto que una ostra, se toma en una copa de chupito, o de una línea, con jugo de limón y tomate, un poco de picante fuerte y una pizca de sal. A Abel le gusta mucho, por el sabor del cóctel y no porque ahora lo necesite por las otras razones.

—Chibirico, pero sin tema, que estos bichos no te van a faltar; estaría bueno que en una isla como esta, con tanta costa… y el tomate y el limón… y «ají picaculo», mira tú. Oye, compadre, eso no se va acabar nunca. Eso no viene de afuera, eso se da en cualquier pedacito de tierra, nada más que tirar la semilla, sin cuidar ni na. No me vengas tú ahora con eso del bloqueo ni na.

–Pues que tu boca sea santa, mi hermano.

–¿Y tú no quieres un directo, Pepón?

–Venga, me lo sueno.

–Pues son dos, Chibiri, para que te dejes de lloriqueos, que los machos no lloran. Y por favor, apúrate que nos vamos en la guagua.

—Coño, se van a pirar los compañeritos estudiantes… Se me están desviando, campeones –dice Chibirico, ladeando la cabeza y con cara socarrona, de burla, pero sin dejar la faena– seguro que se me van pa´ la bola… Yo me lo voy a oír con este radio. El juego de hoy es bacán…

Con la destreza y elegancia de un barman de los más elegantes night clubs de la ciudad, chévere, Chibirico prepara presto las dos copitas, con to´ los hierros, revuelve la mezcla con un agitador de plástico largo, de trago de Tropicana que tiene hasta la típica bailarina en la punta. Sabe trabajar este hombre bajo presión, para poder servir en el tiempo adecuado a sus fieles clientes.

—El de la derecha es el tuyo, que está más «carga´o».

El negocio de Chibirico es junto con otra legión de puestos, (de frutas, frituras, churros, fritas y mil diferentes ofertas de cosas para picar), una forma que tienen muchos habaneros de buscarse la vida, y son la anticipación de los establecimientos de comida rápida. Es una parte de la pequeña empresa privada que ofrece vida a la actividad económica del país.

—Chibiri, te dejo el medio peso, que viene la rufa.

—Completo. Gracias socios. Abur.

Y se guardó los cincuenta centavos en el bolsillo del delantal, mientras los jóvenes tomaban de un solo trago los ostiones y se ponían en disposición de abordar el esperado autobús.

La 61 venía llena, que es lo habitual, pero no es lo normal. Una guagua está normal cuando tiene ocupados todos los asientos y en el pasillo hay una pequeña cantidad de personas, pero que permiten caminar desde la puerta delantera a la trasera, lugar por donde hay que bajar.

—A «verrr señoresss», pasito al fondo, para que todo el mundo monte. Cooperen «caballerosss». El medio que se mueva. Pasito «alante», varón. Ayuden, «señoresss» — animaba gritando su profesional jerga el conductor, especial espécimen del hábitat habanero: el guagüero.

Va sentado en su puesto de mando, en una posición que cuesta describir por lo complicado de la contorsión. El codo izquierdo apoyado en la ventanilla, con la mano derecha se seca el sudor con un pañito que lleva en el salpicadero, el torso es una S, las piernas abiertas… y eso sí, no falta nunca un pañuelo colocado por dentro del almidonado cuello de la camisa, para evitar que el proletario sudor la manche.

—Un pasito más y llegamos —comentaba Abel, empujando hacia arriba un gordo que taponaba la puerta.

—Por favor, caballeros, que es nada más que hasta el estadio, allí nos quedamos todos —chillaba Pepe, asomando la cabeza por la primera ventanilla y colgado desde el estribo de la puerta.

Las guaguas habaneras, además de la misión de transportar, cumplen la de servir de espacio cultural, especie de griega ágora. Es lugar de reunión del pueblo, donde se aprende de todo y muy rápido; puede que por eso sean referencia constante en la vida cotidiana. Un sabio filosofo popular aleccionaba un día, razonando, que esta acción, la de subir a una guagua llena, es donde de manera más diáfana se aprecian las características, sensibilidades y debilidades humanas. Y donde se relativiza la posición que se ocupa con respecto a las aspiraciones de los conciudadanos. Es un instante en el que se contrastan, de manera dialéctica, los propios derechos y aspiraciones ajenas. Habanero Sócrates y en su más pura versión decía puro:

—Si estás todavía debajo, tratando de poner el pie en el estribo de la puerta, animas a los que ya están arriba a moverse.

—¡Caballeros, arriba, un pasito adelante, que aún hay espacio, que esa guagua está casi vacía!

No importa que esté al máximo, esa es tu exhortación, deseo interesado. Pero si ya has puesto un pie en el estribo, uno sólo, tan sólo uno, y el proyecto de pasajero que está abajo, detrás de ti, donde te encontrabas hace un instante, te empuja un poco por la espalda para también buscar su sitio, entonces truenas:

—¡Coño, señores, que esta guagua va llena, no empujen más, me «caguendiez», no ven que ya no cabe más nadie!

El forcejeo por subir, del tipo lucha greco romana, al fin da sus resultados a nuestros amigos y se pueden subir, con muchos empujones en su haber, alguno también en su debe. Se cierran las puertas, pues ya había amenazado un segundo antes el chofer:

—¡A «ved, señoresss», que si no cierra la puerta, «esssto» no se mueve! Y por «favodd» pasando los níqueles, que no se me «guille» nadie —Intentando evitar que alguien, camuflado en la aglomeración, evada la ciudadana obligación de pagar el minúsculo importe del pasaje: cinco centavos.

Un organizador nato, voluntario y buena gente, comienza a recolectar las monedas, pago del pasaje de los que se han montado, y las tira, como la habilidad de un jugador de baloncesto haciendo un mate, a la alcancía; cilindro metálico de un metro de altura, con una abertura en la parte superior, hucha gigante, de la cual este colaborador está más cerca.

No hay nada más temerario en el mundo que, con una guagua llena, un guagüero intente recuperar el retraso que lleva en su itinerario. Vuelo directo Zulueta abajo hasta Monte sin detenerse, y siguió sin parar en ninguna otra parada, se las saltó todas, no cabía nadie y el guagüero llevaba tres minutos de retraso que debía recuperar. Si lo cogía el inspector lo «sazonaba».

En los Cuatro Caminos paró, pero no se pudo abrir la puerta. No es posible repetir aquí, por puro pudor, lo que dijeron los que se quedaron abajo al ver rotas sus ilusiones de montar. ¡Para una guagua que había parado! De inmediato se convierte en una gran desilusión ciudadana para los de abajo, y los de arriba sólo les interesa que el viaje continúe.

Sin escala hasta la próxima parada de la Calzada del Cerro, que después de la Esquina de Tejas, Monte cambia su nombre. Por fin la del estadio. La guagua se vacía como una hemorragia, más bien una diarrea, de aficionados. Abel y Pepe, casi corriendo, bajan por Saravia la pendiente calle que hay desde la Calzada del Cerro al Latinoamericano.

Es llegar a la puerta y entrar sin más trámites. No hay que pagar. Desde hace unos años los eventos deportivos, todos sin excepción, son gratis. «El deporte es derecho del pueblo», dice una de las vallas publicitarias que hay a la entrada.

Al entrar al graderío por las puertas interiores, como vienen de los pasillos que están casi en penumbras, la enérgica luz artificial les impresiona fuerte las retinas, por lo que los dos amigos necesitan unos segundos para adaptarse a la potente luz. Miran el campo donde contrasta el verde de la hierba y la arcilla ocre del diamante de juego. Está cuidado el campo, y ayuda mucho el colaborador compañero mayo con sus aguaceros.

Miran al gran pizarrón del jardín central. Lejano y legendario, de madera y operado a mano, donde el negro de fondo y el blanco de los números también hacen un fuerte contraste. Parte alta de la segunda entrada.

—Segundo «inning», Abe, no nos hemos perdido casi nada. Van cero a cero. ¿Dónde nos sentamos?

—Dale detrás de mí —le indica Abel, y comienza a recorrer los pasillos entre los asientos—. Permiso, permiso… ¡Abre, que voy! ¡Y cuidado con los callos!

Y comienzan a buscar un par de asientos juntos, pues a pesar de ser un día entre semana el estadio está bastante lleno, tres cuarto del aforo.

El cubano desde su más tierna infancia está dentro de la pelota. Un juego que es tan complicado por la cantidad de reglas, por la sutilezas de estrategia durante el partido y por todo una serie de detalles rocambolescos. La mayor parte de las personas que no lo han practicado no lo entienden y lo rechazan por aburrido o por incomprensible. ¡Pero para un cubano es pasión! Todo cubano es un director de equipo, manager en potencia. Un niño cubano con cuatro o cinco años podría dirigir un equipo sin dificultades.

Al final encuentran donde sentarse por el ala de tercera base.

—¿Sabes Pepe? Cada vez que vengo al Cerro, me acuerdo de cuando me traían mi abuelo y mi padre; chiquitico, desde los cuatro años. Mi abuelo simpatizaba con el Marianao. Miñoso era su ídolo. A mí me decía «chinito». Dice que yo era feo como un chino viejo el día que nací. Y mi padre era del Habana. Por eso yo era de los rojos, de los leones. Para ellos es como un culto, una religión, esto de la pelota. A mí no me cogió el virus aquí, yo venía infectado de los «pitenes» del barrio. Para mi abuelo hay una sola cosa comparable con la pelota.

—¿Qué cosa, las mujeres?

—No, los gallos finos. Pero ahora no hay peleas.

—Yo era del Almendares. «El que le gane al Almendares se muere».

—Sí, pero recuerda que «la leña roja tarda, pero llega».

—Tengo una gorra, con una A muy grande, todavía por la casa. Recuerdo que me dejó mi padre. A mi tío le gustaba el Cienfuegos, creo que por su «piche», Camilo Pascual.

Hablan de los tiempos de los cuatro famosos equipos profesionales. Pero desde el sesenta y dos no hay profesionalismo.

Se juega la Serie Nacional. Los equipos tienen otros nombres y los deportistas no cobran por jugar. ¿Cómo viven? Cada cual tiene un puesto de trabajo en una empresa estatal. A los seleccionados para jugar en esa serie, la empresa les otorga licencia deportiva y siguen en nómina cobrando el salario. Así tienen seguridad. Si dejan el deporte vuelven a su puesto. Para decirlo todo hay que indicar que algunos deportistas nunca han pasado por su empresa y allí nadie les conoce, a no ser por los periódicos.

La pelota está tan dentro del pueblo cubano, de su cultura e identidad, que si puesta esta sociedad en una imaginaria probeta y con un microscopio gigante se observaran sólo las transformaciones que están ocurriendo en este deporte, bastarían para afirmar que en este país se está produciendo una revolución; aun cuando pasáramos por alto todos cambios que en las otras actividades y facetas de la vida que se han ido relatando.

—Este «siól» que tienen los Industriales podría estar en las Mayores —le comenta Pepe a Abel.

—Yo creo que sí, pero ya eso no lo podrá saber nadie —le contesta el amigo.

—Qué va, «el Tony» no batea, es muy bueno con el guante, pero no batea. Nadie pagaría «na´» por él en las Grandes Ligas —se entromete en la conversación, como es normal en los juegos de pelota, un avispado scout de graderío sentado en una butaca aledaña.

—Peores que él los vi ascender a triple A y luego a las Mayores hace unos años. ¿No te acuerdas de Willy Miranda? Tampoco le daba ni al globo de Abelino, y mira… ¡Este ahora estaría ganando una fortuna en Estados Unidos! —Se inmiscuye en el comentario otro entrometido aficionado; nadie pide permiso para opinar y tampoco nadie siente la más mínima vergüenza por hacerlo. En cuanto a esto, hay completa libertad de expresión.

Siempre entran las alusiones al dinero. Pero en Cuba medir las cosas con dinero, en este momento, es una locura. El dinero no tiene valor. Este es un país socialista, un país en transformación, y se predice que en poco tiempo, tal vez se pueda prescindir del dinero, y llegará a desaparecer.

El juego continuó, con infinidad de comentarios más. Siempre hay dos escenarios: el terreno de juego y las gradas. Se jugaron las nueve entradas y ganaron los Industriales. Terminó el juego.

Vuelven en el omnipresente autobús (¿será por ello que se le llama omni-bus?), que concurre siempre como caballo fiel, a la llamada de estos chicos. Regresan a sus respectivos pueblos. El de Pepe está más cercano, es uno de los tantos que está dentro del área metropolitana de La Habana. Se encuentra en la misma dirección que el de su amigo Abel, y por ello se sirven de la misma ruta.

—Tremendo juego, nueve papas les metió Hurtado —dice Pepe, como para comenzar una conversación, pues nota tenso a su amigo—. Les metió nueve ceros, no le pudieron hacer ni una carrera. Y sólo cuatro «jilitos» .

—Pepe, me han citado para el Comité Militar la próxima semana —le suelta a boca de jarro Abel a su amigo.

—¡Ñooo! Eso está más malo que chupar un limón. Color de hormiga, mi hermano. Y como es normal estás «cagao». ¿No es así?

—Sí, así mismo es, no te voy a engañar —comenta muy bajo y mirando con mucho sigilo para todos los sitios. A esa hora la guagua va casi vacía y ellos están sentados al final. La conversación sigue en un tono muy bajo.

—Ya sabes, en noviembre hicieron un llamado y los han metido para la UMAP. Me estoy oliendo que esto es lo mismo.

—Entonces a mí estarán por llamarme, aunque en mi pueblo que es más grande esto se diluye bastante. Ahora, lo que es en el tuyo, todo el mundo se conoce —comenta Pepe y continúa—; ya sabes lo de mi padre. Y a personas como nosotros nos tienen controladas.

Pepe se refería a la muerte de su padre. Había sido fusilado en el mes de marzo del cincuenta y nueve.

—Nunca te he contado eso en detalle, Abel. Pero fue tremendo...

—Me imagino que duro.

—Duro no, durísimo. Dos días antes de que lo mataran yo fui a verlo. Al mismo cuartel que había visitado con él cuando estaba al mando.

—Tremendo, compadre. ¿En el mismo lugar?

—En el mismito lugar. Y allí mismo, en los calabozos, que no se me quitan de la cabeza, me dijo que era inocente. Me lo juró por lo más sagrado. Lo juró por mí, que era lo que él más quería.

—¿Cuántos años tenías entonces?

—Diez años. Me dijo que él no era batistiano. Que siempre había estado en el ejército y que había cumplido de manera estricta con su deber, en todos los gobiernos. Nunca había maltratado a nadie, ni un golpe, ni una galleta, ni un grito. Y es que mi padre era bueno, era buena gente. No parecía ni militar. Me decía una y otra vez: «soy inocente, soy inocente, soy inocente». En la zona de ese pueblo de Las Villas se había producido una muerte. No se probó nada, pero se la cargaron a él.

—¡Del carajo! Ser inocente y saber que te van a pasar la cuenta. Pepe, mira como tengo los pelos, están de punta. Perdóname, no sigas, no lo aguanto. Ya tengo bastante con mi «barretín» —dice con poco tacto Abel.

—Después vinimos a vivir a La Habana. No he podido reponerme aún… El otro día veía una película de los judíos, con la estrella de David que le ponían los nazis en la ropa, y me parecía algo como lo que me pasa a mí. Adonde quiera que voy estoy marcado.

—Bueno, yo no tenía tantos detalles, hemos hablado en algún momento de esto, pero… Creo que sabes que mi caso es diferente. Mi padre luchó por la Revolución. Se la jugó. Pero no ha querido seguir en la pachanga. Y esto, ¿va a ser bueno o es tan malo como tu caso? —dice esperando un criterio adicional al suyo.

—A mí me advirtieron cuando me hicieron la inscripción en mi barrio, al cumplir los dieciséis, que si el Comité Militar te llama y no vas, estas cometiendo el delito de deserción. En tiempo de paz son cinco añitos en la cárcel.

—Sí, y en caso de guerra es pena de muerte. Te pegan a la pared. Y tú sabes mi hermano que aquí se inventan un tiempo de guerra en cinco minutos. Dicen que vienen los yanquis y estás cogido. Por eso todo el mundo entra por el aro.

—Sí, aunque lo malo no es sólo los siete pesos de mierda que te pagan al mes y que no alcanza ni para fumar. Lo malo es que te interrumpen los estudios. Imagínate que nos enganchan ahora. A bolina el papalote. Oye, que la próxima es mi parada, ya me contarás. Nos vemos mañana y hablamos más —y deja Pepe a su compañero, hasta el día siguiente, de nuevo en el Instituto.

Ellos son amigos, sin reservas, y no les importa nada que hace solo unos años sus padres estaban posicionados en diferentes bandos.

En días normales, Abel aprovecha para echar una cabezadita en el trayecto, que se le hace muy cansado a esas horas. Y ha desarrollado un mecanismo interno para despertar de manera automática en su destino. Cuando no funciona el automatismo, le avisa el chofer, ya todos lo conocen de hacer el viaje a diario. Pero hoy no puede dormir. Está preocupado, el miedo a lo que pueda venir lo tiene muy inquieto. Le pueden llamar después de cumplir diecisiete y si todo es normal, después de veintisiete no se recluta a nadie. O así había sido hasta ahora.

Desde su instauración en 1963 hasta 1965, todos los llamados iban al ejército a realizar las actividades militares. Pero en noviembre de este 1965 se produjo un extraño llamado. Dos amigos de la parroquia, en noviembre, fueron llamados por medio de la Ley del Servicio Militar Obligatorio y los llevaron a Camagüey. Fuera de la fecha normal de reclutamiento, que es en abril, fueron llamadas personas hasta de más de treinta años, con rasgos sociales de «no afines al régimen». «Lacras sociales» es el sambenito que se terminó por colocarles. Este llamado fue silenciado todo lo que se pudo. Se utilizó la tramposa tapadera del servicio militar para dar visos de legalidad. Pero aquello era otra cosa.

Si esta citación, que no se puede sacar de su cabeza, es para eso, la tiene negra. Quedan dos semanas. Calcula probabilidades, pero le parece que no. Siempre pensamos que no nos va a tocar, excepto con la lotería.

«Mejor no preocuparse. Será una citación de rutina, para actualizar datos».

Pronto sabría si iba a ser así, pero en aquel momento un leve escalofrío, que envió su subconsciente, corrió de arriba abajo por su columna vertebral.

Y pensando y pensado, ya había llegado. Se encontraba abriendo la puerta de casa, donde todo en silencio y paz, ya falta poco para la una, su familia duerme de manera plácida. A dormir pues.

	1	2	3	4	5	6	7	8	9
V									
HC									

II.- Primera entrada (parte baja)

Hay nueve jugadores a la defensa, que en su turno de defender se posicionan en el campo. Pitcher, cátcher, primera, segunda y tercera base, short stop, jardineros derecho, central e izquierdo. En cubano piche, queche, siól, files, lo demás se puede dar por bueno. Al equipo completo se le llama una novena. Jugar en la misma novena, es hacer trabajo conjunto, estar en un mismo equipo, compartir un objetivo.

Principios de Junio de 1966

—Venga, Abe, que son las seis. Levanta.

—¿Está el viejo en el baño? —Y no se le entiende porque habla y bosteza al mismo tiempo.

—No ya salió. Te estamos esperando en la cocina para desayunar. Arriba, espabila.

Los otros niños duermen. Abel tiene cuatro hermanos. Si de algo viven todos orgullosos es del gran cariño familiar, la seguridad y buena convivencia, la unión que tienen. Ya en la mesa de la cocina conversan.

—Viejo, no hemos llegado a mediados de mes y ya andamos cortos —comenta preocupada la madre.

—Bueno, vamos a ver cómo salimos. ¿Qué ha pasado esta vez?

—He tenido que comprar un poco de carne de puerco y un poco de yuca, de esa que vende Candelario. Y es que es carísimo… Y lo de la libreta no alcanza.

—Yo puedo pedir que me adelanten cincuenta pesos ahora y que después me den la otra mitad —dice Abel, tratando de colaborar en lo que él puede, pero sobre todo haciendo ver lo importante que se siente.

—Está bien, mira a ver si te lo dan. Pero no me gusta que llevemos la carreta delante de los bueyes —dice la madre, que es la estratega financiera de esta familia.

—Vieja, y ten cuidado con lo que compras y los del Comité, mira que están puestos para «la bolsa negra y el contrabando» —previene Abel.

—No te preocupes, Abel. Sabes que tu madre es superior. Siempre salimos, no hay que preocuparse con esta madre que tienes… ¿no es así «mi'ja»?

Se sirve un pedazo de pan con mantequilla que fabrica la madre, con la nata de cuando hierve la leche. La madre es el centro de la casa. Sobre ella recae el peso del trabajo doméstico y la administración familiar, a pesar de que también trabaja fuera: es maestra de escuela primaria. Antes le ayudaba unas horas una señora, pero ahora ya eso se acabó. Pero esta carga tan dura, a todos parece normal, es lo que siempre se ha hecho y la sociedad, sin ponerlo en tela de juicio, lo acepta como lo que debe ser.

Abel no comenta aún lo de su citación. La tiene desde hace varios días, pero está esperando una mejor ocasión y no le gusta alterar la paz de la mañana. Siente, además, esa sensación de timidez que padecen los adolescentes y que tratan de demorar cualquier mala noticia. Las mañanas deben ser tranquilas y ya tiene experiencias malas en este sentido. Por tanto hay que proteger el silencio y la paz.

Algunas veces en estas mañanas silenciosas y tranquilas Abel recuerda y las contrapone a aquella otra de abril del sesenta y uno, cuando vinieron los milicianos. Tampoco de esto comenta, pues de ello no se habla en la casa.

Fueron los días de Playa Girón, o de Bahía de Cochinos, como dicen fuera. Fue en la madrugada, serían como las cinco, aporrearon muy fuerte la puerta, con las culatas de los Garand M1. Entraron sin miramientos y lo pusieron todos patas arriba, registrando todo. Sin pedir permiso, sin órdenes escritas, ni lo que se pueda parecer en lo más mínimo a legalidad.

Los niños pequeños lloraron al principio, pero después se callaron no entendían lo que pasaba, pero asumieron la actitud que veían en sus padres. Estos parecían que no se inmutaban. La procesión iba por dentro. Tal vez jugaban con ventaja, pues no era esta la primera vez, que en la propia casa venían los que dominan y maltratan. La representación se repetía, en otra escena y con otros actores.

En el cincuenta y siete, cuando Fidel estaba luchando en la Sierra y sus padres le apoyaban en la lucha de la ciudad, vinieron los batistianos, los de Ventura. Calviño en persona. Tampoco de manera legal, por sus huevos, siempre era así, antes y ahora. El padre se salvó por los pelos... y por la entereza de la madre. Las armas y municiones, que entonces sí escondían en la casa, fueron a parar a la fosa séptica la noche anterior, ya que entonces la gente ayudaba y avisaron a tiempo. Pero eso fue cuando Batista. Entonces la gente del pueblo estaba de parte de la familia.

En el sesenta y uno fue distinto. Con los milicianos venía el Comité de Defensa de la Cuadra, que también se personó en el atropello, para averiguar, husmear y ver que se cocía dentro. No encontraron nada porque nada se escondía.

Los de los Garand y las metralletas checas se fueron, pero los del Comité quedaron en la cuadra. Los Comités de Defensa se fundaron en el sesenta, fueron de las primeras organizaciones de masas.

«En cada cuadra un Comité, en cada barrio Revolución, cuadra por cuadra, barrio por barrio, a la vanguardia va el Comité», decía una canción.

Para ingresar hay que tener más de catorce años. Es una organización que intenta mantener vigilada a la población por medio de informantes en el barrio. O al menos así fue al principio, después se masificó tanto, creció tanto, que ya no había a quién vigilar, y por otra parte la gente tiene que vivir. Su sentido primero se perdió. Pero eso fue después.

Termina su desayuno, que completó con café con leche y otro trozo de pan con mantequilla.

—Vieja, esta mantequilla te quedó de primera.

—Tú que eres un tragaldabas. Te comes lo que sea. Y mastica, muchacho, no te lo tragues entero —al parecer en todas las escuelas de madres enseñan con el mismo temario.

La rememoración de la madrugada de los Garands le hace recordar un chiste que corría entonces de boca en boca:

«Están un viejo miliciano y una estupenda criolla, miliciana también, en una guardia. Se entretienen conversando y se alejan de la posta, donde dejaron los rifles Garand M1 —el "Gara", que siempre acortamos la pronunciación—. Se forma un tiroteo y se ponen a cubierto, pero sin los fusiles. Comenta la hembra estupenda.

—Ay, con estos tiros y yo sin Gara!

El viejo miliciano le contesta.

—Pero «mi´jita», si yo ya no puedo ni con tiros ni sin ellos.»

Sonríe. El mejor desayuno es un buen chiste, pero este tampoco se atreve a contarlo a sus padres, esta vez por pudor. Es bueno comenzar la mañana con alegría, fuera las tristezas, pero contar esto a los viejos, eso es harina de otro costal...

—Un beso que me voy —besa tanto al padre como a la madre y sale al trabajo.

Trabaja en el pueblo, en un negocio de unos familiares, donde ha comenzado hace un par de años. Las condiciones de trabajo son excelentes y le enseñan y ayudan mucho. Oficina, bancos, papeleo. El negocio se ocupa dando servicios a los pequeños empresarios y trabajadores autónomos. Grandes empresas privadas no hay, pero taxistas, camioneros, pequeños agricultores, «timbiricheros», médicos y dentistas, pueden ejercer aún por su cuenta. En la convivencia de una economía con pequeña empresa privada y empresa estatal, la Administración crea un intricado sistema de control muy burocrático, muchos papeles donde el Estado lleva la parte del león en los impuestos. La oficina se dedica a esto. La gente se defiende e infla facturas e inventa gastos que como un calmante le alivien del dolor impositivo. Pero esto no es tampoco una tragedia, a pesar de todo; el que no está dentro del sistema estatal «escapa» y se busca mejor la vida.

—Abel, por favor, abre que hay un señor esperando —le pide su tía, para que comience a funcionar el negocio.

—Enseguida me pongo en ello —abre las puertas y, amable, hace pasar al señor que estaba en el portal.

—Usted dirá, señor. Siéntese por favor —y le señala una silla que hay delante del escritorio donde él se sienta.

—Vengo porque quiero sacarme el pasaporte. Es que quiero presentar lo más pronto posible a ver si me puedo ir. ¿Usted sabe?

—Muy bien, eso lo gestionamos aquí. Digo, lo del pasaporte, pues lo de poderse ir, ya sabe lo que hay que hacer después, ¿no? Ahora mismo le preparo un presupuesto con todo lo que hay que tramitar para el pasaporte. A ver: inscripción de nacimiento, antecedentes penales. Sellos del timbre. Legalizaciones en Justicia. Le tomo sus datos personales… ¡Ah! Una cosa, tiene que traerme cuatro fotos, de pasaporte, claro. Esas se las puede tirar en las mismas Cuatro Esquinas, en la otra cuadra, que hay un buen fotógrafo. Cuando las tenga me las trae —le entrega el papel donde le ha calculado el presupuesto.

—¿Y tengo que pagarle todo ahora? —pregunta el cliente.

—No, ahora con que me dé una señal de diez pesos para poder comenzar es suficiente. Cuando le entreguemos el pasaporte paga el resto. Aunque si quiere pagarlo todo ahora es mejor…

Se ha producido una migración constante en Cuba.

Los primeros días, a la caída de Batista en el cincuenta y nueve, se fueron los que estaban enmarañados, los que habían servido al régimen, algunos con las manos manchadas de sangre y casi todos con las manos llena de dinero de las arcas públicas.

Después comenzó un goteo de clases altas, que la veían venir. Los que no querían perder su fortunas y tampoco los privilegios de que habían gozado. Una Revolución iguala a todos, y ellos lo sabían. O al menos así es en teoría. También salió una puñado de los primeros opositores, pero muy pocos, pues la mayoría fue a la cárcel o no vivió para contarlo. El grueso de la inmigración era a Estados Unidos, donde en poco tiempo se duplicó la población cubana. Como desde el punto de vista político convenía a los Estados Unidos, promovieron la salida dando facilidades a los cubanos que inmigraban.

El segundo escalón, algún tiempo después, fue la clase media, que en la medida que la lucha de clases profundizaba y los criterios de la población se dividían, fueron saliendo tal y como les era posible. Salieron muchos, hasta el sesenta y dos, cuando las autoridades norteamericanas suspendieron los vuelos directos. Cada día se ponía más difícil, por tener que usar vías indirectas. Pero el goteo seguía.

Este goteo se convirtió en un chorro en octubre del sesenta y cinco, cuando en la partida de ajedrez migratorio que no han parado de jugar las autoridades americanas y cubanas durante todos estos años, Cuba organizó un ataque por el flanco. Un alfil, como un cuchillo, entró por Camarioca. Pequeña entrada del mar en Matanzas, donde los familiares de los cubanos en la isla podían venir a recoger a los suyos y llevarlos «pa'la yuma». Del diez de octubre al quince de noviembre del sesenta y cinco que estuvo abierto, se fueron casi tres mil personas. Pero enfriaron el juego. Una parte no le gustaba el desorden, la otra no podía tener una constante muestra de desafecto.

Comenzaron un poco después los llamados «vuelos de la libertad». Así los llamaban los del bando que se marchaban; la otra parte decía que eran los vende-patrias gusanos, que se iban, todo dependía de en qué parte del tablero se estuviese jugando. Pero el trámite era complicado. Además, los que optaban por esta salida, estaban obligados a renunciar a su trabajo habitual e ir a trabajar al campo o la construcción hasta que les «llegue». «Que te llegue» significaba que le notificasen de manera oficial su autorización para la salida. Era común que se escuchara entonces:

—Le llegó a fulano —o— ¡Chico, llevo seis meses de «presenta´o» y no me llega!

Era como una menstruación burocrática.

Cuando se presentaba, es decir, hacer la petición formal de abandonar el país, el Comité de Defensa de la cuadra venía a la casa y hacía un inventario de todo lo que tenían dentro: electrodomésticos, muebles, platos, cubiertos, enseres de cocina, joyas, adornos, cuadros, ropas, libros... ya que cuando se abandona el país, todas las propiedades, y hasta las más pequeñas cosas personales, son confiscadas. Cuando "te llegaba", se repetía la operación verificando que no falta nada. Se presentaron problemas con esta práctica, en casos donde habían faltado pequeñas cosas, porque en el tiempo tan largo de espera se rompen o desgastan y se exigía que se repusiera o se anulaba el permiso de salida. Esto es otro de los trabajos del Comité.

Las gestiones de la tramitación de la salida era entonces un buen negocio. A Abel se lo enseñó su tío Roberto y lo aprendió bien. Se las sabía todas en estas gestiones, la mayoría de las cuales las realizaba en La Habana, lo que le venía muy bien. Se iba a la capital por la tarde, y así se quedaba después para sus clases.

Pero este día su jornada es tensa, ya que sigue pensando, no puede dejar de pensar qué pasará con la entrevista del Comité Militar. Le da miedo lo desconocido. Siente que está cerca un cambio. Que seguro le querrán cobrar una cuenta.

Ya sólo faltan dos días. Pero eran sólo los primeros vientos del temporal. Lo duro está por llegar, aunque él, tal vez de forma ingenua, piensa que todo se va a resolver de una manera favorable.

Mediados de Junio de 1966

En las temidas oficinas del Comité Militar del pueblo se congregó mucha gente, por fuera, en la calle. En la puerta, un cabo, con uniforme verde oliva y una boina de paracaidista del mismo color, fue llamando por una lista que tenía primero los dos apellidos y al final el nombre. Todos esperaron con nerviosismo. Fueron entrevistas, muy largas entrevistas. Lo que vio en el gran grupo de personas que se acomodaban como podían en los alrededores no le gustó nada a Abel, que según sus mejores expectativas se empeñaba en engañarse y creerse que sería una entrevista de las de costumbre para el SMO. Y esto, por las características del personal, no era Servicio Militar normal. Había que esperar a ver qué pasaba; y como siempre esperó.

—Sánchez López, Abel A.

—Sí, dígame. —Y se acerca, abriéndose paso entre la gente, a la gran puerta de cristal dónde estaba el cabo.

—Pase dentro. Segunda puerta en el pasillo.

Lo llamarón después de dos horas. Aún quedaba personal como para cuatro horas más de entrevistas, pero a todos los han citaron para la misma hora. Los que citaban no tenían esto muy en cuenta.

Mirando a todos los sitios, como quien espera que de alguno de ellos le venga un golpe, con sus manos sudorosas, llegó a la puerta que le habían marcado y la pasó. Era la puerta de una oficina que le pareció pequeña y cuadrada. Al principio no pudo distinguir bien lo que había dentro, pues la penumbra se lo impedía. Intuyó una gran pantalla de metal con una bombilla, muy baja, y solo distinguió, con alguna nitidez, una silla debajo del haz de luz. El calor de fuera se espesaba dentro de aquel cuartucho sin ventilación y olía a sudor viejo, a hombre gordo sin bañar. Era sórdido aquel lugar. El chico no conocía cuál era el gusto del desamparo, pero debía ser como el irritante y ácido que sentía en su lengua reseca en aquel momento. Rompieron el silencio.

—Siéntese, ciudadano. —Escuchó una voz que no supo bien de donde venía. Captó el contradictorio trato de «ciudadano», que utilizan cuando quieren discriminar o reprimir, pues este es un país donde de manera normal todo el mundo es tratado como «compañero».

Ni siquiera imaginó que hubiera otra alternativa. Se sentó en la silla que vislumbró en el centro y que al tocarla, percibió la tosquedad del hierro y la rugosidad de la madera con que estaba fabricada. Poco a poco sus pupilas se fueron adaptando, aunque una vez sentado, el chorro de luz caía sobre su cabeza y aún le costaba saber qué otros objetos había en la habitación. Por su cerebro pasaron escenas de las películas de cine negro, donde el sospechoso es interrogado, en las que había un poli bueno y uno malo y toda la liturgia que Hollywood repite, una y otra vez, en estos filmes. Pero no, no era una película, era la vida misma.

«¿Me está pasando esto a mí?», dijo Abel para sí.

Una ronca voz masculina le preguntó:

—¿Abel A. Sánchez López?

—Sí –única respuesta seca, que salió de su boca, también seca.

Comenzó a distinguir, en cuanto las pupilas se abrieron al máximo, las siluetas de dos personas que tenía delante sentadas en una mesa rectangular. Presintió la presencia de una tercera persona sentada a su izquierda, un poco por detrás de la posición que ocupaba, a la que no podía ver.

Cuando de manera definitiva apreció con más claridad, se dio cuenta que a los dos de la mesa los conocía. Uno era «Pererita», que se había convertido en militar, aunque no le había tirado ni un hollejo a un chino, como suele decirse; el otro era «Gandinga», de la muy célebre familia del pueblo, al que le habían dado, no se sabe bien cómo, las insignias de teniente. Ninguno de los dos había hecho nada por la Revolución mientras Batista estuvo en el poder. Es más, los «Gandinga» eran batistianos, de los más afectos al «General Batista». Tenían «botella», que es estar en una nómina de un organismo oficial, y con la única obligación de ir a recoger el dinero a fin de mes. Esta fue una práctica de mucho tiempo en casi todos los gobiernos de la República. Pero ahora, en el momento que narramos, tanto el padre como todos los hermanos «Gandinga» se han subido al carro de la Revolución, y son más fidelistas que el mismo Comandante. Han cambiado General por Comandante, y son consecuentes con su ideología: «siempre con el de arriba». Hay que aliarse con el que manda.

Comenzó un interrogatorio con preguntas de las cuales ya ellos sabían la respuesta, pero lo hicieron como calentando el brazo. Que si dirección, estado civil, estudios etc. Todo lo saben, pero el ritual impone preguntar.

—¿Edad?

—Dieciséis. Cumpliré los diecisiete la próxima semana.

—¿Integración revolucionaria? —Una pregunta inventada hace poco y que se está poniendo de moda. Se la hace el hombre que tenía detrás. No lo conocía, no es del pueblo, o tal vez sí pero no le permitían darse la vuelta para identificarlo.

—Ninguna —dijo Abel, de manera seca, cortante como machete bien afilado. Se podía apreciar un trasfondo de orgullo que no se cuidó en disimular. También él iba poniéndose a tono.

—Aquí tenemos un gusanito. Sí, ya sabemos que todos los de tu familia, los López, se están escapando con los americanos.

Abel contrajo la cara. Apretó los puños sobre sus muslos. La hilera de dientes de su mandíbula superior apretaba muy fuerte a los de abajo, que soportaban todo el peso de su indignación. Esto impidió que pronunciara alguna palabra, se aguantó. Supo que querían ir a por él y lo estaban provocando para tratar de desestabilizarlo.

«Qué aguante, Dios. Que aguante. Que no me saquen de mis casillas»

—¿Quiere decir que no estás integrado? Pero ven acá, muchacho, si eres un niño, ¿qué sabes tú para estar peleado con la Revolución, con tu país y con tu pueblo? —le pregunta aquel que parece tenía el papel de poli bueno.

Hasta aquí podía aguantar Abel. La pregunta lo desbordó.

—¿Y quién te ha dicho que lo que tú llamas Revolución equivale a mi país y mi pueblo? —dijo con la firmeza del que habla con la autoridad que es apoyada por la verdad.

—Contestón, así te va a ir muy mal, te lo advierto —dijo el gorilón de la mesa. Poli malo seguro.

—Él me ha preguntado. Pero además conozco un poco más que tú de lo que es Revolución. Lo he vivido desde niño en mi casa, lo he aprendido como principios y valores, y no vengas a darme lecciones, cuando lo que haces es aprovecharte —hasta ahora estuvo controlándose, pero ya esto iba como un caballo sin freno y se desbocó.

—Claro, lo que quieres es que unos cuantos privilegiados, burgueses, nos continúen explotando —grita de malas maneras el hombre que está detrás. Casi se pone de pie como para pegarle.

—Parece que pierden ustedes sus papeles. ¿No soy yo el interrogado? —dice con una locuacidad que no sabe de dónde saca. Sabe que se está jugando mucho, pero es terco y orgulloso. No quiere dejarse humillar. Continúa con un poco más de serenidad—. La Revolución se gestó para que existiera justicia social, limpieza en la administración de lo público, progreso y trabajo, igualdad para todos y sobre todo para que tuviésemos libertad para pensar y hablar sin hipocresía. Para no tener un dictador gobernándonos.

—Pues buen pájaro eres tú que te atreves a decir todo eso, y nada menos que aquí en el Comité Militar. No sabes que por menos que eso hay mucha gente presa «jalando» treinta años. ¿No te das cuenta de que estás en nuestras manos y que te podemos encerrar ahora mismo? —Vomita agrio y pastoso el poli malo de la mesa, utilizando toda la prepotencia que tenía a su disposición.

—Ya me doy cuenta. ¡Qué bobo no soy! Pero con lo que me estás diciendo lo único que haces es poner más razón en mis palabras. Y puedes hacer lo que quieras. Enciérrame. Yo seguiré siendo libre porque no puedes obligarme a pensar como a ti te dé la gana.

La discusión siguió como media hora más. Cuestiones sociales, políticas, económicas y de la vida nacional, que nada tenían que ver con el llamado militar. Y a cada argumento de los represores militares, Abel, con una ecuanimidad que no sabía de donde sacaba, rebatía con firmeza y con una lógica aplastante. Sabía que con esto no ganaba nada. Perdería de todas formas, pero en esos momentos no le importaba lo que fuera a pasar y prefería cualquier castigo a tener que someterse.

Poco a poco los militares se desinflaron. No estaban preparados para un intercambio dialéctico con alguien al que no se dejaba amedrentar, además de no estar muy ilustrados y tener poco parque ideológico. La necesidad de expresar lo que sentía y tenía muy dentro, fue la fuente de donde se nutrió el valor del muchacho.

Pero si bien no tenían razones dialécticas para vencerle, tenían el poder para aplastarle. Hablaron entre ellos un momento. Con toda probabilidad y sin más juicio, sentenciaron a Abel. Al final era lo que buscaban.

—Ciudadano Sánchez López, preséntese el próximo domingo en este mismo lugar a las seis de la mañana para reconocimiento médico.

—¿Me puedo marchar?

—Retírese —chilló con odio, más que con marcialidad, uno de los militares.

De vuelta a casa, en bicicleta, junto a su amigo Juanfran, y ahora un poco menos excitado, comentó lo de la entrevista. Él mismo no se lo creía.

—Socio, no se de donde me ha salido todo, pero no pude aguantarme, se quedaron sin tener qué decirme. El día que la gente pierda el miedo y nos quitemos las máscaras…

—Es verdad. Pero según me dices, ya sabes: «completo Camagüey» —Camagüey, nombre de la provincia que tiene en este tiempo la misma connotación de despoblada tierra de castigo, a que se le equipare a la Siberia en la Rusia de los zares o en la URSS estalinista.

—Pues, ¿sabes lo que te digo? Si eso es lo que me he ganado, no me importa, hoy he sido libre. ¡Que me quiten lo «bailao»! Es algo que no puedo describir. Libre, compadre. ¡Libre! Es algo que se siente hondo aquí dentro... —y se golpea dos veces el corazón con su puño, pero después reflexiona—. Sí, lo siento por los viejos, pero oye, Juanfran, en casa nada de nada. Una entrevista normal y corriente, que luego la vieja se preocupa, y tal vez por la edad no me mandan para Camagüey.

—Sin tema, hermano, yo soy una tumba. Tú y yo jugamos en la misma novena. ¿O es que no lo sabes?

—Bueno ahora es necesario ver qué pasará con el examen médico. A lo mejor dicen que no estoy apto. ¿Qué tú crees?

—No seas comegofio, Abel. Siempre te pasa lo mismo, eres demasiado inocente. Lo que has hecho hoy es una machada, te has atrevido a lo que no nos atrevemos la mayoría. Te has puesto a bailar en casa del trompo. Pero puedes estar seguro, que no te va a salir de gratis. Esta te la cobran.

Pasaron lentos los tres días hasta el domingo. En soviéticos camiones militares, gas 51, llenos de hombres, los trasladaron hasta el Hospital Militar en Marianao; duró todo el día, revisión médica completa. Al final, las conclusiones de un facultativo militar que revisaba los papeles de Abel.

—Estatura: 5 pies, 11 pulgadas; peso 170 libras; estado físico general excelente. No hay operaciones quirúrgicas. Ninguna enfermedad grave. Sin alergias. Nada, hijo, estás fuerte como un toro, como te soñó Raúl. —Se refería al hermanísimo, Jefe de las Fuerzas Armadas.

Dos días después el telegrama, que en esta época todo se avisa por telegramas, tanto si te vas del país, como si te llevan a las UMAP: «Preséntese en el Círculo Deportivo, lunes veinte de junio, a las 15:00 horas. Comité Militar»

Tragedia y caras largas en la casa, donde no se lo quieren creer, se intenta negar la mayor, porque intuyen cuál será al final el destino, pero tratan de pensar que, sabe Dios por obra de que milagro, no le va a tocar.

Una semana de angustiosa espera pero inexorable llegó el día.

Lunes, 20 de junio de 1966

En el polideportivo municipal esperaban decenas de hombres, unos arropados por sus familias, otros en desabrigada soledad. Muchas de las caras que estaban en el Comité Militar para la entrevista se volvían a ver allí, esta vez aún más serias y preocupadas. En este pueblo todo el mundo se conoce y cualquiera puede apreciar dos características que iguala a todos los convocados. Los iguala, cabrona contradicción, ser diferentes. Los iguala además el no ser dóciles al «proceso». Una larga fila de autobuses ingleses aparcados, pero con el motor en marcha, esperan impacientes su carga humana.

—Son guaguas urbanas y no están preparadas para largos viajes —dijo alguien queriendo infundir esperanzas de que el paseo sería corto; por esta intuición descartaba Camagüey, pero…

Se fueron leyendo listas y subieron a los autobuses. En cada vehículo, dos soldados con armas largas y bayoneta calada. Feo y peligroso; mucho más que tener una avispa posada en los mismísimos huevos.

«Y si no me subo, bastaría con perderme ahora mismo. Me tendría que esconder. ¿Podría? ¿Dónde me meto? Esto pondría en un aprieto a toda mi familia. No, no puede ser, mejor ni pensarlo, no tengo elección», se dice al percatarse lo que ya es evidente que le espera.

Las mujeres lloraron, los niños chillaron contagiados por el ambiente de tensión y nerviosismo. Una señora cayó con un ataque, de los de verdad, de los de ambulancia e inyección.

Alguien dijo que era como una versión de los trenes de la muerte de los nazis, que conducían a los judíos a los campos de trabajo forzado, con la variante modernizada de cambiar los trenes por ómnibus Leyland Olympic.

Entre tanto alboroto, poco antes de ser llamado, el padre de Abel lo estrujó en un fuerte abrazo. No dijo palabras que pudieran distorsionar el claro mensaje que le había estado proclamando cada día durante los anteriores diecisiete años de su vida. No necesitaban decirse nada que no estuviesen gritando ya en el silencioso apretón. Sus incontrolables sentimientos fluían, sin ninguna contención, como el agua que trae un río crecido. Mucho había hecho el padre para dibujar al muchacho el mejor mapa para orientarlo en el viaje que ahora emprendía. Así lo sintió el joven, que al mirarse como en un espejo, se veía reflejado, aunque disminuido, en comparación con aquel modelo gigante que le daba la alternativa. Era el ancestral rito iniciático a la adultez. Comprendía que ahora llegaba su turno de comenzar la andadura en solitario, por su propia cuenta y a su propio riesgo. Era pronto, pero había llegado la hora de partir. ¿Podrá estar a la altura de su padre? ¿Sería capaz de mantener el rumbo adecuado? ¿O duras circunstancias le obligarían a desviarse, quién sabe, a qué nuevos derroteros?

Después del abrazo, Abel, cariacontecido y con la boca seca, subió despacio al autobús. Lo llamaron por el orden de la lista aciaga que ponía, de manera irreversible, a cada uno en el sitio que le correspondía para hacer el viaje, que a pesar de todas las evidencias, la mayoría se negaba a estas alturas, a aceptar el seguro lugar de destino.

Comenzó aquel recorrido de muchas horas. Sin paradas. Los choferes, que eran dos, se turnaban para conducir cada cierto tiempo o número de kilómetros transitados. No hubo comida ni ninguna bebida en todo el camino. Sólo los guardines y conductores lo pudieron comer y beber. Sólo para ellos se había reservado.

Dormir no fue posible, a pesar de lo largo y monótono del viaje. Cuando no saben a dónde los llevan, ni para qué; cuando en cada uno de los autobuses hay militares con armas largas, canana cruzada al pecho con peines y la bayoneta calada, vigilando amenazantes cada movimiento; cuando no se podían levantar de su asiento para nada, ni siquiera para las necesidades más naturales, el estado era de total alerta, de tensión máxima. Así las capacidades intelectuales disminuyeron y comenzaron a reaccionar por puro instinto, como animales acorralados tratando de sobrevivir.

El calor de finales del tropical junio era abusador y se alió con él, en este ardiente maltrato, la nerviosa transpiración; aquella que desencadena la inseguridad. Comenzaron por sudar un poco, luego más, hasta que se empaparon las camisas. Al principio fue un alivio, a pesar de la gran humedad del ambiente. Luego, el sucio polvo del camino que, cabrón, también se asoció con el abundante y agrio líquido formaron una pasta cobriza, cochambrosa e inmunda, que asfixiaba los poros y bloqueaba la natural transpiración. Hasta el ambiente se estaba poniendo en contra de ellos y también, sin ninguna vergüenza, los ultrajó.

Desde la salida, Simón, un antiguo compañero del colegio, un par de años mayor que él, se había unido a Abel. Por conocerlo del barrio, él se sentía responsable del muchacho y consideró casi como una tarea personal el tener que cuidarlo. Fueron compañeros de asiento en el más siniestro viaje de sus cortas vidas.

—¿A dónde iremos? –le preguntó Abel, en medio del camino.

—A dónde nos llevan, porque yo no voy, a mí me obligan —ripostó como movido por un resorte —. Oye, por cierto, ¿llevas papel o algo con que escribir?

—Pero… ¿a quién se le ocurre escribir en este momento?

—Nada, es para escribir un telegrama y enviarlo a mi casa.

—¿Simón, estás loco? Si no nos dejan ni movernos, ¿cómo vas a ir a poner un telegrama? A ti no te funciona bien el coco, este calor te está ablandado los sesos.

—Ya verás que sí puedo. Dame ese papel —responde con una determinación que lo mueve a satisfacer aquello que es a todas luces un disparatado deseo.

Le alargó Abel una hoja de una libreta de bolsillo que llevaba y en la hoja pequeña Simón escribió una dirección y un texto: «Nos llevan para Camagüey», ya que a esas alturas del viaje era el destino seguro y aunque solo fuera conocer esto, sabía que podía servir de consuelo a su madre.

Añadió, como si fuera una posdata, una nota que decía: «Por favor, pase este telegrama a mi madre, ella estará muy preocupada. Dios se lo tendrá a usted en cuenta». Luego calculó de forma aproximada el costo del telegrama, envolvió el dinero en el papel y esperó a pasar por un pueblo, pues el autobús disminuía mucho la velocidad al cruzar las poblaciones. En el próximo poblado por el que pasaron, en cuanto los guardianes se descuidaron, lanzó el bultico de papel por entre las rejas de la ventana, que rodó unos metros por la acera, y allí quedó.

—Eso lo recogerán, tirarán el papel y se quedarán con el dinero —dijo el flaco treintón, con una cara llena de granos, que estaba sentado detrás de los jóvenes y que había estado al tanto de toda la jugada.

—¡Yo confío en la gente! –dijo también como respuesta Simón.

—Eres bobo, muchacho —reafirmó el granoso flaco, sin dejar dudas que su dictamen era terminante—.Te van a timar.

Meses después, los hechos corroboraron la tesis de Simón y no la del flaco, de que se puede confiar en la gente. Aquel telegrama llegó a su destino.

Pasó la noche. Amaneció en la carretera. Los poblados comenzaron a ser cada vez más pequeños y tener menos casas. Dejaron detrás pequeñas aldeas con raros nombres: Magarabomba, Mamanantuabo... Bien podían haber sido escogidos para nombres de pueblos de novelas.

A las tres de la tarde más o menos llegaron al Central Brasil. Antes se había llamado Jaronú, y entonces era la mayor fábrica de azúcar de Cuba. «El Coloso» era su epíteto.

En una frondosa arboleda de mangos, en el batey del ingenio, rodeada por los cuatro costados de soldados armados, bajaron al personal y se les obligó a estar colocados en el suelo. Muchos meaban sentados o de rodillas, pues las vejigas entienden poco de disciplinas cuando ya es insoportable aguantar. Cuando los vigilantes se dieron cuenta, habilitaron un árbol de tronco muy ancho para realizar estos menesteres.

Ante tanta gentileza inmediata se formó la cola, que terminaba en un círculo alrededor de la planta que le había tocado que todos se le mearan encima. Se pusieron nerviosos con tanta gente de pie y enseguida designaron a dos escoltas para que custodiaran la fila, que no dejaban crecer a más de diez los hombres en ella.

Sin que se pudieran mover del sitio donde están sentados, tres soldados le repartieron a cada hombre un pedazo de pan con sardinas y un vaso de papel con agua. Se lo tuvieron que comer así, aunque creyeran que sus manos no estaban en condiciones higiénicas de tocar el alimento. La poquísima agua era para beber. El hambre y la sed fueron mucho más fuertes que el asco.

Dos horas eternas después, comenzaron a llegar camiones y fueron llamando otra vez por una lista para que los abordaran. Como a las siete de la tarde debió salir el último. Los destinos eran diferentes. Salían en caravanas de tres camiones. Un nuevo camino, un nuevo destino, aún no se sabía cuál. El penoso viaje ya pasaba de las veinticuatro horas. La oscuridad de la noche comenzó a hacerse presente, tal vez para reforzar, lo negro de la situación por la que estaban pasando.

La adversidad escogió bien, era noche oscura, sin luna, cuando entraron uno tras otro el trío de camiones llenos de hombres en el último tramo de lo que ya parecía ser su destino. Sobre la plataforma de los vehículos, camiones planchas de cargar caña de azúcar, no preparados para transportar personas, se agarraban lo mejor que podían los hombres de los hombros, y los de las orillas, de los troncos de madera que servían de parales. El vaivén de los grandes baches del camino de tierra obligaba a que se empujaran unos a otros en los inesperados y continuos cambios de posición. Algunos cayeron al suelo de la cama del camión y fueron pisoteados sin intención, pero sin opción. Simón y Abel juntos se ayudaban como podían a mantener el equilibrio.

Cuando las luces del camión iluminaron el sitio al que acababan de llegar, alguien musitaba en voz baja en el primer camión donde les había tocado viajar:

—Kaputt, Kaputt, Kaputt…

Es seguro que desenterró de sus recuerdos las palabras de alguna escena de una película alemana, o tal vez de alguna lectura, y las transponía a la situación donde ahora se encontraba y en la que, pobre de él, ahora le tocaba desempeñar un papel protagonista. En la posición en que estaban pudieron ver poco, pero les bastó. Era, sin dudas, un campo de concentración.

—«To´el» mundo abajo —gritó desde el suelo un sargento gordo y tan negro como aquella noche—. Han «llega´o» a su campamento y desde hoy su casa. —Solo se distinguían bien en su cara unos blancos dientes que marcaban una sonrisa que bien podía pasar por macabra mueca.

Pasaron por el portón de alambre de espino. Allí debería haber estado colgado el letrero que Dante dice estaba a la entrada del infierno: «Perded toda esperanza los que entráis». Aunque aquí no estaban para esas exquisiteces, pues ni creían en el infierno y mucho menos sabrían quién fue Dante.

« ¿Saldremos vivos alguna vez de aquí?», sobresaltado, se preguntaba Abel.

El lúgubre sitio se alumbraba en unos pocos puntos con unos «mechones», latas llenas de gasóleo con una tapa por la que sale una mecha de saco de yute que se quema lenta. La luz que desprendían era muy poca y tan triste como una fiesta sin música. El humo negro lo ensuciaba todo y era el olor tan penetrante que se dejaba empapado hasta lo más profundo el epitelio olfativo.

—A «formal», a «formal» —repetía otro sargento—. «Ajúntensen» en grupos de cuarenta hombres.

Se formaron dos grupos, al raso, entre las dos largas edificaciones de paredes de bloques de hormigón, techada a dos aguas, que es lo poco que se podía ver.

—Bien, estos primeros cuarenta son el pelotón uno. Hacer cuatro filas de a diez. Primera fila numerarse, y recordar ese número, pues desde hoy ese es su identificación:

Y van contando en alta voz uno, dos, tres… Segunda fila, once, doce… Tercera fila veintiuno, veintidós, veintitrés, veinticuatro, veinticinco, veintiséis…

«Este es el número que me ha tocado —se dio cuenta Abel—. Ya no tengo nombre, ahora soy sólo el veintiséis».

—La primera fila que entre en la barraca, que mantengan la fila y se quiten la ropa. Toda la ropa. El calzoncillo también. Hay que entregarla al oficial que está en la mesa. Dejen también los documentos que puedan traer. Quédense sólo con el cepillo de dientes si lo traen. Sólo eso está permitido. Ni máquinas de afeitar, ni cuchillas, ni cortaúñas. Nada. Nada. Después la segunda fila y así, hasta terminar.

Era una fila de diez hombres sin ropa. Desnudos. Despojados. Sus cuerpos avanzaban pelados a la mesa, en la penumbra de aquella barraca. En un adolescente, el desasosiego y aturdimiento en aquella situación era lo que se podía esperar. Él lo estaba viviendo como un mal sueño. Conmocionado. Pero hombres mucho más curtidos por la vida tampoco podían reponerse del mazazo y andaban anonadados, como ganado que es llevado al matadero.

Alrededor de una tosca mesa de madera, estaban sentados en sendos taburetes, dos soldados que, después de revisarlos, entregaban a cada hombre un pantalón, una camisa, calzoncillos y unos calcetines, un sombrero de guano y unas medias botas. A su espalda, en un rincón, iba creciendo una montaña de la ropa que obligaban a que se quitaran los hombres.

Se formó desorden para encontrar o cambiar tallas y el espectáculo se hizo aún más grotesco al comenzar a buscar desnudos, las medidas y tallas que podrían venir bien a cada uno. El pantalón que le entregaron a Abel le venía bien, en tanto que la camisa, cuando se metió dentro de ella, era tan grande que le procuraba la extraña sensación de estar dentro de un globo gris que se inflaba. Era gris, tan gris como era todo aquello, tanto como el cielo encapotado de un domingo triste. Su preferido y especial color azul se convertía en el común color del común pantalón del vestuario y tan común, que es el típico color azul que se utiliza para vestir en el país a los presos comunes.

El glorioso color verde olivo, signo y estandarte del ejército regular, no se vislumbraba en ninguna de las prendas que les entregaban, tal vez por miedo a la contaminación, a la profanación o por el desprecio que sentía por estos reclusos, a los que no querían entregar su color de identidad.

Aunque tallas y colores de la ropa, con independencia de los mensajes que podían estar transmitiendo, carecían de la más mínima importancia en la situación que la crudeza que la realidad estaba imponiendo.

Después, a cada uno le sirvieron un jarro de sopa, que una media hora antes estuvo caliente, y un pedazo de pan duro. Al terminar de comerlo todo, les llevaron a la barraca que servía de dormitorio.

—Cada cual coja el pedazo de suelo que mejor le parezca, camas no hay —gritó, desde el portón de la barraca, el sargento negro y gordo que les había recibido en la entrada.

Duro el suelo, aunque al buen cansancio y agotamiento no se lo parecía. Abel utilizó el sombrero de guano que le dieron como almohada. Pegada su cabeza a la pared de la barraca, se tendió en el suelo e intentó, sin lograrlo, conciliar el sueño. Comenzó a hacer balance a pesar de la extenuación y el desconcierto.

«En menos de cuarenta y ocho horas cada uno de nosotros lo está perdiendo todo. Somos como un rebaño aterrorizado al que están pelando. Pasamos de tener libertad de movimientos a ser miserables esclavos. Hemos perdido toda la autonomía, nuestros objetos personales, la ropa, los documentos, el dinero, incluso el nombre... Todo, todo, todo hemos entregado a unos hombres que hemos visto hoy por primera vez. Son los amos y quieren quitarnos todo».

Abel no sabía si lo estaba soñando o lo vivía en la realidad. Era una especie de letargo que no le permitía reaccionar. Pesadilla surrealista, kafkiana. Aquellos desconocidos, gracias a las circunstancias y sobre todo a las armas, estaban dominando por la fuerza a un grupo de ochenta personas y convirtiéndolas en un rebaño. Con ira, con mucha ira, con la ira que provoca la impotencia, se decía Abel:

«¿Con qué derecho lo hacen? ¿Qué los ampara para realizar este atropello? ¿Pedirán aún más? ¿Y si nos negamos y nos revelamos?»

Romelio, un tipo simpático, de esos que provocan la risa con su sola presencia, comentó en voz alta en medio de la amarga pero protectora oscuridad:

—Bueno, señores huéspedes, después de su viaje turístico, aquí en esta magnífica estancia. ¡No nos podemos quejar!

Un guardia del Servicio Militar Regular, un «siete pesos» que estaba de posta en el portalón de entrada con su rifle respondió, sin saber a quién:

—A callar, que aquí ninguno de ustedes tiene el más mínimo derecho a decir «na´», ni quejarse, ni chistar, ni «na´». Ustedes son lacra social y la Revolución los ha traído aquí para transformarlos.

Romelio, cubierto por la oscuridad y porque todavía no podían los carceleros identificar las personas por su tono de voz, respondió:

—Confirmado lo que yo decía. ¡Que no nos podemos quejar!

La gente no pudo contener la risa y se produjeron hasta carcajadas. Incluso el guardia, y a pesar de sus palabras en el rencoroso regaño inicial, lo deja por imposible. Es increíble lo que es capaz de aguantar cualquier persona aferrada a sobrevivir. Y si es un cubano, cuánto puede soportar sin perder el sentido del humor.

Abel pensó: «Bueno, mañana será otro día. Pero… ¿Qué nos traerá?» Y aquí comenzó una serie que se extenderá hasta el infinito. Pero que se irá gestionando día tras día, no se puede mira más lejos, había que aguantar hasta mañana y… «Mañana será otro día».

Ese otro mañana en que, él no lo sabe, tendrá más sorpresas y se van a desvelar muchas nuevas cosas.

Así se quedó rendido, después de vivir las horas más penosas de su corta vida.

Termina junio de 1966

Un fuerte ruido producido por el choque de dos piezas metálicas despertó a Abel. Sonaba parecido a una campana de carro de bomberos, pero con un tono más agudo y penetrante que producía sobresalto. Luego averiguará que le estaban pegando a una rueda de arado con un hierro, y que este era el nuevo despertador. Al principio no era consciente aún de dónde se encontraba. Necesitó unas fracciones de segundo para poder despabilarse y confirmarse a sí mismo que no había sido un mal sueño, era una real y auténtica pesadilla.

—¡Arriba de pie, de pie, todo el mundo arriba! —uno que aún no lo habían visto, mulato cuarentón, se encargaba de levantar «la tropa».

El muchacho se incorporó del suelo hasta quedar sentado y luego se puso de pie. Estaba vestido, por lo tanto no tenía nada más que hacer. Era de madrugada, tal vez las cinco de la mañana, o al menos eso parecía, pues no tenían reloj para enterarse. Lo supuso porque era verano y aún no había salido el sol.

Salió fuera, y a unos diez metros de la barraca observó una carreta con un tanque metálico encima que estaba lleno de agua. Una pipa, lo llamaban. Se puso a la cola que se formó y pudo lavarse las manos y la cara al coger un poco de agua que fluía por una gran válvula que tenía la pipa detrás, en su parte inferior. Cuando llegó su turno, abrió muy poquito para no seguir tirando agua al suelo, y se lavó la cara. No tenía peine, poca falta le hacía. Tenía el cepillo de dientes, pero no tenía dentífrico. Mojó el cepillo de dientes se apartó a un lado para dar paso a los que venían detrás. Se pasó el vacío cepillo por la boca. Era más ilusión que eficacia.

Amaneció. Siempre amanece. Aunque la noche haya sido horrible, el tozudo sol siempre vuelve y aparece. Y con los primeros rayos del sol comenzó a observar con detenimiento aquel lugar, en medio de ningún sitio, dónde lo tenían metido.

La disposición del llamado campamento era algo así como un gran rectángulo, completamente regular, trazado a escuadra. En un hueco, perdido en un océano de cañas, los habían metido. Las dos principales barracas centrales, paralelas y de unos ochenta metros de largo que sirven de dormitorios, están orientadas de oeste a este y separadas entre sí por unos diez metros. Toda la estructura que sostiene el techo es de palos de madera. La cubierta es de planchas de fibrocemento colocadas a dos aguas.

«Ojalá no venga un viento fuerte, que se nos cae en la cabeza», pensó Abel.

Por la cabecera oeste, a unos ocho metros, están las letrinas. Abel se dirigió a ellas y orinó. Todo el suelo es tierra pelada, donde antes hubo un campo de caña y aún en algunos sitios se notan las ondulaciones de los surcos.

Las letrinas son una placa corrida de hormigón en el suelo, donde se han realizado unos diez agujeros en fila. Los agujeros, de unos treinta centímetros de diámetro, para los que con seguridad utilizaron un bidón de cincuenta y cinco galones para replantear el hueco, y están distribuidos a una distancia de metro y medio uno de otro. Debajo hay una gran excavación a todo lo largo con dos metros de profundidad, que recoge toda la mierda que cae desde arriba, y que al caer hace un sonido característico e inconfundible que queda grabado en la sección del cerebro que guarda las cosas asquerosas. En los huecos, para orinar hay que afinar la puntería, y para defecar hay que agacharse teniendo cuidado de guardar el equilibrio en cuclillas.

No hay pared por el lado oeste, solo un muro de un metro de alto. En los dos laterales ni siquiera eso, no tienen pared. El entramado del techo es de madera, que sostiene las negras y onduladas placas de cartón de asfalto, más ligeras y diferentes a las que sirven de techo a las barracas dormitorios.

Clavaron en la pared posterior unos clavos a modo de púas para sostener unas cuantas hojas de papel de periódicos viejos, que duraron allí lo que el instantáneo merengue en la puerta del colegio. Se agotaron a las primeras cagadas. Advirtieron que el que necesitara papel adicional para limpiarse el culo, tenía que pedirlo a su sargento. Hasta esto estaba controlado. Abel comprobará que una revista vieja puede valer su peso en oro en este lugar, pero de ello no se ha dado cuenta en este primer momento.

Sí se percató que llevaba dos días sin defecar. No le preocupó.

«Si no comes, no cagas», se dijo. También reparó que no ha visto duchas en ningún sitio.

«Es raro. ¿Dónde se bañará la gente?», se extrañó.

Siguió mirando con verdadero asombro lo que lo rodeaba. Estaban confinados en este rectángulo vallado por una cerca de alambre de espino, con postes de más de tres metros de alto y con muchas filas de alambre con púas fijados unos muy cerca de otros, por donde se podría pasar el brazo, pero la cabeza no pasaba entre ellos. En lo más alto el cercado se inclinaba hacia adentro, con palos clavados en ángulo en los postes principales que soportaban las últimas filas de alambre, de manera que si se trepaba por la alambrada no se podía saltar fuera. De forma evidente la cerca era para impedir salir, no para evitar entrar. Ninguna de las edificaciones estaba junto al cercado. Había al menos diez metros entre cualquiera de ellas y la valla, así que una persona que se acercase a la cerca era completamente visible en cualquier punto.

«¿Dónde coño nos han metido? Esto es un corral. Aquí en la esquina hay una garita de vigilancia en alto. Esta jodido para fugarse».

Las tripas de Abel produjeron mil ruidos y le gruñían, como si de fieras voraces se trataran.

—¡A formar, a formar, para desayuno! —Escuchó que alguien gritaba

Formaron las cuatro filas del pelotón, como los ordenaron la noche anterior, para poder ir a desayunar. La formación la hicieron en el espacio entre las dos barracas dormitorios. Después, tuvieron que marchar en una ridícula y poco coordinada formación hasta el comedor. La cocina, de leña, y el comedor se encontraban en la parte este del campo, en el lado opuesto a las letrinas. Separaba el área de trabajo de la cocina del comedor propiamente dicho, un mostrador de bloques de hormigón con encimera de cemento que no sobrepasaba el metro de altura. Esta división no impedía que el humo de la leña invadiera todo el comedor e hiciera llorar los ojos de los más duros e insensibles hombres. Es aquí el lugar donde repartían la parte de supervivencia que a cada uno correspondía.

Y lo que correspondió fue, repartido uno por uno, un jarro fabricado de una lata usada de cereal ruso, que tiene pegada un asa, también fabricada de metal. Algunos sólo alcanzan un jarro sin asa. Se dio cuenta Abel que las latas son del mismo tipo que la de los mechones de gasóleo.

El desayuno fue un trozo de pan más duro que el de la noche anterior y un poco de un agua blanca azucarada, que después se enterarán de que es un cereal lacteado, soviético, que se considera un sucedáneo de la leche, con bastante azúcar prieta, que sirve un cocinero con un gran cucharón. Aquello no se lo bebería nadie, si no fuera por el hambre que había hecho acto de presencia desde hacía rato, y que al parecer les ha cogido cariño, pues no quiere abandonarlos.

Se sentó en una mesa larga de cemento, con bancos fijos, también de cemento. Cuando toda la fila ha llenado el banco, el sargento gordo y negro, que ya había visto otras veces, dijo marcial:

—¡Sentarse!... —y una vez sentados—, ¡comiencen!... Tienen tres minutos.

La timadora leche, el mejunje blanco, estaba muy caliente y costaba poder enfriar un poco la lata para poder tocarla. Pero el hambre es el hambre. Abel despachó en la mitad del tiempo que le habían dado tanto el preparado blanco como el pan. Quiso ponerse de pie, pero escuchó.

—Tienen que quedar sentados hasta que pase el tiempo que se ha dicho, que nadie se mueva —ladra el sargento.

Al pasar los tres minutos:

—De pie, saliendo.

Dos chicos que por su forma de comenzar a comer puede deducirse que son religiosos, tal vez Testigos de Jehová, se tomaron al menos dos en orar antes de empezar, se retrasaron y trataron de llevar el pan en la mano.

—Oiga «uté», que no puede llevase el pan «pa» fuera, hay que «comelo» aquí.

—Pero es que no he tenido tiempo —protestó uno de los dos.

—Sí que ha tenido, pero te «pusite» con los «resaíto». Deja el pan y «epabila», ya «te dará maña» para «hacelo» más rápido mañana. Ya te voy a «ensenñá» yo.

Los pobres muchachos tuvieron que dejar el pan sobre el mostrador de cemento. Se quedaron con hambre. Luego ellos y todos aprenderán mil y una tretas diferentes para esconder y sacar la comida que por alguna razón pudiera sobrar, pudieran robar, o no diera tiempo a comer en el tiempo señalado.

A la salida, Abel, que ha visto toda la operación, trató de hablar con uno de los dos muchachos.

—Sí, hola, ya he visto lo que te ha hecho el animal ese —le dice al más flaco de los dos muchachos—. Me llamo Abel. —Y le extiende la mano.

—Soy Tranquilino. —Y con su huesuda mano estrecha la fraterna mano extendida—. Ya ves. Qué le importará dónde me quiera comer yo el pan. Jehová tendrá que abrir sus entendederas y su corazón; pero para Él no hay nada imposible. Más que odiarle le compadezco —y sale caminando, con muy poca coordinación, con sus flacos largos brazos a la orilla del cuerpo

«Este muchacho tiene un no sé qué que transmite armonía, serenidad —reflexiona Abel—, no sé qué cosa es, me gustaría conocerlo, y creo que tendremos mucho para hablar. En su apariencia de campesino bruto se esconde una persona interesante. Parece débil, pero presiento que es duro. No se pusieron en fila para entrar. Estos dos los han traído de otro sitio, no son del pueblo. Creo que dará mucho que hacer en este campamento. Ya veremos cómo va este Tranquilino, que por cierto el nombre le viene pintado».

Después del desayuno fueron a formar, y toda la mañana, desde las seis hasta mediodía, comenzaron a dar instrucción, tenían que marchar. Romper filas, formar de nuevo. Un, dos, tres, cuatro, un, dos, tres, cuatro, para arriba y un, dos, tres, cuatro, para abajo.

Cada pelotón de cuarenta hombres con su sargento y un instructor político. Aún sólo se han formado dos pelotones en el campamento. Para los días siguientes se esperan a cuarenta hombres oriundos de la provincia de Camagüey que completarán la dotación total de esta compañía. La Uno, del Batallón Doce de las UMAP.

Por la tarde volvió a suceder lo mismo. Parece que estos primeros días es lo que tocaba. A la tarde, a pleno sol, el sargento gordo y negro se presenta como el «comisario político» del pelotón, el político en plan coloquial, y metió una trova de la razón por la que están aquí estos hombres.

—«Ustede» se van a reeducar, les «vamo» a «enseñal» lo que es el hombre nuevo —mete de nuevo la muela en un «descanso» a pleno sol.

Esto lo habían repetido varias veces. Al parecer esta era la consigna. Repetir y volver a repetir. Hasta que lo crean. Después sigue el marcial entrenamiento. Para arriba y para abajo, siempre con las bravas caricias del intenso sol, y siempre lejos del cercado. Da la impresión que se trata de crear la inconsciente sensación de que hay una zona prohibida, que se hace peligrosa, al acercarse a la cerca. Como un gran secreto y para comenzar a granjearse la simpatía de la tropa el sargento Pupo, que así se apellida el del pelotón uno, advirtió que no es saludable arrimarse por la alambrada. Los custodios tienen la orden de tirar «a dar» al que parezca sospechoso de querer fugarse. Parece que adivinó, y con razón, que ya algunos estaban pensando en «vender el cajetín».

En el comedor se sirve la comida en bandejas troqueladas de aluminio. Hay un círculo central para las cosas con caldo, y otros dos compartimientos rectangulares más pequeños para el resto de alimentos. Las cucharas son de aluminio también. Estas bandejas se harán odiosas con el tiempo, se van a asociar a suciedad, a lo asqueroso, a lo escaso. Portadoras cómplices del contenido miserable, la paupérrima comida que se sirve en ellas. Pero para esto aún falta acumular un poco más de asco en el haber del libro de cuentas de las repugnancias.

Captaron a tres hombres que saben hacerlo de manera profesional y los pusieron a trabajar en la cocina. Se frotaron las manos, pues saben de antemano que no irán a trabajar al campo. Veremos si el trabajo de la cocina es tan «jamón» como parece.

Tanto la comida como la cena de ese día estuvieron un poco mejor elaboradas, al menos tuvieron gusto. Sopa, plátano verde hervido, media lata de sardinas y unas cucharadas de arroz blanco, la omnipresente guarnición de cualquier comida cubana. Lo inconveniente es que esto mismo se repitió. Pero no había porque ponerse tan finos, al menos se había comido caliente.

Y apareció una nueva modalidad, «el reenganche», es decir, cuando todos han comido, si queda aún algún resto de comida se saca el caldero fuera y se reparte entre los que quieran más. El que hace la función de maestro cocinero confesará más tarde, que trataba siempre de poner más comida de lo que estipulaban las raciones, ya que esto permitía poder repartir un poco más a los compañeros.

—¿Y qué pasa si se dan cuenta los «mayimbes»? —le preguntaban.

—No creo que se den cuenta —contestó Abelardo el cocinero— pues ellos son los primeros que están robando comida a las dos manos para llevar para sus casas, y lo hacen sin la mínima vergüenza, la sacan a la vista de todos por el portón de entrada. Nunca sabrán que yo pongo de más y si falta en el almacén lo achacarán a sus propios robos.

En ese mismo día se ha despejado un misterio. Confirmado que no hay duchas, por lo tanto no hay cómo asearse. No disponen el agua corriente. Toda el agua con que pueden contar es la de la famosa pipa. Para un cubano esto es un gran problema. Ducharse en este país es además de indispensable, pues el clima lo demanda, algo que se lleva en el inconsciente colectivo. Es cultural. No ducharse en es una falta, un pecado y grave, de los que no se pasan por alto. Prometieron que el domingo se acudirá al río, una gran acequia que pasa a medio kilómetro del campamento y se podrán bañar. Como es un jueves, parece que falta mucho, con estos calores, el polvo y los sudores…

«Una cosa más que se pierde, se lo siguen llevando todo», comenta consigo mismo.

También ese día Abel se vio involucrado, al terminar la comida, en un espectáculo que no le gustó nada. Bochornoso, se podría decir.

—A ver, queda un poco de arroz en esta cazuela —dijo el pinche de cocina, sacando fuera un gran perol muy tiznado por el fuego de leña al sitio dónde se friegan los platos.

—Yo hace rato que estoy esperándola —dice un penado que estaba sentado al borde del fregadero.

—¡Qué va! Esa cazuela es mía, que llegué primero que tú aquí.

—Tú no me vas a «pasar vareta» a mí. ¿O qué coño te pasa? Esto es mío y si quieres tendrás que quitármela.

Discutieron muy fuerte, el tono de las palabras era cada vez más alto. Se gritaban y gruñían. Se enseñaron los dientes, como si fuesen dos perros de pelea fieros, defendiendo lo poco que quedaba en el caldero. Cuando casi se iban a las manos los que estaban por allí cerca intervinieron y se los llevaron bien sujetos, cada uno por su lado. Abel ayudó a separarlos. El muchacho, que no está acostumbrado a estas trifulcas y peleas, se sintió muy mal. No se explica cómo ni por qué estas condiciones tan adversas que se están viviendo llevan a la gente a estos extremos.

—Aquí todos jugamos en la misma novena —repite incrédulo—. ¿Cómo nos vamos a pelear por cosas así?

—Abel, aquí tienes que espabilar. Aprende rápido a defenderte porque aquí el que es de miel se lo comen las hormigas —le dice su consejero y amigo Simón—. De ello puede depender tu integridad física, tu vida y hasta tu culito.

—Simón, pero esto es la ley de la selva.

—Seguro que sí. ¿Qué te esperabas? Así que espabila. Tienes más razón que un santo, pero tú no puedes cambiar las cosas. Y si no puedes al menos tienes que lograr que no te pasen por arriba. Déjate de miedos y echa pa´lante.

—Es muy jodido, pero muy jodido, tener que estar viviendo así, siempre alerta, siempre al acecho….

—Ya lo creo. Y me alegro que lo empieces a entender. Te juegas mucho. Cambiando de tema, ¿escuchaste lo que dijeron en la formación antes de comer? —desvía Simón la conversación, como para quitarse el sermón de arriba.

—¿Qué? Lo de la formación política a las veinte y treinta horas?

—¡Le sumba el mango! Después de todo el día marchando (uno, dos, tres y cuatro, comiendo mierda y rompiendo zapatos) y ahora en el poquito tiempo desde comer hasta poder acostarse, hay que meterse el sainete de política —dice encabronado por completo.

—Pero no me vas a negar que estas recibiendo una completa instrucción militar —dice con ironía Simón.

—¡Militar los cojones! Es sólo enseñarte unas normas para mantener el rebaño controlado. Podían poner perros ovejeros.

—Es la constante presión por controlarte; ya controlan tu tiempo, tus acciones, tu trabajo, tu persona y lo que les queda por controlar son tus pensamientos y también van ahora a por ello.

Y a la hora marcada se encuentra Abel sentado en un «duro frio», homónimo de los polos de hielo, que es como han bautizado a los bancos del comedor. Está toda la compañía metida en el comedor, lista para recibir la clase. Faltan sitios para todos y algunos están de pie. Están alumbrados por «mechones» de gasóleo (fabricados con las latas del cereal soviético del desayuno, que al parecer son la panacea, el más polifacético invento ruso porque sirven para todo). Dentro de un local cerrado los mechones son aún peor y despiden tanto humo que tiñen techos, paredes e incluso los mocos de intenso negro y hasta el fin de los tiempos.

El comisario político del pelotón es el que debe hacer las veces de profesor, y no es otro que el ya conocido sargento gordo y negro. Es guantanamero y hay que estar atento cuando habla pues no se le entiende. Pregunta quién puede leer el manual de instrucción política. Nadie se presta. Entonces, como maneja toda la información y lo traía preparado, dice un nombre de la lista.

—«Hétol Pacuals», póngase de pie. «Recuedde» que cuando se le nombra «uté» tiene que «decil» aquí.

Héctor se resiste y se levanta de su sitio muy despacio con mala gana. Saca de sus casillas al político.

—Oiga, que «e pa» hoy. «Uté» era «maetro» de secundaria «básicas», ¿no «e asís»? —pregunta en su enmarañada forma de hablar.

—Sí —es la respuesta extra seca de Héctor.

—Tiene que «decil» "Sí, político". Ya le voy a «enseñá a tóos» cómo hay que «compoltalse». Bien, «empiesa a leel» aquí.

—Acérqueme un candil, pues no veo. La letra es muy pequeña y borrosa —protesta Héctor en su única posibilidad de demostrar descontento.

El libro es de encuadernación muy basta, con papel marrón de baja calidad, igual que la impresión. Como este que tiene ahora Héctor en sus manos, se han impreso miles y miles para poder cubrir las necesidades de material político en todo el país.

El primer tema es la comunidad primitiva en Cuba. Interesante forma de introducir el materialismo histórico de Marx, a la cubana, está claro.

«Ahora vendrá toda la cantaleta del hombre como ser transformador de la naturaleza y en compañía de otros hombres y la unión de los hombres en este empeño, tralarí tralará... Pero en algo tenía razón Marx —medita Abel—. No hemos de ser fanáticos, en la realidad los cambios profundos de la Historia no tienen su base en cambios ideológicos o políticos sino en cambios económicos, en la manera que los hombres buscan sus medios para seguir sobreviviendo... Y qué coño haría Marx para sobrevivir en este invento caribeño» —Esto discurre Abel, antes de que comience la lectura, en su habitual forma de introspección. Héctor se tarda más en arrancar que un motor de petróleo, pero que por fin comienza a leer:

—«La comunidad primitiva en Cuba, a la llegada de los españoles, estaba formada por tres principales grupos humanos: los guanajatabeyes, que estaban en una etapa muy inicial de desarrollo, tal vez en la edad de la concha, se asentaban en la parte más occidental de la isla; los siboneyes que se distribuían en el centro y también un poco al occidente, su nivel de desarrollo era un poco mayor que los guanajatabeyes, vivían en cuevas y dominaban el fuego, pero aún eran bastantes primitivos; y por último, el grupo más desarrollado eran los taínos, que construían sus casas, el bohío, el caney y el bajareque. Cultivaban la tierra, fabricaban armas. Elaboraban su pan, el cazabe, a partir de la yuca que trituraban con diferentes utensilios. Entre sus herramientas de trabajo se han podido encontrar cuchillos, cucharas, morteros...»

En este momento hay una intervención explosiva del político, que con una cara que él quiere poner de inteligente y enterado dice:

—Un momento, «Hétol». Mire, «utedes», ya ven que «etos» eran una gente muy «atrasá», pero ya «etaban» pensando en la guerra. Si no ¿para qué querían eso «modteros»?

No se hicieron esperar las risotadas y exclamaciones en voz alta. En el pequeño cerebro del político había serias confusiones. Equivocar un mortero, arma moderna, con un mortero para triturar la yuca y preparar el cazabe era un alarmante anuncio de en manos de quién estaban y de lo que les esperaba.

Simón, como siempre con Abel, le comenta en voz baja aprovechando el momento de choteo.

—¿Sabes, Abel, por qué este hombre tiene el cerebro del tamaño de un garbanzo? — Y uniendo el pulgar y el índice dibuja una especie de pequeño círculo del tamaño de la legumbre.

—No, no lo sé.

—¡Es que lo tiene inflamado!

Sus risas se mezclaron con las generales, que de ninguna manera se aplacaban. Se reiteraba que a pesar de todo, ni en las peores circunstancias, les iban a quitar el sentido del humor. Aquello era para llorar. Sin embargo, allí estaban los hombres, similares a esclavos, riendo a carcajada limpia de su instructor político. Era una especie de venganza intelectual que se tomaban.

«Si este era el instructor que nos debía adoctrinar y convertirnos en hombres nuevos —pensó Abel—, estamos salvados. Pero con ese cerebro, temo mucho por las atrocidades que veremos cometer. ¿Qué nos espera aquí? ¡Que Dios nos coja confesados!».

El murmullo seguía y la gente reía de buena gana. El político no podía dominar aquello.

—Oigan bien. El que siga el choteo y la cumbancha lo voy a «amarrá» a un «pote» de la cerca toda la noche y tendrá que dormir «parao» y se lo comerán los «moquitos». —Y en ese momento que ya no puede más, que el grupo es incontrolable, grita:

—«Pue bien», la clase se ha «acabao». En «dié» minuto quedará el campamento en silencio. ¡A «dodmí»!

Nunca más se le llamó al político ni por su nombre o apellido, ni por su rango, ni por su grado militar, ni por su cargo. A partir de este momento entre los reclusos quedó bautizado como «el pote».

	1	2	3	4	5	6	7	8	9
V									
HC									

III.-Segunda entrada (parte alta)

Los jugadores se alinean desde el primer bateador hasta el noveno en su turno a la ofensiva. Cada uno tiene su especialidad. El primero es un hombre rápido, el tercero es el que mejor promedio tiene al bate, el cuarto es el que debería impulsar más carreras, el bateador más recio. Por ello, cuando se dice que «eres un cuarto bate», en cualquier disciplina, se está haciendo un gran elogio.

Julio/Agosto/Septiembre 1966

Los meses han pasado muy lentos. Ha llovido bastante, y Abel lleva la cuenta de cuantos aguaceros le han caído encima. Con la lima que se utiliza para el afilado del instrumento de trabajo talla muescas en el cabo de madera de su guataca, cual vaquero que lleva la cuenta de sus duelos registrados en la cacha de su revólver. Tres meses del más intenso verano tropical dentro de los campos de caña de azúcar, guataqueando la indeseable yerba que crece dentro de los surcos junto a las plantas de caña y que merma el rendimiento azucarero.

Guataca es la palabra que se utiliza en Cuba para denominar el azadón corto, con largo cabo de madera, que se usa para limpiar de malas hierbas los campos. Se puede también aplicar a la persona que adula de manera exagerada y sobre todo interesada. Un «pelota». En la compañía existen guatacas de los dos tipos.

Cuando hace mucho calor la lluvia viene bien, refresca.

—¡Mándala, Poderoso! ¡Mándala, Poderoso! —gritaba

Andrés, el cincuenta y dos, desesperado por el calor a las tres de la tarde en pleno campo, pues veía avecinarse un aguacero torrencial en el cielo.

La parte mala de la lluvia, además del lodazal que deja barro que embarra, es que se quedan empapados. Al final de la jornada, a la hora de dormir, la ropa, con la mezcla de sudor, polvo y chorreando el agua, queda colgada en cualquier punto en la barraca que la soporte y es la que hay que ponerse al día siguiente. En el pasillo entre literas donde tienen que vestirse conversaban, aún medios dormidos los amigos:

—Coño, Simón, la verdad es que me dan escalofríos ponerme esta ropa a las cinco de la mañana —mirando con repugnancia la desagradable camisa que ha de ponerse.

—Compadre, está fría, mojada, apestosa, asquerosa…

—¿Por qué no nos darán alguna otra muda?

—Manda pinga, Abel, ¿pero dónde coño te crees tú que estamos?

—¿Sabes, Simón? Una de las cosas que más extraño es ponerme zapatos, ropa limpia…

—Yo creo que la puñetera sensación de sentir esta cochambrosa ropa es para toda la vida, a mí no me la van a sacar de aquí dentro —y se golpea la cabeza con la mano casi cerrada.

Es contradictorio que a pesar de estar viviendo estos hombres cosas trascendentales en sus derechos personales y en lo más preciado de sus vidas, es la suma de las desagradables sensaciones cotidianas, y al parecer de inferior orden, las que le quedan recogidas para siempre. El amargo momento de salir de madrugada al trabajo es uno de esos desagradables sabores que quedan anclados para siempre.

La guataca a Abel ya le pesa mucho. Es como que en la extraña simbiosis de hombre-herramienta, los kilos que pierde uno la ganara la otra.

El rancho diario desde hace tres semanas cambia de col

hervida con boniato hervido en la comida, por boniato hervido con col hervida en la cena. Aquí el refrán se convierte en: entre col y col... boniato. El suministro es escaso y deficiente y los mayimbes robando una buena parte para sus casas. El olor a pedos de col dentro de la barraca es ya característico. La cuestión es que, como se ha ido asumiendo poco a poco, ya lo asimilan como natural.

Las fuerzas se van agotando. Sus mejillas están hundidas. Las reservas corporales se terminan. No sabe cuánto, una báscula en este lugar sería un lujo, pero Abel ha perdido mucho peso. Los brazos y piernas han perdido toda grasa. Se pueden contar sobre la piel todas las costillas. Recuerda las fotos de los campos de concentración nazis o de la Guerra de Independencia en Cuba.

Del esfuerzo que tiene que realizar con la guataca, ha adquirido el «vicio» de arrastrar el mango de madera por el pantalón, ayudándose del muslo para poder sostenerla. El roce constante ha hecho que la prenda se desgaste mucho y termine por romperse. El pantalón es de mezclilla azul, y tal vez este podría ser el precursor de los jean rotos que se pondrán de moda treinta años después.

El sargento de su pelotón lo ha amenazado con ponerle un reporte por descuido de la «propiedad del estado». Abel piensa: «¡Qué tontería! ¿Qué castigo me podrían poner? ¿Qué más me van a hacer?»

Tiene que caminar por los surcos, estrechos y sinuosos, esquivando las hojas de la caña de azúcar que afiladas como navajas de afeitar, hacen estrechos pero profundos cortes en la cara imberbe. Luego, el sudor de todo el día, al empapar los cortes, se hace cargo de martirizar, castigando con un escozor tremendo. La bota izquierda de Abel se le ha deformado, ha vencido el contrafuerte y se ha desfigurado. Así ahora apoya el talón en el cuero lateral y no en su lugar habitual. Un impedimento más para caminar.

Tiene el pelo muy largo. Una incipiente melena le cubre por debajo de la nuca. No ha pasado el barbero aún por la compañía, y aunque al principio lo raparon «a lo militar», ahora el pelo es otro elemento que aporta incomodidad y calor debajo del sombrero de guano. Hoy no es ni la caricatura del joven sano y fuerte que llegó en junio.

Pero tiene que seguir en el surco, tirar adelante una y otra vez la guataca. Si no llega a la norma, ni siquiera el boniato y la col le darán de comer, o le ajustarán la ración. Hay que terminar el surco. Terminando los surcos llegará a la norma, llegando a la norma podrá comer, si puede comer va a sobrevivir hoy, si hoy sobrevive tal vez algún día saldrá de aquí. Este es el plan principal y por el momento no hay plan B.

Comienzan a barruntar por las cabezas que la posibilidad de escapar de todo lo que están sufriendo es una alternativa, aunque la razón les dice que los inconvenientes son tan grandes que es algo poco realista. Entonces, el sentimiento de frustración alimenta, en un interminable círculo vicioso, el deseo de fuga. Y como una pelea a machete, la bronca entre ese deseo y el instinto de supervivencia que advierte, en todo momento, que una fuga pone en peligro la vida misma. Que la podrían perder en un instante. Están seguros que los guardias dispararán sin remordimientos y sin temor a ninguna represalia posterior. Ellos consideran que esto es cumplir con su deber.

La parte racional, cabrona y juiciosa, interroga: ¿Qué hacer después de evadir el odioso metal del cercado? ¿Dónde meterse? ¿Quién te va a ayudar? ¿A dónde vas a ir? ¿Quién se comprometerá en dar cobijo a un fugado? ¿De dónde sacarás comida? Y llega hasta el punto de lo trascendental: una fuga sólo tiene sentido lógico si es considerada como un primer escalón para en un segundo golpe, rápido, salir del país.

Pero al cuadrilátero de esta pelea de sentimientos e instintos, a la lógica se le impide subir, ni siquiera puede aparecer como árbitro. ¿Huir y arriesgar? O ¿Padecer seguros? Esta es la cuestión.

Por la dura realidad que se vive, y como para suavizarla, han anunciado que van a permitir que las familias envíen paquetes con algún alimento.

—Tiene gracia que nos digan que podemos pedir a casa.

—Coño, pero si allá no hay nada para mandar. Con la libreta y el racionamiento, ¿qué coño pueden enviar?

—Y por otro lado, ¿quién asegura que después de hacer un sacrificio y quitárselo ellos, te lo mandan, y entonces vienen los mayimbes y se queden con lo que te envían? Revolucionaria confiscación.

—Y hasta le echarían la culpa al correo.

Pero Paco no se da por vencido. Quiere pasar un telegrama a casa; no va a pedir nada que no le puedan mandar, él lo sabe. Cree que el telegrama se lo pueda enviar a escondidas, y casi de milagro, uno de los soldados buenos del SMO del campamento con el que lo ha cuadrado porque se van el fin de semana de permiso al batey del central. Lo tiene todo estudiado. Bueno, casi todo, porque el texto aún no la ha podido componer.

Se pasó un buen rato pensando qué ponía. La colecta entre los compañeros de algunas monedas que quedaban escondidas en algún secreto rincón no daba para mucho. Habría que ser conciso, pero a la vez contundente.

En definitiva, el recluta de Songo La Maya aceptó. Lo llevó al central y se quedó para tener la seguridad que se lo pasaban. Después relataba al círculo de Paco cómo fue la cosa.

—El telegrafista, estos de la visera de plástico y ligas de gomas en las mangas, como en las películas, cogió el papelito que mandaba Paco. Yo no lo había leído, yo no hago esas cosas. Al principio, ya estando el hombre con el dedo en el transmisor ese que hace los ruiditos, parece que por la letra borrosa no entendía bien lo que decía. O eso creía yo —y continúa narrando—. La cara se le puso arrugada como una pasa, los ojos se le salían de las cuencas, puso la boca como una O mayúscula, pero muy mayúscula, compadre. Aquella cara era un poema. Entonces soltó una risotada que creo que se oiría en todo el batey y me dijo:

—«Ja, ja, ja, ja. Coño, el que escribió esto es un cuarto bate en cualquier novena. Mira que yo llevo años pasando mensajes. Pero como este... Qué clase de hijo de puta y qué estilo tiene el cabrón. ¡Este sí sabe pedir!».

—Y transmitió los soniditos esos, de los puntos y las rayas: piri piri piri... mientras seguía diciendo: Cuarto bate, cuarto bate... ¡Qué clase de tipo!

—Yo no entendía nada. Y además el mensaje era cortico, porque terminó enseguida. Estaba tan intrigado que le pedí que por favor me dijera por qué tanto alboroto. Y él me dijo que rompía las normas y esas cosas, pero valía la pena que yo supiera lo que decía. Y entonces me mostró el papelito que decía:

Manden gofio, o reclamen cadáver

Paquito.

—¡Verdad que es bueno ese cabronazo! Cuarto bate. Cuarto bate. —Y lo repetía y lo repetía. Y deben tener por seguro que lo recordará hasta su jubilación y más allá.

Con el gofio y el azúcar y un poco de agua se puede hacer una «pucha», o si prefieres una «templa», que es la mezcla de dos partes de gofio, una de azúcar negra y rellenar con agua, con lo que se logra una consistente pasta que no se sabe si alimenta mucho pero reconforta. Quien ha pasado hambre sabrá de lo que se está hablando.

El gofio, harina tostada, es una herencia de los canarios inmigrantes a Cuba. Es un alimento de lo más humilde, pero calma el hambre. Si lo comes seco te puedes atorar, hay que suavizarlo con agua. Ser un «comegofio» en Cuba es equivalente a ser un comemierda, un gilipollas, pero dicho en un tono más pulcro, más suave. Pero al gofio se le debería erigir un monumento en sincero agradecimiento por los servicios prestados.

Entre los internos del campamento comenzó a correr una bola, criollo sinónimo de rumor. Antes de que comenzara la zafra azucarera, permitirían que las familias vinieran a visitar. Una esperanza para Abel, y se aferró a ella como un náufrago la tabla que lo podía salvar. Y con él la mayoría de sus compañeros.

Entonces el ánimo cambió. La gente caminaba briosa por los pasillos de la barraca, y hasta florecieron sonrisas. Es asombroso cuánto puede cambiar el ánimo y sostener a una persona, la sola esperanza de una ilusión. Entonces, como nadie quería quedarse sin la visita, disimularon, trataron de no crear problemas, se mostraron más dóciles para no ser castigados a perder el ansiado encuentro. Y lo hicieron no sólo por ellos, también por la familia, que a esas alturas no sabe con exactitud cómo están y cómo viven en aquel amargo mar de caña de azúcar. Inteligente carta que estaban jugando los carceleros para mantener bajo control al grupo.

Las familias para a acudir a las visitas tendrían que recorrer muchos kilómetros, el transporte y las comunicaciones son precarias. Los vehículos son viejos y sirven para pequeños trayectos, pero La Habana está a seiscientos kilómetros, las carreteras son malas y una buena parte del tramo final ni siquiera tiene pavimentación. Son terraplenes, es decir, caminos de tierra. Abel, el consumado soñador, entonces no quiso soñar, no quiso crearse falsas expectativas. No sabía si podrían venir, aunque lo deseaba con toda su alma.

Como aquel día era domingo, el político de la compañía anunció que se hacía media jornada de «trabajo voluntario», formador del hombre nuevo. La tarde sería para lavar la ropa en el río.

—Hay que ser caradura para llamar a lo que hacemos el domingo trabajo voluntario —comenta Simón, el amigo y consejero de Abel—. A ver, ¿por qué cojones voluntario? ¿A ti te han preguntado si querías ir al campo? Es como el cuento del chino: a la cañita no, a la cañona .

—La verdad que si me preguntan el día de la semana yo no lo podría decir. Estamos jodidos, ¿para qué saber el día?. Lo mismo me da estar jodido en jueves que en lunes. Pero más jodido está el pobre Tranquilino. ¿A ti qué te parece? —le pregunta Abel que teme por el muchacho.

—Que lo van a dejar morir. Estos cabrones no tienen ninguna conciencia. Yo creo que ya ha llegado la hora de hacer algo por él.

—Sí, yo también. ¿Pero qué podemos hacer? Tienen un guardia las veinticuatro horas del día vigilando las letrinas. Yo traté incluso de hablar con él desde arriba y no me dejaron.

—Pero hay que ver qué fuerza de voluntad tiene el tipo. Podrá estar equivocado o no. Podrán decir que es fanatismo. Pero tiene unos timbales más grandes que Maceo —y hablando bajito, salen en la carreta para el campo al «trabajo voluntario».

Tranquilino Trasanco es aquel enjuto, feo, tendinoso y simple muchacho, el guajirito de pelo negrísimo y aceitunada piel, al que se presentó Abel hace ya unas cuantas mañanas después del desayuno y que algún tiempo después supo más de él, porque una noche antes de dormir conversaron:

—Yo soy de Guane —comentó el muchacho que tendría unos veinte y pocos años pero aparentaba más por lo desecado que tenía el rostro.

—Ese es el pueblo más occidental de Cuba. Lo más lejos que hay al oeste, en Pinar del Río, ¿no es así? —interrogaba Abel.

—Bueno no, compay. Ahora está Sandino, que es el pueblo ese que hicieron para meter la gente del Escambray.

Se refería al traslado de campesinos que se realizó cuando se alzaron guerrilleros contra la Revolución en la Sierra del Escambray, en el centro de la Isla, y se obligó al traslado forzoso de los campesinos de aquella zona a un pueblo fundado, a quinientos kilómetros de su lugar. El pueblo «Sandino», que está aún más al Occidente que Guane. No es algo nuevo. Una cosa parecida había pasado cuando el general español Wailer,en la guerra de Independencia de 1898, reconcentró a los campesinos en las ciudades, sacándolos del campo para evitar que sirvieran de sostén a los mambises.

—¿Y eres testigo de Jehová?

—Yo, y toda mi familia —dice y los ojos pequeños le brillan como tizones en la noche.

—Por eso es que no quieres ir a trabajar al campo.

—No, no es sólo eso. No voy al campo, no saludo la bandera, no formo en la fila, no me pongo ropa verde olivo, no hago ninguna actividad si me dicen que soy militar. Nosotros no podemos estar en ningún ejército. Tampoco nos ponemos transfusiones de sangre.

—Pero… ¿y si te dicen que estas aquí preso?

—Ya me lo «dijieron» una vez, pero fue para engañarme. Cuando me lo «dijieron» fui al campo, estuve sacando dos normas y pico, los tres o cuatro días… Yo soy guajiro y el trabajo en el campo para mí es fácil. Les demostré que no soy vago y que esa no era la cosa. Después me volvieron a «dicil» que era guardia…

—Sí recuerdo eso. A mí me regalaste algunos surcos de los que habías hecho, pues yo no llegaba a la norma. La verdad es que me vinieron muy bien. Pero, ¿no te dabas cuenta que era un engaño? Ellos seguirán con la cantaleta que somos militares. Ni ellos mismos se lo creen, pero lo seguirán repitiendo y tratando de engañarse hasta a sí mismos. Necesitan justificarse, pues si no… ¿Qué somos? ¿Por qué estamos aquí?…

—Yo tengo mi creencia. No es capricho. Yo les demostré que tengo principios. Podría enseñarte un poco lo que nosotros creemos. ¿No te gustaría? Vivimos los últimos tiempos y el Reino está cerca. ¡Es algo muy importante!

—Mira, la verdad es que yo no creo en la misma forma que tú. Cada uno aquí tiene su forma de creer, ¿sabes? Respeto la tuya, sobre todo porque te comportas como piensas. Creo que tú eres un tipo con «berocos». Si todos hiciéramos como tú haces, no sé qué se iban a hacer estos cabrones.

—No es cuestión de huevos. Es cuestión de mis ideas y de mi corazón. Las fuerzas te las manda Jehová.

Esta conversación sucedió hace un tiempo y poca cosa más se habló. El muchacho es muy reservado. Después le han vuelto a decir que es militar, se ha plantado y no hay forma de moverlo. Lo han dejado sin comer varios días. Nada han logrado. Le han dejado muchas marcas en su flaco cuerpo por los culatazos que le han dado con los fusiles y los pinchazos con las bayonetas, para obligarlo a formar filas. Nada ha podido moverlo.

Por eso hablaban Simón y Abel antes de salir a trabajar al campo, porque lo último que le hicieron fue meterlo por el hueco de la letrina y dejarlo en el fondo, con la mierda a la cintura. Pusieron un soldado en las letrinas, con su rifle, para que nadie se acercara. Tenían miedo de una sublevación. O que alguien fuera a sacarlo. Para ir a realizar las necesidades fue necesario pedir permiso y después hacerlo sabiendo que allá abajo estaba un compañero.

Pero la naturaleza no perdonó, y en uno u otro momento, por mucho que se aguantaron se vieron necesitados de usar la letrina. Lo bajaron en la misma parte central, con toda la mala intención del mundo. Tranquilino, se movió paso a paso, caminando con mucha dificultad por dentro de la mierda hasta un extremo del gran foso, para dejar el otro extremo libre y que sus compañeros pudieran utilizar los orificios de la otra punta. Lo hizo para evitar que, de manera real y no literal, la mierda le cayese encima. También buscó una esquina dónde poder recostarse. Allí estuvo metido tres días y tres noches, que eran las peores. Tranquilino, terco como una mula pero digno como un león, se mantuvo en sus trece.

Al llegar al campamento después del «trabajo voluntario» se enteraron de que durante el tiempo que todos estaban en el campo, le tiraron una cuerda, que atada por la cintura sirvió para que lo sacaran por uno de los estrechos huecos.

—Y al tercer día resucitó. ¡Aleluya! ¡Aleluya! —exclamó Mariñas, el bautista.

Estaba tirado en un rincón del suelo al final de la barraca. Tranquilino era una «cagástrofe». Estaba chupado, mucho más de lo que ya de por sí era. Ojeroso, apestoso y hambriento. Los pelos estaban tiesos, duros. Todo lleno de mierda y muy nervioso, temblaba, pero a la vez se advertía en lo que aquella cara tan sucia podía comunicar, la tremenda satisfacción de no haber claudicado. Pidió agua, tenía mucha sed.

—Y si no te sacaban, ¿qué iba a pasar? —le pregunta Simón, acercándole un jarro con agua.

—Me hubiera muerto allá abajo, pero yo no iba a rendirme. Me faltaron las fuerzas. Tenía mucho miedo a quedarme dormido y ahogarme dentro de la mierda. Me dio más miedo cuando comenzaron a disparar, no sabía lo que estaba pasando. El que estaba de guardia me dijo «ahorita te toca a ti», pero no me habló más.

—Eso fue que se pusieron a practicar al tiro con los fusiles, al lado de las letrinas. Dice el teniente que para mantener la puntería —le aclara uno de los compañeros que ahora lo están rodeando—, creo que lo hacían para que lo oyeras y te diera más miedo. ¡Cabrones!

—En algún momento quería gritar, pero no les quería dar ese gusto. Las noches eran lo más malo, allá abajo está oscuro siempre, pero de noche es lo «pior». No se ve na, no se oye na. Me acordaba de mi mamá. Le pedía fuerzas a Jehová. Él me las dio y no me rendí. Aunque ahora tengo una peste a mierda que me va a durar años.

—Pero en esta tú ganaste. Se las ha dejado en la mano, como en la pelota —dice Abel que confirma sus expectativas sobre el muchacho, sobre que tenía algo especial.

—Tú apestas a la mierda física. Eso se te pasará mañana, pasado o dentro de una semana. Tus castigadores apestan a la mierda moral, que es más hedionda y que les va a ser más difícil limpiar que a ti. Y ellos apestarán siempre —es la conclusión que hace del tema Simón, siempre erudito y conclusivo.

Lo pusieron en pie y como pudo se desvistió Tranquilino. Toda la ropa la metieron en un saco que después se quemó en una hoguera del campamento, donde mismo se calienta el agua para fregar. Algunos le trajeron algo para vestirse: unos calcetines, unos calzoncillos, una camiseta, poco más, porque nadie tenía más. Le llenaron una lata grande de agua y un estropajo y le ayudaron a quitarse la mierda de arriba. Él casi no se podía tener en pie. En calzoncillos y camiseta se tuvo que quedar el muchacho. De todas formas estaba muy débil y tenía que estar acostado. Un pinche de cocina le trajo una bandeja con sopa y un poco de arroz. Era una orden del teniente.

—Coño, Simón, que pena me da este muchacho. Se nos va a morir aquí dentro con todas estas cosas que le están haciendo. Además, lo han separado de todos sus compañeros de religión. Aquí no quedan Testigos —comenta Abel con su amigo, al separarse para dejar comer tranquilo a Tranquilino sentado en su hamaca.

—Aquí lo toleran, quieren vencerle, pues a veces piensas que es un niño bruto o malcriado. Pero el chico tiene mucho de lo que tienen los hombres.

—Y si todos hacemos como Tranquilino, ¿qué coño pasaría? No nos van a matar a todos. No nos van a meter en las letrinas a todos, no cabemos... Yo siempre me quedo jodido porque nos humillamos y bajamos la cabeza. No hacemos nada... El miedo nos come. El miedo que te sujeta es la peor esclavitud, porque te hace preso de ti mismo. Siempre dicen que nos van a matar... Pero no lo van a hacer.

—Abel, sí lo harían. Sí. Lo han hecho con otros. Pueblos enteros. ¿Por qué piensas que contigo va a ser diferente? Una rebelión en masa se acabaría como la fiesta de El Guatao. Correría la sangre seguro. De eso que no te quepa la menor duda. Y lo harían porque se amparan en la obediencia que deben a su ideología. Y lo harían igual que lo hace Tranquilino, con la misma fuerza y con la misma convicción. Pero la de ellos. No te equivoques, que sí nos matarían, y enciman se considerarían héroes.

—Sin embargo, ya ves que el teniente ha mandado a que le den comida.

—Eso es otra cosa. El teniente es malo, pero no es bobo. No quiere buscarse problemas mayores. Si se le muere el hombre aquí por lo que él ha mandado a hacer, tendría que justificar muchas cosas. Y prefiere aflojar un poco... Además sabe que

Tranquilino está solo —y así fueron a la formación para entrar al comedor, donde se encontraron una sorpresa.

—¡Coño, huevo hervido! Se cuidan de dar aunque sea un mínimo de proteínas para mantenernos sin matarnos —esto es porque aunque la dieta base no cambia, han puesto como extra un huevo cocido. Festín de domingo.

—Toma, chico, que te nos vas a morir aquí —le dice Abelardo, el cocinero, al pasar por el lado donde está sentado Abel y le entrega camuflado un pedazo de chorizo del que utilizan de manera exclusiva para la comida de los jefes y que él se ha podido robar.

—No, no lo quiero —es la primera reacción de Abel. Todas estas cosas tienen su precio. Abelardo es homosexual, y a veces, por estos favores se exige pago en carne después por la noche. Chorizo con chorizo se paga.

—Deja de comer mierda, Abel, tú sabes que no hay ninguna segunda intención en esto. Tú eres como la mascota de los de nuestro pueblo. Tu tío me dijo antes de salir que te cuidara, y eso estoy haciendo. Que te vas a morir como no comas algo, ¡coño!

Abel se dio cuenta que no hay nada de trasfondo y entonces lo aceptó, lo guardó en un bolsillo. Era el cuidado de un hermano mayor, sin más. En el trato diario con sus compañeros, Abel fue descubriendo con qué integridad se estaban comportando la mayoría de los maricones, sello con que se marcaba a este grupo dentro de la diversidad de la compañía. Estereotipos de la clasificación de la pequeña sociedad que es el campamento. La mayoría de los de este grupo han demostrado principios muy humanos y solidarios, comportamientos más dignos que los de otros muy machitos, que cuando llegan los momentos duros se les aflojan las piernas o la lengua, que es aún peor.

Abel fue descubriendo que hay una diferencia entre la orientación sexual y los valores personales. Esto era nuevo para él. Vive en una sociedad de prejuicios milenarios y está permeado por su cultura. La sociedad cubana es machista e intolerante, y el muchacho como parte de esta cultura no puede abstraerse de las formas de pensar y sentir de su sociedad.

La cultura envuelve a la sociedad, a esta y a todas las sociedades, con presunciones que de forma consciente o muchas veces inconsciente, a veces ciertas y probadas y otras veces inventadas, conforman la manera de pensar, actuar e integrarse las personas dentro de su grupo. En Cuba, el hombre tiene siempre que demostrar que es muy hombre, muy macho, y de ello no puede quedar la más mínima duda.

Aún a costa de reprimir la expresión de sus más íntimos sentimientos:

«Los machos no lloran», se alecciona a los niños desde pequeños.

Y esto es ley para hombres, mujeres e incluso aún en las relaciones homosexuales, que son también especiales y regidas por estas leyes. El activo «dante» y el «tomante» pasivo son categorías diferentes. Esto sin olvidar que también hay un refrán popular que dice que «el que apunta, banquea» .

Dejando a un lado las reflexiones sexo-filosóficas, aquello era espectacular: ¡un chorizo! Abel lo dividió en tres porciones, guardó una parte y pasó una a Simón con el que compartía todo.

—Despacio, paisa, que así dura más.

—Me puede dar un soponcio por el susto que se va a llevar mi barriga.

Parecería que están hablando de una opípara cena y sólo se refieren a tres centímetros de chorizo para cocinar.

La porción que decidió comer la puso en un pedacito de pan de la comida que había puesto a buen recaudo. Un choripán le llamó a esto. Lo comió despacio, saboreando y masticando muy poco a poco.

«No tiene gracia comerse todo de un tirón, pues el hambre volverá. ¡Qué bueno es comer algo que no sea el rancho del comedor! Además, bien masticado cae mejor —pensó—. Aquí he tenido que aprender a comer de otra manera, para poder aprovecharlo mejor».

Casi unas dos horas después de la comida, cuando todos los cacharros de cocinar están limpios, mandaron a formar el pelotón uno, el de Abel.

Con un guardia por delante y otro por detrás con sendos rifles, salió en fila la primera escuadra de diez hombres del campamento. Remontaron el canal que hay cercano al campamento hasta un kilómetro arriba. Fueron a lavar la ropa y se pudieron bañar. Diez minutos después salió la segunda escuadra, en la misma situación y se situó a cien metros de la anterior, corriente abajo. Es una técnica de escalonamiento para poder tener controlados pequeños grupos y que en cada momento todos estén a la vista de los escoltas. Después salió la tercera escuadra del veintiuno al treinta. Abel, que era el veintiséis, iba en ella. Llegaron al canal y se situaron a unos cien metros río abajo de la segunda escuadra.

Los custodios, como se ha contado, eran soldados del Servicio Militar Obligatorio que fueron enviados castigados desde sus unidades regulares a las UMAP, cada cual sabía por qué. Aquí tenían que hacer méritos para volver sus unidades del ejército. Algunos fueron ruines, malas gentes, se ensañaron y pegaron como los jefes. Se creyeron el cuento de que por ser custodios eran superiores a los custodiados. Otros fueron buenos chicos, al final cubanos, hijos del pueblo, que sabían que ellos podrían estar en la misma situación de los que tenían que vigilar, pero sin embargo no tenían otra salida que cumplir con el papel al que los obligaron.

Abel, como los demás, fue clasificando unos y otros. Sabía que no podía confiar en ninguno. Pero también sabía que alguno en determinado momento podía hacerle un favor, como el mulato de Songo La Maya, que envío el telegrama de Paco. Y estos gestos en la situación en que estaban, contaban mucho.

Se desnudó toda la escuadra, y había que empezar, con un jabón de lavar, que tocaba a tres personas por pastilla. Unos lo partieron y otros lo conservaron entero, para utilizarlo a turnos. Así se gastaba menos. Era muy ridículo el cuadro. Nueve hombres desnudos metidos en el agua, hasta las rodillas, a uno y otro lado del canal, restregando su ropa y compartiendo el trozo de jabón y la conversación.

Los guardias desde arriba vigilaban, colocados en una pasarela de madera que servía de puente de paso entre las dos orillas del canal. Un pastor bautista, cuarentón, décimo hombre de la escuadra, le daba mucha vergüenza. Por pudor, se dejó el calzoncillo puesto.

Una vez terminada esta faena había que secar la ropa colgándola en las cañas silvestres y los abundantes arbustos que había a la orilla de la acequia. Como había que esperar que la ropa se secase, permitieron los vigilantes custodios que se bañaran. El propio jabón de lavar sirvió para restregar el cuerpo y lavar la cabeza. Es un pequeño escape y la gente jugó e hizo bromas. Ropa limpia, cuerpo limpio.

De pronto apareció flotando, arrastrada por la corriente, una camisa. Después venía un pantalón y junto, el calzoncillo. Alguien capturó las prendas. ¿De quién serán? ¿A quién se le habían escapado?

Unos momentos después pasó uno de los guardias de la segunda escuadra llevando a Cao, sujetándolo fuerte por un brazo. Nadie se fijó en su cara que iba como perdida, mirando al cielo, a la vez que se movían sus labios que repetían cosas incoherentes, como en susurro. Cómo iba a fijarse alguien en estos detalles si llevaban al pobre, desnudo, a rastras por el campo. De vez en cuando gritaba un poco y volvía a su estado de balbuceo.

—Este loco se quitó la ropa y la tiro toda al río. Alguien que la recoja, ¡coño! —gritó el guardia a su paso por el sitio dónde estaba la escuadra tres.

Contaron después los de su escuadra que llegó al río y comenzó a gritar el nombre de su novia: ¡Elena! ¡Elena! Una y otra vez. Cada vez más alto.

—¡Quiero estar limpio! —gritaba mientras se desnudaba y tiraba la ropa al río—. No quiero más suciedad en mi vida. ¡Quiero estar limpio! ¡Quiero ver a Elena! ¡Mi Elena! —Miraba al cielo y allí extendía sus dos brazos, figurando una tragicómica i griega.

Llegaron al campamento gritando aún. Desnudo aún. Y desde entonces está loco. No le perdonaron de nada. No le aligeraron de ninguna carga y tuvo que ir al trabajo igual que los otros, pero quedó total y por completo perdido en sus diatribas y en el recuerdo obsesivo de su novia. Sólo la ayuda de sus compañeros hizo que pudiera continuar haciendo las cosas más elementales. Aun así, todos cuidaron mucho de tener la propia ropa a buen recaudo, pues adquirió la costumbre de vestirse con la primera prenda que encontraba a su paso.

Perdió la razón como había perdido sus ropas. Sus mecanismos internos se rompieron. Y así, rotos, quedaron para siempre. Penélope, a la inversa, pero sin ningún bolso de piel marrón ni su vestidito de domingo.

En todo este jaleo después del incidente de la locura de Cao, que creó un poco de caos en la pequeña sociedad del campamento, y como de puntillas, sin avisar, llegó la noche de aquel domingo. Como solo trabajaron media jornada y la gente se bañó, había más fuerzas reservadas. El calor era sofocante y se hicieron grupos según afinidades, en distintas zonas del campamento.

Los bautistas tenían un grupo y celebraban el domingo, leían pasajes de la Biblia, era para ellos el día del Señor. Lo hacían con mucha discreción, pero cualquiera del campamento lo olía a la legua. Los jefes no se enteraban ni distinguían cuáles son las diferentes denominaciones. Para ellos están dentro del gran grupo de los «religiosos» y esta es la única clasificación, por ignorancia ecuménica.

También hay un santero, que nunca sabremos cómo pudo conservar sus caracoles y así, prestar «servicios» a los que manifiestan la religiosidad de esta forma, que eran muchos los creyentes en la santería.

Todo viene del sincretismo religioso: es la mezcla de religiones que se produjo con los negros esclavos de la cultura yoruba, en lo fundamental, cuando fueron capturados en África, expatriados y obligados a trabajar muy lejos de su tierra para los hacendados coloniales. También les obligaban a adoptar la religión católica. Los que avasallaban no sólo querían la fuerza de trabajo, querían también llegar a dominar los pensamientos, los sentimientos y las creencias como seguro modo de perpetuar su dominio. Un esquema de dominación que se ha repetido en diferentes culturas y épocas.

Estas imposiciones, sin poder asimilarlas los pobres esclavos, hicieron que asociaran la representación de los santos e imágenes del catolicismo con sus divinidades. Así, la imagen de Santa Bárbara, que tiene una espada y una capa roja, les pareció que era Changó, su dios del trueno. Oshun, diosa de los ríos, la asociaron con la Caridad del Cobre porque la imagen tiene al pie una barca con tres pescadores, Eleguá, dueño de los caminos. Y así, Obatalá, Babalú Aye, Ogún y otros más. Siempre asociaciones prácticas, relacionadas por sentido común más que por revelación divina.

—Nos vemos un momento en Los Troncos. Hoy es ocho de septiembre, día de la Caridad del Cobre, nuestra madre, nuestra patrona —le pidió Andrés que vino con otros dos chicos católicos.

Abel era católico. Era un laico comprometido, postconcilio Vaticano II. Toleraba con buenos ojos cualquier manifestación religiosa, consideraba que a Dios cada cual llega como quiere, o como puede, y sólo faltaría que aquí se pusieran a reivindicar y discutir por cuestiones teológicas en uno u otro sentido.

Se retiraron al sitio indicado e hicieron una pequeña oración en común. Un grupo también pequeño, pues no querían llamar la atención. Ellos, apremiados por la necesidad, despojaban la oración de lo artificial, de lo innecesario, la realizaban de manera práctica y sin victimismo.

—Madre del cielo, gracias por la salud. Gracias por estar vivos. Danos fuerzas para aguantar las cosas de esta vida que te ofrecemos como nuestra más sincera ofrenda. Te lo pedimos por tu Hijo Jesucristo —dice la oración Chencho, el católico más viejo de la compañía.

—Amén —contestan todos.

Un poco a la izquierda de las letrinas hay tres grandes troncos de palma real cortados y acostados que forman una especie de gran U, y muchos se sientan a conversar en este lugar que se ha convertido en el punto de reunión de los confinados. Como «Los Troncos Club» lo bautizaron, y allí se sentaron con otros más que lo habían hecho antes.

De pronto, corriendo desde la barraca, apareció una chica en el corro y se plantó en medio. Era un espejismo. Tanto tiempo sin mujer los estaba haciendo ver visiones.

Pero no, ¡era el nuevo!

Sisi, del cual nunca se enteraron de su verdadero nombre. De profesión transformista. Lo trajeron con otros tres presos hace unas tres semanas.

—¡Y ahora desde el mismísimo Cabaret Tropicana! ¡La incomparable, la divina, la espectacular, la salvaje: SISI EMPERATRIZ! —anunció con entusiasmo el improvisado narrador de la velada, que utilizaba un palo de cabo de guataca a modo de micrófono.

—Para todos ustedes, con todo mi arte y mi corazón. De Frank Domínguez: Imágenes. —Y comienza a cantar:

—«Como en un sueño, sin yo esperarlo te me acercaste...»

Se maquilló con lo que encontró: carbón, mercurocromo y azul de metileno del botiquín sanitario. Una toalla en la cabeza a manera de femenino turbante y una envoltura en la lona de una de las hamacas a modo de largo vestido de noche, para que otra toalla se trasvierta en pecho y logre el resto. Se robó el show en su presentación, una mujer en toda la extensión de la palabra. Estaba recreando el espectáculo que lo hizo triunfar muchas noches de pequeños cabarets en La Habana. Bailó y cantó. Con premeditación, nocturnidad y alevosía se exhibió.

-«... y desde entonces te estoy buscando, para decirteeee... / que como un niño cuando te fuiste me quede / llorando... llorando... llorando».

Terminó su canción, saludó muy mariconamente y con pacitos cortos como de profesional geisha, se retiró por el lugar que había venido.

Alguno, después de la actuación, se escapó sin ningún pudor a las letrinas y se masturbó. Ya eran muchos meses de soledad y falta de cariño. La gente estaba muy saturada, un poco de auto-gusto disipaba a tierra la carga.

Abel, siempre ingenuo, estaba asombrado. No podía imaginarse una transformación tal. Aquí todo era descubrir cosas nuevas de la vida, cosas del mundo que le eran ajenas por completo. Quedó perplejo. Hay un ajiaco de ideas en su cabeza. Flotan en su cerebro las nuevas experiencias que está conociendo, así como flotan en el caldero las muy variadas viandas del criollo guisado.

En la clasificación oficial se les llamaba «maricones» sin más subdivisiones. En orden de desparpajo, la sub-clasificación de la pequeña sociedad que era esta compañía los dividió en afeminados, homosexuales, gansos y locas. Sisi era un paso más allá de «loca». Era lo más maricón que había visto Abel en su corta vida. Era lo que se dice una mujer atrapada en un cuerpo de hombre, pero con toda la afectación femenina imaginable. Aunque, no hay que llevarse a engaños, lo condenaron por apuñalar hasta la muerte a su marido que lo atacó en un pasional arranque de celos. De recuerdo le quedó una amplia cicatriz en la mejilla izquierda, del corte de navaja de su agresor. Alguna vez se ha burlado de sí misma diciendo que es la marca de «La Viuda Alegre».

Junto con él habían traído una interesante colección. A uno que dice estaba en chirona por haber estrangulado a su abuela, con el alambre de un perchero para robarla. Condenado a treinta años de cárcel, cuando estaba rozando los veinte de edad. Hablaba de ello, y hasta se jactaba, con la naturalidad de un desnaturalizado. Un traficante de marihuana y otro acusado por robo con fuerza, donde dejó lisiada a una persona. Todos presos por delitos más o menos graves.

En la tertulia, entre actuación y actuación, salió el tema.

—En este país es más fácil ser delincuente que honrado. Es que te obligan y a la vez te lo ponen fácil —afirmó Simón, que es quien rompe el fuego—. A un amigo mío del barrio, el hijo de Cusita, que tú conoces, Abel, lo condenaron a tres años de cárcel por comprar tres sacos de cemento en bolsa negra. —la bolsa del saco era de color marrón, a lo que se refiere es a que lo compró en el mercado negro—. Está en la Loma, en el Principal, le sale a un año el saco. ¿Un poco caro, no? Los necesitaba para poder reparar su casa y no tenía otra forma de resolver. ¿Quién tiene cemento aquí si no es…? —terminó la frase con el gesto de pasarse la mano por el mentón para dibujar una imaginaria barba.

—Mi propio hermano se consideraba un lacto-traficante –esto provocó risas—. Lo paró la policía en la carretera con unos «tambuches» puestos atrás de la bicicleta, como unas alforjas. Los recipientes iban llenos de leche pero él dijo que llevaba taladrina, el refrigerante ese que se utiliza para trabajos en los tornos. Y que los llevaba para su centro de trabajo. Pasó, porque los policías estaban en otra cosa ese día, parece que estaban buscando carne de res, y desmayaron el tema . Pero por poco lo atrabancan —comentario de Vasallo, que continúo—. Le cambiaba leche a un guajiro por botas, sombreros de guano y cosas de esas que necesitaban para el trabajo en del campo. Esos tarecos, para poder hacer el trueque, los «bisneaba» arreglándole el camión de un amigo. Es un buen mecánico de petróleo, ¿sabes? No te apures, asere, que sigue la cadena. Este socio, a su vez, resolvía los tarecos (y nunca dijo dónde) cambiándolas por pescado fresco y alguna que otra langosta que cogía en los arrecifes de coral cerca de la costa, a puro pulmón, porque es pescador submarino…

—Pero todas y cada una de estas cosas nos las cargan como delitos, aunque en cualquier otro lugar del mundo son parte de la vida diaria. Es lo que hace la gente para vivir. Aquí cualquier cosa que no sea controlada por el Estado es una jodienda. Y si te agarran en la maroma, pues al talego. Torquemada, el socio ese de la Inquisición, se quedó pequeño; aquí se pondría las botas en la vuelta esa de controlar. Bueno, si es que consigue las botas «bisneando» —volvió a intervenir Simón, que antes miró a todos lados, para ver quién le está escuchando.

—Pero estos presos que nos han colado son otra cosa. Son presos de largas condenas. Tienen un lenguaje carcelario, a mí me dan miedo —dijo Pepito, que no quería quedarse sin manifestar su temerosa inquietud.

—Sus costumbres son las del hombre obligado a estar trancado por mucho tiempo, que los corrompe. —apuntó Andrés, que hasta ese momento parecía como dormido, pero que había seguido la conversación desde el principio.

—¿Se han fijado que son egoístas sin humanidad? Es ellos y sólo ellos. Además, viven la ley de la selva, la ley del más fuerte —siguió Pepito, que era el que más amenazado se sentía, pues le habían puesto a dormir a uno en la litera de arriba a la que él dormía.

—Estos son delincuentes, carne de presidio —rotundo dijo, Andrés.

—Esto es una táctica bien calculada y consciente por parte de unos ideólogos de este maquiavélico plan —dijo Mario el santero, siempre un poco misterioso, tocándose un collar de semillas que lleva en el pecho y a quien le interesó el tema y se cambió de sitio para estar más dentro de la conversación.

—Es que quieren romper la unidad de los UMAP, minar la moral y hacer que pensemos que somos «lacra social» —un comentario de Tomás, del pelotón dos.

—No le den más vueltas ni le busquen cinco pies al gato, que tiene sólo cuatro. Es tan sencillo como que es la forma de vaciar las cárceles, que con tantos delitos inventados, están de bote en bote. —Vasallo, que más práctico, no quería aceptar la teoría de la conspiración.

—Pero si son las primeras intenciones, las que dice mi colega Mario, les sale el tiro por la culata. Todos sabemos que estamos aquí, en las UMAP, por ser diferentes, por pensar diferente. Y mira tú qué contradicción, por ser diferentes nos sentimos iguales. Somos iguales por que cada uno quiere ser un individuo y no un engranaje de la máquina estatal. Y es así, a cada uno nos ha hecho Dios único y diferente. —Esta sentencia rozando lo teológico, la soltó el pastor bautista cuarentón, Elías, que se apenaba de quitarse el calzoncillo en el río pero que en el momento hizo un completo desnudo ideológico—. Este sentimiento crea la unidad, y mientras más traten de rompernos, más duros nos pondremos. Se aprecia todos los días en el comportamiento de la gente. ¿O es que no lo ven? Y sí, sí tenemos un delito de los gordos para los totalitarios: no renunciar a nuestra individualidad, a nuestro derecho a pensar, creer o ser como nos parezca oportuno.

—Shhh... Shhh... A callar, que el show tiene que continuar —dijo el maestro de ceremonias que se metió demasiado en su papel.

Después de Sisi, muchos se animaron a interpretar sus numeritos. Cantaron, algunos muy bien, otros no tanto. Algunos contaron historias y ocurrencias. Hicieron chistes. Uno declamó un bello poema de memoria y con mucho sentimiento. Un cigarro muy compartido corrió de mano en mano. También la brisa comenzó a correr, refrescó, y trabajó para hacer posible acostarse. Cansado, fue a su hamaca, que es una lona dura con dos rectos troncos de palo insertados en cada extremo. La lona, así armada, es sostenida por una estructura de vigas de hierro en U. Esta lona, con el uso, ya ha amoldado su figura y no hay manera de estirarla más. Se acomoda en el hueco que más que una cama, parece un nido.

Abel se echó añorando la visita y haciéndose mil preguntas.

« ¿Me permitirán a mí la visita? ¿Exigirán más surcos a cambio? Si es así, yo no puedo dar más. Me la van a quitar estos cabrones. ¿Y nos darán visita de verdad o es sólo una trampa para mantener a la gente ilusionada con algo? No serán tan cabrones. ¿Tendrá visita Tranquilino o lo van a castigar por rebelde? ¿Y si no tienen cómo venir mis familiares? ¡Coño! Y los de Tranquilino están mucho más lejos. ¿Podrá venir mi novia? Me muero de ganas por poder verla. Ojalá sus padres le permitan venir. Claro, que viniendo con mis viejos seguro que sí le dan permiso. Pero, ¿vendrán mis viejos?»

Ansiedades, ensoñaciones que casi lo llevaron al sueño. Lo espabiló de pronto una peculiar conversación.

—¡Chicho, Chicho, mira como tengo el miembro! —Gritó el veintinueve, cuando estaba experimentando una gran erección.

Es Mariñas, el joven bautista, con una virginal e inmaculada, casi tonta, ingenuidad. Ni siquiera en una situación así utiliza una mala palabra. Lo dijo sin malicia, maravillado de la gran novedad fisiológica de tener la verga dura como un cabo de guataca.

—Cojones, Mariñas, ¿tú te crees que yo soy maricón o qué? A mí qué me dices si se te ha parado la pinga. Así estamos todos después de estar tanto tiempo sin ver mujer. ¡Hazte una paja, y déjame dormir tranquilo, cojones!

Chicho sí que no tenía pelos en la lengua. Después se oyó en la cabecera de la barraca la voz del sargento del segundo pelotón.

—Para toda esta barraca ¡¡SILENCIO!!

Y el silencio se hizo.

	1	2	3	4	5	6	7	8	9
V									
HC									

IV.- Segunda entrada (parte baja)

El objetivo del juego es anotar carreras. Para anotar una carrera es necesario recorrer las bases del «jon» ("home"), pasar por primera base, segunda y tercera, volver al jon, sin ser retirado. No tiene que ser en una sola jugada, puede ser en varias, adelantando poco a poco durante la entrada que el equipo está a la ofensiva. Al terminar las nueve entradas, el que más carreras ha anotado gana el partido. Si un equipo no anota le han «pintado de blanco», «lechada», nueve ceros.

Final de Septiembre 1966

Es un pequeño corro que se ha formado un par de hamacas más abajo de la de Abel en el que todos opinan y especulan.

—Nagüe, a mí que no me jodan. Yo creo que lo de la visita es un cuento. El diablo no regala caramelos.

—Pero, ¿qué dices, yénica? La mejora en la comida es seguro porque va a venir la visita. Así podrán decir que se ha mejorado y que ellos no son tan malos.

—¿Pero qué cojones mejoría ni niño muerto? ¡Si lo que nos han dado es una mirringa de sardinas! ¡Con qué poco nos deslumbramos!

Si una persona en su comida de un día normal come media lata de sardinas no tiene la mayor trascendencia. Ha comido sardinas y punto. En cambio, cuando se está encerrado y con una dependencia total de los designios de los jefes, cualquier cosa tan insignificante como que en alguna comida, después de tanto tiempo a col y boniato, han puesto media lata de sardina por comensal es asunto de grandes especulaciones y comentarios.

—Es que en mi casa no han visto una lata de sardinas desde hace años. Si me pudiera afanar una y guardarla para que mis hermanos pequeños sepan lo que es esto.

—Difícil lo veo, desde que han entrado unas cajitas la controlan los mayimbes como si fuesen monedas de oro. Abelardo no tiene acceso a ellas y las tienen bajo llave, y para servir se las dan contadas. Así que si alguien se las lleva serán ellos, los jefes.

No han anunciado que se efectuará la tan esperada visita, pero flota en el aire que algo se mueve. Se confunden los deseos con la realidad, pero los internos prefieren creer que pronto habrá visita, pues eso hace menos pesada su carga. Quieren obligar a estos signos a pronosticar que la visita es un hecho. Y la cuestión es: ¿cuándo?

Fuera la lluvia es copiosa, un aguacero de «ampanga» Tanto llueve que la cortina que forma el agua no permite ver lo que sucede a un metro de distancia. Así ha estado desde la tarde, y el agua se encharca en todo el campamento, se va haciendo un mar en toda el área interior, suelo de tierra, sin ningún tipo de drenaje y el agua comienza a buscar su propio camino. Las zonas donde están ubicados la cocina y el comedor, al este, son más altas que la zona de las barracas y al final, en esta pendiente decreciente están las letrinas. A ese punto corre el agua. Continúa la lluvia, no escampa. Agua y más agua. Las barracas dormitorios que están a un mayor nivel que el del suelo aún están secas. También hay viento, que aúlla como lobo hambriento al colarse entre el hueco que queda entre el techo y las paredes.

«Estamos en temporada ciclónica. Puede que esto sea un ciclón y no sabemos nada. Estos cabrones nos van a matar aquí dentro y sin ninguna información», se dice Abel en el diálogo interior que no cesa, y piensa que lo que está pasando puede tratarse de uno de los temidos huracanes caribeños que dejan, casi siempre, muerte y desolación a su paso por las islas del Caribe.

Llueve toda la noche. El viento no cambia, mantiene su constante ataque a las vigas del techo y despega alguna que otra de las placas de fibrocemento que lo arman, con las inevitables goteras, que más que goteras son chorreras, empapando dentro de la barraca. Comienza a entrar agua por el gran portón de la cabeza de la barraca. Al principio se trata de atajar, cuando se hace impracticable se deja por imposible. Un barro negro intenso del color de la tierra en esta zona comienza a extenderse por todos los sitios. No hay mucho que subir a las hamacas, pues las pertenencias personales son tan escasas que casi siempre las tienen debajo de lo que les sirve de almohada. Las cucarachas y pequeños ratoncillos que se esconden en los mil y un huecos de la barraca comienzan a salir para ponerse a salvo del agua.

«Infelices animales, que en lugar de poder estar libres fuera, han escogido vivir presos aquí dentro», piensa Abel.

Sigue cayendo agua como sólo cae en el trópico. Por fuera ya hay pequeños riachuelos. Deben subirse a las hamacas y esperar. Hay que hacer equilibrios para quitarse las botas sobre la lona. No es sencillo. Hay dejarlas en algún rincón, por encima del suelo, para que no se mojen por dentro. Abel logra atar los cordones de ambas y dejarlas colgando en el palo que sirve de soporte a la lona del camastro, así no se le mojarán.

Llueve y llueve, toda la noche. No hay truenos, lo que a algunos más experimentados les indica que puede ser un ciclón, y no una tormenta de final del verano. Nada que hacer. Subir a la hamaca y esperar. Dormir un poco el que pueda. Esperar.

Dentro de tanta agua y tanto barro hay algo que estiman positivo: no se podrá salir a trabajar a los campos porque estarán anegados. Además, los caminos se hacen intransitables, aún para las carretas y los tractores.

—Dios aprieta, pero no afloja. Mañana no hay trabajo.

Es el comentario de Arturo, que no coordina bien sus pensamientos, pues no es del todo normal, y hace un chiste sin proponérselo. Los que quedan despiertos se ríen. Poco a poco la impotencia y el cansancio hacen que la barraca quede en silencio. Llueve y llueve. La gente dormita, pero con sobresalto.

Abel sueña que visita Venecia. La sugestión de los canales de agua parece que induce este sueño.

No se explica cómo han llegado hasta allí. Venecia sólo la ha visto en películas y leído en algún que otro libro.

Pero en esta situación «el mayor bien es pequeño y es su vida un frenesí, los sueños, sueños son». No fastidiemos a nuestro Segismundo las posibilidades de una ilusión y alivio, con impertinentes interpretaciones freudianas, que a un cubano lo único que no se le perdona es ser un pesado.

En su sueño se ve en una góndola con su novia. Van solos, no hay gondolero. Góndola, que como un juguete, va por control remoto. Acaricia con toda delicadeza su cuello y deja un rastro de besos hasta llegar a su oreja. Se acarician y se besan, se tocan en los puntos que de memoria conocen y saben más sensibles, y el ardor de las caricias lo excitan al máximo. Las manos pasan de las estribaciones al monte profundo. El sueño rosa, erótico, pasa a ser rojo intenso, sexual. Las hormonas y los meses de soledad hacen lo suyo.

En la húmeda noche, húmedos sueños.

Amanece, y de todas formas, de la misma forma que sale el sol, se tendrá que gritar el «de pie» a las cinco en punto.

—Para esta barraca que duerme tan a gusto ¡DE PIE! Arriba que ya escampó —con un poco de sadismo grita un sargento en la puerta.

Poco después el sol comienza a calentar. No era un ciclón, y si lo era ha pasado rápido. Una vez más se han salvado de una grande y la cosa queda en menores, pero es desolador el aspecto del campamento. Hay fango por todos los sitios. Las barracas tienen más de tres centímetros de barro negro y espeso. Caminar por dentro es chapotear, chof, chof, chof. No hay leña seca para hacer el desayuno. Pan duro y es todo. Si miran fuera, más allá de las alambradas, los campos de caña están tumbados, se han acostado todos. Sólo el júcaro cercano ha resistido inmutable la fuerza del viento.

En la zona de las letrinas, que se han llenado hasta arriba y han desbordado, flota la mierda y la podredumbre en los lagos que han quedado después de la tormenta.

Hay que comenzar a limpiarlo todo.

Abel tiene además que limpiar otras cosas: su calzoncillo que está todo acartonado de la noche anterior.

Pocas palas, por lo que hay que utilizar las guatacas como herramienta de recogida. ¡Condenadas guatacas que han de servir para todo!

Se construyen zanjas para evacuar a los sitios más bajos y tratando que el agua salga por su cauce natural. Los campos de caña adjuntos al campamento están diseñados por la compañía que fue dueña del central azucarero y tienen pendiente en la dirección de la acequia. Como el campamento fue construido desbrozando el centro de un cuadro de caña, el agua busca siempre su nivel.

—¡Arturo, carajo, con que hoy no tendríamos trabajo! No será en el campo, pero esta pincha es muy incómoda también —le gruñe Chicho.

—Bueno, pero si llueve podemos estar a cubierto —contesta el chico retrasado, pero que en este caso lleva razón.

El camagüeyano sol calienta rápido y evapora mucho el agua. El nivel de humedad del aire aumenta de manera vertiginosa, con lo que el sudor no evapora, se pega al cuerpo y empapa. Ahora la sensación de bochorno es mayor.

Poco a poco se van restableciendo las cosas. Se limpian las barracas, se utiliza la pipa de agua para esta labor. Con muchas penurias, el tractorista con un par de hombres y la inseparable escolta, va al canal y la vuelven a llenar. De vuelta quedan atascados en una tremenda trinchera que se abre por el peso del tanque lleno y tienen que venir dos yuntas de bueyes para tirar de la pipa y sacarla del hueco, donde se ha metido hasta el eje.

Las letrinas están llenas de agua. Esta agua es más difícil que drene, pues el terreno está en todos los sitios enchumbado y no aguanta más líquido. Hasta varios días después no volverán a su nivel habitual. No obstante, el mal olor se tendrá que soportar todo este tiempo. O al menos el primer día, pues una vez que el olfato se acostumbra en la práctica no se aprecia.

Todo el día se emplea en estas labores.

Pero como ya se ha filtrado que tendrán visita, el ambiente es diferente.

En un momento, rememorando su preferida orquesta, Simón hasta canta y baila, dando vueltas con su guataca:

Me gustan los tamalitos. / Los tamalitos que vende Olga. / Pican, no pican. / Los tamalitos que vende Olga.

Tira unos pasillos y da vueltas, apoyando el hierro de la herramienta en el suelo y agarrando el palo como imaginaria pareja.

—Yaguasa… ¿A qué soy mejor que Yaguasa, el de la Aragón? —grita, pavoneándose con orgullo. Tan cansados como siempre, pero hoy ha sido un día diferente, se ha roto la rutina.

El teniente es el jefe de la unidad y máximo representante de la autoridad y la represión en esta compañía. Manda a formar a todo el personal entre las dos barracas. Anuncia de manera oficial que en un par de semanas se podrán recibir visitas, el día que se marque. Por lo general, las pocas buenas noticias que hay que anunciar siempre se las asigna a sí mismo, creyendo así que se hace simpático a la tropa.

Es un hombre que tiene unas manos enormes, que atestiguan que han trabajado muchos años en el campo. Lo terminan de delatar, su forma de andar, su manera de expresarse muy poco afable y su recio biotipo. Su graduación militar es la de teniente de milicias, una variante que se ha inventado para hacer oficiales, previo cortos cursos de formación en una escuela militar de Matanzas, a gente que vienen de las iniciales milicias populares y que quieren seguir sirviendo en el ejército. Siempre lleva su pistola a la cintura y cuando habla no puede evitar el gesto característico de apoyar su inmensa mano derecha sobre la gastada cartuchera marrón donde la lleva. Tal vez es un gesto inconsciente, pero denota falta de seguridad en sí mismo, que le obliga a reforzarse, haciendo ostentación de la fuente de su fuerza. Nadie conoce qué pecado cometió para estar ahora purgando en la UMAP.

—Se permitirá pasar telegramas para avisar —dice el teniente.

—Una pregunta, teniente —Chicho le interpela.

—Diga, veintisiete.

—Si no tenemos dinero, ¿cómo vamos a pagar el telegrama?

—Se cogerá del dinero que traían cuando llegaron y que está en una caja de hierro en la jefatura de la compañía. Se entrega un impreso de telegrama a cada hombre y uno de los reclutas SMO irá recogiendo los mensajes, contando palabras y calculando el importe. Lo que sea se descontará. Si a alguno no le alcanza ya veremos cómo lo solucionamos. O que un amigo se lo preste. Hay que escribir poco. En el comedor pondremos un texto que sirva de modelo y así será más fácil todo este jelengue.

—¿Y la dirección de este lugar? Porque esto, que está en el culo del mundo, no lo conoce nadie —pregunta entonces Andrés.

—Que se informen en la Oficina del Comité Militar de cada localidad. Allí les darán detalles. Poner en el telegrama compañía y batallón, allí sabrán.

La compañía parece entonces un hormiguero. La gente se mueve de aquí para allá, busca con qué escribir, reclama sus modelos de telegrama. Se forman las broncas eternas que suceden cuando los recursos son limitados y no alcanzan para todos. Pero estas broncas ahora son suaves, son con sonrisas y jaranas, con chistes y buenas maneras.

Sólo hay una cara que está apagada, más que lo que de costumbre están. Es Alberto, el veinticinco, que se ha acostado en su litera, con un pie en el suelo y se balancea a ritmo lento.

—Alberto, ¿es que no vas a pasar telegrama a tu familia? ¿No les avisas? —le pregunta Abel.

—No, no lo voy a hacer. Mi padre está en silla de ruedas y no puede venir. Mi madre es vieja y no aguantaría el viaje con tantas penurias. Mujer no tengo. ¿Quién va a venir a verme?

—Pero… un hermano, un amigo, alguien que te estime —insiste Abel que no puede imaginar situación que pueda deprimir más.

—Soy hijo único. Mis amigos, por fortuna o por desgracia, están aquí. No tengo a quién avisar. La soledad es muy triste.

A pesar del desalentador diálogo y la pena que siente por la soledad de Alberto, Abel, que es transparente como agua clara en la expresión de sus sentimientos, no es capaz de fingir y suena como un cascabel de tan ilusionado y no puede esconder su alegría.

Ninguno está seguro de si podrán venir a verlo, y Abel no es la excepción. No sabe si encontrarán transportes para una travesía tan embarazosa, conociendo el sin número de problemas que deben ser solucionados para hacer un viaje así. Pero no puede dejar de pensar en ello. Con esa sola idea se obsesiona los catorce días que faltan.

No habla de otra cosa, no piensa en otra cosa, ni siquiera sueña con otra cosa. Con una piedra caliza a modo de tiza, va haciendo rayas en el suelo debajo de la hamaca. Cada cinco cruza una raya. Es el elástico tiempo que pasa rápido cuando disfrutamos y muy lento cuando esperamos. A veces quiere hacerse trampas a sí mismo y poner una raya de más para que llegue más rápido el momento. Dos rayas cruzadas y cuando tenga cuatro más, habrá llegado el día. Pero hasta el tan anhelado Día de Reyes llega, aun cuando sea un sólo día al año.

Lo ignoraba aún, pero muchos acontecimientos iban a ocurrir aquel esperado día, que como una novia que va al altar, se hacía esperar.

El sábado anterior trajeron dos pipas de agua y unas grandes latas de aceite, de las de veinticinco litros, vacías y limpias, para que todo el mundo se bañara. Han entregado una pastilla de jabón de baño para que se reparta entre tres personas. También se han repartido cuchillas de afeitar para que todos mejoren el aspecto y se vean más desempercudidos.

Las cuchillas son de las tradicionales Sputnik, de los «bolos». De las que la gente llama «los tres camaradas», porque se necesitan tres amigos para que te puedas afeitar. Dos te sujetan fuerte por ambos brazos para resistir el dolor, y el tercero es el que te afeita. Así de complicado es el afeitado con cuchillas, que como su nombre ya anticipa servían para ver las estrellas.

Con la maltrecha ropa que tienen los internos no estarían en condiciones de recibir ninguna visita, por ello se ha repartido a cada persona una camisa, igual que la de diario, de tela gruesa de trabajo y color gris; también una gorra del mismo tipo de tela. La entrega incluye unos calzoncillos bastos y a media pierna y unos calcetines, ambos verde olivo. Completa el vestuario unos pantalones verde oliva, con sendos bolsillos muy grandes a los lados de las piernas, iguales a los que utiliza el ejército regular. Novedad, pues hasta el momento, aunque se ha estado diciendo que los internos eran el ejército del trabajo, las Unidades Militares de Ayuda a la Producción, en la práctica no había ningún símbolo del ejército regular que se utilizara para que, el sacro santo color verde olivo, no fuera contaminado por la «lacra social». Pero hay que hacer el paripé. Todo es cubrir las apariencias. Tan basta como la ropa que se entrega era la estratagema de presentar los campos de trabajo forzado como unidades militares.

Entre tanto, en La Habana, ese sábado anterior a la visita, la familia de Abel culmina los preparativos que llevan entre manos desde hace varios días y se prepara para salir. Todo es agitación y movimiento. También hay incertidumbre, pues no se conoce con exactitud el lugar a donde tienen que llegar. Su tío tiene una vieja ranchera, lo que se conoce como un pisicorre, marca Plymouth del año 1952, el vehículo está que se cae a pedazos después de casi quince años de trabajo ininterrumpido y sin piezas de recambio para su mantenimiento. No obstante, no hay donde escoger, es la única opción.

Todos quieren ir a visitar a Abel, y los escasos camiones que se han preparado en el pueblo para llevar visitantes tienen un precio que no se lo podrían permitir para ir todos.

—A ver, vamos a sacar cuentas de cómo podemos ir. —El tío Pepe comienza a tratar de hacer la lista de viajeros—. Padre y madre sin duda.

—Yo quiero ir, tío Pepe, no me dejes fuera —dice uno de los hermanos.

—Claro, también los hermanos, son cuatro más dos. Vamos por seis, a los que tengo que sumarme yo, que voy al timón del Viscount —que así le gusta llamar al cacharro, rememorando el mítico avión de pasajeros de la década de los cincuenta—. Por el momento siete. Creo que hay que hacer un plano. A Cary no la podemos dejar. ¿Qué le diremos a Abel si no llevamos la novia? Le dieron permiso los padres, ¿no es eso?

—Sí, como va con nosotros la dejan ir —le contesta el padre.

—Ocho. Tío Robito viene también, que como es pequeño se mete donde quiera. Me será de mucha ayuda. Van nueve. Esto se está llenando.

—El padre de Andrés no tiene como ir, y Abel y él son muy amigos. Creo que hay que llevarlo. —La siempre caritativa madre aboga por este pasajero.

—María Elena ha de venir, que tiene que ver a Samuel. ¿No es así, Nena? —le pregunta la hermana de Abel con picardía a su prima.

—Bueno, el bote está lleno. Once personas, iremos cómodos. ¿No les parece?

—¿Pero no se acuerdan de Gracia, la mujer de Rolo, que tampoco tiene cómo ir? Ella tiene que meterse en cualquier agujero. Dónde van once van doce.

—¿Y si les digo que Gracia está embarazada? Se pusieron melosos el día de la despedida y se ha quedado. Así que van doce y medio.

El pasajero número trece es como queda bautizado este feto de ahora, niño mañana. Y se recordará durante muchos años con posterioridad a este legendario viaje, este epíteto que bien podría ser un título de novela.

En el vehículo van todos los avituallamientos necesarios para la travesía de ida y vuelta, pues pensar que en el camino se puede encontrar algo para dar de comer a toda esta tropa suena casi surrealista. Es como esperar el maná. También van las jabas, es decir, las bolsas con las provisiones que quieren llevan para dejar a Abel, Andrés y Rolo. Todo bien atado con cuerdas y envuelto en un bulto que va en el techo. La novia de Abel se ha esmerado en buscar algunas cosas que sabe le gustan, y entre otras ha confeccionado un delicioso flan de calabaza, postre preferido por el muchacho.

—Pepe, esto es una locura, no vamos a llegar. ¿Tú te das cuenta hasta donde hay que ir? —le comenta el padre de Abel al osado aventurero tío.

—Vamos a ir engañando a este cacharro. Ahora sólo le decimos que haremos el trayecto hasta Catalina de Güines. A comer butifarras en el mejor sitio que para ello hay en Cuba: «El Congo» —finge, pasando la mano por el capó del vehículo, como si de una caricia a un fiel caballo se tratara. Y tararea un pedazo del famoso, en todo el mundo, son de los Matamoros:

«*En Catalina me encontré lo no pensado,*

La voz de aquel que pregonaba así:

Échale salsita».

Pararon en Catalina y ¡milagro!, encontraron butifarras, cosa que ya era muy poco frecuente por tratarse de una especie en extinción. Este es un buen presagio, el viaje ha comenzado bien.

—Ahora otro saltito, y llegaremos a Matanzas. Sólo hasta ahí, Viscount. No seguiremos más —habla el tío con el coche como si fuera una persona más de aquel apretado grupo.

— ¡Que Dios nos asista! —dice la madre de Abel—. Tantas ganas tengo de ver a mi hijo como miedo me da este viaje. La cuestión es saber dónde nos vamos a quedar tirados. ¡Que Dios nos asista!

Y así, una tras otra, va poniendo pequeñas metas para que el auto no se asuste. Además, con tanta gente, las paradas para poder estirar las piernas son obligatorias. Una vez que ocupan la posición, que es fija y determinada, las posibilidades de moverse son mínimas. Es la única forma de acomodar el puzle. Ni respirar profundo se puede.

Toda la tarde, noche y madrugada van dejando pueblos atrás a lo largo de la Carretera Central. Las ventanas bien abiertas, pues los efluvios de la digestión de las butifarras se dejan sentir. A pesar de lo trágico de la situación, el humor criollo se mantiene y de todas las peripecias se inventa un chiste o es motivo de risas. A algunos los vence el sueño y tiran un cabezazo, otros no pueden dormir, haciéndose constantemente la pregunta: «¿podremos llegar?».

Como lo hacía las vísperas del día de Reyes, Abel, la noche antes de la visita, se acostó lo más temprano que pudo. Forzó el sueño, quería que el rey sol llegara pronto. Durmió la primera parte de la noche, moviéndose sin cesar en la hamaca, que gemía como un perro maltratado. Como las tres de la madrugada le pareció que daban el de pie. Se despertó, pero al ver que no se movía nada en la barraca, que los ronquidos y los pedos se mantenían inalterables, presumió que aún no era el amanecer. Se sentía cansado por el trabajo del día anterior, aunque la tensión de sus músculos lo mantenía como la cuerda de una guitarra recién afinada y no podía descansar.

Nada, no conciliaba el sueño. La tranquilidad de la noche y la ausencia, que siempre convoca a rememorar, lo condujeron a sus pensamientos. ¿Y en qué otra cosa podía pensar en el umbral de un día así que no fuera en su familia?

«Ya queda poco», se dijo, y se abrazó al saco doblado que le sirve de almohada, como único consuelo por no poder tenerla, así, a ella. «¡Qué ganas de abrazarla! Es calmada mi madre. Siempre con esa cara dulce que te llena de paz interior. No tiene nada suyo, todo para los demás. Sólo le he visto comer pescuezos de pollo, dice que es lo que le gusta más; mentira (de las pocas que le he oído decir). Lo que pasa es que deja las mejores partes para los demás. Cuántas noches sin dormir cuando estaba malo, pasando su mano por mi cabeza. Quitándome el miedo. Qué infancia tan feliz me dieron mis viejos. Qué difícil para ellos todo esto. Menos mal que ella tiene una fe de las que mueven montañas. Eso la equilibra mucho, siempre en su lugar, siempre en su punto, y así nos hace a todos. Ilumina con su alegría de vivir y con ella no hay días nublados, todos son días de radiante sol. He tratado de recordar su cara en mis momentos malos, en ella he encontrado equilibrio, tranquilidad, sabiduría. Y es que lo hace sin darse cuenta, le nace. Ella me ha dado la vida, pero no lo dejó así, me enseñó a querer vivirla. Con ella he aprendido que vale la pena vivir, aun cuando todo a mí alrededor me esté tratando de convencer de lo contrario».

Con su padre se entendía mucho en el plano intelectual, y con su madre lo hacía en la vertiente sentimental. Los sentimientos no son racionales, por tanto su relación es diferente, seguro por ello más intensa y profunda. Tal vez la cuestión es que le resultaba más difícil expresarlo.

Se levantó, no se vistió, en calzoncillos se calzó las botas sin atar los cordones. Trató de matar una gran cucaracha que camina por los hierros de la hamaca, pero se le escapó. También trató de atravesar la barraca sin hacer ruidos para ir a las letrinas, pero siempre taconeaba un poco. A nadie le molestó, pues todo siguió igual. Al salir notó que había una luna espléndida, que le permitió ver los huecos por los que tenía que mear. Se arrimó al segundo hueco de la letrina, el que desde su llegada había escogido como si fuera propio y al cual le era siempre fiel. Orinó con un chorro de meado joven que se pierde en la oscuridad del hueco. Estaba flaco y desmantelado, pero al parecer su vejiga seguía potente.

«Y mi padre. Siempre ha estado el pobre en la oposición. Ha vivido las tres dictaduras por las que ha pasado este país. Primero Machado, después Batista, ahora esta. Siempre crítico con el abuso, sin doblegarse.

Qué orgulloso se sintió de mí aquellos primeros días del triunfo en enero del cincuenta y nueve cuando le conté lo de Miami, lo que me pasó en nuestro viaje del cincuenta y siete. Yo había visto las armas, las granadas, las municiones que iban para la Sierra Maestra. Estaban en aquel garaje, fue por casualidad, o tal vez por mis diabluras de muchacho. Nadie me vio y nadie lo sabía. No le había dicho nada a nadie, ni siquiera a él. "Ni a tu padre", es lo que me habían advertido siempre. Dos años sin decir nada, para un niño es mucho. "Te me has graduado de hombre", me dijo en su abrazo. Creo que desde entonces lo quiero más, y también que él me quiere más. Bueno no, él siempre me ha querido al máximo. ¿Cómo estará pasando por todo esto?

¿Sabrá encajarlo?

Siempre sin miedo. Con menos edad de la que yo tengo ahora, se apuntó para ir a la Guerra Civil Española no lo dejaron ir, era demasiado joven. Bravo es mi viejo.

Y lo del sabotaje de la Calle Suárez, que dejó sin luz y agua a toda La Habana por varios días. Él llevó la dinamita al Jabao , que fue el que excavó el túnel. Por mi viejo no lo habría sabido nunca, no le gusta hablar de esas cosas. Me lo contó el propio Jabao, en un aparte que hizo conmigo en su fiesta el día que lo recibimos cuando bajó de la Sierra, pues al final, como estaba "quemado" había tenido que dejar la ciudad y subirse al monte.

—No le digas nada al viejo, de esto que te cuento, yo sé que sabes guardar un secreto —me dijo, mirándome con sus limpios ojos azules directamente a los míos. Así en la forma que habló, supuse que el viejo le había contado lo de Miami.

Por suerte se le escapó a Calviño. Estuve muchos días sin verlo. Me dijeron que tenía mucho trabajo atrasado y por eso no venía a casa. Yo le puse cara a la vieja de "ya sabes que no trago". Sonrió mi vieja, qué mujer tan sabia. Y después del triunfo, más calvario, en pocos meses. Se sintió traicionado. No era por lo que él había luchado. No quería puestos ni cargos. Quería democracia. Quería libertad. No han podido corromperle. Sigue puro. Guapo mi viejo.»

Volvió a la hamaca. Se revolvió en ella en ese estado que no se está despierto, pero tampoco dormido del todo. No pudo más, se levantó antes del «de pie» y se puso la ropa limpia que le habían dado. Arsenio, el sanitario, le había hecho un buen regalo: un poco de bicarbonato, que mezclado con agua se puso en las axilas a modo de desodorante, esperando que le eliminara su mal olor que adivinaba tenía, pero que de tanto llevarlo de compañero había acostumbrado a su olfato. Repartieron dentífrico también y se limpió los dientes a conciencia. El desayuno se sirvió antes de la hora de costumbre, de manera que los cocineros tuvieran las mismas oportunidades de recibir a su familia, si es que venían a verlos.

Fueron llegando los primeros familiares y los fueron conduciendo al sitio. Abel no aguantó más y se puso lo más cerca que permitían de la valla, por el lado del camino por donde deberían arribar. Sudaba la espera, era un tiempo largo y con incertidumbres, pues no tenía ninguna confirmación de que vinieran los suyos. Cada familia que llegaba podía ser la propia. Pero una y otra vez no era.

Recorrieron más de medio país a lo largo por carreteras que no estaban en buen estado. Pasaron los muchos kilómetros que tiene la recta de Ciego de Ávila a Florida, muy temida por los conductores, línea recta en plano donde la rutina en la conducción incita al sueño que llega e invade sin avisar al conductor. Poco antes de llegar a Florida sabían que debían torcer y tomar una carretera secundaria. Hubo que echar mano del mapa, pues se adentraban en territorio desconocido. Llegaron de madrugada a Esmeralda.

A pesar de los malos augurios, el vehículo colaboró, se portó bien, como si supiera que de él dependía hacer realidad las ilusiones de los doce atrevidos que transportaba. Maravillas de la mecánica.

De aquí tenían que desplazarse hasta un poco antes del Central Jaronú y en esa dirección no había carretera pavimentada. Tampoco existían señales que indicaran el camino. No era solo llegar, ahora había que encontrar el jodido agujero dentro de unos campos de caña y en el fin del mundo. El tiempo corría, pues la visita no era ilimitada. Preguntaron a un madrugador lugareño cómo llegar al destino.

—Coja ese terraplén de rocoso, a la salida del pueblo —e indicaba con la mano en la dirección adecuada—, enfile derecho hasta «destarrarse» con Jaronú. Unos veinte kilómetros le quedan. No tiene pérdida.

—Gracias amigo —y tanto el agradecimiento como el sentimiento de amistad a quién los orientaba era sincero.

¡Un terraplén es todo lo que existía! Si por carretera temían, por un camino malo daba mucho más miedo. El firme se ha logrado con lo que la persona que les indicó llamó «rocoso», que es un relleno de piedras y tierra roja, que drena muy bien el agua y deja seco de inmediato el camino, aún después del más feroz aguacero, con la desventaja que tiene siempre el consustancial polvo. Una nube grande y roja persiguió al coche muy de cerca, tal como si fueran recorriendo las arenas de un rojo desierto. Todos se saturaron de un pegajoso polvillo colorado, en las cabezas, cejas y en toda la ropa. Niños y mayores comenzaron a toser. No obstante, el deseo de llegar se hacía mayor que cualquiera de estas incomodidades cuando ya se sentían cerca de lograr su objetivo.

Siguieron pidiendo indicaciones. Un guajiro a caballo aquí, una parada que hicieron en un bohío más adelante... Confiaban que su destino estaba cada vez más cerca. Pero el tiempo pasaba y aún no llegaban.

Como a las nueve de la mañana, localizaron un lugar que podía ser el que buscaban: «Jucarito». A la orilla del camino se dieron cuenta que es imposible que el auto pudiera entrar por entre los campos de caña. Pero no se iban a detener ahora, cuando casi podían tocar su meta con la mano. El vehículo quedó aparcado al borde del camino y emprendieron andando el tramo que les quedaba, por una enfangada guardarraya, vereda que queda entre dos campos de caña. Cargados cuales porteadores de un safari, cada cual iba con lo que podía llevar. Fue difícil el trayecto cuando en ocasiones los zapatos se hundieron en el fango y no dejaron avanzar. Divisaron a lo lejos, por sobre las plantas de caña, un árbol. El tío Pepe, que sabía de muchas cosas y también de árboles, los conocía bien.

—Allí adelante está el júcaro —dijo, y todos caminaron más ligeros.

Fuera del campamento, por la esquina más al este y en un recodo del camino, estaba el árbol adolescente, el júcaro, que es el que da nombre al lugar. Varios reclusos, los días precedentes, se ocuparon de limpiar de malezas a su alrededor para que sirviera como improvisado lugar de visitas. Marcaron y parcelaron el sitio con unos toscos bancos de madera y allí deberían estar las personas que vinieran de visita cuando se permitiera la salida a los visitados. A una distancia prudencial, los jefes repartieron postas, que ocuparon los siempre presente custodios con sus fusiles. Los situaron en puntos estratégicos y bastante disimulados, para disuadir de cualquier intento de evasión a los penados, pero siempre intentando no llamar demasiado la atención de las visitas. Una vez que los visitantes llegaban a la puerta del campamento, un soldado los conducía al sitio destinado al encuentro. Entonces llamaban y dejaban salir, previo a todas las anotaciones, al interno que venían a visitar. En cuanto al tiempo, se había fijado que podían estar toda la mañana y hasta por la tarde, antes de la puesta del sol.

Al fin, la familia de Abel llegó a las inmediaciones del campamento. Miraban desde la guardarraya a un sitio y a otro del campo que era totalmente desconocido para ellos. Trataban de identificar, sin lograrlo, a personas conocidas que les pudieran orientar. No tenían ninguna referencia, estaban desorientados.

El padre venía con una jaba al hombro, fue el que primero llegó al portón de entrada. Habló con la posta para dar el nombre de la persona que venían a visitar. Abel, que ya lo había identificado a lo lejos, se acerca todo lo que puede. El padre estuvo esperando que le dijeran qué debía hacer. Frunció el ceño, dos profundas arrugas se marcaron en su entrecejo cuando entornó un poco los ojos. Debajo de su bigote la boca dibujó una agria mueca. Se había preparado para lo peor. Pero la realidad superó cualquiera de sus expectativas. Algo lo descompuso, porque todo aquel entorno le hacía daño.

Estaban padre e hijo, a ocho o diez metros de distancia. Abel se acercó más, a unos cinco metros, ya estaba ubicado en zona prohibida. Su padre no lo reconoció. Este no era su Abel. No es aquel chico sano y fuerte que unos meses atrás salió de su casa. Esto que se acercó era un despojo humano, un famélico espantapájaros.

—¡Coño, viejo, que soy yo! —y el grito le salió del alma.

La voz sí. Era la voz de su hijo. ¿Entonces? El soldado de la posta se percató de lo que estaba pasando e hizo la vista gorda. Dejó salir por el portón al chico, que corrió afuera, de una manera poco ortodoxa. Y Abel se abalanzó a los brazos de su padre.

—¿Pero qué te han hecho, mi hijo? —Y no pudo decir más. Abrazado al joven, lloró a lágrima viva y no pudo despegar la cara de la suya.

Es la primera vez que Abel ve llorar a su padre, a su ídolo.

Siempre le había dicho:

—«Los machos no lloran».

Es este el hombre capaz de ofrecer el mayor de los cariños a su familia, con una ternura que no es posible describir, inculcando una honestidad y principios a toda prueba y una rectitud de carácter imposibles de superar. Aquel que es ejemplo vivo para sus hijos en toda la extensión de la palabra. Aquel que el sistema está haciendo pagar por su dignidad y pureza en donde más le dolía: la carne de su carne, la sangre de su sangre.

Y llora.

Llora lágrimas de hombre.

Se ha desmoronado un mito, se ha desmontado una farsa.

Los machos, los hombres de verdad sí lloran.

El abrazo se prolonga y es como si el reloj hubiera frenado en seco. Padre e hijo se hacen uno en el llanto intenso. Los brazos aprietan pecho contra pecho. Una fuerte corriente de todos los afectos que cada uno guarda, se entregan sin reserva al otro. Las almas están juntas. Sin barreras. En carne viva. El muchacho envuelve con una mano la cabeza del padre, aprieta y hace que las caras mojadas estén tan juntas que duelan. No hay nada que decir y nada que se dijera podría añadir más emoción al encuentro. Una declaración de cariño de esta contundencia ocurre una sola vez por generación. Como con un hierro candente queda grabado, muy hondo, el momento que ninguno de los dos podrá olvidar jamás. Es una marca.

Lo solemne del encuentro bajó en intensidad, cuando uno a uno los doce pasajeros, fueron llegando y se sumaron al abrazo que convirtió en aglomeración de cariño, una especie de melé, como en el rugby.

Del llanto conmovido, se pasó a la alegría incontrolada. Todo eran besos y abrazos, unos con otros. Todos con Abel. Abel con todos. Saltos de alegría, caras sonrientes. Ojos rojos de dichoso llanto, narices que moquean, también rojas por el contento que se mezclaba con el polvo del camino…

A la madre la estrechó en sus brazos, como había sido su añoranza todos estos meses. La cara de ella, redonda como una luna llena, la cortaba una sonrisa muy amplia. Los ojos grandes se le fueron haciendo más pequeños al entrecerrarlos, para poder soportar tanta carga de felicidad. Tenía su niño al lado. De manera especial lo quería acompañar hasta el sitio donde tenían que situarse.

—Tate, dame un quiero —pidió el más pequeño de los hermanos en ese camino. Y es que casi no le conoce, pero que de tanto oír hablar de él en casa lo cree algo así como un superhéroe.

Cada uno de los demás reclamó un abrazo personalizado, exclusivo. Con su hermana existía una relación especial. Eran casi de la misma edad y se entendían bien, por sus gustos muy parecidos y sus afines adolescencias que han vivido compartiendo una realidad similar.

—Te quiero, te quiero mucho —le dijo a Abel, mientras pasó a su lado y acarició su mejilla, y no necesitó rebuscar otras palabras u otros gestos para que el mensaje llegará íntegro.

—Ese es mi hermano —dijeron a todos, los otros hermanos, llenando por completo su boca con la bendita palabra «hermano». Y lo repitieron con mucho orgullo y muchas veces: que este era su modelo.

—Hola amor, te he traído algunas cosas. —Su novia se quedó para el final, educada y modosita, dejando que la familia se acercara primero. Ella preparó el viaje desde que le dieron la noticia de que permitirían la visita. Se esmeró en todo, en buscar cualquier cosa que lo pudiera agradar. Pero sabiendo que el mayor regalo era su presencia misma.

—¡Qué ganas tenía de verte, cariño! No puedes ni imaginártelo. Pero ya hablaremos de todo —y se estrecharon en un intenso beso, tierno más que apasionado, que a máxima potencia lo removió todo en el interior de los dos jóvenes.

Se abrazaron fuerte, y el agradable contacto de los cuerpos despertó naturales sensaciones. El instinto insistió. Se dijeron cosas gratas al oído y se estrujaron las manos. El pantalón de Abel comenzó a sentir el fuerte empuje de un amigo, que no era precisamente un visitante. Ella se avergonzaba ante la presencia de todos.

—Ya buscaremos un momento de más intimidad —le susurró él al notarlo—. ¡Estoy soñando, no me lo puedo creer! ¿Cómo han podido venir tantos? ¡Cuántas cosas han traído! —Dijo emocionado, pero también tratando de salir airoso de la anterior situación. Tenía a su alrededor el corro de familiares.

—Creo que para todos es también como un sueño. Pero cuenta, cuenta. ¿Cómo es esto? ¿Qué hacen? Te preguntaría que tal comes, pero por lo que estoy mirando ya tengo respuesta —le habló su madre, siempre preocupada por lo que comen sus hijos, inquietud común a toda buena madre.

Abel contó un poco, pero no entró en demasiados detalles, no era su estilo el de despertar compasión. Además, a la vista estaba el sitio, las alambradas, la extrema delgadez. Para qué relatar cosas tristes cuando aquel era un domingo de alegría.

Su madre se horrorizó por el calzado que llevaba, en especial con la bota izquierda, que estaba desfigurada y deformada. Hizo la señal de la cruz y miró al cielo. Las impresiones de cosas, que tal vez de segundo orden en comparación con otras tan tremendas, pero… son las que nos marcan.

—No sé de dónde las voy a sacar, pero en la primera oportunidad te mando un par de botas. Ya veremos cómo.

—No te preocupes, mima, si de todas formas no voy a salir de paseo a ningún sitio —bromeó Abel.

Abel recibió noticias de sus otros familiares. Algunos, en estos meses pasados, se han marchado. Cada vez son menos los que quedaban en el país. Alguna de sus tías comentó a la madre que no querían que sus hijos más pequeños tuvieran que sufrir en el futuro lo que le estaba pasando a Abel. Él consideraba el derecho que cada cual tiene para buscar la forma de orientar su vida como mejor lo estime. Pero esto lo entristeció mucho, ya que tal como están las cosas migratorias, la separación es para siempre, y sabía que no los volvería a ver.

Se fueron abriendo los paquetes con algunas de las cosas que han traído de comer. A Abel le otorgaban el privilegio de comer primero, tal si fuera el macho alfa de la manada, según quedó establecido de manera espontánea.

—De eso nada, aquí que cada cual se sirva lo que quiera y cuando quiera. A ver, Mingo, coge este chocolate —y le hizo un guiño a la novia que de seguro pasó mucho trabajo para conseguirlo. Ella le sonrío y afirmo moviendo la cabeza.

—Abe, ¿qué es esto? —Que no conocía lo que su hermano le estaban ofreciendo de comer porque nunca lo había visto.

—Come y calla, cocoliso. Esto es chocolate. Y dale un cuadrito aunque sea a tus hermanos.

Así, en medio de la alegría, a veces también se escaparon unas lágrimas. La constatación de la cruda realidad por las cosas a la vista; las otras que se sospechaban... Los gestos, las miradas. Las pequeñas o grandes cosas... Todo era una fuente de la que brotaban sentimientos. Fueron y vinieron sin contención: besos, cariños, apretones, calor de familia.

El flan de calabaza se deshizo por el calor, las presiones del viaje y todo lo demás. Ocurrió un cambio del estado sólido al líquido con lo que el resultado final era una sopa. Se lo bebió Abel con muestras de satisfacción, pues después de tanto esfuerzo y amor puestos en él no se podría hacer menos. El tío Roberto, bromista por excelencia, tendrá una fuente inagotable de inspiración para chistes alrededor de este flan, que en ese día y «in saecula saeculorum», se convirtió en el más famoso flan de la historia familiar.

Un poco después de comer, algunos los venció el estropeo y el sueño. Fueron tomando posiciones, más o menos cómodas, en los sitios de sombra que lograron capturar.

Era el momento que Abel y Cary estuvieron esperando para poder verse con más intimidad. Se disculparon diciendo que querían saludar a otros conocidos.

Se alejaron todo lo que el guardia, un poco cómplice, les permitió. Buscaron donde sentirse a cubierto de indiscretas miradas. Fue en un surco, un par de pasos por dentro de la línea fronteriza que marca el principio del cuadro de caña. Se miraron un momento, y detallaron la cara que cada uno tenía delante, tal como si acabaran de conocerse. Ella con la boca entreabierta, sus labios jugosos y húmedos y con la respiración acelerada, le indicaba a su novio cuánto había añorado aquel momento, que al fin se presentó. Él pudo estar de la única forma que le permitían la excitación y los deseos de sus diecisiete años obligados a una castigada continencia.

Se acercaron un poco más, quisieron sentirse más próximos. Él puso entonces un collar de besos en su cuello, sabía que ello la excitaba mucho. Uno, dos, tres besos fueron ascendiendo por la nuca y llegaron a la cara a la vez que crecían en delicadeza. Ladearon sus cabezas y él asaltó su boca, que ella entregó desguarnecida y sin resistencias. Juntaron sus lenguas que se encontraron con la desesperación de muchos meses de ausencias. Poco a poco, sin dejar de besarse, él comenzó a tocar uno de sus senos por encima de su blusa, y notó desafiante el pezón puntiagudo como una espina en la flor de una teta firme. Ella lo tomó por la cara con las dos manos, sosteniéndose para no levitar por lo que estaba gozando. Desabotonó, buscó la carne, sin intermediarios, y la deliciosa flor quedó desarropada. Se miraron un momento y en la cara de ella leyó la invitación que le indicaba «toma lo que es tuyo». Besó el pezón, luego movió con mimos la lengua sobre él. Entonces ella lo sujetó por la parte posterior de la cabeza, con las dos manos, como queriendo meterlo dentro de ella. Sus ojos eran, apenas, una tenue raya. Y sin poder, ni tampoco querer, dominarse, buscó con su mano la verga dura, la apretó y la sintió latir pujante.

Anticipó que podía tener muy poco tiempo y le pidió que le ayudara para desabotonar la portañuela antes que como un volcán, aquello entrara en erupción. Con una incómoda maniobra lo lograron rápido. Cubrió el glande con su boca. Algunas gotas, poco densas, sintió en su lengua. Esperó lo que ella no deseaba que fuera tan inminente, pasando suave su lengua por el reborde. Sujetó con una mano por el tronco a su querido amigo, tanto tiempo ausente, y entonces lo chupó entero con más devoción que voluptuosidad.

Aún disfrutó unos segundos más aquello que tanto le complacía hacer. Y llegó el esperado chorro caliente que inundó su boca. Después, él se dejó, lento, caer de espaldas. Habían pasado los segundos de sensaciones celestiales y ahora venían esos instantes recuperadores, felices, que siempre llegan después. Ella compuso sus ropas y se acercó al suelo, junto a su cara, para volver a besarlo. Satisfechos se volvieron a mirar las caras. No sintieron ninguna sensación de pecado. ¿Quién puede explicar moral cristiana al sistema endocrino? Eran jóvenes, se querían, el resto sobraba.

Acostado aún, no había terminado de limpiar y devolver a su sitio lo que correspondía, un hombre pasó por su lado con una gran bolsa al hombro, y casi tropezó con Abel. Se cubrió con la gorra, lo que ya estaba en pleno descenso. El hombre no los había visto y se sobresaltó por lo inesperado y además, por lo inoportuno. Pidió disculpas y se internó un poco indeciso en el campo de caña aledaño.

—Este lleva muchas ganas.

—Sí parece que va apurado. Pero… ¿Por qué lleva ese bulto tan grande? No me dirás que necesita tanto papel.

—Vino en el camión a ver a su hermano: Ricardito Martín.

—Ah, sí, Saldiguera. Es buena gente, pero qué tipo tan pesado. Bien puesto tiene el apodo.

—No, papel no es lo que lleva. Es mucho bulto.

—¿Y qué será? Pero eso no es asunto nuestro. Mira que si nos van a joder nuestro ratico…

El visitante había aprovechado que alguien le ofreció algo de comer al centinela que estaba a ese lado, y se ha entretenido un momento. Lo aprovechó y entró al campo, cosa que habían prohibido de manera terminante. Entró en el cuadro de caña, con un gran de saco de nylon, y como las plantas ya estaban bastante altas lo ocultaron. Al rato volvió a salir, pero entonces iba con las manos vacías. Al principio les pareció normal y pensaron que entraba a cualquier necesidad personal, que con el nombre que tiene el hermano no es de extrañar. Pero después le pareció a Abel que algo no encajaba bien.

«No me juega la lista con el billete. ¿Qué pasó con el saco? Al parecer, Saldi está preparando algo, ¿se irá a fugar? Aquí hay gato encerrado. Pero bueno es su problema», pensó Abel, que con lo ocupado que estaba en ese momento, no quiso ponerse a jugar a los detectives.

Entre emociones y comida, saludos y cariños, el tiempo pasa y es el sol el que primero comenzó a despedirse. La tarde tenía prisas en caer. Llegó el momento más duro del día. Tendrían que separarse otra vez. El adiós fue, en cuanto a su sucesión, en orden inverso al saludo de la llegada. Sus tíos y primos lo abrazaron emocionados.

—Pronto nos veremos. Ya verás que si han permitido la primera visita, seguirán haciéndolo —le dijeron para animarle.

—Ojalá así sea —respondió Abel, pero tal vez sin mucha convicción.

Los hermanos, la novia. Los padres. Caminaron todos por la guardarraya y se fueron alejando del lugar dónde habían pasado todo el día. No permitieron acompañarlos al automóvil. Tuvieron que entrar al campamento y verlos partir desde detrás de la alambrada.

—Adiós Abel. Adiós, nos vemos pronto. Cuídate. Adiós —le gritaban unos y otros.

Él no pudo gritar nada, porque no se lo permitieron, pero aunque no hubiera sido así, con el nudo que le apretaba la garganta no era capaz de articular palabras.

Dentro el vacío, como un agujero negro en el interior de su pecho que traga cualquier rayito de esperanza que quiera penetrar. Los siguió con la mirada hasta que se perdieron en el camino.

«Tan fácil que sería volver con ellos, recuperar mi libertad, dejar esta vida esclava. ¿Por qué tengo que estar aquí metido? ¿Por qué no vuelvo con mi familia como una persona normal? ¿Por qué no puedo estar más con mi novia? Cuanta ilusión de este día. ¡Qué difícil es dejarlos ir!»

La cabeza le da vueltas y pierde un poco el sentido de la orientación. Con paso incierto, aturdido aún por el sentimiento tan demoledor, entra al barracón.

Comenzaron entonces los conteos, los reconteos y los pases de lista.

Hay movimiento dentro, se entera en un corrillo de alguno de sus compañeros de un suceso que ha ocurrido mientras estaba con su familia. ¿Se ha escapado alguien aprovechando la visita?

Llegó como otras familias al gran portón de entrada una delgada señora, estimaron que campesina por su forma de vestir, de caminar, de hablar. Pidió ver a Tranquilino. Era su madre que preguntaba por él.

Al aviso de la posta, salió el político de la compañía para hablar con la señora que viene desde el extremo más occidental de Cuba. Su largo y penoso viaje es de más de tres días porque ha venido en tren, haciendo varios trasbordos. No tiene otros recursos.

—Señora, su hijo es Tranquilino. Él no quiere ponerse el pantalón verde olivo para poder recibirla, pues dice que los Testigos de Jehová no pueden estar en el ejército. Y aquí, estas son las reglas. Para poder salir a verla a usted tiene que ponérselo —le dijo sin ningún miramiento el militar.

—¿Es un pantalón como los del ejército? ¿Cómo ese que lleva usted puesto? —preguntó la señora.

—Si señora, así es.

—Eso quiere decir que a pesar de todo lo que estoy viendo, que esto es una cárcel, ¿lo quieren considerar a él como un militar?

—Sí, señora, ésta es una unidad militar.

—Bueno, que esto es una unidad militar no se lo cree nadie. ¡Qué cuento es ese! Pero si mi hijo piensa que ponerse ese uniforme es una traición a sus ideas entonces soy yo quien no quiere que se lo ponga —le argumentó la brava mujer.

—Señora, entonces no podrá ver a su hijo. Lo siento mucho, las reglas son las reglas —le respondió, porque no tiene más argumentos, el político.

La mujer, madre al fin y al cabo, que sabe que su hijo está pasando penurias, quiere al menos ver si puede dejarle algo de lo que con mucho sacrificio le ha traído.

—¿Podría pasar la jaba que le he traído?

—No, señora, no puede. Si no se pone el pantalón, no hay visita ni hay jaba —pensando el político que la estaba ablandando.

—Pues que tenga usted buenos días. —Se dio la vuelta la campesina y volvió a paso lento, por el camino por donde había llegado.

Era ya la hora de dormir. Quiere echarse en su hamaca a pesar de tanta emoción vivida; Abel reflexionaba sobre los acontecimientos del día. Lo que vio esconder al hermano de Saldiguera por la tarde le preocupaba.

«¿Es que está preparando una fuga? También puede ser que sea otra cosa, bebida o mariguana, o quién sabe qué. Esto lo puede conducir a una desgracia si no sale bien. Lo mismo que he visto yo, lo puede haber notado alguien. Le puede costar caro ¿Y cómo saldrá a cogerlo?».

Pensaba que era necesario mantenerse alerta por dos motivos: para que no hiciera una locura si se pudiera evitar; pero si la iba a hacer de todos modos, para ayudarlo en lo que se pudiera. Pero por el momento, todo quedó en suspenso. No se podía hablar nada. Solo era un presentimiento y hablar de ello con cualquiera, podría ser desastroso. Lo que no se quiere que se sepa mejor no mencionarlo.

En la noche todo fueron comentarios, recuerdos y añoranzas. Había pasado la visita. Al menos ahora las familias sabían, aunque sea peor de lo que esperaban, dónde y sobre todo cómo estaban. ¿Y entonces qué? A esperar de nuevo, día tras día. Claro que quedaron algunas provisiones que podían aliviar. Pero… ¿alguna vez podrán salir de aquí? ¿Hasta cuánto se podrá aguantar? ¿Por qué no hacer posible, igual que vio la familia tomar el camino y marcharse, hacer él lo mismo? ¿La fuga…?

Al final, balance de este agridulce día, luminosa jornada matutina saturada de emociones y oscura noche de nostalgia e interrogantes de futuro. Había además, de la muchas cosas para recordar, de lo que ya era pasado muy cercano, pero pasado. Eran las vivencias de este día extraordinario. Los muy personales sentimientos que marcaron el alma para siempre. Era mucho para guardar en ese gran arcón de la memoria que almacenaba como un tesoro tal vez la única riqueza que en realidad valía atesorar: los sentimientos más íntimos. El cariño de su familia. Allí quedaron custodiados para todo el resto de la existencia.

Y ya tarde en esa noche, cuando fue caminando por el pasillo central de la barraca a buscar su sitio para dormir, quedó impresa, indeleble y para siempre, una imagen en la memoria de Abel, una más.

Al pasar por el lado de la litera número seis, allí estaba acostado boca arriba, con la vista como perdida y fija en la hamaca de arriba. Detalló más y advirtió cómo rodaban dos gruesos lagrimones por la flaca cara del indoblegable Tranquilino.

	1	2	3	4	5	6	7	8	9
V	■	■	■						
HC	■	■							

V.- Tercera entrada (parte alta)

El lanzador, realizando un extraño ritual de movimientos, lanza la bola al receptor. El bateador colocado en el «jon» trata de batear la pelota lanzada. Si logra hacerlo, hay jugada, y debe correr. Sí no le pega, hay dos posibilidades: que sea bola o que sea strike. Si el lanzamiento no pasa por la zona indicada como buena y el bateador no va a por ella, es una bola. Si pasa por la zona buena, y no le tira, es «strike». También lo es si le tira y no le pega, o si conecta un foul. Con cuatro bolas (malas) el bateador gana la primera base. Base por bola. Con tres strikes (buenos) el bateador es eliminado. En inglés es un «struck out», pero en cubano es un «ponchao». Si el bateador está en el conteo de tres bolas y dos «strikes», está en el conteo máximo, donde no cabe más, el próximo lanzamiento es decisivo (entre la espada y la pared). Se dice entonces que está «en 3 y 2».

Julio 2001

—Tony, tienes una deuda conmigo. ¿Cuándo me darás la receta de este mojito tan bueno? Lo he tomado en otros sitios, pero como el que tú haces, ninguno. Además, tu fórmula es para grandes cantidades. No hay que prepararlo trago a trago. Esto garantiza continuidad en la fiesta.

—Ahora enseguida te lo doy. ¿Lo quieres anotar?

La conversación tiene lugar al borde de la piscina de la comunidad de vecinos en una urbanización, mientras degustan en el aperitivo un excelente mojito, que desde que Tony ha llegado a esta comunidad se ha convertido en la bebida oficial de la misma. En este verano, el primero del siglo, el tiempo es excelente, como la mayor parte de los días en Valencia. Sus vecinos están un poco intrigados con esta persona. ¿Quién es este que ha caído así como del cielo? Y con familia incluida. Se va integrando en la comunidad. Si no fuera por el acento sería exactamente igual a un español. Alguna vez pensaron que era canario. Quieren saber más de él, parece buena persona, pero….nunca se sabe.

—¿Cómo es eso, Tony, que no te va lo de la patria? ¿No sois vosotros los cubanos tan patriotas? —interpela Vicent, su vecino por la parte derecha.

—No me entiendas mal. Me explico. Mira, cuando en todo momento se está utilizando y manipulando un concepto a favor de unos cuantos, y por casualidad siempre son los poderosos y para satisfacer sus intereses, el concepto pierde fuerza, se hace un poco «puta». Se diluye como un terrón de azúcar en el café —Tony comenta escolástico.

—Pero patria viene del latín pater y de aquí patris, es decir, la tierra de nuestros padres; que yo en latín tenía matrícula.

—En este sentido sí. Pero cuando lo comienzan a utilizar para hacerte morir por una causa que no es la tuya, o para vivir o mal vivir sin libertad, por una razón que no compartes o no entiendes, entonces están manipulando el concepto, y mucho más que eso tus sentimientos. Y de eso ya siento repugnancia.

—Sí, también aquí en España hemos sufrido bastante de ello. Algunos se apropiaron del concepto, como tú dices, y de sus emblemas, y lo gastaron. Ahora tenemos un cierto rechazo. Incluso algunos, pienso que de forma inconsciente, lo asocian a la imagen de la dictadura. Y esto me da como alergia, por el uso y el abuso de una minoría de los símbolos que no son particulares de nadie y a la vez son de todos —es la comprometida reflexión que hace su interlocutor.

—Eso, eso. En la vida, en la medida que maduramos, vamos siendo más analíticos y menos ingenuos. ¿No crees?

—También nos dejamos manipular menos —se suma a las socráticas reflexiones Amparo, que con Vicent, componen una estupenda pareja.

—Martí de joven —y recita Tony— escribió algo así:

El amor, madre, a la patria

no es el amor ridículo a la tierra

ni a la hierba que pisan nuestras plantas;

es el odio invencible a quien la oprime,

es el rencor eterno a quien la ataca.

—Estos versos los aprendí en el octavo grado, cuando participé en una representación de una de sus obras en la escuela. La obra se llama *Abdala.* Y como es evidente, la escribió en versos.

—¡Qué clase de memoria, acordarte aún!

—Pero «el amor a la tierra y a las hierbas que pisan nuestras plantas» tira mucho, ¿sabes?, pero que mucho.

—¿Por qué dices esto? ¿Nostalgias, Tony?

—Sí, mucha en mí caso. Y fíjate, él, Martí, años después, estando deportado, se coló en Cuba con un nombre inventado, Julián Pérez, segundo nombre, segundo apellido, supongo que también por la añoranza del terruño —y sin parar de explicar continúa—. ¿Sabes, Vicent? Martí es dentro y fuera de Cuba respetado por todos los cubanos, cualquiera sea su ideología, cosa muy difícil de lograr entre nosotros, pues ya sabes cómo están de encontradas las posiciones, por lo intolerantes que somos. Y no me excluyo, yo el primero.

—Pero es que, según he leído, fue un hombre intachable. Su padre era de aquí, valenciano. ¿No es así? —A lo que Tony asiente. —Por detrás de la Plaza de la Reina hay una casa con una placa que dice algo de él, de unos años que vivió aquí de niño. Y es que el apellido me es cercano, suena mucho en Valencia, yo conozco a un montón de personas con el apellido Martí. ¿Y la madre también era valenciana?

—No, la madre era de Santa Cruz de Tenerife, canaria. Para los cubanos, isleña, que así le llamamos con mucho cariño a todos los de Canarias.

—¿Ah sí? Pues cuando estuvimos en Cuba, nos parecía que nos decían gallegos a todos.

—Bueno, en general hay algunas distinciones. Un «curro» es un andaluz, con imagen de «salao». A los catalanes y tal vez a los baleares, se les distingue. Pero, sí, en general gallegos todos.

—Es impresionante cómo los cubanos os enrolláis con la historia del país. Me parece admirable —comenta Pepe, otro de los vecinos que, acercando una silla de plástico, acaba de incorporarse a la tertulia y viene mojado de la piscina.

—Bueno, en realidad sí. En general se estudia bastante. Nos va el rollo, como dices. Lo que pasa es que como en todos los sitios, «la historia la escriben los vencedores». ¿Te suena de algo?

—Claro que me suena, pues nosotros lo sufrimos durante cuarenta años. Hoy hay más objetividad y los historiadores son serios. Pero bueno, esto es parte de la democracia.

—Pero si te digo la verdad, esta España tan diversa, tan rica en regiones, costumbres y tradiciones, desde Cuba se ve como un bloque monolítico, como una unidad compacta.

—¡Qué va! Nada de eso. Aquí cada cual tiene sus propias costumbres e incluso sus propios idiomas —comenta María Ángeles, la media naranja de Pepe, que se suma a la conversación, pues hasta el momento ha estado ocupada al tanto de lo que se va a comer.

—Ya lo sé, llevo suficiente tiempo aquí para entenderlo.

—Pero también te digo una cosa. Yo soy valenciano, y ya sabes, fallero y todo eso, y me siento tan cerca de un cubano como de cualquier otro español. Nos parecemos mucho. Incluso puede ser que vuestra forma de ser sea más cercana que la de alguna comunidad española —sentencia con rotundo orgullo el muy valenciano Vicent.

—También lo sé, ¿Por qué crees que he escogido a una valenciana para compartir mi vida, mis hijos son valencianos y resido aquí? He caminado por toda España, pues ya sabes que el tener trabajo te obliga, y en ningún sitio he sido recibido como extranjero. El cubano es recibido con simpatía y aprecio en todos los sitios.

Y Pepe pregunta interesado:

—¿Y si pudieras volverías a Cuba?

—No me dejan entrar, o tal vez, lo que seguro no me dejan es salir, si es que puedo entrar. Es triste pero es así. Pero creo que lo que me preguntas es: ¿Ir a vivir allá?

—Sí, eso. Hablo de ir a vivir y trabajar allí. No a ir de vacaciones. Volver.

—Bueno, yo salí en unas determinadas condiciones que no han cambiado. En esas condiciones no podría volver. Porque no me dejan las autoridades y porque además yo no quiero. Mucho me costó ganar mi libertad.

—¿Y entonces?

—Si alguna vez las cosas cambian, son diferentes las condiciones a las que yo dejé, y si mi presencia allí pudiera contribuir en algo a mejorar la situación con el aporte de mi trabajo, lo digo con toda humildad, mi país y mi gente me tendrán a su lado.

—Pues a esto es a lo que yo le llamo Patria, a la conciencia de compromiso. Lo demás son cuentos, manipulaciones de los poderosos —vuelve a intervenir con trascendente tono Vicent —. Cuánto me gusta lo que me dices. Pues que sepas cuánto sintonizamos en este sentido, yo pienso como tú. Patria en el siglo XXI es Humanidad.

—¡Pero qué lindo! ¡Pero qué lindo! La verdad es que en cuanto te tomas dos mojitos te pones poético. —Y de modo cariñoso le da unas palmaditas en el hombro.

—A ver, Pepe, tú ahora sírvete y ya verás que con un par de mojitos te gradúas de filosofía y letras.

Todos los vecinos están disfrutando mucho de la conversación con su amigo Tony. Se conocen desde hace poco, pero han compenetrado mucho, a pesar de las reservas iniciales. Son profesionales, con criterios de vida similares, pero además todos los integrantes de las familias se han asociado muy bien. Hay empatía y hay simpatía. Es una realidad, Tony y su prole han tenido una suerte tremenda de encontrar una vivienda con tan buenos vecinos.

—¿Bueno, ya tienes papel y boli?

—Sí, venga esa secreta receta.

—Lo primero que quiero aclarar es que hay dos formas de preparar el mojito. El mojito que prepara un barman, y los hay que son un espectáculo por lo profesionales. Y está este que tomamos aquí, o el que podemos querer para una fiesta o una celebración. No es lo mismo.

—Claro, no lo es. Porque cuando preparas un solo trago te puedes recrear y mediar al detalle, con lo que sale exacto, preciso. Pero la cuestión es que cuando tienes diez, quince personas en una fiesta, es fastidioso ponerse a preparar vaso a vaso, un trago para cada uno. —El comentario es de Vicent, que tiene la experiencia, ya que le ha tocado en muchas ocasiones hacer de barman en la amistosa división del trabajo que se hace en estas celebraciones de vecinos.

—Hay que fabricar en serie. Esto es desviación profesional, sin dudas. Por ello me he convertido en el Henry Ford del mojito. Lo que les voy a revelar es la producción en cadena del sabroso mojito cubano para una fiesta, sin que por ello se pierda la calidad.

—Genio y figura… Hombre, pero empieza. ¿O es que es tan secreto que no quieres soltar prenda? —le urge, Margarita, con su siempre cariñosa impaciencia.

—Bueno, bueno, que esto es casi una tradición familiar pasada de padres a hijos. Y como es un cóctel tan cubano… Les podría ir demostrando cómo está presente la nacionalidad en cada componente y al final cuál es el resultado de la mezcla. ¡Que así también estoy haciendo patria! ¿No les parece? Bien, sin más dilación. Para preparar hasta arriba esta vulgar vasija de plástico, he comprado una botella de ron de tres cuartos de litro. El ron nos aportará la fiesta, que está presente en nuestra cultura. Hemos de convertir este ron en fiesta. ¡Atención!

Milagro como el de Caná. Le he puesto al ron tres litros de agua mineral. El agua clara que indica la transparencia que por regla general puedes encontrar en los cubanos. Yo lo hago con agua sin gas porque me parece más sabroso y menos adulterado. Cada maestrillo tiene su librillo. Por cierto, el ron del más barato.

—¿Oye y eso del ron más barato? ¿No es mejor un buen ron?

—Pepe, ¿te tomarías un buen Rioja o un Ribera del Duero con gaseosa?

—¡Claro que no! Me lo bebo solo.

—Pues algo parecido pasa con el ron. El ron bueno, el añejo, se pasa al menos cinco años, tal vez siete, en barricas de roble. Cuantos más años pasan, mejor se pone.

—¡Ah! Entonces el ron es como nosotros los hombres. A mí María Ángeles me hace dormir en una barrica de roble. —Y sonríen todos ante el chiste de Pepe.

—Un trabajo de este tipo no debe gastarse adulterándolo. Yo a mis tragos de ron, que para ser sincero prefiero al mojito, no le pongo ni siquiera hielo, claro, cuando es ron bueno.

—Toda la zona del Caribe hace buenos rones: Jamaica, Dominicana, Venezuela, Bahamas… Pero el ron cubano es el que a mí me gusta más, aunque no soy una experta —comenta Amparo a la tertulia.

—Después viene el limón, hay que tener más o menos la misma cantidad de limón que de ron. Pero esto siempre depende de la fruta que tengas. Hay limones con diferentes sabores. He tenido que aprender a coger el punto de la acidez del limón, este amarillo y grande, que hay en los supermercados. Lo que llamáis lima, el limón verde y que nosotros llamamos «criollo», saca un sabor diferente.

—¿Y esto que tiene que ver con los cubanos? —pregunta María Ángeles.

—Es que muchos limones hemos tenido que chupar los cubanos desde el comienzo de nuestro andar nacional, que ha sido ácido.

—Sí, es cierto.

—Entonces se puede comenzar a mezclar todo, como todo está mezclado en nuestra mestiza cultura. Vendrá después el azúcar, también es cuestión de gusto, pero yo le pongo, para las cantidades que les estoy indicando, veinticuatro cucharadas soperas. Del azúcar no tengo que hablar. Este ha sido consustancial a nuestro desarrollo como país.

—«Sin azúcar no hay país», creo que leí una vez sobre la economía cubana —dice Vicent.

—En mi receta, pongo la misma cantidad que pongo de jugo de limón, de un cocimiento... ¿Cocimiento, se entiende aquí? —Amparo asiente con un movimiento de cabeza—. ¿Sí? Pues un cocimiento de hierba buena, que lo hago a partir de hierba fresca un poco machacada, o también se pueden usar los botes de esa deshidratada que venden como especia para cocinar. Hierba que es silvestre y huele tan bien, como nosotros. El colofón son un par de cucharadas de Angostura. Esta es una esencia o especie de «biter» que se usa para preparación de cócteles. Amarga, que también de ello tiene nuestra condición, pero esto sólo en pequeñas dosis y para que el conjunto sea excelente.

—¿Y cómo sigue?

—La presentación, en un vaso con dos cubitos de hielo. De gasolinera, por supuesto. Y una ramita con un par de hojitas, de hierba buena. Pero que cada cual adorne como quiera ¡Dar rienda suelta a la creatividad!

—Lo que son las cosas, yo pensaba que se ponía el hielo triturado. Del que le decimos «frappe» —es un comentario de Pepe, mientras se sirve otro vaso.

—No, siendo puristas, sin hacer culinarias concesiones, el frappe se utiliza para el Daiquirí. El mojito con cubitos de hielo.

—Daiquirí. ¿No es Daiquiri, sin acento en la última sílaba? —pregunta María Ángeles.

—A mí me suena tan feo cada vez que escucho Daiquiri, sin acento. Es con acento. Se llama así porque es el nombre del pueblo de la zona oriental de Cuba, cerca de Santiago, que fue donde se «inventó», y desde dónde se popularizó. Se parece al mojito, pero este es otra forma de combinar.

—También hay otros como el Cubalibre. Ron con Coca Cola y rodaja de limón. Cuando estábamos de vacaciones allí le decían «mentiritas». Os reís de todo —aporta Vicent.

—Que lo que es en alegría, música, fiesta y tragos, no les falta de nada a los cubanos, en esto nada de bloqueo... Me has convencido: es una realidad que el mojito es Cuba misma. Y hay que ver también que cuento le meten a todo los cubanos —completa Amparo.

—Tony, ahora sólo falta un dato —interroga Pepe—. ¿Para cuántas personas alcanza esta receta que me has dado?

—Bueno, amigo, eso dependerá del punto de alegría que quieras lograr en tus invitados. Para gente normal, así como nosotros, todo esto te alcanzará para unas seis a ochos personas. Para lograr un «puntico juguetón», pero sin pasarse.

—Sí, ya nos has recomendado. Como el mojito entra tan fácil, hay que estar alerta, pues si no, coges una buena cogorza sin darte cuenta. ¿Cómo era eso de la medida? ¡Ah, ya se! En el momento que pierdas la cuenta de cuántos vasos te has bebido, es el momento de parar. ¿No es así?

—Así mismo. Cuidado, que puedes terminar «ponchao».

—¿Ponchao?

—Sí, es una expresión del béisbol. Algo así como una tarjeta amarilla, o tal vez roja, en el futbol. No, no, me explico mal, es otra cosa…

La conversación y el buen rollito continúan, hablando de temas intrascendentes de todo tipo. A todos les gusta saber, sobre todo el idioma, los giros. Incluso se baja un diccionario para comprobar algunos términos que se utilizan y comprobar (¡sorpresa!) que son válidos en perfecto castellano. Pero la curiosidad en sus convecinos es grande y quieren saber cosas de más calado sobre el nuevo fichaje de la comunidad. Les interesa la complicada trayectoria por la que ha pasado, que ellos presienten atando cabos sueltos, pero que no han podido concretar de manera exacta.

—Tony, por lo que sabemos, desde que has llegado a España... ¿Cuánto hace?

—Ya hace casi una década.

—¿Has hecho muchas cosas? ¿Por qué no nos cuentas un poco? —solicita Amparo con interés—. Bueno, si quieres, que no te vamos a hacer un interrogatorio.

—Es una historia larga, creo que puedo aburrirlos.

—¡Nada de eso, cuenta! Que con mojitos por medio no hay aburrimiento que valga.

Un poco a regañadientes, Tony se dispone a contar sobre sus experiencias. Al principio quiere sintetizar, pero sus contertulios, a los que se han sumado chorreando agua alguno de los hijos, le piden que sea bien descriptivo.

—Llegué en el año de las Olimpiadas de Barcelona. Yo no tenía mucha idea de lo que me iba a encontrar, pues imaginen que dejaba detrás todo: mi país, mi casa, mis familiares, mi trabajo, todo. Lo único material que tenía era la ropa que cabe en una maleta, la que tenía puesta y una cantidad de dinero ridícula para una aventura así, pero que a mí me parecía una fortuna, creo que treinta y cinco mil pesetas, de las antiguas claro está. Al cambio serían unos doscientos setenta dólares.

—No sé por qué todos tenemos la costumbre siempre de decir de las antiguas pesetas. Si ya lo sabemos: son antiguas, ya se acaban —apunta Margarita, su esposa.

—Pero tenía aquí un tesoro: mis parientes. Había estado por el norte de España realizando unos trabajos de desmontar máquinas al frente de un grupo de ingenieros cubanos.

—¿Máquinas de qué tipo? ¿Qué ingenieros?

—Bueno, eso es una historia complicada a la vez que divertida. Parece que queréis detalles.

En algunos momentos aún hoy, después de diez años en España, los reflejos desarrollados durante muchos años en Cuba, de no ofrecer más de la información necesaria por razones de seguridad, sobre todo cuando hay otras personas por medio que se puedan perjudicar, paralizaban un poco el ritmo de la historia y lo que Tony podría contar.

Esta habilidad, la de cuidarse, la de hablar sólo lo justo, la de estar atento, el hablar con gestos y señas, la desarrollan los cubanos de dentro por razones obvias de supervivencia. Si no se pude hablar se dice con señas, como en el lenguaje de los sordomudos. Si no se puede decir con claridad, se encripta, se hace jerga. Y esto cala en lo más profundo, se asume de manera inconsciente.

La mano pasada por la barbilla: Patillas, El barbas. Dos dedos en el hombro señalan grados militares: un pincho, un mayimbe, un jefe. El dedo gordo en la boca y el puño cerrado: trompeta, chivato. Hacer correr el dorso de la mano por la palma de la otra: «va quitao», se marcha, se fuga. Y así una infinidad más, que además cuando se «queman», se cambian por otras derivadas de las primeras, pues si no, pierden su eficacia.

Tanto cala en los hábitos de la gente que en las primeras semanas de llegar, al entrar a una cafetería o restaurante Tony ocupaba siempre un sitio donde su espalda estuviese contra la pared y las puertas de salida a la vista. Si alguien pasaba dos veces seguidas por su mesa, se ponía tenso. Su primo, primer amigo y compañero al llegar a España, lo advirtió y se lo comentó:

—Tony, que no tienes que estar tenso, que estás en un país libre y aquí nadie te va a hacer nada.

—Dany, no lo puedo evitar. Son muchos años. Sin embargo, aún no puedo desconectar.

Todo pasó por su cabeza en un momento, y entonces Tony continuó el diálogo con sus vecinos.

Les contó cómo había avisado por teléfono a sus familiares de Albacete, casi al llegar, su determinación de no regresar a Cuba. La familia, que eran también inmigrantes radicados en España desde la década de los sesenta, le ofrecieron todo el apoyo necesario en estos casos, ¡qué decir!, mucho más allá de lo que de manera razonable cabe esperar. Fue como uno de los hijos, tanto en aquel momento como lo fue después. Le advirtieron que dejara el grupo de inmediato y que lo recogerían. Es lo que con sensatez cualquier ciudadano español habría hecho. Él no aceptó hacer aquello. Recuerda una conversación:

—Dany, mi primo, no lo tomes a mal. Yo no puedo dejar a mis compañeros trabajando solos, pues somos un equipo y se necesita mi trabajo. Además, yo vengo al frente y ellos no están preparados para salir adelante por sí mismos. El trabajo se estropearía.

—Bueno, pero si tú te vas a quedar, ¿qué te importa que se malogre el trabajo?

—Sí, me importa. ¿No has pensado que he dejado rehenes? Allá están mis hijos, mis padres, mis hermanos. Si yo lo hago mal, ellos pagarán. También mis compañeros lo pueden pasar mal.

—Siempre se lo tendrán en cuenta, lo hagas ahora o después.

—Es cierto, pero si no hay afectaciones por lo que vinimos a hacer, y ellos pueden volver sin problemas, no tendrán una razón directa para castigarlos. No puedo, en conciencia, hacer mal las cosas. Y además así queda tranquila la mía.

—Muy bien, tú conoces mejor la situación. Pero que sepas que estamos contigo, junto a ti al ciento veinte por ciento. Cuídate mucho, que es una situación delicada y hay mucha gente que estando en Madrid los han metido en un coche, los han drogado y despiertan en La Habana.

—Sí, en Villa Maristas.

—¿Qué? ¿Dónde?

—En el Cuartel General de la Seguridad del Estado. En el G2.

—Bueno, cuídate mucho. Estamos contigo. Un abrazo.

La comunicación y la compenetración fueron inmediatas. Parecía que se conocieran de toda la vida y eran personas que no se veían desde hacía treinta años, desde niños, sin apenas relación en este tiempo. Qué afortunado, consideraba Tony, había sido en todo esto.

El trabajo se realizó tanto que las máquinas enviadas, con los esquemas, croquis y planos, se pudieron montar en Cuba un tiempo después.

—Pero, ¿cómo lo hiciste? —quiere saber en detalles Amparo.

—Primero con mucho miedo. Estaba cagado, me parecía que me iban a descubrir en cualquier momento. Pero lo de lograrlo fue nada. El regreso estaba programado para los días de Navidad. Le argumenté a mis chicos que no había asientos de avión para todos en estos días y que ellos deberían volar antes y yo un par de días después. A los cubanos, acostumbrados a estas cosas, les pareció normal.

—¿Pero ellos no lo sabían? ¿Que tú no ibas a regresar?

—No. —Contiene la risa, por lo que le estaban diciendo y haciendo retrospección sobre aquella situación—. ¡Claro que no podían saberlo! Tal vez me podían denunciar y venir los de la embajada. Y aún, si por compañerismo no lo hicieran, al regreso ellos iban a ser interrogados. No, no deberían saber nada para no tener que mentir o estar comprometidos.

—Pero, ¿por qué no podías salir del país de forma normal? Si no querías estar allí, ¿por qué te obligan?

—Para poder abandonar el país por vía legal, en mi caso, que era un técnico de nivel superior, tendría que haber presentado una renuncia formal a mi puesto esperar al menos cinco años trabajando en el campo, una cantera de piedras o una vaquería cargando mierda. Al cabo de este tiempo podría presentar los papeles y a esperar como poco otros cuatro o cinco años más para que me tocara el turno. Y sin garantías de que algún día pudiera salir. Diez años es mucho. Conozco casos de más tiempo.

—¡Qué drama!

—Bueno, es así. —Trata Tony de quitar hierro al asunto que está rompiendo el ambiente alegre de la reunión—. ¿Sabéis cómo se forma un cuarteto de música de cámara en Cuba?

—Un cuarteto de cámara, no. ¿Cómo lo forman?

—Pues se lleva una orquesta sinfónica de gira al extranjero, y al regresar a Cuba, con los que quedan, ya tienes el cuarteto de cámara. —Todos ríen.

—A ver, nos ponemos para la barbacoa que ya hace hambre. Ya les contaré más cosas en otro momento.

Y se quedan un poco a medias, quieren saber más, pero no quieren ser impertinentes. Todos se ponen en función del fuego y los cabrones carbones, que unas veces no quieren encender y al poco rato hacen llama y queman las carnes. Se ocupan también del resto de asuntos relacionados con la preparación de la comida, de la que dieron cumplida cuenta en este amistoso ambiente.

El sol se iba poniendo de manera lenta y pausada, de la misma manera que Tony, con un roncito «a palo seco» en la mano, reflexionaba, sentado con los pies dentro del agua al borde de la piscina. Había pasado ya un rato después de la comida, estaba tratando de que el alcohol ayudara a disolver un poco la pesada digestión que estaba haciendo y también los recuerdos, siempre los recuerdos...

Tenía frescos los comentarios de los vecinos antes de comer, de lo amargo, como la Angostura, que era todo para aquel que tiene que emigrar. Tanto por lo que deja como por lo que no encuentra a la hora de integrarse en una nueva sociedad, que lo acoge en lo oficial, pero...

Por la pesada digestión y estos recuerdos, comenzaba a ponerse triste, melancólico. Le podía agarrar el gorrión en ese mismo momento, cuando le vino el recuerdo de una historia de esas que se cuenta entre cubanos y que ayuda a ir «escapando»: resortes del inconsciente, que se llegan a convertir en hábitos para poder mantener la alegría a pesar de que las circunstancias sean adversas, pues si algo no se ha perdido y, seguro nunca llegarán a perder los cubanos, es el sentido del humor.

El chiste es parte esencial de su vida. Pero la manera de hacer un chiste en Cuba es barroca. En Cuba no se dice contar un chiste, se dice «hacer un cuento». El cuento es extravagante y recargado. Exagerado. Se recrean en el contar. Es más importante el camino que la meta. Hay un regodeo de la palabra, pero al final hay una búsqueda de la novedad y la sorpresa.

La historia que recuerda Tony ahora se podría contar tal como:

«Llega un fugado de Cuba a Miami, sobre dos latas vacías de sardinas a modo de esquíes de agua e impulsado por un papalote (una cometa, dicho en cubano). Al llegar los compatriotas le hacen un recibimiento y homenaje en reconocimiento a la gran hazaña de atravesar el Canal de la Florida en tan precarias condiciones.

Varios discursos de bienvenida elogiando al protagonista y su gesta preceden a lo que tiene que decir el héroe, que cualquier momento es bueno para que un "prócer", a fin de ganar en popularidad, chupe un poco de cámara. Por fin le dan la palabra y con voz un tanto quebrada dice:

—Compatriotas, de todo corazón agradezco este recibimiento. ¡Muchas gracias! Pero, estoy algo confundido. Yo estaba casi convencido que el homenaje era por haber conseguido las dos latas de sardinas dentro Cuba, que eso sí que es una hazaña...».

Sonríe y la cara se le ilumina, el chorro de endorfina provocado por el recuerdo del chiste hace que supere el bache emocional y vuelve sobre sus pensamientos.

Recuerda aquel veintiocho de diciembre, cuando se presentó en Toledo, en un viejo edificio junto a la pintoresca Plaza de Zocodover. Iba a pedir asilo político. Los funcionarios del Gobierno Civil se turbaron un poco. Eran primerizos. Nunca habían tenido una experiencia similar y estaban un poco indecisos de qué se debía hacer. Lo condujeron a la oficina del Gobernador Civil.

—¿Qué le trae a usted por aquí? —le pregunta muy amable el Gobernador Civil, máxima autoridad desde el punto de orden público de la Autonomía.

—Señor, es que yo no sé qué cosa tengo que hacer para pedir asilo político. No quiero volver a Cuba —y suena a acongojado lamento.

—Al parecer ni lo sabes tú, ni lo saben tampoco mis colaboradores. Creo que debes ir a una comisaría de policía.

—Entonces no es aquí el lugar donde debo venir. Es que figúrese, yo acabo de llegar y no me entero de nada. Si de la Embajada se enteran vendrán a buscarme —dice, y en su cara se hacen presentes contracciones de nerviosismo, en tanto que sus manos sudorosas se entrelazan una y otra vez.

—Te entiendo, hombre, pero no estés nervioso, aquí no te va a pasar nada. Para que te sientas tranquilo te voy a enviar a la comisaría correspondiente en mi propio coche. Es una comisaría que se encuentra en la parte más moderna de la ciudad y allí vas a realizar los trámites. Con mi chofer les envío una nota. —En un santiamén redactó la nota, la puso en un sobre y la entregó al chofer que ya había subido a su llamada.

Al entrar con el coche oficial de alto rango por la puerta de la comisaría al aparcamiento de la misma, los dos soldados de guardia se cuadraron y presentaron armas. Tony, como en tantas situaciones en que había estado «en tres y dos», no sabía qué hacer, si tirarle a la bola o esperar. Si cagarse o reír a carcajadas.

Los recuerdos de los trámites, tal como sucedieron, se hacen un poco nebulosos, de lo que tienen la culpa el tiempo que ha pasado y el ron que se ha bebido y que no quiere dejar ahora.

Sonríe, y sus ojos suben arriba a la izquierda recreando aquellos momentos. Fueron divertidos, pero kafkianos los interrogatorios, como al estilo de «El Proceso».

—Solicita usted asilo político, ¿no es así? Pues si es tan amable de rellenar este formulario. —Y Tony percibió, escuchó un tono muy cordial del uniformado.

—Sí, señor —contestó con la cara muy seria, y rascando su cabeza por el asombro al percibir que era tratado por primera vez en su vida con cortesía, sin despotismo y con respeto por una persona vestida de uniforme.

Pero la amabilidad del funcionario no eximía a todo el proceso de un evidente grado estupidez por las absurdas preguntas que después de rellenar el impreso vinieron. Fue una entrevista cara a cara, a modo de interrogatorio:

—¿Tiene usted algún documento que lo acredite como opositor al régimen de Cuba?

«Sí, claro, pensaba quedarme en España, debería traer el carnet de una organización clandestina, o tal vez un certificado con declaración jurada incluida, ¡qué fallo!», piensa con ironía Tony, pero no dice nada.

—¿Podría decir el nombre de alguna persona dentro de Cuba que avale su labor de oposición al régimen?...

«Otra pifia, lo debí haber tenido en cuenta. Es que como soy primerizo en esto de pedir asilo y usted en esto de burocratizarlo...». Pero tampoco esto lo dijo.

—¿Por qué ha utilizado esta vía para salir de su país?

«Cojones, ¿pero no se conoce aquí la realidad de Cuba? De Cuba, todos quieren salir. Cada cual sale como puede. Hay historias trágicas y hay otras de risa. De risa si no fuera una cosa tan seria tener que salir de tu tierra, a veces jugándote la vida y dejarlo todo sin saber si volverás algún día. Ha salido gente en botes de remo, en balsas de neopreno, en tablas de «windsurf», en barcos de pescadores, en recámaras de tractor, como polizón de barco, en vehículos preparados como anfibios con sellante especial, nadando hasta alcanzar un barco mercante en alta mar, en balsas de troncos, y hasta en un armario de ropa; se han hecho intentos también por aire en globos, en avionetas de fumigación, dentro del tren de aterrizaje de un avión. También en una gira de equipo deportivo o de grupo cultural, en un viaje de trabajo, por la lotería del bombo, en fin, cada uno como puede. Y este hombre me pregunta porque he utilizado esta vía. Así he podido salir yo, cojones. ¡Qué le vamos a hacer! Disculpe usted, señor funcionario». No es necesario decir que tampoco este discurso lo podía soltar. Sólo fue una rápida concatenación de pensamientos y reflexión interna, con un poco de mala leche, eso sí.

«Ahora —con su lenta digestión y su medio tono, pensaba Tony—, a la orilla de la piscina, tomando mojitos y comiendo bien, todo parece de risa. Pero entonces... Bueno, no pasa nada, de risa es si se compara lo que ha sido para otros. Lo sé porque muchas veces, pero muchas veces, he conocido tentativas de salida fracasadas, ya sea porque los que intentaban la fuga se ahogaron en el mar, se congelaron en la panza del avión o fueron tiroteados por los guardacostas, que tienen la orden de tirar a matar. Recuerdo algún conocido que murió así y se me pone la carne de gallina».

Un escalofrío le recorre la espalda. Comienza a fruncir el ceño y encajar la cara de tristeza que siempre le trae el impertinente gorrión. Sigue en su meditación.

«Y sin embargo, la gente lo intenta y lo vuelve a intentar. Aquí no funciona evaluar la ley de probabilidades. Cuando las personas lo que buscan es su libertad y una vida mejor, no hay porcientos en contra que les detengan».

Recuerda que conoció a uno en la Playa de Guanabo que decía que cada tres años lo intentaba, pues lo habían capturado tres veces y cada vez cumplió esa pena en prisión. Le juró que a la «cuarta va la vencida», pues si no le había salido a la tercera, volvería por la cuarta. Nunca más supo de él. Se lo dijo su amigo, El Quemao, que había salido la cuarta pero que nunca se tuvieron noticias de él.

Volvió hasta la mesa donde estaba la cuellilarga botella ámbar de añejo y se sirvió otro largo trago, puro, como ha quedado patente que le gusta tomar el buen ron. Pero no pudo dejar de pensar.

«Y lo peor es de esos otros han perdido el rumbo, las aguas del Golfo los han hecho girar y salir de Cuba, para llegar a… Cuba. Y al tocar tierra y gritar a todo pulmón "Viva la libertad, somos libres", les ha durado menos de cinco minutos la libertad, que sólo les ha alcanzado para pronunciar el grito. Se los llevan al talego. Siempre hay cárcel por tratar de escapar de la isla».

El pensamiento, con la rapidez que le permiten sus entumecidas neuronas, vuela de un punto a otro. Volvió a pensar en Toledo, en cómo fueron sus trámites de asilo. En algún momento pensó que a él le había sucedido como al señor K.

Pero reconsideró que su trámite, a la inversa del personaje de Kafka, había tenido éxito. Recordó cómo después, de vuelta a Albacete donde entonces vivía, todo fueron bromas con sus primos, Flora y Juanjo, en el coche. Para ellos todo era una cosa nueva, misteriosa, teatral. Y el melodrama con que se realizó, el trámite mismo, era algo como de una película de espías que disfrutaron poniendo mucho humor…

—Aquí Charly Tango… Aquí Charly Tango… La misión ha sido cumplida. Cambio y corto… —Y entre bromas volvieron a casa.

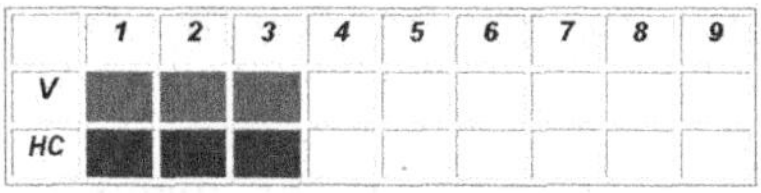

VI.-Tercera entrada (parte baja)

Una de las posiciones a la defensiva más difíciles de jugar es la del «queche» («catcher»). Se pasa las nueve entradas agachado y recibiendo las duras pelotas, que vienen a más de 100 km. por hora. Además, está muy cerca del bateador, que le puede pegar (sin mala intención) con el bate. El «queche» se protege con rodilleras, peto y careta, y tiene un guante especial que se llama «mascota». Cuando en el lenguaje popular hay que expresar situaciones muy difíciles, se puede escuchar expresiones como: "Quechando al duro y sin guante"

Primeros meses de 1993

Así emprendió la nueva vida de exiliado. Algo había cambiado, poco, pero había dado el primer paso. Entonces fue necesario comenzar a ocuparse de poder alcanzar las próximas metas. No podía, según le advirtieron, salir de la provincia. No podía trabajar de manera oficial, ya que no tenía permiso de trabajo ni de residencia. No tenía dinero, o el poco que había podido ahorrar de las dietas del trabajo, lo tenía que administrar con muchísima cautela. La familia ayudaba en todo, imposible hacerlo mejor, pero a Tony le avergonzaba ser carga.

Él siempre había querido ser libre, era su lucha. Ahora era un poco más libre, seguro que en forma teórica y abstracta lo era. ¿Pero en la vida práctica? ¿Podía decir que era igual a todos los que le rodeaban? ¿Qué podía hacer? Era un círculo vicioso que le costaba entender. No podía trabajar porque no tenía permiso de residencia y no tenía permiso de residencia porque no tenía trabajo. Si no podía residir no se integraría.

Era un limbo, que si bien le permitía quedarse, no le garantizaba poder desarrollar una vida normal. Si ya costaba entenderlo, mucho más le costaría poder romperlo. Al menos de una forma legal.

De esta gran losa sobre su vida, buscó escape por la lectura, que fue su gran refugio. Su primo le presentó la obra de Cabrera Infante, que leyó completa, porque era una asignatura pendiente. Devoró muchos de los otros libros de la biblioteca familiar, que es amplia. Quedó fascinado, pues si bien siempre había sido un gran lector, poder leer lo que quisiera con toda libertad, con diversidad de criterios y enfoques le parecía fascinante. Se dio cuenta que tenía una cultura a medias. Castrada. Se bebía los periódicos, incluso números atrasados que iba encontrando por aquí y por allá. Quería ponerse al día, recuperar el tiempo perdido. Entender su nuevo medio a la vez que hacerse libre.

Pero las inseguridades eran muchas. No sabía qué podía ser de su familia. Sus hijos, sus padres y hermanos, su mujer. Antonio, su hijo mayor, estaba enfermo… La realidad es que su matrimonio no había sido en los últimos años una fuente de felicidad. No, no lo había sido. Seca de amor, la unión se mantenía por la inercia de la rutina y por las mil justificaciones que se daba cuando tenía que tomar decisiones dolorosas que afectan a otros. Y tragaba. O tragaban, pues siempre es cosa de dos. No es bueno, pero lo hacía, y esperaba y esperaba, algo debía pasar. Pero no pasaba nada. Ahora la situación era aún más complicada. Pero lo que tenía claro era que no se desentendería. Tenía que lograr sacarlos a todos de Cuba. Después ya se vería.

Son fuertes las tensiones del hombre que se ve acorralado, sin salidas. Trató de aflojar sus nervios corriendo por las mañanas a primera hora, con un frío de menos cinco grados centígrados y por un hermoso parque. Las ardillas trepaban y asustadas, contagiaban con su miedo a los troncos gruesos de los pinos. Él estaba tan asustado como las ardillas, frente a la montaña que tenía delante: tenía que convertirse en ciudadano, con las mismas posibilidades que otro cualquiera. No quería más, pero no quería menos. Sólo que le dieran la posibilidad, lo demás iba por su cuenta, y era una carrera similar a la que ahora hacía. Corría al trote, una vuelta, dos, tres... diez. Ya no sentía el frío, tal vez un poco en las manos. Para los del lugar era un bicho raro, que practicaba deportes con ropa de calle y muy tropical. No tenía en su reducido armario ropa deportiva, ni tampoco de la otra. Alguien, de las tantas gentes que le ayudaron, le dejó unas zapatillas deportivas que sí las utilizó para correr. Y trotó y trotó, muchos kilómetros de ideas trotó. Son esas ideas que se montan en el corredor y lo acompañan, secreteando consigo mismo, a lo largo de su recorrido.

«¿Cómo continuar? ¿Qué pasos dar? A la mierda la legalidad, cuando se necesita trabajar hay que buscar. Nadie me puede negar buscar la comida», machacando y machacando, sus pensamientos se niegan a dejarle en paz. Sus familiares de aquí, que no quieren que tenga ningún tipo de problemas, trataron de quitarle la idea e intentaron aminorar su tensión.

—Tranquilo, macho, que no pasa nada. Tres, cuatro, seis meses los pasa un sapo debajo de una piedra. Mejor esperar, que te puede traer problemas —le aconseja su tío, al cual respeta mucho por su experiencia y rectitud de criterios.

Pero Tony prefirió seguir jugándosela. Si ya se había arriesgado, ahora no tenía paciencia para esperar. Además, ¿cómo iba a traer a su familia si no encontraba un trabajo?

Comenzó la búsqueda, como fuera, a las buenas o a las malas. Tenía que trabajar, aunque fuera por la izquierda. El trabajo que podría obtener Tony tendría que ser siniestro, sin lugar a dudas. Pero él lo buscaba por la izquierda, por la derecha, por arriba y por abajo. Donde quiera que apareciera.

Primero buscó ofertas en los periódicos. Entonces internet solo salía en las películas de ciencia ficción. Lo mejor eran los diarios locales. Pero nada hoy, nada mañana, nada pasado mañana. Desesperante. Luego empezó a caminar la ciudad, en busca de los letreros salvadores: «Se busca un...», «Necesitamos una persona para…». Una gasolinera fue por un momento una esperanza. Pero no salió, le rechazaron después de varios días de darle largas. En un bar, también le insinuaron algo, pero no cuajó.

Siguió la búsqueda de algo que poder hacer para ganarse la vida.

Una tarde, conversando con el marido de su prima, Manolo, le indicó que tal vez sus mejores oportunidades estaban en ciudades grandes e industrializadas, como Madrid, Barcelona o Bilbao, que por su condición de ingeniero siempre le ofrecerán mejores opciones. Pero en su situación no podía, tenía el mandato expreso que no podía salir de la provincia. Por otra parte, allí no tenía a nadie. Aquí al menos está la acogedora familia. Todo es muy complicado. Su prima Estela también le animó a comenzar unas clases de prácticas de inglés, que le podrían ser útil. Ella se ocupó de todo. Todos le ayudaron. Es ingeniero y siempre habrá quien lo necesite, eso estaba bonito. Pero no, en la realidad no salía nada. Los días pasaban. Él desesperaba, a pesar de su espera activa.

Por fin consiguió una entrevista en una empresa que fabricaba máquinas agrícolas. Entrevista de trabajo muy rara. Ni Tony sabía cómo se cumple este trámite, ni los de la fábrica sabían cómo se conducía el mismo. No estaban preparado para esto. Ellos no tenía ninguna experiencia de cómo se cubre este expediente. Tony mucho menos, pues en Cuba no se practica. Allí, el Estado empleador sitúa al candidato en un lugar y punto.

Después de un largo recorrido por las instalaciones y algunas preguntas para probarlo, parecía que querían contratarle. Siempre debía aclarar que no tenía papeles, sin que esto pareciera que preocupara mucho a los que lo estaban atendiendo. Todo iba bien, Tony se alegraba y parecía que lo tenía en la mano. Todas las ilusiones se iban concretando.

¡Qué fatalidad! Esto le faltaba. Se produjeron reacciones viscerales, de esas que movilizan la amígdala y no pasan por el neocórtex, al que dejan de vacaciones. Se provocó una acción instintiva. Y entonces, en estos casos, el desarrollado ser humano reacciona de manera instantánea e irracional, igual que si fuera un cocodrilo. Como si la evolución se hubiera detenido en ese momento, o como si nunca hubiera ocurrido.

Al entrar en la oficina del gerente se encontró de frente una foto, gran foto que se exhibe con orgullo. Le impactó el contemplar gozosos a su futuro jefe con un personaje, para él muy desagradable, y en quién carga toda la responsabilidad de lo que le estaba sucediendo en su vida. En ella han tomado a su futuro empleador, sonriente, barrigón y cariñoso, junto al «Comandante». Es una foto tomada en uno de sus viajes a Cuba donde tiene negocios y aventuras amorosas, que se adivinan ambos asquerosos, y de los que en la conversación se jacta de manera abierta.

Tenía mucha necesidad, pero se resistía a aceptar este trabajo. Es un momento de fuerte tensión interna, donde la razón aconseja y el corazón se revela. Lo vislumbró en ese momento: tendría como jefe a otro dictador aprovechado. Y él no puede, no quiere, no admite tiranías, no admite complicidades, vengan de quien vengan. Y rechazó el trabajo.

Intentó comportarse con mucha diplomacia y agradeciendo la buena voluntad. Se disculpó, con bastante humildad, y tal vez con pocas explicaciones inventadas, ya que las reales no las quiso exponer. Se le atragantaba todo en aquel lugar. Lo supo desde aquel instante en que vio la foto. Fue rechazo a primera vista.

Se sentía apenado ante sus familiares, pues podrían considerarlo un orgulloso inconsciente. No le recriminaban ni mucho menos, pero él sentía vergüenza con ellos. Su tío, que se lo imagina, habla con él y lo tranquiliza: «Macho», le dice, «no tienes nada de qué avergonzarte, yo habría reaccionado igual. Orgulloso debes estar. Mejor ha sido así, después seguro iban a presentarse problemas». Una muestra más de la acogida de su familia, que no sólo en lo material lo apoyan. Esto hace que sienta un poco mejor, y hasta hinchado por no ceder ante lo que considera una cuestión de principios.

No obstante, cada día, en la cuenta que lleva haciendo cruces en un calendario de publicidad, hay una cruz más. Ya tiene muchas cruces marcadas, tanto que el calendario parece un cementerio de guerra. Pero tozudo continúa con la penosa búsqueda, aunque comienzan a sentir complejos por empezar a apreciar lo que los otros ya perciben desde siempre: que es diferente. En esta época en Albacete un cubano es como un bicho extraño, una caribeña y exótica rareza.

«Claro que siempre tienen las reservas cuando hablo —se plantea Tony—, como mis ojos son claros y también el pelo, la tez aún un poco tostada, pero blanca, si yo no hablo no tengo problemas —cavila—. ¿Es que los mudos no trabajan en este país?»

En algún momento pensó en pasar por mudo, a ver si aparecía el bendito trabajo. ¿Tal vez la Once?...

Y comenzó a practicar. Su pronunciación no era mala. Las r, tanto al final como en la mitad de la palabra las pronuncia sin gran dificultad, no era de los que dicen «mi amol» ni cosas de esas que alimentan el tópico del trópico.

Pero con lo que no podía era con la z. Era muy violento. Se le hacían un nudo lengua y dientes al tratar de pronunciarla de forma correcta.

Y comenzó a practicar, para entrar al bar y pedir:

—Camarero, por favor, me sirve un ZUMO DE NARANJAS.

Esto es muy fuerte para un cubano, pues llama jugo al zumo (y en cualquier caso «sumo»), y la j del jugo de las naranjas es tan floja como un boxeador al borde del KO.

Y durante una semana entera practicó y practicó mientras en sus mañanas corría. Resonaba cual redoble de tambor, en su cabeza: ZUMO DE NARANJAS, ZUMO DE NARANJAS...

Después comenzó a decirlo en voz baja y por último, con la total normalidad que le estaba dando la práctica, lo repetía en alta voz, como un manchego de Villarrobledo, con bastante naturalidad, si bien siempre se notaba alguna ligera afectación.

Entró en el bar recordando lo mejor que podía, como lo había visto hacer en las películas a Humphrey Bogart. Se recostó en pose teatral, con el antebrazo en la barra. Bien podría haber dicho el famoso «tócamela de nuevo Sam», pero ya todo estaba planeado y calculado. Tocársela no era lo que tocaba, ni el camarero era Sam. Entonces, en castizo castellano pronunció el abracadabra, que él consideraba que comenzaría a abrir las puertas de su éxito social:

—Camarero, por favor, me sirve un ZUMO DE NARANJAS.

Profesional y diligente el camarero se acercó y le sirvió un gran vaso de fresco zumo, recién exprimido.

«Qué bien, hasta ahora no ha notado nada», pensó, y una sonrisa de triunfo iluminó su cara. Y entonces preguntó inocente el camarero:

—¿Le gusta al natural o le ponemos azúcar, caballero?

Estas palabras lo descolocaron. Esto no se lo esperaba, es un golpe bajo. No funcionaron las estudiadas frases y sale, como a borbotones, lo espontaneo, lo natural:

—¡Claro, chico, ponle «assúuca»!

Aquí terminaron para siempre sus pretensiones de camuflarse. Todo al carajo. La mona, aunque se vista de seda…

Después descubriría que en muchos casos su acento le serviría para abrir puertas y que la diferencia puede ser más una oportunidad que una desventaja. También aprendió que para desayunar, en el primer mundo de la abundancia, podía pedir café con leche sin ningún tipo de «problemas».

No hay mal que por bien no venga. El trabajo rechazado le había dejado tal como estaba, sin tener ninguna ocupación y ningún compromiso. Esto permitió que al poco tiempo le cayera del cielo un trabajo que le vino como anillo al dedo. Una empresa de publicidad quería un estudio de organización. Pretendían crecer y no sabían cómo poder hacerlo.

—¿Me podrías ayudar con esto? —le comentó su primo, el bueno de Dani, que más que necesitar ayuda lo que hacía era ofrecerla—. No es un trabajo fijo, pero te ayudará a ir tirando.

—Creo que sí. No he trabajado nunca la publicidad. Vengo de un país comunista, donde sólo existe la propaganda política. Mi especialidad es la ingeniería, pero si se trata de organizar una empresa, te puedo asegurar que todas son iguales. Cada cual tiene su tecnología, pero esa siempre ya la conocen las personas que están dentro. Lo demás, el resto del funcionamiento, es similar para todas. Cuenta conmigo.

Fueron horas y horas de trabajo con una vieja máquina de escribir, nada de ordenador, que entonces no estaban tan a la orden del día como hoy. Investigación en la empresa, análisis de posibilidades, planes de negocio, estructura más adecuada, estrategia empresarial... Salió un voluminoso y minucioso trabajo. Presentaron un buen plan para la expansión de la Empresa. Los felicitaron.

En la comida de celebración, después de la exposición, Silvio, el gerente publicista, persona joven y muy emprendedora, habló claro:

—Oye Tony, el trabajo que me han presentado es magnífico. No esperaba tanto. Pero hay un problema.

—¿Qué pasa? ¿Qué no te gusta? —Al momento saltaron todas las alarmas y se puso en guardia.

—No, no me interpretes mal, no es que no me gusta. Al contrario, es que me gusta tanto que no creo que nosotros sepamos llevarlo a cabo. ¿Quieres venir a trabajar con nosotros?

Aquello era más de lo que Tony podía esperar. Trabajo, trabajo fijo. Pero... ¿y los papeles?. Lo aclaró sin rodeos.

—Silvio, pero ya sabes que no tengo papeles.

—Ya lo sé, pero eso es cuestión de tiempo. Comienza, que yo corro el riesgo, ya verás que será por poco tiempo. ¿Cuándo quieres empezar?

—¿Yo? ¡De inmediato! —contesta impulsivo.

—¿No te lo piensas? ¿No hemos hablado de dinero? —le comentó Silvio extrañado.

—No importa. Ya hablaremos. Y sobre todo tú evaluarás lo que puedo aportar y confío que serás justo.

—Pues bien, comienza el lunes, que solo faltan dos días.

Tony levitaba, no se lo podía creer. Cobraba de inmediato el trabajo realizado, pero además y sobre todo, tenía un trabajo. Para él era como haber nacido de nuevo, aunque en realidad seguía siendo un inmigrante sin derecho legal a ese trabajo que se le presentaba como la panacea.

Esa noche salió a la calle con la moral por las nubes. Ya no tenía que ir colgado de nadie. Albacete, la gran manchega desconocida, tiene una muy sabrosa vida nocturna y le apetecía mucho catarla. Estar libre de cargas, ser independiente en lo económico. Aproximarse a lo que él quiere. Es un importante paso de acercamiento, aunque aún falta mucho. ¿Podrá continuar adelante? ¿Está más cerca ahora de traer a su familia? No tiene seguridad de nada, pero esto hay que disfrutarlo ahora.

Se reunió con varios amigos en un precioso local «El Nilo». José Luis, el dueño, conversó con él entre tantas otras cosas que hacía a la vez, cada uno a un lado de la barra. Mencionó los cócteles cubanos que le parecían exóticos y le vendrían bien al aire que tiene el local, amplio, con plantas, y una cristalera en el techo. Era un lugar además de pintoresco muy hermoso.

La inmodestia traicionó a Tony, que comentó que los mejores mojitos del mundo son los que él prepara. Un cubano no dice que sabe hacer bien los mojitos, o que puede hacer los mojitos mejor que el barman del lugar, ni siquiera que son los mejores de la ciudad. ¡NO! ¡Tienen que ser los mejores del mundo! ¿Exagerados?

José Luis, empresario de «luz larga», le pidió una demostración, cata el resultado y queda muy satisfecho. En improvisada clase de formación gastronómica preparó Tony a Mari, una bella albaceteña que trabajaba en el sitio, que además de guapa es muy lista. En pocos minutos y con la experta asesoría le cogió el punto.

Como la pólvora corrió la voz corriente abajo de «El Nilo» y todo el mundo pidió mojitos. José Luis se frotaba las manos, había dado en el clavo.

—Por favor, ¿qué es eso que todo el mundo está tomando en las mesas y que tiene a la gente medio loca? —preguntó una chica que se acerca a la barra donde está Tony.

—Es magia cubana. Es mojito.

—No me digas, simpático...

—Sí que lo es, y ese es uno solo de los trucos de mi amplio repertorio, pero te aclaro que no es el más espectacular.

—Pero, tanto cuento y tú no tomas mojito. Te veo tomando ron sin nada más.

—Ron a palo seco. Es añejo.

A Tony le deslumbró la chica. Llevaba un vestido de paño rojo, que le entallaba al cuerpo y realzaba la estupenda figura. Muy sexi. El vestido era corto y al sentarse a la banqueta alta de la barra, dejó ver también unas largas y hermosas piernas. La cara denotaba inteligencia y determinación que una corta melena rubia ayudaba a reafirmar como muy femenina. Se podía, más que intuir, asegurar: una mujer en toda la extensión de la palabra.

Una pulsera un poco hippie le daba un aire de informalidad y frescura a las manos, que con dedos largos, como de pianista, daba vueltas sin cesar al vaso.

Caballo viejo, de Simón Díaz, se escuchaba jacarandosa por el audio, cantada por el güinero Roberto Torres.

Cuando el amor llega así de esta manera,

uno no se da ni cuenta,

el carutal reverdece y guamachito florece

y la soga se revienta.

Caballo le dan sabana porque está viejo y cansao,

pero no se dan ni cuenta que un corazón amarrao

cuando le sueltan las riendas es caballo desbocao....

Desde aquella noche ella toma mojitos. Para Tony fue amor a primer añejo. Él quedó enamorado.

Primavera 1993

La vida cultural de la acogedora ciudad es intensa. Teatro, pintura, música, literatura y tertulias de autores… Este mundillo es una dimensión desconocida, una nueva sensibilidad en su vida con la que Tony no está familiarizado, pero a la que se asomó y quedó seducido.

Sucedió en una exposición de pintura, a la que le invitó su prima Silvia, la expositora. Entró un poco cortado, como aquel que no sabe muy bien cómo comportarse y no quiere llamar la atención. Estaba como pez fuera del agua. Era un medio que le era ajeno. Una vez pasado el primer sofocón y de percatarse que nadie le miraba, comenzó él a mirar los cuadros y sufrió una transformación total. Se emocionó con lo que tenía delante: temas cubanos. Alegres tonalidades que le hacen recordar el país de los colores que añora. El portal de la casona matriarcal, la de la abuela común, con su baranda de rectos balaustres de hierro, empotrados en el pasamano de madera. La luz intensa, llenando todo. Desbordando. Comenzó a meterse muy dentro de aquellos cuadros. Sintió el fragante olor de la guayaba, el dulce gusto del mamey cuando se recrea en el amplio bodegón de frutas. Sortilegio del arte. Una carreta tirando caña, y es como si escuchara al carretero maldecir y arrear a sus bueyes. Ella pinta temas cubanos como quien hace música, pero lo hace de oído. Fantasea por referencias. Vino a la madre patria con los años en que sólo se sabe hacer garabatos con colores de cera. Pero lo hace muy bien, porque expresa cubanía. Los cuadros emocionan llenos de sentimientos, de familia, de patria…

Allí se enteró que para el siguiente viernes estaba anunciada una conferencia de la obra de Guillermo Cabrera Infante. Lo transcendente era que sería el propio autor quien la dictase.

—Esto es mucho —decía Tony, y lo espera con ansiedad.

Podría escuchar de viva voz al escritor. No lo había podido leer dentro de Cuba, a pesar de haberlo conocido gracias oír sus comentarios por la radio de onda corta, por las emisoras disidentes asentadas fuera. Tendría ahora la oportunidad de escucharle y conocerle en vivo, esto era espléndido. Cosas de película le perecían. Por fin, casi a rastras, llegó la tarde del viernes de esa semana.

—¡Ha llegado el día, Tony! —le comenta su ya inseparable Margarita, la chica de rojo que le acompaña en el vestíbulo del Teatro Municipal donde se realizará la conferencia. También están otros expectantes espectadores, pues tiene el escritor muchos seguidores en la ciudad.

—No sabes lo emocionado estoy. Esto me parece irreal —dice Tony que con sinceridad, que sin hipócritas posturas, goza de todos los momentos que su nueva vida le ofrece a pesar de su triste situación con respecto a la familia.

—Cubanito, cubanito, cuándo vas a acostumbrarte a que vives en una sociedad libre, en una democracia, y que esto que para ti es algo tan trascendental, es algo normal y además, un derecho del ciudadano. Pero me encanta que lo aprecies y disfrutes así. Ojalá todos fuéramos tan conscientes como tú de ello y no pasara tan inadvertido como tanto sucede.

—Sí, es cierto, pero es que no estoy acostumbrado. No lo puedes entender. Es un disidente como yo, guardando las distancias, claro está, y va a hablar en público. No lo metabolizo aún.

—Claro que puedo entenderlo, he ido observando tu evolución. ¿Recuerdas lo de la tarjeta de crédito? Es que te ha vuelto a morder… —Y despliega una amplia sonrisa de connivencia que él otro entiende de inmediato.

Su complicidad es la consecuencia de un inesperado incidente. Una noche, hace sólo unos días, en una típica casa de tapas y a la hora de pagar, el equipo de cobro automático para tarjetas de crédito estaba estropeado. Margarita, que dadas las condiciones objetivas del inmigrante se veía en la obligación de invitar, se dio cuenta que no llevaba suficiente efectivo para el total de la cuenta. Salió con él a un cajero cercano a buscar el dinero, previa seña al camarero, y todo como la cosa más normal del mundo. Para los del primer mundo, se debe aclarar.

Tony no entendía cómo les permitían dejar la cuenta por pagar y salir del establecimiento.

«Confiada fe la de estos taberneros, allá se la dejarían en la mano», pensó.

No entendía tampoco qué cosa es lo que pretendía hacer su compañera. En realidad no entendía nada. Llegaron al cajero y la duda se convirtió en sorpresa, al meter el plástico, teclear el importe y recibir el dinero a cambio. No lo podía creer.

—¡Ñooo, me mordió el subdesarrollo!

La expresión ha quedado como la más exacta manifestación de asombro paleto. Y de esa deliciosa complicidad entre ellos.

Se interrumpe la conversación, pues ya dan paso al salón donde se efectúa el evento. Una sólida y hermosa mesa castellana, oscura y pulida, corona una tarima al frente y centro de la sala. Ha sido bien elegida pues ofrece la solemnidad necesaria para un evento de este tipo. En un momento aparecen y la ocupan la persona que hace el oficio de maestro de ceremonias. También él, que sin ninguna ceremonia, es el maestro. Impacta una guapa e interesante mujer, que ocupa un puesto al borde de la mesa. Después sabrá Tony que es la inseparable Miriam Gómez, su esposa.

Comienza la conferencia. El mago de la utilización de los juegos de palabras a la cubana, va destilando perlas de ingenio, criollo y universal. Diserta sobre el equívoco en la literatura, sobre todo en su literatura.

Aproximadamente media hora «trestristrestigreando» el Infante, nada más lejos de ser un difunto, da muestras de estar vivito y coleando en su propia salsa. La conferencia es muy interesante. Nuestro Tony no pierde palabra, las saborea todas, las incorpora todas. Es seguro que nadie en la sala saca tanto jugo y disfruta tanto todo lo que dice y que con reverencia escucha.

Culmina con el verso sencillo:

Tiene el leopardo su abrigo.

En su monte seco y pardo.

Yo tengo más que el leopardo.

Porque tengo un buen amigo.

Y sobre esta base, con ingeniosos equívocos, con improvisaciones sobre el abrigo de su amigo el pardo Leopoldo, retozando con las palabras, sincopando como si de un músico de jazz se tratara, cierra su intervención. Magistral.

De manera amable y simpática el conductor del acto, sin sospechar lo que vendrá, abre los micrófonos para que el público pueda intervenir con preguntas en función del contenido de lo que se ha tratado.

Hay quien no entiende que aquello es literatura, y comienzan a realizar preguntas relacionadas con temas políticos, que en el contexto, a juicio de Tony, es provocar. Cosas del directo, como dicen en la tele.

El jíbaro gibareño, mucho más inteligente que los provocadores, no quiere caer en la trampa, y responde saliéndose por la tangente a fin de no dar pie a un debate que no era de lo que venía a hablar (que venía hablar de sus libros) y desvirtuaría por completo el objetivo de la institución cultural que lo invita.

Pero la impertinencia es, además de tonta, terca, y vuelven a la carga sobre los temas políticos.

Tony no puede más, pide la palabra. Está muy nervioso, el auditorio tan amplio y numeroso le impone. Con voz insegura comienza, pero en la media que avanza en su exposición va ganando en firmeza. Tiene algo que decir y lo dirá:

—Soy cubano, hace muy poco he llegado de Cuba y agradezco mucho a esta ciudad que me ha acogido de una manera tan hospitalaria. He acudido esta noche a escuchar a quien considero un maestro, y a quien venero como tal. Pero he venido, como creo que la gran mayoría de los presentes, a escuchar hablar de literatura. Aunque, tal vez, sobre política tendría mucho que hablar con el querido conferencista. Sin embargo los señores que se deleitan en provocar, se empeñan en que les hable de la realidad cubana y no de literatura. Pues bien, si están interesados en ello, hay aquí un cubano que tiene mucho más fresca esta realidad que se vive en el querido país. Un cubano que ha sufrido la falta de libertad a lo largo de toda su vida. Dijo Martí, el autor de los versos con los que acaba de hacer juegos anfibológicos, casi malabares. Nuestro querido conferencista, que «la libertad es el derecho que tienen las personas a pensar y hablar sin hipocresía». Pues bien, señores, aquí que por primera vez en mi vida puedo hablar en público sin tener que estar mirando quien está a mi alrededor porque me pueda denunciar, invito al que quiera de verdad saber cuál es esta realidad en mi muy querida tierra, a que conversemos y ya les contaré, como se dice a la cubana «qué cosa son cajitas de dulce guayaba» . Agradezco la paciencia del auditorio, pero créanme que aquí y ahora he tenido la posibilidad de hablar lo que pienso sin hipocresía. Y pueden creerme, me he sentido un hombre libre. ¡Razón tenía Martí!

Murmullos en el público. Caras que demuestran agradecimiento en la mesa presidencial.

—Además ya que viene de paso, ¿saben cuál es la variante de ese verso en este momento en La Habana?

Tiene el leopardo su abrigo

En su monte seco y pardo.

Es que tiene familia en el extranjero.

¿O será jinetera el leopardo?

Las risas de todo el auditorio calman la tempestad y disuelven la provocación. En paz termina lo que así había comenzado.

Al finalizar, la pareja se acerca al grupo de presidencia y piden la firma de un gastado ejemplar de «La Habana para un Infante Difunto». Se comenta con humor el incidente y les invitan a acompañarles al «Nilo», inexcusable lugar para continuar la noche.

Noche espectacular, por obra y muchas gracias de Miriam Gómez, exquisita mujer en su trato y conversación, y complemento pluscuamperfecto para las relaciones personales del muy ilustrado marido pero que en las distancias cortas decepciona un poco por su timidez y retraimiento. Pecado venial de los genios. Incluso no sabe bailar. Pecado mortal en un cubano.

Verano 1993

Pero además de vespertina vida, también hay vida al alba en Albacete.

Es pleno verano, las actividades ralentizadas en la ciudad por las vacaciones, pero así y todo lo citan para las dependencias de extranjería. Muy contento está por ello. Como no hay experiencias de más solicitudes de asilo en la ciudad, no se sabe cuánto tiempo podrán tardar los trámites. Han pasado nueve meses, tiempo de gestación de la gestión, y ahora parece que va a alumbrar la solución de su legalización.

Se presenta el día indicado y tiene una entrevista con una funcionaria de esta dependencia. Parece que es un encuentro más. El trabajo de la mujer que le atiende es acoger, pero no lo realiza rutinariamente. Es bondadosa María Emilia. Y no lo sabe ahora, pero ella estará para siempre en su recuerdo como alguien que, al decir de Machado, resultó ser «en el buen sentido de la palabra, buena».

Siempre ha escuchado hablar con ironía de los funcionarios en España, sirven para hacer chistes fáciles y burlas. No sabe Tony si es con razón o sin ella, pero él tendrá para siempre guardado el agradecimiento para esta persona que le atiende, entiende y orienta. Que lo acoge. Es la amabilidad y la comprensión hecha mujer, con un alto nivel de conocimientos de la función que realiza y con una alta responsabilidad en su cargo, pero lo más importante de todo, con un hondo sentido de humanidad.

Le comunica, la buena funcionaria, tal vez con más pesar de lo que se pueda imaginar, que el asilo político ha sido denegado.

Un chorro de desesperanza le corre de cabeza a pies al hombre que ha puesto todo su anhelo en lograr esta condición. Se le pone la carne de gallina y los ojos se humedecen.

«Parece que para que concedan el asilo político hay que venir con el puñal clavado en el pecho, y que la sangre esté fresca, pues si ha coagulado un poco ya no vale», reflexiona rápido, pero no lo comenta, pues no está en situación de perder amigos y tampoco aquella mujer se merece un comentario tan áspero.

María Emilia se da cuenta de la turbación del hombre y le dice que a cambio se le concederá el permiso de trabajo y residencia si logra demostrar que una empresa está en disposición de contratarlo para un puesto de trabajo vacante; con la condición adicional que no exista en la provincia un español que este desempleado que lo pueda desempeñar.

Pan comido, piensa Tony, que ya está trabajando, «por la izquierda» desde hace cinco meses, que es ilegal, pero es humano.

Muchos lo pueden criticar, pues es fácil juzgar y condenar cuando no se ha estado en una situación complicada como esta. Matar es malo, pero si se hace en defensa propia por salvar la vida no existe culpa. Pues bien lo que él consideraba que estaba haciendo era «trabajar en defensa propia».

«Cuando comencé a trabajar en la empresa de publicidad, estaban empleadas cinco personas. En cinco meses de trabajo y con la aplicación de las medidas del estudio realizado, están trabajando nueve y las posibilidades de crecimiento son aún mayores. La rentabilidad y solidez empresarial han aumentado de manera vertiginosa. Hay muy buena gente y todo no se debe a mi trabajo, claro, pero una buena parte sí. Yo no he venido a quitar el puesto de trabajo a nadie, más bien he logrado crear tres puestos además del que yo estoy ocupando. No me reprocho nada», piensa el hombre atenazado entre su supervivencia y los principios de equidad que conforman su conciencia social.

Se preparan y se presentan los documentos donde se describen las capacidades y desempeños que ha de desarrollar en el puesto de trabajo que se quiere cubrir. Conocimientos de marketing, publicidad, estudios de mercado, etc. Hasta se incluye conocimientos de la situación del mercado ruso y conocimiento de dicho idioma, pues la empresa «estudia» la posibilidad de incursionar en los mercados del este con la nueva situación creada por la caída del sistema soviético. Hay que decir que la Empresa lo ayuda a ello. Ni con un compresor de aire se podría haber inflado más la caracterización del puesto.

Un mes después, día más o menos, en una cachonda carta le responden que debe volver a pasar por las oficinas, pues si bien en «El Bonillo», pequeña aldea de agricultores y pastores de la provincia hay una persona que puede desarrollar el puesto, que domina a la perfección el idioma y los conocimientos del mercado ruso, pero consultado ha preferido seguir de camarero en el bar del pueblo, pues le queda más cerca de casa.

De inmediato Tony se presenta en las oficinas. A su paso por el laberinto de escritorios observa muchas sonrisas poco disimuladas, sugestivas miradas, parece que todo el mundo está en el ajo, todos quieren ayudar al cubano. En pocas palabras, que su solicitud es aceptada. Recibe el permiso tan ansiado, aunque no como asilado.

La Empresa de inmediato lo regulariza. Y entonces están creadas las condiciones para la batalla legal más importante para él: poder traer a sus hijos desde Cuba.

Desde el primer momento ha estado buscando las formas de hacerlo, pero para poder comenzar un expediente de reunificación familiar es necesario estar establecido de manera legal.

Existe una maraña legal muy difícil de vencer. Hay que, cual carrera de obstáculos, ir saltando valla a valla.

«Este requisito ya lo tengo», piensa Tony, pero los mayores problemas no están en España, están en su querida Cuba.

En la práctica Tony es un disidente, un escapado, un gusano, y las autoridades cubanas tienen que castigarle. Como ya es complicado hacerlo en su persona, lo hacen por familia interpuesta.

Gestiones van y gestiones vienen, a uno y otro lado del charco. La madre de sus hijos mete la cabeza en todos los agujeros que encuentra para lograrlo, pelea como una leona pero todos son largas explicaciones poco creíbles, y de autorizar la salida, nada. Cuando un cubano sale de manera definitiva de Cuba para residir en el extranjero, el Estado se incauta de todos sus bienes. Por esta absurda imposición, reclaman a su mujer la mitad del valor de la casa familiar que con tanto sacrificio y durante años han podido pagar. No es surrealismo, es algo real, modus operandi caribeño.

Pero estos problemas, aunque molestos, son de menor cuantía. Existe uno grave. Su hijo mayor Antonio está enfermo. Muy enfermo.

Enfermedad mortal y que necesita la atención, medicinas y alimentación que en la Isla son muy difíciles. Es una lucha contra el tiempo. El chico está segregado en un «hospital especial», donde no pueden tener contacto con el exterior. Sólo los familiares más allegados pueden visitarle. Es un joven con veintidós años, con un tremendo amor por la vida y un imperioso deseo de poder vivirla. Sufre la muerte de muchos de sus compañeros. No quiere ser él de los próximos de esa lista.

Tony recordó sus últimos instantes en la Isla. La más desgarradora de todas las despedidas, la de padre e hijo.

Extendido abrazo. Atraviesan de pecho a pecho las energías positivas, el cariño y una parte del alma de cada uno.

—Hazlo, Pipa, que saldrá bien —susurraba el hijo al oído.

—Resiste y aguanta que yo te saco de aquí —animaba el padre.

—Yo tengo fe en Dios y Él me ayuda y me conforta. Pero tú, que ya no crees, lo haces a palo seco. Te admiro, Pipa, ¡Qué cojones tienes! —declara con admiración su hijo.

—Nada comparado con la entereza que demuestras, hijo. Te admiro yo mucho más, estoy orgulloso de ti. Tu padre te quiere y no va a fallarte, recuerda esto siempre cuando vengan los momentos de desesperación, que los vamos a tener.

—Confío en ti.

—«Juégatelo todo al canelo». Tu padre no te fallará.

Las lágrimas impidieron que se hablase más, aunque no era necesario. Todo fue sentimientos en estado puro y las palabras son muy torpes para poder expresarlos.

Volvieron las lágrimas a los ojos de Tony cuando rememoraba estos momentos y una gran presión comprimió su pecho.

Existieron otras razones para haber planeado y ejecutado su salida del país, pero ninguna tan fuerte y trascendental como aquella. Había que hacerlo, pero los dos sabían que no tenían ninguna certeza de poder volver a verse y compartir la vida, que mucha o poca podía quedarle.

Este es uno de los amargos contratos, no escritos pero reales, que se extienden ante la persona que emigra. Cuando sale todo lo deja, todo. También la posibilidad de volver a ver a los suyos.

Todo apostado al futuro. Para ganar la libertad de todos. Y sólo lleva consigo la esperanza.

Tony había actuado muy a la cubana: «voy a mí», apostándolo todo. Es por ese tipo de carácter que tiene que pasa por alto cualquier información o realidad que no esté de acuerdo con el objetivo que persigue. Esto es muchas veces perjudicial, pues no permite ser crítico. Pero en un acontecimiento de estas características, si no se pone toda la carne en el asador, sin mirar a los lados, solo mirando al objetivo, no se tiene éxito. Y para él el éxito en esta aventura es trascendental.

Invierno 1993

Sin embargo, el tiempo, que es testarudo e implacable, pasaba. Jodido, más que relativo, y el deseado éxito no llegaba. Logra hablar por teléfono con su hijo en Cuba, con motivo de la Navidad. Nada más triste, acaba de morir una compañera muy allegada, y le afecta demasiado. Le parece desesperado, no aguanta mucho más. ¿Podrá volver a verlo? ¿Se había equivocado en su decisión? ¿Llegará a tiempo?

Una mañana, el día de los Santos Inocentes, cuando por coincidencias del destino cumple un año de solicitar su asilo político, está mirando las noticias por televisión. El locutor habla con voz grave y una bandera cubana se mueve de fondo.

Siempre esta imagen llama de manera automática su atención. Pero en la medida que habla el comunicador, a él se le van estirando todos sus músculos de la cara y el cuello, del cuerpo entero, como la cuerda de una ballesta a punto de disparar:

«Fuentes oficiales cubanas han confirmado la visita del reverendo Jesse Jackson, líder de los derechos civiles en Estados Unidos a La Habana. Dichas fuentes no han dado detalles de la causa de esta visita. Otras fuentes no oficiales confirman que el motivo de la visita es el de interceder por la hija de Alina Fernández, que es hija reconocida del presidente cubano, para que esta pueda sacar del país a la niña, Alina María, nieta del presidente, para que pueda reunirse con su madre en Miami.»

En este punto tiene que tomar aire profundamente por la nariz. Su atención es máxima, eleva el volumen de la televisión con el mando a distancia, al máximo de decibelios y aún le parecen pocos. Ahora retumba en toda la habitación la potente voz y él se ha puesto a pocos centímetros de la pantalla, intentando que no se le escape ni un solo detalle. Muestran unas fotos de Alina Fernández cuando era modelo en Cuba y otras posteriores a su llegada al exilio. A continuación muestran una foto de Naty Revuelta, su madre, cuando de joven exhibía unos ojos verdes legendarios. Continúa el narrador:

«La Señora Fernández escenificó hace unos meses una espectacular fuga, saliendo por el aeropuerto disfrazada y utilizando un pasaporte falso. Al parecer se permitirá la salida de la niña, a pesar de lo crítica que ha sido Alina con el régimen y con su padre en todas sus declaraciones después de su fuga. Solo queda que el padre de la menor acepte la propuesta y exprese su consentimiento para lograr este humanitario encuentro».

A muchos le podría pasar desapercibida esta noticia, como una más dentro del constante bombardeo de información que ataca diariamente al televidente. Pero a Tony le basta. Es suficiente para considerar que tiene ante sí una oportunidad. Siempre sucede igual. A partir del razonamiento y el pensamiento, que es su modo inicial de percibir lo que sucede en su entorno, comienza a explayar sus intuiciones. Sólo con ellas comienza a fraguar el futuro, se plantea planes y teje sueños. Esta es tal vez la causa por la que los que le conocen lo consideren un tipo decidido, aunque para muchos otros sea sencillamente un utópico soñador.

Él intuye que si en todo el planeta se está conociendo la noticia de la posible salida de la nieta, no tendrán más remedio que hacer algo con todas las solicitudes que existen para casos similares. Y el caso de él es uno entre ellos.

«Le tienen mucho miedo al "qué dirán" internacional, y mucho más cuando tocan de forma tan personal a la cúpula. Yo lo sé. Esta es la mía», se dijo.

Y es que a estas alturas de su vida sabe que cualquier cosa puede pasar. La experiencia de sus acciones en el pasado y los resultados que ha obtenido le confirman que así puede ser. Pero hay que proponérselo. Hay que trabajarlo.

Esto, un acicate que hace que redoble sus esfuerzos. Vuelve a llamar por teléfono a su país, aprovechando las fechas, para animar a los que están luchando dentro. Hay que continuar las gestiones, a partir de estas noticias que hacen renacer sus esperanzas. Las dificultades serán un aliciente más, en lugar de un freno. Les repite una y otra vez lo que decía aquel eslogan que han creado en la agencia para la campaña publicitaria de una empresa de servicios: «lo difícil lo logramos al momento, para lo imposible tardamos un poco más», aunque gastado y poco original. Tal vez les pueda funcionar.

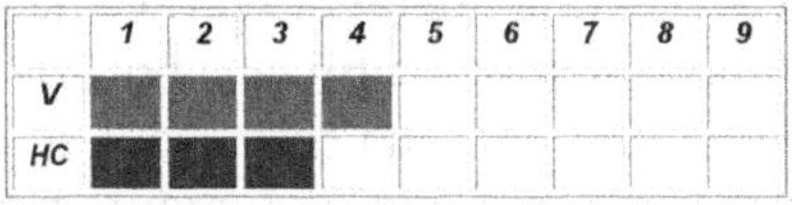

VII.-Cuarta entrada (parte alta)

Hay una jugada a la ofensiva, que más que una jugada, es un gambito. Se trata del «toque de bola» o «la planchita». El bateador, en lugar de tirarle con el bate muy fuerte a la bola, «se cuadra» y presenta el bate para que al hacer contacto salga un batazo muy corto, flojito pero bien colocado, casi siempre entre la posición de pitcher y la tercera base. Aunque hay otros tipos. Como el toque de bola normal mueve a los jugadores a la defensa de su posición habitual, les hace perder un tiempo que permite al bateador llegar a primera base a salvo. En muchas ocasiones el jugador a la defensa ni siquiera tiene tiempo de lanzar la pelota a primera base. Cuando esto sucede: «te la dejaron en la mano». Expresión muy usada cuando en la vida cotidiana, y en especial en lances amorosos, te quedas con las ganas.

Octubre 1966

El día a día se hace tedioso. Un día es igual al otro, no hay cambios, trabajo hasta la extenuación, adoctrinamiento constante, maltrato, suciedad y miseria. Y lo peor de todo es la falta de esperanzas. La única ilusión es que algún día esto se acabe. Por eso se enfrenta cada día, para poder pasarlo y saber que la única meta posible es resistir hoy, y tal vez pueda ser que sobrevivas hasta el final. ¿Qué final? Eso nadie lo sabe.

Una de las tretas mentales que utilizan los confinados para no volverse locos es buscar algunas pequeñas cosas en el diario quehacer que puedan anunciar mejoras venideras. Como la rutina es total y dando por sentado que en la situación en que se encuentran la alimentación es fundamental, cuestión de vida o muerte, no es de extrañar que se utilicen siempre las pequeñas variaciones de la dieta como elemento pronosticador de la futura situación. En algunos lugares se utiliza la bola de cristal, en otros el humo del tabaco o los pozos del café. Aquí, lo que trae la pringosa bandeja es lo que sirve como elemento pronosticador.

—Abel, me comentó un amigo de la iglesia el día de la visita, que escuchó por la voz de afuera que hay rumores importantes sobre los campos de concentración en Cuba. Hasta en la ONU, me parece —le comenta Mariñas, el bautista a su vecino de hamaca.

—Seguro que por eso han mejorado la jama. Hoy pusieron gandiga de puerco, ¿quién nos lo iba a decir? Y con arroz blanco y todo. —Para Chicho es un signo inequívoco de alta diplomacia internacional que las raciones hayan mejorado.

—Yo creo que tiene que ver con que la zafra va a comenzar —dice Simón, más práctico—. Ahora todo lo mandan para la zafra y con eso algo nos moja a nosotros.

—Esta gente le tiene mucho miedo al «qué dirán» internacional. Sobre todo en Europa y con lo que piensen los intelectuales —dice Mariñas—. A mí me parece más por eso que por lo que tú dices.

—Sea lo que sea es una realidad que está mejor la comida en estos días —interviene Abel, que escuchaba hasta el momento tendido en su hamaca—. Coño, que esto se está poniendo bueno, y ahora tengo hasta un libro me ha pasado Vasallo.

—¿Cuál es? No me digas, ¿es ese que está circulando? «Espérame en Siberia, vida mía».

—No, no es ese. Ese es alegre, lo de Siberia es de chiste. Seguro que no lo pueden adivinar. Este es triste y sí es de la Siberia de verdad... ¿No lo saben? —Y espera un momento para ver si lo aciertan—. Se llama «Un día en la vida de Iván Denisovich» —aclara Abel.

—El de los campos de trabajo forzado de Stalin en Rusia. Coño, pero es que ese tiene mucha cola, a mí me tienen anotado para fin de año.

—Yo estaba esperando desde que entró hace tres semanas, pero al fin me ha tocado. ¿Saben una cosa? No me dice nada nuevo. Es lo mismo que esto, pero con frío. Y en lugar de trabajo en el campo es en la construcción. Pero de miseria y necesidades, más o menos igual. Cualquiera de nosotros podría escribir una historia como esa. ¿Quién sabe, en el futuro…?

—Socio, y no sé cómo puedes leer con la luz mierdera de un mechón. Tiene que gustarte mucho leer. Además de todo, te vas a quedar ciego.

—Abel, ese hay que mantenerlo escondido. Que no te lo encuentren en la requisa —advierte Mariñas.

—Tiene una sobrecubierta de «Campos roturados» de Sholojov. Así disimula, con los bolos no se meten. Y está bien guardado, lo tengo metido en el plástico donde me trajeron las galletas, que ya se acabaron. Y está metido en… Bueno mejor no decirlo, así no se le escapa a nadie. Lo que no quieres que se sepa mejor no comentarlo. Pero lo que más me preocupa es otra cosa…

—¿Qué cosa, Abel?

—Nada, nada, cosas mías.

—Coño, compadre, cada día te pones más misterioso. Si no vas a soltar, pa'que carajo comentas.

Abel le sigue preocupando en lo que está metido Saldiguera. La vida es muy dura y las ansias de estar fuera de aquí son enormes. Esto puede hacer que la desesperación lo lleve a tomar decisiones peligrosas que incluso le pueden costar la vida. La ilusión de poder vivir fuera es inmensa. También son muy grandes los peligros para poder alcanzarlo.

En algunos momentos ha observado a Saldiguera y Maraña conversando apartados y en voz baja. Una de las habilidades que se desarrollan en un ambiente como el que viven los reclusos es la de olfatear cualquier signo sospechoso a partir de pequeños detalles. Y lo de estos dos es «verde y con punta», guanábana seguro.

«Coño, pero por muy brutos que sean los soldados, ellos también pueden notarlo». Y es por ello que teme Abel.

Maraña, que podría servir como prototipo de vampiro, es muy largo. De cuerpo y cara muy flacos, a los que le falta color. Le faltan también los dientes de arriba y sólo se le asoman los colmillos. Dicen que es por la droga, que lo ha puesto así. Los primeros días de reclusión los pasó más que mal, terrible. Pero ya de eso hace semanas. Es muy nervioso, se altera por nada.

Abel sospecha, en una segunda opción, que el paquete que vio esconder en el campo de caña pudiera estar relacionado con las drogas. ¿Y qué pinta entonces Saldiguera en todo ello? ¿Por qué esa sociedad con Maraña?

Durante algunas noches se han acercado a la alambrada, sigilosos, por la parte más próxima a las letrinas. Así tenían la coartada, si los sorprendían, de poder justificar la salida con la necesidad de ir a evacuar. Justificación por medio de cagada intercalada. No los han detectado al estar cerca de las cercas, en una aproximación muy peligrosa.

El repetir la jugada muchas veces sin ser descubiertos los ha llevado a confiarse. Sospechan que algunos de los soldados de postas lejanas a la entrada principal aprovechan para echar una cabezadita durante las guardias de noche, a lo que animan la quietud del campo, dónde sólo se escucha el suave murmullo de los cañaverales columpiados por la fresca brisa de la noche. Al ver que lograban acercarse sin que los descubrieran, aunque arriesgándose mucho, han estado orinándose en los alambres de púas más bajos de la alambrada, con la suposición de que podrían hacer que los alambres comenzaran a oxidarse y después poder romperlos con mayor facilidad. Por el orine hacer orín. Pero es sólo una volátil ilusión. Este proceso completarlo tardaría meses.

Justo la parte escogida colinda con el campo de caña por donde Abel vio entrar al hermano de Saldiguera. La zona está cerca de la letrina y esto hace que el olor a orine acumulado no se note tanto. Además, es una zona de poco tránsito, pues el cambio de guardia se hace por el lado contrario. Todo lo han estudiado muy bien estos muchachos, para tratar de lograr sus propósitos. La primera intuición de Abel era la buena. Se trata de una fuga.

—¿Para cuándo? —pregunta Saldiguera a Maraña.

—La noche de los Comités —certifica Maraña.

—Bien pensado, así habrá menos postas esa noche. Cuando el veintiséis de julio se fueron muchos de pase para la fiesta, ahora seguro lo hacen igual.

—¿Conseguiste hacerte con las limas?

—Las tengo las dos, están bien guardadas. Creo que no se han dado cuenta. También le hice un tapón con un canuto de caña a la botella que nos encontramos en el campo. Esa la llenamos la tarde antes de salir.

—Recuerda guardar un poco de pan del desayuno. Estará duro, pero lo vamos a necesitar.

—La jaba está preparada, allí lo voy metiendo. —Con un saco de yute que robó en la cocina, Maraña, con mucha maña, ha preparado una bolsa mochila para llevárselo todo—. Nos está quedando perfecto, Saldi.

—Pero así y todo hay que calcularlo todo, piensa en todo lo que nos puede salir mal y no en lo perfectos que somos. Tendremos poco tiempo. Hay que hacerlo todo muy bien. No nos podemos desesperar.

—Cada día te pones más pesado. Que bien te viene tu alias, cojones. Ya sé que hay que hacerlo todo bien y que aún hay que esperar. Te pareces a mi abuela. ¡Está cerquita, detrás de la cerca! Unos días más y libres.

Llegó la noche y la hora. Son las dos de la madrugada. Han esperado esta hora porque a la una cambia la guardia y hay que dar tiempo a que se sienta aburrido y adormilado el que está en la garita. Si logran ejecutar el plan en el tiempo que han calculado, tendrán toda la madrugada para alejarse del campamento. Total silencio en el campo, con la excepción de alguna que otra llamada de grillo macho reclamando, insistente, una hembra propicia.

Acude Maraña el primero, se mete en la letrina y espera que llegue Saldiguera. Este llega unos minutos después. Hasta el momento todo va bien.

Con mucha cautela, pues se puede estar jugando la vida, Maraña se arrastra hasta el sitio, punto que conoce ya muy bien, pues incluso la yerba que ha comenzado a crecer al borde del cercado, está mustia. Aparta una mata silvestre de escoba amarga, que tiene medio camuflada la zona un poco oxidada y con su lima comienza a trabajar para cortar el primer alambre, el que está más pegado al suelo. Trabaja un rato y vuelve a la letrina arrastrándose de la misma forma que realizó el viaje de ida.

—He avanzado un poco, pero el alambre está de pinga. Ni meao ni un carajo. Creo que es más difícil de lo que pensábamos.

—Ahora voy yo. Hay que echar pa'lante, Maraña, no te me apendejes ahora. —Y también sigiloso sale Saldiguera.

Maraña se baja los pantalones y se agacha en uno de los huecos de la letrina. Si viene alguien, tener el culo al descubierto, en sentido literal, es lo que le ofrece la coartada para tener el culo a cubierto, en sentido metafórico.

Saldiguera, cual comando en la guerra, repta hasta el punto de trabajo. Y hace la labor con mejor coordinación, aun cuando la posición que tiene que adoptar, acostado en el suelo, es muy incómoda. Usa el lomo de la lima, que tiene una traba más basta y come más el metal. En la mitad del tiempo que ha usado Maraña, rompe el primer alambre. Se siente más cerca del exterior. Este sentimiento lo motiva.

Vuelve a la letrina, y se repite el ritual, tanto para uno como para el otro. Maraña, con las indicaciones de usar el lomo de la lima trabaja mejor esta vez y llega hasta la mitad del alambre. Como comienza a agotarse, vuelve a las letrinas.

—Coño, Maraña, estás torpe. Con ese tembleque de las manos que tienes no adelantas. Tenías tremendo lío montado.

—Shhh. Cállate que por tu culpa sí nos van a descubrir. De verdad que te pones como un purgante.

—¿Estás seguro que no te han oído? Seguro que despertaste al guardia.

—Creo que no, coño. Pero vamos a esperar un poco a ver qué pasa.

Precavidos y agachados cada uno en uno de los huecos de la letrina comienzan a esperar. Han pasado ya cerca de diez minutos y no se escucha nada. No pueden perder más tiempo si quieren tener el suficiente para huir antes de que en el conteo del desayuno cuando se les eche en falta.

Saldiguera vuelve al sitio y en unos segundos rompe el segundo alambre. Entonces separa las puntas cortadas en los dos sentidos y mete la cabeza. Saldiguera es cabezón, pero la cabeza pasa y entonces piensa.

«Una vez que la cabeza pasa, todo lo que viene detrás es pinga».

Tiene potentes brazos con los que se impulsa hacía afuera. Al pasar los alambres de arriba le rompen la camisa y la piel de la espalda. Sin decir palabra, pero con mucho dolor, sale gateando hasta la orilla de la guardarraya.

Maraña, que lo ha estado observando, se desliza cual majá y llega al hueco del cercado. Pasa el zurrón con las provisiones que han podido recopilar, y como es menos corpulento, cruza con escasas dificultades.

Entran juntos al campo de caña y, tratando de no hacer ruidos, pisan suave sobre la paja en el suelo y comienzan a buscar la bolsa que está escondida. Sexto surco desde la orilla y doscientos pasos adentro, repite en su cabeza Saldiguera, el único que sabe dónde han dejado el paquete. Es un campo de caña «quedada» del año pasado. La paja de caña, en el suelo, está mojada por el sereno de la noche y esto ayuda a amortiguar el ruido al andar sobre ella. Llegan al sitio, y bajo un montón de paja, está la bolsa que buscan.

La bolsa ha estado muchos días a agua, sol y sereno, pero

el contenido está bien protegido y seco. Sacan dos mudas de ropa de civil que encuentran dentro y se lo cambian en lugar del uniforme que llevaban puesto.

—Coño, los alambres me tocaron fuerte. ¿Me puedes limpiar la sangre?

—Dame la camisa que te quitas. A ver. ¡Coño, te tocaste fuerte! Ya está.

Toda la ropa que se quitan la meten en la bolsa y aún sin hacer ruido comienzan a caminar por dentro del campo de caña. Cuando han pasado dos campos, alejándose de su punto de partida, salen a la guardarraya y comienzan a correr. Su punto de orientación es la acequia donde han ido a lavar y bañarse días antes. Debajo de uno de los puentecillos de troncos de la acequia esconden la bolsa con la ropa que se han quitado. La meten en una oquedad de las piedras dentro del agua y la tapan con otras piedras para evitar que la encuentren y sirvan de pista una vez olfateada por los perros. Las indicaciones que tienen son las de seguir el canal en esa dirección, hasta dar con la vía férrea. Una vez en la vía quieren encontrar un punto donde los trenes tengan que parar o ir a baja velocidad, pero esto lo deben hacer mucho más adelante.

Y ahora «a correr Liberales del Perico». Sacando fuerzas de no se sabe dónde, corren y corren. El cansancio no aparece por el momento. La adrenalina generada por el miedo y la ilusión de sentirse libres, fuera del odioso campo, multiplica sus fuerzas. Siguen corriendo. El aire fresco de la madrugada en la cara los reconforta y da aliento. No hay luna, solo las estrellas, miles de estrellas en el cielo, pero ahora no hay tiempo de contemplarlo, hay que correr y correr. Tal vez llevan tres kilómetros corriendo cuando aparece al final la esperada línea del ferrocarril.

Suben sobre la vía y siguen andando. Ahora van más lentos, andan rápido, pero no corren. Van más bien andando sobre las gruesas traviesas de madera, saltan de traviesa en traviesa, y siguen poniendo terreno por medio. Casi al amanecer llegan a una «pesa» .

Las vías férreas en las plantaciones se utilizan para transportar la caña de azúcar cortada en los campos hasta los centrales azucareros. Cada fábrica de azúcar, el ingenio, recibe la materia prima de sus aledaños. En los tiempos de nuestro relato el proceso se realiza en varios pasos. Primero, la caña cortada es cargada en carretas, tiradas la mayoría por bueyes. Por la parte inferior de cada bulto de caña que va en la carreta (por lo general son tres) se coloca un estrobo de soga y la caña es colocada encima. Al llegar a la pesa, la carreta, el bulto se engancha por los estrobos con las cadenas de una especie de grúa que levanta el bulto de caña en el aire. Unas romanas enormes permiten conocer el peso del bulto, que entonces se mueve y se deja caer, desde lo alto y de un golpe, dentro del vagón de ferrocarril.

A uno de estos artilugios han llegado nuestros fugitivos. Se esconden Saldiguera y Maraña en la casucha de la pesa, fabricada con tablas de palma real, y esperan a ver qué se mueve. Está muy próximo el amanecer. Como es tiempo muerto, es decir, no hay zafra azucarera aún, la pesa está medio abandonada.

Siempre cerca de una pesa hay vida. Alguna casa de campesino o a veces hay todo un batey, conjunto de casas de los trabajadores de la pesa, de los cortadores de caña o de los carreteros.

De un bohío sale un hombre, cercano a los sesenta, duro y curtido por la vida, y comienza a tratar de mover, por un ramal hasta la línea férrea una cigüeña, pequeño carrito con cuatro ruedas y una plataforma encima que sirve para transportarse por la vía en distancias cortas. La propulsión se hace por medio de motor de combustión interna, o como es el caso de la actual, con la fuerza humana. Usan un mecanismo de biela manivela, como un cachumbambé. Así se llama al balancín que sirve de juegos a los niños, sentándose en sus extremos y con el impulso de los pies subiendo uno primero y bajando el otro y viceversa. El sube y baja de los parques.

—Buenos días, amigo. ¿Le podemos ayudar? —le dice Saldiguera al acercarse al campesino.

—Hombre, una mano me pueden echar. Todos los días me ayuda mi hijo, pero hoy está malo —contesta y continúa—. Ustedes no son de por aquí.

—No, amigo, estamos de paso. Estábamos en un guateque y nos pasamos un poco con el aguardiente. Queremos llegar a Jiquí, pero en la madrugada hemos equivocado el rumbo y creo que nos hemos perdido.

—Bueno, si quieren yo les puedo llevar, porque voy a buscar el pan para el batey. Lo que pasa es que tendrán que darle a la manigueta —dice el viejo, en tono afable y simpático.

—No se preocupe, cuente con nosotros.

El campesino cubano es de por sí hospitalario y servicial. Lo llevan en su íntima naturaleza. Es una condición formada por las necesidades y la profunda convicción de que hoy es por ti y mañana puede que sea por mí.

Los guajiros de esta zona estaban advertidos de que había gente mala en los campamentos. Los UMAP eran igual que diablos, con rabo y todo. En las primeras semanas la propaganda funcionó en la población y la gente estaba desconfiada. Después se percataron que eran personas normales, gente del pueblo como ellos. Unos pocos vieron a los muchachos trabajando en los campos, con andrajos y flacos, y se dieron cuenta de lo mal que lo estaban pasando. Corrieron la voz. Como suele ocurrir, las exageraciones de la propaganda cuando la realidad demuestra lo contrario se convierten en contraproducentes. Ahora la gente, por compasión y solidaridad humana, trataba de ayudarlos cuando podían.

El campesino, que sabe más por viejo que por diablo, estando seguro que lo que contaban era falso, los dejó subir y los llevó hasta Jiquí. Fueron turnándose en impulsar mano a mano el vehículo. En la cigüeña, mueve primero un hombre y después el otro, colocados en los extremos opuestos del balancín. Chispas llaman aquí a las cigüeñas.

Llegaron al poblado, dejaron la chispa en un chucho y se acercaron con el campesino a la panadería, que era camino común. Su eventual benefactor durante el viaje les había informado algo sobre los itinerarios de trenes, guaguas y a qué lugares del pueblo debían dirigirse si los querían usar.

Al recoger un saco de pan en la panadería, les regaló una barra de pan.

—Tomen, muchachos, está calientico, que el ejercicio en la chispa les ha sacado las pocas fuerzas que les quedaban. No tengo más que ofrecerles.

—Que Dios se lo pague, ya que nosotros no podemos— dijo Saldiguera agradecido.

—Ya me lo tendrá Él en cuenta, chicos. Que tengan buen viaje. —Se dieron un apretón de manos como si fueran amigos de toda la vida en una solemne despedida.

Estaban en un minúsculo pueblo con pocos habitantes, en medio de una provincia inmensa. Por tanto, la presencia de dos desconocidos llamaba bastante la atención. Era necesario seguir avanzando lo más rápido posible a poblaciones donde pudieran pasar inadvertidos. ¿Qué hacer ahora sin levantar muchas sospechas? Seguro que ya los estaban buscando.

Entre tanto, en el campamento un poco antes y a varios kilómetros de allí, sonó la maldita rueda de arado golpeada por la barra y se escuchó la odiada voz «DE PIE». Entra el político en las barracas con su repugnante pejiguera de:

—¡Vamos, «tirite, tirite, tirite» ya de la hamaca! ¡A «formal» ya «pal» desayuno!

Muy lentas, se forman las filas de los pelotones. Hay cuchicheos y comentarios, como de costumbre, en los grupos entre las dos barracas, y comienza la numeración. En la formación de ambos pelotones, los hombres se han dado cuenta de que falta un recluso, uno en cada una de sus respectivas escuadras. Pero nadie comenta nada, se trata de cubrir entre todos el espacio en la escuadra que debieran ocupar los que no están para que se disimule la ausencia.

Al numerarse, uno, dos, tres… Al llegar el treinta y dos alguien finge la voz de Saldiguera. Pero no cuela. El jefe de pelotón, a fuerza de oírlo día tras día, ya sabe identificar la voz de cada uno y la ronca voz de Saldiguera es inconfundible.

—A ver treinta y dos, saliendo de la barraca, que hay que formar. Te voy a dejar sin desayuno —grita por uno de los ventanucos de la barraca.

Ninguna respuesta de dentro de la larga y oscura nave. Pupo, el sargento, comienza a impacientarse.

—A este cabrón le voy a poner un correctivo y ya verá que no va a llegar tarde a la formación más nunca.

Entra al dormitorio, pero dentro está como la boca del lobo. Va a su hamaca y no lo encuentra. Aún no piensa en fuga, pues no ve la ropa, le hace sospechar que está el sombrero. Seguro que está en la letrina. Comienza a caminar de prisa en dirección de las letrinas. Busca y busca, pero no lo encuentra. Algo parecido pasa en el pelotón dos. No encuentran a Maraña. El sargento Peña sigue una trayectoria similar a Pupo.

Ambos se encuentran de cara en el centro de las letrinas, después de entrar uno por cada uno de los extremos opuestos. Mirándose a la cara, los dos presienten lo mismo al unísono.

—Creo que se nos han «fugao». Vete y da una voz al teniente.

—El teniente no está. ¿No te «acueddas» que se fue de fiesta?

—Al político, a alguien que pueda avisar al Batallón y se ponga en marcha la búsqueda. Estos cabrones se nos han «escapao». Yo voy a meter los dos pelotones en el comedor para que no se alborote el gallinero.

—Al terminar comenzaré a interrogar a los de las literas vecinas. Alguno tiene que haber visto algo.

—Todos te dirán que no han visto «na´» y que estaban dormidos. Eso es «perdel» el tiempo.

Mientras, bastante lejos de allí Saldiguera, que tiene las ideas más claras, le propone a Maraña seguir caminos diferentes.

—Mira, Maraña, hasta ahora todo nos ha salido bien. Era

necesario ir juntos para ayudarnos uno al otro, pues para uno solo era más complicado tener éxito. Pero ahora continuar juntos llama más la atención. ¿No te parece?

—Creo que sí. Cuando se den cuenta nos comenzarán a buscar y dos hombres juntos llaman más la atención que uno sólo.

—Bueno, yo voy a ir en dirección contraria a donde ellos piensan que me van a encontrar. Tengo un sitio a donde ir en Oriente, unos amigos de mi hermano que están dispuestos a esconderme unos días. Ni a ti te digo el sitio, pues con ello no solucionas nada.

—Está bien, yo tengo que ir echando pa´la Habana. Ya me buscaré donde meterme, pues no tengo nada preparado.

—¡Oye! Pero a nuestro pueblo ni se te ocurra ir.

—¿Pero qué te piensas que soy gil? Claro que no. Yo me perderé en la Poma. Ahora me voy para la estación de trenes a ver si engancho algo.

—Pues yo voy para la de guaguas, pues el viejo nos comentó que sale una guarandinga para Nuevitas temprano por la mañana. Quédate con el saco, que tú vas más lejos.

—Bueno, social, ha sido un placer fugarme contigo, que tengas suerte.

—Del poco dinero que dejó mi hermano dentro de la ropa te doy la mitad. Es muy poco pero te puede sacar de un apuro. Voy a pedir «pa´ti» lo mismo que tú «pa´ mí». Maraña, hermano, cuídate.

Así se separan y comienza una lucha contra el tiempo, cada uno por su lado. Si logran alejarse rápido del lugar, tal vez tengan posibilidades de éxito.

Saldiguera espera la salida del transporte sentado en un recio banco de madera que hay en el portal, frente al sitio a donde llegan y salen los vehículos que hacen trayectos por carretera. Les llaman guarandingas, no se sabe bien de dónde viene el nombre son camiones preparados en la parte trasera con techo y bancos para transportar a las personas por las difíciles carreteras y pocos preparados caminos rurales.

A la media hora de estar esperando llega el vehículo y sube con otros ocho o diez pasajeros más. No quiere levantar sospechas, pues a la mínima que parezca un poco extraño le pueden pedir la documentación y no lleva ninguna consigo. Cinco minutos después se siente un poco más aliviado cuando la guarandinga enfila la carretera. El recorrido hasta Nuevitas calcula que son como cien kilómetros y que el vehículo tardará unas dos horas. Está muy cansado y tiene que luchar contra sí mismo para no quedarse dormido, pero el aire de la carretera, la falta de sueño y el agotamiento pueden con él. El sol comienza a levantarse y calienta, embelesa. Saldiguera va dando pequeños cabezazos, que lo hacen parecer muy ridículo delante de una joven que lleva un bebé en brazos en el asiento junto a él. En un cabezazo monumental y ante la cara de aturdido de Saldiguera, le comenta por bajo:

—No te preocupes y duerme, que se te nota rendido. Si hay algún problema, yo te despierto.

Saldiguera está muy tenso, esto por sí sólo lo delata; así, entre cabezazos y baches del camino, la guarandiga hace el trayecto hasta la Terminal de Ómnibus de Nuevitas.

En los pueblos del interior de cierta consideración, la Terminal de Ómnibus es un poco como la plaza pública, el ágora de los pequeños pueblos. Esta condición de espacio público le permite al chico disolverse y pasar inadvertido dentro de la gente que está en la terminal, donde hay demasiado barullo. Gente con maletas de cartón o madera, unos con las inseparables jabas y otros con sacos de yute a medio llenar amarrados por la boca, gallinas atadas por las patas y todo tipo de bultos.

Saldiguera va primero al servicio sanitario porque tiene imperiosas necesidades. Poder hacerlo sentado en un inodoro le parece un lujo. Termina y se lava las manos y un poco la cara, con la mano hace como que se peina. Se mira al gran espejo, otra suntuosidad, pues hace más de cuatro meses que no lo ha podido hacer más que en uno pequeñito. Contempla su imagen en un ángulo más amplio y se da cuenta de cuán demacrado se encuentra.

Experimenta muchas sensaciones, que para alguien con una vida normal son cotidianas y por tanto pasan inadvertidas, pero para él son como un regalo. Caminar por un suelo firme, limpio y pulido y no por la tierra y el fango. Tomar agua fría en un vaso de vidrio, en la pequeña cafetería de la terminal. Ver mujeres. Caras nuevas desconocidas, que por suerte tampoco lo conocen a él, no las archiconocidas y gastadas del campamento… Pero todo esto sin descuidar mantenerse siempre atento a lo que sucede a su alrededor. Y por ahora no ve ningún soldado o policía. Al parecer no han comenzado a buscarlos.

Se entera de los horarios de salida de autobuses para Guáimaro, que ha decidido que es su próxima escala. Compra un billete para la próxima salida que será en hora y media, y decide salir de la Terminal, pues sería uno de los primeros sitios donde lo vendrían a buscar. Sale y coge una guagua local. Va muy llena, es la hora de ir al trabajo. No tiene rumbo fijo. De pie va mirando por el cristal delantero y se percata que han pasado una pequeña iglesia que está abierta. Baja en la próxima parada y se encamina al templo. Allí no irán a buscarlo.

Están celebrando una misa, y hay muy pocas personas, señoras mayores casi todas. La presencia de un extraño se nota de inmediato y llama la atención, aunque allí se siente seguro. Saldiguera no sabe cómo comportarse, pues no es practicante. Sigue por imitación el rito, con el ritmo marcado por los demás. El joven cura se percata del inexperto e inesperado feligrés. Al acabar la misa, el sacerdote se despoja en la sacristía de las vestiduras de oficiar y sale rápido a ver si aún está el muchacho. Lo encuentra sentado en un banco, en una zona un poco más oscura de la iglesia, mirando al altar mayor.

—Hola, ¿cómo te va? Soy Alfredo el párroco. —Le tiende la mano.

—Me va bien, sin problemas —responde Saldiguera estrechando la mano tendida.

—¿Eres nuevo en la parroquia?

—No, no, estoy de paso y quería oír misa antes de seguir.

—Bueno, eso está bien, pero por lo que yo pude observar no tienes mucha práctica.

—No, es que hace tiempo que no vengo, y con estos cambios nuevos de ahora... cuando el colegio era distinto.

—Mira, hijo, no tengas miedo. Yo no te voy a hacer daño, y si en algo te puedo ayudar cuenta con ello.

—Bueno es que...

—Nada, nada, a mí no tienes que contarme nada. Ven para que desayunes, que por lo que veo te hace falta.

—No, no, no se preocupe padre, que yo...

—Que aquí estas seguro. Yo estuve en varias visitas de los campamentos de la UMAP. Hay varios chicos de esta parroquia por Ciego de Ávila y ya sé cómo es la cosa.

—Pero, ¿cómo lo ha descubierto? ¿Tanto se me nota?

—Estás diciendo «pitirre» clarito, hijo.

Se van dentro de la casa parroquial y comparten el desayuno que le había preparado la madre del sacerdote que reside con él y lo atiende. Saldiguera toma galletas con mantequilla, leche y café. Devora un par de naranjas. Todo un banquete.

—Mira, no tengo mucho que ofrecerte, pero puedes coger esta camisa y cambiarte la que llevas, que está bastante maltrecha. A ver si te sirve.

Al quitarse la camisa que lleva, el sacerdote se percata de las heridas que se ha hecho la noche anterior al pasar por la alambrada.

—Chico, esos arañazos hay que curarlos o se te van a infectar. Espera un momento que voy a buscar el botiquín.

Pasan un par de minutos. ¿«Qué será de Maraña en este momento?», se preocupa el Saldiguera, hasta que viene el cura con una caja blanca de madera que tiene una gran cruz roja en la puerta y contiene útiles de primeros auxilios.

—Venga, un poco de agua oxigenada y después mercurocromo. A ver si no va a más.

—No tengo cómo agradecerle todo esto.

—Pero que no es nada. Además, me alegro mucho de tener la oportunidad de ayudarte. Mira, también toma esta gorra, que te va a servir para despistar un poco. Llévate unas naranjas para el camino, que parece que te gustan. Y toma estos diez pesos. Más no tengo para darte, pero sé que a ti te hacen más falta que a mí.

—Bueno, es que voy para....

—Shhshhshh, a mí no me digas nada, quien nada sabe nada puede decir.

—Padre, ¡qué bueno es usted! Se lo agradeceré toda la vida.

—A mí nada, muchacho, a mí nada.

Lo acompaña hasta la iglesia y se vuelven a sentar en un banco.

—¿Me pudiera decir la hora, padre?

—Diez menos veinte.

—Coño, ¡ay perdón!, que se me va la guagua.

—Bueno, pues que tengas suerte. Recuerda que esta es tu casa.

De vuelta a la terminal, Saldiguera reflexiona sobre cómo la gente lo ha ayudado: primero el campesino, la chica de la guarandinga, ahora el cura. La gente es buena. O al menos los que se ha encontrado en el camino le han tirado un cabo y a pesar de notarse mucho su aspecto, no lo denuncian.

Se acerca al sitio de donde debe salir su guagua, dando unos rodeos previos para comprobar que no hay moros en la costa. Casi al momento de salir el vehículo sube, observa de una ojeada rápida la composición de los pasajeros y, al no detectar peligro, se acomoda en un asiento vacío que hay por el medio del autobús.

«Ahora a coger carretera y a ver que me espera en el camino».

Maraña, después de separarse, ha estado esperando metido en un pequeño hueco entre dos casas de madera que hay en la estación de trenes, en improvisado puesto de vigía, para ver cuándo se acercara un tren, pero que no sea fácil verlo a él.

Al rato se percata que comienzan a cambiar las vías, y quiere escuchar lo que dicen los trabajadores del ferrocarril. El responsable del cambio habla con otro en el chucho y le comenta la dirección que llevará el tren.

«Este es el mío», piensa, «no sé ni para donde va pero la dirección es «pa´» occidente, «pa´ya» está La Poma, así que aquí me voy, hay que poner tierra de por medio».

Es un tren, con locomotora de vapor. Lleva varios carros abiertos, cada uno con tres grandes cajones de madera atados por cables y un par de carros cerrados al parecer con mercancías. Sube a uno de los carros abiertos y se oculta lo mejor que puede entre dos cajones.

El tren sale y comienza a andar pesado, lento. A Maraña le parece que no avanza, que tarda una eternidad, pero así va recorriendo kilómetros. Por el momento al parecer todo va bien.

Lo que no sabe es que un empleado de los ferrocarriles lo vio subir al tren. No pudo identificar quién es el que ha subido ni qué pretende, y sin dejar pasar más tiempo, se va a la oficina y se lo comunica al jefe de estación.

—Oye, Rodolfo, que llevas uno montado en uno de los carros abiertos del que acaba de salir para Esmeralda.

—¿Qué tipo tenía?

—No sé, no pude verlo bien, pues estaba un poco lejos.

—Bueno, el tren ya ha salido. Seguro que es uno que no quiere pagar pasaje, pero tenemos que avisar. Ese tren no para hasta llegar a Esmeralda y hasta allí tiene vía libre.

Agarra el teléfono, era de esos de madera colocados en la pared, con dos grandes campanas exteriores y en los que había que darle vueltas a una manigueta para que comunique, pues aún estos de los ferrocarriles no llevaban ni ruleta para marcar números. Tres largos, uno corto, uno largo, es la clave de Esmeralda. Cada estación tiene su clave de timbres, que escucha según el número y secuencia de vueltas a la manija; largas, vuelta total o cortas, media vuelta, que el que trata de comunicar transmite. Se pone el auricular en la oreja y se dispone a hablar por la bocina, que están separados. No le contestan a la primera. Repite la operación hasta que se lo cogen en la estación de Esmeralda.

—Aquí Rodolfo, el Jefe de Estación de Jiquí. ¿Quién por ahí?

—«Quiai», Rodolfo, dime, soy Pacheco, el Jefe de Estación de Esmeralda.

—Hola, viejo, pues «na´», que el tren que ha salido de aquí hace unos diez minutos lleva un chayote. Uno colgado. Un polizón, carajo, ¿es que no entiendes? Como no sabemos quién es ni que pretende, avisamos.

—Ok, Ok, recibido. Ya veremos cuando llegue. Aviso al DOP por si acaso. Nos han dicho que cualquier cosa de estas hay que dar parte.

—Muy bien, que tengas buen día.

El Jefe de Estación de Esmeralda hace entonces una llamada al Departamento de Orden Público, la policía, para comunicar lo que le han informado. Y estos deciden mandar una pareja de policías para controlar al sospechoso a la llegada del tren.

Maraña no conoce el lugar y no sabe cuánto tiempo de viaje le queda. No sabe que lo han detectado y por tanto no se da cuenta de lo comprometida de su situación.

«Esmeralda», lee en un letrero de la vía. El tren baja la velocidad poco a poco y termina por detenerse cuando la máquina ha sobrepasado unos cuantos metros la cabeza de la estación. El vagón donde viaja Maraña queda bastante lejos del andén. Se dispone a bajar, cuando ve sobre el apeadero a dos policías. No espera más y echa a correr por el paseo que tiene la calle muy cerca de las vías. Va haciendo zigzag y esquivando a las pocas personas que se va encontrando. Pero ya lo han detectado y lo persiguen. Corre y corre con toda las fuerzas que le quedan, escucha unas voces detrás de sí, le parece que le están dando el alto. No se detiene y sigue corriendo. Ahora escucha un disparo.

—¡Ñoo, que me están tirando! Pero a mí estos fianas no me van a coger.

Uno de los policías ha realizado un disparo al aire, con su viejo revolver, después de ver que no se detenía. Corren detrás de él, pero son algo mayores y no están en forma física adecuada. El joven va más rápido y no lo pueden seguir. Desisten y van a informar para buscar refuerzos, están seguros de que es un fugitivo o que es alguien que tiene algo que esconder. En la jefatura de policía consultan con la Agrupación de las UMAP de Esmeralda, que es la comandancia de todas las unidades que hay en el territorio.

—Sí, afirmativo, nos acaban de avisar que esta noche se nos han fugado dos en Jaronú —confirma el Oficial de Guardia en la Agrupación.

—Pero este es uno solo. O al menos es lo que hemos visto.

—Seguro que el otro se ha escabullido y no lo han detectado.

—Bueno, lo que nos dijeron que informó el de la estación de Jiquí es que venía uno sólo en el tren.

—En definitiva, como no sabemos de qué se trata, mandamos de inmediato un camión nuestro con cuatro o cinco compañeros para cogerlos.

—Por nuestra parte irá un patrullero con dos hombres y un perro. Va en dirección de Mamanantuabo.

—Está bien, gracias, eso nos puede ayudar.

De inmediato se da la voz de alarma y la orden de coger un camión y cinco soldados con armas largas, y al frente de ellos un teniente del ejército regular.

Mientras tanto, Maraña no ha parado de correr. Corriendo sale del pueblo, que por fortuna es pequeño. Ahora va campo a través y sigue corriendo. «¡Corre Ramón, corre!». Escucha una voz interior que lo jalea todo el tiempo. Sus fuerzas se ponen al límite. Sus músculos le avisan que se va a derrumbar en cualquier momento. Pero no para de correr, lo que no le aportan sus deterioradas fuerzas lo suple el miedo que tiene a que lo puedan atrapar.

A lo lejos, como a un kilómetro, divisa una manigua donde cree que se puede esconder y sin más dudas la elige como su objetivo inmediato. Cree que podría ser su salvación. Corriendo, aún, llega a la manigua y se va colando hasta lo más tupido, buscando la protección vegetal, que es sólo una ilusión, aquí no se puede quedar mucho tiempo. Pero necesita coger resuello. Se asegura de que, al menos de momento, ya no lo siguen.

«Ahora sí estoy jodido. Me han localizado. Tengo que pensar, pensar… ¿Ahora qué carajo hago? No sé para dónde tirar. Si me han visto correr para acá vendrán a buscarme en esta dirección. —Mira al sol, y se orienta—. Voy para el sur, así que lo mejor es virar para el oeste».

Una vez que se ha repuesto, se bebe la mitad de la botella de agua que lleva, y sin dejar de andar comienza a mordisquear un pedazo de pan duro. Las tripas le suenan. Camina por dentro de la arboleda que se va haciendo menos tupida. Con una suerte extraordinaria, se encuentra un guayabo silvestre con muchas frutas. No tiene mucho tiempo, pero sacude la mata y recoge algunas frutas que mete en su saco. Un par de ellas las deja en la mano, y se las va comiendo, sin parar de caminar con paso rápido y largo. Engaña un poco a su insistente hambre.

No para de andar durante una hora más. Deja atrás la manigua y camina por campo abierto. Entonces siente ruidos, se detiene y escucha. Se da cuenta que vienen tras él. Oye ladrar a un perro.

—Cojones, que me han encontrado, y me van a echar los perros —dice en alta voz, porque cada vez siente más cerca a sus perseguidores.

Como un animal acorralado, de manera instintiva Maraña comienza a correr a toda la velocidad que el irregular terreno le permite. Cruza de un salto un cercado de piedras y se mete por dentro de campos cultivados. No avanza rápido por dentro de los surcos. Busca cómo salir a la orilla. Ha visto un trillo, seguramente formado por el paso de las bestias o de las personas. Por aquí va más rápido. Escucha el ladrido del perro cada vez más cercano y siente una desesperación brutal. Las venas de sus sienes laten muy fuerte. Suda a mares y las fuerzas comienzan a fallarle. Un sabor amargo le viene a la boca.

Avista delante una especie de cañada, con árboles, que le puede dar cobertura. Vuelve a tener esperanzas. Corre y corre en esa dirección, ya llega... Y de pronto todo se le pone negro, siente un inmenso dolor en el pómulo derecho. Le han dado un golpe con la culata de un fusil en la cara, y pierde el conocimiento.

—Aquí, aquí, que ya tengo a uno —grita el soldado que le ha dado un culatazo con el rifle en pleno rostro al muchacho. Toda la comitiva se acerca. Han logrado capturar a uno.

—Bueno, uno ya está en el saco. A ver el otro.

—No hay más que uno. Con este no hay nadie más. Eso se lo aseguro. Yaki seguía una sola pista —dice el policía encargado del perro.

—Muy bien, pues amarrarlo y al camión —ordena el teniente.

Le atan las manos detrás de la espalda primero y después comienzan a atarle las piernas. En ese momento se despierta Maraña y con toda la fuerza que le queda comienza a patalear. Alcanza a un soldado con una patada en la rodilla. El soldado se pone nervioso, pierde el control y sin el más mínimo escrúpulo, clava en el muslo la bayoneta que tiene calada en su rifle.

—¡Cojones, que te estés tranquilo, no tienes nada que hacer! —le grita.

Maraña se retuerce del dolor y comienza a sangrar, empapando el pantalón y después la tierra, donde se hace un pequeño charco rojo. El teniente se acerca y lo interroga.

—¿Dónde dejaste al otro que viene contigo?

—Yo ando solo. Conmigo no viene nadie.

El teniente lo aprieta en el punto exacto donde lo han herido.

—¡Que me digas para donde cogió el otro que viene contigo! Maricón de «miedda, me cagüen la resingaisima e´ tu madre».

El dolor es muy grande, y unido a la pérdida de sangre hace que se vuelva a desmayar.

—Teniente, hay que hacerle un torniquete a este hombre que si no se va a desangrar —comenta un poco asustado uno de los soldados.

—Que se joda.

—Pero eso nos puede traer problemas.

—Sí, es cierto —dice después de un instante de reflexión—. Tienes razón. ¿Alguien sabe hacer un torniquete?

—Yo aprendí en el curso de primeros auxilios —dice el recluta del SMO que había hecho la primera sugerencia.

—Pues arriba, antes que este maricón me siga jodiendo la vida. Y si le pasa algo, entonces sí que no salgo de esta salación de UMAP en toa mi vida.

El soldado desmonta la bayoneta, corta la pata del pantalón, y saca unas tiras largas y estrechas, busca un pedazo de palo por el suelo y le practica un torniquete en lo alto del muslo. Lo cargan entre dos hasta el camión, aún inconsciente, y lo suben, acostándolo boca abajo en la cama del vehículo.

Lo llevan a la Agrupación, unidad principal de toda la zona de Esmeralda y que se ha instalado en un caserón de madera al final del poblado. El peculiar edificio de madera con dos plantas había sido antes la amplia casa de una familia acomodada que marchó al extranjero. Ahora ha sido adaptada en su interior para servir de jefatura militar. En el amplio patio se ha construido una barraca para dormitorio de soldados, también un aparcamiento para el parque móvil y un pequeño calabozo. A ese calabozo, desatado pero aún inconsciente, fue a parar Maraña.

A los veinte minutos se acercó el médico al calabozo a revisarlo. Es un teniente del ejército, buen cirujano, que está castigado en la UMAP acusado de practicar la «dolce vita», como llaman a una supuesta tendencia en las manifestaciones de algunos cuadros de la Revolución que se han desviado de la pureza ideológica y se han dejado llevar por las seducciones de la buena vida, las orgías sexuales y las «actitudes pequeño-burguesas».

El médico comenzó a curar la herida que gracias al torniquete dejó de sangrar. En ese momento recobró el conocimiento el herido.

—Necesitas hidratarte, has perdido mucha sangre. Estás muy débil —comenta el médico.

—¿Quién eres? ¿Dónde me tienen? Dame agua. Tengo sed. Cúrame, ponme un suero, algo, pero no me dejes morir.

—Bueno, eso depende de ti. Soy el médico y me han ordenado que no te ponga nada, ni darte de beber ni nada hasta que no nos digas dónde está el otro que se ha fugado contigo.

Maraña, que tiene un hematoma que le llena por completo media cara, la inflamación le cubre el ojo y no puede ver por él, lo mira con el otro y pide por compasión.

—Que no me dejen morir, que ya les he dicho que yo no sé de otro. Yo ando solo. —A pesar de su casi inconsciencia sabe que cuanto más tiempo se resista a dar información, más tiempo tendrá su amigo Saldiguera para escapar. Él no traiciona.

—Bueno, allá tú. Hablaré con el fiscal para que sea él quien te interrogue, en un final yo soy el médico, como ya te he dicho, no soy tu interrogador.

En el frío suelo de cemento, Maraña queda extendido cuan largo es, o lo que va quedando de él. En aquel cajón de hormigón no hay cama o ninguna otra cosa, solo espacio vacío en un cubo de tres al cubo: tres, por tres, por tres metros.

Pasan un par de horas y viene la fiebre. Comienza a temblar. No tiene fuerzas ni para gritar. Los momentos de consciencia se mezclan con períodos de inconsciencia. Se retuerce en el frío suelo. Tiene una sed terrible. Está muy mal.

Viene entonces a la reja de gruesos barrotes de hierro que sirve de puerta, el sargento primero Pichs, el fiscal de la Agrupación, el que encarna la justicia.

—Ramón Sánchez Burgos. Alias "El Maraña". ¿No es así?

Maraña no puede hacer un sólo gesto, aun cuando fuera su ánimo realizarlo.

—Ramón, sabes que si no nos dices lo que queremos saber te vas a morir como un perro. —Hace una pausa larga, como para dejar que lo que ha dicho cale en el prisionero.

—Además, nadie va a tener la culpa. Aquí no habrá autopsia, ni informe, ni nada por el estilo. Se te aplica la ley de fuga. Eres escoria, eres una lacra, drogadicto de mierda. Tu familia se enterará cuando ya estés bajo tierra. ¿Es eso lo que quieres? —Vuelve a realizar una pausa, buscando que al prisionero le surtan efecto las palabras que acaba de decir.

—¡Dame agua, coño, dame agua! — es un pequeño hilo de voz todo lo que alcanza expresar.

—¿Tienes sed? La sed es jodida, ¿sabes? No te lo puedes quitar de la cabeza. Pero no te apures, pues te queda poco.

—Ya les he dicho que yo venía solo —susurra Maraña. Aún en su situación se da cuenta de que ya están informados que se fugaron dos del campamento—. Si lo que quiere saber es del otro que salió conmigo no sé dónde está ni a donde ha ido. —La toz le interrumpe—. Al salir cada uno arreó por su lado. Quedamos que ninguno supiera donde iría el otro, te lo juro por lo más sagrado —dice con lo que puede sacar de fuerzas—. No sé más, pero por tu madre, dame agua.

Así lo deja el fiscal, que no insiste más y se va a comentar con el capitán que lo está esperando la información que quiere saber, sentado en el comedor de oficiales mientras toma café y da fuego a su primer tabaco del día.

—Éste no sabe nada más. No podemos sacarle nada del otro —le comenta con cara de acontecimiento el fiscal—. Está muerto de sed y ni aun así nos quiere decir nada. No vamos a sacarle nada más.

—Ven acá, soldado —le ordena el capitán al pinche de cocina que pasó cerca del sitio donde están hablando con un cubo de agua para la cocina—. Coge ese cubo de agua, tíraselo por la puerta del calabozo al detenido. Si quiere agua, vamos a darle agua.

El soldado no tiene más remedio que obedecer y le lanza el cubo de agua tras las rejas, sobre el maltrecho cuerpo que está tirado en el suelo. Esto espabila un poco a Maraña que bebe del suelo, pasando la lengua por los charquitos que se han formado en el pulido cemento.

—Médico, ven acá. ¿Cómo ves al detenido? — pregunta el capitán, para saber cuánto más puede apretarle y qué peligros puede estar corriendo.

—Está mal. Sí que lo veo mal. Creo que no se debe perder más tiempo.

—¿Qué podemos hacer? Dime rápido, que tengo cosas importantes en que ocuparme para estar perdiendo el tiempo con este cabrón.

—Hay que hospitalizarlo y ponerle un suero con goteo para que se hidrate. Tal vez hay que transfundirle sangre.

—De eso nada. De aquí no sale. No quiero ese jelengue en el hospital civil. Si estuviésemos más cerca de Camagüey, lo mandaba para el Militar pero desde aquí, es posible que se nos muera en el camino… Improvisa en la barraca y lo que haya que hacer, se hace aquí dentro. Vamos, improvisa, que el guardia inventa —ordena el alto oficial.

—Lo que usted mande, capitán.

Compusieron un diminuto centro de atención en una esquina de la barraca, con un biombo y una cama de hierro con una colchoneta. El médico encargó en el policlínico del pueblo lo que no tenía a su disposición, y comenzaron a pasar un suero. A pesar de que Maraña no podía tenerse en pie, pusieron un centinela en la puerta de la barraca. Ahora es el tiempo y la fortaleza de su juventud lo que puede decidir la vida de aquel infortunado hombre.

	1	2	3	4	5	6	7	8	9
V									
HC									

VIII.-Cuarta entrada (parte baja)

La jugada a la ofensiva más completa es el «jonrón» («home run»), sucede cuando el bateador le pega y saca la bola fuera de los límites del terreno de juego. En ese caso, recorre todas las bases y en una sola jugada anota una carrera para su equipo. Si esta jugada ocurre con hombres situados en las bases por jugadas anteriores, estos anotan carreras con el batazo. La jugada a la ofensiva más productiva es el «jonrón» con las bases llenas, el «jonrón» con tres en base, pues el equipo a la ofensiva anota cuatro carreras en una sola jugada. La expresión «la botaste con las bases llenas» indica que has logrado una cosa extraordinaria y con mucho provecho.

Octubre / Noviembre 1966

Tres días después de la fuga, en cualquier lugar del campamento, en el campo de surco a surco, en las letrinas, todo son comentarios porque se han fugado Saldiguera y Maraña. Se la dejaron en la mano.

Comentan que tanto a las postas que han estado la noche como al oficial de guardia, ayer los llamaron a la Jefatura del Batallón. Con toda seguridad para ponerles un correctivo. Ese es su problema.

Han encontrado un hueco en los alambres, que según los sagaces investigadores del caso son, con toda certeza, los que han cortado para tener por donde escapar.

—Han tenido muchos cojones para hacer eso —comenta Simón, que va emparejado guataqueando en el surco de la izquierda que lleva Abel.

—Compadre, pero es que ahora afuera van a tener muchas dificultades para poderse mantener. Piensa que no tienen papeles, que no tienen libreta de abastecimientos, que no pueden ir a sus casas. ¿Cómo van a sobrevivir? A donde quiera que lleguen van a ser una carga. Además, tienen que estar escondidos, clandestinos. Serán como los cimarrones cuando el tiempo de la esclavitud.

—Tienes razón, pues con papeles, libreta y casa, lo pasas muy mal, así que sin nada de eso... Aunque también no están aquí dentro… ¿Es que hay algo peor que esto?

—Sí. Recuerda a los presos plantados, ellos seguro que lo pasan igual o peor que nosotros —dice Abel y continua—. Simón, yo pienso que la libertad es como una serie de círculos concéntricos; igual que esas dianas para jugar a dardos. La libertad nunca es absoluta. Pero en la medida que te pasas a un círculo más amplio, disfrutas un poco más de ella. Cuanto más te alejas del centro, más libre eres. Nosotros estamos en uno de los círculos pegaditos al centro. Maraña y Saldiguera lo que han hecho es alejarse unos pasos más del centro, en esta especie de tiro al blanco, que digo yo que es la libertad.

—Lo que me dices es que para alejarse del centro han aplicado la fuerza centrí… fuga. —Y ambos se ríen del juego de palabras. Y comenta Simón:

—Seguro que hay que salirse de la diana, de esta gran cárcel que es la isla entera. Asere, si yo salgo de aquí, algún día, ten por seguro que lo mío es la «yuma». No sé ni cómo lo voy a hacer, pero yo le «vendo».

—¿Y qué será de ellos ahora mismo? —refiriéndose a los fugados.

—Pues sabe Dios las que estarán pasando. ¡Calla, calla! Que viene el sargento.

En este momento, cuándo ya han pasado unas sesenta y dos horas de la fuga, Maraña está aún con un gotero puesto. Se ha recuperado algo, pues uno de los confinados UMAP de la Agrupación ha donado sangre y alguna otra que se consiguió han servido para hacerle una transfusión. Le han dado los puntos de sutura necesarios en la herida y hay que esperar el proceso de cicatrización. Lo tratan con antibióticos. A pesar de ser joven, esto siempre es una gran ayuda; las condiciones de vida que ha tenido en los últimos meses no colaboran a una pronta recuperación y está mal.

Hay que reconocer que el médico militar, a pesar de las presiones del mando, se está portando con mucha humanidad; como por otra parte es obligatorio para los profesionales de la salud. Según su diagnóstico, si pasa este momento crítico, en dos o tres semanas el herido se recuperará. Durante este tiempo la herida tiene que ser atendida y curada. Las condiciones higiénicas en la barraca dormitorio no son las mejores. Pero el sanitario que lo atiende, un enfermero recluso de la UMAP, se ocupa de hacer todo lo posible por sacar adelante al herido. Otra cosa que no mejora es la hinchazón de la cara, donde recibió el golpe con la culata del fusil. Al parecer el culatazo, además de romper carne, fracturó algún hueso y Maraña no puede abrir el ojo aún. Se queja del dolor.

Cuándo han pasado diez días de convalecencia, al capitán de la Agrupación le parece que ya es suficiente. No quiere tener un rebelde en cama sin hacer nada y mucho menos cuando es un desertor. Ordena al fiscal que comience el expediente para la celebración del juicio. El sargento fiscal prepara la causa a toda prisa y en un par de días está listo para la celebración de la vista.

Se le juzga por lo militar de deserción en tiempo de paz. La pena que de manera general se aplica es de cinco años de privación de libertad en una cárcel militar, sin que ello le rebaje ningún tiempo del que tenga pendiente de servicio.

En el comedor de la Jefatura de la Agrupación se monta una improvisada sala para efectuar el juicio. Hay una mesa central donde se sienta el juez, un teniente del Ejército Rebelde de origen campesino, con escasos conocimientos legales y de procedimientos, pues hasta leer le cuesta trabajo. Esto no es demasiado importante en estos casos. No existe una gran preocupación de las reglas que hay que seguir; eso no es lo importante en la administración de justicia. Además del presidente, hay un subteniente y un sargento mayor que actúan como vocales. La mesa tiene como mantel una bandera roja con la hoz y el martillo que la cubre cuan larga es. A la espalda, en la pared hay un cuadro con un escudo de la República de Cuba.

En una mesa a la derecha se sienta el fiscal y el secretario. El fiscal es el sargento Jesús Pichs y el secretario un recluso de la UMAP. Hay una bandera cubana en un asta al frente, entre la mesa de los jueces y la mesa del fiscal. A la izquierda, un cabo del ejército rebelde que servirá de abogado defensor, para que la pantomima se complete. Maraña, el acusado, está sentado en una silla de madera frente al tribunal. No hay más público en el juicio, porque el capitán lo ha prohibido expresamente.

Se efectúa la vista, leyendo con dificultad el presidente las palabras que marca el reglamento. Con posterioridad, preguntas del fiscal y del defensor que al parecer las traen anotadas en un papel, pues siempre el show se desarrolla de la misma manera.

Por último, el fiscal lee las conclusiones de la investigación que eleva a definitivas, por considerar probados los delitos del acusado. Se ensaña en tirar mierda sobre el acusado, y solicita la pena más severa posible, los cinco años de cárcel, más un par de años por resistencia y ofensas a la superioridad. En total solicita siete años de prisión.

El abogado defensor, lo mejor que podría haber hecho es no exponer su discurso y callarse. Lo que hace es denigrar al acusado, exponiendo que es un drogadicto, una lacra social y un producto de la anterior sociedad. Que esto es lo que lo ha empujado a fugarse y otro rosario de sandeces sobre la conciencia revolucionaria y de innumerables ofensas a la persona de su defendido, por lo que solicita que el tribunal lo tenga en cuenta y sea pedagógico en su sentencia. Pide que sea condenado por su propio bien, para que pueda ser reeducado e incorporado a nuestra sociedad.

Cuando todos han hablado le dan la palabra a Maraña por si tiene algo más que decir. El hombre toma la palabra y apunta:

—Yo no entiendo nada de toda esa jerigonza leguleya que ni ustedes mismos tampoco entienden…

—Compórtese, acusado —le exige el juez.

—Sí, señor juez. Lo que yo sé es que a mí me han llevado lejos de mi pueblo, de mi familia y de mis amigos. Me han metido en un corral, me hacen trabajar como un esclavo y no me pagan, me tratan como a un animal y para ustedes soy lo peor del mundo. Ahora me dicen que soy militar y que he intentado desertar. Legislen fino conmigo y vigilen bien, pues si me vuelven a dar un chance lo vuelvo a intentar. Yo creo que los que deberían estar siendo juzgados aquí son ustedes, por abusadores. No tienen ningún derecho…

—Acusado Sánchez Burgos, tiene que callarse ya, su tiempo ha terminado. Sepa que la Revolución es generosa, pero no así con sus enemigos y calumniadores. No difame más. Este Tribunal se retira a deliberar.

Estuvieron un cuarto de hora en la cocina, tomando café y hablando. Le informaron al capitán cual sería el veredicto, que ya estaba preparado de antemano, y después regresan todos al comedor.

—Acusado Ramón Sánchez Burgos, póngase de pie.

El juez lee:

—Después de analizado y juzgado el caso y considerando probado el delito de querer desertar, este Tribunal Militar lo condena a la pena de cinco años de privación de libertad que debe cumplir en el establecimiento penitenciario que de manera oportuna se designará. Se da por terminado este juicio.

Dos días después, como a las diez de la mañana, viene un furgón jaula con chofer y dos escoltas. Sacan del calabozo a Maraña y lo montan con las manos esposadas a la espalda. Salen de Esmeralda con dirección a Jaronú. Al furgón lo sigue todo el tiempo un todoterreno soviético UAZ conducido por el fiscal sargento Pichs y acompañado por el Jefe de Personal, el teniente Fonseca. En una hora de camino, por el seco y rojo terraplén que va de Esmeralda a Jaronú, llegan al campamento de donde se ha fugado Maraña.

Este día la compañía está trabajando en unos campos cercanos al campamento y el desplazamiento se realiza caminando. Los confinados hoy no tienen que comer en el campo, se les ha traído a comer dentro del recinto. Llegan rendidos de la jornada de la mañana y los mandan a formar. Llama la atención al entrar el furgón y el todoterreno aparcados justo al lado de la casa de los oficiales.

—Esto seguro tiene que ver con la fuga —le dice Chicho a Simón.

—¿Quién lo sabe? A lo mejor vienen a buscar a alguien por cualquier causa inventada. A Vasallo, el político, siempre lo está acusando de Agente de la CIA. Seguro que le ha preparado una cama.

—Masinguilla es un «comemiedda, no tiene pa´eso».

Una vez que han entrado los tres pelotones y la compañía completa está formada en el lugar habitual entre los dos barracones, sale un grupo de personas de la casa de los oficiales.

Caminando al frente viene el teniente de la compañía y dos militares más que los hombres no conocen. Detrás, otro grupo de cinco hombres que hace un círculo, los dos custodios de la furgoneta y tres escoltas de la compañía. En el centro, ¡sorpresa! Está Maraña.

Viene cojeando y tiene una parte de la cara inflamada, deformada y con moratones. Tiene un ojo casi cerrado. Da lástima mirarlo.

Al ponerse frente a los tres pelotones dan la voz de atención y todo el mundo tiene que ponerse firme.

El teniente jefe de la compañía habla:

—Reclutas, tenemos la visita en el día de hoy del teniente Fonseca, Jefe de Personal de la Agrupación, y del sargento Pichs, que es el fiscal. Ellos les van a dirigir unas palabras.

Toma la palabra el fiscal y dice:

—Hace unos pocos días, este recluta de esta compañía, Ramón, intentó fugarse y cómo pueden observar fue capturado de inmediato. Es bueno que sepan que de aquí no se puede escapar nadie, y en algún caso como este, miren lo que ha durado su falsa ilusión. Métanse en la cabeza que tratar de fugarse no es una buena idea. El largo brazo de la justicia revolucionaria los alcanzará donde quiera que se metan. Se ha celebrado el juicio, con todas las garantías procesales. Ha sido condenado a cinco años de privación de libertad. Ha salido bien, pues tenía causa para más años, pero la Revolución es generosa. Lo traemos aquí para que vean con sus propios ojos lo que estoy diciendo y que nosotros no mentimos. El otro recluta que se ha escapado con él aún está escondido, pero tenemos informaciones precisas y esperamos capturarlo en breve. También se lo presentaremos a esta compañía para que todos estén seguros de que de aquí no pueden escapar. Ahora le doy la palabra al recluta Sánchez Burgos para que puedan oír, de su propia boca, lo que les he dicho antes.

Durante el tiempo de la llegada al campamento hasta más o menos una hora después, cuándo se estaba celebrando esta reunión, estuvieron indicando a Maraña lo que tenía que decir a sus compañeros. Lo amenazaron con más castigo y años de cárcel si no decía lo que le indicaban. El asentía, diciendo que sí con la cabeza baja a todo lo que le apuntaban.

Ahora estaba Maraña al frente de toda la compañía. Y comenzó diciendo con la voz rota:

—Amigos, fugarse ha sido difícil y lo que dice el Fiscal es cierto, cuesta mucho trabajo poder mantenerse en la calle. Ya ven como estoy, magullado, con las esposas puestas. No tengo que explicar nada sobre esto, lo que están viendo es suficiente.

Los mayimbes sonríen con satisfacción, todo se está produciendo como han planificado, han doblegado a Maraña.

—Pero sólo quiero decir una cosa más: Me acabo de enterar ahora mismo, al igual que ustedes, que no han cogido a Saldiguera. ¡Bravo por él! Y a mí que me vigilen bien, que en cuanto me den un «fino de bola» se las vuelvo a dejar en la mano. ¡Yo soy un hombre libre, carajo!

¡«Jonrón» con las bases llenas!

Al darse cuenta de esta última parte y lo contraproducente que está resultado todo, lo cogen entre dos soldados y se lo llevan de nuevo a la furgoneta. Lo lanzan dentro de un empujón.

Al teniente de la compañía lo ha cogido desprevenido, mira a los otros y no sabe qué hacer. Desconcertado, ordena:

—Para toda la compañía que tiene que entrar al comedor, ir a dejar las guatacas. Derecha, deré. De frente, «¡march!».

La gente va a dejar las guatacas en el sitio acostumbrado y entra a las barracas. Parecen un enjambre de abejas, ambos dormitorios. Todos son comentarios y comentarios. En un momento dado, en la barraca del pelotón uno y dos, se escucha un grito, que no se sabe quién lo ha dado.

—¡Bravo por Maraña! ¡Viva Saldiguera!

Responde un atronador «¡Viva!», seguido de un aplauso y más gritos.

De inmediato comienzan a entrar guardias con los fusiles con bayoneta calada y rastrillando las armas para poner orden en la barraca. Temen mucho lo que podría pasar en estos brotes de rebeldía. La superioridad, en cuanto a fuerza es aplastante. Comienzan a empujar a la gente.

—Cada cual se va a su hamaca —gritan los guardianes y los sargentos desenfundan sus pistolas—. Tú gediondo de mierda, que te pongas en tu sitio. A ver contra la pared. —El empujón tira a Alberto contra el suelo, cae de bruces y se parte el labio. En el suelo le inmoviliza un soldado poniendo la bayoneta en la nuca—. Ni se te ocurra moverte, cabrón, que aquí te quedas.

—Que nadie se mueva de su hamaca hasta que se dé la orden para salir al comedor —grita Pupo con la pistola en la mano—. El maricón que no me obedezca lo voy a dejar seco aquí mismo. Lo mato y no lo pago.

—¡Abusadores, abusadores, abusadores! —gritan por el final de la barraca.

—Me cago en la madre del de los griticos. —Y sale disparado al fondo de la barraca para tratar de identificar quién ha sido—. A las hamacas he dicho. Cada uno en la suya, acostado sin moverse. Y no lo repito más. —Levanta la pistola como para tirar al aire, pero definitivamente no lo hace.

No queda otra que lanzarse sobre aquellos siete hombres armados o irse con la cabeza baja a acostarse en la hamaca. Una vez más la fuerza triunfa sobre la razón. Poco a poco todos se someten a las órdenes y el ambiente comienza a perder tensión. Han dominado, como siempre por la fuerza, el conato de revuelta. Poco rato después pasa la compañía al comedor y en eso quedó todo.

¿Qué le ha sucedido de manera paralela a Saldiguera?

Unas sesenta y dos horas después de la fuga, en los momentos que Maraña estaba en cama, mucho antes de los últimos incidentes relatados, Saldiguera ha llegado sin otros contratiempos hasta Holguín, ciudad de la provincia de Oriente, que es su destino y donde lo van a ocultar los amigos de su hermano. Lo acogen en el Reparto Vista Alegre en una casita de un solo piso, construida a trozos por sus moradores con bastantes penurias. Es una familia humilde.

Es poco frecuente que un habanero vaya a refugiarse a Oriente. En esto ha sido muy inteligente Saldiguera. No lo han perseguido y puede ser que pase inadvertido. Tiene que cuidarse al hablar, pues por su acento habanero enseguida se nota que no es holguinero.

Tan pronto llega planea el siguiente paso que hay que dar.

—No hay más remedio que buscar la forma de salir del país —plantea Saldiguera a Justo.

—Compay, pero «eto» es un «bisne delicado». Hay que tener mucho «cuidao», y hay que tener mucha «magua».

—Tienes razón, Justo. Pero yo no puedo estar escondido aquí siempre y comprometiéndote todo el tiempo. Más tarde o más temprano van a dar conmigo.

—Eso que dijiste es cierto. Tienes razón. Ir echando es lo

único que «pues» hacer. «Podlo» de complicarme no te preocupes. En eso tengo una deuda moral con tu padre, que en paz descanse.

Justo, el anfitrión, que es el que ha contestado, tiene algunas relaciones con pescadores en Gibara, que es el puerto más cercano a la ciudad.

A partir de ese momento se ocupa en la tarea de establecer contactos para saber qué se puede hacer. Hace un viaje al puerto para investigar sobre el terreno cómo se podría solucionar la salida. Hay mucho secreto en el encuentro. No se nombran lugares ni personas, ni tipo de embarcación, ni fechas, ni nada. Todo es tanteo y estudio como suele pasar en el primer asalto de una pelea de boxeo. Es que la desconfianza es mucha, por los múltiples casos de infiltrados chivatos que se dan en estos viajes.

Justo, al menos, logra la información de que ya hay varias personas que han conseguido el dinero necesario. Un pescador que dice llamarse Julito, está esperando a tener el grupo completo para efectuar la salida. No precisa con exactitud cuántos faltan. El viaje costará dos mil dólares a cada persona. Se paga la mitad antes de la salida y el resto se paga en Miami, a la llegada. Hay que dar el nombre y dirección de la persona en Miami que se hace cargo para que se pueda comprobar. El pago de Cuba puede hacerse en pesos, haciendo la conversión al cambio del mercado negro de las divisas. En ese momento es quince a uno. Quedan en llamarse cuando «el cliente» pueda conseguir el dinero.

De vuelta a Holguín, Justo habla con Saldiguera y explica:

—Es mucho guano que hay que tirar «pa'lante». Y no sé «polque» pero este tipo no lo veo claro. Nos pueden joder. ¿Tú lo sabes, no?

—Justo, yo estoy seguro que mi hermano lo puede conseguir. Él tiene un camión que le deja bastante dinero, es de los pocos que tiene aún como buscarse la vida por su cuenta. Tiene su «guanaja echá».

—¿Qué, es un «maceta» ?

—Los envidiosos que no son capaces de hacer lo que él hace le llaman así. Trabaja muchas horas y se rompe el lomo. Se busca la plata.

—Pues habrá que ponerse en contacto con él. Con lo otro hay que «jugadlsela».

—Vamos a la cabina a llamarlo por teléfono. O no, mejor esta noche, cuando estemos seguros que está en la casa.

—No, a la casa no. ¿Tienes algún amigo de confianza que tenga teléfono en su casa?

—Sí, es verdad, en la casa lo pueden estar escuchando. A ver… Llamamos a Pachanga, mi socio. Ese es de confianza.

—Bueno, avisa ahora al tal Pachanga y dile a qué hora quieres que tu hermano reciba la llamada, pero en la casa de él y no en la de tu hermano.

—No, mejor llama tú. Voy contigo, pero llama tú.

Después de todas estas precauciones y el par de llamadas, se ponen de acuerdo. El dinero se lo entregará en Santa Clara, ciudad del centro de la Isla, a dónde lleva un viaje el lunes de la próxima semana. Pregunta por su hermano y se alegra que la fuga se ejecutara con éxito. Agradece a Justo lo que está haciendo por el muchacho. Le confirma que ya habían notado al CDR vigilándolo desde unos días atrás y algo habían sospechado.

Justo sale en el tren lechero el sábado para Santa Clara a dónde llega el domingo. Se aloja en casa de unos parientes de su mujer, en la Calle Maceo.

Al siguiente día se encuentra con el hermano de Saldiguera, que aprovecha el tiempo que transcurre entre dejar la carga que trae de La Habana y desplazarse a una fábrica a coger carga para el viaje de vuelta.

Con un fuerte abrazo se saludan al encontrarse en una explanada que sirve de aparcamiento. Es grandísimo el agradecimiento de la familia de Saldiguera por la labor de Justo para salvar al muchacho.

—Bueno, no es nada. Recuerda que es una deuda. Cuando yo me quemé en Holguín en la dictadura anterior por mis actividades revolucionarias, tu familia me acogió en La Habana como a un hijo. Ahora me toca a mí —comenta Justo.

—Lo qué no sé es hasta cuando continuaremos con esta jodienda los cubanos. Esto es como el cuento de la buena pipa, que no se acaba nunca —se pregunta con mucha razón el hermano de Saldiguera.

Entrega el dinero, mitad en dólares y mitad en pesos. Van escondidos en el doble fondo de una jaba. Arriba va una pequeña cantidad de productos: raspadura, unos aguacates, un cartucho de ajos… En medio va alguna ropa para Saldiguera que le vendrá muy bien, y todo sirve para disimular lo que va debajo.

—No he podido conseguir todo en «fulas», pero lo he completado con pesos. Que por los «baros» no sea.

Y entonces explica Justo al hermano de Saldiguera lo que están urdiendo y cómo va de adelantado el proyecto de salida. Hay una cosa que lo inquieta y es que, si salen de Gibara o sus alrededores, la tierra más cercana son las Islas Bahamas. No es lo mismo que salir de Matanzas o La Habana.

Esto plantea dos problemas. La acogida de cubanos y haitianos en esas islas es diferente de la de Estados Unidos. Se han dado casos de deportaciones. Por otra parte, en esta zona las corrientes del Golfo son mucho más fuertes y dificultan bastante la navegación. Si estas corrientes los desvían para el Océano Atlántico son hombres muertos.

En realidad, no saben qué tipo de embarcación es la que se va a utilizar. Sólo se lo dirán cuando entreguen el pago. Todo ello hace que no sepan cuánto combustible adicional pueden llevar y por ello el tiempo que pueden navegar. Sin dejar lugar a dudas, en una situación como la que tienen todos estos riesgos se ven obligados a correrlos.

Vuelve Justo esta vez en una guagua interprovincial, a Holguín sin mayores problemas; eso sí, sin separarse ni un solo minuto de su jaba.

Saldiguera está pletórico de alegría. Las incertidumbres se van disipando. Se vuelven a poner en contacto con Julito para la entrega del dinero. Esta vez se encuentran en Guardalavaca, hermosa playa de la parte norte de la entonces provincia de Oriente. Según Julito, para no repetir en Gibara y no despertar sospechas.

Una vez que recibe el dinero, los lleva a un pequeño embarcadero de pescadores que está en una cala al este de la playa. Van disimulando un paseo por la orilla de arenas blancas finísimas. En la cala les muestra el barco, que está atracado cerca de un minúsculo muellecito. Parece adecuado, puede tener unos cuarenta pies de eslora, y tiene un buen motor diésel, tal vez sobredimensionado para el tamaño del barco. Es utilizado por la cooperativa de pescadores, pero lo tienen aquí para realizar una supuesta reparación. Julito conoce muy bien al patrón y están asociados en esta empresa. Según cuenta, el patrón ha realizado esta travesía muchas veces; sobre todo cuando se podía navegar sin ningún problema por estos mares.

—Con esto ya tenemos el pasaje completo. Todo el «pesca´o» está «vendí´o».

—¿Y para cuándo? —pregunta Justo.

—Eso lo sabrás la mañana del día que vamos a salir. Nunca antes.

—Pero… ¿Por qué? ¿Es qué no hay confianza?

—En estas cosas la confianza es mala consejera, compay. Mejor que nadie lo sepa. Además, hay que jugar con el estado del tiempo. Y sin que te ofendas, tengo que comprobar en Miami que sea segura la otra parte del dinero al llegar.

—¿Qué debe traer para el viaje?

—Nada de nada. La ropa que lleva puesta, una gorra o un sombrero para el sol, nada más. Del agua y de la comida nos ocupamos nosotros. También tenemos grasa gorda, para la protección solar. Cuando te llame para avisar el momento, que se mueva al Parque de las Flores. Que se siente en un banco de la plazoleta y que no hable con nadie. El que yo mando le va a preguntar por Guille. Que conteste que Guille se fue a Santiago. Esta persona es de toda confianza y le dará las instrucciones que debe seguir «como turista». Se enterará del lugar y de la hora de la salida. ¡No esperamos a nadie! El que no esté en el momento y la hora, se queda y pierde el dinero.

—Pues, así quedamos. —Y un apretón de manos sella el negocio y la despedida.

Qué decir del entusiasmo de Saldiguera. Nervios, alegría, dudas, miedos y recelos... No le es posible conciliar el sueño esa noche. Medita y reconoce que ha pasado en muy poco tiempo de ser un miserable penado en un inmundo campo de concentración, a ser un proyecto de hombre libre. Quiera Dios que todo le salga bien. Hasta ahora, todo va marchando sobre ruedas, o tal vez mejor sobre las olas.

Él no es una persona que practique una religión. Tiene las creencias y fe que, por la tradición y las costumbres, tiene una gran parte de la población cubana. Así, se le ha olvidado rezar como le enseñaron de niño en el catecismo y ya no sabe rezar con las oraciones oficiales, pero improvisa en voz baja:

—Virgencita de la Caridad del Cobre, tú que tienes en tu imagen a los tres Juanes en un bote, ¡AYÚDAME! Que lo único que yo quiero es ser libre.

Se muestra en lo más hondo de sí muy agradecido por la gran ayuda que tanto Justo como su propio hermano le han prestado para la realización de este viaje. Pide también por ellos. Muy entrada la madrugada lo rinde el cansancio y se queda dormido.

A la tercera mañana después de la visita a Guardalavaca, reciben la señal indicativa, muy temprano. Se va al parque que le habían marcado. El emisario se le acerca.

—Compay ¿y qué sabe usted de Guille? —Es un joven vendedor de maní y trae una lata llena, en la mano tres cucuruchos de papel blanco.

—El tipo se fue «pa´» Santiago hace unos días —parece una película de espías, pero todas las precauciones son pocas.

—Es buena gente el Guille. Me dijo que cuando te viera te diera a probar el maní de esta tierra, que es bueno. Toma. —Y le entrega los tres cucuruchos que lleva en la mano.

—¿Y no te dio ningún otro recado para mí?

—No, compay, no me dijo nada más. Que tengas buena suerte. —Y sale pregonando su producto—. Maní, maní caliente. Lleva maní.

Saldiguera queda totalmente desorientado. Le han timado. Tanto dinero tirado a la basura. Pero no puede ser. Este Julito se las va a tener que ver con él. O le devuelve el dinero o se tendrá que meter debajo de las piedras para que no lo mate. Sabe que no puede denunciar una cosa como aquella y mucho menos él, un prófugo. Lo tienen cogido por los huevos. Tiene que arreglarlo él solo. Va caminando cabizbajo hacia la casa, en una bancarrota espiritual completa. Todo se le va al carajo. Tan bien que estaba saliendo.

Al llegar, se recuesta en la cama, pone los tres cucuruchos de maní sobre la mesita de noche y comienza a buscar otras explicaciones. No puede ser que le hagan una jugada así, tan burda, tan descarada.

—«Tiene que haber algo, debe ser una clave. ¿Los tres cucuruchos serán una clave? Tres, puede ser las tres de la tarde, ¿o las tres de la mañana? Maní puede ser un lugar».

En un mapa de la región y comienza a buscar a ver si toca la flauta.

«Maní, manisero, ¿qué puede ser? Caserío, puede ser un caserío, por aquello de «caserita no te acuestes a dormir sin comer un cucurucho de maní». Pero no encuentra nada parecido. Comienza a comerse el maní que hay dentro de los cucuruchos.

«También puede ser Moisés, el autor del manisero es Moisés Simons. Moisés es salvado de las aguas. Coño ya sé que se ha jodido el viaje, que no vamos. No, esto no puede ser, esta gente no tiene para hilar tan fino. Creo que me estoy tupiendo . A ver, Ricardo, piensa con calma. Te juegas mucho», se muerde el dedo índice doblado y mira los cucuruchos una vez más. En ellos tiene que estar la respuesta y el tiempo pasa, le dijeron que le avisarían en el mismo día de la salida. Se va a quedar en tierra, perdería la oportunidad de salir y además todo el dinero ya entregado. Cierra los ojos con los dedos en las sienes. Y…

—Coño, pero estoy buscando cinco pies al gato. Esta delante de mí y no lo veo —Vacía el cucurucho que se está comiendo y desdobla el papel. No hay nada. Se desalienta un poco, pero hace lo mismo con el segundo. Allí está el mensaje. Viene escrito a lápiz con letra menuda.

«Amor: La cosa será esta noche. Debes salir esta tarde sobre las tres. Sólo tú y yo nos veremos a escondidas de todos. Tu amigo no debe ir. Coge por la carretera de Guardalavaca, no uses la guagua, pide botella a la orilla de la carretera que es mejor. Después de Rafael Freire, un poco antes de llegar a la Playa verás una guácima muy grande. Tira por el lado y camina para la costa, hasta que llegues a una arboleda, casi en el diente de perro. Yo te encontraré. Después quema este papel, que si mi padre lo encuentra me va a matar. Te ama, Julia».

—Sí, todo está muy claro. Están pensando en todo, para que si algo falla no existan daños colaterales.

Almuerza con la familia, mucho más tranquilo. Ha vuelto a revivir. Se despide de todos los que tanta ayuda le han dado. ¡Se han portado tan bien con él! Incluso han tenido que quitarse parte de las ridículas y minúsculas raciones que se compran con la libreta de abastecimiento para compartirlas con él.

—Me gustaría poder acompañarte, ahora y después por la noche, irme en el barco contigo. Pero mi familia es mi responsabilidad. Nos vamos a volver a ver. ¡Eso no lo dudes!

—Ya lo sé, Justo, ya lo sé.

Aunque lo intenta, no puede contenerse y se le salen las lágrimas. No hay más palabras de despedida, no caben. Han sido unos pocos días, pero estos han bastado para que hayan logrado una intensa amistad. Andando desde la casa sale a encontrar su destino, su equipaje es sólo la carga de una gran cantidad de sentimientos contrapuestos que se van con él.

El camino para el lugar de embarcarse lo realiza en un camión que le hace el favor de recogerlo en la carretera, a la salida de la ciudad. Después de pasar el poblado de Rafael Freire, a unos diez kilómetros antes de llegar a Guardalavaca, da las gracias al chofer y le pide que pare para bajarse. Retrocede medio kilómetro en sentido contrario, caminando por la carretera, hasta encontrar la guácima gigantesca, como habían indicado en el aviso que debía hacer.

Comienza a atravesar el campo. Camina en el sentido norte, en dirección a la costa. No lo sabe, pero el lugar donde tiene que encontrar el resto de los pasajeros del barco es cerca del litoral y al este de Playa Blanca. Allí deben esperar escondidos hasta que caiga la noche. Intuye que irán más personas, además de él. Al aproximarse al lugar escogido, una pequeña arboleda, lo reciben cinco de los tripulantes. Son todos hombres, no hay mujeres ni niños. Al menos esto lo tranquiliza un poco. Sabe de muchos viajes de este tipo, con niños a bordo, que han sido desastrosos.

Una hora después llegan dos mujeres veinteañeras acompañadas de otro hombre. El grupo está completo. Comienzan a recorrer un camino de un par de kilómetros. Van guiados por el hombre que ha llegado con las dos mujeres. Esta persona es la única que sabe el punto exacto del encuentro con el barco. Se refugian en una gruta que ha socavado el mar en el diente de perro de la costa. Desde arriba no los pueden ver. Nadie habla ni comenta nada. Todos están pendientes de sus propios pensamientos.

Saldiguera mata el tiempo quitándose los guisasos que se han pegado en la pierna del pantalón y en los calcetines. Lo único que escuchan es el choque del mar contra las rocas de la costa. El mar está sereno. Como ellos, que están muy quietos y callados. Al pasar una hora de estar así, uno de los pasajeros sale de la gruta y se aparta algo del grupo. Camina un poco y se mete detrás de unos matorrales de uvas caletas que abundan en la costa.

—Parece que este se ha aflojado, se va a jiñar —comenta «sottovoce» uno de los hombres.

—Pues yo me aguanto, lo dejo en «estambay». La próxima vez quiero limpiar mi ojete con papel sanitario yuma —comenta burlón otro de los compañeros de viaje.

—Oye, chico, que aún «pa´» eso nos queda un poco —replica el primero.

Pasa el tiempo, de manera muy lenta para los viajeros. La línea que conforman los dos tonos de azul, del mar y del cielo, el horizonte, es ahora su objetivo. Lo ven al alcance de la mano, cerca. También lo está el sol que comienza a bajar, e invita a las sombras a hacerse cada vez más largas; él, muy rápido, casi de manera descarada anuncia que su jornada ha terminado y se va a descansar, y que es un día más viejo. Si el nerviosismo no fuera tanto, contemplarían la hermosísima puesta del astro, pintando de una amplia gama de rojos y naranjas el azul del cielo de la tarde. Una bandada de grandes aves zancudas pasa surcando el aire, en una perfecta formación en V. La V de la victoria. ¿Es un buen augurio? Pero para ninguno es hora de estar gozando puestas de sol ni contemplar pajaritos volando.

En cualquier momento puede llegar el barco.

El desespero corre más rápido, en tanto que las manecillas del reloj parecen más lentas. Paseos, cortos en la medida que la gruta donde están los permite. Tensión en las caras. Brazos cruzados a la altura del pecho. Manos que se frotan ansiosas. No se cuenta ni un chiste, ni una anécdota. Silencio nervioso, pastoso, pesado. Y se hace mayor en la medida que pasa el tiempo y no lo ven aparecer. Llegan las nueve de la noche y aún nada se mueve, sólo las olas que comienzan a dar más fuerte en las rocas de la costa. Todos temen que los hayan dejado embarcados, y que para ser precisos cómo los dejarían sería exactamente: desembarcados.

Un poco antes de las diez ven una pequeña luz en el mar y comienzan a escuchar de manera muy leve, lejos, muy lejos, el inconfundible ronroneo de un motor de petróleo.

«TrasPaf, traspaf, traspaf… TrasPaf, traspaf, traspaf…».

Renacen las esperanzas, se anima el grupo para la partida.

Tienen que entrar en el agua y despegarse unos cuantos metros mar afuera. Ordena el que hace de líder del grupo. El barco no puede llegar hasta la orilla misma. Con sigilo se van metiendo al agua. Caminan mientras tocan el fondo; una vez que ya no pueden comienzan a nadar muy despacio. Adelantan poco y no hay mucha luz. Con toda precisión han escogido esta noche porque es luna nueva. Existe el peligro de dispersarse y que se pierda alguien. Pequeños silbidos sirven para orientarse y localizarse unos a otros.

—Venga, venga, que ya falta poco — dice uno de los chicos del grupo, sin levantar mucho la voz.

Al fin aparece de manera nítida la silueta del barco. ¿Será el suyo?

Dentro del agua, aun cuando es cálida, comienzan a sentir frío. Es que pasa el tiempo y ya es de noche. Ya estamos, se repiten todos a sí mismos. Hay que aguantar que queda muy poco. El hombre que conocía el lugar de encuentro lleva una linterna de pilas bastante grande, y hace señas al barco. En principio parece que no los ve. Vuelve a hacer señales, y nada. Repite y entonces sí, el barco contesta y se encamina a donde flotan, sujetos de los brazos, el grupo de nueve personas.

Escalan todos, uno a uno, a la cubierta por una pequeña escalerilla que cuelga a babor. Primero las mujeres, luego los hombres. Saldiguera es el cuarto en subir. Sobre la cubierta busca un sitio para secarse un poco y acomodarse. Siente frío, pero no es nada comparado con el calor interior que proporciona su gozo.

Una vez arriba todos, el barco pone proa norte-noroeste. Comienza a surcar las aguas, que siguen muy tranquilas. Los marineros que llevan esto entre manos saben. Han escogido una buena noche para salir.

—¿Sabes qué pensaba cuando estaba metida en el mar a oscuras? —pregunta una de las muchachas a Saldiguera.

—¿Qué no iba a llegar el barco? —le responde el joven.

—¡No, qué va! Pensaba que podía venir un tiburón y darse un atracón con nosotros.

—Qué ocurrencia. Ahora, si mantienen este rumbo y el barco se porta bien, yo creo que en unas veinte o veinticuatro horas, seremos hombres y mujeres libre —declara Saldiguera y se saca la camisa para que se seque un poco.

—Primero hay que pasar el límite de las doce millas, que son las aguas jurisdiccionales. Esa es la primera meta del viaje —termina de sentenciar la joven.

Aunque….

Más o menos a las dos horas de viaje ven a lo lejos, por la popa, una pequeña luz que titila. No se sabe qué puede ser. ¿Serán pescadores o serán los temidos guardacostas? No es posible saberlo.

La luz se va haciendo cada vez mayor, se acercan.

—Ñooo, que vienen a por nosotros. Es el guardacostas. Nos ha detectado el radar.

Las mujeres comienzan a gritar histéricas.

—¡Oye patrón, métele a «too» lo que da esto que nos cogen!

—Ya lo he puesto al máximo. Pero ellos son muchísimo más rápidos.

—¡Nos jodimos! —exclama en alta voz Saldiguera.

Tres cuartos de hora después están a tiro. El guardacostas lanza primero unas bengalas y detectan exactamente su posición, pues ellos van navegando a oscuras. Después disparan unas ráfagas al aire de advertencia. Todos se tiran sobre la cubierta para no ser alcanzados.

—Estamos ya fuera de las aguas jurisdiccionales de Cuba. No creo que estos cabrones nos vayan a tirar aquí.

—No te creas nada y sigue «pa´lante».

—Es bastante peligroso. ¡Que estos tiran sin contemplaciones!

—Sigue «pa'lante» que no nos cogen, aunque no estemos dentro de las fronteras.

—¡Y a ellos, qué les importan las fronteras!

El guardacostas vuelve a tirar, pero esta vez los proyectiles pasan silbando por encima de la embarcación, a muy poca distancia. Se escucha un megáfono que dice:

—¡Paren el motor, cabrones, si no, los vamos a hundir! ¡Obedezcan o aténganse a las consecuencias, gusanos de mierda!

El barco sigue el rumbo fijo, todos están tendidos en el suelo de cubierta. El patrón, que se ha parapetado bien, no quiere levantarse por temor a ser tiroteado.

Las ráfagas del guardacostas ahora comienzan a impactar en las maderas del casco, en el armazón y en la caseta de la pequeña embarcación.

Primero hieren uno, luego dos, un tercero. Los pasajeros son heridos al ser alcanzados por impactos de bala o por grandes astillas de madera que saltan como afiladas flechas.

De pronto otra ráfaga. Han herido a Saldiguera en el vientre; comienza a sangrar. Cada vez sangra más. El suelo de madera se empapa de una sangre roja y espesa. Lo han tocado en el hígado. Presintiendo lo que viene, hace la señal de la cruz y dice:

—Dios mío, que me han «matao».

En unos pocos minutos pierde mucha sangre, su cara queda blanca como el papel, se marea, un frío polar le envuelve, tiembla como una hoja y su visión se niebla, deja de oír los tiros, hasta que finalmente pierde el conocimiento.

Otra ráfaga, que en este caso alcanzan el motor, que termina por dejar de funcionar. El guardacostas no dispara más.

La chica, que hace un rato estaba hablando con Saldiguera, y que se ha refugiado tras su cuerpo, lo toca en la yugular, en el cuello, y sentencia.

—Este hombre está muerto. Ha parado las balas que venía para mí. Me ha salvado la vida.

Sólo dos personas no están heridas: la muchacha que estaba cubierta por Saldiguera y el patrón, que se colocó detrás de una plancha de acero que protegía el motor. Los demás tienen heridas, algunas de bastante consideración.

Saldiguera no respira, no se mueve.

El guardacostas se acerca al barco y tres marineros lo abordan con sus ametralladoras en ristre. Cunde el pánico.

—¡No nos maten, por su madre! ¡No nos maten!

—Cumplan las ordenes y no les pasará nada.

Los que pueden valerse por sí mismos, a pesar de estar heridos, van pasando al guardacostas con las manos en alto. Los que no pueden los pasan entre dos marineros de un barco a otro. Los acomodan sobre la cubierta, pero sin dejar ni un momento de apuntar con las ametralladoras. ¿Qué miedo tienen de estas gentes desarmadas y completamente desvalidas?

La mujer que no está herida resultó ser enfermera, y ayuda en lo que puede a sus compañeros. Pide a los marineros desinfectantes y gasas. Le alcanzan un botiquín y se afana en hacer algo por sus compañeros, pero poco hay que pueda hacer.

En el barco capturado registran los bolsillos del joven muerto, pero no encuentran nada. No ha traído ninguna documentación. Comprueban que es ya cadáver. Sin más miramientos, el cuerpo de Saldiguera es lanzado al mar por la borda. Parece que es una práctica que ya tienen aprendida.

—Esta es la costumbre del mar —dice el capitán del guardacostas tratando de justificar el salvajismo.

Los compañeros de aventura de Saldiguera, aún cuando están muy temerosos de todos, siente una tremenda indignación por el trato que dan al ser humano, que hasta hace poco estaba vivo y era su compañero, aunque no conocían su nombre. Están paralizados por el miedo que están sufriendo, además del dolor que sienten por sus propias heridas. No se atreven a realizar la más mínima protesta o gesto de rebelión. No saben si ahora, con cada uno, sucederá lo mismo que al joven que acaban de tirar al mar. Como son testigos, pueden contar lo que ha pasado. Los marineros podrían decir que opusieron resistencia, matarlos y hundir la embarcación y «nunca más se supo». Hay que salvar el pellejo. En tierra los espera la cárcel, pero de la cárcel se sale. Sí hay vida, queda la esperanza.

De la popa del guardacostas lanzan un cabo que un marino ata a la proa del barco. Así es remolcado el barco apresado; ya que el motor no le funciona. El marinero, que estaba a bordo, se queda al timón. Ponen proa a tierra firme.

En el ancho cementerio que es el Canal Viejo de Bahamas, en un punto sin determinar, y con tres balas dentro, yace el cuerpo de otro cubano. Allí terminó la dolorosa historia de «la fuga, pasión y muerte» de Ricardito Martín, el joven cubano que todos llamaban Saldiguera. Pagó con su vida el tratar de lograr su gran ilusión: ser un hombre libre.

[illegible]

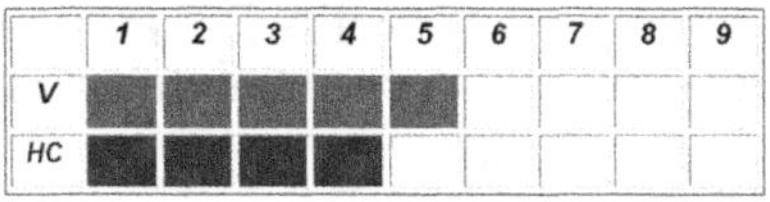

IX.-Quinta entrada (parte alta)

Matar dos pájaros de un tiro es eficiencia. En la pelota hay un lance donde el equipo a la defensa puede eliminar dos contrarios en una sola jugada: ¡elimina dos jugadores en una sola jugada! Se llama «doblepley» («double play»). Ocurre en el momento que, con algún jugador en base, hay un batazo que sirve para retirar tanto al jugador que lo ha realizado como al que corre en bases. Aún más efectiva es el «triplepley» que en lugar de dos, eliminas a tres, pero esta es una jugada muy difícil y muy pocas veces se produce. En el argot, si te dicen que «bateaste para doblepley» es que te has equivocado por partida doble.

Primavera 1994

¡Bingo! Unos meses después de la famosa visita de Jesse Jackson, se autoriza la salida de sus hijos, que vienen con su madre. No duerme Tony la noche anterior. No puede conciliar el sueño. Es pura excitación.

El recibimiento es en Barajas, y el aeropuerto le queda pequeño a Tony de tan inmenso que se siente. Lo que parecía imposible se ha hecho realidad.

No son menos emotivos estos abrazos que los de la despedida; hay tantas lágrimas como entonces, pero estas son más dulces.

—¡Apostamos y ganamos! —continuamente le repetía a su hijo al que no quería soltar—. ¡Apostamos y ganamos!

—Pipa, cuánto te necesitaba —dice con la nariz roja de tanto sonar su hija, que no quiere tampoco despegarse ni un milímetro de su padre—. Y éste que por poco se nos queda en la escala de Caracas, novelero como siempre. Lo tuvieron que llamar por megafonía y todo.

—¿Me podría tomar una Fanti, papá?

—¿Qué cosa?

—Sí, chico, el refresco ese de naranja tan bueno. Me lo dieron en el avión y está buenísimo.

—Fanta, Tata, Fanta… ya te lo he repetido varias veces. Ya lo ves, pipa, novelero como siempre. —Mabel ha cambiado mucho y se ha convertido en toda una mujer. Siendo la menor en edad, es la que más sensatez y sentido común le aporta al grupo de los tres viajeros que acaban de llegar.

—Bueno, hijo, lo que quieras, vamos a la cafetería. Menos mal, Mabe, que te tiene a ti —y todos, incluso Antonio, se ríen con ganas de sus originales cosas. Siguiendo los letreros indicadores, llegan a la cafetería del aeropuerto.

—¿Quieres comer, Cari? Ahora podemos comer algo antes de salir para Albacete.

—No, no, sólo me tomaré un refresco de esos de naranja que le gustan a Antoñito. Tengo el estómago revuelto. No me gusta la comida del avión. Este viaje me ha puesto muy nerviosa. Y este muchacho que por poco se nos queda en el aeropuerto de Caracas. Mira, mejor pídeme un jugo natural, así me tomo una pastilla —dijo, mientras Tony la observa y nota un ligero temblor en sus manos.

—Pero no tienes que preocuparte más, mujer. Ya se ha logrado lo que era necesario. Verás como ahora le ponen tratamiento a Antonio y comienza a mejorar. Bastante has hecho tú por él. A ti te deben que puedan estar ahora aquí, libres y con futuro. Ahora todo será más fácil.

—Ya veremos. Yo veo muy mal las cosas… Todo esto me asusta.

—Pero trata de ser optimista, mujer. Lo grande, lo imposible, se ha logrado. De aquí en adelante todo podrá ir sobre ruedas. Verás que te adaptas en menos de lo que piensas.

—Ya sabes que no soy como tú. Y hay cosas a las que no me voy a adaptar. Tenemos muchas cosas de qué hablar, que hay cosas que no son tan fáciles como tú me lo pintas. Veremos cómo se puede seguir. —En su forma y en su tono deja implícito un reproche, que ahora no es el momento de explicitar, pero que advierte que tarde o temprano saldrá a la luz—. ¿Hace mucho frío afuera?

—Fresco, un poco de fresco. Como si estuvieses en un aire acondicionado gigante. Es la primavera. Pero no te preocupes, yo les he traído ropa de abrigo para todos. A ver si no me he equivocado de tallas.

No pasó inadvertido para los chicos que el encuentro entre sus padres es si acaso cordial, pero mucho más frío que la temperatura primaveral de Madrid. Después de tanto que se ha pasado, esperaban algo más cálido. Los besos del encuentro se les antojaron de protocolo. Pero es tanta la felicidad que siente que no querían darle más importancia. Se negaban a que malos presentimientos empañaran la felicidad del momento.

Y tienen razón. Una vez más, el milagro ha ocurrido, de nuevo juntos. Lo que en un momento pareció imposible se había logrado. Tenían que celebrar esta felicidad. Emprenden el viaje de regreso. El jet lag formó equipo con el cansancio acumulado para hacer su trabajo y todos los viajeros se durmieron profundamente hasta el destino. Tony no cabía en el espacio entre el asiento y el volante, de henchido que tiene el pecho. Aquel fue uno de los días más felices de su vida.

Tenaces las coincidencias, esa noche por segunda vez en pocos meses Cabrera Infante se había trasladado desde su residencia de Londres para dictar una conferencia en la ciudad.

Pero era la noche más importante de la vida de Tony y no se le presentó la menor duda: no participaría.

Esa noche compartió con sus hijos el reencuentro. Música, mucha música. Se bailó salsa, faltaría más. Sus hijos bailan tan bien, como no se había visto nunca en esta plaza. Todos les decían, «y pensábamos que Tony sabía bailar, éstos lo dejan pequeño». Dos orejas y el rabo para los jóvenes. Se bromeó con todo, de todo y con todos esa noche. Se bebió mucho ron del mejor.

—Es la felicidad, hijos. Es la libertad. Gozarla, capturarla, grabarla. Después ya veremos cómo podemos integrarnos en esta sociedad. Hay muchos problemas por solucionar... Pero como hemos llegado hasta aquí, a puro huevo, seguiremos para adelante. Me preocupa cómo va a integrarse su madre, ya ven, no ha querido venir... Pero hoy hay que disfrutar, no hay que pensar en otra cosa. Lo mayor está logrado.

Y también, coincidencias, hay un encuentro con Guillermo y Miriam Gómez, que después de la conferencia compartieron, un poco como personajes secundarios de esta aventura pero no por eso con menos emoción, la felicidad de sus compatriotas, convertida en fiesta caribeña en medio de la legendaria Mancha. Sí, en un lugar de la Mancha de cuyo nombre no pueden olvidarse.

No es necesario aclararlo, aquello, ocurrió en «El Nilo».

1994 / 1996

—Vamos, Antonio. Quiero que compremos unos zapatos. Los que traes de Cuba están bastante malos —comenta el padre con su hijo el primer fin de semana que pasan juntos.

—¿Pero? No entiendo. Salir así, a comprar zapatos, sin más.

—Sí, hijo, venga. Verás cómo se pueden comprar zapatos sin más problemas.

Caminan por la acera de una hermosa avenida en la que crecen coquetos árboles en su seto central. Tony disfruta mucho al poder andar con su hijo por la ciudad acogedora.

Lo ha encontrado bastante desmejorado en el plano físico, aunque no así en el plano espiritual. Es su objetivo a partir de ahora lograr que le atiendan su enfermedad para que mejore todo lo que pueda. Apreciar las ganas de vivir que tiene el muchacho hace que sus esperanzas renazcan, pues la experiencia le dice que el estado de ánimo del enfermo es un factor vital en su posible curación. Sabe que van a luchar juntos, que no todo se ha perdido y que los largos meses de separación e incertidumbre han tenido el premio del reencuentro.

Caminando un poco más y conversando llegan, por fin, al chaflán de la calle donde hay una zapatería y entran.

—Bueno, aquí tienes. Escoge los que más te gusten.

—Pero, papá… ¿puedo coger cualquier par? —pregunta el muchacho que aún no se lo cree.

—Sí, agarra la cesta y mete los que te quieras probar.

—¡No me lo puedo creer! No me van a decir nada, ¿verdad?

—Claro que no, hijo, adelante.

El muchacho, con los ojos como platos, comienza a caminar por los pasillos mirando las estanterías llenas de zapatos. Para él son modelos muy modernos y llamativos. Nunca en su vida ha podido, no ya tener, ni siquiera ver, un par de zapatos como aquellos. De vez en cuando mira a la chica dependienta, buscando, como si la necesitara, su aprobación. Él piensa que lo pueden reprender. Todos los modelos y tipos le gustan. Todos los quiere.

—Pipa, es que no sé cómo se hace esto. No se escoger lo que quiero.

—Me lo imagino. A mí también me costó aprender. Y a todos cuando llegamos.

—Ahora me doy cuenta de que no sólo son los zapatos y la ropa. No he podido escoger casi nada. No lo hice con mi escuela. Después, en el trabajo fui a donde me mandaron, yo no decidí nada. Y ahora lo veo claro, tampoco las organizaciones a que tenía que pertenecer, los candidatos únicos, el partido único. Yo no he escogido nunca ninguna cosa.

—En la economía planificada el Estado te quita esa obligación. Él lo hace todo.

—Ahora me parece que era como un tornillo o un engranaje.

—Parte de la masa, pero no individuo. Igual me pasó a mí. Y creo que a todos nuestros compatriotas. Creo que esto será una buena escuela para aprender a decidir. Comenzamos por los zapatos —le comenta el padre, que se siente bien con que el muchacho tenga estas nuevas experiencias y reflexione de la manera que lo está haciendo—. ¿Sabes, Antonio, que yo traté de ayudar a un conocido para que superara esto y para él fue tan grande el impacto que no lo puedo resistir y se regresó a Cuba?

—¿Cómo es que dicen aquí? Tremendo gilipollas.

—Pero no creas que es tan sencillo. Piensa que junto con la posibilidad de elegir viene la responsabilidad de la elección que haces.

—Explícame, que no entiendo bien.

—Hijo, es sencillo. Cuando eres tú el responsable de tu elección, lo bueno o lo malo que pase con lo que has elegido es tu responsabilidad. En Cuba podías echarle la culpa a Papá Estado. Cuando tu elección es personal, la responsabilidad es tuya, te compromete.

—¿Para todo?

—Sí, para todo. Creo que esto será una de las cosas que habrá que aprender en Cuba, si alguna vez aquello cambia. Esto tiene que incorporarse al inconsciente colectivo, asimilarlas como parte de la cultura. Pero bueno, no quiero aburrirte con mis disquisiciones y discursos.

—No, pipa. Me gusta que me indiques estás cosas. Me parecen muy importantes. ¿Con quién mejor que contigo para aprenderlas?

—Y lo son. Yo pienso que es el cimiento de la democracia. Que el ciudadano sepa ejercer con responsabilidad su libertad personal. Pero vuelvo a caer en la trova . Ya hablaremos de estas cosas más detenidamente. Ahora ponte para las cosas con los zapatos.

Después de muchas dudas, la cesta de Antonio contiene cinco pares de zapatos. Y he aquí que debe aprender otra lección, de manera práctica. Aunque pueda escoger los que quiera, no los puede comprar todos. Los recursos no son ilimitados. Hay que utilizarlos de manera racional y adecuada. Seguirán existiendo zapaterías y cuando vuelva a tener la necesidad se podrán comprar otros zapatos. Acaparar, «ahora que hay», por miedo al desabastecimiento posterior de un determinado producto, lo tiene arraigado en lo más profundo. Esto debe modificarlo, dejarlo atrás porque es pasado; es cuestión de tiempo.

—Bien, chico, hay que quedarse con un par —comenta su padre.

—En ese caso, prefiero estos mocasines que son preciosos. ¿Te gustan?

—Está muy bien, vamos a la caja y los pagamos.

—Allí es dónde anotan, ¿no?

—¿Anotar, qué?

—Anotar que hemos comprado unos zapatos.

—No, hijo, aquí no es necesario ese trámite. Al contrario, mientras más le compres más contenta se va a poner la chica.

Así, quedan aprendidas varias lecciones para el joven cubano. Debe asimilar además una nueva forma de expresarse, aunque hable en castellano. Los giros y vocabulario son diferentes.

Esto se repite, pocos días después, pero esta vez con la hija. Trata de explicar a una empleada de una tienda lo que quiere comprar:

—Oiga señorita, por favor, quiero la cartera carmelita que tienen en la vidriera.

—¿Qué cosa? —No entiende bien la asombrada chica.

—Sí, guapa, lo que intenta decir es: «Quiero el bolso marrón que exponen en el escaparate». — Tony traduce solícito.

También queda ella encantada con su nuevo bolso. En breve comienza su curso de bachillerato. Tiene que equiparse. Pero sobre todo necesita ir perdiendo el miedo escénico que todo inmigrante padece recién llegado. Como estas iniciaciones y muchas otras son las que van aprendiendo, grandes y pequeñas, poco a poco. Y los chicos se van integrando en la vida de la pequeña ciudad. No parece que pase igual con su madre.

«Ni sé cómo ha sucedido, todo se ha ido descomponiendo. Nuestra convivencia ya resulta imposible. Todo son peleas, malas caras, fastidios. No tenemos, o no queremos tener, un proyecto común, algo por lo que luchar juntos. No nos soportamos. ¡Y mira que lo hemos tratado! Pero esto no funciona ya. Parecía que podríamos, pero no se puede», meditabundo Tony, después de una fuerte discusión con su esposa. Ahora, después de la bronca, recapitula aún colérico como ha sucedido todo en su última pelea.

—Si no hubiera querido que nos reuniéramos, me hubiese hecho el bobo y dilatado la salida. Podía haber mirado a otro lado. Luché todo el tiempo por que vinieran —pero lo decía con enfado— y para que sucediera lo más rápido posible, y para que tú vinieses con ellos.

—Yo también lo hice —ripostaba ella—, yo también luché y estaba sola con ellos dos —respondió al enfado con más enfado y en un tono de voz más alto que el que normalmente usaba.

—Lo reconozco y no tengo nada que objetar en ese sentido. Se ha hecho lo que había que hacer. Han venido los hijos y ha venido su madre. Pero ahora...

—¡Ahora qué, Tony! ¡Ahora qué! No te pareces al hombre con que me casé. Eres otro, me das no sé ni qué. —Su ojo derecho se cerró un poco, de manera inquisitiva, en tanto su ceja izquierda se elevó a lo más alto. En la comisura de sus labios se abrieron como paréntesis, dos arrugas que gruñían el desdén sin atenuantes.

— ¿Es que eres tú la misma? No somos iguales a cómo éramos —también Tony levantó la voz, su respiración se agitó, sus cachetes enrojecieron—. Desde hace muchos años hemos estado viviendo una mentira. Lo único que tenemos en común son sólo nuestros hijos. Y ellos ya están haciendo su vida por su cuenta, ya son mayores.

—¡Pero lo que tú me has hecho no tiene nombre! —Los ojos, enrojecidos, se le llenaron una vez más de lágrimas sin que lo pudiera evitar. Le tiemblan las manos.

—Sí, sí tiene nombre. Tiene el nombre de sinceridad. Yo no quiero seguir la mentira. No quiero seguir fingiendo. Dos años es mucho tiempo cuando vives solo. Me ha dado tiempo para pensado mucho. Le he dado muchas vueltas y llegado muy lejos. He traspasado las líneas rojas que en otro momento no me atrevía. No tengo posibilidad de retorno. Además no quiero. Yo he evolucionado, sí, soy otro hombre viviendo en circunstancias diferentes. Yo me jugué mucho para dejarlo todo y venir. Ustedes llegan a mesa puesta, de lo cual me alegro con toda mi alma, porque por eso luché. Pero no es lo mismo. Nada les va a faltar, como nunca les ha faltado hasta ahora. Pero yo necesito la felicidad. Y tú y yo, juntos, no somos ni tampoco vamos a ser felices.

—Yo te he dedicado mucho tiempo de mi vida. Te he sido siempre fiel. Todo te lo he entregado y mira cómo me pagas.

—¡Aguanta el carro! —Ya esto desborda su paciencia y le acerca mucho la cara a la cara de ella, y casi se tocan—. Nos hemos dedicado muchos años de nuestra vida. Hemos estado en igualdad de condiciones ¿O es que la única víctima de todo esto eres tú? —Las venas del cuello se le hincharon a punto de estallar—. ¿No son tan válidos los años que yo te he dedicado a ti, como los que cuentas tú? Siempre es una cuestión de dos. Es cierto que no tengo la más mínima queja de tu fidelidad. Pero muchos años también yo he tragado bilis, he soportado tu desamor de muchas formas. Y lo he aguantado callado. Sin pregones, sin victimismo. Sin fallar a mi familia. ¿Te faltó algo mientras esperabas en Cuba? ¿Verdad que no? Es mi fracaso, lo admito, pero creo que también es el tuyo y deberías asumirlo —terminó resoplando aire por la nariz, como un búfalo.

—No te soporto. Siempre me atacas, siempre vienes sobre mí. ¿Es qué no tienes sentimientos? ¿No te das cuenta lo que me haces sufrir? Que boba fui cuando me casé contigo. Claro, yo era tan joven. No sabía lo que hacía. Si llego a imaginarme que todo esto iba a ser así…

—¡Pero a dónde quieres llegar! —Su tono era ya muy alto—. ¿Es que no era yo un chiquillo también? Sólo hay un año de diferencia entre nosotros. ¿Por qué no ser sinceros una vez y reconocer que el amor que existía se murió, pero no ahora, hace muchísimo tiempo? Lo matamos nosotros. Los dos, pero los dos juntos. O es que hemos evolucionado o involucionado. ¿Y yo qué cojones sé? —Cerró muy fuerte los puños cuando estaba pronunciando esta última frase.

—Sí, pero estaban los niños. Aunque ya no había ilusión, eso lo reconozco, estaban los niños. Estaban las familias, la tuya y la mía. Estaban los amigos. Hemos intentando muchas veces arreglarlo. Alguna vez funcionó.

—Mira, hace años, muchos años que venimos luchando. Metiendo la cabeza en la tierra como el avestruz y no queriendo ver la realidad. Hemos sido valientes, hasta cabezones, tratando de forzar lo que no se puede lograr por imposición. Nos hemos dado demasiados plazos. Hemos puesto demasiadas excusas. Hemos incumplido muchas promesas. Para que funcione tiene que funcionar siempre, no una semana o dos. Es cosa de constancia, de vivirlo todos los días. Seamos igual de valientes ahora para aceptar la verdad. Podríamos cometer un error, o una insensatez o algo parecido, pero es aquí dónde estamos. Es que es aquí donde estamos y no le demos más vueltas —realizó una pausa para coger aire—. Y con respecto a lo que diga la gente pienso que si uno no es sincero consigo mismo y finge por lo que van a pensar los otros, vive toda la vida esclavo del qué dirán. Yo no quiero más esclavitudes.

—Y tus padres, ¿qué van a decir, qué van a hacer? —preguntó apretando sus dientes, con sus dos manos en la cara, enviando verdaderos mensajes del miedo que le producía el futuro.

—¿No me acabas de oír? Que digan lo que quieran decir. Estoy seguro que sabrán entender y además sabrán estar en su lugar, puedes estar segura. Además, que a ti no te van a rechazar, tal vez al contrario. Eres la madre de sus nietos, a los que adoran. Y de todas formas, pase lo que pase siempre te querrán y respetarán. Para ellos seguirás siendo la hija que has sido hasta ahora.

Tony se dio cuenta que ya era la hora de actuar. No quería sentirse infeliz a perpetuidad. Y era una tortura que ninguno de los dos debía soportar. Supo que en esto también estaba en juego su libertad de elección; lo que un tiempo atrás había explicado a su hijo, ahora le explotaba a la cara. Así lo asumió. Lo había meditado y sopesado todo con la perspectiva que le ofreció el tiempo y la distancia. Fue una decisión madurada y reflexionada. Tomada con toda responsabilidad y, aunque fuera muy sufrida y dolorosa, la separación era lo mejor para todos. Esperaba que el tiempo acabaría por darle la razón.

El fuego del amor extinguido dejó las cenizas de la desilusión. Y se acabó.

Pero fue todo un proceso que le caló muy profundo. Removía su persona toda. Sumergido en lo más hondo del negro pozo que es la profundidad de sí mismo, no tiene con quién compartir, se lo come solo en una desordenada habitación que le es extraña en una destartalada casa que también le arrincona. Es lo que puede permitirse, no le alcanza para mucho más lo que dispone para sí del salario que gana. A los suyos no les puede faltar nada y están primeros. Está lejos de sus hijos; ahora no geográficamente, pero sí a una distancia más dolorosa. No quería entrar en la dinámica de justificarse o intentar demostrar sus razones. Estuvo tentado de hacerlo, pero pensó que no era necesario repartir más dolor que el que la separación ya asignaba a todos. Esperó a que el tiempo pusiera todo en su sitio. Habían sido muchos años de convivencia, muchas cosas pasadas juntos. Tenía su esencia en carne viva. Volvía a vivir sólo. Mucho tiempo había imaginado lo que pasaría si daba el paso, pero cuando el momento llega, la razón no cuenta, todo se transforma en incontrolables sentimientos. Sólo con amor se cura el desamor. Ese era el bálsamo que necesitaba.

—La comida ha sido estupenda. Hacía muchos días que no comía así. ¿Cómo dices que se llaman esas cosas tan sabrosas?

—Vieiras. Son vieiras. Las he preparado con setas. Es una receta de mi madre, que ya sabes que es gallega —responde ella, mientras dos velas se van consumiendo sobre la mesa ofreciendo una luz enana, tenue cómplice del ambiente.

Conversan de sobremesa; están en el apartamento de ella, decorado con mucho gusto y elegancia. Todo obedece a una delicada sensibilidad y tiene clase. Es pequeño, acogedor, personal. Está en orden y en una perfecta y armoniosa estética de colores pastel. Es lo que él necesita en este desastre sentimental en que se encuentra. Por ello aceptó, sin rechistar, su invitación a cenar.

—Sí, ya sé. Gallega de verdad. —Un gran signo de interrogación se hace la cara de ella—. No me hagas caso. Yo sé mis cosas.

—Y el vino, ¿te ha gustado el Ribeiro?

—¿Que si me ha gustado? Coño, está buenísimo. ¡Sabroso!

—Abre otra botella, por favor. Esta acaba de fallecer. Muerta por insistente degustación es mi dictamen.

—Para esto siempre estoy dispuesto. Comenzamos a asesinar a la hermana de la fallecida en un momento.

Mientras usa el sacacorchos interrumpe las secuencias de buenas sensaciones que va tenido durante la cena y suelta sin más lo que tiene dentro.

—Es una vida entera que se acaba, son muchos años, Margarita.

—Pero no estás muerto. Es un fracaso. Pero estás vivo, tienes capacidad de amar. Puedes rehacer tu vida.

—Ahora tal vez me cuesta verlo, todo se me nubla por el dolor. Creo que es natural. Pero contigo siento nuevas sensaciones. Tú me das vida. Me haces mirar al futuro y no al pasado. Yo te quiero. Y es algo que tenía como dormido, aquí dentro —toma dos dedos de la mano de ella y los acaricia, suave.

—Mis sentimientos son iguales. Yo también te quiero, Tony. Me siento contigo como no me he sentido antes con nadie. Esto es amor y tú lo sabes—. Es entonces ella quien toma su mano y la aprieta.

—Durante mucho tiempo lo busqué. Puede ser que de forma equivocada y por los caminos que no tocaban, ni las personas adecuadas. Nunca encontré lo que hoy siento por ti. Son nuevas ilusiones. Es como resucitar después de sentirme muerto.

Ella toma sus dos manos y lo mira a la cara. Las arrugas de la frente que estaban presentes al comienzo de la cena han desaparecido. También el rictus que asomaba en la comisura de los labios. Ahora su expresión suena a tranquilidad. Tiene sus ojos muy abiertos, como no queriendo perderse el más mínimo detalle de todo lo que ella le está diciendo. La sonrisa es suave, complaciente, de paz.

—Conozco ese sentimiento. Yo también lo he tenido. Te entiendo porque lo comparto. Y deseo compartir, además, el resto de todas mis cosas contigo. Aliviar tu alma, confortar la mía. Yo te ayudaré, si tú me dejas.

—Claro, amor.

En un casete una cinta se hacía escuchar suaves unos violines, que chorreaban el almíbar de una canción de Juan Luis Guerra: «Cuando te beso...».

No fue necesaria la presentación porque sus bocas ya se conocían. Sólo se buscaron. Se acariciaron con besos que también eran conocidos, pero que en el momento se antojaban estrenados. Quedan pendientes los postres y el café. Una a una van cayendo al suelo las prendas de ropa. Hacen el amor en el suelo, sobre la alfombra de piel de vaca que cubre la pequeña sala contigua. Tampoco es la primera vez que hacen el amor. Pero esta vez también es nueva. Nunca se habían dado en un intercambio de pasiones, estremecimientos y efusiones de tanta magnitud, con tanta energía, con tanta reciproca entrega. Es como si después de la desnudez de sus cuerpos y sus declaraciones, su relación se hubiese destilado, concentrado, aprehendiendo su verdadera esencia. Llenan sus copas del blanco vino y beben felices.

—Me gustaría vivir contigo —propone él.

—Creo que para mí sería imposible vivir de otra forma, de ahora en adelante —aprueba ella.

Y no rechazan lo que les ofrece la vida. Optan por compartirlas y en ello se aplican. Un renacer lleno de afecto, ternura y pasión. Comunión de vidas. «¡A partir un piñón!», usual expresión de Margarita, se convierte en lema de la pareja. Una nueva vivienda que sobre todo ella, con excelente gusto, se afana en transformar un desapegado inmueble en un cálido hogar. Están completa y plenamente enamorados. Con todo ardor viven su idilio. Quieren formar una familia y como recompensa y ampliación de este amor, queda embarazada Margarita. Así, una mañana de octubre:

—Me ha llegado la hora. Desde hace varios días presentía que ya estaba a punto. Me voy al hospital, tú vete al trabajo, que mi madre me acompaña —comenta Margarita.

—Ni te lo pienses. Yo estaré en todo momento contigo.

—Pero no es necesario. Esto puede tardar muchas horas.

—¿Y tú qué sabes, sí es tu primer parto?

—¡Oye, Tony! Que no se te olvide que soy médico, hija de médico, nieta de médico, y estoy cansada de asistir y atender partos.

—Pero no es lo mismo cuando es el tuyo… Bueno, no discutamos, nos vamos todos.

Recogen las últimas cosas necesarias en estos casos en una bolsa que hace varios días ya está preparada esperando el momento. Salen los tres para el Hospital General. Comienzan las muchas atenciones de los colegas con Margarita, que van haciendo que se presente el trabajo de parto. Aumentan las contracciones. Con los síntomas de parto aumenta el nerviosismo de su madre. No puede contenerse la buena mujer, que la acompaña, y descarga su ansiedad dando pequeños saltitos en la habitación.

Catorce horas después, la vida les hace un hermoso regalo. Es inmensa la alegría cuando llega un hijo precioso: Jorge.

El nacimiento de ese hijo, una persona tan pequeña y frágil, es de las emociones más tiernas que ha podido disfrutar en su vida. Es un tesoro. Es júbilo, es todo esperanza. Tocar sus pequeñas manos, escuchar cómo late su diminuto corazón es muy hermoso. Bienvenido, Jorge, bienvenido. Es el principio de una vida, y a la vez es la continuación, la perpetuación de otras. Su extensión en el mundo. Es el milagro del presente, de la vida hoy, unido a la esperanza de la vida del futuro.

Cuando lo coge en brazos por primera vez, siente una corriente que le recorre. Es su nuevo hijo, y con los primeros gestos de su carita es como si le estuviese llamando a una nueva responsabilidad. Tendrá que hacer todo lo que sea necesario para que esta nueva personita llegue a ser feliz. Amarlo, alimentarlo, protegerlo, educarlo. Hacer de él un hombre bueno. Es un amoroso reto que, por sí sólo, ofrece total sentido a la vida. Cuántas esperanzas, cuántos proyectos. Para Tony la paternidad es una experiencia conocida, que en este caso se le presenta nueva. Esta vez la paternidad la disfruta con completa madurez y plenitud. Es más consciente y responsable de ella.

La experiencia la vive en plena unión con Margarita, que no cabe en sí de gozo. Es madre por primera vez. Grandioso. Tremendo es originar y regalar el milagro de la vida. Ver nacer a su hijo es para ella una experiencia inolvidable. La plenitud de su felicidad. Abraza al niño y lo mima con la ternura con que sólo las madres conocen sin tenerlo que aprender. No quiere separarse de él para nada. Todo ha salido bien. Adiós a todos los temores que agobian a alguien que sabe, con conocimiento de causa, los riesgos que corre la mujer en el parto. Abundantes lágrimas de felicidad dejan constancia de tanta emoción.

La pareja es feliz y el amor, que ya era mucho, se ensancha con la llegada de este maravilloso y diminuto miembro de la familia.

«Contigo, pan y cebolla»… Los refranes ayudan a conducirnos socialmente, nos enseñan. Pero en la realidad diaria hay que buscar lo que se necesita para vivir. El sostenimiento de la familia es una dulce obligación, pero obligación al fin y al cabo. El proyecto en la agencia de publicidad donde trabajaba desde hace casi cuatro años se agotó para él. Su misión estaba terminada, la empresa funcionaba por su cuenta, con vida propia. Ese fue su compromiso. Los proyectos empresariales son como seres vivos que nacen, crecen y terminan.

La suerte le ha sonreído laboralmente. En realidad, más que con sonrisas lo ha recibido con carcajadas; pero no puede olvidar que es un inmigrante, que no está en igualdad real de condiciones y que tiene que sobrevivir y sacar adelante a toda la familia. Por tanto, tiene que buscar cómo ganarse la vida. Con su primo Dany se lanza en la aventura de crear una empresa propia. Soñado anhelo de alguien perdidamente enamorado de la libertad y que siempre ha estado subordinado a los proyectos de otros.

¡Emprender su proyecto personal, cuánta ilusión! Pone hasta el último gramo de su energía en planificarlo todo, analizarlo, sopesarlo todo. Se trata de una asesoría para las empresas locales. La experiencia de la agencia de publicidad indica que lo que se pudo hacer allí es extrapolable a otras empresas. Objetivo modesto, pero apasionante. Empezar de cero y construirlo todo.

El primer año es muy duro, y no hay demasiados resultados económicos, aunque se puede vivir. Alegría mucha, plenitud profesional y felicidad. Pero desde el punto de vista económico aprieta bastante el zapato, no alcanza para todo.

Un buen amigo de la infancia, compatriota que vive en Miami, lo ha recomendado a un empresario norteamericano.

Pero un cubano es un cubano. Un cubano no puede recomendar a un amigo de manera normal, natural y sin aspavientos, digamos que así:

—Bien, este hombre tiene experiencia, te puede servir para lo que estás buscando.

¡Qué va! ¡Un cubano tiene que exagerar! El cubano está determinado genética, espiritual y socialmente a exagerar. Y lo hace tanto de las cuestiones relacionadas con el asunto que esté tratando como otras que nada tienen que ver. Se exagera todo y por todo.

Según le cuenta su amigo, la conversación en Miami con el norteamericano inversor se desarrolló así:

—Nada, es que he comprado una empresa en España para poder abastecerme de engranajes de recambio para mis negocios de exportación a América Latina y la Florida. No obstante, no tengo nadie allí que me lleve la empresa adelante.

—¿En España dices? ¿Y es una fábrica de engranajes? —preguntó Paúl el amigo de Tony, abriendo grandes los ojos.

—Sí, así es.

—Pero sí en España tienes al hombre que más sabe de engranajes en el mundo entero. —Como siempre sin la cota de los límites. No podía decir un buen técnico, el mejor de su promoción, incluso el mejor de Cuba. Tiene que decir el MEJOR DEL MUNDO ENTERO (los más exagerados de todas las galaxias, del Universo entero)—. Y bailando… bailando, asere, es un trompo, el tipo le mete al giro en la misma costura. —¿Y qué tiene que ver que sepa bailar para la recomendación curricular del trabajo que va a realizar?

—Es que no existe para ustedes los cubanos el término medio. Siempre se van a los extremos —comenta, sin acritud, el interlocutor—. Y la exageración los lleva a la intolerancia. No te ofendas, pero analízalo tomando distancia lo veras. No admiten otro punto de vista, pues piensan que «yo soy el que tiene TODA LA RAZON». «Mi verdad es absoluta». «Tú estás completa y absolutamente equivocado». ¿Te suenan? —Sonríe, porque sabe que esto que dice es cierto, es un hecho y es algo que se manifiesta en todas las facetas de la vida, tanto pública como privada. Es cultural, está en los inconscientes modelos mentales—. ¡Qué bien le vendría, en esa nueva Cuba que tanto esperan ustedes una cruzada de tolerancia cero contra la intolerancia! Pero vamos al grano, no tengo demasiado tiempo para filosofía. En fin, que con respecto a este hombre, eso que cuentas es fácil decirlo, pero, ¿qué pruebas tienes? —termina inquisidor el empresario.

—Mira, chico. En Cuba yo tenía un camión GMC con el que me buscaba la vida. Había trabajado más de veinte años con él. Ya sabes, era uno de las los pocos negocios que se podía tener por cuenta propia después de la «ofensiva revolucionaria» del sesenta y ocho

—¿Y? No veo la conexión con tu amigo.

—Pues a mi camión se le estropeó la caja de velocidad. Se hizo polvo. Este amigo mío dirigía un taller de mecanizado en una importante fábrica, por cierto, con bastante maquinaria. Le llevé la caja de cambio y a la semana la tenía reparada cómo nueva.

—Bueno, pero eso no prueba nada.

—¿Que no? En primer lugar, poder hacer todo eso en Cuba en un taller estatal, dónde no permite hacer «chivos», ¿me entiendes? Y pasarlo por delante de sus narices, sin que se dieran cuenta. Eso es un tremendo logro de administración moderna.

—Sí, ya me has contado de lo que tienen que hacer los cubanos para sobrevivir. Economía sumergida en toda regla.

—Pero por si te parece poco, después de eso yo exploté el camión otros diez años. Salí por el Mariel y el estado cubano se quedó con el camión. Como mantengo contactos con la gente de mi pueblo sé que el camión lleva otros quince años trabajando con mucho maltrato y la caja sigue como nueva. —Y continúa Paúl—. Son los mejores engranajes del mundo mundial. ¿O es que a ti te parece poco fabricar, en condiciones tan adversas, una joya de la mecánica y superar a General Motors? «Na´» menos que a la General Motors…

—Bien, me convences. Ponme en contacto con ese hombre, que lo iré a ver a España.

Robert Friedman es un afable e inteligente hombre de negocios, descendiente de inmigrantes judíos alemanes que durante la Segunda Guerra Mundial fueron primero a América Latina y con posterioridad a Estados Unidos. Sabe aprovechar el tiempo y no quiere perder ni un minuto más. Pensado y hecho. Calibra la oportunidad que tiene ante sí. Así se concierta la entrevista a realizar de inmediato en el País Vasco.

Tony hace el viaje al norte. Se encuentran en el aeropuerto de Sondica, Bilbao, e inician el viaje hasta un pequeño pueblo en lo más intricado de la vecina provincia de Guipúzcoa. Van contemplando por la carretera, entre montañas, los maravillosos paisajes del lugar, mientras hablan para conocerse, hasta llegar a la fábrica.

Lo que le ha planteado a Tony es el trabajo como consultor, debiendo analizar y sugerir soluciones de lo que debía hacer en la fábrica vasca el empresario para que el negocio saliese adelante.

Después de comer, se pasa la tarde de recorridos, fábrica arriba, fábrica abajo, notas y croquis sobre la empresa con toda profesionalidad. Casi al caer la noche tiene unas conclusiones iniciales elaboradas con toda claridad.

Se reúnen en un amplio despacho de la fábrica, con panorámicas y diáfanas ventanas de vidrio que ofrecen una magnífica vista a los hermosos montes que rodean la instalación. El paisaje es espectacular y Tony se detiene un momento ante la ventana a mirar, en tanto que están preparando un café en la máquina. Se sirven el café y comienza su dictamen.

—Considero, míster Friedman, que la capacidad industrial de la fábrica es adecuada para lo que usted quiere de ella. Hay que hacer modificaciones en la organización y los métodos. Seguramente podría estar trabajando como asesor varios años, pero esto no es lo que en definitiva le va a solucionar el problema. Usted necesita un gerente, con conocimientos técnicos y de dirección que logren que este negocio florezca. Como asesor puedo estar viviendo varios años de su fábrica. Pero he de ser honrado, aunque vaya en mi contra. Eso no es lo que usted necesita. Busque un gerente.

—Bien, bien. Creo que comenzamos a entendernos.

—¿Cómo?... El que no entiende soy yo.

—Está muy claro para mí lo que me dices. Así lo pienso yo y así lo he visto desde el primer momento. Por eso estás aquí. Ya veo que tenemos una buena sintonía. Además me gusta tu sinceridad y me gusta tu honradez.

Asombrado Tony, pues no se lo esperaba, le contesta:

—¡Oiga, pero yo he venido a asesorarlo! ¿Qué quiere, que le robe el dinero?

—No, lo que quiero es que te quedes como gerente de la planta. Y más que robarme el dinero, prefiero que lo multipliques —plantea el dueño con convicción.

—Pero es que yo tengo un negocio y compromisos en una ciudad que está muy lejos de aquí. En realidad, yo no he venido a eso.

—Ya lo sé, y te entiendo. La cuestión es que hablemos. Salvando las distancias, ¿has visto la película «El Padrino»?

—Sí, he visto la película y leído el libro de Puzzo.

—Pues bien, te voy a hacer una oferta que no podrás rechazar. —Sonríe con malicia por su ocurrencia.

Tomó una libreta de notas que tenía sobre la mesa y escribió una cifra. Arrancó la hoja del cuaderno y se la entregó a Tony.

—Esta es mi propuesta. Piénsalo y contéstame en una semana. Aquí tienes mi tarjeta. Estoy seguro que nos vamos a entender.

Se despiden con un amistoso apretón de manos. No tienen razón para demorar mucho más la entrevista, y este hombre no pierde el tiempo.

Durante su viaje de vuelta a Bilbao, Tony le da vueltas a la proposición. La cifra que escribió Friedman en el papel es de las que quita el hipo a cualquiera. La tentación es grande, esto solucionaría sus aprietos económicos. Mira desde todos los puntos de vista, pero no logra focalizar su pensamiento. Se mezclan sentimientos, datos, cifras, anhelos, familia, cuestiones positivas, negativas... Como un malabarista, tiene muchas pelotas en el aire. Al final alguna se cae. No logra concentrarse en qué es lo que debe hacer.

Regresa al hotel donde se aloja, casi sin tener conciencia del camino recorrido. El hotel está situado junto a la ría del Nervión. A este viaje, como no podía ser de otra manera, han venido Margarita y Jorge. Para el bebé, su primer viaje largo. Es muy pequeñito, pero sus padres están... ¡A partir un piñón! Él ya forma parte de la familia y del equipo.

La pareja habla de lo que ha sucedido en la entrevista y de la proposición que le han hecho. Margarita todo lo quiere saber con su característica y cariñosa impaciencia. Comenta que es una tremenda oportunidad, pero que les exige un cambio radical, lejos de su ciudad y de la familia. Sentados en la cama le dan vueltas y más vueltas. Sucede lo mismo que lo que le venía pasando a Tony en el viaje de regreso, no es posible ponerlo todo en claro. Deciden dejar en suspenso la cuestión y no intentar tomar decisiones, ni a favor ni en contra, y disfrutar de su viaje. Que las almohadas hagan después su trabajo. Ahora toca un paseo por Bilbao.

Recorren la orilla de la amplia ría, mojados por el permanente sirimiri, con la excepción de Jorge que permanece protegido en su carrito de bebé. Observan, con admiración, lo adelantado que está el gran museo Guggenheim, próximo a finalizar su construcción. El edificio es impresionante. Escuchan alguno que les dice que este museo cambiará no sólo el aspecto de ese lado de la ría, que siempre fue la parte más industrial y menos bonita de la ciudad. Considera que impactará en todos los ámbitos de la sociedad bilbaína.

Más tarde, por las Siete Calles, en una pequeña taberna conocida de Tony, que ya ha estado en esta ciudad, que según sus moradores es centro del mundo, disfrutan de una magnífica cena. De esta sí están seguros de que puede competir con cualquiera del planeta.

—Cuando yo pueda volver a La Habana algún día, te llevaré a cenar al Centro Vasco.

—¿Al Centro Vasco, en la Habana? —pregunta Margarita algo asombrada.

—Es un restaurante que está en la Calle Tercera en el Vedado. Eso es bastante cerca de la casa de mi hermano. Cuando podía iba con mi amigo Virgilio a comer allí. Él tenía patente de corso y lo dejaban entrar.

—¿Pero sirven comida vasca?

—Bueno, no se puede decir que es con toda fidelidad vasca. Desde Cuba no se perciben tantas diferencias entre las distintas comunidades. Así que, ya puedes suponer con la comida. Allá te sirven una fabada asturiana y tan contentos te la cuelan como comida vasca.

—¡Qué gracioso!

—Pero como quien no sabe es como el que no puede ver, te vas muy satisfecho. Mi amigo Virgilio decía que de postre lo único que podía comer allí eran las natillas.

—También me intriga. ¿Y eso por qué? ¿No tenían otros postres?

—Sí, sí había otros postres. Pero era lo único que podía colarse entre los intersticios que quedaban, entre los tropezones de tocino, chorizo, morcilla y otras cosas que solo se podían comer allí. Así decía.

Con los cachetes rojos, bastante alegre, termina Tony la cena. Da cuenta de la excelente botella de Rioja que Margarita no prueba, ya que aún amamanta a Jorge.

—De todas formas, vine a España con lo puesto —comenta Tony que está achispado—. Cualquier cosa que ocurra ahora será a mejor.

—Setecientos cincuenta centímetros cúbicos de vino, de buen vino… —exclama y sonríe por algo que lleva en sus recuerdos y que solamente alguno de sus hermanos podría entender.

Al día siguiente es el largo viaje de vuelta, pero prefieren volver por la zona donde está la fábrica de manera que Margarita pueda hacerse una idea del sitio y su entorno y así, calmar aunque sea un poco, la ansiedad que la curiosidad del tema le suscita.

Emprenden el viaje de regreso a casa, con la única decisión de dejar asentar las ideas para poder analizar todos los pros y contras. No es bueno decidir tan de prisa, ya sea en un sentido u otro. Esto podría ser emprender una aventura donde se juegan mucho.

	1	2	3	4	5	6	7	8	9
V									
HC									

X.- Quinta entrada (parte baja)

Según las reglas del juego, a partir de esta entrada el partido es válido. Si antes de esta entrada por cualquier contingencia fuese necesario suspender el partido, no vale y se tendría que comenzar a jugar desde la primera entrada. Por suspensión entendemos definitiva, pues pueden ocurrir pequeños parones (por ejemplo, por lluvia) sin que se suspenda el partido. A partir del quinto «inning» el juego es válido, y si hay suspensión, tendrá validez hasta la última entrada completa jugada. Por tanto, este juego ya vale.

Un domingo de noviembre de 1966

Después de los incidentes de la fuga de Saldiguera y Maraña, las opiniones en el campamento quedaron divididas. Unos miraban el vaso medio lleno: a Saldiguera no lo habían podido apresar. Estaba libre. Esto los hacía sentirse llenos, ilusionados, optimistas. Otros decían: «Maraña está en la cárcel, lo arriesgó todo por nada. Ahora está peor. Aquí no se puede hacer nada». Hueco emocional para estos, que les hace desesperar y sin esperanzas, ver el vaso medio vacío.

Unos cuantos días después se comenzaron a recibir cartas. ¡Permitían la correspondencia! Aunque todas las cartas, tanto en la recepción como en el envío, se debían entregar abiertas.

Simón, en su siempre sarcástica pero certera apreciación de la realidad comentaba.

—¡Qué buenos son estos cabrones mayimbes! Dejan entrar las cartas a los pobrecitos presos. Así pueden tener noticias de sus seres queridos. ¡Qué humanitarios son! Pero me están registrando hasta lo que quiera decirme mi madre o mi novia. Nos registran hasta el alma. ¿Quién cojones se creen que son, Dios?

Por una de esas cartas se supo que Saldiguera salió para Estados Unidos en una lancha. No se habían tenido noticias de su llegada. No se sabía nada de él. Lo que sí era un hecho es que no habían ido a reclamar el pago de la mitad del viaje, que debía abonar la familia a la persona de contacto en Miami. Malos signos que indicaban que se han ahogado o que los han capturado. Lo cierto es que no existían certezas de que hubieran llegado. Lo demás estaba por saber. A pesar de que la carta traía esa información, la censura establecida por los carceleros la dejó pasar, considerando que les convienía que esto se supiera. Tenía toda la mala intención del mundo y la noticia circuló por el campamento.

Corrió también el desaliento y el malestar. Era general. Junto a Maraña y Saldiguera se habían escapado, de manera simbólica, todos los integrantes de este campamento y la suerte que ellos corrieran era, por elemental solidaridad, la vicisitud de todos. Si no llegaban a tener éxito era un fracaso para todos y ello podría ser una confirmación más para los que aseguraban que contra este poder totalitario no había nada que hacer.

Algún chivato pasa la información a los jefes sobre el resultado que ha dado la noticia de las cartas. Informa que el desaliento cunde y que la esperanza está en horas bajas. Esto conviene a los represores que intentan eliminar cualquier vestigio de insumisión. El despreciable oficio de chivato le garantiza al que lo ejerce pequeñas prebendas que los jefes saben agradecer con algunos días de baja de trabajo, alguna migaja extra o hasta un pedazo de jabón adicional. El chivato trabaja de manera velada sabiendo que se juega mucho, pues si es descubierto lo pasa muy mal y además del seguro asilamiento emocional y físico, le puede caer una buena tunda. No se sabe ahora quién es el que está realizando la asquerosa función o si hay más de uno realizando la denigrante tarea. A Romelio le preocupa mucho averiguarlo y parece que sus pesquisas están llegando a su meta. Cuando los jefes reciben los informes, comienzan a explotar los réditos que le ofrecen las noticias e intensifican su labor para tratar de socavar la autoestima de los internados.

Bombardean con propaganda en los adoctrinamientos nocturnos. Utilizan los discursos de los jerarcas. También lecturas de prensas y los manuales de instrucción política. Machacan y machacan hasta la extenuación. Saben que ahora llevan ventaja. Quieren que se grabe muy bien que contra la Revolución nada se puede hacer. Que ellos son los fuertes y contra ellos nada que se intente tendrá resultados. Y los hechos le están dando la razón.

Por suerte llegó el domingo, otro de los que no se ha trabajado por la tarde, no se sabe muy bien por qué causa. Unos dicen que por la conmemoración del fusilamiento de los estudiantes de medicina en 1871. Abel piensa que no ha de ser por eso, pues si se conmemoraran los fusilamientos de inocentes en toda nuestra historia, llevaría al país a muchísimos más días de paro.

Sentado en su hamaca, con un pedazo de tabla a los pies que cuelgan, está tratando de escribir a su casa ahora que puede. Son de los pocos ratos que puede estar consigo mismo, e intenta estar con los suyos. Y todo el bombardeo ideológico intensificado en los últimos días, germina en él pero de manera contraria a lo planeado por la oficiliadad. En su interior se produce una rebelión aún mayor contra las intenciones adoctrinadoras de sus guardianes:

«Estos hijos de puta, con la constante propaganda, con el adoctrinamiento, la represión, el uso brutal de la fuerza y por qué se yo cuantas formas, van inculcando a las personas la idea de que no se puede hacer nada contra ellos. Lo trabajan en lo consciente y lo trabajan por allá adentro. Te hacen creer que no hay nada que hacer. Que el esfuerzo individual de rebelión es una locura porque no tiene ninguna posibilidad de éxito. Llegan a transformarlo en algo irracional. Te lo impregnan en el interior en el sitio donde se guarda el miedo. Incluso llegan a lograr la auto-represión, la que te llegas a imponer tú mismo».

—¿Qué pasa, Abel? Estás muy pensativo. ¿Pasa algo en casa?

—No, solo estoy pensando cómo nos manipulan, Simón. Juegan con nosotros como el gato con un ratoncito. ¿No te parece?

—A mí se me recuerda la película de la Máquina del Tiempo, la que está basada en la novela de Wells. ¿Sabes la que te digo? La echaron hace unos años. ¿Te acuerdas?

—Sí, la de los «morlocks», los que viven en las cuevas esas. Y los otros, los que tenían miedo y se dejaban comer. ¿Cómo se llamaban?

—Esos eran los… ¿Cómo era, coño? Los que iban con una túnica y eran como ángeles, pero se dejaban comer. ¡Ah sí, «eloi»!, así se llamaban. Sí que es una situación muy parecida.

Fuera de la barraca se escuchaba el rítmico cantar de tres nuevos presos que habían injertado en la compañía. Los que llegaron de la «cana», como ellos dicen, han introducido la costumbre de tocar guaguancó, llevando el compás con el palmeo de las manos y golpeando un cajón de madera que se han agenciado en la cocina.

«A la fiesta de los caramelos no pueden ir los bombones», canta el solista.

«No pueden ir los bombones. No pueden ir los bombones », repite el coro, que acompaña una y otra vez».

El guaguancó, a pesar de su rápido ritmo, es en este medio, más que eso, un lamento que lastima. Lleva implícita la tristeza del preso. Es el dolorido pregón del hombre privado de la libertad que busca su evasión en la canción.

Puede ser que el ritmo tenga sus orígenes en el flamenco, por lo de las palmas y lo lastimero de sus temas. Esto por la parte española. Hay que sumar la parte africana que siempre encontraremos en todo lo que tiene que ver con el mestizaje antillano, pero sobre todo en la música.

Este que están tocando ahora, tal vez abuelo de la canción protesta, tiene indudables alusiones a la discriminación racial pero que son escondidas con inteligentes enmascaramientos de sabiduría popular. Los bombones, los negros, no pueden ir a la fiesta de los caramelos, los blancos. Rememoración de lo que pasaba en la Colonia, en la República... Cada raza tenía sus propias actividades sociales, sin mezclarse con las otras. Impuesta por la sociedad y por herencia de la esclavitud, la discriminación racial ha estado muy presente en Cuba. Los negros siempre han llevado la peor parte. Parece que estos presos, que son jóvenes, han aprendido estas rimas de convictos más viejos en las cárceles que han estado.

Abel, como siempre a lo suyo, no se entretiene con el guaguancó, protesta de cajones. Continúa con su conversación con su amigo Simón.

—Sí, perdemos la autoestima. Deberíamos tener conciencia social y no esta indolencia general. Le pasa a uno y se extiende a todos. Se contagia. Entonces somos lo que nos dicen que debemos ser, «cagados» a los de la película —dice Abel a su amigo.

—Lo imponen ellos, y por flojera y por conveniencia lo aceptamos nosotros. La causa principal, ¿sabes cuál es?

—¿Cuál es la que te parece a ti?

—Como aquel cuento de Ricardo Palma que estudiamos en la Secundaria Básica, por los tres motivos del oidor Zárate, ¿te acuerdas? Por miedo, por miedo y por miedo.

—Nos amarillamos . Nos intimida luchar por miedo a perder lo poco que nos han dejado. O por miedo al daño que puedan hacer a los que queremos. Que si hacemos nosotros se lo cobren a ellos. Es como la Mafia, pero lo ejecuta el Estado.

—Pero en esto no tenemos la exclusiva. Es igual que en los tiempos de la esclavitud. Igual que en los abusos feudales. Igual que la Inquisición. Igual que los nazis en Alemania o los estalinistas en la Rusia Soviética. Y es lo que estamos viviendo en este campo de concentración.

—«Apenas si tengo algo en común conmigo mismo y debería quedarme muy tranquilo en un rincón, satisfecho con poder respirar» —le enseña la cita a Abel—. ¿Sabes quién escribió esto?

—No, no lo sé, pero es muy triste.

—Es de Kafka. Es algo que miro a cada rato para no olvidarlo.

—Pero es que es patético, porque llama a la inacción. A no hacer nada. A tragárselas todas. Yo no puedo, Simón. Me da mucho miedo, pero a la vez tengo siempre delante cómo ha sido mi padre. Él, costara lo que costara, siempre actuó como le decía su conciencia. ¿Qué coño hacer? ¿Cómo me quito el miedo?

Ahora el guaguancó ha cambiado, se entona en una segunda acepción, mucho más utilizada por los intérpretes del género en las cárceles. El lamento del hombre, por contra de la mujer que está afuera y no siempre es fiel y paciente en la espera.

«*Vampiresa, qué mala tú eres, Teresa*», marca el primo.

«*Vampiresa, qué mala tú eres, Teresa*», se oye repetir al coro.

«*Qué mala tú eres, Teresa, qué mala tú eres, Teresa*». De nuevo el solista, para de inmediato decir el coro:

«*Vampiresa, qué mala tú eres, Teresa*».

El que está tocando y lleva el ritmo hace un solo de cajón, demostrando sus habilidades de improvisación como percusionista. Se suma el tintineo de una botella tocada con una cuchara. Uno de los participantes comienza a bailar de la manera tradicional, que se hace con movimientos de la pelvis, el torso y las caderas. Pero sólo interpreta la parte del hombre; el guaguancó se baila siempre con pareja y aquí no hay hembras para hacer «el vacunao» .

Nuestros amigos continúan su conversación, que tiene tantos lamentos como el triste guaguancó, pero no le prestan atención a la folklórica música de fondo. Entre tanto continúa su conversación. Se suma Mariñas, el veintinueve, el bautista, que trae en la mano unos calzoncillos que ha lavado como ha podido con agua de la pipa.

—Perdonen que me meta, pero te he escuchado Abel. ¿Conoces a Martin Luther King?

—Bueno, algo he sabido. Hace un par de años escuché por la voz de afuera que había ganado el Premio Nobel de la Paz. Es un luchador por los derechos de los negros en Estados Unidos.

—Sí, así es. Es un pastor de la Iglesia Bautista. Pero lo que viene más al caso, y que tal vez responde a tus preguntas es que sus propuestas son de resistencia pacífica. Más o menos como lo de Gandhi.

—Aquí se habla mucho de Malcom X y Angela Davis. Son los panteras. La lucha armada. De este pacífico se habla menos —interviene Simón.

—Hay un discurso de Luther King, que es memorable, «I have a dream», seguro, te gustaría leerlo, Abel.

—Tal vez me lo puedas conseguir. Te lo agradecería.

—El pastor de mi iglesia tiene una copia. Le voy a pedir que de alguna manera nos lo haga llegar. Ya verás que te va a gustar.

—Pero hablando de discursos, el que más me ha impactado en mi vida es el de Maraña. Cortico, pero contundente: «¡Yo soy un hombre libre, carajo!». Le salió del alma. Tuvo los cojones de gritárselo en su propia cara. Es increíble que un tipo así lo tenga tan claro. Aunque su gesto se queda en eso, en un bonito gesto.

—No te equivoques, Abel. Esos gestos, lo que transmiten las ideas que asientan, son más importantes de lo qué te piensas. No hay que asaltar un cuartel para ganar esta pelea. Hay que entrar en la cabeza de la gente. Las ideas son más poderosas que las armas. Y a cada uno se le presenta la ocasión. Tú lo tienes todo para transmitirlo. Búscalo dentro de ti, aprende a sacarlo de ese lugar donde se te quiere esconder…

Lo dicho queda así, y cada uno vuelve a lo suyo, sin sospechar que muy pronto, pero muy pronto, todo lo que han hablado parecerá como una profecía y se va a convertir en tensa realidad.

Abel trata de continuar con su carta. Pero las ideas no dejan de bullir en su cabeza.

«Está bien que la civilización nos reprima en una serie de sentimientos e instintos primitivos, los más animales del hombre. Esto nos hace distintos, humanos, no bestias. Nos permite vivir en sociedad y que no impere la "ley de la selva". Aunque aquí… Pero en cuanto a reprimir, hay líneas rojas que no se deberían pasar. Y cuando se sobrepasan hay que revelarse. Para hacerlo de manera civilizada, debería entrar en juego la política. La política de verdad, no el politiqueo asqueroso. Debieran entrar en juego la democracia y sus instituciones. Pero esto también lo controlan. ¡Cuánto nos falta!»

El muchacho le da vueltas y vueltas al tema, hasta llegar al nivel de desesperación. Considera que aceptarlo todo con resignación, por muy cristiano que sea, es ser cómplice de lo injusto. Todo esto le atormenta, lo martiriza.

«Rebelarse implica lucha. Cuántos grandes cubanos han luchado hasta entregar su propia vida por fidelidad a sus ideas. Pero… Es que la idiosincrasia cubana está muy lejos de la mentalidad del mártir. Lo de "la muerte gloriosa" no nos gusta, por mucho que lo diga el himno. Y no por temor a la muerte, sino por amor a la vida. Nos gusta mucho la vida. Mejor la vida gozosa que la "muerte gloriosa", eso seguro. Vete a buscar un cubano como kamikaze o terrorista suicida. No lo vas a encontrar. Eso de la inmolación no mola. Por eso, más valor tiene el sacrificio de esos hombres gigantes. Sin embargo esos grandes ejemplos se me desdibujan porque parece que "o te conviertes en mártir o no hay nada que hacer". Sin términos medios. No encuentro caminos para mantener la dignidad de mi conciencia y estar en paz conmigo mismo»

Se siente atrapado en un callejón sin salida. No tiene respuestas a sus preguntas, que son para él vitales. Es como una niebla en el cerebro que no le permite ver los caminos y por lo tanto, no sabe por dónde ha de tomar. Tiene además muy metido dentro el sentimiento de inferioridad que siente en relación a todo el andamiaje que lo aplasta.

«Y nos vuelven a fastidiar. Vuelven a jugar con ventaja. Si representas un peligro, aun cuando sea potencial, te ofrecen el puente de plata para escapar. Y ante esa posibilidad o joderte, es más fácil escapar. Por ello hay tanta gente que se marcha de este país. ¿Y si se pudiera hacer algo por cambiar las cosas? Cada uno puede en su entorno luchar por la libertad, de manera modesta, sin que esto te tenga que llevar al martirio. ¿Será posible?...»

No se concentra Abel escribiendo la carta a sus padres. Ya sabemos que nuestro personaje es introvertido y tiene la costumbre de soñar, divagar, vivir hacia adentro. Vuelve a la carga en la carta. Los saludos de rigor, el contar lo de siempre. Escribir con optimismo, fingir un buen estado de ánimo, aun cuando por dentro se sienta desintonizado. Ninguna de las cosas que ha estado pensando en los últimos momentos, claro está, las refiere. Pero hay un párrafo especial en la carta:

«Creo que nos van a dar pase. ¿No les parece que esto es como un sueño? ¿No es bastante raro? No se hagan ilusiones, pero podría ser. Me gustaría saber si el tío Frank sabe algo del tema, si le han comentado algo por su casa».

Con ello está enviando una especie de mensaje cifrado, pues el tío Frank está en Miami. Sin aclarar mucho, está preguntando si es cierto lo de las declaraciones internacionales sobre los campos de concentración en Cuba, sobre las que se han escuchado rumores y lo han hablado en la visita. Esto es otra de las cosas que le preocupa mucho, otra de sus obcecaciones. Puede ser muy importante para todos, eso intuye. Es una esperanza de que se conozca la verdad. Es algo por lo que habría que batallar. Continúa su carta unos párrafos más. De pronto, sin más, mandan a formar.

—¿Y ahora qué pasa? ¿Es qué no podemos estar ni un minuto tranquilos?

—Se oye que van a hacer una requisa. Así, sin más.

—No sé qué coño andan buscando ahora. Lo que es tu carta no la terminas hoy, seguro —comenta Simón.

—Pues nada, lo de siempre, fastidiarle a uno su momento de despeje.

—Chico, aquí no hay despeje que valga. Esto es al duro y sin guante.

—Venga, vamos afuera —gritaba excitado el político en la cabecera de la nave.

Cuando la barraca está vacía entran los jefes de los pelotones uno y dos, junto con el comisario político de la compañía.

Comienzan la requisa. Parece que es un chivatazo y están buscando algo en concreto. Primero hacen un paripé y buscan en dos literas. Luego van a tiro fijo a la cama del cuarenta y siete: Pepito.

Pepito es un chico católico, débil de carácter y un poco amanerado en su gesticulación. Casi seguro que no es homosexual, pero en este mundo machista no le perdona su afeminación. Además de no serlo, no puede parecerlo.

Le registran sus cosas y le encuentran un pequeño estuche de rosario lleno con hostias consagradas. Se lo han traído en la visita. El comisario político, que es el que ha venido a buscarlo, se lo mete en el amplio bolsillo del pantalón de campaña verde olivo y regresa a la casa de los oficiales. No buscan más y dan por terminado el registro. Confirmado que era un chivatazo.

—¡Quién será el maricón de mierda que se mete con una cosa tan sagrada y ha metido el trompetazo! —es un ronco grito de Alberto al entrar en la barraca.

—Alberto baja la voz que te están escuchando afuera —le dice alguien.

—Me importa un carajo. Quiero que me escuche el penco de mierda que ha dado el chivatazo. ¡Con las cosas sagradas no se juega! Si no somos capaces de respetarnos entre nosotros no se quejen después cuando nos tratan como la mierda —aprieta los puños a la vez que los dientes— ¡Maricón es lo que es, el chivatón que lo ha hecho! ¡Me cago en su madre si está viva, y en su calavera si está muerta! Y ya sé que no es hombre, porque un hombre no hace eso —resopla y levanta aún más la voz—. ¡Pero si le queda na´ma que un pendejo de valor que salga a vérselas conmigo, que lo voy a despingar! ¡Lo voy a partir por el eje!

Acompaña el acalorado discurso sacando una cuchara con filo que guarda en el costado de la bota. Y se pasea furioso por el pasillo entre las literas. Aquel que ha hecho la denuncia no sale, si lo hiciera se lo comían vivo. Así que no se sabe quién pueda ser.

Pepito, al que le han quitado el cofrecito, tiene un ataque. Es un mar de lágrimas, suspiros, manos temblorosas. Está fuera de sí.

Avisa a todos y el grupo de reclusos católicos se reúnen en los troncos que sirven de espacio para el encuentro social fuera de la barraca. Allí estaban minutos antes tocando los del guaguancó. Es una emergencia. Para un católico esto es un sacrilegio. Se han adueñado de lo que consideran más sagrado.

Abel está indignado. No es un tipo violento, pero en este momento, por la impotencia que siente, estrangularía a Pepito, al político o al que se le ponga por delante.

—Coño, Pepe, pero ¿como se te ocurre dejar algo así en la hamaca? —habla Chencho, el mayor de todos—. Si vas a tener la comunión, hay que llevarlas siempre encima.

—Yo no sabía, yo no sabía.... —Entre sollozos.

—Pues si no sabías, no sé cómo te dieron las Sagradas Formas —le suelta indignado Abel a boca de jarro y sin ninguna diplomacia, mordiéndose el labio superior con los dientes de la mandíbula inferior para tratar de contenerse—. ¡Compórtate como un hombre, déjate de lloriqueos!

—Bueno, ¿pero qué hacemos ahora? —pregunta Andrés muy preocupado.

—Estos no creen en nada. Tengan por seguro que las van a profanar. Sabe Dios lo que harán, no me atrevo ni a pensarlo —vuelve a hablar Chencho.

Todos tienen temor, no saben qué va a pasar ni tampoco qué represalia caerá sobre ellos, aunque están dispuestos a que el castigo sea compartido.

—Cuanto más tiempo lo dejemos peor. Yo me voy a la Jefatura a hablar con el teniente.

—¡Estás loco! ¡Ven acá, muchacho! —Y Andrés trata de aguantarlo.

Abel esquiva la mano en el hombro que trataba de sujetarlo y sin dar tiempo, sale a paso rápido en dirección de la casa de los oficiales. En el trayecto va pensando:

«No vamos a agachar la cabeza como siempre. ¡No me da la gana! Esta vez no, se han pasado de la raya. Esto sí que no...

Tengo que tener la cabeza levantada. Alta la cabeza, estás peleando por lo más sagrado. Saca lo que está escondido dentro de ti. ¡Alza la cabeza! ¡Alza la cabeza!...», su voz interior le repetía mientras caminaba a zancadas largas en dirección a la jefatura, centro de poder de está diminuta sociedad. Sus compañeros quedaron expectantes, cualquier cosa podía pasar.

Llega a la entrada de la casa de oficiales. La puerta, que al pasar por delante de ella siempre se ve cerrada, ahora está abierta. El muchacho no ha estado dentro de esta parte del campamento nunca. Aquí no dejan entrar a los cautivos. Es lugar prohibido. Todo le impresiona por misterioso y desconocido. También porque aquel recinto, en su inconsciente, representa el centro pérfido y tenebroso del poder. Hay una oficina en la primera cámara y detrás, una puerta que lleva a los dormitorios de los oficiales en la segunda. El teniente está en la parte delantera sentado en un taburete. Abel teme flaquear por el miedo. Le pasó por la cabeza, como el resumen de una película, su entrevista en el Comité Militar y las consecuencias que había tenido. Esto le causa la misma impresión pero haciendo de tripas corazón, sigue adelante:

—Permiso para pasar —dice con la voz lo más entera que puede poner.

—Pasa, veintiséis. ¿Qué sucede? —le contesta el jefe de la compañía detrás de una mesa donde está sentado.

Sin más preámbulos, Abel va directo al grano:

—Mire, teniente, el político acaba de requisar la comunión que tenía Pepe entre sus cosas. Esto para nosotros es sagrado, para ustedes no tiene ningún valor. Es algo que no les puede hacer daño —expresa en tono que el otro pueda entender como negociador y agrega—. Le pido por favor que me lo devuelva.

—¡Ah, entonces es tuyo! Con esto te estás declarando culpable. Esto te puede costar muy caro. ¿Lo sabes? —Tiene agarradas sus manos detrás de la nuca y se siente el amo. Abel apenas se percata que es la primera vez que lo ve sin la gorra y que unas grandes entradas están dando la bienvenida a una inminente calvicie.

—Sí, teniente, es mío. Yo cargo con la responsabilidad. Pero le vuelvo a decir que para ustedes no tiene ningún significado. Devuélvamelo y después me castigan como quieran —insiste Abel.

—¿Así que te presentas aquí de gallito a exigirme cosas a mí? ¡Muchacho, no te das cuenta de lo que estás haciendo! Sabes que eso que has hecho es algo que está prohibido. Eso no se puede tener aquí. —Se pone de pie y acomoda sus manazas enormes, la izquierda en la cintura y la derecha en la cartuchera de la pistola que lleva en la cintura. Es su manido gesto, que repite una y otra vez para enviar el mensaje: «Aquí mando yo; yo tengo la fuerza».

—Lo sé. Pero ya está hecho. Haga lo que haga no puedo retroceder lo que ha pasado. Reconozco que va contra la disciplina que ustedes nos imponen. Pero para mí es un símbolo tan grande como es para usted, por ejemplo, la bandera o el escudo. ¿No moriría usted por ellos? —Todo se lo dice con una expresión de claro convencimiento. Busca romper la muralla que tiene delante.

—¡Sí, seguro que sí! —contesta el teniente en un arranque de patriotismo. Abel se percata que le ha dejado entrar, está llegando lo que él quiere comunicarle. Al final es un hombre que tiene sentimientos, aun cuando ambos no estén en sintonía.

—Pues igual me pasa a mí. Y después de mí, sepa que en esta compañía hay un grupo que está dispuesto a lo mismo. No vengo en tono de guaperías, ni vengo a competir a ver quién es más macho —lo pronuncia con convicción, la voz es firme, le sale desde lo más profundo de su yo—. Vengo a que considere lo inútil que es eso para ustedes y lo importante que es para nosotros. Vengo a que me devuelva la cajita. Quiero que evitemos que esto vaya a mayores. Un problema gordo no nos conviene a ninguno. De una chispita puede provocarse un incendio.

—No puedo negar que tienes «verocos». Te metes aquí y me pones contra la pared. Tienes timbales, «vejigo».

El teniente le mira a los ojos, sin decir nada más. Arrugas en las bolsas de sus entrecerrados ojos denotan su tensión interior. Tiene delante de sí a un adolescente insignificante que le apunta. No con una pistola. Le apunta con la osadía de sus principios. Su mano estira el cuello de la camisa, piensa qué puede hacer en ese momento, pero siente desconcierto. No es un hombre de pensamiento rápido. Abel sostiene la mirada, mirando con firmeza a los ojos del oficial. Sabe que se la ha colado, que lo ha puesto en una disyuntiva y tendrá que decidir. Se juega mucho, pues si pierde este pulso tendrá que ir a por todas. También se está jugando un gran castigo. El oficial cambia la vista y mira en uno y otro sentido de la habitación. Se pasea lento arriba y abajo con las manos entrecogidas a la espalda, que lleva un poco encorvada. Pasa más de un minuto, que le parece años a Abel, que desde hace mucho rato, de pie, no se mueve.

Entonces, de pronto, cuando al parecer tiene una decisión, llama el teniente:

—¡Político, ven acá!

De los dormitorios, que están detrás, sale el político. Abel se percata que Masinguilla, así lo apodan con burla los reclusos, ha estado escuchando toda la conversación agazapado detrás de la pared.

—Ordene, teniente. —Servil se acerca el instructor político.

—Mira, político, el veintiséis ha venido a buscar la cajita que hace un rato has traído de las barracas —lo dice y estudia su reacción.

—Sí, yo la tengo y tiene unas hostias dentro. Han violado la disciplina, pues saben que esto no se puede tener aquí. Pero son de Pepito. ¿Por qué viene este? —Y lo mira despectivamente de reojo.

—No son sólo de este, son de muchos. Y bueno, eso que dices es así, no te quito la razón, podemos decir que no cumple con la disciplina. Pero mira, este muchacho me ha hablado y me ha convencido; no sólo por lo que me ha dicho sino por cómo me lo ha dicho. Creo que es mejor devolverle esa cajita. —Intenta poner una cara conciliadora, dibujando una sonrisa bastante forzada para que el político reciba el mensaje que le está enviado.

—Con todo el respeto, mi teniente, no me parece correcto. Hoy será esto y mañana lo otro. Así no vamos a tener disciplina en esta compañía. Lo que está prohibido está prohibido. Estos no se merecen ni siquiera que los escuchemos —se desborda de intransigencia militar y trata de sacar las uñas como un gato.

—Político, yo he vivido un poco más que tú y creo que sé calibrar a los hombres —apuntándole con el índice en movimiento, a lo que el otro responde cruzando los brazos sobre el pecho como interponiendo un escudo protector—. Este muchacho, aunque lo veas tan joven, tan flaco y al parecer tan débil, es un hombre de principios. Es un hombre entero —mira entonces a Abel a los ojos y termina—. Yo eso lo respeto. Aunque esos principios no sean los míos y él sea mi enemigo. —Suelta las últimas palabras con mucha energía, que quizás las ayudan a quedar flotando en el aire por unos momentos.

—Mejor evitar problemas serios —continúa—. No es bueno cerrar todas las puertas y no dejar salidas. Hasta una rata acorralada ataca. Que se lleve su cajita. ¿A ti que más te da?

—Pero, teniente… —dice levantando las dos manos.

—Político, no me obligues a decirte que es una orden. Estoy jugando mi papel en esta compañía. Juega tú el que te corresponde a ti —en el tono había sin duda una dosis de amenaza y otras muchas de frustración.

Con todo esto a Masinguilla no le quedó más remedio que volver a la zona de dormitorios y traer el pequeño estuche, que entregó de mala gana al teniente.

—Mira, veintiséis, llévate tu «bandera de pan». No te había calibrado muy bien, muchacho…—y le extendió la cajita.

—Gracias, Teniente, que Dios se lo tenga en cuenta. Permiso para retirarme.

—Retírate.

Abel volvió con la cajita en el bolsillo sucio del harapo que era su camisa, pero con la cabeza más erguida aún de cómo había ido a la oficina de la jefatura. Pensó que cada momento de su vida le pediría lo que debería hacer para luchar por sus derechos, para mantener su dignidad. No tenían que ser cuestiones trascendentales o heroicas. En las más pequeñas cosas cotidianas podía hacer algo. Lo importante era mantenerse alerta. «Si pudiera hacerlo así para todo», se repetía una y otra vez.

Comulgaron y consumieron todas las formas consagradas por temor a que los jefes se arrepintieran de haberlas devuelto. No era un héroe aunque así lo querían ver sus compañeros, que no cesaban de felicitarlo por lo que había hecho. Él pensaba que sólo había hecho lo que su conciencia le había demandado en el momento. Con miedo, seguro que con mucho miedo, pero superándolo, que es lo que en realidad consideraba importante. Valiéndose de del vigor de la palabra y la fuerza de los argumentos, más que de la fuerza bruta; lo había conseguido al menos en esto, que los respetaran. Podían duplicar los pelos de alambre del cercado, triplicarlos, no importa. Hoy Abel entendía mejor el grito de Maraña.

—Soy un hombre libre, ¡Carajo!

Después de la cena, cuando ya la noticia ha corrido por las dos barracas, el comentario de todos es unánime.

—David contra Goliat —dice Mariñas—. Tú nos has representado a todos. Aunque yo sea bautista y la comunión no tiene para mí el significado que tiene para ustedes, el exigir el respeto de lo que consideras sagrado te hace grande.

—No, Mariñas, yo iba cagado —le quita hierro al asunto Abel—. Además, piensa que Tranquilino, por ejemplo, hace cosas para los que hace falta mucho más coraje. Esto ni se compara.

—Lo del miedo es normal. Lo importante es que ese miedo no te paralizó y actuaste como tu conciencia te indicaba que debías hacer. Y fuiste tú a la ofensiva, esto para mí es lo que más cuenta. Además, piensa que estaba en pugna el valor de un símbolo, que para todos los hombres es lo más importante.

Hasta el santero Mario le dio una palmadita en el hombro y le dijo que habría algo para él. Se fue directo a los del guaguancó, que seguían su rumba después de la comida, y les pidió unos toques especiales para celebrar el acontecimiento.

—Hay que tocar algo a los santos para pedir por el «jabaíto». Le ha echado cojones al asunto. Tocar, tocar para que Elegúa le abra los caminos y no lo castiguen.

—Sí, padrino. Inventamos algo que no entiendan muy bien los «pinchos», pero que se pueda tocar y cantar.

Al santero lo respetaban mucho los del guaguancó. No tardaron en componer y comenzaron a improvisar:

«*Jabao, tú sí has tenido de lo que tienen los hombres.*

Tú jodiste al mayimbe, lo tuyo no tiene nombre.

Tú jodiste al mayimbe, lo tuyo no tiene nombre.

Jabao, tú sí has tenido de lo que tienen los hombres».

Así le llamaban algunos: «Jabao». Ahora llevaba el pelo rubio muy corto, tusado como un gallo fino, y se le ensortijaba como si fuese pasa; con el fuerte sol su piel estaba más oscura, acercándose a color caramelo. Los ojos claros. En fin, que parecía lo que se llama un jabao en las tantas denominaciones de las clasificaciones étnicas del mestizaje cubano.

El desenlace del incidente, de manera espontánea, casi provocó una celebración ecuménica. Todos los que de alguna forma tenían una creencia religiosa, que eran casi la totalidad, lo sintieron como una victoria propia. Cada cual lo celebró a su forma, según su perspectiva y según su fe. La moral, que había decaído bastante con la detención de Maraña y la incertidumbre por Saldiguera, volvió a mejorar.

Mariñas tenía razón con lo que decía de los símbolos. Las ideas mueven a los hombres, los hombres mueven el mundo.

En la mejora de la moral también influía, por descontado, la esperanza de un posible pase que ya comenzaba a ilusionar a los confinados.

Tan animador es el ambiente por las nuevas ilusiones, que Romelio, el tipo chistoso de la escuadra uno, logra poner de acuerdo a todo el pelotón que completo quiere jugarle una memorable trampa a Paco Tabaco. Romelio sospecha, con fundadas pruebas, que él es quien está destacándose como chivato. Este es un personaje rastrero, guataca con los jefes y ya se está pasando de chivato. Dicen que está tuberculoso y que teme mucho la muerte. No se sabe.

Se ha establecido desde los primeros días que cuando el sargento manda a romper filas, el pelotón tiene que gritar «patria o muerte», eslogan de la Revolución. Es una de las tantas formas con que tratan de reeducar por la vía del sometimiento a aquellos hombres. Los reclusos lo consideran una humillación. Al principio se negaron a gritarlo. Los sargentos obligaban a quedarse formados en posición de atención al sol, sin moverse, hasta que por cansancio y sed lograban que se dijera la conflictiva consigna.

Sin embargo, cuando por tener la posición más débil no se puede con una imposición por la fuerza, el ingenio discurre la manera de evitarlo y a la vez de burlarse de quien quiere imponérselo.

En lugar de gritar «patria o muerte», la gente se ha inventado gritar de manera confusa, que se hace casi ininteligible, «PASTAE'DIENTE». Comenzaron pocos y ahora son muchos los que practican esta variante. Cuando el sargento dice «rompan filas», algunos gritan «pastae'diente», otros se quedan callados y otros mueven la boca sin emitir sonidos. Todo ello provoca que lo que se escuche es un confuso grito que no se entiende bien, y se camufla con el ruido que hace la patada simultanea que hay que dar con la bota en el suelo, como si fueras a matar una cucaracha. Lo que pretendía ser una humillación, se vuelve en su contra y se convierte en chanza. El sargento, cansado ya de pelear y amenazar, se hace el sueco pues al final: «¿Y quién es Fuenteovejuna? Todos a una».

Pero hoy todos, sin excepción, van todos a una. Se han conjurado para la hora de la formación del conteo de la noche. Bueno, hay una excepción: Paco Tabaco, que no sabe nada.

Al gritar el sargento:

—¡Pelotón, rompan filas!

Nadie grita, nadie da la patada al suelo, todo queda en silencio.

Solo el chivato Paco grita a todo pulmón «PASTAE'DIENTE». Se escucha alto y claro la inconfundible voz del chivato que es identificada rápidamente y de manera exacta por el sargento. Delator, que no contento con estar denunciando a sus compañeros, ahora se ha delatado a sí mismo.

—Como ya no te quedaba a quien chivatear, te has echado «pa'lante» a ti mismo, Tabacón. Trompeta de mierda, «ambori sisiyamba», jódete ahora —le dice un compañero de la fila de detrás.

Lo castigaron con lavar todas las calderas de la cocina y dejarlas como los chorros del oro. Hasta bien entrada la madrugada estuvo entretenido en esas labores.

Abel, a la luz de un mechón, terminó la carta escrita por episodios y le decía a su madre que esa tarde le habían dedicado un guaguancó. Y que se sintió más libre.

Zafra chiquita de 1966

Al día siguiente comenzó la zafra azucarera. La zafra chiquita se llama a la primera parte de la cosecha azucarera, que se realiza entre los meses de noviembre hasta la segunda decena del mes de diciembre, cuando se interrumpe para celebrar las fiestas tradicionales de Navidad.

Simón y Abel conforman una pareja de trabajo. Van haciendo lo que pueden, que es como decir que no hacen mucho. El trabajo es duro y no tienen práctica. Es lo que se conoce como una pareja «corta». Cuando el sol comienza a elevarse en el cielo, lo poco que han desayunado hace varias horas ya se les ha ido.

—Abel, no puedo más, yo tengo que coger un diez.

—Bueno, pues paramos los dos. Y si viene el sargento que sea lo que Dios quiera.

—Yo me voy a exprimir un pedazo de caña. El guarapo me animará un poco. Es que creo que me voy a caer.

—Traigo un pedazo de pan del desayuno. ¿Lo compartimos?

—Dame. Vamos a mojarlo con guarapo y algo comeremos.

Los dos jóvenes cogen sendas cañas y las golpean con el mango de la mocha y entonces, las retuercen hasta que comienza a salir el jugo de la caña, el guarapo. Mojan el pan duro que tenían y hacen una pequeña merienda. Luego, un poco más de guarapo. Beben directamente de la caña, que exprimen retorciéndola en el aire sobre sus bocas elevadas al cielo y buscando el dulcísimo jugo. El azucarado líquido reanima. Terminando esta operación aparece entre los surcos el sargento.

—Ustedes dos van muy retrasados. Creo que se quedan sin comer hoy.

—Sargento, es que no sabemos. Ya cogeremos práctica.

—Si no comemos, entonces nos vamos a morir. Denos un poco de tiempo.

—Bueno, bueno. Al tajo y sin hablar tanto. Que esto es como el dominó, que lo inventó un mudo.

Si el trabajo de la limpia a guataca de malas hierbas era duro, el corte y alza de caña lo es mucho más. Comienza más temprano el trabajo. Se entra en el campo de caña más o menos a las cinco y media o seis de la mañana. Dicen que para aprovechar la fresca. En el campo hay que meterse al centro y coger entre cuatro y seis surcos, según esté de desarrollada la caña. Se trabaja en parejas y cada uno coge igual número de surcos. A esto se le llama llevar un tajo. Se limpia un centro y se comienza a cortar y tirar a una pila central. Se corta sujetando dos o tres tallos de caña por debajo y cortando con la mocha pegada al suelo.

La mocha o guámpara es un machete corto pero de hoja ancha que se usa especialmente y casi solo para el corte de caña. Por regla general el machetero la mantiene muy bien afilada; así logra que su esfuerzo sea menor. Una vez que se ha cortado debajo, hay que limpiar de paja el tallo y cortar haciendo trozos la parte útil de la caña. Dos o tres trozos, según el desarrollo de las plantas. Los trozos se van tirando a la tonga. Lo último que se corta y aparta es el cogollo, que son las hojas de arriba, que aún están verdes y que hacen las delicias de los bueyes que tiran de las carretas en sus largas esperas en el campo.

Cuando se escucha en el lenguaje coloquial que la caña está a tres trozos se está manifestando que nos encontramos ante algo que cuesta mucho trabajo, ante una labor que es ardua. En la UMAP, la caña siempre estaba a tres trozos.

Como la mocha está bien afilada y hay que ir haciendo movimientos sincronizados con la caña para cortarla en trozos de manera muy rápida, a veces se producen accidentes en el trabajo por cortaduras. Al goloso filo de la mocha le apetece mucho la carne de las canillas, pero las más peligrosas son las heridas en los tendones de las manos que permiten el movimiento de los dedos. Muchos hombres sufrieron accidentes de este tipo al no tener habilidad en un trabajo que la requiere.

Fue también una vía de escape, sangrienta evasión. Cuando se pedía cada vez más trabajo, cada vez más arrobas de caña de norma diaria, se hizo imposible soportar a algunos tanta fatiga y se llegó hasta la autolesión. Cortarse un tendón a propósito, era la única forma de dejar de trabajar varios días y poder aguantar tan dura carga. Muchos hombres quedaron mutilados o con reducción de movimientos en sus manos para toda su vida.

Una vez que la caña se ha cortado y está en las tongas, hay que alzarla a las carretas. En algunos sitios se hacía de manera mecanizada, con un tractor llamado alzadora. En esos casos es necesario ir haciendo pequeñas tongas, y a esta labor le llaman agilar la caña. Pero para esta compañía no había alzadoras. El alza había que hacerla a mano. Este trabajo es aún más agotador. De la enmarañada tonga hay que ir sacando trozos, que alineados sobre los pies hasta hacer un montón, se alcanza al que está arriba en la carreta acomodando su carga. Cientos y cientos de kilogramos de caña que hay que cargar sobre las carretas. Montón a montón. La espalda termina destrozada al final de cada jornada. Exigían dejar cargada toda la caña que se cortaba en el día, pues si tarda mucho en ir al central azucarero, merma su peso y contenido de azúcar. Esto hace que el día de trabajo se extienda a catorce o dieciséis horas. Tiempo que ni los esclavos hacían en la época que Cuba era colonia española. Sólo faltaba el látigo. Mejor no mencionar esto, para no dar ideas.

—Sargento, salgo a beber agua al porrón —grita Abel.

—Bien, veintiséis, tienes permiso —contesta el sargento Pupo.

—Yo también voy —pide permiso Simón.

—Espera un momento veintisiete. Uno primero y otro después. Cuando vuelva el veintiséis puedes salir.

Abel camina hasta el principio del campo, la guardarraya donde nacen los surcos. Hay un porrón fabricado de barro cocido lleno de agua que se pone debajo de la paja de caña seca. Bebe en el aire del chorro que deja salir el porrón por el más pequeño de sus agujeros. Como el porrón está a la sombra, y además transpira por la materia porosa del que está fabricado, mantiene el agua fresca. Se reanima otro poco y vuelve al tajo. Después, su compañero realiza las mismas acciones y también se incorpora. Hoy hay suerte, tienen agua. En ocasiones han estado muchas horas trabajando sin agua que beber.

Las camisas están empapadas en sudor, pero hay que mantenerlas puestas por dos razones: primera, porque así no se corta la piel con las hojas de la caña de azúcar, que rebanan como navajas; la segunda, porque la tela mojada está evaporando en todo momento, con lo cual, se enfría por debajo de la temperatura ambiente y refresca un poco del calor sofocante.

Cerca de las doce, más o menos calculado por estar el sol en el cenit, llega la carreta con la comida.

—¡Afueeera! ¡Afueeera! Es la hora de comer —avisa el sargento del pelotón.

La carreta con la comida la han acomodado en la guardarraya por donde circula, entre campo y campo de caña, como su vía natural. Esta carreta, que trae la comida en grandes peroles desde el campamento, está propulsada por un tractor. Las que sacan la caña del campo son tiradas por bueyes. Los primeros hombres que llegan hasta la carreta comienzan a formar la cola para recibir la bandeja con la comida.

Vienen un cocinero y dos ayudantes de la cocina, que van sirviendo en las asquerosas bandejas de aluminio. Cada cual se va acomodando por donde puede para devorar, más bien que comer, lo que a cada cual le han servido.

No ha hecho efectivo el castigo el sargento y deja que le sirvan igual que a todos a la pareja rezagada.

Abel se sienta en una piedra que se encuentra a la sombra que ofrecen las plantas de caña del campo contiguo al que están trabajando. Tiene más contención, va comiendo poco a poco. Ya ha aprendido que hay que hacerlo así si uno quiere aguantar. La comida, si se devora rápido y sin ser consciente de lo que se está haciendo, aprovecha menos y así se vuelve a tener hambre más pronto. Por un ejercicio de voluntad, Abel trata de ir masticando poco a poco. Pero cuando no hay, no se puede sacar más, el plato queda limpio, no hay que fregarlo. Ahora tiene unos minutitos para poder descansar. Se mete en un surco, se tira al suelo sobre la tierra cuan largo es y trata de echar un sueñecito. El sombrero sobre la cara, y la piedra roma donde se sentó a comer le sirve de almohada. Cierra los ojos. Está tan agotado que se queda dormido de inmediato. Y sueña.

Sueña con su hermana y el tercero de sus hermanos. Es un sueño muy simple, bonito, sueño al fin. Los está llevando de paseo a La Habana. Van en una guagua a un juego de pelota. «¿Pero que hace mi hermana aquí, si a ella no le gusta la pelota?», piensa dentro de su sueño Abel.

—Tate, es que ahora me gusta la pelota.

—¡Qué bueno, no lo sabía! Pero, ¿por qué los veo tan pequeños? ¿Qué está pasando?

—No queremos crecer. ¿No ves lo que pasa cuando se crece?

—¿Qué es lo que pasa?

—Que te separan de tu familia. Nosotros te queremos. Queremos que vengas. ¿Por qué estás lejos?

—Ahora estoy con ustedes, ¿no me ven?

—No, no estás. Estás lejos. Los malos....

—Creo que pronto nos veremos de nuevo. Me van a dejar ir a casa de pase. Yo también los quiero mucho.

—¿Y te volverán a llevar los malos?

—No sé. No sé. No quiero que le pase nada malo a nadie. Son malos, muy malos. Si no vuelvo, les pueden hacer daño a ustedes. Yo los quiero mucho, no quiero que les pase nada.

—Pero Tate… ¿y tú?

—Lo que me pase a mí no me importa, siempre que no se metan con ustedes.

En este momento, pasada una media hora del fin de la comida, llaman de nuevo al trabajo.

—¡Arriba, de pie! Hay que volver a pegar.

Abel se levanta de muy mala gana. Le han quitado el placer de estar junto a sus hermanos. Es lo que más quiere en este mundo. Aunque fuera en sueños, eran ellos. Después pensará más en esto, rumiará su sueño; de la misma manera que los bueyes de las carretas que comienzan a llegar a cargar la caña, comen y rumian los cogollos verdes de caña. Son estas las pequeñas cosas que ayudan a continuar tirando para adelante, a los bueyes las carretas, a los penados su penosa vida.

Dentro de Abel se agita un dilema que ha vislumbrado en su sueño. Si le dieran pase para ir a casa, al finalizar el mismo... ¿volvería o no regresaría?

Cualquiera de las posibles decisiones es otra de las cosas que le hacía sufrir.

Continúa el trabajo demoledor hasta que se pone el sol y un poco más. En su cabeza dan vueltas y más vueltas las ideas. Igual que en su boca el pedazo de caña que peló y ha estado masticando mucho rato, hasta que el bagazo se deshace por completo.

Regresan al campamento a comer y a dormir. Al acostarse en su hamaca, aún piensa mucho porque desea con toda su alma volver a soñar con los suyos. Esos sí serían felices sueños.

Bueno, mañana será otro día. Y será igual, y pasado mañana y el día después y todos los días. Igual, igual, igual…

«¿Y lo del pase, será verdad? ¿Y qué será peor, que no me den pase, o que den pase y tenga que volver?».

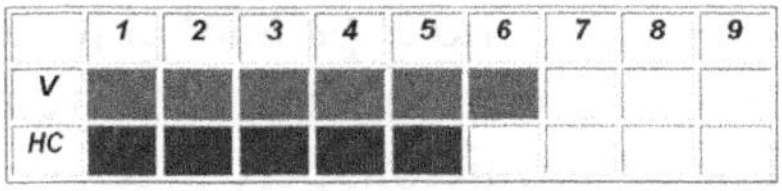

XI.-Sexta entrada (parte alta)

Cuando un jugador ha ganado una determinada base, tiene la posibilidad de adelantar a otra base cuando está al bate un compañero. Aún sin que este conecte. Robar la base, se dice. Esto se puede hacer si logra en un lanzamiento del «pitcher», avanzar sin que lo toquen fuera de la base con la pelota. Es una de las pocas situaciones de la vida donde robar está bien visto. Los corredores muy rápidos son los mejores robadores de bases. La base más difícil de robar es el «jon» («home»). Cuando a alguien le dicen, en el argot, «te han robado hasta el jon», es que le han hecho lo más insólito, lo no esperado.

1997/2000

Era una oportunidad que seguramente no volvería a pasar. Este trabajo podría solucionar las incertidumbres y estrecheces de la familia. Pero era una decisión muy espinosa. Había infinidad de cosas que eran necesarias dilucidar.

—Tony, creo que lo mejor que puedes hacer es aceptarlo. No le des más vueltas. Si a mí se me presenta esa oportunidad, no lo pensaría dos veces.

—Pero es que siento dentro de mí que te estoy haciendo una mierda. Te dejo solo. —Y le da un trago a la jarra de cerveza que se están bebiendo en la barra de un bar.

—Eso es lo menos que te debe preocupar. Ya me las arreglaré. Antes lo he hecho muchas veces —le dice con mucha generosidad el bueno de Dany.

—Pero es que me parece que te dejo en la estacada, y todo a cambio de tener un buen sueldo en este nuevo trabajo. Me parece que hago mal —y le vino al paladar el jodido regusto, casi olvidado, de un sabor que testó hace unos treinta años. No es el ponzoñoso sabor de la traición, pero sí le evoca el ruin sabor de la mierda, al anteponer a la conciencia su bienestar, con perjuicio ajeno. Lo intentó anular con otro largo trago de cerveza, que no evitó que se siguiera sintiendo un poco miserable.

—Pero Tony, tú tienes que velar por tu familia. Ahora tus cargas son mayores, tienes dos frentes, y la verdad es que el primer impulso a la empresa está dado. No seas tonto, cierra los ojos y acepta.

—Son las disyuntivas que siempre hay. Si haces una cosa, le viene bien a unos y a otros los jodes. Joder o no joder, esa es la cuestión.

—Y viceversa. ¿No crees? Es una cuestión de prioridades.

—Pero lo que más me duele que en este caso me importa mucho quién se va a joder. ¿Lo arreglamos entonces? ¿Aceptas que te haga esta mierda? Toda mi parte de la empresa es para ti. No quiero nada y esto es lo menos que debo... Aunque creo que no es el mejor regalo que pueda hacerte.

—Tira para adelante. ¡Te deseo toda la suerte del mundo! —Y le pasa la mano por el hombro, de banqueta a banqueta.

Esto hace que la respuesta de Tony sea condicionada. Pide un par de meses de tiempo para poder dejar arreglado todo lo de su negocio. Le preocupa tanto de cara a los clientes como por su primo Dany, que es lo que más lo inquieta. También el papeleo del traspaso, que lleva un tiempo.

En el transcurso de ese tiempo de espera, la pareja se escapa un fin de semana y hacen un segundo viaje a la zona. Quieren conocer en detalle cuál es el mejor sitio para establecerse. Recorren diferentes pueblos de la hermosa costa cantábrica y también otros muy pintorescos, pero tal vez un poco intrincados, del interior de la provincia.

—Tony, creo que de todos los sitios que hemos visto este es el que más me gusta —hace Margarita su observación cuándo están en Zarautz.

—Hay muchos sitios bonitos. Este territorio es magnífico, estoy de acuerdo. Es Zarautz el lugar. No es posible encontrar algo más bonito que esto.

—Además, piensa que el sitio con más posibilidades de trabajo para mí es San Sebastián.

— ¿Y? —Tony no capta la combinación de intereses.

—No te das cuenta de que está a medio camino entre el lugar de tu trabajo y la capital. Así podrá ser más fácil para ambos. Los precios de la vivienda en San Sebastián son prohibitivos. Mejor este sitio.

Margarita es la que más arriesgaba con este cambio. Se marchaba a una comunidad donde existían impedimentos laborales, incluso de idioma, para sus posibilidades de encontrar trabajo. Pero ella es una mujer decidida y valiente. Estaba segura de que juntos pueden ir adelante. Aunque prudente, también es osada y no sintió temor de lo que podría venir.

—Pues a buscar un piso que nos venga bien.

—Bueno, en eso yo soy experta. Déjame hacer y ya verás.

Tenía toda la razón, con la experiencia de esta mujer encuentran un excelente apartamento, adecuado a lo que buscan. Lo alquilaron. Es magnífica esta Margarita.

La localidad dónde se instalaron es preciosa. Viviendas residenciales muy bonitas, con el típico estilo de la edificación del norte, que utiliza la pizarra negra como elemento constructivo en los inclinados techos. Convive lo moderno y lo antiguo en singular armonía. Es una villa turística y estaba muy bien conservada.

Aquí se construyó allá por el siglo XVI la primera nave que dio la vuelta al mundo, la «Nao Victoria». Juan Sebastián Elcano, el hombre que completó el primer viaje de vuelta al mundo después de la pérdida de Magallanes, era de esta zona. Elcano, como era costumbre de la época, lo toma del nombre de la pequeña aldea donde nació, a menos de diez kilómetros de esta villa.

«Haciendo una extrapolación al día de hoy, dar la vuelta al mundo entonces es como ahora ir a la Luna. Elcano sería para su siglo como un cosmonauta para nosotros. ¡Bravo el vasco!, si es que no es una redundancia» Infiere Tony de sus cavilaciones.

La playa es magnífica, con sus típicas pequeñas casetas para cambiarse; fabricadas de lona rayada y alineadas en una inmensa fila en la arena muy cerca del mar. Es orgullo de los guipuzcoanos, que la denominan «la reina de las playas». Las montañas, muy cercanas, rodean el poblado como protegiéndolo. A ellas se puede ir de excursión campestre a pasear por frondosos bosques, a recolectar setas o a visitar las innumerables sidrerías donde es delicioso practicar el principal «deporte» vasco: la gastronomía. Era un sitio especial y la pareja se felicitaba de la selección que había hecho.

Ejecutaron por fin la mudanza. El viaje es un tanto singular. El camión con los muebles se marchó antes. Iba por su cuenta. Esto cumplía el plan que preparó Tony de manera minuciosa. De esto hacía cariñosa burla Margarita. En tanto, la pareja con el niño tenían que trasladar los dos autos a la nueva residencia.

Jorge tenía sólo cinco meses de nacido, era muy pequeño, su madre lo amamantaba aún. Lo acomodaron en su asiento especial del auto de Margarita y emprendieron su segundo gran viaje. Otra vez setecientos kilómetros hacia su nueva casa.

El auto de Tony marchó delante. Pasaron los primeros ciento cincuenta kilómetros. Tony recibió desde el auto de Margarita la señal de intermitentes en los dos lados del coche. Es la señal de avería. Busca la chuleta de papel que copió antes de salir con los códigos: «hay que parar a cambiar pañales». Menos mal.

Entonces lo teléfonos móviles no se utilizaban con la misma profusión como se utilizarán pocos años después. El ingenio de Margarita y su instinto de madre creó un código de señales con las luces, tanto de los intermitentes como de los faros, para avisar al coche que va delante lo necesario en cada momento: «hora de amamantar», «el chiquillo llora mucho» «adelante, todo va bien»... Mensajes que se reciben más rápido que las ondas sonoras; viajan a la velocidad de la luz. Todo funcionó a la perfección durante este atípico viaje.

Pocos días después de instalados, Margarita comenzó a buscar trabajo en todos los sitios posibles. Realizaba sustituciones de muy poco tiempo por médicos en los Centros de Salud de la comarca. Poca cosa más. Siguió insistiendo y como salió a buscar la suerte, la encontró. Se le presentó una oportunidad en la Unidad Docente del Hospital de San Sebastián, lugar donde se forma a los residentes de medicina. Se preparó, se presentó y obtuvo la plaza. Esto garantizaba a la familia una gran estabilidad y tranquilidad. A Margarita le aseguraba la satisfacción de desarrollar su doble vocación que le viene de cada uno de sus progenitores: la de médico y la de profesora.

Por su parte, Tony comenzó un arduo trabajo: el de sacar adelante la empresa fabricante de engranajes. Las cosas han estado mal por varios años y no es fácil. Hay que reorganizar y ejecutar nuevos enfoques de producción. Esto lleva tiempo. Crea un equipo de personas que él considera será la clave del éxito. Poco a poco las cosas comienzan a mejorar. Los pedidos aumentan, la calidad se establece.

Se tropezaba con limitaciones con el personal de la fábrica. Las personas de la empresa tenían costumbre y hábitos adquiridos en etapas anteriores, algunos de los cuales no son buenos ni para la empresa ni para los trabajadores. Se presentaban dificultades con los sindicatos, de manera más evidente con los que tenían conexión con la izquierda abertzale. Parecía que jugaban más un papel político que el que era en verdad su función: la defensa de derechos e intereses de los trabajadores. Los aumentos de producción y la calidad no se podían sostener si las personas no colaboraban y se sentía que de manera clara se ponían palos a la rueda de la mejora en la empresa. La gente se sentía amedrentada y temía colaborar.

Ante grandes problemas, grandes soluciones. Tony solicitó la colaboración de dos ingenieros cubanos de su pueblo natal: Baños y Wong, que vivían desde hace varios años en España y se entusiasmaron ante la proposición de colaborar en este proyecto. Eran profesionales muy preparados y con estilos de trabajo parecidos, y sobre todo eran de toda su confianza. Sin pensarlo demasiado, se trasladaron al País Vasco y se integraron bien dentro del equipo técnico de la planta. Esto era una gran ayuda. Aunque era un avance, no era suficiente.

Ante los problemas con los sindicatos y las pocas posibilidades de encontrar trabajadores calificados, Tony se puso en contacto con la organización de ayuda a los refugiados y negociaron un convenio de colaboración para que un grupo de emigrantes de diferentes países y sin trabajo pudieran entrar a trabajar en la empresa. Se crearía un aula de formación en la fábrica donde se les impartirían clases para que pudieran aprender la parte teórica de los puestos de trabajo que debían desarrollar. Los técnicos de la fábrica ejercerían como profesores.

El gran problema era que los sindicatos se oponían.

—¿Pero cuál es la causa por la cual no quieren dar la oportunidad a estas personas? —pregunta Tony en la primera de las acaloradas reuniones que se celebraron al respecto.

—No están legales —respondió uno de los representantes de los trabajadores de la fábrica, poco entrenado en las lides dialécticas de estas reuniones.

—La cuestión es que ellos no son trabajadores de la fábrica. No están sindicados. No tienen papeles —argumentó uno de los miembros del Sindicato Provincial, completando la intervención.

—Todo es legal. Todos tienen papeles y están recibiendo ayuda por parte del Estado. Eso está aquí. —Levantó una carpeta llena de papeles—. Si no lo creen los pueden revisar —dijo Tony que se había llevado toda la argumentación con detalle.

—Señor gerente, nosotros no vamos a estar de acuerdo con la entrada de gente extraña en la fábrica —volvió a insistir la parte sindical.

—No me lo creo, terminarán por darse cuenta. ¿Se acuerdan de aquello de: «Proletarios de todos los países: uníos»? Pues estas personas son de otros países.

—Pero es que ellos no son proletarios. No saben operar las máquinas. Nos pondrán en peligro a nosotros —esto último se le escapó evidentemente.

—No son proletarios porque vosotros no queréis. ¿Les gusta verles en la calle vendiendo cosas? ¿Por qué no les damos la oportunidad? Son seres humanos, aunque no sean vascos, aunque no sean españoles —intenta Tony conmover las conciencias por el lado de los sentimientos, ya que no quieren atenerse a razones—. ¿No les parecen buenos trabajadores Wong y Baños? Ya ven como están organizando todo el proceso. Ellos son extranjeros también. ¿Por qué rechazan entonces a estos, porque son más oscuritos?

—Pero es que lo que quiere la dirección de la empresa es explotarlos pagándoles un salario inferior y haciendo que trabajen muchas horas… —vuelve a intervenir el representante provincial.

—Creo que están suponiendo cosas que no son. Estas personas tendrán exactamente las mismas condiciones que los demás. El mismo salario según la categoría profesional que ellos lleguen a alcanzar. Lo que pasa es que estas gentes vienen con ganas de comerse el mundo, y a eso le tenéis miedo, porque quedarán en evidencia los que no quieren que la empresa salga adelante.

—¡Qué pasa, pues! Se creen que van a llegar aquí y quitarnos nuestros trabajos. «Ez, ez eta ez». Que nuestras familias pasen hambre, no vamos a permitir. —Cada vez tiene menos argumentos y ya no sabe cómo ripostar.

—Creo que estás exagerando, Kepa. Yo he buscado por activa y por pasiva trabajadores vascos para que vengan a trabajar a la empresa. Algunos han entrado y están trabajando. Pero no hay más. Pero de todas formas, si un trabajador vasco o español viene a pedir trabajo a la fábrica lo atenderemos y trataremos de incorporarlo. Claro, si tiene ganas de hacerlo bien. De todas formas esto irá adelante, con vuestra colaboración o sin ella.

—«Haiva» la hostia, pues. Tienes una huelga en tus narices —dice desafiante Kepa—, y ya verás cómo las gastamos aquí en Euskadi.

Sabía que de aquellas tensas reuniones dependería el futuro de un grupo de personas y sus familias. Nadie tenía que explicarle lo que esto significaba pues él lo había vivido en sus propias carnes. Eran tensas, casi batallas campales. Se daba cuenta además de que estos tenían aún menos posibilidades de las que él tuvo. Su preparación, el idioma y sobre todo la ayuda de la familia habían sido definitivas. Él jugó con ventajas.

Le costaba trabajo entender la posición de los sindicados. O más bien sí la entendía, pero no quería compartirla. Tantos años de abusos de promesas incumplidas, tantos rodillazos en los huevos, hacían que la gente se atrincherara en los prejuicios. El miedo, tan cercano, lo podía entender. Pero la insolidaridad con los más desfavorecidos le parecía no sólo reprobable, sino incluso suicida. Rompía con el precepto de «hoy por ti, mañana por mí» que cohesiona y ofrece la única fuerza a los que son más débiles. Posiblemente sus propios prejuicios con los sindicatos, por experiencias anteriores le impedían tomar una posición más conciliadora.

—Me parece pura demagogia por parte de ellos; están locos tratando de cerrarles las puertas. No se pueden poner puertas al campo. O eso pienso yo, aunque nuestra experiencia es diferente —comentaba Wong, uno de los ingenieros mientras están comiendo en un pequeño restaurante del polígono industrial, unos días después de la reunión.

—No van a hacer huelga ni nada de eso. Ya verán como lo solucionamos —dice confiado Tony.

—Si esto sale bien verás que cuando todo esté en marcha quieren más cotizantes, y entonces los afiliaran a todos —dijo Baños—. ¿Te crees que son bobos o qué? ¿Te juegas algo?

—Si yo les contara lo que le pasó a mi padre con los sindicatos en Cuba…

—Si es una historia de tu viejo debe ser muy interesante. Él es un tipo de armas tomar —Wong afirmó, y le pidió a Tony con un gesto de la mano que le pasara la gaseosa para combinar con el vino.

—Pero, ¿qué te contó? Venga, no te la quedes, «men», pasa la peli —pide Baños, después de tragar su bocado y poner cara de solicitante interesado.

—Pues el viejo me contó que él y otro compañero del Movimiento 26 de julio, cuando Batista y estaban en la clandestinidad, fueron a ver a un importante dirigente sindical de nuestro pueblo. No hay que decir nombres, lo mismo da. —Mientras va contando se ilumina el rostro del hombre que recuerda a su padre con tanto cariño y que la vida los ha obligado a estar separados—. Fueron a ver al tipo, que era del Partido Socialista Popular. Querían que se sumaran a la huelga del 9 de abril.

—Coño, sí, la huelga general que debía apoyar el alzamiento de Santiago y lo que pasó en la escuela de oficiales de la marina de Cienfuegos. ¿No fue así? Aquello fue del carajo. Mataron mucha gente —apostilla Wong, que sigue con mucha atención el relato.

—Pues fueron a verlo. Y, ¿a que no saben lo que contestó el patriota?

—Me imagino. Que iban a ayudar y acabar con el régimen explotador.

—De eso nada, camaradas. El tipo dijo: «No nos vamos a sumar a esa huelga. El Partido Socialista Popular utiliza las vías electorales para acceder al poder, no la vía armada. Nuestro sindicato no apoyará la huelga. Fidel Castro es un aventurero y está loco. Pronto lo bajarán de la Sierra Maestra».

—Pero yo sé de quién estás hablando, aunque no quieras decir su nombre. Este dirigente sindical, sólo pocas semanas después al triunfo de la Revolución, se subió en el carro de la victoria y con muchos otros siguieron con esa trayectoria por muchos años. Se hicieron importantes jefes del amañado movimiento sindical cubano. Fue entonces su táctica, meter cuadros formados en todos los sitios que pudieran.

—Ahora en pequeña escala, en otras latitudes y condiciones, la historia, la porfiada historia se repite, «brother». Si mi viejo se enterara de lo que está pasando aquí me contaría, empingado, esta batalla de nuevo, seguro que sí. —Sus compañeros notan como le brillan los ojos y su cara se ilumina, al hablar de su padre.

—Y por cierto, ¿cómo está el viejo? Él esta fuerte todavía, ¿no es así?

—Sí, hasta el momento bien, toco madera —da tres golpes con los nudillos en la mesa y continúa—, aunque ya sabes que la edad y las cosas por allá como están... Tengo que llamarlos en estos días para saber de ellos. Hace como un mes que no sé nada de casa.

—Y eso que ellos son de los que tienen FE y pueden resolver, como los nuestros. Sí, chico, Familia en el Extranjero —y sonríen todos la ocurrencia de Baños.

Esa tarde al llegar a casa realizó una llamada internacional a su familia. Habló con su madre y con su padre, los saludos, los cariños, las informaciones que se dan en estos casos. Querían saber, sobre todo, de su nuevo nieto, y Margarita les ofrece todo tipo de detalles. «Manden fotos, manden fotos», repiten una y otra vez. ¿Y los de Albacete, cómo están? La Mabelita está lindísima en las últimas fotos. En un momento determinado, cuando ellos no podían oírlo, su hermano le dijo a Tony una mala noticia. El viejo estaba mal, muy enfermo. El diagnóstico de la enfermedad era grave y poco podía hacerse. Aún él no era consciente de lo que le pasaba, pero lo sospecha. Era demasiado inteligente para no percatarse, pero obró como si no pasara nada. Es un golpe que no esperaba, nadie puede esperar estos golpes bajos, que la vida traidora pega. Y pega fuerte y lo tira. Al principio se lo niega a sí mismo. No puede ser. Es su padre, ese ser fuerte, seguro, poderoso, invulnerable. El dolor se encarga de hacerle realidad que no hay excepciones, que a todos nos llega el momento. Ahora había llegado para él.

Trató de mantenerse lo más cerca posible de la familia, pero no tenía otra vía que la telefónica. No podía ir a su tierra a estar con ellos. No tenía permiso para entrar en Cuba. Vive semanas extremas, queriendo a veces auto-engañarse y esperar una recuperación o un milagro.

Duerme muy mal, se despierta a media noche sudando, resoplando, con el corazón acelerado y una gran angustia en su pecho. Se pasea de madrugada por la casa una y otra vez, arriba y abajo. En su butaca preferida, la de leer, pasa horas rememorando instantes de su vida conjunta. Y no puede impedir las amargas lágrimas cada vez que lo hace. Tantos son los recuerdos, tantas las enseñanzas, tan rotundo el ejemplo.

La enfermedad va a peor. No hay milagros. Sabe que sus hermanos están a su lado y que le prestan toda la atención y todos los cuidados posibles. Es lo único que lo tranquiliza un poco. El desenlace es, por desgracia, muy rápido.

Rotunda, la noticia llegó. Para Tony son los días más penosos que ha sufrido en su vida hasta el momento. La ansiedad que sentía se transforma en sentimiento de culpa. Está rabioso por no poder hacer otra cosa que sentarse en su butaca y llorar. El sentimiento de impotencia le cala el ánimo. Él había aceptado el contrato implícito, la maldición del emigrado exiliado; no poder entrar a la tierra prometida. Se lamentaba, se culpaba. Sentía que le había fallado a su padre a la hora de acompañarlo a su partida. A aquel que siempre, sin fallar, lo había acompañado a él. Le dolía donde duelen las cosas que más se quieren, ese sitio a donde nunca ha estado el consuelo porque no conoce el camino.

Mete la mano Tony en su bolsillo y aprieta con fuerza una moneda de un peso cubano que lleva consigo. Se la dio su padre la última vez que se vieron. Es un símbolo. Es toda la riqueza material que le dejaba. Es la imagen que constata que su legado no es físico, es espiritual. Que la riqueza se la dejaba en principios y valores, apuntalados por el ejemplo de toda su vida. Este legado es más valioso que cualquier riqueza o propiedad que pudiera dejar como herencia.

Pasa así semanas hasta que el recuerdo de su padre, hasta ahora para él patrón, se eleva a la categoría de mito. Nada es para siempre. La vida termina. Hay que aceptarlo, que no es sinónimo de olvidar. Más que nunca el modelo se hace enorme, y el dolor aún presente, comienza a transformarse en el sentimiento de pertenecer a una estirpe. En saberse depositario de un legado. Fue su padre y fue su amigo. Supo, además, según correspondía en cada momento, seleccionar uno u otro papel con magistral sabiduría. Era magnifico tener un buen amigo así, que le acompañaría para siempre. Y se cumplía lo que siempre le dijo: «contigo, tanto si tienes razón como si no la tienes».

Estrecha con fuerza entre sus dedos la moneda durante estos días. Unos tienen medallas y otros símbolos. Él tiene, a modo de arras la moneda de su padre. Al apretarla, Tony repite a plena conciencia una frase usada con frecuencia por su padre y que utilizaba para animar a sus hijos:

«¡Eres superior, mi viejo!», se susurra y continúa más que pensando, sintiendo. «No morimos si somos capaces de vivir en el espíritu de los que nos quieren. Con ellos nos quedamos. Tú vives en mí y en los tuyos para siempre».

Hay que continuar el camino, aún con el alma hecha girones. La vida quita y la vida da, pero inexorable sigue su curso. La vida es una máquina que no tiene frenos, no sabe detenerse…

Al final de mucho negociar se lograron acuerdos con los sindicatos, como siempre en estos casos porque se cedió un poco por ambas partes. Se incluyeron en los cursos algunos trabajadores de la empresa con pocos conocimientos técnicos, algunas mejoras de la seguridad del trabajo y otras cosas y así se logra que al menos se comience con una prueba con los extranjeros, que podría ser reversible si no sale bien.

Comienzan a trabajar tres argelinos, un sudafricano, un burkinés, dos cubanos y tres angoleños. El taller parece una pequeña asamblea de las Naciones Unidas. El impacto no se produce sólo en el taller. Hay también un impacto social. El lugar donde está ubicada la fábrica es un pequeño pueblo de la Guipúzcoa profunda. Se habla en euskera. El español casi no se emplea como idioma vehicular. Es una sociedad bastante cerrada a los foráneos. La población sale poco de este entorno y tiene una visión muy local. Este es su mundo, cerrado, su valle rodeado por las montañas, sus caseríos y para ellos hay muy poco más.

Las primeras semanas es muy duro para los nuevos trabajadores. Se les está observando por todos. Se les critica por todo. Pero como ellos tienen la necesidad de trabajar y la oportunidad que se les ofrece es un sueño, no flaquean y continúan adelante. Su motivación es alta. Aprenden rápido, a pesar de que se les compara y evalúa tomando como base los trabajadores vascos, que son muy buenos y tienen mucha experiencia.

Aunque a pesar de las dificultades y los miedos, la buena voluntad triunfó al final. Pasó el temor inicial al que «es diferente», y una vez que esto se venció, comenzó la integración. En unos meses ya no había problemas. Se había involucrado tanto en el trabajo como en la comunidad, hasta donde era posible hacerlo. Daba gusto poder ver trabajar tanta diversidad en completa armonía.

Al poco tiempo, los sindicatos tratan de captar a estos nuevos trabajadores como afiliados, a pesar de haber estado oponiéndose de forma sistemática a su entrada en la empresa.

—Te salvaste de milagro, Wong. Si me hubieras cogido la apuesta la hubieras perdido. Ya los están afiliando. ¿Recuerdas lo que lo decía? —comentó Baños cuando esta incorporación comenzó a gestionarse.

Tony se sentía satisfecho por esta tarea. Muchas veces recordó durante el proceso a aquella señora de Albacete que tanto lo ayudó cuando él se encontraba en situación similar a la de sus muchachos. Sus muchachos, así les llama. Obras son amores….

—Tony, vienen las vacaciones de Navidad. ¡Nos vamos a Valencia con la familia! —comenta entusiasmada Margarita, tratando de animar a Tony.

—Muy bien, pero hay que tener cuidado en el viaje. Mira como está esa barriga.

Se refiere a lo abultado del vientre de embarazada. Un segundo embarazo del que están esperando, ya lo saben, otro niño.

—No te preocupes, aún falta. Como estoy con licencia puedo irme antes. Me puedo ir en avión con Jorge. Así estaré con mi madre. No para de tejer prendas pequeñitas para el nuevo bebé.

—Muy bien, yo iré después. Jorge, tendrás que cuidar a mamá. Vas a ir en un avión a casa de la abuela —advierte a su lindo pequeñín.

Se va ella en avión con el pequeño Jorge, que ya tiene dos años y un poco. Unos días después se marcha él, pero lo hace en coche. En Valencia visitan a toda la familia y a los muchos amigos de Margarita. Tienen en plan una cena la noche del veintiuno de diciembre. Son días de fiestas y celebraciones. La noche de la cena, de camino entran por el hospital para que un amigo especialista la valore. Será el profesional y amigo que atenderá su parto cuando esté a punto. Faltan aún unos días, aunque siempre es bueno estar alertas.

—De cena nada, Margarita. No te puedes ir. Lo tendrás en mi guardia. Estás de parto —es el diagnóstico rotundo del amigo doctor.

—No juegues conmigo. Me esperan mis amigos para cenar. Me han dicho que hay unos langostinos para chuparse los dedos.

—Pues tendrá que ser en otro momento. ¡A la sala de partos ya!

En media hora o menos está preparada, lista para una vez más, atravesar el peligroso umbral que hace subir a la mujer al podio superior de la raza humana: la maternidad. Está a punto de comenzar el acto final de una obra que comenzó hace semanas, después de que un test, heraldo de felicidad, anunciara que un nuevo hijo llegaría pronto. Lo han ido amando centímetro a centímetro, tal como ha ido creciendo. Tony, esta vez sí está dentro de la sala del parto, presto a acompañar en su importante papel secundario. Es su experiencia primera en presenciar el nacimiento de una vida humana. Todo a su alrededor le es nuevo. ¡Qué cosas! Su pequeño hijo comienza enseñándolo a él tan mayor. El instrumental que tienen bien dispuesto los profesionales le deslumbra con su brillo metálico. Olores que por no ser conocidos impresionan su olfato y no puede clasificar, pero que siente purificados. Está cerca de Margarita y trata de hacerse presente, al menos al mismo nivel de sus contracciones. Él sabe que es una de las necesidades que ella tiene en este momento. La respiración aprendida y practicada ayuda, pero el dolor es más fuerte. «Puja, puja, puja», es la palabra que más se escucha, aunque no la única. «Duele, duele mucho» también se oye, cuando mueve la cabeza a izquierda y derecha y aprieta la mano con fuerza. Ya está aquí, acaba de llegar. Ahora, un olor que sí es conocido, el de la sangre, le anuncia la vida. Ya se oye su primer llanto. Alberto se separa de la placentera vida dentro de su madre por el corte del cordón umbilical, y comienza a vivir por su propia cuenta. Este parto es mucho más rápido que el anterior. No han pasado dos horas y ya tiene en sus brazos a su pequeño. Le recuerda al pequeño niño de los nacimientos que se exponen por estos días por la Navidad, más parecido a querubines rubios que al real, que por su origen, seguro, tendría la piel más tostada. A aquel le tocó nacer en un pesebre en un país pobre y sometido. Este ha tenido la suerte de que la cigüeña, Dios o el destino lo hayan querido dejar aquí, en cómodo primer mundo, en un tiempo capaz de ofrecerle todas las oportunidades.

—Aquí tienes a tu langostino y observa qué rojito está —el médico bromea con la madre.

La emoción de ser padre no es nueva. Pero ¿deja de ser tan intensa cómo la primera vez? Es el misterio de la vida que siempre sobrecoge. Su padre es la primera persona de la familia que lo tiene entre sus brazos, que siente latir el pequeño corazón del recién llegado. Sus ojitos no pueden ver, es obvio que no puede hablar pero para su padre hay una inequívoca señal que clama, que pide que le proteja siempre, cuando llueva o cuando truene, cuando luzca el sol, cuando lleguen los miedos y los momentos difíciles. Y se jura que en esta vida que comienza a vivir tendrá un protector, un mentor, un amigo, que estará muy junto a él para entregar su cariño a esta criatura que se pierde entre sus brazos fuertes.

Alberto ha sido rápido. Es otra predestinación, porque es una característica que tendrá más adelante al crecer. Veloz, resolutivo, deportista….

Margarita, que está al tanto de todo y es la actriz principal de esta obra, una vez repuesta, comenta:

—Hay que avisar a la familia. Piensan que estamos en la cena.

—No te preocupes, que ya los he llamado. Todos están muy contentos. Un beso grande de tu madre. Su hermano Jorge está encantado, según me dicen. Es un bebé que considera suyo y se toma con mucha responsabilidad lo de ser hermano mayor. También he avisado a Mabe y a Tata.

—Es un bebé precioso —comenta Margarita, que lo aprieta junto a su pecho—. Ten mucho cuidado que no nos lo cambien por otro.

—¡Qué va! Este no se me despinta.

Es la Navidad que pasan en familia. Con la familia de Margarita, que también lo acoge como uno más de ella. Tony, a pesar de todo el cariño, se siente muy lejos de los suyos. El recuento de todo el año noventa y ocho: penas y alegrías, de todo un poco, pero con un incierto saldo.

Cuando se acaban las vacaciones de Navidad, la pareja vuelve a la rutina del cuidado de la prole y del trabajo diario. Mientras el tiempo pasa, fueron haciendo amigos en Zarautz. Margarita conoció varias madres que no son nativas del lugar y que como ella llevaban a jugar sus hijos al parque. Los parques son lugares donde las madres entablan amistades muy sólidas que muchas veces sus hijos pequeños continúan a lo largo de sus vidas.

Apareció también una chica cubana que se había casado con un vasco. De inmediato se estableció la comunicación. Conocieron al capitán de un gran barco rumano, que se dejó su nave atracada en el puerto de Bilbao y él se quedó en España. Fue en tiempos de Ceausescu. En fin, un grupo que era pura diversidad, originalidad y pluralidad, y como nuestra pareja, vivían en esta sociedad sin ser nativos. Costaba ser aceptados por una sociedad que al inicio era bastante cerrada. Como todo en la vida, ese contra fomentó el pro de la formación de una entrañable pandilla de amigos. La necesidad obliga.

Sin embargo, también van haciendo amigos con otras parejas que sí son vascas, que tienen hijos de las mismas edades. Una vez que se estrechan vínculos, que no se perciben amenazas por la diversidad, las cosas cambian. Es admirable cómo entonces los vascos se abren y son personas muy amables, serviciales y buenos amigos. El grupo creció y las celebraciones de sidrería, de buena y abundante comida vasca, también se multiplicaron.

Aun así, la situación social de este territorio fue empeorando bastante con los meses. La sociedad vasca estaba muy fracturada por el terrorismo, y se temía todo y a todos. Se incrementaron los actos de violencia. Mataban personas en medio de la calle. La gente tenía miedo de hablar y decir con libertad lo que pensaba. Llegó un momento que la pareja se replanteó si aceptarían que sus hijos crecieran y se formaran en medio de esta situación. Para Tony estaba muy claro. Margarita también lo comparte.

—Tony, ha llegado a mi trabajo una convocatoria de plaza para Valencia. Es igual al trabajo que hago aquí, pero para hacerlo allí, en mi tierra.

—Si a ti te parece bien, sin pensarlo más, preséntate.

—Bien, si yo apruebo, tendré trabajo allá. ¿Y tú? ¿Qué hacemos?

—No te preocupes, ya encontraré algo. Lo que no quiero es que tenga que estar mirando a los dos lados y tras mi espalda para poder decir algo. No quiero que mis hijos tengan que vivir lo que me tocó vivir a mí en Cuba. Aunque sea a escala reducida y de forma diferente. En definitiva, es vivir sin libertad.

—Aquí estamos bien en lo que a nuestra economía se refiere. ¿No es muy arriesgado este paso? Tendrías que encontrar un trabajo.

—Sí es un gran riesgo, pero vale la pena. Causa más frustración vivir condicionados a lo que quiera un pequeño grupo. Alguna experiencia, por desgracia, tengo en estas cosas. Si tú apruebas, nos vamos.

Y Margarita, como siempre, aprobó.

Tony lo arregla todo con el dueño de la empresa. En ese momento ya las cosas marchan bien. La empresa está dando beneficios y las bases organizativas están sentadas. Él ha cumplido su misión.

La familia se trasladó a Valencia. Margarita encantada. ¡Por fin! Estar en su tierra y cerca de su familia después de muchos años.

2000/2003

Ya en Valencia, una noche, Tony estaba escribiendo un historial profesional que quería utilizar para solicitar un trabajo que tanto necesitaba. Miró y dio vuelta entre sus manos una y otra vez a su carnet de identidad que acaba de usar para escribir los datos. Reflexionaba serio.

«Este pequeño documento que todo ciudadano tiene, y que para todos es algo común, a mí me ha costado obtenerlo cerca de cinco años. No es un carnet, es un estatus, una condición. Ha sido un tiempo de incertidumbres. Paciencia y trabajo ha costado. Creo que lo valoro mucho más que la mayoría de las personas. Ahora soy un ciudadano español con todos los derechos. Me hace sentirme más seguro. Hoy será más fácil conseguir el trabajo. ¡Quién se acuerda de aquellos tiempos iniciales de "zumo de naranja"! Pero no lo es todo, es solamente una aceptación oficial. ¿Podré sentir aquí una nueva patria?»

Comienza a ser consciente de la realidad persistente de su exilio. Los primeros años creía que sería cosa de poco tiempo. Volvería. Cuando se arreglasen las cosas en Cuba… Ahora es consciente de que ha formado una nueva familia y que sus hijos de Cuba se integran cada vez más en esta sociedad. Siente con más intensidad su arraigo a este país que lo ha acogido de manera tan generosa. Y por primera vez es consciente que a estas alturas no hay vuelta atrás. Ha sobrepasado el punto de no retorno. Esto va a ser para toda la vida. La idea, la conciencia de esta realidad, lo impresiona de manera ruda.

En este inmigrante se suscitan sentimientos contrapuestos. Quiere integrarse de manera plena en la sociedad que lo acoge. Es una necesidad que le marca la supervivencia, pero a la vez añora sus raíces, su tierra, sus costumbres. Este choque se presenta de manera real y se siente casi como un dolor físico. Es la superposición de dos culturas que, aunque en este caso son bastante parecidas, no son idénticas. Lo siente como la servidumbre a dos señores. Sólo cuando el proceso de integración se asume como el ensanchamiento de estas dos culturas el dilema tiene solución. No tiene que dejar de ser una cosa para convertirse en otra. No es abjurar, como si de una religión se tratara. Al contrario, es riqueza. No es una cultura «o» la otra, no hay que excluir. Se trata de incluir. Es una cultura «y» la otra. ¡Qué buen servicio nos ofrece la maravillosa Y!

En los vericuetos de sus reflexiones nacen ideas y reconoce los valores que tiene una sociedad como la que vive. Su última experiencia en el País Vasco le refuerza en sus convicciones. Cuando la situación social o política (o ambas) no lo han satisfecho, ha podido ir a buscar lo que anhelaba con el solo hecho de proponérselo. Esto para él tiene un valor inapreciable. Sabe que le costaron muchos años y pesares en su tierra para poder lograr algo parecido. Al final piensa que esto es vivir la libertad.

A veces le molesta que muchos no adviertan de manera consciente esta condición. Que no sepan valorar lo que tienen. Aunque él ha ido aprendiendo a eliminar, o al menos diluir su intolerancia caribeña y sustituirla por los valores de aceptación de la pluralidad y el respeto de las personas de manera integral. Cada cual puede hacer con su vida lo que estime y nadie tiene derecho a condenar la manera de vivir o de pensar de otros, siempre que respeten los derechos de sus congéneres. La tolerancia es otro de los valores que suma a su haber y sabe que lo ha enriquecido.

Aunque sabe, además, que una cosa es lo que él pueda pensar y sentir y otra distinta como lo acepte la sociedad. Percibe que a veces no tiene sitio, que ya no pertenece a ningún lugar. No puede volver a su tierra y esta en la que vive lo acepta en lo superficial, pero no en lo más íntimo y profundo. ¿Cómo salvar este dilema? No le encuentra solución.

Por el momento tiene que encontrar otro trabajo, esta es una prioridad. Buscando y buscando con bastante esfuerzo, una empresa lo contrata. Él sabe que será un período de tránsito. Sigue en sus anhelos la idea de su empresa propia de continuar lo que había empezado antes de marchar al País Vasco.

Trabaja un par de años al frente de una planta de fabricación de piezas para muebles de tablero aglomerado. Se fragua una buena amistad con Castellar, un inteligente y bien relacionado valenciano que trabaja en el área comercial de esta organización. También con un emprendedor joven, Carranco, que tiene más empuje que un tractor. La vida los hace encontrarse y después de reflexiones conjuntas y con las mismas ilusiones se animan unos a otros a montar negocios por su cuenta, para ser independientes.

Vuelve a empezar el ciclo para Tony. Desarrollar el negocio de la consultoría, ahora en Valencia. Estos amigos lo ayudan mucho. Aportan, además de entusiasmo y seguridad, el conocimiento del mercado. Conocen en qué puertas se ha de tocar. Gracias a ellos hace una buena clientela que mantiene por la experiencia y profesionalidad con que trabaja. Las cosas le van saliendo.

El penúltimo de los hermanos de Tony, al que llaman con cariño Coco, ha decidido dejar Cuba y venir a vivir a España. Ha tenido que hacer malabarismos burocráticos, casi trampas, para poder salir y hacer venir a su familia a la península. Los trámites que ha tenido que hacer para colarse por las rendijas de los vericuetos legales son «kafkianos». Ha contado con la ayuda de su familia. Su gran persistencia ha hecho el resto. Trabaja en diferentes sitios. Primero, en la acogedora Albacete comienza en un pequeño taller reparando maquinaria agrícola.

Es ingeniero y además tiene mucha experiencia práctica. Poco tiempo después cambia a empresas industriales, siempre mejorando su estatus. No obstante, un día conversan…

—Tony, el trabajo de la fábrica también se está acabando para mí. Creo que nunca les gusté del todo —expresa con pesar.

—¿Qué ha pasado, Coco? Pero tu trabajo ha sido magnifico, no tendrán quejas.

—Cuando les he resuelto el problema urgente, ya consideran que no me necesitan y entonces hacen cuentas muy tacañas. Mejor dejarlo así…

—Bueno, pues si quieres puedes entrar en la consultora.

—Yo no he trabajado en esto nunca. Lo que sé hacer es trabajar en la dirección directa de fábricas o en temas técnicos.

—No importa. Tiramos para adelante y ya aprenderás. Siempre estaré al quite, no te preocupes. Quiero que entres como socio. ¿Aceptas?

—Claro que sí.

Se traslada con la familia a vivir en Valencia y se incorpora al trabajo de la empresa. Es una tremenda ayuda para Tony. Aunque sobre todo, es el hermano querido que ahora está más cerca de él. Esto le reconforta y resarce de tantos años lejos de sus seres queridos.

La estabilidad que iba logrando en su vida auguraba tranquilidad. Parecía que la vida, que ya lo había probado lo bastante, le daba un respiro. Sin embargo, tozuda y porfiada lo vuelve a poner a prueba.

¿Pero, qué más podría suceder en la exiliada vida de Tony?

Pues sí, pueden suceder más cosas, y en donde es más conmovedor y más puede doler. Su hijo Antonio se pone cada vez peor. Su enfermedad lo va destrozando. Cada vez está más debilitado y minado por el dolor. En un momento se presenta una oportunidad, que parece que puede ser su salvación. Un trasplante. Podría ser el milagro. Todos se ilusionan. Lo ingresan en un hospital para valorarlo y considerar la posibilidad del trasplante. Le hacen todas las pruebas posibles. Hay que esperar los resultados.

—Vamos, hijo, ten confianza que podrás salir adelante —le anima el padre, que lo encuentra más que desanimado, agotado.

—Estoy bastante cansado de todo lo que me hacen, de tanta prueba, de tanto hospital.—Le muestra los brazos llenos de los pinchazos de inyecciones y vías para goteros—. Pero quiero vivir, pipa. Deseo vivir, quiero la vida —lo dice con convicción, aunque sus violáceas ojeras, sus pómulos hundidos en una cara flaca y demacrada, no le acompañen a mostrar su determinación interior.

—¡Pues a por todas! A tener la misma fe que te ayuóo para salir de Cuba.

—Veremos que dicen los médicos. Yo sigo teniendo esperanzas —dice su hermana conversando en el saloncito donde llevan muchas horas esperando el dictamen.

—No hay que desesperarse, la esperanza no la podemos perder. Él ya está casi al límite de sus reservas. Creo que no aguantaría ni un gramo más de contratiempos.

—Ahora ni siquiera lo veo con la ilusión de siempre. Está muy cansado. Me da la impresión que en su espíritu está tratando de revelarse contra lo que su cuerpo le está diciendo: que se ha llegado al final.

—Pero si logramos el trasplante, con el órgano vendrá una inclusión de esperanza y de ánimo. Esperemos que se pueda.

Tarda aún un poco más el dictamen. Al final, el jefe médico que dirige la comisión viene a hablar con la familia.

—La conclusión médica es que no hay solución. El paciente no sería capaz de soportar la operación y el periodo posterior a la misma —dice el médico, profesional, pero frío.

—Pero eso entonces es una condena a muerte. A una muerte inminente. No puede ser. Algo se podrá hacer.

—Lo siento mucho, pero no podemos hacer nada. La ciencia llega hasta donde puede.

—Es que se nos muere doctor. ¡Se nos muere!

—Lo siento mucho. Lo siento mucho. —Y se marcha sin implicarse más, como quien está acostumbrado a verse cara a cara y a diario con la muerte.

Cuesta mucho a la familia que tanto ha peleado, que tanto ha arriesgado, aceptar esta realidad. Primero se niegan a aceptarlo. El espíritu se rebela y no quieren admitir lo que es evidente a la razón. Después, la rabia de la impotencia les asalta y destroza. Se buscan culpas y se asumen, aunque en realidad no sean ciertas. Es como si la vida les hubiera puesto «ao tratando de robar el jon», cuando estaban a punto de anotar la carrera.

Y a partir de este momento la dolencia, crecida, se ceba en el joven. Viene con aún más saña a pesar de que tiene todos los cuidados. ¿Qué le importa a la cruel enfermedad que él tenga esas inmensas ganas de vivir? Ella, sin la menor señal de piedad, hace su fatal y constante trabajo de desgaste.

Noches enteras a su lado para ayudarle, pero sobre todo para acompañarlo y consolarlo. Esto es lo más tremendo en los cuidados paliativos, los que se hacen sin la esperanza de la cura. Y sin esperanzas, la vida es otra cosa, pero no es vida. Ya le cuesta valerse por sí mismo. Su hermana, su madre, su padre, todos a su lado. Lo inventan todo y ya no saben qué más hacer para confortarlo. Toda la familia, sus amigos y amigas, colaboran muy unidos. Aunque todos saben que es cuestión de tiempo. Sólo cuestión del jodido tiempo.

Y como es cuestión de tiempo, también llega el final.

Todos los análisis e instrumentos médicos indican que se colapsan sus órganos. El joven, que conoce por la información científica su enfermedad, sabe lo que viene a continuación.

Llama a su padre que está a su lado en la cabecera de la cama. Su cara está muy demacrada, solo se marcan huesos, pero a pesar de ello la expresión es tranquila.

—Pipa, me alegro mucho de haber tenido unos últimos años muy buenos. A ti te los debo.

—Deberían ser más, coño. Y no le debes nada a nadie. Esto es la familia. —El padre no puede estar sereno. Hablan porque son conscientes de que se están despidiendo. Ahora no hay nada que ocultar ni disimular.

—Cuánto te agradezco todo lo que has hecho por mí —se repone un poco de la fatiga que le causa hablar—, sin tu determinación esto habría llegado mucho antes. Te lo agradezco mucho. Te quiero mucho, pipa.

—No quiero que sufras hijo, no te agites.

—¿Qué importa ya? Esto se acaba. Pipa, me voy tranquilo. Me voy alegre, porque no lo puedo hacer de otra manera. Me sostiene la fe. Creo con todo mi espíritu que voy a pasar a otra vida mejor, y yo amo la vida.

—Es duro hijo, es muy duro —dice Tony cuando puede zafar un poco el nudo que tiene atada su nuez y que no le permite articular palabras.

A Tony se le despedaza el alma. Abraza aquel cuerpo con el hilo de vida que le queda. Siente entre sus brazos a su hijo. Es el mismo pequeño que al nacer tuvo en sus brazos treinta y tres años antes. Ahora en ellos despide a un hombre entero, que valiente, se enfrenta a la muerte. No hay más palabras, el llanto las corta. Vuelve a tumbarse un poco, sus maltrechos órganos ya no aguantan más. Agoniza. Deja de respirar. Todo acaba.

Sentir dolor más grande no puede. Antes Tony creía que había pasado por todo, que la vida le había probado de todas las formas, que había sufrido todo. Ingenuo… ¡No hay dolor más grande que perder a un hijo!

2005 / 2006

Se debía haber parado la vida, pero las ruedas dentadas que la mueven siempre adelante no lo permiten, hay que seguir.

Quedan otros, por fortuna muchos, y a nuestro ya maduro expatriado le vienen eventos, para él fantásticos, aunque las personas que los comparten a su alrededor los perciban como normales. Sabe de toda su experiencia que son estas cosas las que dan a la existencia una dimensión mágica. Sólo se necesita estar en disposición de apreciarlo. Tener ojos para ver y oídos para escuchar lo extraordinario de las cosas simples.

«Todo ocurre siempre, pero al tener la capacidad de romper las fronteras y la tiranía que impone la realidad, se puede desarrollar la capacidad de vivirlo en toda la profundidad de nuestro ser; deleitarse en cada momento con las satisfacciones que nos ofrece "el reino de este mundo" y hacer que se pueda convertir en fantástico. No hay que esperar más premio, él viene a ti cada día de tu vida. Solo que, como buen jugador de pelota, hay que capturarlo. Esto es algo que podría entrar en la categoría de lo real maravilloso». Son ya sus otoñales reflexiones, sazonadas con un poco de latinoamericana especias literarias.

Muchos años de soledad, aunque no lleguen a cien, y de separación ha tenido Tony de sus seres queridos. La dispersión de la gran familia es de todas las cosas una de las que más le ha hecho sufrir. Es por ello que la realidad que le toca vivir ahora sea asombrosa. Que se repita en el presente lo que parecía ya cosa única del pasado, y que al principio de su exilio se había resignado a que era imposible volver a vivir y que no sentiría nunca más. Ocurre una maravillosa distorsión del tiempo.

Desde aquel último domingo que se encontraron en la casa paterna, pocos días antes de la salida de Tony, no se reúne con toda la familia. Han pasado más de doce años. Pero ahora se trata de un reclamo de su hija, la del poder de convocatoria excepcional. Llegó su tiempo, ahora es su boda.

Aquella pequeña princesita que vio nacer hace nada, como quien dice ayer, es toda una mujer. ¡Qué rápido pasa el tiempo! Un excelente manchego, un hombre cabal, un hombre bueno: su Chobal, de cuyo nombre sí quiere acordarse, ha querido ser compañero, ya no sólo de estudios sino que quiere compartir junto a ella toda su existencia. Esto es un gran regalo de la vida.

Para esta celebración, en ocasión tan especial se logra que puedan venir desde Cuba, la madre y el hermano Berni, que aún residen allá. Esto es más que fenomenal, casi un milagro. Pero es que ha convocado la niña y hasta la más férrea burocracia se pliega a su llamado. Las cosas con relación a los viajes no son igual que al principio, cuando él vino; han cambiado mucho. El transformador tiempo en este caso ha jugado en su favor.

A la convocatoria acuden otros muchos miembros del gran clan. Parece mentira pero el milagro se ha logrado, se han podido juntar todos. Durante la ceremonia ella, que está radiante y va hermosa del brazo de su padre, le habla quedito pero muy emocionada al bajar unas amplias escaleras, ayudados por los acordes suaves de la música de violines:

—Pipa, que lindo todo. Sólo nos faltan dos: Abuelo y Tata. —Alguna peregrina lágrima amenazan con descomponer el ligero retoque de su cara joven, que no necesitó más para presentarse tan bonita como para avergonzar y poner celosas a las flores que ornamentan la sala. Con una sonrisa completa de felicidad, preciosa, cubre ante los invitados su pequeño momento de nostalgia.

—Que no nos faltan, mi niña. ¡Están aquí con nosotros! Mientras los lleves así, como tú los llevas dentro, ellos estarán vivos en nosotros.

Después, el banquete lo celebran en un típico restaurante de Albacete con motivos taurinos, que es la admiración y asombro por la novedad, de más de la mitad de los asistentes. Son cubanos, fascinados de los entresijos de la taurina fiesta. Se une la diáspora y vienen primos, tíos y parientes de medio mundo. ¡Que tiene poder de convocatoria la niña!

Han escogido como tema una hermosa canción, «En todas partes», de la película de Zambrano que tantos les ha gustado: Habana Blues.

La música presente, siempre la música. ¡Suenan las gaitas!

La amistad es una semilla

que brota en cualquier lugar...

...Hay amor en todas partes
y en cada rincón del mundo...
y todos buscando un sueño
cambiamos así de rumbo...
... En Madrid y en Nueva York,
La Habana está en todas partes
porque la llevas contigo
sin miedo a desarraigarte...
... No seas cautivo de idiomas e ideologías...

La abuela de la novia, de Cuba, junto con su hermano Millo, el tío abuelo de tantos años en Albacete, aquel que ha ayudado a Tony desde el primer momento y que ha adoptado a él como uno de sus hijos y a sus hijos como sus propios nietos, se divierten mano a mano con anécdotas y recuerdos. Añoranza de un tiempo que fue. Roberto, tío de Miami, el de los chistes, la persona más simpática que se pueda conocer y a la que Tony quiere y admira, sale esta tarde por la puerta grande, dos orejas por sus ocurrencias. La tía Yiye, la última tía en marcharse de Cuba, que viene desde California. «Su cariño verdad», retoza con los recuerdos y goza de una familia que le queda lejos, en distancia y en el tiempo.

Son cuatro hermanos de la generación mayor de la familia. Los de los gajos superiores del árbol genealógico, que un fuerte huracán ha dispersado sus ramas por todo el mundo pero que no las ha quebrado. Ellos disfrutan de esta fiesta el doble: por el acontecimiento en sí mismo, que llena a todos de felicidad y porque está acompañado también por el «cubaneo», en el que se encuentran en su propia salsa, nunca mejor dicho. Pero además, porque nadie mejor que ellos para apreciar el más profundo significado de toda esta fiesta. Esta celebración les confirma que la buena tradición que recibieron de sus mayores, la han sabido transmitir y se conserva a través del tiempo. «Calor de Familia» lo ha bautizado el tío Millo, y no ha podido encontrar más exacta denominación. La fiesta dura varios días, la terminan de pasar en una bella playa de Andalucía.

Y aun así, él necesita algo más. ¿Falta algo? Le queda aún su examen de una condición de las más íntimas. Su ciclo vital no está completo. Quedan heridas abiertas que es necesario cerrar.

—¿Te vienes con nosotros a Nueva York, Tony? —le comenta una tarde su amigo Castellar.

—¿Qué negocio lleváis entre mano? No me dejen fuera.

—No, al contrario, si lo que necesito son voluntarios.

—¿Para qué? Te me estás pareciendo a los de Cuba con el trabajo voluntario y esas cosas.

—Mira, es que tenemos un reto. Vamos a hacer paellas en el mismísimo Central Park. En el corazón del imperio, como diría tu amiguito el de allá. Es un poco elitista, sólo vamos valencianos pero yo a ti ya te considero de casa.

—¡Me apunto! Ya sabes que lo mío son los retos.

Aconteció en The Rumsey Pleyfield, en el corazón de Central Park, en septiembre de 2006. Una expedición de cincuenta y dos aventureros (¿nuevos conquistadores?) prepararon y repartieron veinte mil raciones de auténtica paella valenciana en el centro mismo de New York como embajadores culturales, que llevaron el conocido plato de la gastronomía de Valencia, a la capital del mundo. En el suelo y con leña, como marcan los más puros cánones, y a pesar de las más estrictas reglas anglosajonas empeñadas junto al tiempo otoñal en aguar la fiesta.

—¡Qué manera de trabajar! Ya casi no puedo más —comenta un maduro expedicionario quitándose gruesas gotas de sudor de la empapada frente.

—Estoy «chopado». Si no hubiera tanta gente, me quitaría la camiseta para exprimirla —comenta su compañero mientras mueve el pollo que se está friendo como paso inicial y antes de poner el caldo. No se ha podido usar como carne el conejo, el inseparable compañero del pollo en la paella valenciana. Aquí el conejo es una mascota y no estaría bien visto. «Conill indultat».

—«¡El oli, el oli!» —grita otro por allá al que se le ha acabado su provisión de aceite.

—«Ché», tú, es que voy a por la «bachoqueta» . Espera un poco.

—«Ves» también por «garrofó».

—Es que son muchas paellas a la vez. Y esta lona que nos han puesto por encima no deja salir el calor —comenta el sudoroso—. ¿Y cómo van por allá afuera?

—Venga, venga, que tengo que llevar material para la mesa donde estamos repartiendo y aún tenemos que encajarlas —les apremia Tony, que le ha tocado repartir en una de las mesas que a modo de mostrador hay fuera de la carpa. Van llenas las cajas del sabroso arroz, que descubren todo los que pasaban por este sitio del parque y otros que vienen cuando la voz se corre.

—La paella le gusta a todo el mundo. Al principio, lo que más me costó era convencerles de que era gratis. El Francisco, que está repartiendo conmigo se molestó al principio. Le decían, «¿Free, free?». Y él pensó mal, pues no cogían la caja al entregarla. Creía que le estaban diciendo algo insultante, o que friera lo que estaba dentro. ¿Qué sé yo que pensaba? Al final le explique a unos y otros que sí, que era gratis. No se lo creían. Desde que se les pasó el susto la demanda ha sido espectacular.

Mientras tanto, suena una banda musical valenciana, de las buenas que por tradición tienen todos los pueblos de esta tierra. Valencianas, mujeres preciosas, exhiben los coloridos trajes típicos y sus moños, que son verdaderas obras de arte en espiral adornadas con trabajadas peinetas y agujas. Los hombres, con su calzón, el «saragüell», la blusa, la banda a la cintura y chaleco, pañuelo a la cabeza. Todos bailan y hacen figuras, sonando las castañuelas al son de las «dolçaina» y el «tabalet», en un escenario que se ha preparado al efecto, como si de una fiesta del casal de una falla se tratara.

Algunos de este lado del charco, al hablar de todo esto y en especial de las Fallas, la fiesta valenciana por antonomasia, opinan que es una lástima que acaben quemados monumentos tan hermosos. Alguien les aclara:

—Ché, es que en ellas está impreso el espíritu valenciano. Son las fiestas que nos recuerdan lo que somos. Qué importa que las fallas se las lleve el fuego en la noche de la «cremà» o duren un poco más, si con ello nos recuerdan que nada es para siempre, que la vida ha de disfrutarse y que toda la gloria del mundo cabe en un grano de arroz. De pronto, una imponente voz de tenor se escucha interpretar:

« *Per ofrenar noves glòries a Espanya*

tots a una veu, germans, vingau.

Ja en el taller i en el camp remoregen

càntics d'amor, himnes de pau!»

Como una corriente eléctrica lo paralizara todo, el trabajo se detiene, todos los hombres como si fueran uno sólo y en la posición más solemne que pueden adoptar, dadas sus circunstancias, comienzan a cantar su himno. El himno que habla de su tierra. El que es cantos de amor, de trabajo y de paz. El que marca orígenes de guitarra mora. El de las palmeras y las naranjas de oro. El que quiere mucho a Valencia sin dejar de querer mucho a España. El que une, hermanos, a todos los que allí están. Y entre los cuales está comulgando con todos, como un valenciano más y, ¿cómo iba a ser de otra manera? Tony, el cubano.

«En Madrid o en Nueva York, La Habana está en todas partes…», se emociona, la traca hace ruido y se da cuenta que él lo está sintiendo como propio. «También en mi Valencia está La Habana». Aunque lo haya tenido que ir a descubrir a la capital del mundo, Valencia es también su patria y lo acepta como su hijo.

Es un récord, aunque no lo recojan los Guinness. Trabajaron muy duro y se puso muy en alto la Senyera Coronada, el pabellón valenciano, el que Tony lleva ahora doblado con mucho arreglo en un estante de su corazón, y está al lado de aquel que atesora allí, desde siempre: su bandera de la estrella solitaria…

De la nueva familia que formalizó su hija con la boda, pronto llegan con el tiempo, pero muy poco tiempo, los nietos. Y con ello a él le llega una nueva dimensión de la vida, el regalo de ser abuelo. Es el ciclo de la existencia que continúa.

«No estaba preparado la primera vez para ser padre. ¿Alguien lo ha estado? Llegó, lo asumí y lo hice lo mejor que pude. Entonces, de pronto, en un abrir y cerrar de ojos, llegan los nietos. Y ahora sí, la vida me ha preparado para ser abuelo, con todo el regalo de la experiencia con que me ha pertrechado», medita Tony mientras se balancea en una mecedora de madera y pajilla de mimbre que le recuerda a los sillones siempre presentes en el portal de la casona de la abuela, que sirvieron de soporte necesario a tantas visitas de novios, miércoles y domingos, como marcaban los cánones sociales y que quedan allá lejos en su pueblo, allá lejos en los años.

Y es que contempla, entre recuerdos oscuros y luminosos, la caída de las hojas de ese árbol de hoja caduca que es el almanaque. Es su otoño, una nostálgica pero deliciosa etapa de su ya larga vida. Con sus nietos tiene la confirmación en huesos y carnes, en cromosomas, en personas y vidas, de que queda un legado. Satisface así Tony esa necesidad humana de trascendencia que de una u otra manera todos llevamos tan dentro. Pero lo más importante es que a la vez tiene más oportunidades de querer y ser querido. Estos nietos que vienen son la renovación y a la vez la continuación. Y los abuelos son la relación sosegada con esa prole que le aportan equilibrio a la siempre creciente agitación de la vida diaria de la familia. Hay una generación completa de por medio, los criterios no son los mismos. Las formas de pensar se transforman, se vigorizan, rejuvenecen, pero los valores se mantienen. Hace lo que ha visto hacer, lo que sus mayores le han legado. Y siente la certeza de que el cariño es perdurable y no se acabará con la vida.

«Nunca sentiré remordimientos por abrumar de cariño a mis nietos, y hasta por malcriarles y consentirles. ¡Qué carajo!, ya se ocuparán sus padres de rectificar, si es que esto es necesario». Con la cara que refleja plena la felicidad y una sarcástica sonrisa, medita Tony, y la frecuencia del ritmo del balanceo de su sillón aumenta, como queriendo reafirmarse en lo que está pensando.

«"Me lo dijo mi abuelo", era para mí como un axioma en las matemáticas, aquellas propiedades que no necesitaban demostración y que siguen aún sin necesitarlo, aún en este mundo donde todo se relativiza, se cuestiona y se pone en duda. Me gustaría que estos nietos míos me recordaran como yo recuerdo a mi abuelo, al único que conocí», filosófico continúa, y antes de aflojarse más las tuercas del sentimiento y que lleguen las lágrimas, cambia, personaliza y disfruta a cada cual tal como es.

«Cuatro hermosas flores nos han llegado: Carol, que no puede ser más guapa y es la más responsable de las niñas. ¡Cuánto ayuda a su madre y cuanto se le parece! Y el pícaro Rafa, me enseña mucho con su creatividad, con su forma de ver las cosas tan propias, tan suyas. Pensaba que poco me quedaba por aprender y sin embargo aprendo mucho de este muchachito ocurrente. ¿Y qué decir de los «jimaguas»? Llegaron juntos, Nana y Cristóbal, pero no son iguales, cada cual con su propia personalidad, con su belleza propia. Aunque los dos son dulces y buenos, como un mango y una guayaba madura. No pude recibir mayor regalo de la vida. ¡Mayor felicidad imposible! Es real y si no lo estuviese tocando tan de cerca pensaría que es mágico».

	1	2	3	4	5	6	7	8	9
V									
HC									

XII.-Sexta entrada, parte baja

Los directores o «mánache» («manager») y «coache» («coach») de los equipos tienen reservada una zona propia, marcada por un recuadro fuera del campo, junto a las bases de las esquinas. Allí se sitúan cuando su equipo se encuentra al bate. Antes del partido se acuerdan una serie de señales. Por ejemplo: tocar la bola, tocarse la oreja. La mano en la gorra: robar la base..., que indicarán al bateador y los corredores las órdenes tácticas para el momento. Cuando un «mánache» se pone a impartir las señas, hace un número grande de ellas pero sólo vale una. El jugador que tiene que captarlas ha de estar atento para saber que le han ordenado. A esto se llama «coger la señas». En el lenguaje popular se utiliza «ya tengo las señas» cuando una persona ha comprendido, sin muchas explicaciones, lo que se espera de ella. «Quedarse sin señas» es como estar a la Luna de Valencia.

Inicio de 1967

Abel hace dos días que no va a trabajar al campo. Tiene el pie derecho muy inflamado por los hongos. En la noche ha tenido fiebre por razón de la infección. El dolor no le ha dejado dormir, son punzadas que se clavan como espinas. No puede calzarse con la bota ya que el pie no le cabe en ella. Utiliza las tradicionales chancletas de palo, las cutaras, bautizadas a lo oriental por Vicente, el que se las fabricó. Son una base de madera con el contorno del pie y una cinta de goma de la cámara de un auto, clavada a los laterales. La inflamación del pie es bastante grande, tanto que ha tenido que desclavar la goma y poner una tira de saco más grande para poder sostener la izquierda, que es el pie que tiene enfermo. No puede caminar de manera normal y va cojeando. Para ayudarse aunque sea un poco, ha improvisado una rudimentaria muleta con un cabo de guataca desechado y un palo que clava encima en forma de T que acolchona un poco con un pedazo de trapo viejo.

A pesar de que no puede casi andar, lo encomiendan a trabajos de limpieza en el campamento. Tiene que hacer la limpieza de las letrinas donde su infección se aumenta, y también la fastidiosa «guardia vieja», que es recoger basuras, papelitos, colillas, restos de cosas dentro del campamento.

Cuando está desarrollando este trabajo alrededor de la barraca de su pelotón se encuentra por casualidad con el teniente. Tiene que dejar lo que está haciendo, tirar su muleta al suelo, ponerse en posición de atención, saludar y dejar que pase. Esas son las reglas que están impuestas. El que no lo hace recibe castigos o trabajos adicionales. No importa lo del pie y lo aparatoso de la muleta. Esta norma es la forma que tienen de hacer valer su dominación y la sumisión del recluso en todo momento.

—Descansa veintiséis. Vine a buscarte porque quería hablar contigo. —Siempre con la mano derecha sobre la cartuchera de la pistola, gesto que ya Abel conoce y al que asocia a un mensaje subliminal de comunicación no verbal—. Creo que tenías fiebre, ¿no es así?

—No lo sé, teniente, parece que sí, según me dice el sanitario. —Realmente no le puede contestar porque hace tres semanas se le rompió el termómetro al sanitario y a esa pregunta sólo puede responder subjetivamente tocando su frente con la mano—. Usted me dirá que quiere, teniente. —Termina con un poco de temor sus palabras, pues aún no ha recibido ningún castigo por su actuación de las hostias y teme que viene por aquí la cosa. Le hace una seña para que le autorice a recoger la muleta.

—La cuestión es que hasta ahora teníamos un planificador en la compañía. Ya sabes, el que lleva todos los papeles para reportar el trabajo al batallón y poder cobrar a la Granja del Pueblo.

—Sí, Pedro es quién realiza este trabajo.

—Pero también sabes que lo hemos sorprendido en las letrinas en actos que no son propios de un hombre. Lo hemos tenido que trasladar de inmediato a la compañía cuatro, que es la compañía donde estamos mandando todos los homosexuales que se atreven a mantenerse activos aquí dentro.

Se refiere a que a Pedro lo han sorprendido con otro recluso en las letrinas en situación comprometedora para ambos. Abel lo sabe, como lo sabe toda la compañía.

El lugar en el cual están concentrando a los homosexuales de todo el batallón se llama Moreno Dos, y es la ubicación que está más alejada de la civilización de las cuatro compañías que lo componen. Es como si quisieran hacer desaparecer de la vista del público lo que hacen y saben que está mal. Algunos mandos que han estado allí, cuentan historias y se mofan de lo que pasa en esa compañía.

—Tú estabas estudiando antes. ¿Es cierto? —continúa preguntado el teniente al joven recluso.

—Sí, estaba terminando segundo año de preuniversitario.

—Y además creo que trabajabas en una oficina —haciendo notar que ha pedido informes sobre él.

—Sí, estuve trabajando tres años en una oficina de contabilidad.

—Bueno, pues ahora que estás enfermo, yo necesito que me ayudes con los papeles. Hay que seguir enviando reportes del trabajo a la jefatura y ya tenemos retrasos. —A continuación apostilla el teniente—. Yo creo que tú sabrás hacerlo. Además sabes que me debes un favor.

—Lo puedo intentar… —«Al menos no es del castigo de lo que le venía a hablar», piensa el chico.

—Bien, ve, lávate y ven a la oficina. Te indicaré lo que hay que hacer. Si lo haces bien puede ser que este trabajo sea para ti.

Después de lavarse un poco, Abel vuelve a entrar en las oficinas por segunda vez desde que está en el campamento. La primera vez fue cuando vino a reclamar la comunión que había sido requisada. El recinto le sigue impresionando por lo que para todos simboliza.

El teniente le entrega un burujón de papeles envueltos y atados con unas tiras de telas. Le explica que estos son los reportes que hacen los jefes de los pelotones del trabajo realizado por cada hombre cada día. Hay que pasar a unos impresos oficiales y calcular según una tabla de normas, qué importes tiene el trabajo que ha realizado cada persona, una por una, y cuánto cada pelotón, después consolidar la compañía completa.

Es un trabajo fácil, descubre pronto Abel, aunque es laborioso. El inconveniente estriba en descifrar los reportes de base, que más que números y letras parecen jeroglíficos. Hay varios días de retraso. Abel se pone a trabajar. No hay calculadoras ni nada que se parezca. Todo se hace a mano. Cuando llega la noche sigue alumbrándose con un mechón para trabajar. Sobre las once de la noche ha terminado. Lo ha puesto todo al día.

—Teniente, ya está puesto al día, hasta lo realizado el día de anteayer —le comenta cuando pasa por la oficina camino del dormitorio.

—¿Seguro que lo has hecho bien? ¿No me estas engañando? —responde el teniente extrañado.

—Revíselo si quiere. A mí me parece que está completo.

—Yo no sé cómo se hace eso. Yo he estudiado muy poco y a eso no llego. El político es el que los revisa. Cuando lo haga mañana, te coges esos papeles y te vas al batallón a llevarlos.

—Pero es que el batallón está a más de dos kilómetros y yo no puedo caminar. No se ha fijado como tengo este pie, lo llevo a rastras.

—Tienes razón. Bueno, mandaremos a alguien, el tractorista de la pipa podría ser. Y ya dirán algo allí. Tú mañana vienes a la oficina y comienzas a pasar el día de ayer. Aquí están los reportes. —Y le pone sobre la mesa otro atado de papeles.

Al día siguiente se envían los reportes con el tractorista. Los revisan en la jefatura del batallón y no encuentran errores. Mandan una nota al teniente pidiendo información de quién está haciendo el trabajo, ya que se han percatado que la letra es diferente y han encontrado un mayor nivel de calidad. El teniente se siente satisfecho y piensa que ha hecho una buena elección. Trata de anotarse el tanto en su haber.

—Veintiséis, has pasado el examen. A partir de ahora comienzas en la oficina. Cuando se ponga bien ese pie, además del trabajo de los reportes, debes llevar y traer el correo desde la oficina de la jefatura del batallón todos los días.

Era como una tabla de salvación para el náufrago Abel. Además de liberarse de la ardua faena del campo donde ya apenas podía sostenerse por lo debilitado que está; tenía el aliciente que una vez al día podía estar por dos horas fuera de los cercados. Era un viaje que había que hacer a pie, por medio de las guardarrayas de los campos de caña. Pero se sentiría fuera de las alambradas. Era como un animal enjaulado del zoológico al que le permiten salir a caminar fuera por unos momentos. Aunque tendría que volver pronto a entrar a los corrales.

Una parte del camino discurre de manera paralela a una acequia, que por su ancho y profundidad parece más un arroyo por el que corre limpia y fresca el agua que se utiliza para regar los campos. A Abel, aquello le parece el río más bello del mundo. En su viaje diario comienza a hacer paradas, no por que necesite descansar sino porque así lo va disfrutando más. Se siente un poco más libre, aun cuando esto esté solo en su imaginación. Mete el sombrero de guano en el canal y lo llena de agua, esto lo ayuda a refrescarse del intenso calor. Sentado en el hueco que crean dos palmas reales que crecen juntas a la orilla del canal, se dedica a cavilar, su actividad constante. Escucha el silencio del campo, solo se oye el ruido de las plantas de caña al mecerlas el viento, hasta que se interrumpe con el limpio canto de un sinsonte que se ha posado en uno de los pocos árboles que hay a la orilla del canal, un solitario anón, que acogedor le da cobijo y comida. Se deleita con el trinar del rey de los pájaros de los campos de Cuba, el que sabe imitar a muchos otros.

«¡Con qué poco me conformo! Que relativas nuestras necesidades. Lo fácil que nos puede resultar disfrutar de pequeños momentos de felicidad si sabemos encontrarlos».

Después de unos minutos de introversión sigue el camino. No puede tardar demasiado, pues por ello puede ser castigado y se le acabaría su mejoría. Se trata de utilizar el tiempo justo y aprovecharlo al máximo.

—Para más adelante podré coger unos minutos y bañarme en el canal. Esto es un lujo. Voy a traer un estropajo de soga y un cacho de jabón de lavar y lo voy a esconder por aquí cerca para poder usarlo. Esto es «mamey», hasta podré bañarme. —Usa «mamey» como sinónimo de excelente, de aquello que es bueno, bueno, como esa fruta.

En la jefatura del batallón se encuentra a un amigo de su pueblo: Lázaro. Es un chico un poco mayor que Abel, amigo de la familia, que hace la misma función de Abel pero al nivel del batallón. Lázaro, que lleva más tiempo haciendo el trabajo de planificación le ayuda y le enseña trucos para que pueda hacer mejor y más rápido la labor. También se ponen de acuerdo para que siempre agregue veinte minutos a la hora de salida que tiene que llevar anotada en una tarjeta cuando vuelve a la compañía. Esos minutos le quedan a Abel para emplearlos como quiera. También se intercambian una especie de clave para poder comunicarse cosas sin que los que no deban lo puedan entender, cuando se comuniquen en futuros mensajes escritos. Lázaro se alegra mucho y trata por todos los medios de ayudar al muchacho.

—Abel, qué bueno que te han puesto en la oficina. Por lo que veo, si no te sacan pronto del campo te ibas a quedar aquí, pero para siempre. ¡Qué flaco estás, muchacho!

—Bueno a ver si logro quedarme en esto. Yo no creo para nada en la bondad de esta gente.

—Claro que no. Yo tampoco. Pero, ¿no te das cuenta que es que te necesitan? A ti o a otro. Ellos no saben llevar papeles. Son muy brutos. Creo que la mayoría está aquí por eso, por lo ignorantes que son.

—Me siento un poco culpable. Mis compañeros siguen trabajando en el campo y yo...

—Sí, es cierto. Eso no lo puedes remediar. Pero piensa que si no lo haces tú, alguien lo tendría que hacer. Tú no lo has pedido, no has entregado nada a cambio, ni has chivateado a nadie para que te den este trabajo. Entonces, ¿por qué te vas a sentir mal? Déjate de boberías. Hazlo bien y al carajo. Sigues siendo un esclavo aunque el trabajo sea otro. ¿Recuerdas los esclavos domésticos que servían en la casa de los señores? Pues algo así. Piensa en tu madre, que cuando se entere, se va a alegrar. ¿Sólo por la alegría y tranquilidad de ella no vale la pena?

—Sí, seguro que la vieja se alegrará mucho. Y toda la familia.

—Oye, además, en el sitio que estás se puede en algunas ocasiones ayudar a nuestra gente —le comenta Lázaro bajando un poco la voz.

—Sí, ¿cómo? —esta revelación instantánea pica su curiosidad.

—Hombre, tú eres el que maneja el control del trabajo. ¿Ok? Si alguien se queda corto puedes igualarlo con otro que sea más largo. Siempre que cuadres los totales y la Granja no proteste. Así no hay castigo para nadie. Y de eso, ¿quién se va a enterar?

—Claro, coño, tienes razón. El político, que es el que revisa, no lo notará, pues él se queda en el campamento y no va al campo. Puede tener control del global, pero no el de cada uno.

—Por otra parte hay muchas cosas, informaciones, pequeñas cosas que tú te enteras por estar en la oficina que puedes informar a nuestra gente. Ten cuidado pues esto lo miran mucho, pero seguro tú encontrarás la forma de tirar un cabo al que lo necesite —continúa Lázaro —. Por cierto, lo del pase es «de verdura». He escuchado una conversación de dos «pinchos», el Jefe de Batallón hablando con el Jefe de Personal y se lo decía.

—¿Para cuándo?

—De esto aún no me he enterado. Pero no te preocupes, que tengo los oídos bien abiertos. Ya te contaré. Ahora nos podemos ver a menudo. A la gente de nuestro pueblo que está aquí los va a alegrar que estés en la oficina, seguro que sí.

—Bueno, Lázaro, mi hermano, hasta mañana.

Pasan los días y Abel se va haciendo con la labor. Su trabajo le permite echar un vistazo a los libros que hay en un pequeño librero de la oficina, que hace la función de biblioteca para los cuadros de mando. Son, casi todos, libros para el adoctrinamiento. Manuales de instrucción revolucionaria. Sólo hay unas pocas obras literarias rusas traducidas, está claro. «Campos roturados», «Así se templó el acero», «La Madre». También está entre ellas «Crimen y castigo». Abel pide al teniente que se lo preste.

—Bien, veintiséis, es bueno que comiences a leer las obras de nuestros hermanos soviéticos. ¡Eso me gusta!

«El teniente no entiende nada de nada. No sabe que Dostoievski es anterior a la Revolución Rusa, que murió antes que Rusia fuera soviética. Pero todo lo pone en el mismo saco. Así son los mandos que deben cambiar a estos desviados ideológicos y convertirnos en hombres nuevos. No son más malos porque son muy brutos, como dice Lazarito. Menos mal», piensa Abel cuando el teniente le hace este comentario.

La obra entretiene mucho a Abel, a quien la lectura le apasiona. Él es una persona introvertida, como es la figura del personaje Raskólnikov. Al identificarse con el personaje, en algunos momentos se cuestiona si estará volviéndose loco como él. Guarda el libro en la áspera mesa de tablas sin cepillar donde trabaja. Lo camufla entre papeles. Siempre que puede y cuando no hay nadie en la oficina que lo mire se deleita con la lectura. El trabajo no es difícil, él se preocupa en presentarlo complicado, para que ello le sirva de protección. Esta nueva situación ha sido providencial para el muchacho. Ha llegado en el momento exacto, un poco más de castigo en el campo y no se sabe que hubiera podido pasar.

Y así pasan los días, todos iguales, en la rutina del nuevo trabajo… Hasta que un día, en una de las visitas a la oficina del Batallón, se encuentra a Lázaro, su amigo, muy deprimido, y se nota sólo con verle la cara.

—¿Qué pasa, Lazarito? Te encuentro muy triste esta mañana.

—No me digas «na», compadre. Lo de anoche es algo que no tiene nombre —y se le aguan los ojos, casi no puede hablar.

—¿Pero qué ha pasado? A ver, cuéntame.

—Pues, como a las dos y media de la mañana me levanté para ir a orinar a las letrinas. Estaba muy oscuro y no se veía un carajo. Enciendo un fosforo y… casi me da en la cara con los pies. Un muchacho colgado de la cercha de la letrina. Cogió la soga de la hamaca y se ahorcó.

—¡Ñoo!, no me digas. ¡Tremendo, compadre! Pero, ¿y quién era? ¿Por qué razón hizo eso? ¿De dónde era?...

—Vicente Hernández Valsindes. Era de Güanajay, en la provincia de La Habana. Maestro, muy buena gente…

Con los ojos aguados continúa Lázaro.

—Estos cabrones que le dijeron el día anterior que lo mandaban para Moreno Dos, la compañía de los homosexuales. Y él no era maricón. Los que lo mandaron para acá, para la UMAP, le hicieron un número ocho y pusieron que era homosexual en sus papeles. Pero no es verdad. Él no podía vivir con ese sambenito. Que dudaran de su hombría lo consideraba una humillación tan grande, se sentía tan impotente, que mira lo que ha hecho.

—Cojones, estas son las cosas que ya no tienen vuelta atrás. Lo llevaron contra la pared y no ha podido soportarlo.

—Mira la carta que dejó para sus familiares, no puedo leerla sin que se me salten las lágrimas. —Entonces Lázaro le pasa una hoja de papel de libreta escrita con lápiz, en la que redactó su última carta.

En un párrafo decía a su madre:

«Cuida de mis hermanitos, para que no les pase lo que a mí, porque esta vez la mentira pudo más que la verdad»

Abel le recorre un temblor de arriba a abajo por el relato que hace Lázaro del acontecimiento. Como tuvo que descolgarlo y bajarlo de la viga dónde se había quitado la vida, para el muchacho el choque fue demoledor.

Hoy no puede Abel hacer mucho más en las oficinas del batallón. Se despide de Lázaro con un nudo en la garganta. Se vuelve de inmediato. En sus dos kilómetros de caminata de regreso la sensación de frustración total lo invade.

«Cabrones, cabrones, cabrones», se repite hasta el infinito.

La crudeza de los hechos lo hiere en lo más profundo de su espíritu. La muerte siempre impone, y en este caso más. Se trata de un compañero, mañana podía ser cualquier otro, o él mismo, aquí no hay nadie exento. Cobra verdadero sentido lo que muchas veces se ha preguntado retóricamente: «¿Saldré vivo algún día de aquí?». Si hay algo que iguala a todos es la realidad de la muerte. Sobre todo, lo desgarra lo injusto de la causa. Aunque en verdad, no existe ninguna causa, justa ni injusta, para morir así. Llega caminando al campamento donde la noticia cae como una verdadera bomba. Por la noche, antes de dormir, comenta con los del entorno de su hamaca.

—¿Qué humanidad pueden tener los cabrones que han provocado este suceso, aun cuando consideraran a este insignificante muchacho como su enemigo? Calumniar y humillar en lo que más duele la moral de un hombre es también una manera de matar —le dice a Simón.

—Vicente no era homosexual. Pero al final, ¿qué importa la tendencia sexual de nadie? Que cada cual quiera y sienta como considere. Es la opción personal lo que hay que respetar —afirma Abel con la indignación que el suceso provoca a todos.

—Lo que él no pudo soportar fue la calumnia; que lo que él juzgaba sus principios, su honor y los valores de su persona se pusieran de manera mentirosa y cochina en dudas. Pero eso, a los que lo han provocado esto no les importa, de eso no conocen nada.

—Y que él no pudiera hacer nada para defenderse. La única forma que encontró de rebelarse ante la vejación fue el gesto tremendo de entregar su propia vida como fianza —Mariñas comenta desde su hamaca.

Abel se contagia de la depresión general. Primero se niega a aceptarlo. No puede haber pasado. Es un mal sueño, una pesadilla. Pero la tenaz realidad se lo echa a la cara. Lo descoloca. Y lo peor, lo que aplasta de manera total, es que no hay retorno. La certidumbre de la irreversibilidad no la puede soportar.

«No hay vuelta atrás, la vida de otro joven cubano perdida de manera injusta e inútil. Y seguir aguantando. Cojones, seguir aguantando. ¿Hasta cuándo?».

Con esta última frase con que le increpa su conciencia una y otra vez, y después de dar más vueltas en la hamaca que un perro para echarse, lo vence el sueño.

—Veintiséis, ven acá —unas mañanas más tarde lo llama el teniente a su mesa.

—Diga, teniente, qué desea.

—Quería hablar contigo un tema que me interesa. La cuestión es que ya llevas unas semanas haciendo el trabajo de la oficina. Lo haces muy bien. Estamos muy contentos contigo.

—Trato de cumplir con mi trabajo —contesta alagado y con ingenuidad el muchacho pero sabe que no es un problema de motivación, algo vendrá después. Más trabajo, seguro.

—Sí, pero la cuestión es que este es un cargo de confianza. A mí me gustaría que igual que haces ese trabajo, nos ayudaras en otras cosas.

—¿A qué otras cosas se refiere, teniente? —Abel aún no se ha dado cuenta por dónde viene la cosa. El teniente lo está «bajeando», como el «majá» a los pollos.

—Pues a mantenernos al día de las cosas que pasan en la barraca. Tú estás dentro, y sabes lo que pasa y lo que se dice. Es sólo mantenernos informados cuando hay alguna cosa que debamos saber. Fíjate lo que ha pasado en el Batallón, con ese muchacho ahorcado. Tal vez se podría haber evitado…

Ahora entiende Abel lo que quiere el teniente y reacciona impulsivo.

—¡Oiga, teniente, usted se ha equivocado conmigo! Yo no soy un chivato. Esa gente que está en las barracas son mis compañeros, mis hermanos —sus ojos despiden fuego, chispas salen de ellos—. Me estaba muriendo poco a poco por el rigor del trabajo del campo. Pero primero me muero mil veces por ese trabajo y me sacan aquí en una caja de bacalao, que comentar lo más mínimo de cualquier compañero. —Cierra los puños con mucha fuerza y termina de decirle, casi gritando—. Si para trabajar en la oficina tengo que delatar a mis compañeros, ahora mismo me está mandando al campo de nuevo.

—No te pongas así, hombre. Era sólo una sugerencia. Ya me imaginaba yo que me ibas a contestar esto, pero siempre hay que intentarlo —el teniente ha bajado el tono y casi no se le escucha—. Oye, esta conversación no la hemos tenido nunca. Olvídate de ello. Sigue haciendo bien el trabajo, que a mí los superiores me han felicitado en el Batallón.

El incidente se da por terminado para el teniente, pero la ira de Abel no. Está muy afectado por la proposición que le ha hecho el teniente. Lo comenta con Simón, su amigo.

—Mira lo que me ha pasado Simón. —Y cuenta el episodio.

—Pero Abel, no tienes de qué avergonzarte. Le has contestado con toda dignidad. Le has demostrado que vales mucho más que él. Que se joda.

—¡Coño, Simón! Pero sólo de pensar que él crea que yo soy capaz de hacer eso, me jode muchísimo. Ahora comprendo mejor el acto de Vicente.

—¡Él qué sabe de esas cosas! Si tuviera tus principios no estaría donde está. Él ni siquiera se puede imaginar lo que es la integridad. Tú a lo tuyo, que ya veo que no te nos vas a morir un día en el campo. —Y le palmea en el hombro—. Por cierto le he escrito un papelito a mi primo que está en la compañía uno, la del batallón. ¿Se lo puedes llevar mañana?

—Hombre, está de más que me preguntes eso. Dámelo, que está hecho. Yo se lo doy a Lázaro y él se encarga de entregárselo.

Así las cosas. Un día, el teniente se vuelve a poner el disfraz de buena gente y, reunida la compañía en el comedor, anuncian la fecha en que van a dar pases. Serán dos grupos. La mitad de la compañía en una fecha y la otra mitad al regreso del primer grupo. En las barracas se forma el alboroto. Todos quieren ser los primeros. Tiene la suerte Abel de ser del grupo de avanzada.

Hay cerca de mil hombres en medio del terreno de juego del estadio de pelota de Esmeralda. En los grandes portones de entrada hay un teniente y un sargento con las listas de personal. Van llamando por batallones y compañías, uniendo los lugares de destinos similares para que se puedan ir montando en las guaguas. De nuevo las Leyland, que los llevan a sus respectivas provincias y ciudades. Van de pase.

—Simón Castellano. Sube a la guagua cinco de La Habana.

Simón corre con su jaba y se acomoda en la guagua.

—Abel A. Sánchez. Igual, a la cinco de La Habana.

Como no iba a ser, los inseparables Simón y Abel se van juntos compartiendo el asiento del autobús, en un viaje que es una fiesta. No se sabe de dónde han aparecido unas cuantas botellas de ron. Aquí se moja todo el mundo. El viaje es cada vez más una animada celebración. Se comienza a disfrutar de estos pocos días de semi-libertad.

Casi todos los pasajeros del autobús donde va son del pueblo de Abel. Todos han sido enviados a esta penosa situación por el mismo sujeto: Gandinga, el reclutador, moderno inquisidor.

El tono de la juerga va subiendo. Producto de la situación y por efecto del ron, se desencadena una contagiosa desinhibición colectiva. Alguien se inventa una cancioncita, sin mucho ton ni son, pero divertida:

A Guara llegó Mandinga / y se encontró su majá / que si yo cojo a Gandinga / yo lo tiro pa'la UMÁ.

El guaguancó ha capturado culturalmente a los viajeros. ¡Qué diferente este viaje de vuelta a casa, por unos días, con aquél viaje inicial!

Este estribillo se repite a toda voz, kilómetros y kilómetros, hasta que el improvisado poeta hilvana otro, que con la melodía de una canción muy popular en esos días, que hablaba de ser el juguete de todas tus travesuras y no se sabe cuántas cosas más, pero que aporta la música a otra macarrónica letra:

Yo quiero ir a La Habana / tomar helados Coppelia / ver películas italianas / pasearme por veintitrés.

Aquí ya la melodía es otra. Por las malas notas se nota la buena «nota».

Al llegar a casa Abel, concentran toda la atención sobre él. No saben cómo agasajarlo y complacerlo. Lo primero es darse una buena ducha. Gasta cerca de una hora haciendo que el agua y el jabón limpien su cuerpo de aquella tierra rojiza que se mete hasta las células. Podría pensarse en una ducha de descontaminación radioactiva, por lo minuciosa y larga. Después come como hacía muchos meses que no lo podía hacer. Su madre ha buscado de donde no hay y le tiene cosas especiales, muy pensadas, para satisfacer de manera particular sus gustos. La familia en torno a la mesa que está colmada tanto de alimentos como de alegría, felicidad y cariño.

—Me tengo que acostumbrar a caminar con zapatos bajos y por el suelo liso de la casa.

—No exageres, no exageres —le dice su hermana.

—Es que no te das cuenta porque lo tienes todos los días, pero si te pasaras meses dentro de la tierra y con los «rompe-rocas» puestos, entonces tú me ibas a decir.

—Tu ropa te queda un poco grande, ¿no te parece?

—Bueno son las libritas que he ido perdiendo, pero el tacto de la tela, suave, lisito, es una sensación tan rica. Antes ni me daba cuenta de estas cosas.

—¿Qué piensas hacer hoy? ¿Vas a La Habana?

—No lo sé todavía. Ya veremos. Ahora puedo decidir coger para donde más rabia me dé, también esto es fenómeno.

Abel era un joven sano, cándido tal vez. Las actividades que se propuso realizar durante el pase fueron un tanto ingenuas: estar con la novia, ver a sus amigos, asistir a la iglesia, invitaciones de sus familiares, alguna película en el cine del pueblo... Una de las muy añoradas era ir a pasear por su Habana, sin destino fijo.

«Me voy para La Habana, qué carajo, con tantos meses sin verla se me va a olvidar cómo es. Con el dinerito que me han regalado los abuelos voy a poder ir al cine «Coppelia», lo que se ponga por delante», pensó.

Y sin pensarlo mucho más se montó en una guagua. Era un viaje que antes realizaba a diario, cientos de veces, pero le pareció distinto, todo lo que antes era cotidiano. Es como si el mundo estuviera transformado. Los colores son más nítidos, la luz más brillante. Los familiares y amigos están más presentes, se quieren más. El tiempo es más precioso. Se sentó junto a la ventana y la abrió completamente, el aire le bañó la cara, vio pasar uno tras otro los pueblos, se fijaba en la gente que caminaba por las aceras, ocupados en sus pensamientos y en sus cosas. Sintió la actividad. Se percataba que nunca antes había reparado en estas cosas. Entre población y población miró los detalles del paisaje del campo que cambiaban constantemente. Era la diversidad, no eran como los monótonos campos de caña, extensos como océanos verdes.

«Cuantas cosas echaba de menos. Son las que siempre yo tenía, pero no disfrutaba, pequeñas, insignificantes, pero cada una tiene su propio sentido, sólo hay que sintonizar».

Así llega al destino. Quiere realizar aquel que era su recorrido diario desde la Terminal de Trenes. Tan poco tiempo ha pasado y sin embargo tan lejano le parece todo. Pasa por frente a su Instituto, pero es temprano, no están a esta hora los que fueron sus compañeros. Tampoco está Chibirico, el de los ostiones, pero allí está su carro ocupando su estratégica posición como siempre. «Seguramente viene más tarde», se dice. Continúa en dirección al Parque Central y vuelve a rememorar los lugares que le son tan cercanos y ahora tan distantes, todo a la vez. Es una extraña sensación, pero le gusta. Es como descubrir un sitio, como si fuera la primera vez aun cuando se ha estado antes muchas veces. Si todo fuera una película, son como zooms de la cámara sobre ciertos objetos, que parte por parte dan vida al todo. Vuelve a dejar que la ciudad lo posea. Muchos meses han pasado sin tenerla.

Frente a la Manzana de Gómez se cuela en una guagua que lo adentra hasta la zona del Vedado. Se queda en «Coppelia», la majestuosa catedral de los helados. Devoto, quiere tomar helados, muchos helados. La dependiente maneja diestra el «funderelele», artilugio semiesférico para servir helados, con problemas de identidad pues pasaran años hasta que descubra su verdadero nombre. Lo hunde potente por cinco veces en una pinta de helado. Prepara una mulata ensalada de chocolate, su sabor preferido. Sentado en una mesa de metal y rodeado de las abundantes malanguitas de jardín, se dispone al festín. Con una endeble cucharita de aluminio raspa la primera bola, se la acerca a la nariz y la huele antes de ponerla en la lengua. La emanación del frío aroma, combinado con el sabor del cacao, le llena y se potencia al máximo su capacidad de sentir. Ahora no escucha, no ve, no palpa. Sólo hay lugar para su nariz y su lengua. Goza, con talante lascivo, aquel helado puro.

Diez bolas de helados más tarde está dispuesto a cruzar la calle L y averiguar lo que están exhibiendo en Radiocentro. No lo convence la película que están proyectando, pero se pasea un poco por el portal mirando de soslayo otra obra de arte que se exhibe, y sí le agrada. Una despampanante rubia con un par de tetas de campeonato y a medio vestir y que él trata de grabar en su cabeza.

«Para luego la ducha, por si viene a mano», se dice.

Baja por la calle 23 en dirección al mar. Está en plena Rampa. Cuantas veces en su destartalada hamaca ha soñado, dormido o despierto, con estos lugares. Siguen surgiendo las cosas triviales para aquel que las tiene todos los días al alcance de la mano, pero que son tema de sueños para quien no tiene la posibilidad de disfrutar. Ahora también le parece irreal. Mira en el próximo cine, La Rampa, que está en la calle más abajo. Aquí sí le gusta la película que ponen, «Rocco y sus hermanos». No es un experto en cine, pero el apellido del director le suena: Visconti. Parece, por las fotos que hay puestas en un mural de fuera, que trata algo sobre boxeo. Alain Delon y Claudia Cardinale terminan por convencerlo. Le hace pensar el film, le sirve de tema al salir, en la continuación de su bajada caminando hacia el mar. La familia, lo que son los hermanos…

Hasta Malecón llega despacio. Le llama el aire que huele a mar. Se sienta en el muro a mirar al norte. El mar para un isleño es algo inherente y consubstancial. Sin mar no hay isla; sin isla la posibilidad de ser isleño queda aislada. Para el habanero, en especial, es entrañable el mar. Está siempre ahí, pero a veces ni siquiera lo nota. Pero sabe que está. Cuando pasa un tiempo sin acercarse a él, lo necesita, es como droga que engancha. Precisa otearlo, tocarlo, sentir que lo moja... Necesita arrimarse, igual que un torero valiente aunque no tenga el exigente público que lo reclame. Es como esas tantas cosas que Abel redescubre en estos días. Y ahora, gusta de esa presencia y quiere hacerlo de manera consciente. Aspirar la húmeda brisa cargada de yodo que huele a eso: a mar. Se queda un buen rato contemplando las pequeñas y rítmicas olas que se rompen insistentes, una y otra vez, tratando de quebrar las rocas del litoral en su constante afán de quedarse, a pedacitos, con la isla. El mar lo serena y hace tranquila su meditación.

«¡Quién pudiera echarse a nadar y no parar hasta las jodidas noventa millas! Así salía de todo esto. Pero es triste tener que dejar detrás a los tuyos: tu familia, tus amigos, tu gente, tu país... Vives creyendo que no tienes nada, pero a la hora de partir te das cuenta que lo dejas todo. Grandes cosas, pero también las pequeñas… Todo… No sé qué hacer cuando se me acabe este pase. ¿Volver? ¡Le ronca el tubo tener que volver!».

¿Cuántos habaneros habrán tenido similares pensamientos en todos estos años? Para no ponerse más nostálgico, se va andando junto al muro, salpicado de salitre, en dirección al puerto. Se supone que tiene que estar contento, está libre, aunque sea parcialmente. Lo está, pero al final siempre la libertad es parcial. Es una necesidad que tiene el hombre y como necesidad siempre estará insatisfecha, siempre se aspirará a más.

Grupos de niños, un poco desarrapados, se bañan en el litoral con ligereza infantil, tirándose de las rocas y retozando en el agua.

«¿Qué futuro tendrán? ¿Malo?... ¿Bueno? ¿Quién lo sabe?».

Va cuestionando mientras recorre un poco de mar y otro poco de ciudad. Hace una larga caminata con la que no le cuesta mucho llegar al Parque de los Enamorados, romántico triángulo de confluyentes calles, que convierte el final de Prado en un simple cateto. Antes de dejar detrás el mar se gira y lo mira. El sol humilla con rojo todo el cielo, que antes alardeaba de azul. Comienza a hundirse, cauteloso. Él le dice: «hasta mañana, seguro nos volvemos a ver, tú siempre vuelves». Se abre el paraguas negro de la noche y suena cercano el cañonazo: son las nueve. Enfila la proa en dirección al Parque Central.

Quiere llegar hasta Vía Venetto, la pizzería de Prado que está después de pasar Colón y antes de llegar a Ánimas, pero… no puede trocarse en Trocadero, pues este barrio de la ciudad es de los que la tradición marca como calientes. Aún hay en La Habana alguna vida nocturna. Y es discordante que a este adolescente medio niño, que está viviendo una experiencia muy adulta, no se le asigna visado para diversiones y transgresiones catalogadas de mayores. Pero poco le importa, pues no está en sus perspectivas. Tan así es que ni siquiera se las plantea. Sin embargo, lo que no perdona es hacer el honor culinario a un plato de espagueti a la boloñesa y una pizza de camarones. Ha cumplido con sus «grandes anhelos personales». Ha soñado despierto una tarde completa.

«A grabar y guardar. Por si tengo que volver para allá. Llevo mi jaba cargadita de sabrosas realidades»

Regresa a casa. Está feliz.

En su pueblo, en los días siguientes, visita a sus familiares y amigos. Es muy añorado, por especial, el tiempo que comparte con su novia. Viven unos días de ensueño. Disfrutan algún que otro día de la playa, aunque no es la temporada, Cuba es un eterno verano. Unas veces Santa María del Mar, otras el Mégano, que son dos de las bonitas playas al este de La Habana que más les gustan.

Después de unos pocos días que se pasan a mucha velocidad, llega el día que hay que regresar. Avisan que deben estar en un aparcamiento en determinado sitio al este de San Francisco de Paula, El Calvario. Hasta el nombre del lugar que escogen para la partida es premonitor. De allí saldrán las guaguas de regreso. Es muy difícil tener que hacerlo, después de disfrutar de estos días….

«El regreso es aceptar la sumisión. La represión de mi instinto de libertad. Volver a la esclavitud por necesidad de sobrevivir, por aplastamiento, por la fuerza», se plantea, atormentado.

Pero sé da cuenta que hacer eso significaría monumentales problemas para su familia. ¿Dónde se mete? ¿De qué vive? En este régimen con una constante vigilancia policial no se puede mantener mucho tiempo en la calle. Tendría que vivir escondido. Y de todas formas, su familia lo sufriría. La razón reprime el instinto y lo liquida.

Y así, para llevar su cruz como el Nazareno acude al Calvario, el punto de reunión, el día señalado y aborda el autobús. El viaje es largo. Pero es mucho más triste. No hay cantos, no hay fiesta. Alguno sí lleva un buen «colocón». Lo han ligado consumiendo hojas de campana, pues es la única forma de aceptar el regreso. Cuando llegan a Ciego de Ávila el conductor del autobús dice que aquí termina su viaje. Los que tienen que seguir más adelante, como es el caso de Abel y ocho o diez compañeros, tendrán que buscar cómo hacerlo por su cuenta. Todos se acercan a la Jefatura de la UMAP en Ciego de Ávila y no se los atiende. Les plantean que ellos son de una región distinta, Esmeralda, y por tanto se lavan las manos. Los cien kilómetros que les faltan que los recorran como puedan. El grupo se va a dormir al parque, pues ya es de noche y no tienen a dónde ir. Se acomodan acostados en los bancos para pasar la noche.

Abel y Andrés están en bancos contiguos y conversan:

—Andrés, me están entrando unas ganas de volver…

—Coño Abel, pero son quinientos kilómetros para atrás, y sólo nos faltan cien para llegar.

—¿Y qué más dan los kilómetros? Lo que cuenta es lo que hay al llegar a uno u otro sitio… Yo he visto unas rastras con su tráiler aparcados cerca de la Agrupación de Ciego. En esos se están llevando los que van con el segundo grupo de pases.

—¿Y qué quieres hacer?

—Nos metemos en uno de esos camiones y nadie sabe si somos de este pase o del anterior. Ellos no están teniendo ningún control. Después, ya veremos.

—Bueno, la verdad es que la mierda que nos han hecho con esto de dejarnos tirados aquí... Yo me he quedado así como «sin coger las señas». No sé qué es lo que tengo que hacer. ¿Tú estás decidido a volver?

—Ya estoy enjorquetado en el caballo. Yo vuelvo.

—Pues ya he cogido la seña, nos vamos los dos.

Al día siguiente se cuelan en el arrastre de un gran camión al que le han puesto unos bancos de madera en la plataforma de carga. Pasan inadvertidos. El descontrol es monumental. Así, como polizones, deshacen el viaje de quinientos kilómetros que acaban de recorrer.

Este retorno tiene también un significado. «Pueden aplastarme, pero mi instinto de libertad no lograrán aniquilarlo. Ser esclavo no está en mi naturaleza. Después, ya veremos».

Gran sorpresa para toda la familia a la llegada. No se lo esperaban. Lo reciben, como no podía ser de otra manera, muy contentos, aunque Abel nota el nerviosismo. Como hay muchos más reclusos de la UMAP de pase en el pueblo, los que les ha tocado el segundo turno, ellos dos pasan anónimos y no tienen ningún problema. Disfrutan de otros pocos días en casa. Pero vuelve a llegar la segunda fecha de partida. Si pasan más tiempo los pueden declarar desertores. Esto significa cinco años en la cárcel. No se la pueden jugar y pasando por el penoso trago, similar a una segunda crucifixión después de la resurrección, vuelven con el segundo grupo.

Al llegar se enfrentan al sargento del pelotón nada más entrar al campamento.

—Ustedes dos no han vuelto del pase cuando les tocaba —dice con mucho enfado.

—Es que el transporte nos dejó tirados y tuvimos que esperar al segundo viaje. Eso lo puede comprobar en la Jefatura de la UMAP de Ciego de Ávila —como niños sorprendidos en falta argumentan.

—Por poco se han salvado, saben que por tres días más se los declara desertores. Se levantará acta de su retraso y ya veremos qué dice fiscalía. Pero la verdad es que no sé quién la va a levantar, pues el oficinista es el que está involucrado en este caso. —Y se quita la gorra para rascar su cabeza mientras habla, sin saber bien que tiene que hacer—. Veintiséis, vete a donde está el teniente y él te dirá que tienes que hacer. Andrés, tú, por el momento, incorpórate al pelotón. Ya veremos qué pasa con ustedes.

Abel va a la barraca de la Jefatura de la compañía y se presenta al teniente. Recibe una gran reprimenda y le dice que se incorpore a su pelotón, que vuelve a trabajar en el campo,que no se puede confiar en él y un montón de cosas más. Obedece y vuelve al trabajo del campo, la misma situación que tenía antes de estar en la oficina. Una semana después lo vuelve a llamar el teniente y lo alecciona.

—Me he enterado que lo del transporte del pase estuvo muy poco coordinado. En esto no han mentido. Eso los exime hasta cierto punto de su tardanza. ¡Pero mira que volver atrás desde Ciego! Por esta vez lo vamos a dejar así. Incorpórate, a partir de mañana, al trabajo de la oficina. Tenemos una semana de retraso en los reportes —la necesidad práctica de cumplir con la burocracia pudo más que los vengativos apetitos de castigo.

Así quedó zanjado este incidente, por la necesidad inminente del teniente. Y vuelve la aburrida rutina de la oficina, aunque sigue siendo más cómoda que el inhumano trabajo en el campo.

Al comenzar la zafra azucarera, a la compañía la trasladan a unos barracones de madera, en un lugar llamado La Cuarenta y Uno. Están muy lejos, frente a los callos de la costa norte de Camagüey. Desde el sitio divisan, muy cerca, Callo Romano, que después de la principal Isla de Cuba y la Isla de Pinos, es de las mayores entre las más de cuatro mil islas e islotes que conforman el gran archipiélago cubano.

La civilización ha llegado poco por aquí, si es que alguna vez se ha pasado. El asentamiento humano más cercano está a unos cinco kilómetros. Es un pequeño batey campesino con una pesa de caña, la número cuarenta y uno, lo que le cede el nombre a toda la zona. Desde la elevación donde están los barracones hasta la costa, al norte, es naturaleza que permanece virgen, tal como estaba cuando llegaron los primero europeos a estas costas.

Los barracones eran, unos años atrás, los que servían de albergue a los braceros haitianos que venían a Cuba a hacer la zafra. Alguno se ha quedado por aquí y ocupa un espacio de barraca que ha tapiado para su uso personal, como si de su casa propia se tratara. Como la vieja práctica de braceros importados se ha acabado, ahora son los forzados de la UMAP a los que toca hacer este trabajo.

—Simón, ¿qué te parece la vista que tenemos? Esto es precioso.

—Sí, al menos en eso hemos mejorado.

—No jodas, también hay agua, del tanque. Esto es un lujo que no teníamos en el campamento.

Esto último lo dice porque hay un molino de viento que saca el agua de un pozo y llena un gran tanque elevado, de seguro una antigua paila de ingenio azucarero que está soportada en una sólida estructura de traviesas de madera, polines de ferrocarril, que después de años mantienen el inconfundible potente olor a brea.

—Allá adelante tengo una piedra y me siento antes de la hora de la comida a ver el espectáculo. Es como un documental de la naturaleza pero en vivo.

—Te acompaño a ver el show. Aún quedan diez minutos para que llamen a comer.

—Mira el mar. Es precioso. ¿Puedes oler el mar? A mí me encanta ese olor. Y qué contrastes de verde, de azul…

Tiene razón de que las bandadas de pájaros acuáticos llegando al atardecer bien podrían servir para una hermosa película de vida salvaje. La espectacular policromía de tonos que ofrecen los diferentes plumajes de las aves en la marisma asemejan a la paleta de un pintor en plena faena. Es un hermoso espectáculo, para el cual se han reservado palco de primera y contemplan los zancudos flamencos que bailan un rosado ballet al compás de las ráfagas de brisa que, saturadas de yodo, vienen del mar. Ver pescar a las gaviotas o a los pelícanos es todo un espectáculo que, por inusual, divierte. En perfecta formación llegan también otras aves a la zona boscosa inmediata a la costa, donde realizan una escala en su largo viaje migratorio. Sus cantos, gritos y piares se escuchan a mucha distancia. Y ellos sienten fuertes celos de estas aves tan sueltas para poder moverse, para poder gritar. ¡Son tan libres…!

—Abel, lo del agua corriente aquí es muy importante —comenta Simón, un tema menos sublime pero más práctico.

—¿Por lo de la caña quemada, no?

—Claro, compadre, nada más empezar estas tiznado como un carbonero. Pero si no lo queman te coge la picapica. El primer día me cogió y no podía aguantar la picazón.

—Lo que le ronca el tubo después es la carga de la carreta. Siempre están apurados porque la caña merma mucho. Pierde la mitad del rendimiento. Hace poco un campo quemado que llevaba tres días en el suelo no lo quisieron mandar al ingenio.

La solución para los campos con picapica es darles candela para que el urticante bejuco se queme y haga el menor daño a los trabajadores. Si no, es imposible resistir el escozor de su ataque.

La quema se hace de noche, cuando hay menos viento y con mucho cuidado, para localizarla sólo a los campos que son seleccionados. Si se extiende a más, por descuidos, puede ser una verdadera catástrofe. Aquí no hay bomberos, ni helicópteros o hidroaviones. Solo los surcos cortafuegos que se hacen previamente con bueyes y arado; se completa el elenco con mucha gente con ramas de árboles azotando las llamas que intenten extenderse más allá de los límites permitidos, y la pericia de quienes han realizado esta tarea durante muchos años.

Y a pesar de todo ello es un espectáculo muy emocionante. Corre rápido la candela y se lo va comiendo todo a su paso, incluso el aire, que a veces falta para respirar. La paja de caña cruje, como si gritara de dolor, cuando el fuego la devora. Altas lenguas naranjas se elevan en la oscuridad y calientan hasta quemar la cara, con sofocante calor, cuando alguien osa acercarse demasiado. Pequeños animales huyen corriendo en locas direcciones, sin entender cómo, por la intensa luz, la noche se ha convertido en día. Es tal vez por todo este excitante espectáculo que los enfermos pirómanos no pueden resistir la llamada de las llamas.

Después de horas vehementes, todo se apaga, el intenso negro, que vuelve a ser el rey, se apodera de la madrugada y de todo, desautorizando cualquier intento de otro color a cambiar el aspecto de paraje luctuoso. El suelo quema. Viene el viento, cuando comienza a clarear, a formar remolinillos que esparcen cenizas en todas direcciones. También difunde el dulzón olor a melado combinado con el opresivo del humo. Los tallos de caña, erectos o tumbados, quedan totalmente desnudos e indefensos a merced de la mocha. Rencorosos, esperan para tiznar hasta los más negros pecados de su alma al machetero que venga a por ellos.

Pocas semanas de trabajo en la Cuarenta y Uno, y la compañía tiene que trasladarse. Hay que cargar todo en camiones. También, con las expectativas de no saber a dónde irán a parar. ¿Irán a un sitio mejor? ¿Cómo va a cambiar las cosas más elementales de sus vidas? La caravana más bien parece el traslado de un circo o una tribu gitana.

Pronto despejan la incógnita. El destino es, con lo que va quedando del Batallón Doce, la famosa zona de Manga Larga en las inmediaciones del central Cunagua.

Estas son zonas de muy mal drenaje del agua en los suelos. Hay que hacer la zafra allí en condiciones difíciles. Lo peor no son los campos mojados y enfangados. Lo peor es la proliferación de mosquitos. Abel combate aquí con los mosquitos más grandes que ha visto en su vida, que parecen helicópteros. Los temidos «corasís», de encarnada cabeza y de picada muy dolorosa.

«Manga Larga. Casi seguro el nombre de este lugar viene por la necesidad de la protección contra estas bestias», piensa Abel.

Pero como todo acaba, también la zafra está por terminar. El batallón al que pertenece Abel se está disolviendo como azúcar en un vaso de agua. Se entera que en esta restructuración, a los Testigos de Jehová de todo el batallón los han juntado como castigo a la compañía de Moreno Dos, la de los homosexuales. Recuerda entonces aquel guajirito.

«Otra nueva vejación. No hay derecho. No hay derecho. Pobre Tranquilino», se repite.

Una noche antes de los forzosos traslados del Batallón, que ya está en plena descomposición, llaman a Abel y le comunican que tendrá que presentarse en la Jefatura de la Agrupación en Esmeralda. ¿Qué hay detrás de esto? Le informan que lo mandaran con escolta, que lleva un sobre cerrado para el Jefe de Personal. ¿Tendrá que ver con la demora del pase? Seguro que le van a cobrar los días que se pasó. Pero, ¿y Andrés? Esto es muy extraño. Piensa, y por más vueltas que le da no encuentra una respuesta adecuada.

—Teniente, ¿qué es lo que pasa? ¿Por qué me mandan a la Jefatura? —Es un lugar temido, allí fue dónde faltó muy poco para que mataran a Maraña.

—De eso no puedo decirte nada. Lo que sea, ya se verá a su tiempo. Veintiséis, tu misión en estos últimos días que nos quedan por aquí es acompañar a cada carreta llena hasta la pesa y saber cuánto pesan.

—Bien, teniente, pero… ¿por qué es necesario esto? —la pregunta de Abel va por un camino, el conocer un poco más por qué debe presentarse en la Jefatura. Pero la respuesta del teniente viene por otro. Le responde sobre el trabajo que quiere que realice.

—Es que nos están haciendo «marañas» en el pesaje. Estos últimos días hay mucho jaleo y se está cortando en muchos campos. No importa a la hora que termines. Hasta que la última carreta pese, tú tienes que acompañarlas.

—Bueno, así lo haré —dice, y piensa: «¿qué remedio me queda? Esto está malo, no quiere soltar prenda…».

Y así comenzó a contabilizar, día tras día, los últimos de la zafra, lo que se cortaba y llevaba a pesar.

Sale con la carreta cargada del campo. El muchacho se sube al pescante. Va acompañando y conversa con el carretero que camina al lento paso, llevando del narigón a su yunta guía.

«De carretas y carreteros hay miles de historias en la literatura y en la tradición popular cubana. Recuerdo la poesía que recité en un acto cívico de primaria, "El carretero y el eco". Como me divertían las cosas de Juan Prado peleando con su eco, a orillas del Yumurí. Y mira tú por dónde, ahora estoy lidiando con carretas y carreteros».

Es interesante el trabajo del carretero y más complicado de lo que a primera vista parece. El carretero tiene que compenetrarse con sus bueyes. Puro trabajo en equipo. Una carreta de caña normal lleva tres yuntas: la de pie, que van tirando lo más pegado a la carreta, es la yunta más fuerte y que más trabaja; la del medio, que como su nombre indica, va en el centro y le toca compartir el tiro; y por último, la de guía, que es la que trabaja menos, pero va marcando el ritmo y el sentido de la marcha. Le toma años adiestrarlos a sus formas y voces. Los animales lo escuchan y obedecen sus órdenes al pie de la letra, (que decir al pie; al pie, al medio y la guía). ¡Y cuidado con no obedecer! Cuando por cualquier razón no lo hacen o es necesario arrearles más fuertes, el carretero utiliza primero su verbo más enérgico y punzante:

«*Jura el carretero, maldice, blasfema*

y cada palabra es un anatema...».

Dice una bella poesía del matancero Agustín Acosta: «Las carretas en la noche», que Abel trata de recordar, pero no le viene a la cabeza. Que de carretas y carreteros se ha contado mucho y hay mucho escrito; y no es fácil recordarlo todo.

Si el soez lenguaje del carretero no funciona a la primera, entonces pasa al tercio de varas: el aguijón, palo de madera con una punta de acero con la que el carretero pincha a los bueyes cual picador en una corrida de toros. El carretero no lo hace con saña, o mala sangre. Es sólo una exigencia de trabajo, «no es nada personal», sólo una cuestión profesional.

Esta, en la que va montado Abel, es la carreta de Cosquillas, el carretero que tiene malas pulgas. Hombre con su cara roturada por muchos y profundos surcos, más que cualquiera de los campos por los que se mueve con soltura. Con toda seguridad, son consecuencia de una vida llena de trabajo y preocupaciones, de pobreza y escasez. La carreta avanza despacio con su rítmico contoneo cual sandunguera mulata. Balancean sobre ella los bultos de caña por causa de los baches del irregular camino, a los que los hombres de campo llaman cangilones. Crujen, traquetean y rechinan las maderas de la estructura. A veces parece que se va a romper.

Lleva en la yunta de guía a Bragado y Año Nuevo que a la vez que andan van rumiando los cogollos de caña que han comido en el campo ya hace un buen rato. Los nombres de los bueyes es preciso que tengan sonoridad. Imprescindible que tengan varias sílabas para poder alargarlos, estirando las vocales finales en extensa cacofonía. Es, para el exacto momento que chilla el carretero sus órdenes de mando. Es la métrica de esta poesía del trabajo en los campos cubanos.

Ha enyugado Cosquillas en la yunta del medio, que es la parte más adelantada en la pértiga, a Ojiblanco y Bandolero.

Este último lame ahora su nariz con la larga lengua; en tanto el otro, a golpes de rabo espanta las molestas moscas. Van arrastrando el peso en la yunta de pie con la lentitud y la pena, cual injusta condena; y al final de la fila, Palmiche y Comandante. Estos pobres brutos sólo tiran.

Abel le ha tomado el gusto de conversar con Cosquillas, este pintoresco representante de la sabiduría popular.

—Coge el trillo, «Añonueeevo» —ordena Cosquillas a su bestia y conversa con Abel.

—Al Jefe de Lote, donde están cortando ahora, se le quedó el caballo una noche en el campo y al día siguiente el caballo estaba muerto. «Tirao» en el suelo con montura y «too». Lo mataron los mosquitos. Le chuparon «tola» sangre. Como los «pampiros» esos… —comenta el carretero a Abel y le da una calada a un deshilachado mocho de tabaco que, más que fumar, mastica.

—¿No es un poco exagerado? Eso son cuentos de carretero. —le dice el joven con choteo, pues ya tienen cierta confianza.

—«Tessiaaa Bragaaaaao». — Pues a pesar de conversar sigue guiando—. Tira «p'acáaa Ojiblaaanco». —Y le da un toque en el lomo del buey, sólo dejando caer la vara de madera, pero sin pinchar con el aguijón.

—No, «mijo», que es así. Por mi madrecita te lo juro. Pregúntaselo al que tú quieras. —Escupe un espeso salivazo color café, y continúa—. Por eso «pa ird» al campo hay que «vestidse» como cuando vas a «cogend» panales de abeja. Con un mosquitero por dentro del sombrero y «metío» por la camisa. Si no te «sasonan». Son más malos que Cafunga. Aprende eso. Aquí, por los «jodíos» mosquitos, nadie quiere «venind» a «trabajand». Por eso los mandan a ustedes, muchachos. ¡Y baratos que salen, sí «señol»…!

Entonces mira a Abel, echa un poco atrás el sombrero y rasca sus canosos cabellos. Una amplia sonrisa que reclama complicidad, aparece en su avejentado rostro. Y como colofón, a lo último que han conversado arrea dos de sus bestias:

—¡Comandaaaante!, ¡Bandoleeeero!

Abel capta el mensaje, nada subliminal, y corresponde también con una sonora carcajada. Piensa entonces:

«Cuánto expresa este hombre sin decir palabras finas. Ve la injusticia y a su manera la denuncia. Este es otro de los trabajos que no quiere hacer nadie y nos lo cargan a nosotros, lo esclavos de ahora». Sigue riendo Abel, y al fin recuerda sólo la estrofa final de la poesía de Acosta. ¡Claro, coño!

«...y como quejándose cuando a él se avecinan,

cargadas, pesadas, repletas,

¡Con cuantas cubanas razones rechinan

las viejas carretas...!».

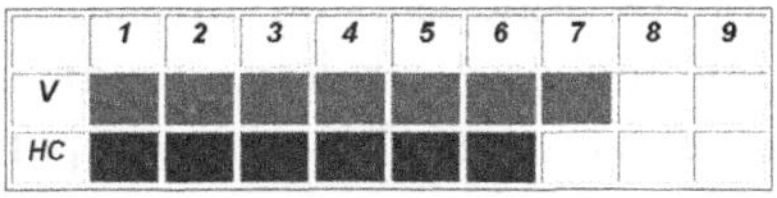

XIII.- Séptima entrada (parte alta)

Esta es la entrada de la suerte. Los americanos dicen el «lucky seven». Los cubanos el «inin de la suerte». Es la entrada en la que si vas perdiendo esperas, por superstición, empatar o irte delante en las anotaciones. En el parque del Cerro se escucharon alguna vez, en este «inning», cantos de «Virgen de Regla, compadécete de mí, de mí...» (Cuando esto se podía hacer). No somos supersticiosos, pero a veces la sugestión funciona. Al más puro estilo gallego: «Haberlas, haylas».

Finales de 1967

Se produce un nuevo cambio en la situación de Abel. Lo han seleccionado para trabajar en el área de planificación en el nivel de la Agrupación. Esmeralda es un pequeño pueblo, pero un núcleo urbano al fin y al cabo. Hay agua corriente, luz eléctrica, calles asfaltadas. En definitiva: civilización. No era lo que pensaba en cuanto a que lo iban a castigar, es todo lo contrario.

Al llegar al pueblo puede llamar por teléfono a su casa y anunciar el nuevo destino. Aún se establecen las comunicaciones por centrales telefónicas, esas de meter y sacar los contactos y con una señorita al habla. Abel, de viva voz, pide el número con el que quiere hablar. Percibe en la conversación cómo tranquiliza esta buena noticia a sus padres. Saben lo mal que lo ha pasado y este nuevo sitio, dentro de lo angustioso que es todo, les parece un regalo del cielo. Al finalizar, la telefonista, que lo ha escuchado todo y es amiga de la familia, le saluda y le da la enhorabuena.

«Cuánto relativizamos todo. Ahora esta nueva ubicación parece el cielo. Pero a los viejos los ha tranquilizado. ¡Qué bueno! Y esa chismosa telefonista que se entera de todo», se dice a sí mismo Abel.

Aquí las cosas son mucho mejor. Se duerme en literas con bastidor y colchoneta, aunque estén muy amontonadas por el poco espacio. Hay duchas y servicio sanitario. La comida es buena. No es igual para los oficiales que para los reclusos, pero aun así es mucho mejor que la que comen las típicas familias cubanas. De todas formas, Abel sabe que es una buena práctica hacerse amigo del cocinero, y en ello se empeña. Comienza, por la boca, su recuperación física. Hasta le permiten practicar deportes algunas tardes en un centro deportivo cercano a la Jefatura, donde se va a tirar balones a la canasta.

Él y otro recluso hacen toda la tarea de recopilación del trabajo productivo de la Agrupación en su totalidad, la que hay que reportar diariamente a la Jefatura Máxima, la UM 1015. Hay un Jefe del Departamento que los trata muy bien, pues hacen toda la labor y él no tiene que preocuparse de nada. Para Abel todo va como miel sobre hojuelas. Ojalá todo se quedara así....

Varias semanas después lo llama el Jefe de Personal. Cualquier convocatoria a la oficina de personal en este nuevo destino es temida. Allí le cambian la vida a la gente en unos minutos, y casi siempre es a peor.

—Sánchez, tengo que comunicarte algo que me ha encargado el capitán.

—Diga, teniente. ¿Qué es lo que pasa? —le contesta al teniente Fonseca.

—Mira, el capitán tiene un compromiso, con un soldado conocido suyo y lo quiere meter en planificación, en tu puesto.

—Eso quiere decir que me tengo que ir al campo. ¿Es eso lo que me quiere comunicar? —Abel comienza a evaluar todo lo que va a perder en ese cambio, pero sabe que la cadena romperá por él que es el eslabón más débil.

—No es necesariamente así. Yo he visto tu expediente, lo que te puso el Comité Militar de tu pueblo. Tu trayectoria durante todo este tiempo, además de una carta manuscrita del teniente de tu compañía, que llegó con el escolta el día que te trajo hasta aquí.

—Bueno pero yo no he sido sancionado por nada. No sé qué pueda decir esa carta —piensa que al final le van a pasar la cuenta. Al fin salió la cartica famosa del teniente.

—No, no te preocupes, la carta del teniente habla muy bien de ti. De tu honestidad. Es por eso que creo que te puedes quedar en la Fiscalía. Hay un hueco y sabes mecanografía, podrías quedarte. Mañana preséntate al fiscal y comienza a trabajar con él.

No es lo que más le gustaría, ni le gusta el trabajo, ni le gusta la persona del fiscal. Pero cuando no hay pan, hay que comer cazabe. Haciendo balance, es mejor esto que volver a las duras condiciones del trabajo en el campo.

«Así que el teniente lo había recomendado. ¡Lo que es la vida…! Recomendado por quien tenía por su peor enemigo». Se asombra.

Comienza a percatarse de cuánto tiene que aprender de la vida, donde no todo es blanco o negro. Madurez es aprender a distinguir grises.

El trabajo de la fiscalía es diferente. Aquí es donde se preparan los expedientes de los que hay que sancionar por diferentes «delitos». Hay que participar en los juicios que se celebran. Es un trabajo que no agrada nada a Abel.

Lo alivia porque conoce a un compañero que también está en esta oficina. Es un joven bautista natural de Jatibonico, que entonces era el primer pueblo de la provincia de Camagüey, moviéndonos desde La Habana a Oriente. Después emigró a Sancti Spíritus. Abel piensa que le viene mejor asociarlo a este lugar. Es un hombre muy espiritual: es poeta. Además de su sensibilidad artística, es bueno y justo como un santo.

Este chico, a pesar de haber pasado en su corta vida más trabajo que un forro de catre viejo, es pura bondad, no odia. «Sueña con un mundo enamorado de bellas melodías, donde no se oiga el grito de la muerte sino el dulce y hermoso canto de la vida», como dice uno de sus poemas.

Una mañana que no está el fiscal en la oficina saca unas cuartillas que camufla en un sobre amarillo y le dice a su amigo.

—Oye, Abel, a ver qué te parece esto —recita completa una poesía que entonces no tiene nombre.

—Me gusta mucho una estrofa —dice Abel—. Déjame un momento. —Y tomando las hojas de papel busca y lee en voz alta:

«*Es la amistad el encendido fuego*

que con su luz al enemigo cambia:

es viva compasión por los que odian

la sublime virtud de los que aman».

—¿Sabes? Este poema será bueno o malo, yo no soy objetivo para evaluar mi propia creación, pero te puedo afirmar que es sincero. No tenía título, ahora lo acabo de bautizar —y escribe al principio—: «Canto a la Amistad» —y estará dedicado a un buen amigo—. «A mi buen amigo Abel».

Abel puede leer, desde donde está, que se lo ha dedicado a él.

La situación les acerca y se hacen muy buenos amigos, Abel y Luis, que este es su nombre. Comparten su fe como verdaderos hermanos. No hay discusiones. Lo que los une es más que lo que los podría separar. La teología para los teólogos. Ellos son, sin otras pretensiones, amigos.

Luis, que es unos años mayor que Abel, le orienta en el trabajo práctico de la oficina, pues él tiene más experiencia.

—Yo conozco bastante bien las manías del fiscal. Es un hombre obsesivo. Cree que es el mayor guardián de la justicia revolucionaria. Creo que no está bien de la cabeza.

—A mí no me gusta nada esto. Con tantas comodidades aquí me parece que me están comprando, que me hacen cómplice de sus cabronadas.

—Pero Abel, no seas niño. ¿Tú pediste venir aquí? ¿Tú estás haciendo algo incorrecto? Estas aquí obligado. ¿Por qué machacarte? ¿Quieres ser mártir? Olvídate de esas tonterías.

—Luis, me ayudas con tus consejos. Pero sigo teniendo dudas. Es cuestión de sentimientos y no de razones.

—¿Y no crees que puedes ayudar a tus compañeros?

—Bueno, en la compañía ayudaba haciendo trampitas con las normas. Pero aquí, ¿cómo?

—Mira, Abel, aquí es mucho más peligroso. —Mira a un lado y a otro para estar seguro que no les escuchan—. Yo he paralizado un montón de procesos de actas que han venido desde los batallones. Las desaparezco entre otros papeles. Las pongo en archivadores equivocados. Todo tratando de que se pueda interpretar como un error de oficina —vuelve a bajar más la voz—, pero en algunos casos he roto y desaparecido algunas. —Una sonrisa malévola se asoma de lado a lado de su cara, como la de un perfecto actor que interpreta el papel de villano.

—Pero si te cogen en ese brinco, te pelan al moñito.

—Bueno es el riesgo que corro por hacer algo por algún compañero. Incluso ni siquiera conozco las personas a las que ayudo. Me da igual.

A buen entendedor, con pocas palabras bastan, no tiene que decirle mucho más. Pero Abel no se siente bien.

Un incidente desafortunado viene a complicarle aún más su desazón interior.

En el patio, al lado de la barraca donde duermen, está el calabozo para encerrar a los presos que pasan por la Agrupación mientras son enjuiciados o trasladados a unidades de castigo. Una tarde, Abel está de auxiliar del oficial que está de guardia. Un preso encerrado en el calabozo comienza a gritar que necesita ir al servicio sanitario. Insiste en frecuencia y en intensidad de los gritos. Es una operación de rutina y el oficial de guardia, que no quiere molestarse en ejecutarla él, encarga a Abel que lo lleve al baño de los dormitorios. Abel coge la llave del gran candado que cierra la puerta de barrotes del calabozo y lo abre. Le dice al necesitado que salga para llevarle al servicio. Sale el hombre y se pone fuera, por detrás de Abel, durante la maniobra de volver a cerrar la pesada puerta. Al volverse Abel se da cuenta que el preso no está. Se le ha escapado.

Asustado, se apresura a dar la noticia al oficial de guardia. Este a su vez sube a lo alto de la casa que sirve de edificio de la Jefatura e informa al capitán. En menos de lo que un gallo canta, mandan a buscar a Abel a la oficina donde nunca había entrado. Todo está un poco en penumbra.

—Sánchez López, ¿por qué has dejado escapar al preso? —le suelta a boca de jarro el capitán.

—Capitán, yo no lo he dejado escapar. Se ha escapado él.

—Pero tú estabas bobeando y confiando en la gente. Eres un bobo, muchacho, te han engañado. Yo creo que a ti te ha criado tu abuela.

—Ha sido todo muy rápido. Yo he hecho igual que lo que hacen los otros cuando se presentan estos casos. Lo mismo le podía haber pasado a cualquiera. Además, le ha pasado por delante a la posta de la entrada y no lo han parado.

—No repliques más. Mira, te ha pasado a ti. Ahora te vas a buscarlo, y si no consigues traerlo, te va a caer a ti lo mismo que tiene él. Está condenado a cinco años de cárcel por deserción. ¡Así que ya sabes!

—Yo no sé si pueda hacerlo —dice Abel con la voz casi inaudible—. ¿No es mejor mandar algún guardia?

—Si mando los guardias levantaré la paloma y entonces se esconderá más. —Toma unos segundos para reflexionar y entonces trata de atemorizar al muchacho—. Bien, puedo hacerlo si es lo que quieres. Entonces, sargento, mételo a él en el calabozo y que pague por el otro. —El fiscal se abalanza sobre Abel y lo toma por un brazo.

—Espere, espere. Yo lo voy a intentar, trataré de ir a buscarlo —dijo Abel. Y a la vez pensó que si no lo encontraba el que tendría que fugarse era él.

—Mira, el fugado es de Morón. Seguramente va a tratar de pasar por su casa, porque no es muy adelantado que digamos. En la cocina trabaja un muchacho de Morón que seguramente sabe dónde vive. Vete rápido con él antes que coja mucha ventaja —dice el fiscal después de soltarle.

Pasó por la cocina y habló con Yoyo Quintero, que ya lo conocía y era un recluso como él que podía hablar con confianza.

—Mira, Yoyo, lo que me ha pasado. Igual le hubiera pasado a cualquiera. Ahora tengo dos alternativas: o encuentro a este hombre y lo convenzo para que vuelva o me va a tocar a mí los cinco años.

—Asere, has venido a buscar la persona adecuada. Yo voy a ayudarte, «ecobio». Venga vamos, que ese cabrón se va a cagar. Yo lo vi cuando lo trajeron, es de Morón. Creo que es medio gansito y estará loca por ir a ver a su marido. Vámonos rápido y lo vamos a alcanzar.

Yoyo es un tipo todo músculos. Se pasa los ratos libres haciendo ejercicios con unos bloques de hormigón y un palo, a modo de pesas; tiene además ladrillos, cuerdas para saltar y una barra. Todo el gimnasio improvisado lo tiene en la parte de detrás del patio donde se guardan los vehículos de la jefatura. Lo que le sobra en músculos le falta en cerebro. Tal vez es la persona equivocada para lo que tiene que hacer Abel, pero si ya el capitán lo ha dicho, no puede ahora estar escogiendo.

—Pensemos un poco. Si tú te fueras para Morón, ¿qué es lo que harías? ¿Tratar de coger una botella en cualquier vehículo que pase?

—Mira, para Morón desde aquí lo que hay es un terraplén. Vestido de UMAP no se llega lejos. Seguro que esa no es la forma. Este es comemierda pero no tanto.

—Pues entonces sólo nos queda el tren. Si no estamos equivocados y el tipo va para Morón, deberá estar aún en la estación, pues el tren no ha pasado.

—Coño, pues hay que apurarse, el tren de por la tarde pasa en diez minutos.

Salieron para la estación de trenes corriendo. Llegaron y repasaron en el andén todas las personas que esperaban el tren. Entre ellas no está el fugado. Abel revisa en los servicios y no estaba allí. Buscaron arriba y abajo por todos lados. No había ni rastro del prófugo. Abel perdió toda esperanza de llegar a hablar con él. Buena se la había jugado. El tren llegó a la estación y efectuó la parada establecida de tres minutos. El tiempo se les acababa. Ambos estaban al tanto de quién sube al tren por el andén, pero no había ni pista del hombre que buscaban. Un revisor realizó la señal al maquinista de que podía poner en marcha la máquina. Las esperanzas de Abel se marchaban con aquel tren. Le caerían cinco años de cárcel. No quería cargar con ellos, no podría aguantarlos.

Instintivamente, se montó de un salto en el tren. Si no podía encontrar al tipo, tampoco a él lo iban a encontrar. Yoyo, que pensaba poco, solo actuaba, lo imita. Al salir el tren, como a diez metros de la estación, observó Abel que había una pequeña caseta. Cayo en la cuenta que allí no les había dado tiempo a revisar.

—Ese cabrón va en este tren. Me la juego. Se nos escondió en esa casetica de la salida y se montó por el lado contrario al andén.

—¿Tú crees? Si es así, tenemos que encontrarlo. Sigue detrás de mí, vamos a revisar este cacharro de arriba abajo.

Avanzaron desde el último vagón, caminando por el pasillo, y revisaron uno a uno los asientos. Por el momento no encontraban nada. Abrieron la puerta y pasaron de un vagón a otro. El tren fue tomando velocidad, el tac tac tac de las ruedas, al pasar las juntas de los rieles, era cada vez más rápido. Era un viejo tren, con asientos de madera y vetustos vagones que se balanceaban rítmicos a izquierda y derecha. Repitieron la misma operación de búsqueda en el segundo vagón. Tampoco encontraron nada en este y entonces el desánimo comenzó a invadirlos. Cuando fueron a abrir la puerta de un vagón a otro y antes de hacerlo, Yoyo vio al fugado agazapado en un rincón que se destinaba a los equipajes.

—Maricón de mierda, quieres joder a mi socio. ¿A dónde te crees que vas? —Y lo tomó por la camisa y sacudió el cuerpo delgado con extrema facilidad. Su cabeza pegó un par de veces en la pared del tren. Luego lo movió a la puerta, cerrada aún, y Abel temió que se volviera loco y lo lanzara con el tren en marcha.

El hombre estaba sumamente asustado de tener aquella bestia humana prendida de su camisa. Abrió la boca por el terror que sentía, y Yoyo pensó que quería gritar. Reaccionó de inmediato y le metió el antebrazo en la boca y le gritó.

—Si alguien va a levantar la voz aquí soy yo. Tú callado, «so» maricón. Quédate tranquilito, pero muy tranquilito hasta la próxima estación. Que tú te vuelves con nosotros dos para Esmeralda —en ningún momento lo soltó.

Abel, que estaba detrás de Yoyo, lo controló como pudo.

—Tranquilo, Yoyo, que se va a portar bien. No le pegues, no hace falta. Yo voy a hablar con él. ¿Cómo te llamas?

—Me llamo Miguel. Miguel Estrada.

—Estabas en el calabozo hace un rato. Te fui a hacer el favor de llevarte a cagar y te me escapaste.

—¡Ahora si se va a cagar este cabrón! —Dijo Yoyo, que seguía excitado.

—Coño, Yoyo, tranquilo. ¡Me cago en diez! Espera, deja que hable con este hombre. —Y continuó tratando de hablar con el hombre de casi treinta años que tenía delante y no le cabía ni una pizca más de miedo en el cuerpo—. Tú sabes que yo soy igual que tú, soy un jodido preso, como tú. No te les escapaste a los guardianes y me lo haces a mí. ¿Sabes que ahora quieren cobrarme tu condena? Y no voy en esa. Es violento, seguro contra tus planes y lo que tú quieres, pero te vas a volver con nosotros a la Agrupación. Mejor no te resistas pues la vamos a tener. ¡Tú no me vas a joder la vida!

—Bien, bien, yo no voy a montar un show, pero no me peguen. No me marquen la cara —dijo afeminadamente aterrado.

—No te vamos a pegar, pero sólo si tú te comportas.

—Yo sólo quería ir a mi casa. Ver a mi amigo, no puedo vivir sin él. —Y se puso a llorar.

—Venía con mucha rabia. Ahora me das pena. Pero no me vas a joder a mí para ir a ver a tu novio. No voy a conmoverme por tus lagrimitas.

—La próxima parada es Violeta. Allí nos bajamos y llamamos a la Agrupación para que manden un camión. Te salvaste asere, te salvaste —dijo Yoyo con su torpe cara llena de satisfacción.

Al otro día el fiscal quiere felicitar a Abel.

—Bien hecho, Abel, enmendaste el error que habías cometido. Me alegro por ti. Te felicito.

—Pues yo no me alegro ni me felicito. Me siento lo más ruin y oportunista del mundo. Lo que he hecho es una bajeza. Debía haberme fugado yo también. Pero no he tenido cojones para hacerlo. Soy un mierda.

— ¡Quieres decir que te arrepientes de haber cumplido con tu deber!

—Sí, me arrepiento de lo que he hecho. Lo que no tengo claro es que era mi deber tener que traer de vuelta a un compañero. Me he convertido en un represor. Lo último que me imaginaba que podría llegar a ser.

—Pero él te iba a joder a ti. Si no lo encontrabas, te hubiera tocado a ti. Oíste bien lo que dijo el capitán, y ya sabes que no es hombre de jueguitos.

—Y ese es el gran problema. He servido de instrumento para hacer lo más bajo que se puede hacer. Manipulado por ustedes, que siempre se las arreglan para jodernos. Me he doblegado. Me he traicionado a mí mismo. Es como si me hubiera suicidado. Si no le importa, no quisiera hablar más de esto, tengo bastante con lo que ya me castiga mi jodida conciencia.

Desde ese momento, comienzan a ocurrir incidentes con el fiscal que hacen molesto el trato y la comunicación con él. Nunca existió química entre ellos, pero desde entonces la tensión es máxima. Con amenazas, unas veces veladas y otras abiertas, el fiscal trata de amedrentar y someter al muchacho. Para Abel es mucha presión. El miedo trabaja. Y a veces ni siquiera sabe de qué tiene miedo. No quiere prestarse al juego del fiscal. Bastante mal se siente con lo que ha hecho. Tampoco quiere participar en los juicios donde se juzga a compañeros por cuestiones que son injustas, odiosas para Abel, y donde sin el menor respeto a la legalidad no se da oportunidad de defensa a los acusados. Todo se amontona y se le atraganta. Pero siente miedo. Es una lucha terrible entre el miedo, el siempre presente miedo y sus principios. Es una caldera a presión. Un día, cuando la atmósfera ya se hace insoportable, todas estas presiones estallan y Abel y el fiscal discuten.

—¿Es que no quieres participar más en los juicios?

—Mire, sargento, he ido a uno sólo y he quedado puesto y convidado. Quíteme de esto. No quiero participar.

—Te estas negando a obedecer las órdenes que se te dan. Pues eso es insubordinación. ¡Te voy a empapelar!

—No lo va a tener que hacer. Deme conducto reglamentario para hablar con el capitán. Quiero irme a cualquier unidad a trabajar en el campo.

—¿Pero sabes lo que estás diciendo, muchacho?

—Sí, lo sé con toda exactitud. Mucho mejor que usted.

—Luis, pero ¿oyes lo que está diciendo este «vejigo»?

Luis, desafiante, por respuesta saca de su bolsillo un Nuevo Testamento que lleva siempre consigo. Lo apoya en la máquina de escribir que tiene delante y se pone a leerlo delante del fiscal sin mediar más palabras. Un contundente gesto que no necesita de más expresiones, ni de más explicaciones.

—Pues están «compichados» los dos. ¿No es eso?

—Abel es mi amigo y mi hermano —responde Luis muy seco, pero convincente.

—Sí, es mi hermano —reafirma Abel—. Pero nada de eso, sargento, Luis no sabe nada de esto que yo le estoy diciendo. Él siempre me aconseja muy bien, para que no sea drástico y no pierda la perspectiva. No se le ocurra confundir las cosas y acusarlo de nada. Esto lo he meditado y analizado mucho yo solito.

—Pues si es lo que quieres, tienes mi permiso para ver al capitán. Ya se lo diré a él, ahora cuando salga. Veremos si te quiere recibir esta tarde. ¿Y sabes lo que te digo? Que te mande bien lejos, que te lo sientas hasta donde el cepillo no toca ¡Que te jodas, malcriado…!

Toda la mañana está inquieto, no se concentra en el trabajo. Una y otra vez equivoca los textos que tiene que pasar a máquina. Se molesta y saca de un tirón la hoja de papel de la máquina. El rodillo que aguanta el papel gira veloz y suena como quejándose. Con el papel hace una bola y la tira con rabia a la papelera. Varias veces se va al servicio, para aliviar más la presión que su vejiga. No sabe cómo lo va a plantear esta tarde si le permiten ver al capitán.

El capitán es una especie de ogro, con tres ganchos de oro en las solapas de la camisa y una inseparable pistola Makarov con cachas tan brillantes como las insignias de sus grados. Siempre va rodeado de un halo de prepotencia que anuncia que se puede comer la gente viva. Es un hombre alto y macizo, aunque su ya prominente vientre comienza a delatar su añejamiento. Veterano combatiente de la guerra en la Sierra Maestra. Allí mató mucha gente y vio morir también a mucha. Los grados de capitán que ahora ostenta son ganados, según las varas de medir que se usan en el ejército nacido de la guerrilla. A él no se los han regalado. En los corrillos se dice que podría ser comandante, el grado inmediato superior y más alto en la castrense jerarquía, pero una pelea con un compañero, con muerte interpuesta, lo ha bloqueado en su ascenso. Pero son rumores que a ciencia cierta nadie puede asegurar, aunque tampoco desmentir.

El oficial de guardia le informa que a las cinco puede pasar a ver al capitán, que lo va a atender. La realidad del encuentro, determinada en un tiempo preciso, comienza a apendejarle. No puede comer porque nada le pasa por la garganta. Devuelve su bandeja con la comida intacta y le irrita pensar cuan bien le vendría a sus compañeros en su unidad aquellos alimentos que él rechaza. Trabaja la jornada de la tarde sin concentrarse, pues no puede pensar en otra cosa. Cinco minutos antes de la hora indicada sube al piso donde tiene el capitán la oficina.

Espera de pie, recto, imitando al minutero de un reloj de pared que marca las cinco a un costado de la puerta del temido lugar. Las cinco y cuarto, preocupación. Las cinco y media, ansia. Las seis, angustia en estado puro. A las seis y media lo manda a pasar el capitán.

Entra, inseguro, y se pone frente al gran escritorio que es la mesa de trabajo del temido capitán. Adopta la posición de firmes. En esta oficina no entra la luz del sol. Las ventanas mallorquinas, originales de la casa, están siempre cerradas. Hay una penumbra que no es completa, porque lo evita la luz de una lámpara de mesa que le sirve para trabajar al capitán. Se huele aún el humo de un tabaco que fue. Puede adivinar, por la vitola que conoce, a un «Rey del Mundo» que ahora yace como un degradado cabo en el cenicero de metal. Más que una oficina, aquel recinto parece una gruta de brujo. Abel sólo mira al frente, al sitio donde está reclinado el capitán en su silla giratoria de madera. Está terminando de hablar por un duro teléfono de bakelita muy negra. De reojo, puede pasear la vista por la habitación donde hay unas vitrinas que contienen, como trofeos, varias armas de fuego. Las hay de diferentes tipos: pistolas, rifles y ametralladoras. Son recordatorios de la larga historia que junto a ellas ha vivido su propietario y que tal vez por ellas, puede seguir viviendo. Por fin termina la conversación, cuelga y le dice:

—Pediste conducto para hablar conmigo. ¿Qué es lo que quieres? —Con voz ronca, seca, amenazante.

—Capitán, quiero que me trasladen a una compañía a trabajar en el campo —Abel suelta su inusual petición sin más explicaciones. Los nervios alterados por la larga espera no le ayudan a entretejer más preámbulos.

—¿Qué me dices? ¡Es la primera vez alguien que alguien me pide algo así! ¿Te das cuenta lo que estás diciendo?

—Siempre hay una primera vez para todas las cosas.

—¿Y por qué quieres castigarte? ¿Qué problemas tienes? ¿Es por lo del tipo aquel que se te fugó? Creo que eso es un capítulo cerrado, por eso no te preocupes. No hay castigo. Y si lo hubiera, lo ponemos nosotros, eso no te corresponde a ti.

—Para ustedes estará cerrado. Yo lo tengo muy abierto en mi conciencia y creo que será para siempre. Es mi mayor vergüenza. Pero se lo digo sin rodeos, no es por eso. —La expresión del capitán se hace más blanda, pensando que hace constricción por haber dejado escapado al recluso—. ¡Es que yo no soy comunista! —lo suelta a boca de jarro—. No me gusta el comunismo y no puedo ir a un juicio de mis compañeros y estar en una mesa cubierta por la bandera de la hoz y el martillo —ha podido decirlo. El militar no esperaba esto y se queda con la boca abierta y hasta saca un poco la lengua, se encima a la masa, hasta que su barriga le pone freno—. Si para quedarme aquí hay que hacer eso yo no quiero quedarme.

—Muchacho, eres muy niño. —Ajusta con una mano los cuadrados espejuelos de armadura de carey que lleva puestos, y también levanta la voz, en un afán de demostrar quién es el superior—. Eso que dices te lo admito como una bobería. No me lo quiero tomar en serio. No seas malcriado y no me hagas perder el tiempo.

—Para mí no es ninguna tontería, es de las cosas más importantes que pueda pensar en mi vida. —Como ya es común que le suceda en estos trances, cada vez más va ganando confianza en sí mismo en la medida que pasan las primeras impresiones—. Para mí es una cuestión de principios.

—Bueno, pues si lo que quieres es ir para el campo, recoge tus pertenencias y presentante al teniente Jefe de Personal, en la oficina de abajo. Él te ubicará. —El capitán percibió la firmeza con que se lo decía y no estaba para perder el tiempo con un loco que pedía lo que nadie pide. Si era lo que quería, pues allá él. No le gustaba que le subieran la parada—. Puedes retirarte.

Abel pasa por la oficina de personal e informa al Jefe de Personal de su entrevista. Este le comunica que ya el capitán le ha avisado por teléfono y que se vaya a buscar sus cosas. Por la cara que pone y el tono que utiliza, deduce Abel que el capitán le ha hablado duro sobre la entrevista al teniente.

—A ver, ¿dónde me van a mandar?

—Batallón Quince, compañía dos. Apúrate y busca tus cosas —y no le dice más.

Luis, que ha estado al tanto de su salida de la oficina del capitán, lo busca en la barraca.

—¿Qué le has dicho, Abel? ¿Te escuchó? Lo veo por la cara que tienes. ¿Te vas, no es cierto?

—Sí, es lo que yo quería. Me mandan para el batallón quince. A la compañía dos. Está de Mamanantuabo para adentro como a tres kilómetros.

—De nuevo al campo, hermano. Lo tuyo es el proceso inverso. Después de haber resucitado, te vuelves a morir. A ver cómo escapas ahora.

—Cuando he estado colaborando con esta gente es como si me hubieran quitado lo último que me quedaba mío. No me acepto así. Me siento como muerto. Prefiero morirme de verdad en un campo de caña que seguir recondenándome aquí. Vuelvo al régimen de «mucha pincha y poca jama». No sé si voy a poder perdonarme.

—Pero no te preocupes, siempre lo superamos, Abel. Siempre sobrevivimos. Sólo hay que vivir un día más, siempre un día más. Oraré por ti. Bueno, ya sabes que en mí tienes un amigo, para ahora y para toda la vida.

—Ya lo sé, Luis, me lo has demostrado en todo momento. Te lo agradeceré siempre.

No importa si de Jatibonico o de Sancti Spíritus: Luis, justo varón, espiritual poeta, además en esta ocasión también profeta. Amigos para toda la vida.

Se marchó sobre un camión que precisamente iba para Mamanantuabo. Llegó de noche oscura. Durmió en el suelo en una esquina, hasta que al otro día pudieran ubicarle. Aún se presentarían nuevos acontecimientos, pero en aquel momento le pareció que todo volvía a ser peor.

Principios de 1968

Los primeros días en el nuevo campo son muy duros en lo físico, porque ha perdido la costumbre. Aunque en este momento, después de semanas de recuperación, Abel está más fuerte, duro como madera de guayacán. Ha pasado por ese punto crítico en el cual los adolescentes comienzan a desarrollar el físico de hombres. También, su renuncia a Esmeralda, el mejor lugar de los posibles para los reclusos, le hace fuerte por dentro. Ha sido capaz de cambiar lo mejor por la situación más dura y todo por estar tranquilo con su conciencia, por no sentirse comprado como una ramera. Se ha enfrentado no sólo a un militar represor, a un poder, realmente se ha enfrentado a su propia conciencia.

«Estoy convencido que así lo hubiese hecho mi padre», piensa mientras lleva su tajo en el corte de caña, que es su catarsis. El proceso de recuperar el respeto por sí mismo ha comenzado.

Algunos de sus compañeros de Jaronú están en esta nueva compañía. Le toca de pareja en el corte de caña Héctor, el profesor de secundaria. Siempre lo ayudan todos. Siempre solidarios compañeros.

Cuando ya han pasado unas cuatro semanas después de su llegada, el Jefe de compañía lo llama y le comunica que debe recoger sus cosas que lo van a trasladar. No dice más, no suelta prenda...

Abel recoge, callado y preocupado. Se despide de sus compañeros por la mañana, antes de que salgan al trabajo. Se va acostumbrando a este ritual de cambios constantes, pero espera lo peor. Imagina que los largos tentáculos del fiscal de Esmeralda llegan hasta él, que trata de hacerle la vida imposible.

Salen caminando con su macuto a la espalda con destino a la Jefatura del Batallón, que está en Mamanantuabo. Le acompaña un recluta del SMO como escolta. Lleva un sobre lacrado. Está tentado de pedirle que lo abra para leer lo que dice. Pero, ¿cómo volver a sellarlo? No quiere comprometer al muchacho. Cuando no ha caminado ni cien metros un tractorista, un empleado de la Granja, detiene el tractor a su lado.

—¿«Onde» van, compay? —le grita el hombre, por encima del ruido del motor del tractor.

—«Pa'l» batey, amigo —contesta Abel.

—Venga, monten que los llevo.

—Así me evito la caminata —le dice el recluta a Abel y se acomoda en un guardabarros de la gran rueda del tractor, al lado del tractorista. Abel sube al otro.

Hacen los kilómetros del trayecto y al llegar a la Jefatura del Batallón, que está a unos cien metros del batey de Mamanuantuabo, el recluta lo presenta ante el oficial de guardia. Entrega los documentos que llevaba y que definitivamente no se han atrevido a abrir.

—Espera aquí. Ahora vuelvo —le dice muy serio el sargento que está de guardia a Abel—. Tú coge la correspondencia de la compañía y puedes volver —dice al recluta.

Unos cinco minutos después, ¡sorpresa!, aparecen Lázaro y Rolo, sus amigos del Batallón Doce. Se saludan con afecto. Abel les cuenta.

—Nada, que no sé a dónde me mandan. ¿No les he contado lo qué me ha pasado en la Agrupación?

—Lo sabemos todo —se adelanta Lázaro—. No te preocupes, que estás aquí porque nosotros hemos «pugilateado» con el Jefe de Batallón. Con él tenemos relaciones bastante buenas y te ha mandado a buscar porque nos hace falta un sustituto de Rolo.

—¿Qué te pasa, Rolo? —pregunta con un poco de susto Abel.

—Pues, que van a dar de baja a todos los mayores de veintisiete años. Dentro de poco me voy «pal gao ». ¿Qué te parece?

—¡No me lo creo! ¿Es así?

—Bueno, esto está cambiando. No te das cuenta que se va descomponiendo todo. Se está pudriendo. Yo creo que a esta mierda le queda poco.

—Entonces han sido ustedes los que me han buscado el hueco. ¡Qué buena gente, cabrones!

—Espera que te ubiquen, pero seguro vas a estar en una barraca pequeña, que es donde estamos los reclusos que trabajamos en la Jefatura. Aquí no hay compañía adjunta, como era en el Doce. Aquí, es sólo la Jefatura del Batallón.

El oficial de guardia vuelve y como esperaba, lo manda a que ponga sus cosas en la pequeña barraca. Hay literas con colchonetas. Esto va bien. Tienen duchas y no hay inodoros, solo los huecos en letrinas, pero todo está bastante limpio.

Se hace una improvisada reunión entre literas. Lázaro y Rolo lo presentan a todos los compañeros de la UMAP que están en esta Jefatura.

—Valdés, el cocinero. Es loca perdía. De Santa Cruz del Norte. —Valdés, sin asomo de vergüenza, asiente.

—Y a mucha honra. Loca perdiiia. Colera, bolera y recalcitrante mala. —Extiende la mano como una princesita para que le sea besada. Abel la estrecha, sin apretarle demasiado.

—Pedrito, el que lleva personal. De Marianao.

— ¿Eres, Abel, no? Ya he oído hablar de ti y de tus broncas con el fiscal. Tienes cojones. Me gusta la gente así. —Le estrecha la mano.

—Roca, que trabaja con el jefe de abastecimientos. Cuidado con él, que es chivatón del año uno —dice Lázaro, y le guiña un ojo a Abel, para que lo tome como broma.

—Y tu madre fletera del Barrio de Colón, ¡so maricón! No le hagas caso al hijeputa de Lazarito, nadie mejor que tú para conocerlo. Mucho gusto. Soy de San Antonio de los Baños.

—Este es Pancho Berrinche. El único, el genial, el hombre para todo. Lo mismo te fríe un par de huevos, hace un arreglo mecánico, que mata y descuartiza un cochino, o te tira un pelaíto que quedas más lindo que un gato. Aunque su puesto por plantilla es pinche de cocina. Dice que es de Marianao, y tiene razón, pero lo que no dice de qué lugar: es de Palocagao.

—Sí, Lazarito, pero en ese barrio tú no puedes entrar, porque es «pa» los machos de verdad y tú eres yegüita. Ganso de mierda. —Le da la mano a Abel con fuerza y le dice—. No te preocupes, Abel, que ya conoces a tu amigo, mucho hablar y mucha jarana... Pero es mamey. Es el mejor hijo de puta que ha dado este país. Si eres amigo del Lázaro, eres amigo mío. —Apretón de manos consumado.

—Por cierto, Berrinche, «díñame un prajo», que estoy en la tea. Antes de irme a jugar al «humón» —habla Lázaro, en el idioma que Pancho entiende.

—«Macrí», picas más que un jején. Voy fallo a esa carta. Pero «chamuchea» con el narra que está en la posta y que te lo diñe él. Y que no se te pase con fichas, que él y el «niche» me los deben. Y apúrate que ya casi estamos pal «iriampo». Dentro de diez minutos: ¡A «jamarrrrr»!

—¡Barín, yénica! —asiente Lázaro.

No es un idioma extranjero. Hablan en cubano de la calle, de los barrios más humildes de donde procede Pancho, que mezcla expresiones del apapa, idioma ñáñigo, y otras muchas que se inventan. Se podría traducir como:

—*Dame un cigarrillo, que estoy sin dinero, antes de irme a tomar una ducha.*

—*Blanquito, siempre estás pidiendo y molestas como la picadura de un insecto. No tengo cigarrillos, pero habla al chico de rasgos achinados que está haciendo guardia en la entrada, que te dé uno. Y por favor, que no intente engañarte o hacerse el sueco que él y el otro muchacho negro me lo deben. Y date prisa que casi estamos para comer. En diez minutos a comer.*

—*Muy bien, amigo.*

Valdés ha preparado una sorpresa para el recibimiento del «Jabaíllo Valiente», que así lo ha bautizado y que ya todos querían conocer en detalle las historias que se cuentan de él. Moros y cristianos, ropa vieja y una ensalada de aguacates que quita el sueño.

—Los aguacates me los he ganado con el sudor de mis entrepiernas. Hay un guajirito en el batey que le gusta la carne de gallo —comenta con desparpajo Valdés.

Los reclusos se esperan a que los reclutas coman primero. Ellos quieren comer solos, es una especie de celebración la fiesta por el compañero que han podido rescatar, demostrando que la amistad es más fuerte que la dominación. Es la celebración por los principios y aun cuando no lo tengan tan intelectualmente claro, sus corazones sí lo saben. Una enigmática botella de ron que va disfrazada de cantimplora, rueda de mano en mano por debajo de la mesa y dura poco con los sedientos tiradores, tan bien entrenados en los deportes alcohólicos.

—¿Seguro que la compraste, Roca? —bromea Pancho Berrinche—. ¿O será que tú conoces otro guajirito alegre?

—La cambié a un guajiro por una lata de carne rusa del almacén. La ocasión lo merece.

—La verdad que esto no es lo que era. Están al borde del «nocao».

—Qué cara pondría el fiscal cuando le dijiste que naranjas de chinas dulces. Que no contara contigo.

—Bueno, él no se lo esperaba. Pensaba que me tenían comprado con las buenas condiciones de la vida en la Jefatura.

—Pero se la dejaste en la mano. Lo que son es unos cabrones.

—Lo mejor es que mis amigos me han rescatado. ¡Un buche por los amigos! —Y la cantimplora pasa de mano en mano.

El ambiente es de fiesta. Hacen una sobremesa, para ellos muy corta, pero tan larga como las circunstancias se lo permiten. Los chistes, ocurrencias y referencias a los acontecimientos que le han ocurrido a Abel, son el tema principal. Achispados se van a dormir a la barraca.

En su barraca también hay varios reclutas del SMO. Son los encargados de hacer las guardias en la posta de entrada. En general, son buenos muchachos. Aquí las distancias con ellos se han ido reduciendo. Poco a poco todas las víctimas, en uno u otro grado, van confraternizando. Hay uno sólo que no parece ser gente de fiar. Es un joven de la escuela de cadetes, para oficiales del ejército, y no se sabe bien por qué razón lo castigaron a estas unidades de las UMAP. Está empachado de militarismo. Nadie confía en él, de lo que de inmediato advierten a Abel.

En ese ambiente de camaradería, conociendo otros nuevos y buenos compañeros, se incorpora Abel y en pocos días es miembro pleno del grupo como si se conocieran de toda la vida. El golpe no ha sido tan fuerte. Al final se ha quedado en el purgatorio, sin tener que bajar a lo profundo de los infiernos.

Y lo mejor, que aquí se pone al día. Están cerca de un batey, donde hay corriente eléctrica que han prolongado hasta la Jefatura. Se escucha la radio. Uno de los reclusos ha podido camuflar un pequeño radio portátil por medio del cual se conecta a las emisoras de onda corta del exterior. Él escucha y luego va haciendo resúmenes a su gente cercana. Estos a su vez lo retrasmiten. Es como las actuales redes sociales, pero sin ordenador.

«Esto ya no es lo que era —piensa Abel—. Por cuánto antes se podía hacer todo esto»

En el exterior, en el mundo, hay un clima de cambios. La guerra de Vietnam continúa, pero hay bastante oposición de los jóvenes que no quieren morir por motivos que no acaban de entender. Movimiento hippie a toda vela en Estados Unidos.

Más adelante se enterarán de que ha habido cierta movida en París, donde viven su primavera: tremendo jelengue . Es el mundo que no ha parado de moverse.

«Un fantasma recorre Europa», decían Marx y Engels en el texto inicial del Manifiesto Comunista. Nunca se imaginaron que en estos tiempos sería una imagen del Che, por obra y gracia de una foto de Korda, lo que por Europa se pasearía. Se venera con la misma devoción que la santa faz en el paño de la Verónica. Está en las camisetas y los pósteres de los jóvenes estudiantes y obreros europeos, que a partir del estornudo de París han constipado a toda Europa. Tienen un lema: «prohibido prohibir».

—El gobierno cubano está tratando de acercarse a los intelectuales del mundo, pero sobre todo de Europa. «Embarajan el tiro» para que de alguna forma dar la imagen de legitimidad —dice Roca. Conversan alejados de los sitios donde pueden ser escuchados.

—Claro, no saben cómo salir del fanguero. Esto no está bien visto por los progresistas europeos —le completa Pedrito—. Se han cagado fuera del tibor.

—En París hubo movidas de los estudiantes universitarios. ¡Formaron una buena! La imaginación al poder… —entonces interviene Abel y se queda mirando a lo lejos.

—Mira, a mí que me saquen de aquí y ya después veremos. Lo demás es pinga y cepillo —el práctico Pancho Berrinche no se anda por las ramas.

—Pero no lo captas bien, Berrinche. Si hay todas esas cosas dando vueltas, si las gente esa de los derechos humanos comienzan a joderlos y denunciar los campos de concentración aquí, a nosotros nos puede ayudar.

—Yo creo que es muy bueno tener sueños. Y que es muy peligroso vivir fantasías. El gran dilema tal vez está en saber diferenciar unas cosas de las otras —Abel como siempre dando vuelta a los conceptos.

—Pues no nos hagamos más pajas mentales, que ya con las otras tenemos bastante —cierra el coloquio Pancho Berrinche.

Y tenía razón Pancho. En Praga sufrirán a finales del verano la brutal invasión soviética, y aplastarán con más de dos mil tanques de combate cualquier esperanza de cambio dentro del régimen totalitario. También era una primavera. Al parecer las primaveras, mientras más al este, son más calientes. Es el principio político climático que aprenden de estos acontecimientos.

Todos estos síntomas los reclusos los perciben, confundidos, pero esperanzados. Evalúan que algo está cambiando y que puede repercutir en su situación. Son isla dentro de la isla. La información del exterior es poca y puede ser que algunas veces demasiado parcial. Y están siempre esperando que algo ha de ocurrir. Que algo vendrá de afuera.

En tanto, en la realidad de la calle cubana, que tanto añoran, está ocurriendo la famosa Ofensiva Revolucionaria desde marzo. Es la versión de la «primavera» pero a la cubana. O tal vez el principio de una Revolución Cultural como la China de Mao, que allí ha comenzado en el sesenta y seis. Tal vez es lo que está planificado, después del invento de las UMAP, en la progresión radical y totalitaria. Es un proyecto para eliminar con todo lo que quedaba de propiedad privada, en la economía nacional.

No había en Cuba desde hace años grandes empresas privadas. Todas estaban estatalizadas. Pero existían una serie de pequeños negocios, muchos de ellos familiares, con pocos trabajadores por negocio, pero en la suma global eran muchos. Servicios profesionales y otras cosas. En fin, un tejido económico, que a pesar de la gran escasez de recursos que había en el país, había buscado y encontrado la forma de funcionar. La Ofensiva Revolucionaria tenía como objetivo acabar con todo esto.

Se acabaron las tiendas de víveres, los bares y restaurantes. Las carnicerías fueron descuartizadas. Defunción de las funerarias. Hasta los barberos y peluqueras los pelaron al moñito. No se escaparon mecánicos, carpinteros, zapateros o artesanos. Se acabaron los plomeros. Más pronto que la tinta rápida que utilizaban, también cayeron los humildes limpiabotas. Todos al carajo... De «timbiricheros» los calificaron, y no quedó timbiriche con cabeza.

Se propusieron eliminar todo, y lo lograron. Se acabó con cualquier vestigio de negocio particular. Se terminó con todo lo que olía a propiedad privada. Todo tenía que ser estatal. El Estado debía controlarlo todo. El estado quería ser totalitario, en el más exacto sentido de la palabra.

Era una forma de primar los objetivos políticos y de dominio absoluto, por encima de las realidades económicas objetivas. Y sobre todo para controlar y someter a las personas.

— ¿Has visto lo del Granma de hoy? —pregunta Pedrito a Abel en un momento antes de la ducha.

—No, no he tenido tiempo de leer el periódico. ¿Me lo dejas después?

—Sin tema. Pero mira bien una contradicción a la que no le encuentro ni pies ni cabeza. ¿Sabes? Y así lo publican, tan tranquilos.

—No te entiendo. ¿Qué es lo que te parece tan extraño?

—A ver, mira en la primera página. Es una foto de los estudiantes europeos. Están peleando con la policía. Tienen una imagen del Che en las pancartas y si te fijas algunos tienen camisetas con la misma imagen. Es su bandera de lucha. También otra de sus consignas es «prohibido prohibir».

—Bueno, ¿y eso que tiene que ver? Lo usan como su ídolo. Aunque no lo comparto, los entiendo, necesitan algo que les represente, una imagen…

—Eso está claro, pero si miras el artículo de al lado, el columnista habla sobre la ofensiva revolucionaria, te leo textualmente: *«....Es una ofrenda, en revolucionario altar, al recién desaparecido Guerrillero Heroico, Ernesto Che Guevara, ideólogo y abanderado de estas ideas. Prohibir cualquier vestigio de propiedad privada, acabar del todo con ella, es ser menos egoísta y es acercar a los ciudadanos al "hombre nuevo"».* —Este estaba «inspirado». Lo único que buscan es prohibir a la gente que se busque la vida de manera honrada. A ver, ¿en qué país es delito vender mangos? Pues aquí, mi hermano, aquí ya eso es delito. Son sus teorías, las guevaristas, la divisa para prohibirlo todo y anular el individuo, disolviéndolo dentro de la masa.

—Coño, lo veo clarito como el agua. Mira tú como se puede usar la misma imagen, la misma bandera, para una cosa como para otra. Prohibido prohibir, esto vale fuera. Todo prohibido, esto para dentro. ¡Manda pinga compadre!

—¿Te has leído *1984*, de Orwell? Lo tiene Lazarito, dile que te lo pase. Verás que todo esto es como para fabricar lo que este tipo pensó hace mucho tiempo. El Estado del Gran Hermano.

—De Orwell he leído «Rebelión en la Granja». Esto de prohibido prohibir y todo prohibido me recuerda aquello que repetían las gallinas. Es la hipócrita propaganda, doble moral de este país que es una inmensa granja: «Cuatro patas bueno, dos patas mejor»… ¡Cojones, la contradicción de los prohibidos, que es lo mismo!

Mediados de 1968

Y en esta caliente situación mundial y convulsa situación nacional: a recoger de nuevo que comienza la zafra. El Batallón Quince en caravana. Se traslada el circo. A moverse por la provincia de Camagüey. A cortar caña para el central Punta Alegre, que está en la costa norte, pero bastante alejado al oeste.

—Está lloviendo con ganas. Mira cómo corre el agua por dentro del batey. Es un norte que está entrando —cerca de la puerta mira Lázaro como corre el agua por debajo de la barraca donde están instalados.

—Por eso las barracas están sobre pilotes. Esto es terreno bajo, por eso construyen así los barracones y las casas —confirma Pancho Berrinche.

—Este batey se llama Ramblazo, tiene bien puesto el nombre.

—Hay que acostarse ya. Hoy vamos a pasar un buen frío. Me he puesto todo lo que tengo y aún estoy temblando.

—El suelo de madera tiene un burujón de huecos. Oye como se cuela el aire. Ahora con el norte silba por los agujeros.

Aquí por la cercanía del mar y lo llano y bajo del terreno, hace que el ligero invierno cubano se haga duro. Alguna vez la temperatura baja a los diez grados centígrados, es extraordinario en Cuba. La humedad es muy alta. El techo, que es de zinc galvanizado, condensa agua y gotea. Las noches son duras, no cuentan con ropa de abrigo y pasan mucho frío cuando chifla el mono .

En el trabajo del campo se sigue pasando tan mal como siempre, no importa que se trabaje para el «Punta Alegre». Tristes jornadas agotadoras, con exigencias cada vez más altas. Desesperado y como no puede más, Helio, un chico apacible y noble como el gas, casi inerte, nada sospechoso de masoquista, ha pedido a un compañero que le rompa la pierna pegándole con un bate de béisbol. Él lo ha tallado, con un vidrio y mucha paciencia, sobre una gruesa rama de almácigo. Lo paradójico de la historia es que el árbol, que de normal se usa como medicina para curar, es utilizado en este caso para herir.

Pone su pierna sobre una gran piedra que está en las inmediaciones del campamento, y el otro le arrea un batazo: ¡de jonrón! Fractura de la tibia y del peroné. Lo escayolan y... ¡Misterio! Lo envía a casa de baja por cuarenta y cinco días. Efecto llamada a otros mini suicidas. Se ponen de moda innumerables autolesiones de todo tipo.

«Alguna fuerza extraña está haciendo que la férrea represión inicial disminuya de manera exponencial. Aquí pasa algo. Algo se está moviendo. ¡Algo huele a podrido en Camagüey!», se plantea Abel y lo piensan otros compañeros.

El nivel de desmoralización de los propios cuadros de mandos es grande. Consideran que están siendo utilizados como si fuesen empleados de un circo, que se mueve de aquí para allá al lugar que sea necesario cortar un poco de caña. Saben que hay presiones internacionales y es casi un secreto a gritos que pronto desaparecerán las UMAP. El haber soltado a los mayores de veintisiete años es una evidencia. Además, desconfían porque al aflojar los frenos represivos, ellos son más vulnerables. Hasta ahora se ha aplicado la teoría del gorrión. Esta es que: «si logras capturar un gorrión en tu mano, no intentes abrir la mano, ni separar tan siquiera un dedo para mirarlo, el animalito se te escapará seguro». Como han aflojado la mano, el gorrión se les está escapando. Y temen. Saben, por intuición, que un régimen totalitario no puede renunciar a la violencia sin poner en peligro su desaparición.

Como los reclusos notan la situación de desmoralización, se aprovechan y se resisten mucho más a cumplir con cualquier exigencia disciplinaria. Es sólo una cuestión de respuesta, relación de causa-efecto. Existe una callada pero tangible resistencia. Suceden cosas que nadie las imaginaba hace apenas un año. Se podría comparar a una torre de naipes cayendo. Como bola de nieve, va creciendo según avanza montaña abajo. Pero cuidado, que un zarpazo de la fiera, sintiéndose herida de muerte, también puede ser fatal.

Una tarde un buey de tiro de una carreta cae fulminado en medio del campo. Nadie sabe qué le ha pasado, ni lo que realmente tiene, aunque todos saben que hasta los bueyes pueden reventar con tanto trabajo. Así, de pronto, tal como cayó el buey, está cayendo la noche. El animal no se puede retirar del sitio hasta que venga el veterinario del servicio de sanidad y certifique que no han existido trampas, que ha muerto por causas naturales. Está penado con cinco años de cárcel sacrificar una cabeza de ganado vacuno. Se transfigura el veterinario en juez que tiene que autorizar el levantamiento del cadáver. Poco falta para que dibujen la silueta del buey con tizas en el suelo, como en las películas policiacas. La cuestión, por razones de lo tarde que es, hasta el día siguiente no podrá llegar del pueblo el veterinario. Por tanto, nadie se atreve a mover el bicho. Todo parece una película del cine negro.

El animal queda en el campo y ya se determinará al otro día. Las tiñosas aún no lo detectan. El verdadero misterio vino después…

Amaneció al día siguiente. El veterinario llegó en una pequeña chispa que lo dejó en una bodega cercana al batey. Lo estaba esperando un responsable de la Granja del Pueblo. Anduvieron, bajo un sol que ya picaba un poco, el kilómetro que los separaba desde las vías férreas al lugar donde se encontraba el presunto difunto. Pasaron por cerca de un campo donde trabajaban los reclusos de la compañía dos. Imaginaban que era el veterinario y se sonreían. Comentarios en voz baja que al pasar por la guardarraya no pudieron escuchar los caminantes. Al llegar al sitio, el profesional se acerca por la cabeza de la bestia y sólo fija la vista en ella. No respira, es evidente. En tanto, el responsable de la Granja que viene con él y observa el conjunto, contiene un pequeño grito. Le indica con la mano los cuartos traseros del animal. ¿Tritauro? Animal con tres patas, le falta una completa. ¿Cómo podría ser calificado este buey en la granja de Orwell? Cuatro patas bueno. ¿Y tres? ¿Superior a bueno, pero no llega a mejor?

Ovidio, que se había ganado la vida como matarife en Luyanó, en la noche había escapado por un hueco de la alambrada del campamento, que en la situación de desmoralización que se está viviendo, ya es un secreto a voces. Él y cuatro ayudantes más y se habían ocupado de la carnicera faena. Los restos de cuero y hueso no aparecerán nunca, los han sabido esconder muy bien. Es un crimen perfecto.

¿La carne? Pues la carne sirvió para un festín memorable en el que participó durante toda la noche y por turnos toda la compañía. No se sabía de qué posible enfermedad había muerto el animal, o si había sido por sobrecarga en el trabajo. ¿Tal vez estrés vacuno por acumulación de tareas? ¿Un infarto? No importaba mucho. El hambre es soberana.

—La candela lo mata «tooo» —repetían una y otra vez los hambrientos muchachos alrededor de los rescoldos de la fogata. Improvisada barbacoa donde devoraban generosos filetes, que de otra forma, ni en sus mejores sueños podrían imaginar.

Los últimos en pasar por la hoguera escucharon el «de pie» comiendo carne de buey. También estos eran síntomas de descalabro en la armazón de la represión. Ya la gente estaba dispuesta a todo. Se perdió el miedo. Esto a los mayimbes les parecía peligroso, pero nada podían hacer.

Pensando en esta situación, refresca Abel un relato de su padre, que vivió las dos dictaduras anteriores a la actual: la de Machado y la de Batista. Recordaba que de adolescente pudo ver como un «apapipio», todopoderoso informante del gobierno en el barrio donde vivía, oso, matón y altanero hasta el día anterior de la huida del dictador Machado, se convertía en temerosa jutía cobarde ante la ira del pueblo el día después.

Terminaba ese testimonio, con lo que ya de mayor vivió en los primeros días de enero del cincuenta y nueve. Entonces, en la capitanía del lugar, al ser tomada por los miembros de la clandestinidad, los bravucones «casquitos» batistianos, los que sabían que habían sido arrogantes y abusadores, se arrinconaban temerosos como ratas en sus cuevas pidiendo clemencia y compasión; la compasión y clemencia que hasta el día anterior, eran desconocidas por ellos para con los ciudadanos a los que maltrataban sin misericordia.

La moraleja que indicaba el sabio pensador popular era que el ejercicio del poder y el abuso de la fuerza se sostienen por finos hilos, que se pueden romper de forma súbita. Y que el mango de la sartén puede llegar a calentarse hasta el punto de no poder seguir sosteniéndolo. Esto no es un proceso. Ocurre de forma repentina. Por eso lo temen tanto los oficiales.

Muestras de la desmoralización que reina, y hasta cuánto llega, es el acontecimiento insólito que sucede una madrugada. El rechoncho sargento, de piel muy clara y rosados cachetes, de alias «El Gallego», le toca un día dar el de pie a las cinco. Se mantiene el ritual de hacer sonar el disco de arado de hierro con la barra de acero. Este penetrante sonido es muy odiado por los reclusos. Es una llamada al trabajo esclavo.

Se encamina a cumplir su función el impopular sargento. Coge la barra de hierro en la oscuridad y la siente húmeda, pero sigue adelante, pues no está del todo despierto. Tal vez piensa que es la condensación del sereno de la noche. Al caer en la cuenta de que hay algo extraño, mira su mano. Está chorreando mierda. Han ensuciado con toda intención la barra de hierro. La trampa ha funcionado. El sargento grita desconsolado:

—¡Coño, pero si esto es mierda!

La expresión, la definición más exacta de lo que era todo aquello, queda grabada para toda la compañía, que está agazapada dentro de la barraca y expectante de lo que sucede. Las burlas son de la más alta graduación: generales. Es una de esas frases que queda para la posteridad.

Esta era la situación de las UMAP. De toda las UMAP. Era la podredumbre. Una verdadera mierda chorreante. Aquello no lo aguantaba nadie ya. Tenía que terminar....

Y se acabó.

30 de junio de 1968

—¡Asere! ¡Asere! ¡Quiquiribú la UMÁ! —gritaba Pancho Berrinche como una exhalación—. ¡Se acabó esta mierda! Le ha pasado como a Chacumbele, que él mismito se mató. ¡Se acabó la salación!

—¡Es nuestro día de gloria! Nuestro «inning» de la suerte —grita Lázaro sin disimulo ni pudor.

Los hombres que han sabido aguantar a pie firme los mayores atropellos, lloran ahora como niños y se abrazan. No se lo pueden creer. Vuelven a sus familias, a sus gentes. Una hoguera quema toda una serie de cosas que ya no necesitan y no quieren volver a ver. Es fuego de purificación. Constatan la disolución por putrefacción del maquiavélico invento para esclavizar hombres en el siglo XX.

En su retirada, cuando todo es alegría en un aparcamiento de donde están saliendo las guaguas para el retorno, Abel se encuentra en aquel barullo y por casualidad con aquel pastor bautista, Elías, compañero de Jucarito, el primer campo donde le tocó estar. También está Luis, su amigo de la fiscalía de Esmeralda.

—Luis, Abel, ustedes son más jóvenes. Tienen que ayudar a la memoria. El futuro será mejor, sin dudas. Tiene que ser mejor, aunque ahora no lo veamos. Pero para alcanzar la cumbre de ese futuro mejor es necesario no perder de vista por qué caminos se ha llegado. «Mejor la memoria que el olvido».

—¿Y qué te parece que hay que fijar bien, Elías?

—Del balance de estos años circularan pocos datos. Se hará el intento para dar visos de oficialidad, ya lo verás, pero con informes poco fidedignos —comenta Luis.

—Sí, creo que por la voz de afuera han dado algunas cifras —reafirma Abel.

—Se dice de treinta y cinco mil hombres privados de libertad. Se habla de setenta y dos muertes. Ciento ochenta suicidios. Más de quinientos enviados a hospitales psiquiátricos…

—Con toda seguridad estos datos no son exactos. ¿Quién va a arriesgarse a ofrecer datos veraces? ¿Quién se ocupó de compilarlos?

—De estos años vergonzosos poco o nada se investigará, más bien ocultará y se tergiversará. Ya lo verás. ¿Algún día conoceremos todo lo que aquí pasó? Seguro que con el tiempo llegaremos a saber muchos más detalles.

—Pasará como al final ha pasado en otros lugares del mundo, la verdad se abre paso —Luis tiene esperanzas.

—Pero sería bueno que siempre quedara alguien que lo pueda contar y alguien que lo quiera escuchar para aprender. «Aquellos que no pueden recordar el pasado, están condenados a repetirlo», dijo un filósofo español. Recuérdenlo, no lo olviden.

—Digan lo que quieran decir. ¡Yo vi lo que vi! Digan lo que quieran. ¡Yo viví lo que viví! Este será mi testimonio, quizá puedan aprovecharlo otros —sentencia Abel—. Solo los que vivieron esta terrible experiencia mantendrán en su memoria y sus recuerdos los horrores y vejaciones que aquí se sufrieron. Una noche tú lo dijiste sentados en los troncos: «Nuestro único delito ha sido pensar diferente, ser distintos».

—¡Solavayas, UMAP de mierda! ¡Llévatela, viento de agua! —gritó Berrinche, con mucho rencor acumulado, al pasar por el sitio donde conversaban, ya vestido de civil.

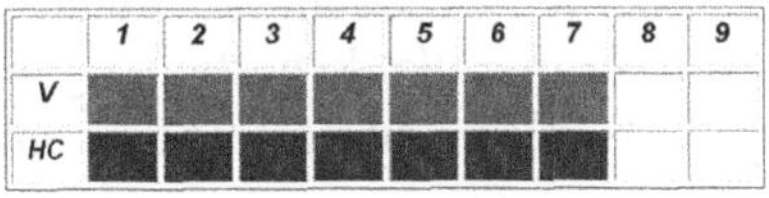

XIV.-Séptima entrada (parte baja)

Como axioma de lo que son las contradicciones de este juego, se dice en el argot que «la pelota es redonda y viene en caja cuadrada». No tiene mucha solidez geométrica, ya que es esférica y viene en caja cúbica (pero esto suena muy picúo). Pero el proverbio es bien entendido por todos los apasionados de este deporte. Una pelota de «baseball» es bastante dura. El perímetro de la esfera debe estar entre las 9 y 9 ¼ pulgadas, que equivale a 22,5 a 24 cm. Su peso es de 5 onzas, igual a 142 gramos. Tiene un núcleo de caucho y/o corcho, al cual se arrolla cordel e hilo. Todo termina con una cubierta de cuero blanco, en dos piezas, que se cosen en 118 costuras de hilo encerado de algodón. Este hilo siempre es rojo. Cuando se batea y le pega por alguno de los bordes de la bola salen batazos flojos. Cuando le pegas en el centro mismo de la bola, sale un batazo sólido. Le has dado «en la misma costura». Si has tenido un éxito total en cualquier cosa, le has pegado «en la misma costura». (Nota: Nunca deje de utilizar el adjetivo «misma», sin él no suena igual).

La segunda mitad de 1968

Y después de tantas penurias, ¿ahora qué viene? ¿Qué espera a Abel? ¿Qué se supone que debe hacer? ¿Cómo se siente y qué planes tiene?

Había ido un adolescente, ha vuelto un hombre. Mucho le han enseñado estos dos años y mucho le han marcado. ¿Cómo reclamar su lugar en esta sociedad?

Al día siguiente de llegar tiene que pasar por las oficinas del Comité Militar Municipal y entregar la documentación que le han dado al salir. Su carta de libertad. Desde allí le envían a las oficinas del Ministerio de Trabajo. Primer día de gestiones y papeleos. En esto no encuentra cambios, la misma burocracia de siempre.

Por la tarde, después de volver su padre del trabajo, su mejor amigo, se sienta a conversar con él:

—¿Qué tal el día, hijo?

—Papeleo en el Comité Militar, con cola correspondiente. Papeleo en el Ministerio de Trabajo, con otra cola más. Total, para nada —lo dice con tal resentimiento que el padre nota en el tono su justificada rebeldía.

—Mira, Abel, te entiendo y estoy contigo. Lo que te han hecho, lo que nos han hecho, pues yo lo siento en mis carnes, no tiene perdón.

—¿Me entiendes, viejo?

—Claro que te entiendo, hijo. ¿Cómo no te voy a entender? Ahora, hay que ser prácticos. Piensa que aún en la peor situación, el haber tenido alguna preparación mejoró un poco tu posición sin tener que claudicar en tus principios. Además, en el momento que consideraste que te exigían concesiones que tú no querías hacer, supiste ponerte en el lugar adecuado. Una cosa no está reñida con la otra. Pero has podido elegir porque estabas preparado —razona el sabio padre al que le cuesta mucho poder argumentar con sentido práctico cuando está tan dolido en sus sentimientos por el maltrato que ha recibido su hijo.

—Como siempre ,te escucho, viejo, pero ya ves que el sitio donde me dan trabajo es en la fábrica de vidrios. Turnos rotativos, mañana, tarde y noche y todos los días de la semana. Trabajo en la línea de producción. La otra alternativa que ofrecen es trabajo en las canteras. A picar piedras. Son los trabajos que nadie quiere coger. Así, ¿quién puede estudiar?

—Bueno, lo que quiero decirte es que, si no quieres trabajar y sólo quieres estudiar, aquí está tu familia y aquí está tu padre. Ya sé que no te gusta ser carga y lo celebro. Pero a grandes problemas, grandes soluciones.

—¡No, eso no lo voy a hacer de ninguna manera! Te lo agradezco. Perdóname, pero no puedo aceptarlo. Táchame de orgulloso, pero prefiero mi independencia.

—También pienso que aún no te has presentado en la fábrica. No sabes qué trabajo te van a dar, y ¿si pudieras conjugar con el estudio?

—Con la suerte que tengo, me espero que será el peor. Por otra parte, si volviera a estudiar, ¿recuerdas que me interrumpieron antes de los exámenes del segundo año? Eso implica que tengo que repetir ese año. Otro año perdido. Ya son muchos. Además de agrio y muy encabronado, estoy oxidado. ¡Que se lo metan por donde mejor les quepa!

—Bueno, habla con tu hermana. Creo que ella te puede decir algo sobre eso, pues ya hemos estado conversando.

Comienza para Abel una nueva prueba en aquel mundo que había dejado hace dos años y pico. Es el conflicto de su resentimiento que pugna con su gran deseo de realización personal. Es la necesidad que todos llevamos dentro de tratar de desarrollar nuestras capacidades. Nuestra necesidad de ser. Y que este joven, a pesar de todo, no ha perdido. Y al volver, no tiene más remedio que reincorporarse a esta sociedad, por muy injusta y enferma que le parezca. Abel, como un puerco espín, no se lo puede tocar por ningún sitio. Lleno de púas de animadversión, a la sociedad, al régimen, a todo. Es puro odio, que destilado, potencia la rebeldía. Su herida es honda. Sólo admite a su familia, que es lo que le queda y no le ha fallado. Rebelde con causa. Ahora estos dos sentimientos pugnan entre sí.

Hay un refrán argentino que reza: «Es más aburrido que bailar con su propia hermana». Al escucharlo de boca de un cantante porteño Abel se dice:

«Esos argentinos no conocen a mi hermana. Mi hermana es la mujer más inteligente del mundo. Y de aburrida nada. Mucho menos al bailar. Seguramente debo hacer caso al viejo, debo hablar con ella, que es fenómena».

El andar por el mundo, conocer mujeres y los años de experiencia le ratificarán en el futuro que no estaba equivocado.

Aburrida, nada de eso. Y la más inteligente sin dudas. No se trataba de exageraciones de cubano, ni ciego cariño filial. Es ella quien lo enseñó a bailar. ¡Que lo hace muy bien! Abel es algo torpe para el baile, mucho más cuando se compara con lo bien que ella es capaz de moverse, evolucionar y marcar el ritmo. Además, se quieren con locura. Es dos años más joven y estudia en el mismo preuniversitario donde asistía Abel. Ha estado investigando por su cuenta, tratando de encontrar soluciones para su hermano.

—Como en las historias, te traigo una buena y una mala noticia —le comenta con cierta picardía la hermana.

—Ponme la buena, por favor. Aunque sea una.

—Mira, Abel, yo he hablado con el subdirector del Instituto. Le he contado tu caso. Me dice que si te presentas a los exámenes extraordinarios del año que dejaste y apruebas podrías comenzar en tercero el año que viene. Aun cuando te queden hasta un par de asignaturas sin aprobar.

—¿Y cuánto tiempo tengo? ¿Cuándo son esos exámenes?

—Esa es la mala noticia. Ahora te pongo la «podrí´a». Para el curso nocturno comienzan el día diez de julio.

—¡En diez días! ¡Menos de un día de estudio por asignatura!

—Ya entiendo que es muy pronto. Ni siquiera has descansado unos días. Pero tú puedes. Como dice papi: ¡tú eres superior, mijo! Si alguien puede hacer eso: ese es mi hermano. Adelante, chico. De los cobardes no se ha escrito nada.

—Me sobreestimas. Yo no puedo. He estado dos años y pico sin estudiar. Estoy oxidado.

—Yo tengo mis propios exámenes, pero te prometo que te voy a ayudar en todo lo que pueda. Los programas no son los mismos, pero algunas cosas te pueden servir. Te he traído los temarios. Te dejaré mis libretas y resúmenes. Repasaremos juntos. Ya verás que sí puedes.

—Bueno, contigo es difícil negarse. Lo calculas todo y ofreces toda la ayuda… En una mano traes el dolor de cabeza, pero la aspirina viene en la otra.

Con tanto entusiasmo que exhibe su hermana, con los consejos tan acertados de su padre, le cuesta a Abel resistirse. La familia ayuda, y también compromete. Es el único valor que en este momento tiene claro y al cual se sujeta como un náufrago a su tabla. Decide que al menos lo intentará.

Comienza a estudiar la materia de todo un curso a una asignatura por día. No hay tiempo para profundizar. Hay cosas nuevas que no ha cursado. Su hermana le explica y lo apuntala un poco. Estudia hasta muy tarde, pero tiene luz eléctrica y esto para él es un lujo, que casi tenía olvidado. Se levanta muy temprano y estudia sin cesar todo el día. Ha perdido el entrenamiento del estudio y a veces le cuesta concentrarse, esto sin contar su natural propensión a la introversión y al soñar despierto.

«El óxido me ha cubierto las neuronas. No atino. Y esta literatura. Me van a pegar hasta en el blanco de los ojos», se dice Abel en su continuo diálogo interno.

Divaga de vez en cuando, es su natural temperamento. Tiene que practicar la redacción, volver a expresarse correctamente con palabras y saber escribirlas. Dejar atrás el lenguaje carcelario que ha tenido que emplear durante más de dos años para sobrevivir en el hostil medio en donde hablar correctamente era considerado como un símbolo de debilidad.

Tiene sintonizada la radio, con música suave para estudiar, resarciéndose de tanto tiempo sin poder hacerlo. Entonces escucha:

«*Han escuchado a Ray Connif y su Gran Orquesta en "Aquellos Ojos Verdes", de Utrera y Méndez. Radio Enciclopedia Popular. Son las once y veinte minutos de la noche... La letra Y, vigésimo sexta letra del abecedario español, que representan, cuando aparece aislada o en final de palabra precedida de una vocal, el fonema vocal cerrado anterior y, en las demás posiciones, el fonema consonántico palatal sonoro*...».

«No hay Dios que entienda lo que dicen, es definición de diccionarios», piensa mientras dibuja una Y muy grande en la libreta que le sirve para tomar notas. Fantasea. Se pone a prueba y comienza a escribir lo primero que le viene a la cabeza:

"EXALTACIÓN DE LA Y

La Y, esbelta y con anhelos de doble nacionalidad, la griega. ¿Se querrá marchar del país? O ¿Es que lo griego le viene de alguna "freudiana" connotación por aquello de copulativa en la conjunción?

Tiene como letra del alfabeto el nombre que utiliza más letras, si excluimos a su casi vecina, pero poco utilizada, la W. Pero es flexible, pues si nos parece largo su nombre nos da la opción de usar su alias, YE. ¡Oh, Ye! Bendita seas letra que sabes escuchar.

Pero, aunque griega, no es nada ortodoxa. Tiene en la vocal i su prima hermana, sólo por parte de madre en la fonética, pues la Y es de la familia de las consonantes de toda la vida; sí sabemos de otra prima que algo se le parece, esa es por parte de padre, la LL.

La Y es tolerante e inclusiva, sirve para unir palabras y conceptos diferentes. Sinérgica es la Y. Tiene por vocación lo de juntar y hasta su forma, su grafema, con sus dos brazos que convergen en uno, se alzan al cielo para mostrarnos su afán de lograr la unión. Democrática y pluralista es la Y. No como la antagónica, la gorda y pesada O, que cerrada en sí misma, o excluye, o separa, o discrimina. Quiero ser como la Y.

Me gusta, entre otras cosas, porque sin la Y no se puede concebir el guayo, que se ha de comprar Catalina; ni tampoco la yuca, que se me puede pasar.

Además es la Y matemática, cartesiana y cosmonauta. Presente en el plano y puede estar en el espacio. ¿Qué sería de las gráficas si dejásemos en solemne soledad a la X, que a pesar de su aparatosa chaqueta cruzada, quiere pasar por incógnita?

A la Y, los del Cono Sur la trasmutan travestida en CH. Con ello el primaveral, femenil y floral mes de mayo, adquiere el rudo género de "macho" otoñal. Los angloparlantes sí la reconocen y, sobre todo en su plural, afirman con ella: YES. ¡Sí a las muchas Y! ¡Afirmación de las YES! Además nos dan una completa lección de cariño por esta letra cuando la consideran GUAY».

Repasa lo que ha escrito:

«Bueno, no está tan mal. He estado sin estudiar más de dos años, pero no he estado sin pensar. Si escribo lo que pienso, sale. Todo es ponerse en forma. No todo está perdido», y se anima a seguir.

Entre divagaciones y a trompicones, llega a los días de examen. A sus familiares les parece que ha realizado mucho esfuerzo en los diez días que lleva estudiando, por las horas que ha dedicado.

«Esto es pan comido. Si ellos supieran de verdad lo que son cajitas de dulce guayaba...», comparando la diferencia que existe en este pequeño esfuerzo con los pesados días del campo de concentración.

Noche a noche se presenta durante dos semanas a los exámenes. Una noche debe presentarse a dos pruebas y comienzan a la misma hora. Tiene que coordinar con los profesores de ambas asignaturas para poder terminar uno y entrar de inmediato en el otro. Los profesores son tolerantes y se lo permiten, siempre que no termine más allá de la hora límite. Hace el primero y sale corriendo para el segundo. Lo termina a tiempo.

El último día, el último examen es de química. Es química orgánica, que en el curso que estudió Abel no estaba en el programa. Se impartían otras materias de la química inorgánica. Hace el esfuerzo, pero sabe que no puede aprobar. No entrega el examen.

A la semana busca ansioso las notas en las tablillas. ¡Milagro! Ha aprobado todo, excepto química, por supuesto. Esta tendrá que hacerla en septiembre.

Su hermana lo abraza, lo besa, está muy contenta.

—Ya te lo decía, Abe. ¡Lo has logrado!

Su padre, ¿qué iba a decir?:

—«M'ijo»... ¡Eres superior!

Ahora, una vez terminados los exámenes, con la autoestima por el cielo por los resultados de su esfuerzo, se tiene que presentar en la fábrica a la que lo han asignado para emplearlo. Tiene que trabajar en lo que le marcan. Ir al lugar que le mandan. No puede escoger, o sí puede, pero sólo entre dos opciones y la otra, la de ir a picar piedras, le parece peor. Y no es que no existan otros trabajos, que los hay. Es que el único empleador, el Estado, no le permite acceder a ellos. Esto hace que aún sienta más la presión de una sociedad que lo trata como un ciudadano de segunda y con ello retroalimenta, en un círculo vicioso, su rabia y descontento.

Entra a las acristaladas oficinas de la gran fábrica. Se encuentra con una señora, hermana de un amigo que trabaja allí de recepcionista. Ella se encarga de avisar al jefe de personal, pasando la boleta que el chico le ha entregado. Especulando que puede necesitarla, le pide información sobre la empresa y de manera muy amable la señora lo informa con un discurso que ya tiene aprendido para estos casos:

—En la empresa trabajan mil doscientas personas. Es una gran fábrica que ha sido nacionalizada hace apenas ocho años a un consorcio norteamericano: Owen Illinois, el mayor en la actividad del vidrio en todo el mundo. Cuando fue instalada, en mil novecientos cincuenta y seis, era la planta ciento uno de ese grupo y la de tecnología más moderna a nivel mundial. Es una importante fábrica del Ministerio de Industrias…

Entonces le avisan desde la oficina de personal que ya puede pasar, y tiene que interrumpir, después de agradecer, a la señora. Se va a la oficina de dónde le llaman. Al entrar recibe una sorpresa. Están el Jefe de Personal que tiene que atenderlo y ha entrado a la vez que él, por una puerta lateral, el Director de la Empresa. Casualidades de la vida, fue su maestro de quinto curso de la escuela primaria. Conoce a su padre y sabe de su actividad revolucionaria contra la dictadura de Batista. Conoce también que Abel ha estado en las UMAP. En pueblo pequeño, todo se sabe. Lo saluda con cordialidad.

—¿Qué tal, Abel? Te has hecho un hombre. ¡Qué mayor estás! Lo de Camagüey duro, ¿verdad?

—Sí, muy duro maestro. Digo, así le decía yo en la escuela, supongo que aquí no deba llamarlo así.

—No te preocupes por eso, que no tiene importancia. ¿Qué planes tienes?

—Quisiera seguir estudiando. Terminar el bachillerato. Me gustaría ser médico. Acabo de hacer los exámenes del curso de bachillerato que me había quedado interrumpido. Los he aprobado.

—Siempre fuiste buen estudiante, no te destiñes. ¿Te han ubicado para trabajar aquí?

—Sí, para aquí me han dado la boleta en el Ministerio de Trabajo. Pero como aquí es turno rotativo, creo que no voy a poder continuar estudiando. Y ya usted sabe que no hay otras alternativas.

—Viera, este muchacho es bueno. — Dirigiéndose al Jefe de Personal—. ¿No tenemos nada con lo que pueda combinar estudio y trabajo? No digo de oficinas, que no estaría bien visto. Otra cosa...

—Lo envían para auxiliar de producción. ¿No sé si podemos...?

—¿Y en mantenimiento tenemos algo?

—Sí, me están pidiendo un ayudante de mecánico.

—Pues ponlo ahí. Ya verás que llega lejos.

Una lección para Abel. A la vida hay que irle de frente. Hay que buscar el buen «bounce». Dicho en otras palabras, para aquel que no entienda la jerga del béisbol: la suerte hay que salir a buscarla, no te puedes quedar sentado esperándola, pues «La yagua que está pa´ ti, no hay vaca que se la coma»

Así comienza una nueva etapa laboral de la vida de Abel. Ahora es obrero, trabaja en un taller donde faenan muchas personas. Le toca comenzar por los trabajos menos cualificados. Barrer el suelo, limpiar máquinas o las herramientas, hacer recados. Un día comienzan a darle oportunidades para servir de ayudante en los trabajos con diferentes mecánicos y se comienza a ganar el aprecio de los cualificados operarios. Aprende rápido, es disciplinado y se puede hablar con él. Tiene tema de conversación para los momentos que el trabajo lo permite y los mecánicos lo agradecen, pues así se hace menos aburrida la jornada. Al poco tiempo, es uno de los ayudantes que más solicitan para auxiliar en los trabajos de más responsabilidad.

En paralelo, se ha matriculado en su tercer año de preuniversitario. Vuelve a tener que hacer los mismos viajes que hacía antes todas las noches hasta La Habana. Da la impresión, al menos externamente, que está superando su proceso de adaptación social. Y es que no existe nada tan poderoso como la necesidad. Se va reincorporando, poco a poco. Pero, tal vez es sólo apariencia, la punta del iceberg que deja sólo ver una pequeña parte; por debajo de la superficie el drama subsiste.

Max Aub, escritor republicano y español (y mexicano, y francés y alemán o sabe Dios qué más, pues hasta un asteroide tiene su nombre), tal vez abrumado por su necesidad que todos tenemos de pertenecer a algún sitio, mencionó alguna vez que: «se es de donde se hace el bachillerato».

«Pues entonces yo soy de aquí, este es mi sitio», suscribe Abel al volver su primer día de clases de regreso al Instituto.

Abel, lo rubrica también, porque siente así su Habana, su novia a la que retorna con las mismas ansias del enamorado que ha estado lejos de la amada. Como si la hubiera dejado unos meses y retornara anhelante de la ausencia. Pero encuentra que la ciudad se ha ido transformando. Como si la novia que había dejado, al volver la encontrara encanecida, avejentada, con arrugas. El estado de los edificios, tal como él los recordaba, es diferente. Y sólo han pasado tres años. Se han cerrado muchos de los centros nocturnos. Los pequeños negocios ya no están. Las cosas han cambiado de manera muy rápida.

Por casualidad se encuentra con su amigo Pepe, que ya ha terminado el bachillerato. Están frente al Instituto, donde antes estuvo el puesto de ostiones de su común conocido Chibirico.

—Coño, Abel, mi hermano. Pensé que no te volvería a ver nunca más.

—Bicho malo nunca muere. Pepón, mi hermano, que alegría. ¿Qué tal tu mamá?

—La vieja, digamos que bien. Ella no será nunca la mujer que era, mi madre de la infancia, pero bueno, gracias a Dios tiene salud. Aunque estamos pasando bastantes apuros para poder mantenernos. Sólo tenemos el sueldecito que yo puedo arañar y como están las cosas, no hay forma de buscar nada, todo está carísimo, cuando te puedes empatar con algo.

—Como la canción de Pacho Alonso: «...ya no hay na, ya no hay na, Pepe Cabecita...».

—Nunca mejor traída, compadre, es así. Ya no hay na. Y yo, Pepe, tengo que darle muchas vueltas a la cabecita para resolver algo.

—¿Te acuerdas, Pepe, de los viajes a la playa de Santa María que hacíamos? Que bien la pasábamos todo el grupo. El último fue memorable.

—¡Que si me acuerdo!, esas son cosas para no olvidar nunca. El grupo nuestro se ha diseminado. Cada uno a lo suyo. Unos en la Universidad y otros, como es mi caso, trabajando. Me gustaría que nos reuniéramos, aunque sea para hablar un poco de cáscara de piña.

—¿No has podido matricular en la Universidad?

—Tengo que hacerme cargo de la casa. La verdad es que no puedo hacer las dos cosas. Lo intenté, pero no llego...

—Por cierto, aquí donde estamos parados estaba el puesto de ostiones del Chibiri. ¿Qué fue de él?

—Nunca más supe de él. Bueno ese mulato. Por cierto, cuando te llevaron me repetía que si te veía que te saludara de su parte. Así que quedas saludado. Cuando quitaron todos los timbiriches, el suyo cayó entre ellos, desapareció y nunca más se supo. Lo de la Ofensiva Revolucionaria realmente ha sido muy, pero que muy ofensiva.

—A mí me sorprende ver que todo se lo queda el Estado. Y me parece que no puede abarcarlo todo, se les va de las manos. Es como un tiranosaurio, un cuerpo inmenso pero con unas manitas pequeñas.

—¡Qué coño va a poder! Todo se burocratiza, se jode. A la gente no le importa nada y trabaja como con desgano. No es igual que cuando el negocio lo trabaja su dueño y le duele lo que pasa.

—Esperemos que se den cuenta rápido de que por ese camino no solucionan nada. Creo que ese dinosaurio tendrá que evolucionar y si no, extinguirse.

—Mira, tú has estado trancado dos años y pico y lo has visto de sopetón. Por eso te parece más violento el cambio. Yo te digo que pasarán años, tantos como los que pasaron para que se acabaran los dinosaurios. Y no se van a dar cuenta o no se querrán dar cuenta. No les importan mucho que la gente no tenga como solucionar sus problemas más comunes. Al final ellos sí tienen de todo.

—Bueno, ¿y a quién le anotamos esta cuenta?

—Apúntala en el hielo… Bueno a ver si nos juntamos, no te olvides.

Abel, al reincorporarse al Instituto no se encuentra con sus compañeros de cursos anteriores; ya terminaron su etapa preuniversitaria, como es el caso de Pepe. A los jóvenes de su edad les hacen falta amigos, es una parte importante de sus vidas. Abel llega con todos sus problemas de adaptación y su resentimiento interno. Si lo unimos a su natural tendencia a la introversión, tenemos un candidato a la incomunicación. Pero sin embargo, hace nuevos amigos en las aulas. A decir verdad pocos.

Hay una amiga muy especial: Yuly. Es con exactitud horaria una semana menor que él. Si Abel creyese en horóscopos con la misma fuerza que ella cree, podría decir que son como almas gemelas. Por la conjunción de los astros. Porque ambos son géminis. Pero Abel no cree en esas cosas.

Abel tiene novia, y es más que ingenuo: es un guanajo, que es la forma de decir «naïve» en habanero. Se toma su noviazgo muy en serio. Por ello no traspasa nunca la frontera de la amistad con Yuly. Ella es muy inteligente, pero además es sagaz. (Años después se podrá decir que posee una gran inteligencia emocional, pero en esta época que se narra, Goleman, el psicólogo creador del término, lo más probable que esté aún cursando el High School). Yuly sabe leer entre líneas y no fuerza nada. Bella por fuera y bella por dentro.

Se entienden muy bien Yuly y Abel. Se la pasan muy bien juntos. Ella ríe todas sus gracias, aun las que son verdaderas tonterías de adolescente. Esto al muchacho le hace mucho bien. Es lo que necesita para poder socializarse sin cerrarse en sí mismo. A ella le llama la atención, y con ello hace bromas sobre lo grueso de sus dedos, que se han ido ensanchando por el trabajo en el campo primero, y en el taller ahora:

—¿Y tú crees que con esos dedos bolitos vas a ser médico? —le dice con una risita de todo cariño.

—Son manos de hombre —apostilla Abel, y los esconde.

Y es difícil ser sólo amigos cuando existe tanto entendimiento y simpatía en una edad en la que el caldo de hormonas bulle en la joven vasija interior de estos jóvenes. Sin embargo, en este caso y por el momento, se logra el equilibrio. ¿Represión? ¿Amor platónico? Aún faltan meses para terminar y se ven todos los días…

1969

Abel crece en habilidades en el taller en el que trabaja. Cuesta bastante estudiar y trabajar, pero a ello ya estaba entrenado de años anteriores, además de estar curado de espantos con su tiempo de las UMAP.

La Ofensiva Revolucionaria se extiende por todos los ámbitos. En ese momento llega al mundo obrero. La fábrica donde trabaja Abel era una de las que mejores salarios pagaba en el país, por proceder de una firma norteamericana. Todo esto había quedado en los sueldos y tarifas de los viejos trabajadores que, aunque posteriormente se congelaron, aún se mantenían como muy buenos. Se podía considerar una especie de engendro social, un monstruo de clase, «la burguesía obrera».

En el área de mantenimiento en especial se trabajan muchas horas extras. Esto se debe a que escasean las piezas recambio, que todas eran norteamericanas y no las venden, y es necesario «inventar». Hay que hacer cosas con medios mínimos. Reparar como se pueda. Se llevan más tiempo los trabajos, y hace que sean necesarias más intervenciones de mantenimiento en los equipos.

—Lo que no puedo entender es cómo es que tienen de responsable del Taller Mecánico al Carlos este. No sabe nada de nada —habla Muñoz, un experimentado mecánico con el cual trabaja Abel.

—Aunque no lo he visto trabajar, pues su tarea es mandar. Los que le conocen de antes dicen que es buen soldador.

—Mira muchacho, que no te hagan cuentos. Este no servía ni para llevar los electrodos a los soldadores que montaron esta planta. Que yo estaba aquí y no en la cola del pan.

—Y entonces, ¿por qué es el jefe de la brigada?

—Porque es incondicional militante. Primero el Partido y después lo demás. No importa que no se entere de nada. ¡Qué más da! Paga «Liborio», hay barra libre.

—Así se están disparando las horas extras.

—Pues aprovéchate, pues me han comentado de buena tinta que las van a suprimir. Van a pedir que «voluntariamente» renunciemos a las horas extras.

—¿A no hacer horas extras?

—No, no te equivoques. A seguir haciendo las horas pero no a cobrarlas. ¿Qué te parece?

—Bueno, yo en general no puedo quedarme mucho después de horas, porque estudio por la noche. Pero a ustedes les va a venir muy mal.

—Ya veremos, ya veremos. Pero lo que sí te puedo decir, y yo soy viejo en esto, es que los hábitos de productividad que teníamos en esta planta se han ido perdiendo poco a poco. Y de lo que fue ya no queda nada. Esto pasa porque si haces mucho o haces poco da igual. Se miden otras cosas.

En ese momento están entrando al taller principal y el jefe de taller de mecanizado, desesperado, con un fresador que se ha tomado muy en serio esto de la improductividad y que se mueve a la velocidad de un perezoso en su rama, le recrimina y le dice:

—Pero, Angelito, por lo que más quieras. ¡Qué ritmo más lento! ¿Es que no tienes otro paso?

Sin perturbarse en lo más mínimo Angelito, que de su nombre no tiene nada, con cara de sorna y sin cambiar el paso le contesta.

—Claro que sí, Ramiro. Tengo otro paso. ¡Pero es más corto aún...!

Pocos días después, los Sindicatos, comienzan una campaña para que los trabajadores no cobren sus horas extras, como le habían soplado a Muñoz. Esta sociedad es a la inversa que la capitalista. Cobrar horas extras se convierte en un hábito pequeño burgués contra el que hay que luchar. Casi un delito. El trasfondo político de la medida es la de luchar contra el egoísmo, se está buscando al «hombre nuevo». Para ello piden, no sin cierta presión que casi llega a ser obligación, que se firme por escrito una renuncia del cobro de horas extras.

—Es que los de los sindicatos son todos del Partido. Bueno y aquel que no tiene aún el carnet está haciendo méritos y lo está buscando. ¿Ellos qué van a decir? —dice Muñoz al muchacho mientras están alineando un inmenso motor en un ventilador centrífugo—. Dame la llave de ojo de a pulgada, la grande.

—Pues habrá que votar otra gente en las próximas elecciones sindicales —al mismo tiempo que saca del cajón de herramientas lo que le ha pedido el operario.

—Pero si todo eso es un chanchullo. ¡Que se atreva alguien a presentar una candidatura alternativa! Tú a veces eres muy ingenuo, Abel. Sujeta firme el diferencial. Bien, eso es.

—Bueno, de eso me doy cuenta. Pero es que me gusta buscarte la lengua —y ambos continúan conversando sin dejar de trabajar.

—Ahora tienen la cantaleta de que el dinero se va a acabar. ¿Qué te parece? Un país que, como es socialista, va a terminar con el vil metal.

—Eso no se sostiene ni siquiera con la teoría marxista de la evolución de la sociedad. Tendríamos que llegar al comunismo para que eso pudiera ser —dice pavoneándose un poco de conocedor.

—Pues mira, como ahora, no hay que pagar la merienda y te puedes comer lo que te dé la gana. Es como para practicar ¿no te parece? El otro día te vi comerte una pinta de helado completa. Bueno, en pareja con Jesús, que también le mete en la misma costura —comenta el mecánico, para bajarle un poco los humos a su ayudante.

—Es que era de chocolate, compadre. Así se está desperdiciando todo en las meriendas. ¿No te has fijado como en los bidones de basura se bota un potorrón de comida todos los días?

—Hijo, si tú hubieses visto las normas de disciplina y productividad que tenía esta fábrica cuando empezó... No se mataba nadie. Pero eso sí, nadie perdía tiempo. Todo el mundo hacía mucho, ya te digo sin matarse, y todos sabían que era bueno para ellos. Sin chapucerías, con profesionalidad. Te lo digo yo, que he trabajado aquí desde el montaje. Que no te hagan cuentos. Ahora hay merienda por la mañana, merienda por la tarde, hora de almuerzo. Al final de las ocho horas se trabajan cinco, si acaso. El resto es para y arranca.

—Sí, cuando estamos en una punta de la fábrica, soltar e ir al taller nos lleva un montón de minutos. Lavado de manos, luego el tiempo de la merienda, la sobremesa y todo eso. Tienes razón, perdemos mucho tiempo.

—Y eso que algunos como nosotros tratamos de cumplir. Pero es que el medio te obliga. El que quiere trabajar ve al que se está guillando y al final dice, «¿Y yo para que voy a esforzarme?». Y sobre todo cuando los «dirigentazos» están la mitad del tiempo en reuniones. No sé a dónde vamos a llegar.

—Y no hablemos de los sábados, media jornada que no rinde nada.

—Sí, «los sábados locos, se conversa mucho y se trabaja poco».

—A donde quieren llegar es al hombre nuevo. Pero la verdad que el tipo no aparece por ningún lado. Se ha huido, como un gallo fino «capirro» cuando lo tocan duro con la espuela.

—Yo tengo ganas de que acabe de aparecer. ¿Dónde coño tendrán escondido el jodido hombre nuevo? Debe ser muy tímido, porque no da la cara. Ja, ja, ja. —Y se auto celebra su chiste con una carcajada.

El bachillerato es un puente, a veces largo y difícil. Pero es el puente por donde pasan de la adolescencia a la primera juventud. Así, los cursos transcurren y se escurren como cargar agua con canastas. Están por terminar una etapa de sus vidas. De ahora en adelante se convertirán en adultos.

—Hoy es la última noche en este Instituto —le dice Abel a Yuly, que asomada al balcón mira nostálgica la planta inferior.

—Es una noche de alegrías, pero también de penas. Seguro que no seguiremos viéndonos, o al menos no tanto como ahora. Te voy a extrañar mucho.

—Yuly, ya no hay clases ni nada, lo que hacen hoy es orientación de carreras universitarias y ya nosotros hemos decidido.

—¿Qué me propones?

—Nos vamos al Payret. Están poniendo una buena.

—Pero tú y yo solos, ¿está bien? No quiero ir con el grupo como otras veces.

—Bien, nos vamos tú y yo solos.

Al finalizar la película que nunca más recordarán, ni argumento, actores o director, se van caminando por la acera de Prado. Ella hoy quiere acompañarle hasta el lugar donde tiene que coger su guagua de todos los días, porque hoy es el último día.

—Nunca habías venido a mi parada.

—No, pero hoy es una noche especial.

—Yuly, ¿serás mi amiga toda la vida? ¿O pasará como con otros compañeros que luego cada uno por su lado...?

—A mí me gustaría que fuera así, que fuéramos amigos para siempre.

—Debía decirte cosas que a veces he pensado, y sobre todo sentido, y nunca te he dicho. Yo sé que tú también algo has sentido desde aquel primer día que nos sentamos juntos en el aula. Pero…

—Mira, Abel, todo eso también yo lo siento, aunque a veces se confunden unos sentimientos con otros. ¿Me gustaría llegar a más? Creo que sí, pero no lo sé. Tú me has respetado mucho, no has jugado con dos barajas. Has respetado también tu noviazgo. Para otros pícaros como por ejemplo Escandel, el teniente ese que está en nuestra clase, eres un bobo. A mí no me lo pareces y te prefiero así. Pues que la vida diga…

Debió de pasar algo más aquella noche, pero nada pasó. En el futuro la vida sí habló... Hermosa amistad que se promete para toda la vida.

No era complicada o muy especial la familia Sánchez López, podríamos considerarla más bien normal y que le afectaban los mismos sucesos que a todas las familias de esa época. No por ello esa normalidad, estaba exenta de tropezar de vez en cuando con acontecimientos especiales, no extraordinarios, sí complicados, a pesar de haber estado esperándolos desde algún tiempo atrás.

El éxodo ha venido diezmando, no el cariño pero sí la proximidad. De la familia materna sólo quedaban, junto a la abuela, una tía y la madre de Abel en el país. Una tarde encuentra Abel al pasar por casa de la abuela, la jaula del sinsonte abierta y vacía. No tiene que preguntar mucho más, lo asocia de manera automática. Lo han soltado. Se lo había escuchado a la tía meses antes. «El día que nosotros podamos, tú también serás libre», le había dicho mientras le ponía un plátano maduro para que comiera. Le había llegado la salida a la familia. Buscaban, como todos los que lo que se marchaban, una mejor situación de vida en lo económico y sobre todo, estar como el sinsonte, fuera de la jaula. También le tocó al pájaro cantor.

La tía había convivido siempre con la abuela, que era viuda desde hacía mucho tiempo y habitaba una vetusta casona de pueblo, de esas de puntal alto, tablas de madera, gran portal y techo de tejas que ahora, al quedarse sola se le convertía en inmensa, nostálgica, insoportable en la soledad. Ella sola había criado en esa casa a una abundante prole: nueve hijos. Pero no puede emigrar, no quiere. Razones le asisten, prácticas y sentimentales. Y ello, a estas alturas de su vida y con su edad, la condenaba a la soledad cotidiana. Los padres y hermanos de Abel se van a su casa a convivir con ella. ¿Qué otra cosa podía esperarse de una familia como esta?

Esta lógica solución tiene sin embargo un trasfondo peligroso. Abandonar la casa de la familia de toda la vida es un grave riesgo, supone la posibilidad de perderla. Con los problemas de vivienda que existen en el país, dejar una casa sin habitantes censados como residentes y que el Comité de Defensa de la Revolución de la cuadra pueda denunciar, es una incitación a la expropiación por el Estado. Es su casa, donde siempre han vivido ellos como núcleo familiar, pero así están establecidas las cosas. A esto también tendrán que encontrar solución.

Lo complicado de la cuestión no era estos ajustes urbanísticos. Lo que en verdad es triste es que la abuela estaba desolada. Esta hija que se marchó es la octava que abandona el país. Además de los veintitantos nietos. Sólo le quedaban en el país, de tan abundante prole, la madre de Abel y sus hijos. La señora tiene una edad que no le permite abandonar el país. Sería muy penoso sacarla de su medio, donde siempre ha vivido y con esa edad trasplantarla a un sitio desconocido y diferente. Por otra parte, no quería dejar atrás a la hija que aquí quedaba. Con ella se quedó, quería compartir su suerte, a las verdes y a las maduras.

Y la inevitable separación la asume con ejemplar entereza. En silencio lo lleva, sin estridencias ni autocompasión: a lo Mariana. Es todo cariño y bondad. Empapa de rica sabiduría campesina todas sus historias y todos sus consejos. Sus postres son míticos y solicitados por aclamación en la casa. Adora a sus nietos que son legión, y que añora por no tenerlos cerca. Y en los cinco que le quedan a su lado libera todo su amor acumulado, colmándolos de cariños y cuidados.

Ejemplo de madre, que cual matrona espartana comparte y vive las penurias con los suyos y espera paciente tiempos mejores. Tiene en su habitación una imagen de la Caridad del Cobre. Es muy devota y a ella le reza, todas las noches para poder volver a ver a sus hijos alguna vez. Guarda como tesoros, en un cofre de madera, las fotos que le llegan del extranjero. A veces, en el momento que está sola, cuando cree que nadie la puede ver mirando las fotos a escondidas, llora.

Es una muestra del conflicto que han tenido que vivir, callados, los mayores. De esta forma o de otra. Una parte de la familia se marcha y la otra se queda por pensar de manera diferente. Se pelean entre ellos los más jóvenes. Los padres y madres, ya mayores, sufren la separación y el desamor filial, apartados, olvidados, desechados…

Abel se quedó viviendo sólo en esa casa. No fue un gran contratiempo, pues las casas estaban bastante cerca una de otra, en la misma calle y doscientos metros, más o menos, las separaban.

—Bueno, creo que lo han podido lograr. Oye, oye, están pisando la Luna —están escuchando por una radio de onda corta la retransmisión del acontecimiento histórico, quizá el más importante del siglo, de la llegada del hombre a la Luna. No se transmite por televisión y casi no se le da ninguna publicidad.

—¿A mí qué me importa eso? Eso no me soluciona ningún problema. Hemos fijado la boda para octubre. Sólo nos quedan tres meses. Y son muchas cosas que hay que resolver.

—Bueno, al menos la casa la tenemos. Pero coño, déjame oír, que esto es importante. —Abel trascendente, trata de fijar la atención pero no puede.

—Mima está por allá adentro. —El puesto de vigía de la mecedora ha quedado, de manera momentánea, abandonado. —Ven, dame ahora un beso que son pocos los chances que tenemos. Siempre nos está vigilando.

Están sentados en el salón de la casa de ella, en la estratégica orilla de un sofá donde se puede controlar por el norte y el sur las dos puertas de entrada. Un gato de porcelana, negro, feo y cursi, vigila su competidor, un cuadro de cazadores que está colgado en la pared. Romántico, lo que se dice romántico, no es el ambiente. Pero a pesar de ello, él la abraza y la besa en la boca. Beso largo, que hace que sus lenguas se acoplen en complicada maniobra que contemplan los cielos de sus bocas. Se estremecen de gusto. Las manos de él buscan, ansiosas y torpes, el camino conocido de sus duros senos y al encontrarlos, los acosa, suave, como si de someterlos para siempre se tratara. Al derretirse ella empapada de placer, abre las piernas de manera instintiva, reclamando al menos un dedo índice tan osado y atrevido como los astronautas, para que explore su monte de Venus. Unos pasos que avanzan se sienten en la habitación contigua, alarma de interrupción. Houston, tenemos un problema. Abortar la operación. Como una mayonesa sin cuajar, se corta todo. Ella se arregla rápida el escote y se alisa el pelo, todo a la vez. Él cruza las piernas, en la ocultación y legítima defensa de un amigo que evidentemente está detrás del telón pero que esta vez no pudo mostrarse en escena. Unidos, la vigilante suegra y Neil Armstrong le han fastidiado la noche a la chica que quería aprovechar al máximo su protocolaria visita de novios dominical. Es una arcaica costumbre de cortejar en vía de extinción, cada vez menos usada como forma de pelar la pava. Pero que a ellos les ha venido impuesta por la tradición y el qué dirán pueblerino. Todo a pesar de que aquel americano está hoy dejando en la Luna, cual estrías de un inodoro turco, la huella de su pie. Tal vez esta estrategia de suegra es un inteligente método, un catalizador para la aceleración de la boda. Permitir coger un poco y dejar siempre con la miel en los labios. Tenía que colocar a su hija. Así se darán prisa.

Y es un lujo que se pueden dar porque pueden disponer de casa. Una suerte grande el disponer de una casa para poder vivir el matrimonio… Ya se le había metido en la cabeza y era muy joven, pero muy terco. Su novia, que había sido ejemplar en todo el tiempo de espera que él estuvo encerrado, también lo secundó en esta querencia. Eran tan jóvenes que tuvieron que recibir autorización paterna para poder celebrar la ceremonia, que en estos tiempos era necesario haber cumplido veintiuno. También lo dicho, se tenían muchas ganas, muy reprimidas y que el estatus de novios no alcanza a contener. Así que si todos estaban de acuerdo y los astros se alinearon obsequiosos a favor... Llegó el «¡Sí, quiero!».

La boda se efectuó. No hubo lujos ni sonadas celebraciones. A Abel estas cosas no le gustaban para nada. Pero aunque hubiera querido, no contaba con recursos para poder costearlas. Ya sabemos que este chico no admitía depender de nadie. Sencilla ceremonia en la parroquia. Reducido brindis con la familia. Después, una escapada de luna de miel, en la cual sí gastaron todos sus ahorros. Diez días en la hermosa playa de Varadero, donde vivieron unos días como si de otro país se tratara.

Muy poco tiempo después de la boda, tan sólo once meses después, la culminación del embarazo. Iban a ser padres. No se lo podían creer. La idea los asustó, pero a la misma vez los convirtió en un poco más responsables.

No eran tiempos buenos, las cosas necesarias, indispensables, estaban cada vez más difíciles de encontrar. El país estaba en su totalidad volcado, preparándose para el gran reto que se había impuesto. Lograr una zafra azucarera récord en el próximo año 1970. Había que lograr diez millones de toneladas de azúcar. La mejor cosecha que había tenido el país hasta ese momento había sido la del año 1952. El Presidente Carlos Prío, poco antes de ser derrocado por el golpe de estado de Batista, había autorizado realizar una zafra sin limitaciones, es decir, que se produjese con independencia de que se pudiera o no colocar en el mercado mundial. Entonces se habían rondado los siete millones de toneladas de azúcar (libras, más o menos).

Entonces era necesario demostrar que Cuba Socialista podía producir más azúcar que los capitalistas. Eran necesarios los diez millones. Todo el país, casi un año antes, se movilizó en función del objetivo. No importaba lo que costara, había que hacerlos.

–¡Los diez millones van! ¡Y de que van, van! –Esa es la consigna.

Hasta un famoso grupo musical que perdurará en el gusto de los bailadores cubanos por muchos tiempo, nació en el año sesenta y nueve y se bautizó con ese nombre de consigna política: Los Van Van.

«Tan erótico que podría haber sido, por ejemplo: "Los reyes del sesenta y nueve", pero ahora todo es los diez millones», conversaba consigo mismo Abel.

Todo en función del objetivo primordial y de honor personal para los dirigentes máximos. Es algo así como las consignas soviéticas, las de Stalin, de la Segunda Guerra Mundial: ¡Todo para el frente!

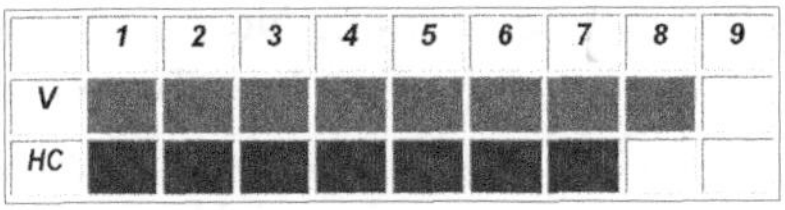

XV.-Octava entrada, parte alta

Si se está bateando y al lanzar el «pitcher» la bola pega al bateador, se declara bola muerta, y al bateador le corresponde la primera base. Como es bola muerta («dead ball») en cubano se dice «désbol». El «désbol» es la manera más dolorosa de ganar una base.

1970 / 1972

El año 1970 es un hito en la vida del país. Iba a ser la zafra más grande y siempre será asociado a un fracaso. Si se hubiera llegado, se recordaría como una gran zafra y poco más, como otro de los tantos acontecimientos que pasan. Pero había fracasado el esfuerzo monumental. El empeño titánico. Los diez millones no fueron. Y aunque fueron muchos, no fueron diez. Todo un conmocionado país contempla el fracaso. Es otro más pero por su magnitud, tal vez el primero que se hace explícito, que se reconoce de manera pública. Se hace «autocrítica» bastante ligera. El país termina extenuado, y se acude a la épica y recordar los momentos malos del andar de la lucha, y cómo con tesón y la fe en la victoria, siempre se salió adelante. Esta demagógica presentación se la tragan unos cuantos seguidores ciegos, pero la gran mayoría, reventada y decepcionada, no compra esta papeleta. Suena demasiado burda, insulta la inteligencia. Y hasta los anhelos de una sociedad mejor dependían de llegar a diez millones. No se soluciona nada ni desde el punto de vista material como tampoco en el espíritu colectivo de los ciudadanos. Todo está retrasado, todo se ha pospuesto hasta el final de la faraónica zafra, que se ha prolongado, cosa insólita, casi hasta el verano.

Y es en este ajetreado país que la pareja recibe a su primogénito. Su felicidad es tan grande como sólo un acontecimiento de esta magnitud puede regalar. No se detienen a pensar en otras cosas. La madre, tan joven, le sobrepasa y desborda el advenimiento. ¡Al bebé lo quiere todo! ¡Y en todo momento! Lo encuentra precioso: porque lo es. Ha salido de ella. Le ha dado la vida. Y a partir de ahora es su hijo. Este hijo que se convierte desde ese mismo momento y para siempre en centro y principal motivo de su existencia.

En tanto, Abel lo asimila poco a poco, como en pequeñas dosis. Va tomando conciencia de que vive el acontecimiento más importante de toda su vida. Este es un episodio trascendental en su personal historia. Pero a la vez tiene que aprender cómo manejarse con el bebé. No sabe cómo tenerlo en brazos. Tan bien que se arregla en otras cosas y tan torpe que resulta en esto. Tendrá que aprender a ser padre. Transpira orgullo y felicidad por todos los poros.

El bisabuelo del niño, abuelo de Abel, con el que tiene una relación muy especial, es una de las primeras visitas al hospital. Con cariño, le anuncia que el niño va a llevar su nombre: Antonio. El anciano patriarca, un maestro de escuela reconocido por varias generaciones en el pueblo, recto y duro como vara de caña brava, le afloja la emoción y no puede contener unas lágrimas de felicidad. La conservación del patriarcal nombre en la saga familiar.

Muchas visitas. Mucha alegría. Toda la familia celebra la fiesta de un nuevo miembro. Es además el primer nieto. Primer sobrino. Primer bisnieto. Primer todo en esta familia. Inocente criatura de quien no sabemos qué le deparará el futuro y que tal vez le corresponda cumplir el enunciado bíblico, pero a la inversa. «Los primeros serán los últimos». Le ha tocado nacer en este país, porque como nos pasa a todos, nadie selecciona el país donde le toca venir. Si lo hubiera podido escoger, quién sabe si sería este el de su elección y esta su época. ¿Qué Dios del Olimpo determina el sitio donde a cada uno toca nacer? Bueno, al final es que la vida, como la pelota, es redonda. Y también, como a la pelota, la encierran en una cuadrada caja.

Pero, ahora, es tan pequeño, bonito y parece tan indefenso, que nadie, nadie, ni una mala bruja de un cuento, se atreverían a vaticinar un mal futuro a aquella inocente criatura.

Le ha nacido su primogénito. Pero también es un año marcado en la vida personal de Abel por otros importantes acontecimientos. Ha terminado el bachillerato y quiere matricularse en la Universidad. Su vocación desde que era un niño se inclinaba a la medicina. Pero teme que no es posible acceder a esta carrera. Tiene muy buenas notas, esta no es la cuestión. Es cuestión de su «pasado». Sospecha, con bastantes elementos de juicio, que con su expediente no es posible ni siquiera presentar la solicitud. «La Universidad es para los revolucionarios». Este es el lema de la actualidad. Se puede quedar sin estudiar una carrera y truncar así uno de sus anhelos más queridos.

—De nuevo, los caprichos por encima de la objetividad. Si quería sentirse poderoso, bien hubiera quemado La Habana a lo Nerón —dice el padre sentado en la mesa del comedor, mientras ayuda a la madre aparatando los granos malos, bichos y otras impurezas del arroz que se ha de cocinar de inmediato. El tema de conversación es el de todo el país en este momento.

—Sí, viejo, a lo mejor así el daño hubiera sido menor. Ahora se buscan los culpables. Sírvete un buche. —Y le acerca Abel la botella de añejo que ha traído para mezclar con la conversación, puesto que tanto uno como el otro, el ron lo prefieren solo.

—Pero sabes, hijo, cuando buscas culpables lo que realmente buscas son culpas. Y sabes lo que encuentras: dis-culpas. Nadie se siente el causante. Nadie quiere quedarse con el doble nueve. Hay que buscar las verdaderas causas para así poder poner soluciones. Y esto vale para todos los problemas donde quieras mejorar.

—Ha tenido que renunciar uno de los «culpables», el Ministro del Azúcar. Y eso que fue uno de los que dijo con anticipación que no se llegaría.

—Están medio enredados también los de JUCEPLAN, pero al final el perdedor en jefe ya sabemos quién es. Aunque ahora busquen aliviar la pena.

—Todo está patas arriba. Hasta la entrada en la Universidad la han retrasado. Aún no me he podido matricular.

—Por fin, ¿qué has elegido?

—En ello estoy. Yo quiero medicina, pero eso no puedo...

—Te limitan. Bueno si te tiran un limón, prepárate una limonada. A ver, cuando saliste de la UMAP fuiste práctico. ¿No? Y no te ha ido mal. ¿Por qué cambiar ahora?

—Dime claro, ¿qué es lo que piensas? —interroga Abel que no termina de descifrar el mensaje.

—Pues mira, hijo, en este momento necesitan ingenieros. Seguro que las carreras de ingeniería tienen menos restringida la entrada. Tú trata de hacer como yo hacía en la entrada del Cine Bacallao cuando era niño: uno de la pandilla entretenía al de la puerta, y cuando no estaba mirando, los demás nos colábamos. Es una cuestión de necesidad lo que ellos tienen. Y encima estás trabajando en una fábrica, en mantenimiento. ¿Tú crees que van a cerrar a un obrero a poder seguir estudiando y superándose? Eso olería mal. Tu rendija para colarte está por esa vía.

—¡Coño! Pero lo que yo quisiera es medicina. ¿Mi vocación no cuenta? ¿Por qué siempre tengo que someterme a lo que a ellos les da la gana de hacer con mi vida?

—Pues fórmate como médico de las máquinas. ¿Es una forma de verlo, no?

—Demasiado simple lo haces. Eso no es igual. No es lo mismo hacer el bien a las personas que el trabajo con las máquinas. Tú lo sabes bien.

—Es que, te pongas como te pongas tendrán en cuenta lo que necesita el Estado. No cuenta lo que tú quieras. Se han marchado muchos ingenieros del país y los necesitan. Eso no se repone en dos días. Los rusos, después de todo esto de la zafra, se van a meter de lleno en la economía. Ya lo verás. Y para esos planes necesitan ingenieros. En lo otro, en la medicina, eres un «ao por regla, antes de salir a batear». Entonces por qué no aprender las lecciones que la vida te ha dado. ¿Que no es tu vocación? Tal vez. Pero recuerda que la vida da muchas vueltas. Cuántos no se cambian de carrera en los primeros años. Recuerda lo que siempre decimos, «que la pelota es redonda pero viene en caja cuadrada». Nunca se sabe. Es una coyuntura, aprovéchala.

Abel teme porque conoce que hay jóvenes a quienes se les ha restringido el ingreso, o los han expulsado después mientras cursaban años superiores. Se hace en asambleas abiertas. Sin otro pecado, reproche o acusación que lo que diga la asamblea preparada de antemano. O alguna vez por el criterio de alguien de la asamblea que la esté manipulando, a saber con qué intenciones. Acusaciones que nadie se toma el trabajo de comprobar. Y en las que tampoco nadie se atreve a señalarse, de no ser combativo y no dando suficientes muestras de «intransigencia revolucionaria». Como en el circo romano, «pulgar arriba o pulgar abajo». Purgar con el pulgar.

A pesar de todo ello, lo quiere intentar. Decide presentarse a una carrera de ingeniería. El «no» ya lo tiene, con el trámite no pierde nada. Aunque para el muchacho, con el alto nivel de orgullo personal que tiene un rechazo lo consideraría como una nueva humillación.

El día señalado se presenta a una entrevista en la que un triunvirato formado por alumnos de años superiores, militantes de la Unión de Jóvenes Comunistas, son los que deciden si se acepta o no al candidato. La entrevista es exhaustiva. «Cuéntame tu vida» lo llaman. Preguntan de todo, aunque no se sabe bien por qué, pues lo saben todo de antemano. Al parecer quieren oír de viva voz lo que dice el candidato. Es bastante extraño que no se habla de notas y calificaciones, pues no está en el tema de la entrevista.

Abel sabe que en la entrevista se juega el poder ingresar o no. El juicio de estos entrevistadores es definitivo e inapelable. Un «no» troncharía poder realizar su sueño de cursar una carrera universitaria, aunque no sea la que considera de acuerdo a su vocación. Ha transigido en el cambio de la selección de carrera. Pero a estas alturas, con todo lo que ha pasado, no está dispuesto a mentir o ponerse de perfil por lograr su objetivo, aunque digan que es un inadaptado social o como lo quieran calificar. Contesta de manera veraz sobre sus creencias religiosas. También sobre su estancia en las UMAP. Por fortuna, los entrevistadores tampoco sabían mucho sobre eso, sobre lo que se habla y se nombra como las UMAP. No es un asunto que quieran sacar a la luz. Es casi como un complejo de culpa del sistema, una mancha nacional que se mantiene más o menos oculta o se tergiversa de manera explícita. Uno de los inquisidores muchachos, en determinado momento de la entrevista, hace referencia a unas declaraciones del Primer Secretario de la Juventud Comunista sobre el fortalecimiento de los jóvenes en esas unidades y su reeducación, y casi lo felicitan.

«¡No se enteran de nada! La desinformación, estrategia de la propaganda, a veces juega en su contra. Unas veces para el «pícher», otras para el bateador. Mejor así».

Abel encontró la grieta y por ella se coló, es admitido en la Escuela de Ingeniería Mecánica.

Hay muchas cosas ocultas en el presente que el futuro se encargará de esclarecer. En ese momento no lo sabe. Años después se enterará que en la misma escuela, ese mismo año, se ha matriculado un sobrino de la «esposa» del Comandante, que también es católico. Será su compañero durante cinco años. Tampoco ese compañero realizó ningún comentario sobre ello. Esto no se conoce de manera pública, pues la existencia de esta «esposa» es un secreto. Lo que sí es evidente es que a este especial alumno no lo podían rechazar. ¿Por ese resquicio se escurrió Abel y algunos otros? Nunca lo logrará saber con exactitud.

La CUJAE, que por esas siglas es conocida la Ciudad Universitaria José Antonio Echevarría, en el momento de esta narración es la Facultad de Tecnología de la Universidad de La Habana, donde se estudian todas las carreras técnicas. Pocos años después se convertirá, por su dimensión y calidad, en un Instituto Politécnico Universitario, con autonomía de la Universidad y con prestigio internacional. «Aquí tengo que dejar formado mi futuro», se dice Abel. «Cuando no hay pan, se come cazabe».

Es una hermosa y funcional instalación. Bello tributo del diseño al estudiante de arquitectura del que lleva el nombre. «Manzanita» le llamaban cariñosamente al dirigente de los universitarios cuándo el ataque al Palacio Presidencial en la era del anterior dictador, Batista (13 de marzo de 1957). Él murió tiroteado al pie de la escalinata de la Universidad de La Habana. Había realizado una histórica alocución por Radio Reloj anunciando la muerte del tirano que no se produjo, por casualidades de la caprichosa historia. José Antonio era católico practicante. No lograron el objetivo él y sus compañeros pero dejaron a la posteridad uno de los episodios donde más coraje se ha derrochado en la historia de las luchas del pueblo cubano.

«¿Qué coño pensaría Manzanita de esta paradoja? Yo, un estudiante católico, que por esa única razón tenga que estar haciendo malabares y cábalas para poder ingresar en un centro que lleva su nombre», se pregunta nuestro ya estudiante universitario sentado en uno de los bancos de cemento bajo el edificio de su escuela. «Me gusta mucho este lugar, menos mal, porque tengo que pasarme al menos cinco años, si es que no repito».

Los jardines son hermosos. Aún en esta época está en construcción pero las zonas ya concluidas son bonitas y agradables, frescas y bien diseñadas en su acondicionamiento y utilización de los espacios exteriores, que siempre están muy concurridos.

Hay una serie de mitos en estas instalaciones, que todo el que ha pasado por ellas recuerda para siempre. Por ejemplo, el de la santidad de las croquetas. El imperecedero plato que se vende en la cafetería y que nunca se supo de qué están fabricadas. Su santidad está constatada (digan lo que quieran decir los tribunales vaticanos) por la irrefutable prueba de que, en cuanto las muerdes, suben al cielo (de la boca). De ahí, ni el mismo todopoderoso es capaz de despegarlas. Algún que otro alumno ha querido plantear su tesis de grado en investigación avanzada de materiales intentando aportar la información sobre cuáles son los ingredientes que se utilizan para fabricar las croquetas de la cafetería. Nunca se ha permitido, es un secreto tan protegido como el de la fórmula de la Coca Cola.

Hay otro mito con más sabor que el de las croquetas (esto no tiene mérito, pues las croquetas nunca supieron a nada). Su esencia es más erótica. Se trata de la Plaza del Amperio. No se confunda el lector, no es un lugar dedicado al ilustre físico francés André María Ampère. Tiene que ver más con las unidades de medida de la corriente eléctrica que en honor a él, que lleva su nombre. Sabemos que un amperio es el paso de la unidad de carga eléctrica (Coulomb) por unidad de tiempo (segundo). Pues bien, muy cerca de la Escuela de Arquitectura, dónde están las más bellas y bien proporcionadas criollas de este lugar, hay una placita. Tiene sus árboles y bancos donde se puede disfrutar a la sombra, en las calurosas tardes, del agradable fresco que corre libre y sin limitaciones. Por allí pasan, además de la brisa, hermosas estudiantes en minifalda, «hot pants» o pitusas, nombre por antonomasia de los vaqueros. Cubanizando y simplificando los términos, por allí desfila un hermoso culón cada segundo. De aquí le viene el nombre. Hay que tener cuidado en esta plaza, ya que atendiendo a las propias leyes de la Física una exposición prolongada a ese flujo de culones puede hacer elevar al... cuadrado la temperatura.

El ambiente universitario es algo nuevo para Abel. Agrada mucho este entorno, desenfadado, correcto y amable. Es diferente al de su centro de trabajo, menos refinado y más agresivo. Si bien es cierto que dispone de muy poco tiempo para disfrutarlo. Trabajar en una fábrica, asistir a clases en la Universidad y los desplazamientos en las escasas guaguas le llenan toda su agenda. Y es necesario estudiar, pues sin ello no se pueden aprobar las asignaturas. Se duele porque no dedica el tiempo que le gustaría a la familia. Pero son tiempos decisivos. Si él logra graduarse, su familia tendrá más posibilidades. Por si fuera poco, es un laico comprometido y dedica tiempo a sus actividades religiosas: que catequesis, que una reunión aquí o allá. Todo lo paga el descanso. Duerme muy poco. Cuatro horas como promedio diario, si bien esto a los veintiún años se puede soportar con solvencia.

1973-1974

Un día de aquellos de rutina en la planta, nada especial, y que comenzó como cualquier otro, llega a la empresa un señor de mediana edad; es un ingeniero. Está graduado antes del triunfo revolucionario y con gran experiencia de trabajo en el capitalismo. «Rara avis» en esta empresa.

«¿Quién será este hombre?», se pregunta Abel. Se le ve avejentado, delgado, como si las penas lo hubiesen ido consumiendo; su pelo, muy fino, comienza a ser cada vez más escaso. Sin embargo sus ojos, azules y vivos, no han perdido la capacidad de mirar en lo profundo de la gente. «¿De dónde lo han sacado?», se pregunta una y otra vez.

Al principio guarda las distancias y tiene los temores que siempre existen en estos casos de alguien que llega y no se conoce cuál es su pasado, de dónde viene, cómo piensa.

Abel lo observa sobre todo una vez que, familiarizado con la planta, le asignan el primer proyecto de alguna importancia.

«Es un "taco" este Enrique, está "bolao"», piensa Abel, al verle funcionar en ese primer trabajo. «¡Es un fuera de serie!». Es la reacción normal de ver actuar profesionalmente a alguien con unos métodos y maneras que no conoce, que no han formado parte su educación hasta el momento.

Poco a poco se acerca al hombre y con mucho cuidado comienza a averiguar cosas sobre él. Son los inevitables tanteos que ocasionan una sociedad donde todos desconfían de todos.

—Me he pasado varios años limpiando mierda de vaca en una Granja del Pueblo —le comenta una vez que él se ha enterado de que Abel estuvo en las UMAP y como abriéndose para dar entrada al joven.

—¡No es posible! Un técnico de tu nivel haciendo eso por años. Están locos.

—Supongo que es igual que lo que te ha pasado a ti. Tampoco tiene ninguna explicación racional. —Tras un breve silencio, como para asimilar lo que estaba diciendo, continua:

—Este es, entre otros, uno de los castigos que me infringieron por solicitar la salida del país. Ahora, después de varios años, previa renuncia a la salida me permiten venir a trabajar en esta empresa, un poco lejos de mi casa, pero siempre es mejor que lo anterior. Puedo trabajar como ingeniero, porque creo que lo necesitan.

Abel, en cuanto comienza a conocerlo, lo adopta como su modelo y va más allá porque lo llega a convertir en su ídolo, tal como un fan adolescente sigue a un cantante de moda. Tener un patrón profesional en la floración y posterior maduración de un ingeniero es capital. El buen hombre le toma verdadero cariño al muchacho, y con toda generosidad le permite ser, además de discípulo, su amigo.

—Enrique, me gustaría que fueras el tutor de mi trabajo de diploma. En unos meses debo presentarlo y tengo que comenzar ya.

—Con mucho gusto. Pero tenemos que buscar una forma para hacerlo. Yo no puedo figurar en los papeles. Esto me lo tienen prohibido.

—Pues buscaremos una solución de compromiso. Yo busco un tutor que figure, aunque seas tú con quien trabaje realmente.

—Por mi parte no hay problema. Estoy a tu disposición.

Se realiza la tutela por medio de otro «ingeniero de paja interpuesto», que sólo se presta para firmar papeles del trabajo de diploma que ha de presentar Abel para obtener el grado como futuro ingeniero.

Durante todo el proceso, le enseña mucho el experimentado técnico, no sólo le ayuda a preparar el trabajo. Es un constante aprendizaje donde Abel adelanta años y chupa experiencia que le evitará muchos errores futuros. Juegan como niños con juguetes nuevos más que trabajan en los experimentos con equipos que han de hacer para sustentar de manera práctica lo que en la teoría postula el trabajo. Se lo pasan muy bien. Y el maduro técnico prepara a su pupilo sobre todo para enfrentarse a los problemas reales de las grandes plantas con método y profesionalidad. Y lo hace de manera tan humilde y tan modesta como es él, que casi no se nota. Son lecciones de técnica y son lecciones de vida.

Para cruzar la meta y licenciarse como ingeniero le llega a Abel el día soñado en que deberá presentar su trabajo de diploma. Ha trabajado muchísimo, tanto como el abundante público observador tiene en la sala donde le toca exponer. Ha construido una coqueta maqueta a escala, muy bien trabajada, que monta diligente frente a las ceñudas caras de sus examinadores antes de comenzar su defensa, que ha ensayado hasta la extenuación en los tensos días anteriores. Tiene muy presentes los consejos de Enrique, que le dijo como colofón:

—A comértelos, que en este tema tú ya sabes más que esos almidonados profesores que no han trabajado en la concreta en toda su vida.

Su discusión es satisfactoria. Le sale bien, a pesar de que se le nota muy nervioso, sobre todo cuando se le desordenan las transparencias que está presentando con la ayuda de un hirviente proyector pero que logra, no sabe muy bien cómo, terminar de mostrar en el orden correcto. Contesta decidido las preguntas que le hacen y demuestra que realmente domina el tema que ha desarrollado. Un rato de espera a que el tribunal delibere.

—Viejo, esto es tuyo —le dice acercándose a su padre y entregándole la boleta que le ha firmado el tribunal, después de la deliberación y correspondiente felicitación—. Me han dado la máxima calificación.

—No, eso es tuyo, Abel. Tú te lo has ganado, contra viento y marea, «a pulso» —dice el padre con anuncio de lagrimal tormenta en sus inteligentes ojos—. Aunque, en honor a la verdad, algún empujoncito he dado, sobre todo cuando los vientos soplaban en contra. ¡Qué contento estoy, hijo! Tenemos que celebrarlo en grande —esto era un toque de corneta que significaba de manera clara: ¡Añejo para todo el mundo que hoy se juma hasta el gato!

—Bueno, llegaste a segundo. Sólo te faltan tres. Dicen que si uno pasa el segundo, seguramente se gradúa —comenta esto porque para el padre, que no pudo estudiar una carrera universitaria, su mayor empeño, «su título», es graduar a sus cinco hijos, que son tantos como los años de carrera y que debe conseguir para obtener el mayor diploma: el de padre.

—Sí, la primera fue tu hermana. Y fíjate qué científica se nos ha hecho nuestra niñita. Es una física excelente. Ya está investigando y todo. —Ha contenido el amago de lágrimas y «equilibra el penco».

—Berni viene detrás, ya está en la mitad. Y el Coco no me preocupa para nada. Tu problema mayor estará en el Mingo. Dice que él lo que quiere es ser barman.

—Que se deje de jueguitos y boberías. Si quiere ser barman no me opongo, pero tendrá que ser un barman con un título universitario.

De regreso a casa por el camino que hacen juntos en el viejo Chevrolet, recuerda una conversación con su padre, que tan amante de los deportes y tan didáctico, unos años antes le dijo:

—Abel, tú estás en una carrera de cien metros lisos. A ti te ponen a salir en la línea de los doscientos, aunque los que compiten contigo salen de la de línea de los cien. Tú vas a llegar. Tienes para ganar. Corre, coño, corre sin mirar a los lados. ¡Corre!...

Ahora había llegado a la meta, y con buena marca personal. Cumplía uno de sus más importantes anhelos. Pero al pasar la línea de meta se acaba la carrera, se cierra un ciclo. ¿Podrá continuar su desarrollo? ¿Qué será del resto de sus anhelos personales? ¿Qué hay de la libertad? ¿De participación en la sociedad? ¿Llegará a sentirse individuo, o seguirá siendo informe masa? Como alguna vez se ha cuestionado, ¿no será esto una competición de decatlón, en lugar de cien metros lisos? ¿No será esto tan solo una de las pruebas y hay otras más?

Poco a poco va subiendo paso a pasito todos los escalones de la alta escalera que es la estructura de la inmensa empresa en que trabaja, pero sube por la escalera «del servicio» reservada a los técnicos. La escalera de los cargos gerenciales del organigrama está vedada para él. La dirección política, que tiene la última palabra, recela de un ex-recluso y que no acaba de integrarse al proceso. No es de fiar, no puede entrar en el selecto grupo de los cargos de dirección que son los que tienen posibilidades de algunas ventajas materiales, alguna tan simple y normal en cualquier otra parte, como tener el derecho a poder comprar un automóvil.

Pero esta misma desconfianza de la dirigencia se invierte con los trabajadores. La gente que lo vio entrar en la fábrica han visto como con una gran fuerza de voluntad se abre camino. Pocas veces lo han visto dudar. Además, todos saben quién es, dónde ha estado y cómo piensa. Conocen sus defectos. Es cabezón, cuando tiene una idea cuesta mucho convencerle que pueda estar equivocado; y a veces por tan centrado en el objetivo parece que es insensible a las necesidades de la gente como lo es para las suyas. Muchos lo acusan de ser duro, otros dicen que es seguro de sí mismo. Pero se puede hablar con él y si se da cuenta de que pueda estar equivocado, como aplica el juicio sincero lo rectifica. Eso sí, hay que convencerlo.

—Abel, tú tienes mucha ascendencia sobre la gente de mantenimiento. Te respetan y te quieren —le comenta Enrique mientras caminan por los jardines exteriores de la planta en una de esas mañanas azules y limpias al inicio de la época de lluvias.

—Bueno, es natural, porque creen que soy uno de ellos. Me han visto desde que entré, casi un niño, y eso crea sentimientos. Creo que confían en mí.

—Eso es cierto, pero yo creo que además es que contigo se comunican. No es el ordeno y mando al que están acostumbrados con el resto. Tú no eres de verdad consciente de la tremenda ventaja que eso te ofrece. Y no te vayas a poner engreído, pero creo que tu sola presencia les transmite autoridad. No la impuesta, la formal, sino de la autoridad moral.

—Siempre me ayudan, mis trabajos salen adelante porque la gente se aplica en lograrlos. Por otra parte, yo trato de motivarles y compensarles. Sobre todo con la formación, dando clases después del trabajo para que mejoren su nivel técnico.

—¿Sientes que tienes una deuda con ellos?

—Un poco sí. Pero lo fundamental es que es una de las pocas cosas que se puede hacer por motivar a la gente. Poca cosa más podemos hacer. Hay gratitud, pero también hay una parte más fría, calculada.

Y conversando, entran a la planta y se mueven por un pasillo amplio que conduce al departamento de formado de botellas. Llegan a una sala con mucho calor, donde los vapores de aceite crean una neblina que dificulta la visión. Hay ruido, mucho ruido. «Tris, tras, fisss... Tris, tras, fisss...». Funcionan con precisión las máquinas formadoras. Resoplan y resoplan con exacta sincronización fabricando las botellas. Las condiciones de trabajo son muy duras, alto contraste con las apacibles condiciones que han dejado en la parte exterior.

Una gota de vidrio en estado plástico, como magma ardiente, chorrea del horno cual caramelo que se derrite, por un pequeño orificio de la obra refractaria. La cortan unas grandes tijeras metálicas de manera automática y con el peso exacto. Tris, tras, fisss...Tris, tras, fisss... La gravedad hace su trabajo a través de los cucharones para que la gota de vidrio llegue deslizándose por un tobogán, como juego de niños, a los distintos mecanismos. Todo debe estar sincronizado.

De hierro fundido son los moldes que se encargarán de regalar su forma interna para que sea con exactitud copiada por el vidrio, que la convierte en su exterior apariencia, y el enérgico soplado interior, cual bufido de aire comprimido, le crea el alma, la cavidad del envase. La inicial gota de lava se ha convertido por obra y gracia de la tecnología en envase incandescente. Hasta una lágrima del infierno como es esta gota de vidrio, puede ser convertida en algo hermoso si hay un molde adecuado.

«Tris, tras, fisss... Tris, tras, fisss...». Allí van las de cerveza, en vidrio ámbar. Estas otras son de ron, largo es su cuello y blanco es su vidrio. Para refrescos, con tortuosas curvas de mujer, hay otra máquina. El horno que se trata con cobalto entrega más azules que el cielo, envases de perfume. Y así, ocho diferentes modelos están puestos en exactos y exigentes programas de producción que deben proporcionar el necesario continente a muchas empresas del país.

Se confunden las botellas en una fila interminable entrando a los hornos de recocido, largo túnel en el que se baja de manera gradual la temperatura para evitar tensiones internas que las hagan estallar al mínimo contacto una vez que estén frías. Es una corriente permanente de botellas que salen en obediente fila, masificadas, iguales, uniformes, sin personalidad. No hay distinción de unas y otras. Y salen sin descanso, minuto tras minuto, día tras día. Tris, tras, fisss...Tris, tras, fisss...

«Así nos tienen a nosotros en esta sociedad», piensa sin atreverse a comentarlo Abel.

El recorrido de los dos técnicos sigue desde el departamento de formado al de hornos. Tienen que estar muy atentos al funcionamiento de todo en esta planta. Cualquier error se les puede tener en cuenta, sobre todo a ellos dos, que juegan este desigual juego llevando sus cartas marcadas.

Los hornos son construcciones muy altas y desde el punto de vista técnico, en extremo complejas. Caminan por el piso de rejillas de acero que rodea a toda la instalación. Aquí el calor es sofocante. Se podría salir de aquí e ir a refrescar al mismo centro del infierno. La temperatura de fusión de la arena sílice, componente fundamental del vidrio, sobrepasa la temperatura de fusión del acero. Sólo una protectora armazón refractaria sostenida por robusta estructura exterior de vigorosas vigas metálicas es capaz de soportar este ardiente trabajo.

Con un cristal ahumado especial montado en una careta protectora, escudriñan por las mirillas del horno la masa de vidrio fundido en el crisol. Hay que hacerlo así porque a simple vista el resplandor es más intenso que mirar al sol, y no es posible detallar nada.

—El nivel es adecuado —comenta por medio de gestos simulados con la mano el joven al mayor.

—El flujo va bien. —Levanta el pulgar para contestar también por gestos Enrique.

—Vamos dentro de la cabina, que esto está de pinga —esto lo grita, pero sin gestos.

—Ok.

Revisan el alimentador de materias primas que da de comer sin cesar al horno glotón, que traga y traga. Dentro del horno hay más de treinta toneladas de vidrio en estado líquido. Se asemeja a la lava de un volcán en su cráter a punto de hacer erupción. Es muy duro el trabajo aquí y comporta mucha responsabilidad, cualquier fallo puede convertirse en una crisis. Revisan dentro de la cabina climatizada del operador del horno, las cartas gráficas que indican los parámetros de funcionamiento. El vapor de agua que está llegando a los calentadores de combustible del horno no está en sus parámetros correctos. El petróleo pesado utilizado como combustible está por debajo de la temperatura ideal.

—Hay que revisar qué pasa con la caldera en la planta energética. Hay oscilaciones en la presión —comentan mirando la marca en zigzag que va dejando la aguja en una carta gráfica circular.

Beben agua. Si no se está atento a restablecer líquidos y sales perdidos por la intensa sudoración, se puede sufrir una deshidratación en poco tiempo.

—¿Qué, Malanga, graduándote de operario para ir a trabajar con el diablo allá abajo? Pídele trabajo que seguro que con lo malo que eres y la experiencia de aquí, tienes plaza asegurada.

—No me digas «na´», compadre. Si aquí no me convierto en frituritas de malanga, seguro que Satanás me ofrece un contrato de trabajo indefinido.

—Seguro que sí. Bueno, controla la temperatura del petróleo que si no se te van a tupir los quemadores. Y allá tú, ya sabes lo que cuesta el cambio de quemador. Cualquier cosa llámanos a la casa de fuerza, que vamos a ver qué pasa con la caldera.

—Y tú no te olvides que mañana tenemos un «pitensito» de pelota entre departamentos. A ver si logras batearme, campeón, que el «pítcher» soy yo, y tú no te empatas con mi «gambá». —Se disfraza con un chaleco de amianto y sale de la cabina.

—Eso lo veremos. Recuerda que Mantenimiento siempre le gana a Producción. Te voy a dar leña, Malanga… —le dice Abel, que también va saliendo.

Por pasarelas de rejillas de acero, se marchan con prisa del departamento de los hornos, bordeando los regeneradores, dos imponentes laberintos como celdillas de un panal de abejas del tamaño de un edificio de cinco plantas de ladrillos refractarios. Por ellos circula aire de combustión o gases de escape en ciclos alternos de quince minutos. Este sistema ahorra mucha energía en el proceso.

Por el patio, lleno de montañas de vidrio roto reciclado de la calle y del propio proceso, hacen un quiebro para evitar un tractor con pala mecánica que trabaja en su camino a la planta energética. Van pasando por debajo tupidos macizos de tuberías, pintados de identificadores colores, según el fluido que conducen. Encuentra, una vez arriban a su destino, los gigantes compresores de aire que suministran el fluido necesario para el soplado de las botellas en las máquinas formadoras que hace unos momentos acaban de supervisar. Contrario a lo que dice el dicho popular, aquí sí se trata de «soplar y hacer botellas».

Inmensos generadores eléctricos propulsados por motores diésel están siempre disponibles, en espera para ponerse a funcionar de inmediato si fuese necesario por un fallo de la electricidad, que viene del exterior. Si falla la electricidad podría hacer que todo se detenga. Entonces el vidrio se congelaría en el crisol del horno. ¡Qué gran problema sería una masa de vidrio de varias decenas de toneladas congelado, en estado sólido y muy duro! Esta fábrica nunca se detiene, trabaja hora tras hora, todos los días del año.

En su recorrido, nuestros amigos hablan de cuestiones de trabajo. Sólo en espacios abiertos fuera de las edificaciones, donde están seguros que no pueden escucharlos, lo hacen de los temas más comprometedores y personales, que cada vez son más frecuentes en sus conversaciones. Abel pregunta mucho. Su amigo ha trabajado en empresas norteamericanas de alto nivel. Tiene criterios para poder evaluar y sabe que no le va a mentir. Abel quiere saber si él podría estar a la altura.

—Enrique, ¿tú crees que trabajamos bien? —intenta ir sondeando Abel, mientras se quita el casco de protección que lleva puesto y se pasa la mano por la cabeza sudada.

—¿Qué si trabajamos bien? ¿Qué quieres saber? —Lo mira sonriendo Enrique.

—Bueno, que si los ingenieros de esta fábrica trabajamos bien, si estamos al nivel de los que has conocido y con los que has trabajado.

—¡Ah! Ya te entiendo. —Saca una cajetilla de cigarrillos y enciende uno, después continúa—. Pues aquí hay algunos buenos y otros no tan buenos. Algunos son mediocres. Aquí es como en todos los sitios. Pero a ti lo que te preocupa de verdad es cómo te evalúo a ti. ¿No es eso?

—Bueno, es que... —responde confundido Abel, que se siente descubierto y se siente culpable de no ser franco y preguntar directamente.

—Mira, Abel, tú no estás en el grupo de los buenos, si es lo que quieres saber —lo dice de forma ruda y con la cara seria.

—Entonces... —Abel está desconcertado y descorazonado, pues no esperaba esta respuesta.

—Si me pides te evalúe te lo digo con franqueza. —Hace una pausa y juega con el muchacho como un gato con un ratoncillo. Dice entonces:

—Tú estas dos escalones por encima de los buenos. Eres de los mejores ingenieros que he conocido, a pesar de lo joven que eres. La vida te ha tratado con rudeza y eso te ha hecho duro como el acero templado. No debes tener dudas. —Mira a su alrededor y no hay moros en la costa, continua—. Además yo sé por qué me lo preguntas. Si no, ¿por qué quieres comparaciones con ingenieros americanos? Si lo que quieres saber es si te buscarías la vida en el extranjero, mi respuesta categórica es que sí. Tú no tienes ningún problema fuera. En el lugar que sí los tenemos, tanto tú como yo, es aquí. —Da una calada al cigarrillo, que le permite a Abel el tiempo necesario para que le vuelva el alma al cuerpo después del susto que se ha llevado. Enrique sigue hablando y Abel, reverente, lo escucha.

—Trabajé algunos años en fábricas capitalistas. Al principio, en el 59, se fueron muchos ingenieros, quedamos muy pocos. Me enviaron unos años después a un trabajo en el extranjero, un trabajo en Francia. Una misión, como les gusta decir aquí. Eran los primeros años de la Revolución. Con mi amigo Perico, ¡qué viaje! ¿Te imaginas Paris? Pude quedarme, pero no lo hice porque dejaba aquí a mi familia. Al terminar el trabajo regresé. Cada día se ponían peor las cosas y no se fiaban de mí. Trabajaba en una planta compleja como esta. Una vez quisieron empapelarme y de milagro me salvé. Después he pensado que era un aviso encubierto. Pero conmigo se quedó el miedo y la vigilancia perpetua. Y es muy difícil trabajar con miedo a que te partan los cojones por cualquier bobería. Así que pensé que lo mejor era marcharme. Presenté los papeles por la vía legal. Ya sabes lo que me hicieron y cuánto me ha costado, tanto a mí como a mi mujer Enma y a mis hijos. Lo que quieras hacer, tienes que llevarlo con mucho cuidado. Analiza todo y evalúa todo. Por desgracia, no tenemos tablas y gráficas para estas cosas como con los compresores. Si te equivocas, te lo tendrán en cuenta y te lo estarán cobrando siempre, a ti y a los tuyos.

De pronto cambia de conversación, como impulsado por un resorte de aquellos que tantos tienen las máquinas.

—Si somos capaces de comprimir el aire a ocho atmósferas y luego pasar por el eyector, podríamos captar una cantidad de aire a menor presión… —Enrique ha visto acercarse a alguien al lugar donde están hablando y ha cambiado en automático la conversación, acompañado de la correspondiente gesticulación. Abel lo admira. ¡Cuánto sabe este hombre, de la técnica y de la vida!

No ha pasado inadvertido a Enrique que Abel está dando vueltas a cosas en su cabeza. ¿Quiere marcharse del país? Pero esto es algo que él tiene muy dentro, en una profunda madriguera de su alma. Es uno de sus grandes conflictos.

«Esta es mi tierra, aquí está mi gente, mi familia, mis amigos, mis recuerdos; bueno o malo, todo mi pasado. Me costaría mucho dejar todo eso atrás. No lo he conversado con nadie, ni siquiera con la mujer. Pero Enrique se la ha llevado al vuelo. Es un fenómeno. No debo preocuparme, es de confianza y no comentará nada, de esto estoy seguro».

Y no sabe ni cuándo, ni cómo. Pero sí sabe por qué esta podría ser su vía futura. La situación lo angustia, es muy difícil. Se lo ha confirmado Enrique que soportar esa presión es muy duro, no son majaderías de él. Se siente como aquellas botellas que no se enfrían debidamente y que se deshacen en mil pequeños pedazos al mínimo contacto. No quiere ser irresponsable, pero no quiere continuar viviendo cohibido, limitado y vigilado dentro de la sociedad. Y tampoco lo quiere, sobre todo para su hijo, que estará condenado a algo similar.

Algo tiene que hacer, y comienzan a borbotear, como el vidrio en el horno, ardientes especulaciones en su cerebro. Sabe que hacerse todo lo imprescindible que pueda ser alguien es su única posibilidad, que es lo que le protege, su salvoconducto. Pero no quiere hacer concesiones en su sentir y pensar político y le cuesta mucho camuflarse, fingir, como una gran parte de la población ha tenido que hacer. Él no quiere hacerlo.

Y tal vez por aquí... ¿Quién sabe en el futuro, tal vez se equivoquen y le asignen una misión en el exterior como hicieron con Enrique al principio? Podría haber una vía de escape. Nunca se sabe...

Es un secreto a voces que algunos trabajadores de la empresa son colaboradores de la Seguridad del Estado. Aquí y allá están por doquier. Así funciona aquí y en todos los centros del país. Si hay cualquier problema o sospechas, los oficiales de la seguridad, uniformados o de civil, siempre vienen a verlos y hablar con ellos. También existen, sin lugar a dudas, algunos «tapados» que no se conoce su identidad. Estos son los más peligrosos y a los que más se teme. Pero los encuentros con esos no son en la fábrica, se hacen fuera.

«Hay que reconocer que en cuestión de control todo lo tienen bien montado. De todas formas, yo no tengo nada que ocultar. Soy transparente como agüita clara en lo que técnicamente hago. Lo que yo piense en política es otra cosa. Lo que más me preocupa es que en esta gente hay una tremenda ignorancia técnica del funcionamiento, de los procesos y los equipos. Siempre imaginan que les quieres joder y que estás haciendo las cosas con mala intención. Y, coño, a veces me equivoco, o no salen bien las cosas. Por suerte ha sido en cosas menores. Al final, los que deciden tu libertad y tu vida te la pueden complicar por ignorancia y fanatismo. Siempre temo a los «inca». A los incapacitados, no a los indios peruanos. Ello sin contar que también hay celos, envidias y luchas internas de poder. Compiten a ver quién es más intransigente». Abel no puede evitar estar siempre preocupado en este sentido.

—No sé qué está pensando la dirección con este muchacho. No se dan cuenta que es un gusano. Lo de la UMAP no le cambió para nada. Sigue en sus trece —comenta Severo un Jefe de Sección de la Empresa con su amigo Bruno, el Jefe de Hornos.

—Mira Severo, ¿de verdad tú crees que esto estaría funcionando como va si no estuviese él en el mantenimiento? —trata de razonar Bruno, que sabe cómo trabaja el nuevo ingeniero —. Tú sabes que los yanquis nos tienen bloqueados, que esta fábrica americana no tiene ni piezas de repuestos, ni moldes, ni nada. No es como cuando empezamos nosotros aquí. Sin embargo, este se las inventa y nos va sacando las castañas del fuego.

—No sé, no sé. Pero tú sabes el daño que nos puede hacer si él quiere.

—Pero él sabe que así se la juega. Hay que mantenerlo en lo que está y vigilarlo de cerca. Que sienta que lo estamos chequeando constantemente. Pero no se nos puede ir la mano, porque entonces podría ser peor. Yo lo hablé con la dirección del Partido, y me dieron la razón.

—Pero es que yo no me lo trago compadre. Me cae mal y no puedo evitarlo. Es demasiado recto y no deja pasar ninguna. No se puede ser tan inflexible. Nada, que no paso a los gusanos.

—También estuve hablando con la gente del Ministerio de Industria, que nos vimos en una actividad en La Habana. Ya sabes que tengo un amigo allí. La verdad es que este muchacho es muy respetado y hablan muy bien de él, porque ha logrado cosas importantes. Lo que pasa que nosotros estamos aquí todos los días y no nos damos cuenta.

—¿Qué cosas? Este no ha hecho nada.

—No seas «boniato» Severo. Que no te ciegue la pasión. Cuando vinieron los alemanes, los malos, los federales, que esos le saben un mundo a la técnica y estuvieron montando el horno D, se dieron cuenta cómo trabaja y se lo comentaron a mi amigo del Ministerio. Le dijeron que si podían hablar con él para llevarlo a Alemania, aunque fuera un tiempo. Mi amigo les indicó que se quitaran eso de la cabeza y que cualquier comentario al respecto les podía costar el negocio que estaban haciendo aquí. Así que no pienses que el muchacho es malo. No será de los nuestros, pero como ingeniero es bueno. Nuestra labor será traerlo a nuestro bando, y eso hay que hacerlo poco a poco.

Después de esta conversación se acercan al terreno de pelota que hay a la entrada de la fábrica, donde está preparado un partidillo entre los Leones de Producción y las Águilas de Mantenimiento. Se ha terminado la jornada del día y un poco de deporte viene bien. Como niños disfrutan los trabajadores, y las bromas y chistes están a la orden del día. Son momentos para confraternizar y aliviar tensiones. Una vez más, los de mantenimiento salen victoriosos, lo que ya se ha hecho prácticamente un hábito. Al terminar el partido, sudorosos, Abel y su amigo Valdés salen de los últimos del campo y se dirigen a la fábrica para darse una ducha. Comienza a caer despacio la noche y caminan al mismo paso, como acompañándola.

—Abel, tú sabes que yo soy del mismo pueblo que Severo —comenta Valdés, uno de sus mejores amigos en la fábrica y un operario de taller de primera categoría.

—Sí, Negro, ya sé que ustedes se conocen desde muchachos.

—Lo que quiero prevenirte, pues seguro que lo sabes, pero Severo es el que atiende a los «segurosos» de mantenimiento cuando hay cualquier problema. Y él no es persona en la que se pueda confiar.

—¡Por qué me lo dices! ¿Tú has escuchado algo o sabes algo? Me están vigilando siempre, eso ya lo sé, pero, ¿hay alguna cosa que me quieras decir?

—No sé, no sé. Ahora cuando nos íbamos a las duchas, iba cuchicheando algo con Bruno, el de los hornos, que sabes que también es de la Seguridad.

—¿Pero tú escuchaste algo de mí? ¿Decían algo?

—Ya te digo que no lo puedo precisar, pero cuando tú pasaste por su lado, Severo hizo una mueca como en forma despectiva, extraña, pero muy extraña. Claro, tú pasabas y no tienes ojos en la espalda.

—No te preocupes, eso fue porque le metí tres líneas en el partido y estarían echando chispas.

—Bueno, ojalá que sea eso. Pero tú cuídate, que aquí hay mucha envidia. Y además son muy ignorantes. Que estos te preparan la cama, te hacen el número ocho y te mandan para Villa Marista, donde «Todo el mundo canta» como el programa de la tele.

Se refiere a la cariñosa sede del G2, que tiene G como su mentora rusa la KGB, o como Gestapo, su homóloga nazi, que no hay ninguna razón para reprimirse en la elección. Aquí y allá están por doquier, en este centro y en todos los del país. Si hay cualquier problema o sospechas, los oficiales de la seguridad, uniformados o de civil, siempre vienen a verlos y de ellos reciben la información que precisen, aunque necesariamente no siempre sea precisa.

—Negro, a mí me preocupan mucho más los «tapados», esos que no vienen a ver de manera directa pero están aquí y hablan con ellos afuera. Y sobre todo me preocupa eso que dices de su ignorancia. Te tienen en sus manos y no saben mucho sobre esta fábrica. Yo estoy limpio como agua de manantial. Pero ya sabes que en cualquier momento nos equivocamos sin mala intención. Tú, por ejemplo, que eres el mejor tornero de esta fábrica, ¿no te cuelas nunca en una medida? O como músico que eres, ¿no se te van algunas notas?

—Claro que sí. Todos nos equivocamos. Bueno, algunos que no hacen nada no se equivocan nunca, eso se da por descontado. Pero hay que cuidarse, que ellos mismos están compitiendo a ver quién es más «comecandela» y más chivatón. Y siempre lleva la carta que a ti te mastican, pero no te tragan.

—Ese es mi dilema, viejo. Por eso tengo que ser impecable en las cosas que hago. Y eso hace que tenga que pulirla. Por otro lado, eso me protege un poco. ¿No te parece?

—Un poco sí, pero... Nada compadre, que yo estaré al tanto a ver si me puedo enterar de algo. Te mantengo al tanto. Pero tú, cuídate coño, que con esta gente nunca se sabe.

1975 / 1976

«Razón tenía Oscar Wilde cuando dijo "cuidado con lo que deseas, pues puede ser que lo logres". Toda la vida queriendo superarme, querer llegar a ser alguien y resulta que ahora esto es lo que no me permite vivir tranquilo por estar vigilado todo el tiempo y por impedir mi liberación. Le zumba el mango».

Estas reflexiones comienzan a estar presentes en su cabeza después que ha terminado su carrera. Llegan sin avisar, como comensales que no han sido invitados al banquete, pero que de todas formas asisten. Él tenía más tiempo disponible y trata de tenerlas en cuenta con intelectual cortesía. Estar sólo trabajando, sin dedicar tiempo a estudiar, ni a viajes, era un alivio tan grande que a veces pensaba que no llevar el ritmo de la frenética actividad anterior era como estar haciendo algo incorrecto. Sentía aquella sensación que experimentaba en las traviesas fugas de las clases del bachillerato para ir a ver los juegos de pelota.

Una tarde después del trabajo, subió a una colina que hay a las afueras del pueblo. Era su sitio, el que había conquistado en secreta apropiación y lo había convertido en su mirador favorito. Desde allí se contemplaba todo el valle que el lomerío cuidaba. Detalló las muchas fábricas que, respetuosas, guardaban cierta distancia y escoltaban un centro urbano pretencioso, pujando por convertirse en ciudad. El resto era verde campo de pastos y cultivos. Aprovechó todo lo que pudo la luz del sol en la contemplación de su comarca. Allí había nacido y pasado sus primeros años. Un cariño potente e irracional aceleró su pulso y agrandó su pecho, tal como le sucedía cada vez que contemplaba este pedacito de la tierra que conocía de memoria. Un caimito que había cogido en casa le servía de dulce merienda. Las industrias comenzaron a encender las luces, que titilaban como si de estrellitas enviando pruebas de su existencia se tratara. El sitio era muy fresco, la brisa corría abundante. Aún los grillos no comenzaban a buscar novia y estaban tranquilos. Una bandada de yaguasas pasó volando y alteró a la comunidad de totíes que ya se había acomodado en una majagua enorme para pasar la noche. Se reestableció pronto el orden. El silencio y la soledad, puestos de acuerdo, llamaban con fastidiosa impertinencia a la reflexión. Y no le quedó más remedio a Abel que distraer su atención.

«Todo es una jodida revolución en mi cabeza. Estoy preocupado por el futuro, pero también por el presente. Mis ganas de libertad siguen aquí dentro castigadas sin poder salir. Y ahora estas cabronas dudas existenciales. En cada una de esas fábricas hay mucha gente trabajando; en el pueblo cada uno en sus cosas, con sus vidas y sus problemas. Existencias anodinas, buscándose lo que tienen que comer porque los han engañado con aquello de lo que tenían que tener. Desde aquí lo observas como cosas pequeñas, insignificantes. ¿Así nos mirará Dios? ¿Pero es que hay Dios? Ahora miro al cielo y veo muchas estrellas; no hay nubes, tampoco hay luna. Mejor, me gustan mucho las estrellas. Podrían ser fábricas que siguen trabajando allá arriba, como las hormigas de ese hormiguero que estoy mirando aquí al lado. El Universo es inmenso. ¿No somos demasiado pretenciosos en considerarnos el ombligo de este infinito? ¿Cuánto hay de desconocido en este gran espacio que aún no podemos entender? Podría tener la explicación que nos inventemos y hasta otra también… y la contraria. Podría ser Dios, quién sabe, pero también podría no ser. Siempre necesitamos certidumbres y cuando no las tenemos las inventamos.

Y a Dios, los griegos y los romanos le llamaron Zeus o Júpiter; Atón, los egipcios; Yahveh, los judíos; Allah, los musulmanes; Cristo, para todos sus seguidores, nosotros entre ellos; creo que Shangdi los chinos; Shivá, los indios; o entre otros el malo Mabuya, de los taínos nuestros, que me daba miedo de niño; o los Orishas yorubas. Unos politeístas, otros monoteístas. ¿Por qué considerar a unos los verdaderos y los otros supersticiones, mitos o herejías? ¿Por qué pensar que unos ritos son primitivos y otros no? Al final lo veo todo igual».

Su reflexión lo tensionó más, pero no podía evitarlo. Le producía la angustia con que la incertidumbre y la duda se empeñaban con inquina hasta lograr convertirse en obsesión dominadora. Imaginar, sólo imaginar que no exista Dios le producía vértigos y saltos en el estómago. Lo dejaba sin suelo que pisar. Pasó un cocuyo, con sus ojos verdes encendidos; este sí buscaba hembra. Necesitaba luz como ese cocuyo, o tal vez hembra con quien compartir. Abel continuaba en su incansable introspección. Pensar en todo esto le dolía más que un «désbol» de una recta dura, en medio del pecho. Se sentía atrapado entre su tradición, todo su pasado y las razones que su conciencia de manera cruda presentaban ante sus ojos. Como una oruga colgada de una rama dentro de su bolsa, los espasmódicos movimientos de la mutación se hacían evidentes y la bolsa comenzaba a romperse. Algo amorfo, aún sin definir pujaba por mostrarse. Dolor, chorreante, en su alma en transformación que pende de solo un pequeño agarre en la rama de la cordura y que a modo de débil pedúnculo mantiene el gran peso de tener que asumir una transformación total. Es la crisálida de un nuevo Abel. La metamorfosis acaba de empezar. Pero el proceso no es instantáneo e incluso puede que no llegue a su fin.

Volvió a casa y pensó que también debía dedicar un poco más de tiempo a la familia, que se ha visto bastante abandonada durante estos años. Siempre había estado concentrado en su objetivo sin mirar mucho a su entorno y había olvidado de algunas cosas fundamentales. Su esposa también estaba estudiando, y era justo que recibiera su apoyo para que terminara su carrera universitaria. Así, juntos, poder seguir sacando la familia adelante. Aunque a decir verdad, el poco tiempo dedicados a estar juntos durante estos años ha enfriado mucho su relación. Debía curar su adicción al trabajo, que como todo vicio, es nociva para la vida.

Por todo ello intentaba desconectar un poco. Comenzó a pasar un poco más de tiempo juntos, sobre todo con Antonio, el pequeño, y lo llevaba a practicar deportes. Hicieron bricolajes juntos. Fueron a cazar tomeguines y tirar piedras a los mangos. Empinando papalotes también se entretuvieron. El tiempo con su hijo le hacía bien, a ambos, y tal vez aflojaba un poco su zozobra.

«¿Por qué esta constante presión de vivir? Soy bobo, me debo dar un respiro. Vivir sin tanto pensar. ¿Por qué no te callas un poco, conciencia? Eso es. Ir tirando como vienen las cosas. Dejad de cuestionármelo todo, de buscar explicación a todo. Es que hay cosas que no la tienen. Tengo que disfrutar y dejar de pensar tanto. Pero no, me pasa como el cabrón alacrán que picó a la rana en medio del río y los dos se ahogaron. No puedo evitarlo, esta es mi naturaleza».

Tener una niña es un anhelo que tiene el matrimonio. El chico, Antonio, ya va al colegio, ha crecido. La familia desea con toda intensidad su complemento. Lo necesitan, lo buscan y les viene el regalo. Nace una hermosa princesa. La experiencia de la paternidad es algo asombroso. Por mucho que se repita, cada vez es novedosa. Así como la personita que nace es única, también las alegrías y sentimientos con que se recibe son especiales cada vez. Abel, una vez más, se siente pleno al volver a ser padre. Quiere estar más cerca de la niña que nadie. ¡Ha llegado Mabel, mensajera de la felicidad! ¡Ha llegado Mabel, que es la alegría!

—A ver mi niña. ¡Pero qué linda es! —repite una y otra vez Abel—. Papá está contigo, bebita. No tienes nada que temer. Se parece a las muñequitas de los juguetes de los niños de estos días. Que rubita, que linda. Mira, Antonio, tu hermanita, es tuya, hay que cuidarla siempre. Lo más grande que tenemos es nuestra familia.

—Pero es que no abre los ojos y solo llora —dice el hermanito con ingenuidad.

—Se te cae la baba. Estas culeco, Abel. No sabía yo que anhelaras tanto una niña. Y la verdad es que la has calcado. Es igualita a ti —dice con el orgullo más sano y grande que existe, el que una madre siente por sus hijos.

Esta hermosura que nace hoy tendrá a lo largo de su vida la vocación de unir, de juntar, de repartir dicha a su paso. En unos años se hará dueña del mayor poder de convocatoria de toda la familia. Cuando llame Mabelita, todos acudirán. Todos la querrán por su jovialidad y sensato optimismo. Todos la querrán porque es muy buena. Mabel arrastrará a todos a seguirla. Pero ahora es sólo una pequeña bebita, y es la felicidad de sus padres.

—Vicente será su padrino. —Quiere su madre.

—Ninguno mejor podrías escoger, él es uno de nuestros mejores amigos. Estoy de acuerdo —reafirma Abel.

—Pero a ti ya no te hace mucha ilusión lo religioso. Te lo noto dese hace tiempo, aunque no dices nada.

—Es cierto, ¿pero no es la tradición? No seré yo quien le dé el disgusto a la familia. Que siga la rima. Lo que yo piense aquí no importa. Además, es hija de los dos y tú sigues teniendo tu fe en lo más alto. Y a Vicente seguro que le encantará.

—Pues que no se hable más del asunto. Y que sea cuanto antes, no sea que te movilicen de buenas a primeras.

Todo llega en un momento de preocupaciones porque ha comenzado a llamar el ejército a mucha gente de la reserva a filas. Cuba ha entrado en la guerra de Angola. El gobierno cubano se hace cargo y se enorgullece de que ha estado por muchos años ayudando a todos los movimientos guerrilleros en América Latina. En ocasiones también en algunos países africanos. Es la práctica de la solidaridad internacionalista. Pero esto es otra cosa, es la participación en una guerra convencional y manifiesta. Hay traslado de equipos, pertrechos de guerra y hombres en grandes cantidades. Extraña situación que no hay cómo explicar. Es otro punto caliente del planeta, donde se libra la mal llamada guerra fría.

—Anoche le avisaron a Zoilita, la señora de la esquina, que han matado a su hijo en Angola —comenta su esposa antes de acostarse, mientras da de mamar a la niña.

—¡Qué clase de palo! El hijo es ese mulatico flaco que trabajaba en la OFICODA. —Le quita en ese momento la voz a la radio por donde está escuchando por la onda corta las noticias del exterior.

—Sí, ¿te das cuenta ya quién te digo?

—Claro, claro, del barrio de toda la vida. Y qué dice la familia. ¿Qué dice su madre?

—Pues imagínate, ¿qué va a decir? Que le han matado a su hijo. No se explica qué coño tenían que ir a buscar a cientos de kilómetros de su país.

—Tiene que ser muy duro. ¿Y cuándo les entregan el cadáver?

—Ese es uno de los problemas. Que no le van a entregar el cadáver, al menos por el momento. Se quedan los cuerpos en Angola.

—Me parece muy fuerte. No van a poder ni siquiera despedirse. Ojalá no me pongan a mí en el compromiso de llamarme. Yo de ninguna manera voy a ir. Aunque digan lo que digan. Si los soviéticos quieren cobrarse su «desinteresada ayuda», conmigo no va a ser.

—Sí, que no quiero que mis hijos se me queden huérfanos. Aunque te ven muy poco porque siempre estás trabajando, pero que sepan que su padre está vivo y a su lado. Veremos si no hay más muertes.

Se equivocaba. Durará muchos años esta guerra que costará más de dos mil muertes de cubanos. Y en ello no distingue rangos ni grado. Al final terminará también con la vida de manera inexplicable de uno de los verdaderos y reconocidos estrategas cubanos, el General Arnaldo Ochoa. Poco tiempo después de terminar la guerra se le celebra juicio por graves cargos y es fusilado en el plazo de una semana. Algunos quieren ver en este episodio lo pronosticado en la ficción por Orwell en su «Rebelión en la granja»: celos de Napoleón, el cerdo jefe. Y ha pasado lo mismo que con Bola de Nieve, el disidente, pero el General no ha podido escapar por debajo del cercado como aquel. Ha terminado como otro personaje, el caballo Boxer, en el matadero. Una nueva superación de la tozuda realidad a la literaria fantasía. Pero, al decir de muchos, se realizó la profecía.

Guerra por guerra, la de la esposa es reprochar a Abel su dedicación excesiva al trabajo. Su peligrosa adicción. Ahora que está la niña lo necesitan más. Los avances que han existido no son suficientes. Su trabajo también es muy esclavo y no permite toda la dedicación del tiempo que quisiera a la familia, se disculpa él. Ella tiene toda la razón, es un tema que no controla bien y se la ha ido de las manos. ¿Será esta niña un heraldo que anuncia nuevos tiempos felices? Tal vez, pero los hábitos son muy fuertes.

Los hechos, que ocurrieron más adelante confirmaron el sabio refrán de que a veces es peor el remedio que la enfermedad.

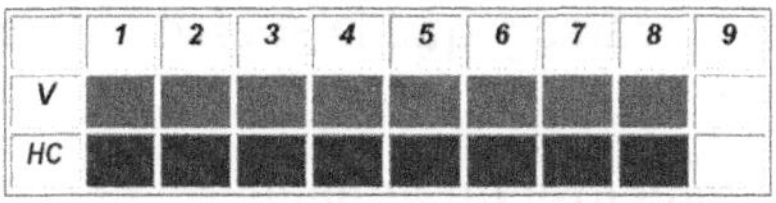

XVI.-Octava entrada, parte baja

El campo de juego está marcado por dos líneas en ángulo que van desde el «jon» hasta las cercas que delimitan el final del campo. Una va por la parte de primera base, y otra por la parte de tercera base. Todo lo que está dentro de estas líneas es zona buena. Desde estas líneas hasta las gradas de espectadores hay terreno, pero es zona «fao» («foul»). Cuando se batea una bola en esta zona, un jugador corriendo en bases no puede avanzar. Sin embargo, si la bola es capturada en el aire por un jugador a la defensa el bateador es puesto «ao» (retirado). Se dice entonces que has bateado un «faoflay» («foul fly»). Muchos batazos fallidos salen hacia la zona «fao» detrás del «cátcher» y es la jugada ofensiva más pobre que existe. Si te dicen que eres «faoflay al queche», expresan que has fallado o que vales poco.

1977 / 1979

Todo se tambalea. Todos los altares se caen. Todo está en cuestión y duda.

Desde niño ha tenido el ejemplo de la religiosidad de su madre, ha sido educado en los principios cristianos y lo ha sentido y vivido con toda profundidad y rectitud. Con toda sinceridad, contra viento y marea, con circunstancias muy adversas, se ha mantenido perseverante y firme en esas convicciones. Ha vivido su fe con discreción, pero con entereza.

Ahora tiene grandes dudas. Angustia. No puede más. Tiene que buscar ayuda porque solo no puede con esta carga.

Se acerca a casa de su amigo, un cura joven de visión amplia y mente ancha que además de su ministerio como sacerdote trata de incorporarse y que la sociedad lo acepte como un ciudadano normal.

—¿A qué está preciosa mi ahijada?

—Estas como una gallina culeca con la niña.

—Es que es muy bonita. Bueno, pero dime, ¿qué te pasa?

—Vicente, he venido a hablar contigo. Necesito descargar con alguien y creo que tú eres el más indicado. —Se ha ido Abel a conversar con un joven sacerdote que además de un consejero espiritual es su amigo.

—Venga, Abel, que nos conocemos desde que yo estaba en el seminario. ¿Recuerdas cuando iba a buscar a mi hermana al Instituto? Desde entonces, ¿cuánto ha pasado? Ocho o diez años, ¿no? Y ahora somos compadres. A ver, ¿qué te pasa?

—Mira, desde hace poco tiempo tengo serias dudas de fe. Me está pasando como a San Pablo. Con caída del caballo y todo, pero en sentido contrario. Parece que mi viaje es de Damasco a Jerusalén, en el sentido contrario al que Saulo de Tarso recorría.

—¿Y qué sientes? ¿Qué piensas? ¿Qué te está pasando?

—Toda la apologética del catolicismo me parece una cadena bien ensartada. Y cuando hay algo un poco dudoso se interpone un dogma y el asunto queda zanjado. Es impecable. Incluso las teorías de Teilhard sobre la evolución y todo eso me parecen fenomenales. Pero todo parte de un punto, que se asume como verdad primera: la existencia de Dios. Pero… ¿y si Dios no existe?

—Bueno, tú sabes como sé yo que la fe es un don que Dios nos da. A partir de la fe, se cree o no se cree. Es una pregunta que no se responde con la razón. Es un misterio y una pregunta que se han hecho todos los hombres.

—Creo que de aquí viene la cosa, al menos en mi caso. El miedo a lo desconocido, a lo que hay después de la muerte es lo que me ha mantenido como creyente, consciente o tal vez incluso inconsciente. Tengo que ser sincero. Sobre esto me vengo preguntado hace algún tiempo. Cuando me lo pregunto de manera abierta y consciente... Si soy sincero conmigo mismo... También creo que es lo que ha funcionado con los hombres, desde siempre, que se han hecho la pregunta; pero respeto lo que cada uno quiera pensar.

—Bueno, Dios aporta sentido a la existencia humana, ¿no crees?

—Mira, Vicente, te repito que no sé los demás. A mí el miedo es lo que me ha impedido sacar estas cosas de dentro e incluso me ha dado hasta miedo pensar en ellas. Pero yo quiero sobreponerme al miedo, en esto y en todo lo que toca mi vida. ¿Y si me despojo del miedo? ¿Si te pones valiente y soportas la angustia que provoca el pensar que no hay trascendencia?

—Es duro, seguro. Yo ni siquiera me lo planteo. Alguna vez sentí dudas en el seminario, pero las superé. Con ayuda, como la estás buscando tú ahora. Ahora mis dudas son otras, no de fe. Son de mi lugar en la sociedad, en poder seguir trabajando como un obrero más. En que se me acepte así y que no estén pensando que lo hago por proselitismo. Al final todos me critican, por una parte y por la otra. Pero bueno, no has venido para que yo te hablé de mí, sino para buscar orientación para ti.

—Coño, pero somos amigos. Si tú necesitas hablar de algo, de tu trabajo o de lo que sea, ya sabes que aquí estoy.

—Ya lo sé, ya lo sé. Pero no, hoy no es el día. A ver cuéntame. —A la misma vez que va hablando le llena un vaso de sangría que ha preparado y se sirve uno él. Beben un trago y Vicente enciende un cigarro.

—Mira, buscando por aquí y por allá, leí una cosa de Epicuro, el filósofo griego. Tú has estudiado filosofía, ¿qué coño hago explicándote esto? «*No temo la muerte porque nunca estará conmigo. Mientras yo sea y esté, ella no será ni estará; cuando ella sea y este, yo ni seré ni estaré*». Esto me ha hecho meditar mucho.

—Admiro tu sinceridad y tu honestidad personal, Abel. Es difícil que alguien como tú, que ha padecido por mantener sus ideas de fe, se haga planteamientos de este tipo. Hay que ser muy honesto consigo mismo para hacerlo. Por eso te admiro. Pero, ¿has pensado lo que sería tu vida sin Dios?

—Sí, lo he pensado. Y de aquí siguen las preguntas: ¿Es Dios la invención que por necesidad se ha planteado el hombre para así dar sentido a la existencia y no lo contrario? ¿Es Dios la justificación que se ha buscado el género humano para conseguir la tranquilidad al pensar que no se acaba todo con la muerte y que va a seguir gozando la papeleta? La verdad es que vuelvo al principio. Es una pregunta cerrada, de sí o no.

— Y realmente es así. Se ha de respetar lo que cada uno considere en conciencia como bueno. La libertad de conciencia es un derecho fundamental del ser humano. La persona cree en Dios o no por libre elección. —Se toma un tiempo para dar una calada y pensar, entonces continúa—. Estoy de acuerdo contigo en que es una pregunta cerrada, sí o no. No existe el «creo a medias». O crees o no crees. Es cuestión de una pregunta. Pero lo trascendente está en la respuesta. —Vuelve a realizar otra pausa—. Mi respuesta la doy con la fe, no con la razón. Y hay cosas que están por sobre mi razón, por sobre mí inteligencia —el abierto sacerdote lo dice con sinceridad, tal como lo piensa, pues entre ellos no hay ocasión de fingir.

—Este no es mi punto de vista en este momento. No lo siento y no puedo seguir engañándome a mí mismo —es un tanto brusco en su respuesta y trata de aliviarlo con un gesto de la cara que pide ser comprendido.

—Esta es una de las decisiones más personales e íntimas a las que se enfrenta el hombre en su existir. Con independencia que se manifieste de manera pública o no. Nadie puede obligar a nadie a creer o a no hacerlo. Ni nadie debiera tener derecho a cuestionar o condenar a otro por ello. Y de este pecado han tenido todas las religiones.

—Sí, son los fundamentalismos. Y ya sabes que soy como tú, abierto al diálogo con todos. Pero los católicos hemos tenido que equivocarnos durante mucho tiempo para llegar a esta apertura.

—Y hemos sido también fundamentalistas. Te digo además que incluso cuando sea negado por los fundamentalismos o los regímenes totalitarios, que me es igual, otro derecho proveniente de la libertad de conciencia: el derecho a la libertad religiosa.

—Sí, pero la libertad religiosa tiene que ser manifestada y se puede anular por la fuerza, porque es exterior al hombre y necesita ser expresada.

—Lo de manifestarla sí. Pero la libertad de creer de una forma u otra no la puede anular nadie. Tampoco la de no creer en Dios. Es tu decisión más íntima, Abel. Pero que sepas que aunque no creas en Él, Dios te ama. Que Él te bendiga y te ayude. Vete tranquilo, porque estás actuando en conciencia. Yo te tendré muy presente en mis oraciones. —Un fuerte y sincero abrazo da por finalizada la conversación.

Algo que nadie podía esperar sucede de repente.

—Que viene tío Pepe y tía Ucha por la comunidad —dice la madre de Abel a sus dos hijos más pequeños.

—¿Cuándo vienen?

—La semana que viene, ya casi están aquí. Hay que arreglar un poco la casa.

—Pues hay que ponerse «pa'las cosas». A ver si ligo un poco de cal para pintar el portal.

—Tu hermano a lo mejor puede resolver algo. Vete a verlo.

Durante muchos, años todo el que salía del país lo hacía conociendo de antemano que nunca más podría regresar. Esas eran las reglas. Muchas habían sido las tragedias familiares por la separación.

Pero las necesidades son más fuertes que los dogmas. Los tres grandes detractores del sistema (desayuno, almuerzo y comida) reclamaban de manera constante divisas. Se autorizan de pronto las visitas de cubanos residentes en el extranjero como turistas para visitar sus familias y su país. La razón última no es humanitaria, es de manera absoluta económica.

Esta situación era completamente nueva. Desconcertó a toda la sociedad, porque las cosas hasta ese momento habían sido diferentes.

Con los que se marchaban, padres, hermanos, hijos, lo que fueran, no se podía mantener ningún tipo de relación. Ni cartas, ni llamadas telefónicas ni nada. Para los buenos, los puros, los integrados simpatizantes, esos que se habían marchado eran como si se hubiesen esfumado, desaparecidos en una especie de triángulo de las Bermudas. A ellos no se les debía ni siquiera recordar.

Se puso de moda, incluso en las inquisidoras entrevistas que por cualquier motivo un cubano de a pie tenía que sufrir, preguntarle si se mantenía cualquier tipo de relación con familiares en el extranjero y ello se consideraba una cuestión revolucionariamente denigrante.

Y de pronto:

—Vuelven los gusanos, convertidos en bellas mariposas. De traidores se han convertido en «traedólares».

Ahora los que se habían marchado no eran tan malos. Había que dar la bienvenida a la Comunidad, porque ellos traerían lo que el país necesitaba: divisas.

Con el comienzo de los vuelos y las visitas, las puertas de salida en el aeropuerto de La Habana de estos visitantes se convierten en pintorescas manifestaciones populares:

—¡Juanita! Por tu madre, mira «pacá». Aquí, aquí estamos chica. Mira que lida viene. Me da un ataque. Tú verás que me da.

—Coño que es ese, ese mismo. Tío, tío, aquí. Somos tus sobrinos. Los que dejaste chiquiticos. Los de Quivicán. Mira, mira, es ese de los sombreros.

—No empujen caballeros, que todo el mundo va a salir. Calma, coño, calma. No empujen más que me van a tumbar...

Abrazos, besos y lágrimas en las tragicómicas acogidas. Y así, estas miles de personales historias, de muchos años de separación, comienzan a escribir una nueva página de reconciliación. Y esto tendrá consecuencias que en el momento no se vislumbran, pero ya veremos con el curso de los acontecimientos la tremenda trascendencia que se generó poco tiempo después.

Los que vienen intentan ayudar con las cosas que faltan a los familiares de la otra orilla. Y mientras más cargan mejor. Se ven cosas fantásticas, personas que traen varios sombreros puestos unos encima de otros. Varias mudas de ropa, de manera ridícula, vestidas unas encima de otras. A otro le corren gruesas gotas de sudor que llegan hasta desmayos, producto del calor al traer puesto gruesos abrigos de lana en pleno verano caribeño. Es la forma pícara de poder traer un poco más de lo que la aduana permite en los pesos de los equipajes. Todo parece poco.

En cuanto a productos de alimentación parecen cosas de magia. Un salchichón puede venir fijado a la entrepierna de un viajero, creando varoniles ilusiones por una hora, que es el tiempo que dura el vuelo entre las dos ciudades. Y muchos sobres de sopa deshidratada realzan los glúteos de las más flacas damas, convirtiéndose en culinarias ayudas a las familias permanentemente racionadas.

—Me lo dejaron pasar todo. No me quitaron nada.

—¿Y cómo lo hiciste?

—Lo de siempre viejo, toque con limón a la que revisaba. Un ajustador me solucionó el problema.

Luego en las casas vienen las aperturas de las maletas que se convierte en un verdadero día de los Reyes Magos.

—Oye, esta es la tela para el vestido de los quince de la niña, que hay que celebrar por todo lo alto. Iba a traer hasta el cake pero no me lo dejaban pasar. A ver, deja que me quite los seis «blúmes» que traigo puestos que se me va a cocinar la tota.

—¿Qué me dices? Que esto es un pijama. Pues «mijita» con esto salgo yo «pa´la» calle con la moral más alta que el Turquino.

Y así se produce un choque de culturas, de información, de riquezas, de valores.

Hay también en algunos casos la morbosa intención de demostrar, o incluso simular el éxito personal que se ha logrado, con la exageración propia del cubano. Hacen ostentación de oro en cadenas, medallas, relojes, manillas, anillos…

Pero no hay dudas que este intercambio entre las dos orillas hace que las cosas cambien. La gente comienza recibir información verbal, testimonial, de sus familiares y amigos de cómo es la vida fuera de la cortina de bagazo.

También los familiares de Abel vienen a visitarlos. La abuela, personaje principal en estas visitas, vuelve a la vida. Ha podido ver y abrazar a sus hijos. No hay mal que cien años dure. No hay que perder nunca la esperanza.

Este intercambio, que sucede obligado por las precarias circunstancias del país, hace grietas al monolítico sistema. Mucha gente percibe una realidad diferente y sobre todo que los «principios» muy férreos hasta hoy, pueden ser adaptados y cambiados mañana si las circunstancias lo demandan. No obstante, todo tendrá consecuencias. Ya veremos lo que los acontecimientos futuros confirman.

En los diez metros del largo pasillo que atraviesa la casa desde el salón hasta el comedor han montado una larga cuerda para utilizar como tendedera cuando los días amenazan lluvia. Hay que secar los muchos pañales que la niña pequeña demanda cada día. Son de gasa y se utilizan, se lavan, se utilizan y así hasta el infinito. Algunos incluso se conservan de cuando su hermano, cinco años mayor, los utilizó. Están trabajando juntos, cogiendo de una cesta los mojados y colgándolos con palillos de tender.

—Abel, realmente no te conozco, hace más de tres meses que ni pasas por la iglesia. La gente me pregunta y me pregunta. Y yo como una boba no sé qué contestarles —y mientras habla sigue poniendo pañales en la cuerda, aunque sabe que el tema que ha sacado es de gran calado. Los trapos sucios se lavan en casa…

—Si es una preocupación para ti, diles que tengo mucho trabajo, que estoy ocupado. Ese sermón que siempre me estás metiendo a mí. Dame palitos, que se me han acabado los que llevaba.

—Pero, es que eres otro. No te conozco. ¿No vas a volver a ir a la iglesia? ¿Te han dicho algo en el trabajo o te lo han prohibido? —para afirmar esto ella detiene lo que está haciendo y le mira a la cara en actitud inquisidora, como de reproche de juez severo, con toga negra e índice largo.

—¡Coño, pero qué te crees! Parece mentira que pienses así. Que yo sea capaz de dejar de ir a la iglesia porque alguien me lo prohíba. Si es así, es que no me conoces nada. ¿Crees que soy capaz de dejar de ir por eso?

—No, es verdad. Sé muy bien lo que te ha costado mantener tu forma de pensar y lo has hecho contra viento y marea. No, por los castigos no pudieron, eso lo conozco bien porque lo he vivido junto a ti. Pero, ¿y si han encontrado otra forma...?

—¡De verdad que no me conoces! Es increíble, después de tantos años... Es que no puedo, no puedo carajo. Los ritos, la liturgia. Todo me parece fingido, como un teatro. No lo siento. No me nace y creo que sería muy hipócrita si voy por ir. Por el qué dirán. Y no creas que lo estoy pasando bien.

—Sí, lo sé, aunque tú me hablas muy poco. Estás sin afeitar, las ojeras te llegan al suelo, el barbero ni se acuerda de tu cara. Te lo noto en todas tus cosas. Mira cómo llevas la ropa, tú que siempre fuiste tan apuesto. ¿Pero qué es lo que te ha pasado para este cambio? No te conozco, Abel Antonio Sánchez. Eres otro. Te pareces a esos gusanos de seda que tiene Antoñito en la caja de cartón que terminan por salir un animal diferente.

—¿También tú me vas a llamar gusano? Eso me faltaba. Pues en eso sí tienes razón. Soy otro. He cambiado, me he transformado. ¿Y tú crees que eso es malo? Es malo porque estoy sufriendo de pensar que he estado equivocado toda mi vida. Y sabes que soy testarudo y mi cabrón orgullo se resiste a subordinarse a mi voluntad. Y todo esto me hace daño, mucho daño. Pero no; si no actúo según mi conciencia es que entonces sí no soy yo. En eso, en lo más profundo, sigo siendo el mismo. No puedo aguantar más este nadar entre dos aguas. Esto ha tocado fondo y yo no voy a seguir fingiendo. Pero creo que tú no lo entiendes, por la cara que pones. Y lo peor es que no te arriesgas ni siquiera a tratar de entenderme. Siempre juegas sobre seguro. Estoy jodidamente solo, ya lo sé. Me las arreglaré como pueda —y sale andando con la cabeza gacha, mirando las baldosas de colores que tiene el suelo del pasillo. Y en un gesto, casi de supervivencia, sale a respirar al patio.

Un viento fuerte mueve los árboles, sus hojas hacen el ruido que anuncia que pronto caerá todo lo que el cielo negro amenaza con descargar. Algunas ramas de un ciruelo se parten por el recio viento. El amor es algo hermoso. El amor es complicado. El amor es como una tormenta. Pero es algo muy delicado, muy frágil. Aquel viento, aquellas ramas rajadas le hacen pensar que son el preludio del final de un amor que fue, pero con el viento en contra se ha quebrado. Su corazón se enfría con la terrible soledad que siente. Caen primero unas pocas gotas gruesas que rápido se multiplican. Comienza a llover un aguacero. Las gotas le golpean en la cara. Abel se empapa, no reacciona, no corre a cubierto, está conmocionado. Sólo se moja. Y se impregna de la lluvia y de tristeza.

«Puf. Y ahora esto. Me quedo solo. Esta bronca es mía y nadie se va a meter. Me gustaría tanto tener una compañera en este viaje. Pero así es la vida, ella no puede, ella no entiende».

La crisis había llegado callada, y avanzó poco a poco. Ahora de un tirón presentan sus efectos, como los de la tormenta. Abandona la práctica religiosa. Ya no lo siente y no quiere simular.

Los nombres valen para marcar a las personas, para estereotiparlas, y por ello así lo hemos llamado porque así le hemos conocido: Abel. Como el personaje bíblico, que es símbolo del espíritu puro, prototipo del justo y tal vez cándido e ingenuo, seguidor de los preceptos, a rajatabla, como si de un rabino cumplidor de la Torá se tratara. Así hemos conocido a este hombre. Pero la metamorfosis ha culminado. Esta es una persona que se ha transformado, que es diferente. El proceso por el que ha pasado lo hace evolucionar, y con total seguridad, lo hace más pleno. Tiene un segundo nombre. Su nombre completo es Abel Antonio. Antonio, que lo completa porque significa «aquel que se enfrenta a sus adversarios». Y el más encarnizado adversario al que se enfrenta es a sí mismo.

«¿Cuánto hay de desconocido en este gran universo que no podemos entender? Podría tener la explicación que nos inventemos y hasta otra también… y la contraria», se vuelve a repetir palabra a palabra la reflexión de unas semanas atrás contemplando el valle. «No es que yo considere tener una certeza absoluta. Tal vez esté equivocado. Pensar que estoy en posesión de la verdad sin la menor posibilidad de error, me convertiría en un fundamentalista como los que no admiten ninguna otra alternativa que las ideas de ellos.

»Cuánto me gustaría poder tener la certeza absoluta. Estaría más tranquilo. Antes hablaba con Jesús, mi amigo, a él me encomendaba y creía que me escuchaba, pero ahora estoy solo. ¿A quién le hablo? He perdido el sostén de la fe». El soliloquio se extiende.

«Esto es un mano a mano conmigo mismo. Es difícil, no dependo de preceptos, de mandamientos, de imposiciones dogmáticas que seguir.

»Prepárate conciencia, que ahora eres tú la que manda. De tu rectitud dependo. Porque mis valores se mantienen. Es tuya mi integridad, gestiónala lo mejor que sepas o puedas, yo te voy a ser fiel hasta la muerte».

Y a pesar de lo triste de su soledad y su zozobra, se libera de una tremenda carga. En su constante afán por buscar la libertad, encuentra ahora que es libre en el pensar sin ataduras, que ha ganado un escalón superior. Una sensación de alivio, grata, le invade.

«No hay peor esclavitud que la que nosotros mismos nos imponemos y nos ata a unos dogmas. Creer sin entender es fe. Yo sigo escogiendo la libertad», se dice Antonio.

Es como si dentro de sí estableciera un diálogo de dos hombres. Como si Stevenson hubiera colado con Mr. Hyde y Doctor Jekyll a dialogar en su interior. Pero que en este caso no es un trastorno psíquico, sino un sano desarrollo de su madurez.

Abel Antonio es un todo. Es una sola persona. Aunque a veces lo hemos venido identificando por un nombre o por otro: Abel, Antonio o el hipocorístico Tony.

Su transformación interior se proyecta al exterior y a toda su vida, no podía ser de otra manera. Hay de todo en esta crisis. Abarca todo, afecta todo.

Su matrimonio ha sufrido deterioro, durante estos años de esfuerzos muy grandes. Han convivido menos momentos juntos que los que realmente deseaban. Ello socavó y ha hecho que las cosas no funcionen bien. Tampoco se entendieron en este cambio. El cariño se mantenía. Tanto habían vivido juntos que es imposible que todo ello no contase. Pero no existía la misma compenetración inicial. No estaba presente el mismo espíritu, ni la misma pasión, ni el mismo encanto. Y es precisamente eso lo que vivían: desencanto. Se había enfriado la relación y la vida conjunta comenzaba a descomponerse.

La liberación que experimenta se proyecta también en lo sexual, que hasta ahora ha estado reprimido. Es tal vez reflejo del mismo proceso que está ocurriendo en la sociedad en que vive.

La hipocresía o el disimulo no entran dentro del proceder del personaje principal de nuestra historia, así tampoco deben estar al contar su historia. La crónica de una época debe decirlo todo y hacer honor a la verdad. El conflicto lo proyecta en toda su vida y el sexo es parte, una importante parte, de ella. No hay que disfrazar la autenticidad por razones puritanas, y esto comporta narrar algunos relatos adúlteros para no adulterar esta historia.

Un cubano descubre el sexo a temprana edad. También desde muy pequeño aprende el baile. Es lo más común, aunque hay que decir que en ciertos casos el baile se retrasa un poco, ya que para aprender a bailar bien un cubano necesita de manera inexcusable la pareja. Depende de dos. En tanto, a veces el sexo se puede practicar de manera solitaria, unipersonal, «onánimamente».

La sensualidad comienza desde la cuna. ¿Cómo no ha de ser así si en muchas ocasiones eróticos boleros sirven de nanas con las que se les arrulla? Pero lo que no parece creíble es que alguien se atreva a negar que sexo y música, enlazados como pareja, danzan juntos en la antillana fiesta que es la cultura cubana.

Y esto, lo de relacionar sexo y música no hay que considerarlo como un singular descubrimiento. Cualquiera sabe a la perfección que una pareja que sabe marcar el ritmo en el baile, lo prolongará con toda cadencia a la cama. Haciendo constar que aún no hemos tocado la melodía.

En ocasiones se habla de cualidades innatas de los amantes cubanos, extraordinarias en tamaños y formas (atributos físicos, para precisar). Se deja correr esto, que es buena prensa. Pero lo real no es nada de eso. Se revela el misterio. Si un cubano es buen amante es por la praxis. Práctica, es lo que marca la diferencia.

Y es que en Cuba las relaciones sexuales entre mujer y hombre son algo normal. Normal, no sólo por ser la norma. Es porque se han despojado de tabúes, mojigatería e hipocresía. El sexo se disfruta de manera natural. Y esto es válido tanto para el varón como para la hembra. Ello ha conducido a una gran promiscuidad que placenteramente impregna a toda la sociedad.

En esta simbiosis de música y sexo, sexo y música, viene de perlas el utilizar los ritmos musicales cubanos para describir y relatar estas relaciones. A buen entendedor, con pocos compases basta. Y no será necesario mencionar nombres originales, para que quede a salvo «de dónde son las cantantes». Aunque ellas siempre estarán seguras «que son de la loma».

Mariana, que no es María Ana, es todo junto Mariana, fue una deliciosa experiencia. Sobre todo eso, experiencia. El contacto diario en el trabajo con Antonio fue creando una corriente de simpatía entre ambos. La situación por la que pasaba entonces él, de especial vulnerabilidad sentimental, se ocupó del resto.

Bella, joven, y a pesar de eso, o tal vez por eso, muy experta. Llena de gracia. Sus anteriores parejas no la habían tratado bien. Recelaba, como potranca que ha recibido mucho castigo de cualquier gesto de acercamiento, y esto se ha de entender salvando todas las distancias. La amabilidad y respetuoso trato de Antonio la cautivaron.

Fue como un bolero. A ritmo lento, pasó lo que tenía que pasar. Una tarde, en medio del trabajo, después de semanas de ardientes miradas mutuas que germinaban en suspiros, tomó Tony con delicadeza su mano entre las suyas. Ella sonrió como se sonríe cuando se quiere decir todo pero no hace falta articular palabras. Comenzó un apasionado romance. Para Antonio tal vez podría ser «Contigo aprendí», por lo mucho que aquella bella mujer le entregó en placer y en sabiduría de alcoba. Le enseñó los tan importantes juegos preliminares, al solicitarlos y entregarlos de manera muy personal y femenina.

Estos cariños iniciales se asemejan a lo que al bailar un bolero, es el tarareo de la canción, casi en susurro al oído de la pareja. Ambas prácticas, en lo esencial de carácter oral, predisponen con un enardecimiento para lo que se anhela y que se intuye que llegará después. Ambas artes contribuyen a que la consumación llegue a ser el pleno disfrute de ambas partes. Antonio aprendió «nuevas y mejores emociones». La boca de Mariana era prodigiosa lidiando en todas las distancias. «Conoció un mundo nuevo de ilusiones». No podríamos saber si al decir de Manzanero «la semana era de más de siete días», pero los momentos que podían encontrarse los disfrutaban al máximo.

Poder estar juntos se solucionaba en la práctica como lo hacían todos los habaneros de esta época: en las posadas. Otras formas y sitios se escapaban, o no existían para ellos. Estas eran las posibilidades del ciudadano medio.

Una posada, en Cuba, se llama a una casa de citas. Pero de manera oficial los estatales burócratas las bautizaron con el cómico y ridículo nombre de «Albergue INIT». En la encorsetada nomenclatura oficial se clasificaba el ir a templar como una variante turística. Las posadas fueron instituciones que prestaron en estos años muy importantes servicios a los velados amores habaneros.

En algunas se entraba de manera discreta, en coche aquel que podía. Aquel que no tenía auto, se lo hacía caminando. A pecho descubierto, entendiendo que hablamos en metáfora, no se interprete de manera literal. Con frecuencia estaban ocupadas todas las habitaciones y se esperaba en una cola, que es el ejercicio constante de todas las actividades en la vida del ciudadano de este tiempo. En trajinar las colas los cubanos son expertos, y los mal pensados dirán que más lo son las cubanas. Hay historias extraordinarias de estas colas de posadas, sitio en el que han forjado entrañables amistades entre las parejas. Todo consistía en pasar la pequeña vergüenza inicial, la que impone el pudor, poses de posada, y que se diluye en el momento en que los comensales presentes se percatan y aceptan de manera consciente que todos están allí para lo mismo.

Un compañero de trabajo de Tony se enorgullecía de poder ofrecer, en el instante, la dirección exacta que debía dirigirse el interesado para encontrar cualquier posada de La Habana. Sólo era imprescindible que el necesitado indicara cuáles eran sus coordenadas de posición geográfica. Aquel tipo fenómeno que nunca quiso decir cuánto tiempo debió emplear para crear su archivo, que guardaba con mucho celo en una libreta de escuela, de esa que trae dibujados los renglones. Podía incluir información sobre condiciones generales del establecimiento, ventilación, estado de los baños, horas aconsejables con menos ocupación, los precios, ruta de guagua en las que se podía llegar, etc. En algunos casos, como cuestión de detalle y sólo para elegidos amigos, el «súmmum», un no va más de la información: podía indicar hasta nombres de pila de los posaderos. Esto era un gran tesoro en un país que, con la excepción de los records deportivos, no ofrece información de casi nada. Por eso este genio de la hostelería amorosa tenía mucha popularidad. Una especie de página web de contactos eróticos, mejorada con Google Maps, en la década de los setenta. ¡Innovador!

También en las posadas alguna vez se encuentran conocidos que no siempre son agradables sorpresas.

Cuentan en el pueblo que en una ocasión, y hace algún tiempo, cuando las cosas eran diferentes, un acaudalado individuo salía de una elegante posada en La Habana. Iba a su vera una señora, casada ella, pero no con el caballero que en este momento le acompañaba y Don Sergio se llamaba. Ambos personajes, muy conocidos en la pequeña sociedad pueblerina, se diluían anónimos en la gran ciudad, y esto protegía su furtivo romance. Con tan mala suerte que ese día al abandonar el local, se tropiezan de frente con Juan Cotilla. Apellido que le venía al pelo al más reconocido chismoso del pueblo. Como pistoleros de un duelo en el oeste se miran a los ojos. No hay equívocos. La situación está muy clara. Las explicaciones complicarían aún más la difícil situación de la dama. Ni corto ni perezoso, el hombre de mundo toma la iniciativa, baja del coche y se acerca a Cotilla. Mete en el bolsillo de la camisa un billete de cincuenta pesos. La seria y reservada cara de Don Sergio, tanto como la del prócer Calixto García en el billete de vivo color violeta, debían ser un importante elemento disuasorio para que el cotilla Cotilla no hablara o comentara en el pueblo lo que ha visto. Esa generosa cantidad de dinero era una buena razón para comprar su silencio. No mediaron palabras, todo era nítido.

Pocos días después Don Sergio, que no importa su apellido, abre la puerta de pesada y noble madera de la casa del pueblo al reclamo de unos fuertes aldabonazos. Cuál es su sorpresa al encontrarse muy nervioso a Cotilla al otro lado de la puerta.

—Buenas noches, Don Sergio.

—Buenas noches, Cotilla. ¿Qué sucede? ¿Qué ha pasado? —También comienza a ponerse nervioso Don Sergio.

—Mire Don Sergio, es que yo no puedo. Yo soy un hombre honrado. Es que no puedo. Aquí tiene sus cincuenta pesos, se los agradezco en el alma —hablando en voz baja, con la frente sudorosa y las manos frías, a la vez que devolviendo el mismo billete que días antes le había entregado—. Yo no puedo coger ese dinero. —Sin dejar reaccionar a Don Sergio, termina.

—Soy un «un faoflay al queche», es verdad. Una verdadera calamidad. Pero es que no puedo aguantarme. ¡Lo que yo he visto, tengo que contarlo! ¡No me prive de ello, por favor! Soy un chismoso, es cierto. ¡Pero soy honrado! —Se da media vuelta y se marcha por donde había llegado.

Torrenciales aguaceros se repiten. Llueve sobre mojado y atacan sin misericordia el talud de una carretera vecinal que discurre por detrás de la fábrica. Como un río viene toda el agua acumulada que inunda la instalación. Agua y más agua no se cansa de fluir y mojarlo todo. Es esta fábrica donde hay que mantener funcionando los hornos en todo momento para evitar que el vidrio se enfríe en el crisol y se convierte en una piedra dura como el diamante. Entonces, si esto sucede, habría que demoler en su totalidad la imponente edificación.

Sucede con ensañamiento y nocturnidad. Se convoca en la madrugada una junta de catástrofe donde están todos los jefes y técnicos de la empresa. Hay que tratar de salvar los hornos a toda costa y a cualquier coste. Hay que lograr sacar el agua y poner la fábrica en funcionamiento tan pronto se pueda. Los generadores eléctricos están inutilizados por el lodo. Han reventado los gruesos cables de transmisión, que van soterrados desde la subestación eléctrica al suministro de la planta. No hay corriente eléctrica. Y el tiempo apremia. Cada minuto perdido se anota en el haber de la catástrofe.

Se preparan instalaciones provisionales, pero es un tema muy delicado por los altos niveles de voltaje con que hay que operar. Los voluminosos y pesados cables con que hay que trabajar dificultan las operaciones. Los hombres trabajan hasta el agotamiento en medio del lodo y la ansiedad. Después de ocho intensas horas de lucha contra los elementos naturales y sobre todo contra el tiempo, se logra una alimentación provisional de electricidad. Algunos saltan de alegría. Pero los que conocen del tema saben que esto no ha hecho más que empezar. Durante este tiempo se ha estado achicando agua, limpiando de fango equipos y motores eléctricos a la luz de faroles y linternas. A marchas forzadas se intenta poder restablecer la normalidad pero es muy difícil, casi misión imposible. Han pasado doce horas sin fluido eléctrico. No se sabe muy bien cómo se ha podido comenzar a drenar el vidrio de algunos hornos, que aún mantienen una temperatura adecuada para ello, producto de la inercia térmica. Hay otros donde no fluye el vidrio. Antonio está en todos los sitios, organizando, ordenando, aconsejando; su personal se está portando bien, pero no hay certezas de cuánto pueden aguantar en las condiciones que se está trabajando.

El horno C es el más complicado. Es de los más grandes y no drena. Los demás, afortunadamente, están vaciando. Llega ya el combustible impulsado por las bombas desde la planta energética a los quemadores del horno C, es un gran paso de avance. Candela, candela, que se lo sienta hasta lo más profundo de sus gruesas vigas. El horno, como un animal herido, molesto por el calor, comienza a emitir extraños sonidos en su dilatación. No se ven avances y las caras de desesperación se generalizan. Calor y más calor. Si hay infierno seguramente será algo un poco más llevadero que lo tienen sobre sí estos hombres. Tanto castigo se lo siente la masa de vidrio dentro del horno. Los pirómetros empiezan a anunciar que el vidrio comienza a subir tímidamente su temperatura. La curva que refleja la temperatura interna había comenzado a caer en picado, casi toca fondo y ahora revierte tratando de subir una empinada cuesta. No todo está perdido. Hay esperanzas de salvar el horno. Bruno, el Jefe de Hornos, opera él mismo en el cuarto de controles.

Se ponen de acuerdo Tony y Bruno. Saben que se corre un gran riesgo, un calentamiento excesivo puede perforar la bóveda del horno y atacar los tensores que soportan toda la estructura. Entonces, el desastre puede ser tremendo y poner en peligro vidas humanas. La decisión la toma Antonio, seguir adelante. Más temperatura, más temperatura. Y como Murphy y su inexorable ley están siempre presente en estos acontecimientos, se abre un gran boquete en la bóveda del horno.

Cual inmenso dragón escupiendo fuego comienzan a atacar las llamas las barras tensoras. Comienza a cambiar el gris color del acero que se va tornando más rojo. No se le nota la palidez a Tony porque el intenso calor la mantiene roja como se están coloreando los tensores, aunque su escroto se encoje y arruga como una ciruela pasa. Cada vez el peligro se hace mayor. Sudores del calor y sudores de miedo se juntan como afluentes de un mismo río y corren por la frente, la cara y la espalda de Tony. Desde hace más de dos horas tiene detrás de sí al Viceministro responsable de esta planta por el Ministerio y que ha venido a vigilar todo lo que se hace. El hombre, de apellido Gavilán, más parece un aura tiñosa dando vueltas al animal muerto. No lo deja ni a sol ni sombra, como si temiera que fuera a hacer algo inadecuado. Pregunta todo, quiere saberlo todo. Algunas cosas tienen explicación racional. Otras se hacen por pura intuición y experiencia y no es posible explicarlas al instante. Es muy difícil trabajar con esta presión. Las barras comienzan a ponerse al rojo muy intenso. Todos temen que se rompan. Todos miran a Tony.

—¿Qué hacemos, ingeniero? —pregunta Bruno muy preocupado.

—Mantén la temperatura que tienes ahora, sin subir, sólo mantener —le indica Tony seguro.

—Pero eso es un gran peligro — dice el viceministro que no se entera bien de lo que está pasando—. Tú ten mucho cuidado con lo que estás haciendo. Explícame a mí todo.

—Con todo el respeto, viceministro. ¿Ha visto usted un buen «centerfil» salir a capturar un batazo? Sólo por el sonido de la pelota al chocar con el bate sale disparado en una dirección. Si no lo hace así no llega a tiempo. Él no sabe por qué lo hace, no se lo plantea, es intuición pura. Lo ha practicado cientos de veces. Así pasa aquí a veces.

—Pues tú procura que la bola no pique, que si se pone a rodar perdemos el juego.

—Ya lo sé. He mandado a fabricar unas varillas de medida, y estoy midiendo el largo del tensor en cada momento. Si veo que comienza a fallar, paramos el calentamiento.

—¿Eso cómo es? —sigue preguntando el funcionario.

—Mire, esos tensores están sometidos a tracción. Se van apretando sus tuercas para compensar el efecto de la dilatación por el calor sobre las vigas del horno. Si la tensión que soporta excede su resistencia, se romperán. La temperatura elevada acelera ese proceso. Pero antes de romper un metal pasa por una zona de fluencia, es decir que comienza a estirarse sin que exista más tensión exterior. Si controlamos el largo del tensor con la precisión que lo estamos haciendo, siempre nos va a avisar antes de romper. Es decir, al pasar de la zona elástica a la zona de fluencia del metal. Si veo algo raro, entonces detenemos el calentamiento. Creo que podemos salvar el horno.

—No entiendo nada, pero tú sabrás lo que haces —lo dicho suena con un alto tono de amenaza, pero se da cuenta que Tony sabe lo que está haciendo.

El trabajo sigue. ¡Y maravillas de la técnica! El vidrio comienza a fluir. Se comienza a drenar y de manera conjunta se puede ir bajando la temperatura. Se han salvado tanto el horno como Tony. Habrá que reparar la bóveda en caliente, pero esto ya es una tarea menos complicada que los diestros albañiles «reverberistas» saben hacer. A pesar del calor, es un daño colateral.

Setenta y dos horas después de comenzada la operación de salvamento de la fábrica, todo va volviendo a la normalidad. Tony ha permanecido todo este tiempo sin dormir y casi sin comer. Pero siente que ha cumplido con su deber. Así como se siente satisfecho de lo que ha hecho, no le ha gustado para nada el nivel de desconfianza, muy abierto y nada solapado que ha tenido que soportar. Lo ha dado todo y sin embargo lo controlan como si fuera un delincuente. Sigue pesando su pasado sobre él. Aquello hiere y cala hondo en un hombre que tiene el gran defecto de ser demasiado orgulloso. Le siguen pasando la vieja cuenta. Después de todo aquello, nada vuelve a ser igual para él.

—Amigo, Enrique, voy a renunciar a la dirección de mantenimiento. Ya sé que es una mierda, pero aquí va a traer bastante revuelo.

—¿Qué pasa Tony? ¿Por qué esta perreta?

—Ninguna perreta. Es que te dejas la piel. Te matas a trabajar. Te arriesgas al máximo. Y al final sólo recibes patadas. Y no en el culo, sino en los mismísimos huevos.

—Y las patadas en los huevos duelen ¿verdad? Dímelo a mí. Pero piénsalo bien Tony, no te quemes por gusto. Ya se te pasará.

—Es que no aguanto más. Esto pesa más de lo que yo soy capaz. Voy a meter la pata en una cosa gorda por estar preocupado por todo esto y me van a pasar la cuenta. Prefiero ponerme duro ahora y ya veremos.

—Tú puedes con esto y más. Pero sin embargo, te entiendo. Lo he vivido en primera persona. De todas formas, hagas lo que hagas, yo estoy contigo.

—Gracias, Enrique. Eres un buen amigo.

Pasó un par de semanas de inquietud. Finalmente, presentó su renuncia al trabajo de dirección en mantenimiento. No se sentía bien donde estaba y, como siempre le había pasado, no podía fingir o trabajar a media máquina.

En la empresa esto fue un bombazo, como lo presintió. Hasta ese momento nadie se había atrevido a presentar la renuncia así, a la cara. La gente en estas situaciones que no puede más, se buscaba pretextos: que si depresión, o úlcera sangrante, que si enfermedad de tal o de cual. Algo así se consideraba una especie de traición a la Revolución. Por mucho menos habían expulsado a gente del partido. Pero como Tony no ha pertenecido ni siquiera a los pioneros no lo podían expulsar de ninguna organización, y poco le hubiera importado, y tuvieron que utilizar otro tipo de represalias.

Lo bajaron de categoría y lo pusieron a trabajar en una pequeña oficina. «Responsable de asuntos sin importancia y problemas resueltos», decía Tony. Era la manera de tenerle a mano si se le necesitaba para algo que lo requiera, pero declarando a toda voz que era persona non grata.

Él sabía que ha dedicado mucho tiempo al trabajo y ha cometido el tonto error de no utilizarlo, de disfrutarlo con su familia. Reconocía que estaba drogándose con sobredosis de actividad para escapar de sus dolores, sobre todo el de no sentirse enamorado de su esposa. Su relación con Mariana había terminado semanas antes. Él buscaba más, lo que le faltaba, pero ella sabía desde el principio que todo era algo pasajero y el tiempo realizó el resto. Ahora tal vez podría desengancharse y aumentar su dedicación familiar. Pero… las oficinas las carga el diablo.

En la nueva oficina donde lo envían a trabajar está Loly. Es una mujer bastante más joven que él.

Ocurre de pronto, como se improvisa un guaguancó en un solar:

—Yo creo en el amor. En el amor libre —le comentan ella mientras toman un café ella y un té él.

—¿Qué quiere decir eso de creer en el amor? Me lo explicas.

—Pues es tan sencillo como que si me enamoro de un hombre, no me importa lo que pase. Ese es mi hombre. Me da lo mismo que yo esté casada o soltera.

—Pero es que estás casada.

—Sí, con un hombre que es el padre de mi hijo, pero al que no quiero. Me casé demasiado pronto. Me hacía falta haber vivido más cosas…

—Y hay alguien que ahora te gusta. ¿No es eso?

—Sí, estoy loca por un hombre que cuando lo veo me saltan chispitas en los ojos. ¿Te fijas cómo están saltando chispas allá afuera cuando el soldador corta con ese equipo? Pues así me pasa a mí.

—Y, entonces, ¿qué es lo que te impide estar con ese hombre?

—Nada, sólo que él me lo pida…

—Pues yo creo que él está loco por pedírtelo.

Así, surge una relación que los envuelve casi sin proponérselo. Comienzan a salir y lo pasan muy bien. En este guaguancó sí que hay «vacunao». Acople en la cópula. Pasan juntos esplendidas horas. Minutos de ensueño. Segundos magníficos. También terceros y cuartos. Quintos, ya menos.

El quinto, hablamos de música, es un tambor de origen bantú que acompaña a sus parientes: el salidor, tres y dos. «Afinar un quinto», ahora hablamos de sexo, es difícil si se ha hecho bien lo anterior, el agotamiento pasa factura. Sólo los más experimentados, no los más fuertes, lo llevan bien. Se puede seguir afirmando que es cuestión de práctica.

Pero de la misma manera que para afinar el tambor, el genial «Patato» inventó «los hierros», artilugios que sirven para poner a punto un tambor. Para afinar bien un quinto, en el sexo, hay que tener todos los hierros de la experiencia a punto. Hay que intentar que en esta aritmética erótica, el quinto sea el tercero, algo parecido a los tambores. En los tambores el quinto suma tres, con la conga (macho) y a la tumbadora (hembra). Y si de machos y hembras se trata, debe procurar el hombre, el macho, que a él le llegue el segundo o a lo sumo el tercero, en lo que para ella, hembra, ha llegado en el álgebra sexual como quinto. Todo está en el cerebro. Los instrumentos son sólo eso, herramientas.

«Que sentimiento me da / cada vez que yo me acuerdo... / .... de los rumberos famosos/ Oh Chano, murió Chano Pozo».

Muchos de sus amigos piensan que solo hay dos formas de vivir, de pasar, más bien, en la sociedad que el materialismo histórico les ha deparado: dormido o borracho. No le convencen a Tony. Dormir es como estar un poquito muerto, y si no tienes buenos sueños, es aún peor que estar muerto. Emborracharse es peligroso, los borrachos, con los locos y los niños, no mienten, y proclamar verdades sin disimular puede ser muy arriesgado en este país. Tony, una vez liberado de tabúes y restricciones busca desesperado como un yonqui; y se engancha a otra droga más dura: el sexo. Es algo exagerado, obsesivo. Parece como si quisiera resarcirse de privaciones anteriores.

Le parecía una forma de sentirse pleno. De las muchas cosas que pueden ofrecer satisfacción y que se carecen en la sociedad en que vive había encontrado al menos una que le hacía sentirse vivo. Era su forma muy especial de catarsis.

Pero como todo adicto, no tiene en cuenta detalles y sentimientos de los demás. Se comporta de manera muy individualista, como avaro egoísta. Le sucede en otras facetas de su vida y esta no es una excepción. Va tras su objetivo y no mira a ningún otro sitio, sin escuchar a nadie, sin darse cuenta cuánto puede lastimar y herir a algunos a su alrededor.

Esta relación con Loly duró bastante, aun cuando se fueron alternando otras. Nunca llegó a romperse de manera «oficial». Eran como tiempos de cosecha y luego de barbecho, más o menos largos y siempre de acuerdo mutuo, era algo consentido con sentido. Como períodos de abstinencia y recaídas. Si le preguntásemos a ella, cuarenta años después y a miles de kilómetros de separación, casi seguro diría que ahora están sólo en «estambay». Y ella jugará un importante papel en los acontecimientos posteriores en la vida de él.

Uno de estos tiempos de pausa fue originado por la necesidad de que Tony fuera a Las Tunas. Se estaba montando una gran fábrica de envases de vidrio. Alta tecnología, contratada con una prestigiosa firma belga de renombre mundial. La contraparte de la parte belga es un equipo que se forma con personal que captan en la fábrica donde trabaja Tony. Son un grupo de gente con experiencia de producción, si bien en cuanto a métodos de trabajo en un montaje no tienen. Una vez que están allí se percatan de que necesitan un programa de trabajo, que como alternativa a lo que propongan los belgas pueda ofrecer una herramienta de control en el avance de la obra. Se dan cuenta que eso siempre lo tenían en su fábrica, entonces lo consideraban normal. Ahora se daban cuenta que ello no caía del cielo. Alguien se ocupaba de hacer eso. Los que están allí, compañeros de Tony de varios años se percatan que lo necesitan. Solicitan a la dirección de la planta que se lo envíen por un tiempo. La empresa se niega. Es la política del perro del hortelano, ni come ni deja comer. Celos tontos. Boberías.

Tony llega a un acuerdo económico con la planta de las Tunas y solicita todo el tiempo de vacaciones, que mucho tiene acumulado. En su tiempo de vacaciones nadie puede objetarle nada. Se marcha a realizar el trabajo. Se siente encabronado y muy disgustado con la dirección de la fábrica que tan mal le ha tratado. Tampoco ahora piensa en la dedicación a la familia, ignora casi por completo las consecuencias de la actitud que mantiene.

—Enrique, me voy un tiempo a Las Tunas.

—¿Qué vas a hacer tan lejos, muchacho?

—Se han dado cuenta que necesitan alguien que sirva de contraparte. Se han dado cuenta que no sólo es hacer cosas, sino que hay que encadenarlas de manera coherente.

—Pues bien. Es bueno para ti. Mientras te estén necesitando te van a usar. Tú déjate querer. Me alegro. Es uno de tus salvoconductos.

—Pienso usar la Ruta Crítica. Pero es una obra muy grande. Ya sabes a mano…

—Bueno, ya te expliqué que esto lo usa la DuPont en su mantenimiento y también lo ha usado la NAVY para el desarrollo de los cohetes Polaris. La fábrica de Las Tunas no se te va a resistir.

—Pero recuerda que esto es a mano. Y algunas cosas a mano no son tan satisfactorias…

—No es a mano, es a cabeza.

En guagua llegó a Las Tunas a preparar el montaje de la fábrica. Durante el viaje pensó en muchas cosas pero no podía ni siquiera imaginar las cosas que allí le iban a suceder, como si de una aventura en la jungla se tratara.

En una mesa de pimpón desplegó un rollo de papel cuadriculado y comenzó a dibujar círculos y flechas, se trata del plan. Era un método avanzado de planificación. En el país es poco conocido en esta época. Trabajaba sobre la mesa casi acostado y sin descanso muchas horas al día. Los belgas se acercaban y admiraban el trabajo, a pesar de que sonreían por la precariedad con que se elaboraba el mismo. Era un tiempo donde los recursos informáticos no existían. Los intentos que habían hecho Enrique y Tony para desarrollar un programa mucho más sencillo con máquinas de tarjetas perforadas y bombillas en el Ministerio habían funcionado, pero a un costo altísimo de horas de trabajo y tiempo de máquina. Para fines prácticos no valía. Con el avance tecnológico esto cambiará, y un par de décadas después un popular programa resolverá este problema de manera eficiente y trabajando con un PC. Pero entonces no era así.

En Las Tunas se trabajaba duro de día, y la noche se hacía larga sin compañía y las escasas actividades que una ciudad de provincias ofrece para dedicarse en el tiempo libre. Todos los colegas de Tony tenían compañeras que aliviaban el «gorrión», la morriña. Del resto, con toda dedicación se ocupa el ron, a lo cual son aficionados los locales de ambos sexos. Unos cuantos días después de su llegada una bella tunera, Magdalena, se acercó a la ocupada mesa de pimpón y fingía que le interesa mucho el trabajo que estaba haciendo.

—Oiga, ingeniero, ¿y usted por la noche que hace? —le dispara a bocajarro, con el acento característico de la zona oriental y tratando de usted como es su costumbre.

—¿Yo? Como la Cucarachita Martina: dormir y callar.

—¡Qué desperdicio! ¿Por qué no viene al cine esta noche? Ponen una buena película. Seguro que le va a gustar.

—Pero, ¿para ir contigo? —pregunta Tony.

— Pues claro, compay, para ir conmigo. Me paso a las ocho y media por el hotel y lo recojo. El cine está muy cerca.

Magdalena había comenzado a trabajar como secretaria en la planta para llevar el papeleo que una obra como aquella requiere. Trabajaba antes en una peluquería. Era de estatura pequeña pero tenía dos mameyes que casi la desequilibran. También desequilibra a los que pasaban por su lado queriendo mirar lo que ella, con sutil coquetería, sabía insinuar. Decía que sentía más la peluquería. Le gustaba la estética, pero que ella quería estudiar y progresar en otros campos. Por vocación era una esteta pura. Y por su anatomía: era pura teta. Lo esperó en la recepción del hotel a la hora acordada y se marcharon conversando al cine que está cerca.

—Yo no quiero ver la película —le dice descarada a Tony una vez que están dentro del cine—. Vamos a sentarnos en la última fila.

—¿Pero no me decías que estaba buena esta película?

—No, el que está bueno es usted. Me gusta mucho —dice sin recato la chica.

Tony se siente un poco extraño. Sabía de la fama de fogosas y desinhibidas de las mujeres orientales, pero no sospechaba que lo eran tanto. ¿O sería sólo esta que le había tocado? Era sólo el primer set, aún quedaba mucho partido.

Se sientan en la penumbra de la última fila, dónde se acomodan los que van a lo que van. Hay poca gente en el cine. Es una película rusa, de esas que quedan fuera del gusto occidentalizado del espectador cubano. Ella se acerca de frente, muy insinuante, al brazo del joven. Y como no se pueden violar las leyes de la física, las grandes tetas tocan firmes en el brazo. Sin mucho preámbulo no deja la iniciativa y agarra fuerte por sobre el pantalón la erecta verga a Tony, que en muy poco tiempo siente que se le va a partir. Lo intrépido de la muchacha lo excita mucho. Tiene que controlar para no ir a más en aquel momento. Ella lleva puesto un «bajaichupa», que así se le llama a la blusita, sin mangas, muy sencilla y fresca, sostenida en la parte superior por un elástico más arriba de los senos. La lleva sin ajustador y se la pone metiéndola por la cabeza. Con ese nombre no es necesario hacer más descripciones.

—¿Sabe el nombre de lo que llevo puesto? —pregunta la chica a Tony muy insinuante.

—Es un baja y chupa, ¿no?

—Sí, así se llama. ¿Entonces a qué esperas? —este fue el momento en que comenzó a tutearlo.

Ninguno de los dos podría contar el argumento de la película, porque no la vieron. Salieron calientes del cine y él la acompañó a su casa. Bordean el Parque Vicente García y toman la calle Colón. A unos quince minutos de ir andando entran en un gran parque con setos, árboles y zonas ajardinadas. A poco, ella se hace una carrerita y se mete dentro de un macizo de crotos que están altos, pero en el centro era como una pequeña, protectora e íntima cueva. Conocía muy bien la topografía del terreno. Le hace señas de que entre él también.

Se baja la falda y se quita el blúmer. Se enjorqueta en la cintura del joven y se sostiene con sus piernas. Le saca la camisa. Como es pequeña pesa poco y Tony la controla sobre sí. Está muy excitada y Tony trata de que tenga placer al máximo. Fuera también el bajaichupa. Ella se mueve con desenfreno y no puede evitar que sus grandes senos se restrieguen a izquierda y derecha en el pecho de él. Tony aguanta a pie firme, muy poco más puede hacer con aquel ciclón encima. Llega el primer orgasmo de ella, pero quiere seguir. Sigue el segundo y no basta. Tony aguanta y ella necesita más y más. De pronto, en esta situación tan apasionada, un aterrador rugido de león llena la noche. El susto es tremendo. A Tony le ha sonado como si la fiera estuviese pegada a su espalda dispuesta a pegarle un zarpazo. Dentro del parque hay varios animales en jaulas, un pequeño zoológico. Tony no sabía nada de ello. Aquello cayó como si hubiesen tirado un jarro de agua fría sobre el follaje. No hay que explicar mucho. Flacidez total. Imposible volver a concentrarse. Terminó por el felino la feliz noche de aventuras de Tarzán. A ella, como era Magdalena y no Jane, le corrieron por sus suaves mejillas algunas lágrimas. El león le había arrebatado su presa. ¡Tan bien que se lo estaba pasando!

1980

Terminado el trabajo en Las Tunas, Tony retorna a su fábrica en La Habana. Tiene dándole vueltas su cabeza las decisiones que ha de tomar. El director de Las Tunas le ha hecho una buena oferta para que se traslade durante la construcción y montaje de la fábrica. Incluso le ha propuesto que se quede definitivamente a trabajar allá. Necesita reflexión, tal vez el fin de semana tenga suficiente tranquilidad para pensar.

—Oye, Tony, lo que está diciendo la voz de afuera —comenta el más pequeño de sus hermanos a Tony, que está pasando la mañana de sábado en la casa de sus padres.

—¿Qué dicen en la Voz de América, Min?

—Que abrieron la Embajada del Perú y se han colado un montón de gente. ¿Qué tú crees? ¿Ahora es el momento? ¿Es ahora cuando hay que ir echando? La tele de aquí no dice nada de nada.

—Aguanta, compadre, vamos a ver qué es esto. No te metas en nada, ten cuidado. Primero habrá que ver qué está pasando.

A Mingo hay que aguantarlo. Siempre ha sido así, para lo bueno y para lo malo. Es el más decidido de todos los hermanos y no cree en obstáculos. Para él todo es posible. Se siente capaz de todo. De todos los miembros de la familia es el único nacido después del cincuenta y nueve, que es como el año uno de esta era de revolución. Es muy buen chico, y muy inteligente. De seguro el más luchador por la tribu. Y sobre todo es un lince para los negocios. Vive aún en la casa paterna, está soltero.

De manera súbita, mientras ponen la radio para oír las noticias, se produce una inesperada visita de un amigo a la casa. Le abre la puerta el padre.

—¿Está Mingo? —pregunta el chico a la puerta de la casa.

—Creo que está por allá dentro. Pase, pase. ¿Qué usted quería? —Amable lo recibe el padre, y el muchacho pasa el gran portón de entrada de la casa.

—«Na», es que tengo un «bisne» con el Min. Me va a vender un «rifle» ahí, y entonces venía a buscarlo.

El padre que no entiende, o lo que entiende no le gusta nada, comienza a llamar a gritos a Mingo.

—Min, Min, ¿qué es esto? ¿En qué te has metido? Ven para acá corriendo. —Deja al amigo sentado en la sala en un viejo sillón de madera con respaldo de mimbre, y camina a paso rápido a adentro de la larga casa, a encontrarse con su hijo.

—¿Qué pasa, puro? —le dice Mingo al reconocerlo asustado.

—¡Hasta aquí podíamos llegar! Oye, que ese muchacho dice que tú tienes un arma que le vas a vender. ¡Estás loco, muchacho! ¡En qué estas metido! —le dice en voz baja para que no escuchen los vecinos.

—Viejo, tranquilo. Seguro que lo que te pidió fue un «rifle». Un «rifle» es una botella de ron, de ese que estoy «resolviendo» de contrabando. Todo bajo control. «Bisnes is bisnes». No te preocupes. —Busca la botella y la lleva a la sala.

—A ver, Gilber, dame los veinte baros que aquí tienes el «rifle».

—Toma, cuatro monjitas —cinco es monja en la charada y ya se sabe: cuatro por cinco igual a veinte, que es tibor.

Se marcha el cliente y entonces saca del cajón donde las esconde debajo de su cama otra botella y se la lleva al comedor de la casa. En la larga mesa de madera dura, que desde siempre ha tenido un inseparable mantel de hule, la descorcha y llama al padre.

—Venga, puro, dale un buche para que se te pase el sobresalto. —Sirve ron en dos vasos.

—Coño, mi´jo, me vas a matar de un susto un día de estos —le dice el padre y le pasa la mano por el hombro, lo atrae a él con fuerza, a modo de un abrazo.

—Eso es cirigaña, puro. Cirigaña. Arrímate a la carreta, Tony, que está bueno. —Pone una generosa ración en otro vaso, que chocan los tres, en sencillo pero afectuoso brindis.

—Este «pa» los santos. —Mingo deja caer un poquito de ron en el suelo, cumpliendo con el ritual.

—Mingo, eres el mejor. Lo que tú le haces al viejo ninguno de los mayores nos hemos atrevido a hacerlo. Lo tienes metido en el bolsillo —le dice con cariño su hermano mayor, que por la diferencia de edad que tienen es como un segundo padre y tanto así que lo quiere.

—Cirigaña, Tony. Cirigaña…

Mientras todo esto está ocurriendo en la casa paternal se está produciendo un acontecimiento trascendental en la capital. La entrada de varios miles de cubanos en la embajada del Perú en La Habana. La cosa comenzó con un policía de la motorizada que entró con uniforme y todo a fines del setenta y nueve. Después, por enero, vino una guagua de la ruta 32 (Lisa - Estación Terminal). Parecía que aquí terminaba la cosa. Pero más tarde otra guagua de la ruta 132, la que habían blindado sus ocupantes con planchas de acero y sacos de arena, irrumpió de la misma forma. Hubo tiros. Los de la guagua no llevaban armas. Por un rebote de sus propios disparos, un policía resultó muerto. Comenzó el cambio de declaraciones y acusaciones. Que si eran delincuentes que habían matado a un policía y todo eso que se dice siempre. Que nosotros no fuimos… Los peruanos consideraron que debían mantener el asilo. Eran los primeros días de abril cuando el gobierno, como respuesta, retiró los policías de custodia de la entrada. La avalancha fue masiva en tres días. Un error de cálculo. El gobierno cubano no calculó lo que le podía suceder cuando la gente advierte que puede tocar la libertad con la mano.

Este incidente marcó la sociedad cubana y fue el parto de dos acontecimientos sociales importantes: los actos de repudio y el éxodo del Mariel.

—No sé hasta dónde van a llegar con el miedo a la gente, ahora lo nuevo es que si te quieres ir por el Mariel te hacen un acto de repudio —comenta Tony con su padre, sentados tranquilos en la larga mesa del comedor donde acostumbran a tener sus conversaciones.

—Pero en eso no tienen la patente de invención. Lo usaron los nazis y los italianos contra los judíos. Mao también lo utilizó en China —dice el padre y toma un sorbo de café o de esa mezcla indeterminada que así llama, que ha preparado hace un momento.

—La gente se presta para esto. A veces no sé...

—No te engañes Tony que en esto hay un núcleo duro de gente del Ministerio del Interior, paramilitares. Después lo disfrazan con unos cuantos que van a donde los lleven, sin criterios y con el único objetivo de joder al prójimo.

—Vuelve lo mismo: amedrentar, golpear, hacer daño. Fíjate que con la escasez de todo que hay, y tiran huevos, frutas podridas. Eso sin contar palos y piedras, cabillas, cualquier cosa que haga daño.

—En casa de los Matasiete no tuvieron mucho éxito. El mayor y dos de los hermanos pequeños se «atrincheraron» en el techo, tenían como tres cajas de botellas de cervezas vacías. Les advirtieron que si pasaban de la calle al portal comenzarían a tirar botellas sin más avisos.

—Coño, al fin alguien que hace algo y no se deja humillar y vapulear.

—Después creo que han estado dos días frente a la casa gritando, pero sin tirar nada. Sólo gritos y abucheos. Pero no pasaron los límites, los Matasiete delimitaron bien las fronteras. Ellos hacían disparos de advertencia, de botellas claro está. Los «indignados» ciudadanos se estaban turnando para hacer el día y la noche. Como ves, es completamente «espontáneo». —Haciendo con los dedos la señal de comillas.

—Ya lo veo, una turba «casualmente» organizada —también hace signos de comillas con los dedos— con turnos de guardia y todo. Qué cabrones. Pero no dicen que el que quiera marcharse que se marche. Pues entonces ¿por qué esto?

—Esto es terrorismo de cuadra, Tony, es una de las tantas formas de tener a la gente con miedo. Lo peor es que ya han comenzado y estoy seguro de que lo van a seguir utilizando contra todo el que manifieste su inconformidad.

El éxodo del Mariel vino después de lo de la Embajada del Perú. Tampoco es original, se habían producido varias salidas masivas. Pero la magnitud de esto era mucho mayor. Los que entraron en la embajada eran gentes normales, humilde gente del pueblo. No había burgueses adinerados o gente de clase social alta. Eran la respuesta de los engañados, cansados de esperar el paraíso ofrecido desde hace más de veinte años y al cual no se llega nunca, fracaso tras fracaso. Seguramente estaba haciendo pensar a los altos niveles. Cuando al mínimo gesto de apertura reciben la respuesta de lo que sucedió en la Embajada del Perú, le indicaba alto y claro a la cúpula que la sociedad estaba harta. Así, de inmediato accionaron la válvula de escape que siempre tiene disponible para disminuir la presión social. Salida masiva del país de los descontentos. A enemigo que huye, puente de balsa. Aprovechando la coyuntura electoral en Estados Unidos, se lanzó el reto a los norteamericanos. El que se quiera ir, que se marche. Que lo vengan a recoger sus familiares. El Puerto del Mariel es zona franca para la emigración. Los americanos dijeron: «muy bien, aquí los recibimos».

Y una vez más los cubanos de la emigración respondieron a sus compatriotas. Cientos de embarcaciones venían a recoger a sus familiares. Los primeros barcos pudieron recoger a los que venían a buscar, pero fueron muy pocos. Después se comenzaron a presentar algunos problemas.

—Tony, necesito me tires un cabo —le dice su cuñado el domingo de la semana de estos días convulsos—. Es un puñetero compromiso familiar.

—Dime, Julito, ¿qué pasa?

—Me ha llegado de Matanzas un pariente que quiere irse al Mariel, ha llegado una embarcación con sus parientes de Miami y no tiene como ir hasta allí. Tiene miedo que le llenen el barco antes de que él pueda llegar. Yo no tengo cómo trasladarlo. ¿Podríamos despacharlo en el carro del viejo?

—Por lo que se oye la cosa está mala para poder llegar hasta allí. Me lo dijo un socio que es de ampanga. Pero no hay peor gestión que la que no se hace. ¿Cuándo quieres ir?

—En cuanto podamos. Yo he resuelto un bono de cinco galones de gasolina para poder ir. ¿Alcanza con eso?

—No alcanza para ir y volver, pero aquí tenemos al Mingo. Seguro que él puede resolver algo.

—Sin tema, deja eso de mi cuenta. Aquí está el chévere del invento. —Mingo resuelto y dispuesto como siempre.

Dicho y hecho, sale en la bicicleta con una lata de cinco galones y en treinta minutos está de vuelta con la gasolina.

—Mingo, de verdad, eres bacán. Siempre inventas —le comenta su cuñado Julito.

Hacen el viaje hasta el puerto de Mariel, en la costa noroeste de la provincia de la Habana. Van por la carretera Panamericana. Como a diez kilómetros antes del lugar, hay controles de la policía para revisar e interrogar. Mostrar el carnet de identidad, que a dónde van, por qué van al Mariel, que si patatín y patatán. A esto ya están acostumbrados, no es nada nuevo. Pasan el primer filtro.

Pocos kilómetros después, el segundo y al final, dejan al familiar lo más cercano que pueden al lugar de entrada definitiva. No los dejan avanzar más. Tony se percata de todo el control que existe. Hace preguntas a algunas personas que están tratando de llegar a las zonas donde se «alojan» a los posibles pasajeros.

—Oye, compadre, ¿tú has podido pasar? —le pregunta a uno que parece que regresa de dentro del lugar de acampada de los que esperan.

—Con el trabajo que pasé para poder entrar y he tenido que salir para ver si llega mi gente. Vienen desde Palma Soriano, pero no acaban de llegar.

—Pero Palma está muy lejos. El viaje es largo. Seguramente han tenido contratiempos. Mantén la calma, viejo. Que la ansiedad no te pueda —le recomienda Tony que quiere sacar un poco de información—. ¿Y cómo viste la cosa allá adentro?

—¡Oh! Mucha presión, mucho control. Están montando gente en los barcos, de la que nos dicen «escoria». Ya sabes, ¿no?

—Sí. Ya entiendo. ¿Te fijaste si había gente que decía que era de la UMAP?

—Vi a varios. Estos los montan fácil, pero hay que demostrar que eso es así, que estuvieron allí. Tienen unas tarjetas que comparan con el carnet de identidad.

—¿Y con los graduados universitarios qué?

—Esos no los dejan salir. Y además los fichan para avisar a sus centros de trabajo. Uno se metió y pagó la novatada. «Ao por regla». Y lo peor es que van rellenando los botes con la gente que ellos quieren sacar. Uno delante de mí me dijo que a él y a su hermano no los habían dejado montar en el yate que los vino a buscar, porque metieron a la mujer y dos hijas y después rellenaron con los que ellos quieren mandar para allá.

—Bueno, «broder», que te sea leve, que te llegue tu gente, y que te quede un huequito para ti y para ellos. —Se despiden y Tony se queda cavilando.

«Me tendría que inventar una identidad falsa o algo así. ¿Y la familia dónde la meto? ¿Cómo me la llevo?»

Unos minutos después ven pasar un autobús lleno de gente, que vienen gritando «nos vamos pa la yuma, nos vamos pa la yuma». A Tony no se le escapa que esos son presidiarios, conoce el pájaro por la cagada. Los han sacado de la cárcel para rellenar los barcos. No pasan cinco minutos y se detiene muy cerca de ellos otro autobús que va a pasar la barrera de acceso que han puesto en la calle. Pero estos no son presos, más bien parecen gente enferma.

—Coño, pero si son locos. Los traen del psiquiátrico con los pijamas y todo.

El lunes siguiente comenta Tony con su amigo Valdés, que es de toda su confianza.

—Negro, estuve ayer en el Mariel.

—¡No me digas! ¿Y cómo está la cosa allí? Ya sabes que aquí no cuentan nada.

—Aquello está lleno. A pesar de todos los problemas y restricciones la gente quiere irse. Pero lo que le están metiendo a los americanos es «mikimbín con fuerza blanca» —Tony le cuenta con detalles todo lo que ha visto.

—Esto es un circo, hermano.

—Hasta ahora yo no quería marcharme. Este es mi país y aquí está mi gente. Pero como están las cosas, con todo lo que se ve no quiero que mis hijos tengan que seguir en esto. Le he dado muchas vueltas y creo que me voy. Casi seguro que me voy.

—¡Pero hombre, si tú mismo me dices que están controlando a todos los universitarios! No te van a dejar ni asomar. Que no te pueda el embullo del momento.

—Ahora mismo pido el traslado para la Fábrica de Goma. O me voy para Las Tunas. Me voy de esta fábrica que tanto me ha discriminado. Si estoy en la Goma me conocen menos. Y si no logro irme por el Mariel, al menos me largo de esta mierda de fábrica que tan mal me ha tratado. Si no es esta tendré que buscar otra forma. Me marcho de una forma o de otra.

1981 / 1982

Mucho tuvo que pelear, mucho, «pugilatearla», para que firmaran el traslado. Fue como una especie de embarazo con un pujado parto, tenía que escapar por un angosto canal que la burocracia estrechaba cada vez más. Después de todo, no querían dejarle ir. Al final lo logró, pudo sacar la cabeza y se marchó a trabajar a una fábrica de neumáticos. Su vida estaba cambiando radicalmente, en esto debía hacerlo también. Fábrica con tecnología de los años cuarenta que había sido propiedad de la Good Year y que se nacionalizó en los sesenta. Aquí hay menos rigor de trabajo que en la producción de vidrio. Incluso se descansa los fines de semana. Además, está mucho más cerca de casa. Comienza a desarrollar trabajos de ingeniero en mantenimiento. Tiene la oportunidad de realizar un grupo de innovaciones en una vieja máquina americana a la que logra doblar la eficiencia de funcionamiento.

Ellas llegaron a esta empresa una mañana. Eran dos ingenieras que el Ministerio ubicaba una vez que habían terminado su carrera de químicas. Él pasó caminando por el recibidor en dirección del salón de reuniones y las vio. Ambas estaban muy buenas. Una morena y una rubia. Pero ellas estaban nerviosas esperando la entrevista y el interminable papeleo que hacen los de personal para su ubicación. Ni siquiera notaron que él había pasado. Él sólo había podido mirarla a ella que lo ocupaba todo.

Comenzaron a trabajar y empezaron como sabia nueva, a tratar de desarrollar actividades con los técnicos jóvenes, de la vieja fábrica. Le animaron a que presentara sus trabajos a los concursos sobre innovación. Trabajó fuerte, volvió a preparar una maqueta detallada del trabajo realizado en los equipos. Recordó a su amigo Enrique y las maquetas para la presentación de su trabajo de tesis. Así, y con un poco de suerte, eligieron su trabajo para una exposición y premios en un movimiento nacional que trataba de fomentar y estimular este tipo de labor entre los jóvenes técnicos.

Él ya tenía el vicio, la adicción a las relaciones extramatrimoniales. No existía, aún no existe una organización de «Adúlteros anónimos» donde pudiera inscribirse para que lo ayudasen a controlar aquello. Y aunque hubiera existido no se habría apuntado. No quería renunciar a esos chutes especiales, evasivos, agradables, que a veces incluso se sublimaban y llegaban a ser maravillosos. «Semen retentum, venenum est». Y de este tiempo fue María Cristina en quien le parecía que encontraría lo que él buscaba, porque pensaba que le falta. Cuando ella aparecía, se sentía vivo, el corazón le latía con más fuerza, todo le parecía más hermoso, una deliciosa sensación de plenitud y de vigor lo invadía. Se había enamorado.

Maricrís era la morena. Una criollita de Wilson, igual a las que el dibujante cubano inmortalizó en sus caricaturas. Tenía esa apetecida exuberancia joven y dura, bien formada, muy a gusto del cubano que se mantiene durante la veintena y algunas veces se transforma, por desgracia, en la no deseada obesidad de la edad madura. Estaba completamente listo para perder la cabeza por ella, que lo traía loco, como a la casi totalidad de los hombres de la empresa.

Trabajaron juntos en cosas de la planta. El inglés de ella no era muy bueno y necesitaba de ayuda en las traducciones, pues la buena literatura técnica que tenía la fábrica era norteamericana. O tal vez no, y todo era una excusa para poder pasar largos tiempos juntos durante las jornadas de trabajo.

Ella era una «muchachachá», mujer como un chachachá, por su cadencia, por su ritmo de tumbadora, güiro y maracas. Pero no era la engañadora. Ella todo lo que tenía era propio, además de muy bueno y bien hecho, mejor puesto. A Antonio era la mujer que le gustaba. Era de las que se recuerdan, aunque pasen muchos años, y se vuelven a saborear, cuando se rememoran, centímetro a centímetro. Compás a compás.

Aquello era intenso, pero se presagiaba corto. Y es mentira el refrán que dice que lo bueno, si breve, dos veces bueno. Ella no estaba convencida o tal vez no le interesaba que las cosas fueran a más. Eso llevó a una relación como a trompicones. Deshojando una margarita, ahora sí, ahora no. Se vieron pocas veces. La más memorable una noche durante la Exposición Forjadores del Futuro donde Tony tenía expuesto su trabajo técnico. Se encontraron allí.

—Hola, Tony, qué trabajo tan interesante, aunque yo lo conozco ya. Me gusta tu aparato. Ese que tienes en la exposición, ¿se entiende? —fue su saludo y casi una proposición al acercarse al sitio donde Tony explicaba a los visitantes su trabajo.

—Hola, Maricrís, no esperaba verte por aquí. Es que no me he enterado bien, la última vez… Es que contigo nunca sé bien. —La preciosa mujer no lo deja terminar.

—Olvídate de mis cosas. Hoy es hoy. Como tú dices, es importante vivir el presente, que lo que no te lleves puesto aquí se queda.

—De verdad que no me lo esperaba. ¿Quieres que nos veamos? Quiero decir, fuera de aquí.

—¿Tengo que decírtelo más claro? —Muestra una parte de sus dientes perfectos, aquella que no ocultan unos labios sensuales que apetitosos se insinúan como para no tener que aclarar nada más con palabras.

—No, si… Ya he captado la directa. Espera un momento, quiero decirle algo a un compañero y enseguida vuelvo.

Va a hablar con su compañero de habitación del hotel. Un muchachote alto y fuerte de Bejucal con el cual ha hecho muy buenas migas.

—Beju, compadre, necesito pedirte un favor.

—Lo que sea. Habla por esa boquita, «broder».

—Nada, que me ha llegado una niña que es un sueño y voy a tener que…

—Ya me doy cuenta, un «pisicorre». Es decir, tú pisas y el que tiene que correr soy yo. Bueno, vía libre. Así me llego esta noche al gao y veo como está el ganado. Toma mi credencial. Lo demás tú lo sabes.

Cinco minutos después regresa donde está Maricrís y se marchan. Bajaron del Pabellón Cuba, salón de exposiciones, a la Rampa. Cogieron la guagua en la Calle 23. Iban de pie, juntos, sujetándose del tubo superior. Ella se arrimó, sensual, rozando la zona de su portañuela con su nalga izquierda aprisionada en un ajustado vaquero que se quería romper y con toda la mala (¿o buena?) intención del mundo.

—Si me haces eso, y con el movimiento de la guagua, no voy a poder bajarme en la parada. —Separando su melena, le susurró en su oreja, con un sutil roce de sus labios.

—Pues allá tú. Yo estoy muy bien —contesta ella y, muy coqueta, sostiene su mirada de miel que lo dice todo.

Mientras tanto, la guagua continúa su avance hasta el Parque Central. Tony, como todos los expositores, estaba alojado en el Hotel Plaza, donde compartía una habitación con el compañero con el que acaba de hablar. Su generosidad fue evidente e inmediata. Hoy por ti, mañana por mí.

Al bajarse en la parada del Parque Central ella preguntó:

—¿A dónde vamos?

—¿A dónde quieres ir? —respondió a la pregunta con otra.

—¡Llévame a dónde tú quieras!

—¿Al Floridita? —Al ver que no responde—: ¿Quisieras tomar algo o qué?

—Quiero «qué» y olvídate de tomar algo. ¡Estoy a cien!

—Bueno, pues vamos al Plaza que es dónde nos tienen alojados.

Retroceden por la parte exterior del parque hasta la esquina de la Calle San Juan de Dios, muy cerca de donde esta pierde su nombre y se lo cede a Neptuno, buscando la silueta triangular del hotel que emerge diagonal en la esquina como quilla de barco.

—Y, ¿cómo lo harás?... Esas habitaciones son solo para expositores.

—Todo está arreglado. Te cuelgas esta credencial al cuello. Procura que el plástico quede por la parte posterior, dónde no está la foto. Y subimos.

Entraron al amplio y vetusto vestíbulo del hotel. En una esquina, dominando la entrada al ascensor esta la carpeta. Tony saluda al carpetero como si de un viejo conocido se tratara. Él observa la pareja y sonríe. Ella está nerviosa, no hay que confundir lo que causa su miedo, que no es por las inminentes relaciones sexuales, que eso lo dominaba con soltura y lo desea pronto. Su temor era que fueran a mirar la credencial por el lado de la foto. El leal amigo que la prestó era un negro grande y fuerte, de más de seis pies de estatura y doscientas libras de peso. Aquella divinidad criolla no tenía nada que ver la foto de su credencial. Que Cupido nos ayude en estos días de vinos y rosas.

Subieron al viejo ascensor, con sus características puertas de rejillas metálicas de principios de siglo. Sin problemas. Nadie preguntó nada. Seguro que en aquellos días, y en aquel hotel lleno de jóvenes desinhibidos, todo el mundo estaba en lo mismo.

Por primera vez se sintió ella en un ambiente propicio. Todo mejor en este legendario hotel, palacete que fue residencia del marqués de Pinar del Río antes de su uso actual. Mejor aquí. Mejor que en las oscuras posadas, o en los asientos traseros de un vehículo donde hasta ahora se habían desarrollado sus fortuitos encuentros amorosos.

La desvistió poco a poco con extrema delicadeza. Primero la blusa. Lo ajustado del vaquero costó un poco más. Acarició muy suave sus senos, con intensidad y ternura. Excitó despacio con su lengua sus generosos pezones. Aquella mujer que dijo estar a cien, multiplicó por diez, se puso a mil. Ella había estado casada, ahora divorciada, no era ninguna novata. Pero indicaba a Tony toda ella que nunca la habían conducido de forma tan exquisita, elegante y tierna. Tony estaba componiendo un especial clima para llegar al clímax.

Sus manos pasaron por sus caderas, casi sin tocar, rozándolas. Luego las caricias fueron a los firmes muslos y a las rodillas. Al acariciar detrás de las rodillas, en las corvas de sus piernas, ¡sorpresa! Ese era su punto erótico por excelencia. Como muchos descubrimientos de la ciencia este se produjo por casualidad. Entonces se entregó desarmada, apasionada, bajó la guardia y desistió de cualquier resistencia. Disfrutaba en toda la extensión de la palabra y hasta hacía pensar que no quería adelantar más. ¡Que no quería que aquellos juegos previos se terminaran! Tanto era lo que gozaba. No fue así. Sí pidió más y más, pero mucho más. No es común en los conjuntos musicales autóctonos el órgano. Pero aquella noche Mozart se quedó pequeño con el sólo de órgano y los muchos temas en que Tony interpretó. La noche, sin desconcierto, fue de espectacular concierto.

Después de aquella noche la relación no fue mucho más allá. Y si no fueron a más, seguro fue porque Tony para ella, era una bachata. Era su carácter. Ella era así. O tal vez era como la guaracha: «María Cristina me quiere gobernar, y yo le sigo, le sigo la corriente». Aun cuando a Tony no le importaba lo que dijera la gente. Pensó y sintió que las cosas tendrían que llevar su curso natural y que seguro llegarían a funcionar. Tal vez en ella estaba el amor que a tientas y desorientado buscaba, porque «era un chico que nació para el amor». Y entonces ella dijo: «Cochero pare, pare cochero». Porque ella necesitaba libertad y no tenía paciencia. Y a él le costó mucho poder recuperarse del estropeo. Al final, su corazón se lo había tocado.

1983 / 1984

El entramado administrativo en un Estado burocrático crece sin parar, no puede parar de crecer, padece de acromegalia. Siempre hace falta controlar, y después controlar al que controla, y así como esas fotos de un espejo frente a otro donde se ven espejos hasta el infinito. Al crearse las Uniones de Empresas, un nivel más en las estructuras para agrupar las empresas de una misma rama dentro del Ministerio de la Industria Básica (que después del Ministerio del Azúcar, era el más grande en toda la economía cubana), a Antonio lo trasladan de empresa. Le envían a otra para que ayude en la fábrica más grande donde tienen problemas de distintos tipos, pero en especial de mantenimiento. Sigue siendo un paria político, pero en la cuestión técnica es pitcher ganador. Y dice el adagio beisbolero que a pitcher ganador no se le quita la bola.

Allí Tony tiene que comenzar a solucionar problemas de diferente índole. Grandes reparaciones de equipos, que en esta industria son muy voluminosos y pesados. Tiene ante sí ahora la rotura de un reductor enorme de un molino de goma.

—Tengo que llegarme a la fábrica de vidrios, necesito hacer un trabajo de mecanizado y la única máquina que lo puede hacer en esta región la tienen allí —comenta Rubén, un compañero de trabajo que se ocupa de las labores de mecanizado del departamento.

—Bueno, ya sabes que no soy muy bien recibido por allá. Pero si es una cuestión de trabajo, no voy a ponerme con respetos y esas cosas. Vamos y ya veremos que nos dicen.

Se trasladan en un camión con las piezas que tienen que mecanizar y pasan a la fábrica. El de la garita de entrada lo deja pasar sin problemas pues lo conoce desde siempre, no se detiene a estar consultando con la dirección; para él son gente de la casa.

—Si puedo trataré de solucionar con el personal de abajo mejor. Si no pueden ya entonces recurriremos al gerente —comenta a Rubén.

Camino del taller, mientras pasan por una calle lateral, experimenta los sentimientos contrapuestos que esta fábrica siempre le provoca. Ya han pasado casi dos años desde su salida. Aquí lo han tratado muy mal, pero aquí también aprendió mucho y pasó muchos de sus años más importantes de su carrera. Aquí conoció y tiene muy buenos amigos. También amigas. Es una sensación de amor odio que se solapan. Se siente afortunado porque sus amigos lo atienden enseguida y ponen el trabajo en la máquina adecuada, mucho más rápido que tener que estar haciendo dilatados trámites burocráticos. Entre tanto, van saludando a los conocidos del taller. Al pasar por el torno de Valdés, su mejor amigo de este taller, éste dice por bajo.

—Ahora me voy a ir a los vestuarios. Disimula y vete por allí que quiero decirte algo. Es importante.

—Negro, pero qué misterioso estás. Si me lo dices así... Seguro que es algo importante.

Siguen saludando los visitantes y Valdés sale un momento a los vestuarios, como quien va a realizar una necesidad. Con discreción, Tony se acerca por los vestuarios.

—Compadre, es importante, ya te digo.

—Pero, ¿qué es? Me tienes intrigado.

—Que lo que nos imaginábamos sobre que la Seguridad está puesta para ti es un hecho. Puedes estar seguro. El otro día en mi pueblo, muy tarde por la noche, estaba dando una vuelta después de terminar los ensayos porque tenía mucho calor para dormir. ¿A que no sabes a quién me encontré? A Severo y al mayor que atiende ahora la Seguridad en toda la región. Iba vestido de civil, pero yo lo conozco bien —habla siempre en voz baja, están cada uno en un urinario, como si estuviesen orinando—. Ellos no me vieron a mí. Estaban sentados en el parque conversando. Creo que estaban un poco bebidos porque estaban contenticos y hablando un poco alto. Son muy amigos. Yo me guillé por detrás de una cerquita de crotos, los podía oír y ellos no me podían ver. Cogí la conversación cuando el mayor le decía a Severo que lo tendría en cuenta. Que ahora él estaba con Loly y que sabía cosas del ingenierito ese que estaba con ella antes. Severo, que ya sabes que no te traga, lo pinchaba para que te partiera los cojones. Y él le decía que ya tenía tu expediente y lo quería engordar un poco. A ver si te pudrías en la cárcel. Después siguieron hablando de otras cosas y yo muy discretamente me piré. Tenía que verte y decírtelo, y mira la casualidad, hoy apareces por aquí.

—Coño, Negro, te lo agradezco un montón. Tendré que tener cuidado —comenta Tony mientras se están lavando las manos—. Con Loly no me estoy viendo desde hace algún tiempo. No por nada, lo nuestro es así. Pondré cuidado en todo. Seguro que hablan con los que atienden la seguridad en la fábrica que estoy ahora. En este país no voy a vivir tranquilo nunca. ¿Te das cuenta lo que te decía?

—Es así, hermano, pero cuídate por favor. Yo no te lo voy a advertir más. Si te meten allí seguro que sí te pudres dentro. Me voy ya para el torno que me estarán echando de menos. —Y se dan un fuerte apretón de manos.

Vuelve a estar preocupado Tony, ahora tiene un problema más, los celos de este oficial pueden hacer que lo pongan en peor situación que la que ha vivido hasta ahora. Si el tipo lo quiere sacar de circulación lo podrá hacer sin lugar a dudas. Tendrá que hilar fino y cuidarse al máximo, aunque en realidad sabe que no va a depender de lo que él haga, sino de lo que el otro se le antoje hacer.

«Y lo irracionales que son los puñeteros celos», se dice.

Tiene éxito en la reparación del gran reductor de velocidad del molino. Aquí también los trabajadores en la base lo ayudan y están con él.

Pero, la siempre presente Seguridad del Estado está también en esta fábrica. Reciben informes de los centros de trabajos anteriores y comienzan las amenazas, unas veces veladas, otras descaradas y abiertas. La tensión se hace grande.

Por si fuera poco, comienza a tener problemas con la organización del Partido. No con los militantes simples sino con los que están en la dirección. Se percata que allí las cosas no van bien. Se dilapidan recursos, se hacen trampas con el pago de horas, se falsean presencias al trabajo, se cobran dietas indebidas... Es la corrupción de manera abierta y generalizada. Se protegen unos a otros y la mayoría están corrompidos. Los que no están dentro de la «familia» al menos tienen que cumplir con la «omertá», la ley del silencio, y eso también los hace cómplices. Intentan involucrar a Tony en el chanchullo. Pero él no quiere prestarse a ello. Y es contraproducente pues gana aún más prestigio con los obreros, lo que le crea muchos enemigos con los dirigentes. Se cierra un círculo vicioso del que no puede escapar. No encuentra nunca un lugar dónde pueda trabajar tranquilo, siempre se repite el ciclo.

—Ingeniero, se nos están presentando problemas en Moa con los diafragmas gigantes que fabricamos en productos industriales para esas bombas enormes de lixiviación, ¿no es así como se llaman? —informa la directora de la Unión.

Se han reunido en las oficinas centrales de la Unión de Empresas en Cuba y Amargura, que no es ningún eufemismo, es la confluencia de dos estrechas, oscuras y sucias calles de La Habana Vieja. El número 114 de Amargura es un decrépito edificio que se ha asignado para que a la misma vez que sirva de sede provisional de la organización, sea remozado y se evite que al final se derrumbe. La oficina de la dirección la han arreglado bastante. La directora, ministra caída en desgracia, está detrás de un recio buró de caoba que un ebanista, sabe Dios cuánto hace, ha transformado en una obra de arte para ofrecerle una barrera protectora, un resguardo a sus pocas capacidades.

—Bueno, ¿y eso que tiene que ver conmigo? —Tony no entiende por qué lo han llamado hasta aquí para conversar de algo así—. Yo trabajo en mantenimiento, no en la producción.

—Pero es que sospechamos que allá están empleando mal nuestro producto, o que sus ciclos de mantenimiento no son los adecuados. O ¿quién sabe qué otra cosa puede estar pasando? Con los orientales siempre tienes que tener cuidado. Te lo digo yo que soy de allí.

—Ya comienzo a ver la cosa. Y.. ¿entonces de que se trata?

—Queremos que te vayas para allá y nos digas en detalle cuál es el problema y cómo hay que solucionarlo. —Lo mira a la cara como queriendo decir algo más, y no sabe cómo introducirlo en la conversación. Tony le facilita las cosas.

—Me doy cuenta. Además creo que en esto quieren jugar para doble «pley». Sacar dos «aos» en una misma jugada. Así se alivian tensiones con la gente de la fábrica. ¿No es eso?

—Tú darías un buen político, ¿sabes? A buen entendedor, con pocas palabras basta —pero siquiera se atreve a mencionar las cosas por su nombre.

—Usted sabe que la política y yo no nos llevamos bien. Dejémoslo aquí.

—Bien. Pero ten presente lo importante que es Moa. El níquel es, después del azúcar, el principal renglón de exportación del país. No nos falles. En este momento mis acciones no están cotizando alto en el Ministerio, necesito un buen golpe de efecto en este trabajo. Se va contigo un especialista del área de tecnología.

Llegaron a la planta tres días más tarde. Allí asignaron como contraparte para trabajar al responsable de mantenimiento preventivo de la fábrica de producción de níquel. Es un enorme complejo, pero ellos se concentraron específicamente en las famosas bombas. Se enfocaron en el análisis de los ciclos de mantenimiento y la manera en que están empleando las piezas de gomas que se están enviando desde La Habana. Estas fueron desde el principio de la explotación de la planta una de las piezas de repuestos que más problema daban, al no tener el suministro norteamericano original. Como es un reto, le gusta este trabajo. Y sobre todo porque la responsable con la que trabaja mano a mano es la ingeniería Belita. Es una mujer como de chocolate, del más goloso, del más fino, pero está más sabrosa que este.

Es espectacular; bella, bella. Es de Baracoa, la ciudad más oriental de la isla y también la más vieja, pues fue la primera ciudad fundada en Cuba. Tierra de cacao y cocos. También ella tiene la dosis exacta de coco y cacao. Ha estudiado ingeniería a la vez que trabaja en esta inmensa planta, lo que tiene un mérito extraordinario. Ha tenido la posibilidad, una mujer de tan intrincada zona, de poder convertirse en una profesional. Y por si esto fuera poco, es el prototipo de la bella mulata cubana. Es fina, que tal vez en alguna generación anterior, debió tener un ascendiente chino. Delicada como una flor, que su acento, muy oriental, la hace mucho más deliciosa. Como se dice algunas veces: «una muchachita de las de salir». Su cara es preciosa, sobre todo cuando exhibe una sonrisa perfecta de dientes blanquísimos. El cuerpo es el clásico que podría usar un escultor como modelo, donde todo está en su exacta dosis, no sobra ni falta nada y los acuerdos de sus curvas están trazados como con un compás. Pero lo mejor de todo es lo femenino y dulce que es en su trato. Tiene esa deliciosa forma de tratar, muy en particular en las mujeres de su zona cuando quieren enamorar, que vuelve loco a cualquier hombre. Dulce de coco y cacao.

«*A Baracoa me voy,*

aunque no haya carretera,

Aunque no haya carretera,

a Baracoa me voy».

Llevaba en la cabeza Tony este ritmo de Antonio Machín, este son de la tierra caliente, sí, el sagüero que paseó por España, la música cubana. De esta España que nos dejó como su más elaborado logro: la mulata.

«Quien se entretenga en teorías de la pureza de la raza para afirmar que una etnia con menos mestizaje, más pura, es superior a las otras, ese no ha conocido una mulata. Una mulata es sublime. Y una mujer como Belita es la pluscuamperfecta del superlativo», dice Tony para sí y no lo puede evitar, como un leopardo de la sabana africana, se dispone a la caza de la ágil gacela. Aunque a decir verdad él también le gusta a ella. ¿Quién cazará a quién?

Poco tiempo necesitan. Realizando el trabajo se conocen mejor y en un abrir y cerrar de ojos se crea una corriente mutua de simpatía y compenetración. Pasan los días juntos, incluso a la hora de comer. Pero eso no les basta porque ambos tienen heridas de guerras anteriores que necesitan curar. Comienzan a verse por las noches después del trabajo, en los pocos sitios que hay para compartir en este apartado lugar. No es necesario mucho más. Ella viene a la casa de visitas donde está alojado Tony. En la casa se están quedando sólo el técnico, el compañero de viaje, y Tony, cada cual tiene una espaciosa habitación. Primero conversación, unos cuantos rones y algo de música romántica que la deleita a ella. Con un gato que está en la oscuridad la lleva a ella a la habitación.

El sabroso tostado de la piel, el mestizo cuerpo de la mujer, contrasta con las blancas sábanas. También su pelo, largo, lacio, negrísimo. Fascina aquella hechura de suaves formas. Tiene unos muslos que parecen han sido torneados al milímetro. Su carne es tersa. Forman perfecto acuerdo su estrecha cintura con sus generosas caderas. Espalda perfecta. Las nalgas redondas, empinadas y duras son una incitación a la lujuria. Sus senos ni pequeños ni grandes, muy bien proporcionados, erguidos, como pitones de un toro, con la fuerza, descaro y lozanía de su juventud. Siente a Tony que la está mirando, de pie y desnudo a unos pasos de la cama. Se deja mirar. Le gusta que su hombre la mire.

—¿Te gusta que te miren? —pregunta Tony.

—Me gusta que tú me mires. Soy para ti. Tómame toda. Soy tuya.

—Hueles a azahar. Me encanta tu olor. —Tony quiere disfrutar con los cinco sentidos. Por eso mira, por eso oye, por eso huele. Aún no palpa, ni gusta, pero su ademán insinúa que todo llegará en su momento—. Abre los ojos, cariño. Mírame. Disfruta con todos tus sentidos —pide él.

—¿Qué deseas, cielo? Pide, pide más. Si quieres fragancia y color, seré tierna flor para ti. Si suave tacto y dulce gusto, disfruta de mis pechos como de la miel. Si escuchar suave melodía, toca todo mi cuerpo que como guitarra afinará sus mejores notas para hacerte gozar. Si todo lo quieres, todo junto, hazme el amor con los cinco sentidos y todo te lo daré —susurra Belita muy excitada—. Acércate, amor. No puedo más. Ven a mí.

Tony da unos pasos en dirección de la cama. Ella lo toma con las dos manos por los muslos y lo atrae a ella. Lo besa y acaricia todo. Ella quiere apremiar, y él la quiere premiar. Tony controla el «tempo» en esta pieza. Se entrelazan los cuerpos. Debajo, ella abre sus piernas y las cruza sobre la espalda de él. Penetrante, el pene entrante busca el fondo. Pero con todo cuidado, con la mayor suavidad. El movimiento de ambos se hace rítmico.

Tac/tac/tac... Tac/tac... Tac/tac/tac... Tac/tac...

Marca el ritmo la clave cubana en el son.

«Cuando me pongo a bailar,
yo bailo muy despacito
para poder disfrutar
este ritmo sabrosito».

Viene al pelo, en el palo, la estrofa de Machín. Mientras lo hacen Tony le habla.

—Eres una mujer deliciosa, completa. ¡Cuánto me gustas!

—Me tienes loca, Tony. No puedo más, soy toda tuya. ¡Vuelo!

Así una y otra vez. Entre vez y vez, conversan.

—Tan serio que parecías cuando te presentaron en la oficina. Yo sabía que te echaría el guante —dice Belita, con una sonrisa en la expresión que está anunciando su felicidad y su picardía.

—Serio soy. ¿Has visto que no me río mientras lo hacemos?

—Bobo, más que bobo. Bésame, bobito mío, que me haces muy feliz. ¡Que me haces muy mujer!

«Cantando esta melodía
no hay quien me pueda igualar,
cantando esta melodía

no hay quien me pueda igualar,

porque hago a todos bailar

hasta que comienza el día».

Y a ritmo de voluptuoso son, llega el día.

Las recomendaciones para el mantenimiento de las bombas las redactan entre los dos. Tal vez tardan unos pocos días más de los necesarios. ¿Alguien podría adivinar la causa de esta demora?

Se ven por última vez la oficina de la planta, antes de tomar el microbús que llevará al aeropuerto de Holguín a los dos técnicos que han venido de La Habana, para embarcar de regreso.

Ella no sabe ser de otra forma, es la dulzura misma. No le importa nada, nada disimula y lo besa con ternura en la boca.

—¿Me vas a escribir? ¿Vas a volver? —pregunta entornando los ojos y de una manera tal que no hay quien pueda dar un no por respuesta.

—No lo dudes, cielo. Ya nos veremos.

—Esta misión ha sido un éxito —comenta su compañero al cerrar la puerta del vehículo, con una enorme sonrisa que sólo podía exhibir quien ha sido cómplice de toda la trama—. Seguramente habrá segunda parte.

Al volver a La Habana, Tony se encuentra que le están esperando.

—Coño, Tony, tremendo regalito de recibimiento —dice su amigo Rubén, el que le ayuda en mecanizado—. Se partió por el eje el Banbury.

—Sí, y espero que no me van a echar la culpa de esto a mí.

—Elemental, querido Watson. Pero además es que tú eres el que les puedes sacar las castañas del fuego.

—Han perdido una buena oportunidad. Llevan meses tratando de cogerme en un fallo para empapelarme, de hacerme la cama. Y ahora ya ves; me está llamando el Director para hablar conmigo.

—Tanta hipocresía me repugna, Tony. La verdad es que da asco.

—Ven, Rubén, ven conmigo a hablar con el Director. Quiero que tú estés presente. Te voy a necesitar, esto tiene mucho de mecanizado.

—Sin tema, hermano. Vamos allá. —Y se dirigen andando por la calle central de la Empresa hasta las oficinas de la dirección, donde los está esperando el Director.

El mezclador de goma, el Banbury, el más grande de toda la Unión de Empresas, equipo inmenso, se ha averiado. La rotura es grave. Ninguno de sus detractores se atreve ahora a ir contra él. Los «segurosos» no lo pueden acusar de la rotura. Como se dice en la jerga policíaca, tiene una firme coartada. Estaba a setecientos kilómetros del lugar cuando la rotura ocurrió.

—Bien, yo lo reparo. Con la ayuda de mi gente, que aquí nadie puede hacerlo él solo. Pero cuando yo termine esta reparación me voy de esta Empresa. A donde me quieran mandar, pero aquí no me quedo —le dice al Director de la empresa en la improvisada entrevista producto de la premura en comenzar.

—Eso lo hablamos después. Ahora el problema es poder poner el equipo en funcionamiento —es la respuesta del soquete director.

Se enfrasca en el trabajo: es un equipo inmenso. Pesa más de cuarenta toneladas, que podría ser aproximadamente el peso de treinta autos juntos. Se ha partido un rotor, que es un gran eje con palas con las que se mezclan los ingredientes de los neumáticos. Tony realiza una detallada inspección. El desastre ha sido grande. Tres días para desmontar todo el equipo. Una semana para mecanizar y reparar piezas. Cinco días de montaje. Es el resumen de la minuciosa planificación por ruta crítica que ha hecho Tony con su equipo de trabajo para acometer la tarea. Sin escatimar en horas de trabajo, las que hagan falta. El ambiente es muy sucio. Uno de los componentes de la mezcla que se hace en el equipo es el negro de humo. Polvillo negro como el carbón que se mete por los poros hasta lo más recóndito. A Tony le recuerda esto los campos de caña quemada de la Cuarenta y Uno, en el puñetero Camagüey. Una vez que se acabe la reparación la ropa hay que tirarla, no vale para nada más. Se embadurnan de talco antes de comenzar para tratar que después a la hora de ducharse salga mejor la suciedad. Todos parecen más carboneros que técnicos reparando un equipo.

Una tarde, enfrascados en el trabajo, están encaramados sobre el aparato en la segunda planta. Se arma un revuelo abajo, en el suelo, junto al molino en que el gigante mezclador descarga. Algo pasa.

—¡Premio, Tony! Allá abajo hay un pincho gordo. Lo que nos faltaba, visitas a esta hora —comenta Pepe el Gordo, un mecánico de mil quilates y amigo de sus amigos.

—No me jodas, Pepe. ¿Quién será? Trae toda la corte celestial de mayimbes. Estos a ayudar no vienen, te lo aseguro.

— ¡Es el ministro! ¡Es el ministro! —avisa uno de los ayudantes que está en la escalera entre medias—. Piden que bajes, Tony, que quiere hablar contigo.

Tony disciplinado baja los dos pisos por una escalera metálica hasta el piso de inferior. Se encuentra la comitiva al frente de la cual viene el Ministro de la Industria Básica. Es uno de los hombres más poderosos en la economía cubana.

Tony le hace un gesto como para disculparse de darle la mano por lo sucio que está. El hombre, a pesar de todo le extiende la suya. Se la estrecha con cordialidad, a pesar de lo manchada de la mano.

—Hola, ingeniero. Así que tú eres el que está al frente de la reparación. Muy bien. Muy bien. Me han hablado muy bien de ti. ¿Cómo va la cosa? —habla rápido y de forma nerviosa—. Explícame técnicamente a qué se debe esta rotura.

—Venga conmigo y se lo muestro —y lo lleva al muñón de eje que ha quedado apartado a un lado—. ¿Usted ve la sección del eje que se ha partido? ¿Se fija que hay una parte como pulida y el resto rugosa, como rota de un tirón?

—Sí, ahora que me lo indicas se ve claro. ¿Y eso qué significa?

—Es una clara rotura de fatiga del material. Las cargas alternativas que ha sufrido durante tanto tiempo van rompiendo, esto se ve en lo pulido, y cuando la sección no es capaz de aguantar la carga, pues rompe de pronto. ¿Ha roto alguna vez un alambre moviéndolo alternativamente hasta que parte? Pues esto es lo mismo.

—Ya entiendo. Muy bien. Y te repito, ¿cómo va la cosa?

—Estamos cumpliendo el plan que hicimos. Se programó por ruta crítica y hasta el momento, los talleres están cumpliendo con lo que pactamos. Se entregará un día antes de la fecha.

—¿Te comprometes? Mira que dicen los especialistas del Ministerio que tu plan está muy ajustado —le pregunta el hábil político que trata de sacarle un compromiso de fecha.

—Nos comprometemos. Aquí trabaja un equipo, no soy yo. Pero esta gente lo que quiere es hacerlo bien y lo antes posible. Y lo va logrando. Todo está saliendo según lo planeado. Por cierto, ¿sería mucho pedir que den una muda de ropa a la gente que está trabajando? Porque la que están usando hay que tirarla cuando acaben.

—Ocúpense que se entregue la ropa a la gente, Julio —le indica a uno de los ayudantes que vienen con él, y añade—: y eso, eso. Hay que cuidar la calidad de la reparación.

—De esto no tenga usted ninguna duda.

Se vuelve al séquito y los alecciona.

—Estos son los ingenieros que yo quiero en nuestro Ministerio. Los que no esquivan el trabajo por muy duro que sea. Y que además lo saben hacer con calidad y bien planeado. A pie de equipo. Hay que coger ejemplo.

—Pero este se quiere marchar de la empresa —dice el director de la empresa que busca amedrentar y comprometer a Tony delante del gran jefe. Quiere sacar un compromiso de permanencia.

—¿Qué me dices? ¿Cómo es eso, ingeniero? ¿Qué es lo que pasa? —indaga el ministro, que se siente un poco descolocado.

—Es largo de contar. Y no creo que usted tenga tiempo para los detalles. Pero sí, tiene razón el Director. Mi último trabajo en esta empresa es entregar este equipo trabajando sin problemas.

—¡Pero cómo va a ser eso! No, no, no. Cualquier problema que tengas aquí yo lo resuelvo. ¿Sabes que yo soy el ministro y lo que eso significa? —Todo lo dice con una gesticulación exagerada, como si estuviese actuando en una obra de teatro.

—Sí, lo sé. Pero dudo que los problemas por lo que yo quiero marcharme se puedan resolver. Son estructurales. Hay cosas que no tienen solución, aunque usted sea el ministro —Tony dice esto manteniendo sus manos agarradas detrás a su espalda, no quiere dar ninguna impresión de prepotencia, sabe que está subiendo mucho la parada. Enfrentarse a un ministro es cosa seria.

—Pues con el que tengas problema, dile que el ministro te dijo que te quedaras aquí.

—Con todos los respetos, compañero ministro, yo me marcho cuando termine. Y mire lo que le digo: me puede enviar a donde usted considere necesario, a Moa, a Las Tunas, o al fin del mundo, pero aquí no me quedo

—Pues yo creo que te quedarás. Tú te vas a quedar aquí. —Dice el Ministro con firmeza.

—También con todos los respetos, Ministro, puede comenzar a buscar la soga para amarrarme porque yo no me quedo —responde con educación, pero también con solidez. «¿Cuándo se darán cuenta que yo no admito imposiciones, me cueste lo que me cueste? Para llegar a ser libre hay que comenzar por comportarse como un hombre libre. Yo no soy ningún esclavo». Lo piensa en un instante, pero se calla prudentemente.

—Bueno, bueno. Parece que no es tan sencillo que te quedes o que te marches. En estos días vendrá por aquí el Responsable de Cuadros del Ministerio y ya hablará contigo. Ahora sigue trabajando como hasta ahora, que eso es lo que necesitamos. Recuerda que me has prometido ganar un día de reparación.

—Cuente con ello, le he dado mi palabra. Y a su disposición, Ministro —cierra Tony con tono solemne y tal vez un poco irónico.

Se termina la conversación y se marcha la comitiva por donde había llegado. Tony sube y reúne su cuadrilla.

—Muchachos, si todo va bien, los días que ganemos al plan son para ustedes, de descanso y pagados. Pero esto tiene que quedar como un reloj suizo. Tienen mi palabra.

—Pero, ¿eso te lo ha dicho el ministro?

—No, eso lo digo yo. No creo que nadie se atreva a contradecirme ahora que el ministro dijo que cualquier problema le avisara a él personalmente. Así que ya saben.

Se terminó dos días antes de la fecha programada. El equipo se probó. Funcionó como si fuese nuevo. Cuando la gente se siente motivada, las cosas salen. Ahora a esperar, sabe la jerarquía cuánto, a que venga el funcionario del Ministerio.

—Al fin te localizo, Tony. Está aquí el jefe de cuadros del Ministerio y quiere tener una entrevista contigo —dice por el teléfono interior la eficiente secretaria del Director, unos días después de terminada la reparación—. Corazón, ¿puedes subir a la oficina de dirección, por favor?

—Gracias, Mila, subo enseguida. Qué bueno sería que todo el mundo fuera tan amable como tú en esta empresa.

Sube Tony a la oficina del Director y allí lo está esperando el jefazo. Está solo. Ha pedido al Director que los deje.

—Buenos días, Antonio. ¿O Abel? ¿Cómo quieres que te llame?

—Como usted quiera, me es indiferente.

—El ministro me ha encargado que me entreviste contigo. Se ha llevado muy buen criterio de ti. Quiere que me expliques a mí cuáles son las causas por las que quieres marcharte de la empresa. Yo, en lo personal, considero que tu lugar está aquí, que debes quedarte, pero ya me dirás.

Comienza entonces algo parecido a una partida de ajedrez. El Jefe de Cuadros ha comenzado con una apertura tradicional; salida por el peón del Rey, sin sorpresas; esa se la ha estudiado. Debe contestar Tony.

Tony mueve sus imaginarias fichas y explica cómo y por qué vino a trabajar a esta empresa. Relata todas las zancadillas iniciales que le pusieron en el lugar a fin de que se percatara del poder que tenían. De cómo quisieron sumarlo y corromperlo en el chanchullo a él, y de la reacción que tuvieron ante su negativa a entrar en esta componenda. Ya estamos en el medio juego, las piezas negras se han desplegado. Atacan por el flanco. El desarrollo de las piezas de Tony ha sido muy bueno, controla el centro del tablero y no ha perdido tiempos innecesarios. El de Cuadros comienza a percatarse que no tiene muchos cuadros a donde mover sus piezas.

—Está bien, comienzo a ver tus razones. Pero sigo creyendo que debes pensarlo mejor —se enroca el dirigente—. Tú sabes, porque eres inteligente, el poder que tiene el Partido. Reconoces también que el Partido es quien dirige la Revolución. Que esto es la dictadura del proletario. Y el Partido es la vanguardia del proletariado. Leninismo, ¿ok? Una lucha frontal contra el Partido, aun cuando supongamos que en este sitio esté del todo corrompido no se gana nunca —argumenta el funcionario, amenazando un jaque en pocas jugadas.

—Se da cuenta que llevo las de perder. ¿Qué quiere, que me meta la lengua en el culo (con perdón), y me convierta en cómplice de todos los chanchullos e inmoralidades que suceden aquí, O que mire a otro lado? Como no puedo ponerme en frente usted me lo acaba de explicar, razón de más para que me marche de esta fábrica. Supongo que si el Ministro lo ha mandado a venir, no será sólo para hablar conmigo. Lo habrá orientado para que investigue y trate de averiguar lo que pasa aquí. Cuando lo sepa, no por lo que yo le diga sino por lo que usted sea capaz de ver, se dará cuenta de que tengo razón en marcharme. —Se ha salido de la trampa que le querían tender, a pesar de que ha tenido que sacrificar piezas al tener que hablar con toda franqueza. Y ha quedado en franca ventaja posicional.

—Sí, así es, la entrevista contigo es sólo la punta del iceberg. Me temo que tendré que investigar muchas más cosas —intenta defenderse el adversario.

El medio juego está terminado. Ahora se decide, en los finales, la partida.

—Bien, Antonio, me has convencido. Así no se puede trabajar. Es mejor que te marches de aquí. Ya te buscaremos un destino. Coge tus vacaciones y a la vuelta ya veremos a donde te mandamos. Bueno, al menos será esta mi proposición, pero ya sabes que no depende sólo de mí.

La blancas se rinden, reclinan el Rey. Ganan las negras. Partida terminada con punto para Tony. Pero ganar esta partida no significa ganar el torneo. A lo mejor unas tablas habrían sido más inteligentes. Se ha enfrentado al poder en el nivel más alto que él puede llegar. ¿Puede esperar algo bueno después de este choque frontal?

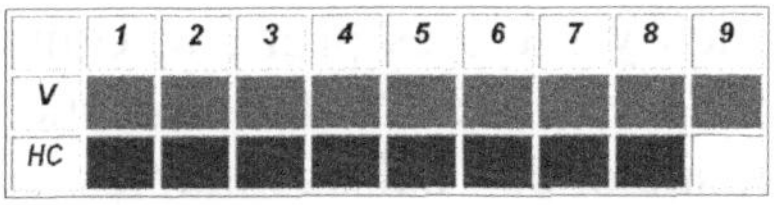

XVII.- Novena entrada, parte alta

«Pisa y corre» es una jugada difícil de explicar. Se hace cuando un hombre está en base, su compañero batea un «flai» («fly», elevado) a los jardines, que se aprecia que va a ser capturado. Entonces, el hombre que está en base la pisa donde estaba y sale corriendo para la siguiente cuando la bola es capturada. Tiene que tratar de llegar sin que un jugador en la defensa le toque con la bola. ¿Complicado, no? También puede usar el vocablo «pisa y corre» para designar un vehículo ranchera o una lasca de dulce guayaba con otra de queso crema. En alguna ocasión es utilizado cuando alguien es sorprendido por un marido celoso en flagrante adulterio (pisa) y tiene que salir por piernas (corre).

1984 / 1987

Tony sale de vacaciones. Ahora se trata de descansar unos días y esperar a ver dónde lo ubican. Se lo ha jugado todo contra el poder más elevado y no sabe cómo puede terminar todo. Sabe que pueden enviarlo a cualquier lugar y que incluso lo pueden castigar. No obstante, ahora quiere descansar y tratar de disminuir un poco su tensión interior.

Logra alquilar una habitación en una casa particular en Varadero. Es con derecho a cocinar, aspecto importante. Se va con su familia y se lleva a su hermano Coco con su novia y al más pequeño, Mingo. Siete personas, todos en una sola habitación. Cuando hay una oportunidad, todos aprovechan.

Por la noche, a la hora de dormir, hay que entrar numerados. Para empezar, se organizan los que duermen en la estrecha cama. Niños y mujeres primero, como si de un bote salvavidas en un naufragio se tratara. Después corresponde a los que van en el suelo, con balsas inflables, en las zonas más alejadas de la puerta. Por último, los que van en la periferia; aquí no hay otra opción que suelo pelado. Cuando se cierra la puerta en la habitación se acuesta el último, que con la puerta abierta no puede ocupar su pedacito de suelo. No cabe nada más, ni un alfiler.

Hay que orinar mucho antes de acostarse, pues durante la noche no hay quien pueda salir de aquel amasijo de gente. Alguien ha inventado unas botellas para los apuros, al menos para los masculinos. Todo es muy incómodo, pero esa misma incomodidad hace que lo pasen bien, burlándose de sí mismos. Son jóvenes y lo que puede parecer, y es en realidad una incomodidad, para ellos, sin complejos, lo convierten en una diversión. Al mal suelo buena cara.

Los días de playa lo relajan, lo necesitaba. Tony se sienta muchas tardes en la parte exterior de la casa, en medio de dos frondosos flamboyanes que están florecidos con esas esplendidas flores color de fuego que le son características y hacen contraste con su verde follaje.

«Qué razón tenía el que bautizó este árbol como el del "amor". Ahora estas flores tan bonitas, de rojo tan intenso, son la expresión vegetal de la pasión. Después viene esa larga vaina, fea y negra como pecados mortales».

Siente la quietud, el bienestar del ocio. Está tranquilo. Intenta leer, su pasatiempo favorito, pero el ambiente lo induce a la meditación.

¿Qué pasará una vez que se tenga que volver a comenzar a trabajar? ¿Cuál será su destino? Lo mejor es no tener que pensar en ello pues él no puede determinarlo, tendrá que incorporarse a dónde quieran ubicarlo. Le puede dar una pataleta a cualquier jefazo y no sabe dónde puede caer. Y aunque se preocupe, como no puede hacer nada al respecto, prefiere esperar a llegar al río para cruzar el puente. Sufrir dos veces por la misma causa no tiene sentido. Eso lo dice siempre su padre. Pero lo difícil es llevarlo a la práctica.

Esta tarde detecta algo fuera de lo normal. Una mujer un poco mayor que él, ha pasado varias veces por delante del sitio dónde está sentado. Lleva un minúsculo bikini que deja ver un magnifico y bien conservado cuerpo. Llama su atención lo tersa que es la piel de la chica, con un tostado regular en todo el cuerpo que lleva, por ínfima cantidad de tela, casi desnudo. Se percata que es una vecina que vive unas casas más adelante, porque allí la ve entrar y salir varias veces. La primera vez que pasa él mira, pero no dice nada. Ella provocativa vuelve a pasar, sabe que la ha mirado la primera vez y tal vez le ha gustado. Es de esas mujeres que saben lo que tienen y les gusta mostrarlo.

«Esa mujer lo que quiere es que la miren», tararea el estribillo de la conocida canción, Tony.

En las sucesivas veces hay sonrisas, pequeños piropos, intercambio de frases. En cada una de las insistentes veces que pasa el contoneo de las caderas se hace más acentuado y tentador. Este huevo quiere sal, se dice Tony. Nada, que está en la bobera. Otros calman sus tensiones y obsesiones dándose un trago o chutándose. Ya conocemos el calmante vicio que ha adquirido Tony. Y el ancestral cazador que todo hombre lleva dentro lo tienta a ir a la conquista.

Al día siguiente, la playa esta preciosa. Azul verde y clara, muy clara. Tony se queda en la arena después de que todos los integrantes del grupo se marchan a cambiarse y comer a la casa. No hace nada con marcharse ahora, pues la cola para el baño con agua dulce será larga y prefiere seguir disfrutando un rato más. Continúa leyendo el interesante libro que lleva entre manos. Pasados unos quince minutos entra al agua, el fuerte sol lo ha quemado en la espalda que arde, esta roja como el tomate. Camina un poco, en Varadero siempre hay que andar bastante para que el nivel de la esmeralda agua suba un poco.

Como tiene calor, se zambulle para refrescarse. Adelanta unos metros por debajo del agua, nada con los ojos abiertos en las claras aguas de la playa, para no tropezar y molestar a ninguna de las personas que, diseminadas, están disfrutando su baño. Divisa unas piernas de mujer. No tiene más aire y sale. Casi se da de bruces con la chica del día anterior. No se había percatado hasta ahora que ella estaba en el mar.

—Hola, pescao. ¡Qué sorpresa, lector! Pensé que nunca ibas a acabar con ese librito. ¿Cómo te llamas?

—Hola, ¿cómo estás, bañista caminadora? Yo me llamo Antonio, ¿y tú?

—Yo soy Gloria. —Y le extiende la mano.

Tony alarga la suya y ella entrelaza los dedos con los de él y la estrecha sin soltarla. Sin otros preámbulos le dice:

—¿Qué, te gusto? —Y muestra una total desinhibición frente a un hombre que apenas conoce y con el cual cruza sus primeras palabras.

—Sí que me gustas, estás muy bien.

— ¿Y cómo lo sabes? No me has probado —se insinúa ella, para que todo quede a tiro. Se puede decir que es la mujer quien está cortejando al hombre.

—Lo digo por lo que se ve.

—No te creas todo lo que ves, que a veces hay engaños. Ven y toca. —Y como tiene entre las suyas la mano de Tony, que no ha soltado en ningún momento la pone en su pecho, entre los dos senos, que sin más Tony acaricia y siente firmes y revoltosos.

—Vamos un poco más para lo hondo —dice ella, y se da la vuelta, sin más, y nada mar adentro. Tony se queda caliente y sin otra alternativa la sigue.

—Aquí mejor. —Está dando saltitos pues de pie no toca el fondo, se apoya en sus hombros con las dos manos, y sin más palabras lo toma por la nuca y lo besa, con un beso largo en la boca. Sin dejar de besarlo se sube a su cintura, rodeándolo con las dos piernas, y se aprieta a él—. Quítame ese trapo, ¿quieres? —Y sin perder un segundo baja ella la parte delantera del bañador de Tony.

—¿No vamos muy apurados? —pregunta Tony, pensando en cómo se han precipitado los acontecimientos y además que casi no toca fondo en el lugar que están.

—Pues házmelo suavecito, que es como me gusta a mí —dice ella socarrona, y se da la maña para que queden casi sin esfuerzo, uno dentro del otro.

—¿Te gusta echar un palo en Varadero? Con esta agua cristalina y esta arena tan clara lo estamos viendo todo.

—No me había pasado nunca, es la verdad —contesta Tony como un perfecto novato.

Tony escucha sonar las trompetas de la «Sonora Matancera» en su cabeza, por la asociación musical que hace de su romance. ¿O tal vez por lo bien que se lo está pasando?

«En el mar la vida es más sabrosa

en el mar te quiero mucho más

con el sol, la luna y las estrellas

en el mar todo es felicidad».

Encaja la canción como anillo al dedo, que por ser una frase hecha utilizamos, aunque no es anillo y dedo lo que precisamente esta acoplado.

«Hallarás amores entre sus aguas

y tendrás del mar su inspiración...»

—Pues verás que no se te va a olvidar en toda tu vida. Esta es la playa más linda del mundo. Por cierto, tienes que dejarme tú número de teléfono, que cuando vaya a La Habana te buscaré —comenta Dalia una vez que han calmado sus querencias. Aquí comienza a sospechar Tony que hay un trasfondo en todas estas facilidades. Ella quiere una habanera presa, codiciadas por las cazadoras de provincia.

—Será un placer. Pero, ¿cómo sabes que soy de La Habana?

—Lo de La Habana, por la matrícula del carro. Y lo del placer espero que sea más de uno. Te buscaré, seguro. ¡Es que estás para comerte!

—Espero que tus insinuaciones caníbales las hagas de mentiritas.

—Descuídate y verás. Que así saladito como estás, no sé si me voy a aguantar.

—¿No te parece que todo esto ha pasado sin mediar palabras? Ha sido tan de pronto. ¿No te parece muy rápido todo para ponernos a hacer el amor?

—¡Oye, un momento! Para el carro, que hacer el amor es otra cosa. Es cierto que yo, como lo hacemos la mayoría en este país, disfruto al máximo del sexo. Lo hago sin complicaciones y de manera generosa. Son los tiempos. Eso ya no da miedo, no es pecado, no es sucio. El sexo lo hago con quien quiero y cuando quiero. Defiendo a las mujeres. Pero me gustan los hombres. Una cosa no quita la otra. Lo hago sin cálculos. No sabemos qué nos depara el futuro y hay que gozar. Es lo que nos vamos a llevar. Pero… hacer el amor es otra cosa. En eso entran otras muchas más cosas. Y nosotros sólo hemos hecho sexo.

—Pues ¿sabes? Cuando yo era un niño fui boy scout. ¿Sabes cuál es el lema? —Ella interroga con el gesto de su cara y él le contesta—: «Siempre listos».

Se pudieron ver un par de veces más, era sólo sexo y eso se podía tener con muchas menos complicaciones y menos kilómetros de por medio. Se quedó en eso.

De vuelta al trabajo. No hay sanción, ni ubicaciones raras. Queda en una especie de limbo, y no sabe sí está a buenas o a malas con el Ministerio después de su plante. Lo han designado a la Unión de Empresas de la Goma, en sus oficinas de Cuba y Amargura. Que ya se ha aclarado que no es ninguna licencia literaria con segundas intenciones. Es un lugar real.

Tampoco las hay en el nombre de la organización empresarial. En Cuba, la goma es la manera de designar al caucho. Significado diferente tiene en la madre patria, pues goma se llama a los condones. Por tanto, no se infiera que lo han destinado a una lujuriosa organización como controlador de la calidad de los necesarios artilugios de prevención. Se trata sólo de las oficinas centrales de la unión de muchas empresas que tienen el caucho como principal materia.

Lo designan a la División de Mantenimiento. En estas funciones tiene que recorrer toda la Isla, para la inspección del estado técnico de los equipos en las catorce empresas con que cuenta la organización. De esta forma, conoce palmo a palmo su querida islita. En casi todas las provincias hay alguna dependencia y el resto de provincias las conoce de paso.

En uno de estos viajes, una noche, en el parque de Holguín, se encuentra por casualidad con uno de los compañeros de la recapadora de neumáticos a los que está impartiendo en estos días un curso sobre mantenimiento.

—Hola, Ingeniero, ¿nos «pasamo un fraco»? —pregunta Remigio, un técnico de la planta y alumno del curso.

—¿Qué me dices, Remi? No te entiendo —dice Tony, que no comprende la expresión.

—¿Qué si nos bebemos una botella de ron?

—¡Ah!, lo que quieres decir es que hay que quitarse la sed. ¿Pero no te parece mejor un lague, una cerveza? Con este calor…

—Sí, compay, pero a María no le toca hoy.

—¿Qué me dices? —Tony sigue sin entender.

—Que la pipa que reparte cerveza, María que le decimos, no toca hoy que es miércoles. Hoy no hay «lagarto ». El único «tiro» que podríamos encontrar es en el Hotel. En el Pernik. Pero es sólo para turistas y con fulas. También podríamos ir para la playa. Guardalavaca. Allí casi siempre hay.

—¿Cómo lo haces?

—Pues es fácil. Mira esa esquina. ¿No ves los moteros, con sus hierros? Son bonitas, ¿no?

Señala un grupo de motos muy bien arregladas y equipadas que están en una esquina del parque. Son modelos viejos, americanos. Pero están muy bien conservados por el ingenio y laboriosidad de verdaderos artistas del motor que hacen maravillas en este país, tanto con las motos como con los coches. El extranjero que visita Cuba se maravilla, pues siente que se encuentra en una exposición automovilística viviente por los muchos modelos que ya hoy son piezas de museo y que aún circulan por nuestras calles. En el año cincuenta y nueve, al triunfo de la Revolución, el censo automotor de Cuba era muy amplio y diverso. El per cápita era de un automóvil por cada veintisiete habitantes, el tercero del hemisferio, incluyendo Estados Unidos y Canadá. Todo este inmenso parque se quedó de pronto sin piezas de recambios. Desde entonces el cubano «inventa».

—Sí, son lindas las motos. A esos sí los debías llamar ingenieros, o cuanto menos, ingeniosos —contesta Tony.

—Pues estos ahora están esperando el «material». Chiquitas que van con ellos y se lo pasan bien. E incluso hasta pescan un turista. Son las jineteras. Les decimos así porque se escarranchan detrás de paquete, como jinetas. Y van para la playa seguro. Ellos siempre saben dónde hay.

Es la primera vez que Tony escucha la palabra «jinetera». Aún no se ha popularizado este término en el argot callejero cubano. El mismo se convertirá por desgracia en poco tiempo en el sinónimo de una chica que por los pequeños regalos, una cena o pacotilla de escaso valor, hacen cariñosa compañía a los turistas. Tony ha tenido casi la exclusiva de conocer el vocablo de primera mano en su lugar de origen, y que después viajó a La Habana y desgraciadamente al Mundo.

«Triste realidad de estas mujeres, que en este caso hacen el sexo de manera interesada. No del otro que me decía Gloria libre, espontáneo y por placer. Son dos categorías distintas», cavila nuestro hombre. «Estas lo hacen para poder solucionar las necesidades elementales que de otra manera no logran satisfacer. La vieja historia del trueque de cascabeles y cuentas de cristal por pepitas de oro. Está funcionando desde el descubrimiento y siempre sale ganando el colonizador en detrimento del nativo».

No entra en juicios morales, ¿quién es él para hacerlos? Pero si es necesario opinar, considera que la suciedad está en la acción del turista sexual, que se aprovecha sin escrúpulos de la necesidad de las pobres chicas en su beneficio.

—Bueno, Remigio, creo que tendremos que meterle al frasco, pues estos seguro que no nos van a llevar a nosotros, un par de machangos, en sus motos.

Pasan la noche bebiendo. Tony comprende ahora porque se bebe tanto en las ciudades de las provincias. Por no poder entretenerse en muchas otras cosas, se bañan las frustraciones con alcohol de cualquier calidad.

Lo que han resuelto, en bolsa negra, es una botella de «Chispa e´ Tren», brebaje destilado en alambique casero, fuerte al paladar. Eligen entre otras marcas como: «Cuco Mofuco» o «Hueso e´ Tigre» que son de otras «bodegas», pero todos más o menos de la misma denominación de origen. ¿Podría ser este el dictamen de un criollo sumiller?:

«Fuerte sabor a rayos en el retro paladar, y sensación anestésica debajo de la lengua, producida por su contenido de "etilpingonato". Color ambarino fuerte, acercándose al "agua sucia". Cuenta con quince minutos de añejamiento en cualquier cacharro cochambroso antes de haber sido embotellado. No deja marcas en el corcho (porque el corcho no existe, le han puesto un tapón cualquiera). Recuerda al alcohol de reverbero y produce potentes alucinaciones con sólo un par de tragos, en las cuales se observan intenso chisporroteo de luces. De aquí su acertado nombre».

Cuando los efluvios etílicos comienzan a surtir efecto controlados por «Mofuco», que según la «mostología» criolla es el equivalente a Dionisio o Baco, las cabezas están menos claras y la lengua más suelta. Tony, cómo el que no quiere la cosa, mete un poco el dedo, para enterarse de cómo se funciona por aquí en cuanto a salidas en barcos o balsas. Tiene que explorar todas las vías posibles. El tema es muy peliagudo y lo tantea con extraordinario cuidado.

—Por estas costas se ha tirado mucha gente. ¿No es así? —dice, como una mosquita muerta.

—En los últimos tiempos por aquí no sale nadie. Y los que han intentado los han cogido a todos. Por aquí es difícil escapar —dice Remigio, que ya está medio «curda».

—Eso es una lotería. La gente se manda sin tener en cuenta que se juega la vida —comenta Tony y repite la última frase de su interlocutor para darle pie a continuar—. Por aquí es difícil escapar.

—Ingeniero, esto te lo cuento en secreto, coño, que tú eres mi «helmano» del alma y yo sé que tú eres hombre a «to´». Júrame por tu madre que no vas a «decil na». —Tony asiente con la cabeza—. Mi primo hace muchos años, ya casi veinte, se quiso dar el piro. «Ilse pa´l yuma». Coño, no digas na en la fábrica que esto me compromete, ¿tú sabes? Lo cogieron. Tuvo que jalar cinco años en el talego porque en el barco que iba hubo tiros y esas cosas, y le metieron agravantes y «to eso» —cuenta el hombre con la lengua medio enredada, por la borrachera.

—¡No me digas, Remi! ¿Y qué más pasó? —trata de sonsacar más información Tony.

—Pues él me contó, y a mí no me hagas caso, que en la escapada el «gualdacostas» los alcanzó y les tiró. Los hizo «mielda». A él lo hirió una astilla de madera que saltó del barco y se le encajó en la «epalda». Pero a un muchacho se lo «ñampiaron» y allí mismo lo dejaron. Lo tiraron al mar. Creo que me dijo que antes de morir le había dicho de dónde era y le pidió que avisara a su familia. ¡Coño! Ahora caigo. ¡Pero si dijo que era de tu pueblo en La Habana! Fue de lo poco que conversaron. Pero mi primo nunca ha podido ponerse en contacto con la familia. Se le olvidó el nombre, o nunca lo supo. Figúrate fue una sola noche y tantos años en la «cana». No sabe ni el nombre ni la dirección. ¿Tú no has conocido a nadie así?

—No, Remigio, no me suena de nada esa historia. —Tony miente. Piensa, atando cabos, que podría ser Saldiguera, del que nunca se ha sabido que pasó. Pero no quiere, porque no le conviene decir nada. De todas formas ahora nada puede hacer. Tal vez sí. Cuando regrese a La Habana, hablar con el hermano del muchacho al que conoce y contar de lo que se ha enterado. De todas formas, ellos lo dan por muerto.

Con un fuerte dolor de cabeza de origen «etílico ferroviario», va de vuelta a La Habana, viendo aún alguna que otra chispa. Tony sigue maquinando qué puede hacer para salir del país y sacar a su familia. Dicen que en nuestros hábitos más profundos de supervivencia creados desde la caverna y para mantener la especie a lo largo del tiempo, se han formado, ante una situación de peligro tres actos reflejos: atacar, camuflarse o escapar. Tony lo tiene prácticamente decidido. No habla de ello con nadie. No quiere ni preocupar ni comprometer a nadie. Tiene que encontrar una forma, no sabe cómo, pero tiene que lograrlo.

«Lo que sí tengo que avisar al hermano de Saldiguera, creo que no resolverá nada con esto pero al menos que sepa lo que me han contado». En la primera oportunidad se lo comentará.

Pero él se está preparando. Desde hace dos años que va por las tardes-noches a clases de idioma. Primero el inglés y cuando termina, matricula el ruso, un poco por despistar. Además todo puede servir a la idea central: escapar. Entre tanto, el camuflaje lo práctica como todos, pero no le gusta. Y la lucha sigue siendo una opción que considera imposible.

1988 / 1989

La escuela de idiomas es un vacilón. Le gusta el ambiente. Gente joven, sin tema, que se relaciona bien, son chéveres. Refrescante. Por la mañana, la instalación funciona como una secundaria básica, por la noche son los idiomas los que toman el edificio.

—Добрый Вечер, Могу ли я приехать? —dando las buenas tardes y pidiendo permiso para pasar a clases, con una pronunciación que deja bastante que desear.

—Добрый вечер. Пожалуйста, перешлите —contesta la profesora, devolviendo el saludo e invitando a entrar a clases en un ruso impecable.

Una impresionante eslava es la profesora. Tiene un tipo de modelo. Sensuales proporciones en todo su cuerpo. En un elegante moño recoge su pelo, que deja ver un refinado y apetecible cuello. Pero sobre todo tiene una clase y estilo que la hacen sobresalir. Toda ella refleja distinción y gusto refinado. Mujer que impone.

Al principio Tony la admira como una diosa eslava, pero no le pasa por la cabeza otra cosa a pesar de su mal hábito adquirido de enrollarse a la primera. Ella habla español con poca soltura y mucho acento, pero se hace entender. A Tony le cuesta mucho hacerse con el idioma que trata de aprender. El alfabeto cirílico lo desconcierta. No por los símbolos, que se dominan con un esfuerzo de memoria en poco tiempo como si fueran una clave secreta. El problema son las pronunciaciones. Un cubano no pronuncia en español de manera diferente una s, c ó z, y esto lo marca desde que comienza a balbucear sus primeras palabras. ¿Cómo podría lograr entonces pronunciar ж, ш, щ ó з? Son complicadas las distinciones fonéticas. Además las declinaciones. Bueno, bueno, ese es otro rollo.

La profesora se da cuenta de los apuros de Tony y pone especial empeño en ayudarlo. Con mucha paciencia trabaja con él. En los recesos conversan. Van ganando confianza. Un día explica por qué no está cómoda con que la nombren como «la rusa».

—Yo no soy rusa. Soviética, quizá, y tampoco —dice levantando la cabeza y sin disimular la arrogancia con que lo pronuncia—. Soy letona —y entonces sí se nota que el orgullo patrio la desborda por todos los poros.

«Mujer de armas tomar —piensa Tony—. A ver de qué me entero sobre esto de las nacionalidades en la Unión Soviética, pero visto por los propios soviéticos a nivel de hombre de la calle».

Es difícil hablar con libertad de ello, pero descubre poco a poco que subyacen en los soviéticos no rusos los sentimientos nacionalistas. Conoce algunas otras amigas de la profesora. Cada cual quiere lo suyo, y sobre todo las personas de diferentes nacionalidades a la rusa tienen un profundo resentimiento contra los que consideran invasores y opresores. Si al exterior dan imagen de bloque monolítico es por obra y gracia de la propaganda, la fuerza y del miedo.

Siguen ganando en confianza y comienzan a hablar de diferentes cosas, de las que ella no se atreve a hablar con nadie. Su marido es militar y cualquier comentario desafortunado teme que le pueda crear problemas. Está sola en esta isla a mucha distancia de su tierra y eso siempre la condiciona, la marca.

—Hace mucho tiempo que no oigo hablar mi lengua. Sólo la escucho dentro de mi cabeza. No sabes cuanta tristeza se puede guardar.

—Pero en ruso hablas. ¿No es cierto? Te oigo hacerlo con Valia o con Svieta.

—No es lo mismo. No es lo mismo. Mi idioma es el letón.

—Pues sí que es como para entristecer. Estar lejos de los tuyos. De tu cultura…

—Sin embargo, cuando hablo contigo me siento tranquila. Me transmites seguridad y paz interior. Tu sola presencia me tranquiliza.

Comienza a abrirse como una «matrioska». Confiesa cosas que no se las diría a nadie. Tony transmite una sensación de seguridad que ella no conocía hasta ahora. Y está muy necesitada de ser escuchada, comprendida y protegida.

Él está confuso. En el caso de una mujer cubana ya le había dado suficientes pistas para «entrarle». Pero en lo tocante a esta beldad, para él es un verdadero enigma. Mide muy bien todo, no quiere traicionar la confianza y amistad que ella, de manera tan sincera, ha depositado en él.

Un viernes marcan, como deberes para el fin de semana, traer una redacción de al menos tres párrafos con tema libre.

Todo el fin de semana dedica a escribir los tres párrafos. ¡Qué tarea! Primero escribe en español y va traduciendo palabra a palabra, a golpe de diccionario. Es un trabajo extraordinario, no por lo que desde el punto de vista literario pueda valer, sino por el esfuerzo que conlleva. El lunes siguiente lo presenta y queda expectante.

Su corto tema trata sobre un hombre que hace mucho tiempo que quiere comunicar su amor a una chica (que es la descripción exacta de la profesora), pero no se atreve a decirlo. Narra cómo se las ingenia para invitarla a cenar. Su vocabulario es muy pobre, tiene que hacer construcciones muy sencillas. Para cumplir con la meta de tres párrafos, rellena espacio con el menú de la cena y tiene el cuidado de nombrar los platos que ya por sus conversaciones, sabe agradan a ella. El desenlace se produce cuando la chica, que tenía los mismos sentimientos, se los demuestra regalándole un ardiente beso al finalizar la noche.

La profesora lee en voz baja, para ella, lo que ha escrito Tony. Él observa atentamente sus reacciones. Ella, a medida que avanza la lectura, se va emocionando más y se nota en la agitación de su respiración. Casi se escucha latir más rápido su corazón. Pero Tony ha hecho trampas, se ha guardado un as en la manga para evitar que si no era bien aceptado, tenga salidas para que no lo puedan recriminar. Ha puesto al final del tema una oración que dice que de sus bellos ojos azules ha brotado una lágrima de emoción. Al llegar a esta parte y leerlo, la profesora demuestra una ligera decepción. Mujer de detalles, al fin y al cabo. Reacciona de manera rápida, se repone y entonces se acerca a Tony. La blanquísima cara ahora está coloreada con tintes rojos y la acerca a la de él. Por lo bajo, y en español, para que lo entienda y no queden dudas, le dice:

—Una historia muy bonita. Sobre todo es buena porque es auténtica. Tiene una sola falta. —Acerca más su cara y ahora está casi rozando la de él y abre mucho los ojos, como queriendo devorarlo con ellos—. Mis ojos son del color de la miel, no son azules. Глаза цвета меда. Rectifícalo.

Aquello era un sí en toda regla y en cualquier idioma. Abría sus puertas. Esa misma semana salieron a cenar y el menú fue poco más o menos el del trabajo de clase. Todo comenzó con un bello ramo de rosas rojas, que en el lenguaje de las flores significa amor apasionado. Y que para Tony significó solucionar un trabajito de mecanizado a un vendedor de flores. Y terminó con champán y caviar ruso. Esto fue por cuenta de ella. Después, una excelente sobremesa. Era la primera vez que Tony probaba aquellos manjares extranjeros. Y también el especial dorado, suave y diferente bello vello púbico.

En esta práctica a la que ya nos hemos acostumbrado de comparar amores con ritmos musicales, se presenta en este caso un escollo. No viene a la cabeza de Tony un ritmo musical clasificatorio, que sea por completo exacto. No hay mambo, chachachá, guaracha o danzones letones. Lo que habían vivido no tiene nada que ver con las dainas letonas, ni con la kalinka rusa.

Prefiere dejarlo así. Recordada de manera diferente como diosa báltica, hija de Leto, mujer refinada. Para sí deja los secretos recuerdos. Para sí las asociaciones y a veces retorcidas conexiones del inconsciente, que vienen asociadas con a los apasionados gustos más íntimos de su amiga y los que no eran nada nuevo, pues puede incluso rememorar a lo que ya nos decía el Rey Salomón en el Cantar de los Cantares:

«Tu vulva es un cántaro,

donde no falta el vino aromático.

Entre tus muslos hay un manojo de trigo,

rodeado de lirios...

...Séanme tus pechos

Como racimos de uva...»

Muy complicado es el subconsciente, pero muy bien ganado tenía su epíteto el sabio Salomón.

Con altas y bajas se vieron por algún tiempo. El alumno aprendió muy poco ruso. Sin embargo, enseñó bastante a la profesora, que pudo consumar con deliciosa satisfacción sus más añoradas e íntimas fantasías. Era, lejos de los estereotipos, una caliente nórdica ávida de placeres y saberes terrenales, no precisamente de idiomas. Esto último si descontamos, en el saber de la lengua, lo mucho que gustaba de practicar el francés y también, aparte, algún que otro repaso de griego.

Ella lo ayudó a prepararse para su próximo reto. Su orientación de costumbres, comidas, formas de vestirse y comportarse que lo ayudarán mucho. Lo refinó a la europea para un próximo viaje. Un grupo de diez personas habían sido elegidas en la unión de empresas para pasar un curso en la entonces Checoslovaquia. Había que cumplir una serie de condiciones de experiencia y nivel profesional. Tony, a quien el nuevo director de la unión le dedicaba especial atención, fue seleccionado. Es extraño que fuera uno de sus elegidos, pero es aquel que se atrevió a hablar claro al ministro, y no lo habían «tronado». Mejor era estar a bien.

«Esta es la mía», se dice Tony. Piensa que este puede ser el momento para poder abandonar el país. ¿Podrá intentarlo? ¿Y la familia? No se pueden hacer planes por anticipado, pues no tiene ninguna información. Tendrá que observar qué sucede e improvisar. En el grupo hay algún amigo. También hay al menos dos que se nota bastante que hacen la función de perros guardianes encargados por la Seguridad del Estado.

Salen de Rancho Boyeros y hacen una escala muy corta en el Aeropuerto Internacional de Gander, en Canadá. Tony queda deslumbrado en aquel aeropuerto. Las tiendas, los anuncios con tantas luces, la tecnología, la construcción. Todo lo asombra, queda alucinado y sobrecogido. Ha chocado con el primer mundo. Y el choque es fuerte, impacta.

Ninguno de los miembros del grupo lleva dinero. No es posible hacer llamadas ni comprar nada, es casi como si se hubiera quedado dormido en el avión y estuviera soñando una linda fantasía. El grupo se mueve todo junto. Al parecer, lo que le está sucediendo a Tony les está pasando a todos, y ante la inseguridad, en ancestral recurso, buscan la protección de la manada. Y así parecen pitecántropos, sobre todo por lo arcaico de su ropa, caminando, mirando arriba y abajo, deslumbrados por el aeropuerto canadiense.

—Voy al servicio —comenta Tony.

—Yo voy contigo —comenta uno de los cancerberos y lo sigue.

Tony se encabrona. Se ha dado cuenta de que a este le han dado la misión de no perderlo de vista. Como en el baloncesto, de la «defenśa en zona» pasan a la «defensa hombre a hombre». No están seguros de lo que podría hacer, cómo podría reaccionar ante la posibilidad de una fuga.

Vacían sus esfínteres. Tony disfruta, «estoy meando en el mundo libre, que ilusa ilusión». Y vuelven a los asientos donde se ha sentado el grupo a esperar la salida del vuelo. Ni un segundo deja de observar. También siente que en todo momento es observado. Ve algunos de los famosos policías montados del Canadá, con sus grandes sombreros, sus rojas casacas y hasta con las polainas. Pero no se fía, no saben si puedan prestarle ayuda. Tiene un serio prejuicio de asociar fuerzas de la autoridad con opresión y represión. Su falta de información es total. En poco tiempo llaman de nuevo a los pasajeros del vuelo.

«Aquí no podrá ser —piensa Tony—. Habrá que seguir buscando la manera de hacerlo». En su evaluación pesa mucho su familia y eso le resta decisión. En su inconsciente, el miedo omnipresente acaba por poner el freno.

El curso es en Kralupy nad Vltavou, pequeño y pintoresco pueblo distante a unos treinta kilómetros al norte de Praga. El grupo se aloja en un Instituto Politécnico que tiene en este lugar la Empresa para la Cooperación Técnica. Los profesores son checos y se imparten las clases con traducción en directo.

Las tesis, de manera especial en economía, que plantean los profesores no son del agrado de algunos miembros del grupo, los más ortodoxos del sistema cubano. Al principio, consideran que son errores de traducción, hasta que se convencen que no es así.

Los planteamientos de los profesores venían a decir, de manera sutil, que el sistema comunista no podía sostenerse y era anacrónico, estaba agotado por completo. Eran razonamientos basados en datos, cálculos y estadísticas demasiado evidentes. Pero hay que tener en cuenta que estamos en los inicios de la perestroika rusa y los aires de libertad sólo comienzan a colarse por las pequeñas rendijas que ya se notan en el impenetrable telón de acero. Esto son herejías para los fanáticos militantes, que nunca han oído nada en contra de su maravilloso sistema.

Van a visitar varias veces Praga, para hacer turismo acompañados del amable traductor y por un simpático y viejo profesor, checo, muy checo, muy conocedor y enamorado de la ciudad, que les enseñan muchos rincones pintorescos sólo accesibles a los muy entendidos del lugar. Son de manera extraordinaria amables y exquisitos en el trato. Sin embargo…

—Estos checos son unos traidores. No saben dónde se están metiendo —es el comentario de uno de los dogmáticos caribeños en una de las típicas cervecerías de Praga, una tarde de sábado que ha salido a pasear el grupo.

—Ahora que no están aquí, el traductor el otro día me estuvo hablando muy mal de los soviéticos y me invitó a ver los edificios que aún tienen impactos de bala cuando fue necesario tomar cartas en el asunto. Se notaba mucho rencor —comenta la chica que hace la labor de secretaria del núcleo del partido del grupo.

—En muy poco tiempo tendrán que volver los soviéticos, pues creo que estos se están desmadrando —dice el primero que había hablado.

—No sé, no sé. La verdad es que Gorvachov, no es Brezhnev… —comenta Tony esta verdad de Perogrullo para no quedarse callado, pero no quiere decir nada inoportuno.

—Aquí tienen un nivel de vida más alto que el nuestro. Es indudable. El no tener un bloqueo como nosotros los ayuda, claro está —dice la que hace de secretaria del partido en el grupo de militantes y que algo tiene que decir, a pesar de la realidad que está viviendo.

—Y, ¿saben una cosa? Eso de estar llevándonos a las iglesias no va conmigo. Que yo he peleado mucho mi carnet de militante para venir a perderlo ahora aquí tan lejos de Cuba. —Le daba miedo al recto ortodoxo que lo juzgaran como una debilidad ideológica la visita a las iglesias, bellos monumentos milenarios que tiene la histórica ciudad.

«Creo que poco podré aportar o razonar de cualquier tema con este nivel de intolerancia que raya la estupidez, así que mejor me mantengo callado y escucho, que estaré más resguardado. Allá ellos que son los rojos», piensa Tony mientras mantiene una posición de observación en la conversación.

—Me parece que no debemos meternos en los asuntos internos de ellos. Podría tomarlo como una descortesía y ya saben que aquí no nos juzgan como personas individuales. Estamos representado al país —hace el comentario Roberto, un chico de la planta de Santiago de Cuba, que llega a la mesa con varias jarras llenas de una fría y sabrosa cerveza Pilsen.

—Pancho, pero lo que está muy buena es esta cerveza. Hay que reconocerles que hacerla bien, la hacen. ¿No les parece? —Intenta desviar la conversación Tony, al ver que se acercan el viejo profesor y el traductor y que la conversación podía ser comprometedora.

Tal como les había anunciado, los llevan a ver los impactos de los proyectiles soviéticos cerca de la plaza de San Wenceslao, que son los testigos en la piedra de los edificios de los días de la invasión que aplastó los débiles brotes verdes de una malograda primavera, y que los checos soportan como cicatrices en sus propias carnes. No pueden, no quieren, se resisten a dejar de mostrarlas.

Tony no quiere perder la oportunidad. Aprovecha y se nutre de todas las ideas que transmiten. Son interesantes experiencias y conocimientos a los que se debe estar abiertos. Habla con los profesores, pide información. Es una esponja. Su aliado es Roberto, que habla un poco de checo y sirve para llegar a dónde los otros no pueden hacerlo. Después de dos o tres salidas pueden recorrer la ciudad sin compañía y con más libertad. Disfruta y goza de los conocimientos culturales que le aporta aquella vieja y maravillosa ciudad que recorre con la curiosidad de un niño. Beben y disfrutan la magnífica cerveza checa, por supuesto en «Hostinec u Kalicha», la taberna a la que era asiduo Hasek, autor de las narraciones de «El buen soldado Svejc»: personajillo literario que divirtió a Tony cuando leyó sus graciosas aventuras.

En algún momento intenta conseguir la información del sitio donde pueden estar las embajadas extranjeras. Averigua a fuerza de mapa e indirectas preguntas que muchas de ellas están en la bajada del Castillo de Praga, en el barrio de Malá Straná. Considera que ha llegado el momento de pasar a la acción. Se propone hacer una escapada para investigar, a ver si aquí puede hacer algo.

Esta vez tiene que moverse él solo, no quiere ni comprometer a nadie ni que tampoco nadie lo estorbe. Deja a Roberto tomando cervezas en una taberna, casi a punto de hacer la conquista de una medio hippie chica checa. Sale entonces Tony, en una elegante jugada, como queriéndole dejar el campo libre. Es el momento.

Camina desde el centro de la ciudad, muy cerca del reloj astronómico. Va callejeando por las empedradas sendas. Hace despacio el recorrido, tiene todo el tiempo del mundo, la tarde y la noche entera, y se para a mirar los escaparates de las tiendas un par de veces. Quiere asegurarse que va solo y no trae colas. «Voy limpio», se dice.

Llega al «Puente de Carlos» y se mezcla entre las muchas personas que están cruzándolo siempre en uno u otro sentido. Hay algún músico callejero y también algunos que se dedican a la pintura, aprovechando las últimas horas de luz para captar el bello paisaje en sus lienzos. Se vuelve a detener para mirar las diferentes esculturas de las barandas. Se siente nervioso, porque él sabe lo que está buscando. Ninguno de los transeúntes puede sospechar, en lo más mínimo, cuáles son sus pensamientos. Pero siente esa sensación de desnudez que se experimenta cuando en la mente hay una idea atrevida y parece que todos estén observándola con descarada transparencia.

Otra vez hace una parada más larga para mirar las embarcaciones que se mueven parsimoniosas por el río Vltaba. Observa los amplios pilares con sus rompeolas que sirven de soporte al envejecido puente. Se da cuenta que se mueve sin que nadie lo siga, al menos de los cubanos, y entonces se vuelve a poner en camino.

Al salir del puente camina despacio la empinada calle que lo va a llevar al Castillo de Praga. Va comprobando por el anuncio de las banderas, colocadas en las astas de fachadas, las diferentes nacionalidades de las embajadas. Una a una va comprobando por simple inspección. Unas son europeas, otras africanas. Estas últimas las descarta sin más análisis.

Son además viejos caserones con puertas de madera enormes pegadas a la calle, que no dan oportunidad a nada. Tendría que desarmar a los tres custodios que hay en cada una de las pequeñas garitas de la calle. También desecha esa idea, él no es un héroe de películas de Hollywood.

De manera definitiva se da cuenta de que colarse aquí en una embajada es tan difícil como hacerlo en Cuba, ya que están tan custodiadas como allá. Y se le cierra esta vía de escape. Siente una gran desilusión que trata de disimular los días que le quedan de curso teórico en Kralupi.

«Adiós, bella Praga, espero que podamos volver a vernos», se despide como si de una nueva novia se tratara.

La segunda parte del curso es práctica. Se realiza en fábricas de una pequeña ciudad al sureste, Otrokovice, reconocida por su importante industria del calzado, distante a unos doscientos cincuenta kilómetros de Praga. En esta pequeña ciudad, como tiene muchas plantas productoras, hay una densidad inusual de tiendas de calzado. La calidad y la cantidad de un calzado que los cubanos del grupo no han visto nunca.

Ahorrando del dinero que reciben para comer, todos compran tantos pares como puedan llevar, sobre todo para los niños de la familia. Las necesidades son comunes, por lo que los comportamientos son similares.

Roberto en un arranque de sinceridad comenta a Tony:

—Coño, me jode mucho estos recalcitrantes «ñangaras». Mucho hablar, mucho echarles con el rayo a los checos pero cuando llega el momento de cargar zapatos en la tienda se les olvida todo.

—Cuando el zapato aprieta.... Nunca mejor dicho. ¿No te parece? Es que por la libreta te toca un par al año. Si hay cuando es tu turno. Y los de aquí son más bonitos y de mejor calidad y sobre todo sin límites. Eso es difícil de asimilar.

—Sí, pero lo de siempre, el camuflaje. Sienten una cosa, necesitan una cosa, y sin embargo expresan otra. ¡Cuánta hipocresía!

—Roberto, Roberto, cuidado con la lengua que por la boca muere el pez.

—¿Sabes lo que te digo? Que después de ver esto me convenzo más de que nos tienen engañados. Por eso tanta gente quiere marcharse de Cuba.

—Bueno, pasado mañana nos vamos. Nos van a dar hoy los diplomas y las notas. Se clausura el curso, diplomas, discursos de despedida...

—A ver si no meten la pata y le hacen una fea a los checos nuestros jefes de delegación.

Tony vuelve a Cuba un poco decepcionado, pues no ha podido hacer nada por lograr escapar. Ha sido una oportunidad desaprovechada. ¿O no?

En su cabeza resuenan nuevas ideas. Ha visto algo diferente. Aun con una sociedad comunista, el nivel de los checos le ha parecido muy superior a lo que está acostumbrado a vivir en Cuba. Pero ha vivido algo diferente, se ha contaminado con los aires de libertad, que lo llenan de esperanza y piensa que así como allí las ideas de transformación están preparando el cambio, en Cuba habrá que comenzar a trabajar por ello. Seguro que primero será el cambio en lo económico y que con posterioridad vendrán los cambios políticos. Vuelve a lo mismo, lo mismo de siempre. Algo hay que hacer si queremos que esto cambie. Pero, ¿qué hacer?

No era de todas la más bella ni la que tuviese un mejor cuerpo, aunque lo tenía. Tenía cuando la conoció Tony, unos senos estupendos, que ojalá Hebe, diosa de la juventud, le conserve. Siempre fue la de más sentimiento. La más profunda. La qué mejor lo sospechó, pues nuestro personaje, con tantos recovecos, es muy difícil de adivinar.

Lo sorbía ella a él. Lo disfrutaba pedacito a pedacito. Le gustaba Mafalda, su heroína de comics, y tal vez era aún más sincera que esa niña de Kino. Aunque su álter ego, deseado, soñado era Karen Blixen, personaje principal de «África mía», que hoy son «Memorias de África» por esa inexplicable diferencia de traducción del nombre de las películas para los diferentes públicos de habla española.

La conoció en una gran empresa de mantenimiento industrial dónde coincidieron y trabajaron juntos. Pasaron por un taller de mecanizado en el Barrio del Cerro. Un viejo establecimiento con grandes y viejas máquinas herramientas, utilizadas para reparar las que en aquellos tiempos eran ya vetustas y decrépitas instalaciones de la Industria de la Goma.

Allí habían enviado a Tony, que ahora lo movían aquí y allá después de los incidentes antes relatados con el ministro. Era para que, en palabras del director de esta empresa, «arreglara» un poco aquello. Un caramelo envenenado sin lugar a dudas. El director de la empresa envío también un grupo de recién graduados universitarios para que realizarán sus primeros dos años de carrera a modo de entrenamiento. De este grupo era ella.

Los trabajadores del taller eran gente de los arrabales y la guapería (el Cerro tiene la llave). Nada nuevo para Tony, vivir en un mundo de tipos duros no le era ajeno. Aquel taller podía haber servido de plató real para una película de la sórdida explotación de los obreros en los tiempos del mecanicismo. Era un viaje a los tiempos de Taylor. Como el capitalismo salvaje del siglo XIX.

Varios niveles en un mismo piso, poca iluminación, bastante grasa y suciedad. De milagro no se accidentaban los trabajadores, que a pesar de las condiciones adversas eran expertos operarios. Oficiales capaces de lograr tolerancias de una centésima de milímetro en el torneado de árboles con un metro de diámetro o tallado de engranajes mayores aún. Una «pendejésima», decían allí, que es la milésima parte de un pendejo, pelo de entrepiernas. Todo ello a pesar de utilizar máquinas herramientas muy viejas y ya poco precisas.

—Tony, lo que estas logrando aquí es increíble —dijo ella admirada de ver cómo las cosas cambiaban.

—Yo solo doy la cara. Lo que se está logrando es cosa de la gente.

—Lo que tú quieras, pero esta gente es las misma que había antes aquí. Esta gente estaba muy descontenta. ¿Qué es lo que ha cambiado?

—Bueno hay dos cosas que precisar. Primero no es de manera exacta la misma gente. Están ustedes, la sangre nueva, que están sirviendo de catalizadores. Y por otra parte, esa otra misma gente que estaba antes está siendo tratada con respeto y consideración. Se les reconoce su profesionalidad, y ellos sienten orgullo por su profesión. Son arrabaleros, es verdad, pero por encima de ello son personas. ¿Te parece poco el cambio?

—Es una simple cuestión de sentido común que el sistema no acababa de entender, a pesar de las mentiras que cacarean: hay que tener en cuenta a las personas en toda su integridad. También es así en la URSS, yo lo vi allí, aunque sólo como estudiante.

—Esto es como el experimento de Elton Mayo en Hawthorne pero a la cubana. A ellos les debemos esta dimensión diferente que dieron a la producción.

Tony siempre había admirado aquellos pioneros de los años veinte, que se habían subido al carro de la parte humana del trabajo y completado, si no superado, los en su tiempo importantes pero insuficientes principios mecanicistas de Taylor o de Ford. El experimento de Hawtorne fue el que le dio la vuelta a todo y puso al hombre, completo, brazos y cerebro, como el factor productivo más importante.

—Para ti es fundamental el respeto de cada persona en el trabajo. Eso me gusta mucho. Nunca utilizar el miedo como elemento motivador.

—Bueno, y si después hay que estar e ir a tomarse un cubo de «lague» en la piloto con la gente, también se está para esa. Juego con ventaja, pues conozco bastante bien el ambiente de los guapos.

Ella era una niña bien, de la oligarquía dominante por su cuna. Aquel ambiente, un tanto hostil y sórdido, era nuevo para ella. Ni siquiera se imaginaba que existía. Pero prefirió ser una mujer del pueblo, por vocación. Le apasionaba Benedetti. Le gustaba tener una flor, que de forma misteriosa le aparecía en su mesa cada mañana al entrar a trabajar. Nunca se pintaba la cara, no se maquillaba. Ni utilizaba zapatos de tacones altos. Todo por principios.

Estudió la carrera de economista en la Unión Soviética, hablaba el ruso a la perfección pero para complacer a Tony en la intimidad prefería el francés, y era una maestra en su dominio. Una de las cosas que de ella no compartía Tony es que era muy buena amiga de un famoso cantautor cubano. Siempre le pareció a Tony que aquel tiene dos caras y pocos huevos. Pero ella, como era su amigo, se lo perdona.

Todo se desencadenó una tarde después de trabajar las largas diez o doce horas que de normal tenía la jornada. Le pidió que si podía acercarla con el auto, al menos un poco, a su casa. Vivía en el Reparto Náutico, más allá del Coney Island de Marianao. La tirada en guagua después de una agotadora jornada era una odisea muy molesta.

Salieron por Primelles a la Vía Blanca hasta la Fuente Luminosa, que con cariño es el Bidet de Paulina para los habaneros. En lugar de tirar para Marianao por la Avenida veintiséis, bordeó el edificio de cúpula esférica de la Ciudad Deportiva, con sus blancas ampollas. Iban por la amplia Bolleros. Pasaron a la izquierda del atrevido paraboloide hiperbólico, la silla de montar del pabellón que el valiente arquitecto quiso convertir en hermosa Mariposa. La proa en dirección de la Calle Cien.

Ella no dijo nada, no se quejó, cual Caperucita Roja que la desviaba un lobo feroz de su camino en el bosque. Lo miró, y con su hermosa sonrisa se hizo cómplice de la ruta, como si viniera igual el cambio de camino; y lo hizo con la misma habilidad que un jugador de póker despista de la jugada que lleva. Ella continuó la conversación pero pensó: «Veremos quién se come a quién»

Y no dejó de hablar con entusiasmo de «Productivito», un pequeño periódico de noticias internas del taller, que ella escribía, editaba y repartía. Pretendía colaborar a crear el sentimiento de pertenencia al equipo del taller.

En poco rato llegaron al Parque Lenin, a uno de sus tantos bares restaurantes. El techo de madera alto permitía que la corriente de aire fresco, al caer la noche, hiciera el favor de refrescar a los clientes. Se sentaron primero en las banquetas de una barra de madera dura tropical, morena bonita, rodeados por una exultante enredadera de malangas y algunas arecas y enanas palmitas de la también tropical vegetación, dispuesta allí para que hiciera juego con la barra.

La sensación de intimidad y tranquilidad acorralaba. Después se fueron a una mesa, muy a lo Bécquer, al ángulo oscuro del salón pero no encontraron ningún arpa, aunque sí entre tragos, risas y palabras, llegaron los ardientes besos. Salieron fuera, debajo de los árboles muy frondosos. Tocó a la puerta el sexo, y con toda cortesía como se hace con el invitado bienvenido, lo dejaron entrar.

En la arboleda, de manera salvaje, hicieron el amor por primera vez.

Su nombre no es necesario mencionarlo, aunque sabiendo cómo era y cómo pensaba ella, no le importaría en lo más mínimo. Tal vez exigiría incluso hasta los dos apellidos. Llamémosla Karen, o Mafalda, como sus heroínas. Es la mujer de este relato que recuerda Tony con una canción no latina, también por la película y sus similitudes como pareja. Y se encanta como interpreta Barbra Streisand, que le susurraba como música de fondo cuándo llegaron al sitio «The way we were»:

Mem'ries light the corners of my mind

misty water-colored mem'ries of the way we were ...

...Can it be that it was all so simple then

or has time rewritten every line......if we had the chance to do it all again, tell me, would we, could we... ...we simply choose to forget

so it's the laughter we will remember

whenever we remember the way we were...

Volvieron al bar y se marcharon después. Ninguno de los dos recuerda que música sonaba al salir.

1989 / 1992

«*Esta es La Voz del CID, Cuba Independiente y Democrática, informando a nuestros compatriotas de Cuba. En este momento, en esta histórica fecha del nueve de noviembre de mil novecientos ochenta y nueve, han comenzado a pasar ciudadanos alemanes desde Berlín del Este a la zona Occidental. El odiado muro que dividía a los alemanes está abierto*».

Esta locución la escucha Tony en su radio en una transmisión de onda corta la inolvidable noche.

«Esto no hay quien lo pare ya —piensa—. Después de lo que yo he visto en Checoslovaquia parece que esto ya no hay quien lo aguante. ¿Y yo sigo la vida tal como ha sido hasta la fecha o arriesgo todo en un esfuerzo por hacer que esto cambie?»

De forma inmediata se va a la casa paterna a intercambiar después de las tan importantes noticias, con su padre y con su hermano.

—¿Han escuchado lo que está diciendo la voz de afuera?

—Sí, Tony, lo he escuchado. Tenías razón de lo que me decías de Checoslovaquia y los países comunistas. Creo que este es el principio del fin —comenta su padre.

—Veremos qué pasa ahora. Las fichas de dominó ya están cayendo una tras otra.

—Pero no nos equivoquemos, esto no significa que caerá el régimen en Cuba. Esta es una dictadura de corte totalitario, como las de Europa, pero tiene también el corte bananero, como las latinoamericanas. Aquí la han disfrazado de comunista, porque es el sistema que permitía a una camarilla perpetuarse en el poder y les sirve eso de cuartada.

—Creo que ha llegado el momento de hacer algo, Mingo —comenta cuando están solos a su hermano, pues no quiere preocupar al padre.

—¿Pero qué hacer?

—Se me ha ocurrido una idea, pero ni a ti quiero decírtela; el que no sabe nada, nada puede decir. Más adelante te contaré qué es. Pero ahora está muy verde.

—Ten mucho cuidado compadre, que esto está malo.

—Mira, Mingo, a mí ya no me cabe ni un litro más de miedo. Mi aguja está dando golpes y rebotando en el tope que dice «FULL». Estoy lleno de miedo, estoy completamente cargado. De ahora en adelante, lo único que puedo hacer es vaciarme. A lo único que le puedo tener miedo ahora es a no hacer algo. Llevo toda mi vida dudando, apendejado. Solo a ratos he reaccionado, cuando no me ha quedado más remedio. Ahora es diferente —comenta Tony muy vehemente, pues al parecer acaba de encontrar su camino.

—Coño, que tienes razón. Pero habla bajito, que el puro se las lleva todas.

—Mira, yo he sentido miedo como todos, y toda la vida. Ahora sigo lleno de él. Pero ser valiente no es ser inconsciente. Y ahora hay posibilidades. Y valiente no es el que no siente miedo. Valiente es el que mira de frente el listón y lo siente muy alto. No se auto-engaña. Pero a pesar de eso coge la pértiga, la aprieta con toda sus fuerzas, hace la carrerilla y se lanza para arriba. A saltar. Puede ser que tire el listón o puede ser que lo salte. Pero ya esto es el éxito. No es cobardía tumbar el listón. Cobardía es no lanzarse a saltar porque está alto.

—Bueno, ya sabes que hay tres intentos —dice el querido hermano en tono guasón, porque quiere quitarle hierro al asunto—. Cada día te me pareces más al puro. Ese ejemplo lo podría haber dicho él, así exactamente.

Tenía que averiguarlo por sí mismo. Sólo la vida se lo podía enseñar. Pero había llegado el momento de poner en práctica todo lo que estaba adentro desde siempre, pero que hasta ahora no había tenido valor de sacar de dentro de sí. Alcanzaba la plenitud.

Esperanzado pero de manera muy cauta, intenta comenzar a hacer algo. Despertar conciencias de personas que con un cierto nivel y posibilidad de entender puedan ir creando el estado de opinión de la posibilidad de cambio. ¿No es eso lo que vio en Checoslovaquia? Es una generación que no sabe nada de lucha política. Es una tarea difícil. Es un pueblo que tiene miedo, que le han metido dentro el temor y el desánimo haciendo creer que las cosas no se pueden cambiar. Es una generación que no sabe qué cosas se pueden hacer, y esto lo sabe Tony por su propia experiencia. Pero por algún sitio hay que empezar. Los cambios los hacen las personas y a las personas las mueven las ideas, por tanto deberá comenzarse por fortalecer estas ideas, crear inquietudes. Es necesario brindar una visión que después pueda convertirse en objetivos concretos.

Se le ocurre comenzar a escribir cartas anónimas, como no podía ser de otra forma y con todo el cuidado de no dejar pistas.

Ya esto de por sí es una tarea complicada con relación a la logística. ¿De dónde sacar los sobres? No hay ningún lugar donde los vendan. En correos hay sobres, pero son los que tienen impresos el sello y los renglones para la dirección. Esos no sirven y además tendría que comprar muchos. Llamaría la atención.

Como recorre todas las empresas de la Unión, en cada sitio roba unos pocos. Piensa que así es mejor y que será más difícil rastrearlos. Compra los sellos en diferentes oficinas de correos.

—Por favor, me los envuelve —pide al empleado de correos que con cara de extrañeza utiliza un papel de periódico para envolver los sellos.

Él no quiere tocar en ningún momento los sellos para no dejar ninguna pista. El papel logra extraerlo también de diferentes empresas. Una buena parte de los materiales ya los tiene.

Para escribir quiere usar una vieja Underwood que conserva desde sus tiempos de la primera oficina donde trabajó, la de la familia. Hay que resolver una cinta, pues la que tiene puesta ya está totalmente traspasada por los años de uso.

—Hilda, mi amiga, necesito me resuelvas una cinta de escribir a máquina. Es que no tengo chance de solucionarla de otra forma.

—No te preocupes Tony, eso está hecho. Mañana la tienes aquí.

—Ya te lo pagaré con algo, no te preocupes.

—Hombre, parece mentira, para eso están los amigos. Y no te preocupes que aquí se soluciona todo así, quitándoselo al único que tiene: Papá Estado.

Cuando casi todo está listo se da cuenta que necesita unos guantes para trabajar sin dejar rastros. Necesita un par de días más para que otro amigo los robe de un laboratorio donde trabaja. Todos estos favores los debe y en algún momento tendrá que pagarlos, pero eso ya veremos más adelante, se dice.

Al fin comienza la labor. Explica a los destinatarios la necesidad de trabajar por un cambio en el país. Usa extensos textos de Martí, que de esa literatura tiene mucho. Es importante despertar. Es importante que las ideas ocupen las conciencias y nadie mejor que Martí sabe explicar estas cosas con el ardor que lo caracterizaba. Sus discursos son una excelente base y a pesar de los años se mantienen actuales.

Envía decenas de estas cartas. Las deja en diferentes buzones de sitios de diferentes provincias, pues su trabajo se lo permite. No repite nunca el mismo lugar. Toma casi todas las medidas de precaución. Cuando va a tocar los sobres los coge entre el dedo índice y el del medio, pero no apoya la yema del dedo para no dejar huellas. Es un gran riesgo, pero algo hay que hacer. Por primera vez en su vida, siente Abel Antonio que está haciendo lo que tanto se ha venido posponiendo.

«Sí la gente empieza a interiorizar ideas, las ideas cambiarán las personas y las personas cambiarán las cosas. Es simple. Más simple de lo que me imaginaba. Además esto lo han hecho otros antes, los grandes como Gandhi, Luther King... Yo soy una mierdecilla a su lado, pero servirá de algo».

Se necesita algo más. Hay que hacerse notar y de alguna manera dar credibilidad a las acciones que se están emprendiendo. Que no parezca la acción de un lobo solitario o de un loco trasnochado.

No tiene muchas formas de hacerlo. Comienza a cavilar qué se podría hacer en esa línea. Piensa y piensa, se exprime los sesos, pero no imagina ninguna posibilidad que sea satisfactoria.

Una noche se le ocurre algo.

Redacta una carta, pero esta vez para el exterior, a la organización opositora Cuba Independiente y Democrática que dirige desde el exilio Huber Matos, a quien admira. Esta organización tiene una emisora de radio que transmite para Cuba desde el exterior y es muy escuchada y respetada.

Y esto crea ahora otro problema. Una cosa es el correo interno. Pero el correo al extranjero es sistemáticamente controlado y censurado. Es verdad que se hace aleatoriamente, pero no se puede correr tanto riesgo. Tiene que encontrar una vía segura. Encuentra ayuda en un amigo sacerdote español que sale con frecuencia del país y tiene confianza para confiarle el encargo. A pesar de ser muy comprometedor para él, el buen cura acepta y corre el riesgo.

Conocidos en el exterior lo ayudan después en el empeño de hacerla llegar a su destino. Llega la carta a su destino, aunque el camino que recorre es largo. Recibe confirmación por la radio. Todo se hace de forma cifrada. Con canciones e intérpretes famosos que se han de poner en los momentos musicales, que él se ha ocupado de escoger cuidadosamente y que deben devolver las respuestas a sus preguntas sin levantar sospechas. Es la música una vez más que está presente en su vida.

Esto lo llena de entusiasmo. Ahora tiene una forma clara de amplificar el trabajo que viene haciendo y se encuentra más respaldado. Se acabó el tiempo de la espera pasiva. Se ha pasado a la acción. El ánimo está dispuesto.

Por medios parecidos, vuelve a enviar otra carta una vez que ha recibido la confirmación esperada. En la segunda carta escribe un llamamiento a esas personas a las que está escribiendo dentro de Cuba, y a todas las otras que quieran escuchar. Solicita a la organización que la retransmita por la radio. Necesita poder tener una comunicación mucho más productiva, llegar a más personas. La respuesta ha de llegar por la misma vía radial.

La espera se hace larga. Noche tras noche está pegado como una lapa a la radio, esperando que suene una determinada canción de Osvaldo Farrés. «Quizás, quizás, quizás». Debe escucharse entre las nueve y las diez y treinta de la noche. Todo el tiempo se lo pasa expectante, ansioso. Pero no llega la señal.

Ocurrió una noche antes de las noticias de las diez…

La jornada de trabajo había sido agotadora y una vez más se ponía delante de la radio. Estaba cansado. Se recuesta en la cama y teme que el sueño lo venza y que le envíen la señal y lo coja dormido. Pelea contra sí mismo para no dormirse. Suena una música de violines. La voz melosa de Nat King Kole cantando en su macarrónico español. ¡Es la canción, es la señal! Salta en alegría callada. El día de la retransmisión será dentro de quince días a la misma hora que se está escuchando ahora.

Tiene tiempo desde que conoce esta noticia a poder avisar, también por cartas, la hora y la fecha a algunos a los que ya ha escrito para que se mantengan atentos a la próxima locución. Es un gran avance. Muchos serán los que pueden escuchar ahora.

Puede parecer a cualquier observador de las sociedades sobresaturadas de información que esto es algo trivial, sin importancia, casi infantil. No para las personas que están dentro del país que noche tras noche sintonizan las emisoras de onda corta para enterarse de noticias o los comentarios que dentro se les niega y que van a la radio y se aferran a ella como un náufrago a su tabla en busca de esperanza. Esto a esas personas les levanta la moral. Algo así los motiva, los mantiene, los impulsa. Saber que están contribuyendo en algo, aunque sea una forma muy modesta, reconforta y da vitalidad a esta gente que por años ha estado dominada por el miedo y el pesimismo, reprimida y pensado que no se puede hacer nada contra el potentísimo régimen. Por medio de este mensaje de onda corta se hará consciente que esta es su honda, la del pequeño David, una honda larga que puede vencer al gigante Goliat. Las noches prometidas, las muy esperadas noches llegan y el comunicado, por fin, se escucha para todo el país, está en el aire:

«*Señoras y señores, cubanos que nos escuchan —dice el narrador con una voz grave y profunda—. Hemos recibido un importante comunicado desde dentro de Cuba. No diremos de qué sitio nos llega como es lógico, para garantizar la seguridad del grupo que nos la envía. A este grupo le decimos que esa labor que hacen tiene el mayor de los méritos y que todos los cubanos les estamos agradecidos por ello. Que continúen haciendo lo que hacen, y que tengan cuidado y no corran riesgos inútiles. Gracias hermanos. Repetiremos este mensaje otras noches a lo largo de la semana.*

Y sin más preámbulos pasamos a dar lectura al comunicado:

«*Muchos se preguntan por cuál será el futuro de Cuba. La tierra tan querida, la Perla de las Antillas. Cada cual supone lo que quiere, y casi siempre confunde, (confundimos) lo que es razonable esperar, con los deseos de lo que nos gustaría que sucediera.*

Como la canción de Osvaldo Farrés que hemos escuchado:

Siempre que te preguntas

qué, cuándo, cómo y dónde

tú siempre me respondes,

quizás, quizás, quizás.

Muchos temen. Piensan que en el futuro puede ser peor la situación que la actual. De este tipo de pensadores podemos encontrar dos clases.

Los primeros son los «aprovechaos», los que disfrutan dentro de esta Isla de toda clase de privilegios y han convertido el país en su hacienda, en su rancho, en su propiedad privada. Con seguridad que para éstos el futuro será peor.

El otro grupo, de fuera de la Isla, «cubanólogos» insensibles, turistas de una semana de vacaciones, que son aquellos que tienen en Cuba una idealización que se han forjado por la eficiente pero engañosa propaganda del régimen y se han querido creer que Cuba es el paraíso. Respetando lo que quieran pensar, faltaría más, pero se debe a que se quieren dejar engañar.

Necesitan ser engañados. El sistema ha fracasado de manera rotunda en el mundo entero y si se les cae el «altarito» de Cuba, tendrían que reconocer que han estado apostando por caballo perdedor y romper los boletos al terminar la carrera es muy desalentador.

Han apostado por una utopía que no existe; y reconocerlo es un ejercicio que requiere de una sinceridad personal e integridad moral que exige mucho. Es difícil de afrontar.

Otro grupo diferente piensan que cualquier tiempo futuro será mejor. Y es por esa ingenuidad humana que nos lleva a ser optimistas, o porque el tiempo actual es tan malo para Cuba que se resisten a pensar que pueda ser peor.

Cuándo nos preguntamos y pensamos en lo que vendrá, en cuál será el futuro de Cuba, imaginamos que serán tiempos nada fáciles.

Ojalá pudiéramos adivinar... ¿quién puede predecir el futuro?

No tenemos una imagen que nos pueda describir, augurar cómo será este futuro. Dicen que una imagen vale más que mil palabras. Esta alocución se emite por la radio, no se pueden transmitir imágenes. Pero en ocasiones, cuando no se tiene esa imagen, estamos necesitados de las mil palabras que pue-

dan conformar, dar apariencia a esa imagen. No queremos meter un «teque», que de ellos estamos ya cansados. Lo planteamos como si estuviésemos conversando con el oyente.

Aquí van exactas las mil palabras de nuestro grupo:»

En este momento cambia el locutor a un segundo que tiene una voz más aguda, y tal vez más cálida. Continúa leyendo, después de hacer una pausa:

«Sólo podemos soñar. Nos gusta soñar. Ya sabemos que es de las cosas más económicas. Decimos que no nos cuesta nada. Y soñar no es malo si luchamos para hacer realidad esos sueños.

En este, nuestro sueño, nos hemos imaginado un modelo: nuestro modelo, para el cual nos sirve de patrón el ornitorrinco.

El ornitorrinco, ese simpático animalito tasmano, es la navaja suiza del mundo animal.

El ornitorrinco es un poco de tierra y un poco de agua.

El ornitorrinco es mamífero porque da de mamar a sus crías, pero no tiene pezones.

Es el único mamífero que pone huevos.

Tiene pico como un pato, cola como un castor y patas como una nutria.

A pesar de ser un animal pacífico, tiene un espolón que lo clava con un potente veneno:

"Para que nadie se vaya a equivocar con el animalito".

El ornitorrinco es, según su mapa genético, ave, reptil y mamífero.

Esto desconcierta a los entendidos biólogos pues es difícil de catalogar. Nos desconcierta también a los mortales comunes porque siempre necesitamos de estereotipos que clasifiquen las cosas y nos eviten el tener que pensar demasiado. Queremos blanco o negro, nada de grises.

Sin embargo, el interesante animal, que no ha tenido la oportunidad de estudiar zoología no sabe de clasificaciones.

Es tozudo y se empeña en seguir evolucionando y sobre todo, viviendo, en los riachuelos de Tasmania.

«Eppur si muove.

Eppur, vive».

Y si todo esto fuera poco, el ornitorrinco es isleño.

Queremos y soñamos para Cuba un futuro "ornitorrínquico".

Difícil, casi milagroso, sí, pero que aun siendo pequeños, nos haga evolucionar a mejor. ¡Qué es posible! Y que este pueblo nuestro que ya ha sufrido bastante logre por fin la concordia.

Nos gustaría que el cambio, que no se puede parar y que esperamos a mejor, se produzca siguiendo una suma de principios. Que el producto de todos juntos resulte ser un extraño arquetipo, como un ornitorrinco, de todo un poco.

Nos gustaría que ese futuro, que pasa por la transformación, tenga, igual que la transición española, la posibilidad de que cubanos de diferentes formas de pensar, no importan cuán diferentes, seamos capaces de tolerar al adversario y de dialogar. Que no exista espíritu de revancha, que todos seamos capaces de admitir que no se tiene la verdad absoluta. Que el otro tiene todo el derecho a pensar de forma diferente, y tiene el deber de respetar las ideas y derechos de los otros.

Nos gustaría además que el pueblo se asegure instituciones democráticas, las que tendrán que crearse, pues hoy no existen. Y las necesitamos. Que ellas sean las encargadas de conducir y mantener el proceso de reconstrucción por los cauces democráticos. Que se acaben los caciques y caudillos. No más salvadores de la patria.

Nos gustaría que el pueblo cubano pueda abrirse al mundo y a la misma vez mantener su identidad nacional, su independencia política y su total soberanía. Algo que están logrando los polacos, a pesar de haber estado siempre rodeados de gigantes. ¿Por qué no vamos a poder lograrlo los cubanos?

La apertura al mundo necesaria y productiva no significa la pérdida de nuestros valores nacionales, sino un enri-

quecimiento de los mismos. Es enriquecer manteniendo los fundamentos. Muchos años se nos ha asustado con que una apertura al mundo haría perder nuestra identidad. Que seríamos penetrados. Mentiras. Temer esto es no confiar en los cubanos, y nosotros confiamos en nuestro pueblo.

Los cubanos seguirán comiendo arroz con frijoles negros, jugando al dominó de nueve fichas, discutiendo a gritos, bailando y jaraneando, tomando ron... que son cosas menores, pero sobre todo sintiéndose orgullosos de sus raíces y su identidad, que son cosas trascendentales....

Ensanchar nuestra cultura, que no es negarla.

Soñamos con que, al igual que está haciendo Alemania, donde el oeste esta ayudado al este para emprender el camino de la prosperidad económica y elevación del nivel de vida de los ciudadanos (entre alemanes está el juego), también los cubanos de fuera con mayor poder económico ayuden con generosidad y humildad a los cubanos de dentro, a la reconstrucción de su país sin segundas intenciones y con la única esperanza y satisfacción de ver progresar su tierra.

Nos gustaría que en Cuba no suceda como en Rusia, que la que fue entonces jerarquía soviética está en una trayectoria continuista en el ejercicio del poder, adueñándose de los recursos naturales, explotándolos en su beneficio para enriquecerse de manera ilegal y sin importar demasiado la gran masa del pueblo y sus necesidades. Han cambiado las denominaciones de la nomenclatura, pero no han cambiado los amos.

No queremos amos de ningún tipo para Cuba. Sin amos pero con Patria.

Nos gustaría que todos los cubanos, no importa su raza, religión, riqueza, condición social, su sexo o tendencia sexual o cualquier característica individual que los haga distintos, tenga disminuidos para nada sus derechos ni sus deberes como ciudadanos. "Con todos y para el bien de todos", como dijo Martí.

Nos gustaría, en suma, lo mejor para nuestra tierra, lo mejor para "nuestras gentes".

No queremos más una Cuba S.L., sociedad limitada.

Y sentimos y pensamos que es posible, que la laboriosidad e ingenio del cubano se ha abierto paso antes durante la República y ahora cuando el emigrante en el extranjero ha tenido las oportunidades en libertad para desarrollar toda su potencialidad.

Creemos que el nivel cultural y la conciencia social que tiene este pueblo, de dentro y de fuera, que es uno sólo, es materia prima suficiente para poner en marcha el proceso de recuperación nacional.

Sabemos que no es suficiente, que serán necesarias muchas cosas. Pero la primera y más necesaria condición es la libertad.

Es imprescindible la LIBERTAD.

Y si la logramos, entonces y sólo entonces nuestro pequeño país, como un ornitorrinco, igual que este extraordinario animal, pudiera convertirse en un milagro de la evolución social, de paz y prosperidad nacional. Asombro del mundo.

Sí, de nosotros los cubanos depende.

Entonces diremos, emulando a Galileo, Eppur si muove.

Muchas gracias».

Tras un pequeño silencio, vuelve al aire el primer locutor para decir:

«Es a ustedes que damos las gracias, compatriotas, por sus hermosas palabras. Pero más que por lo hermosas, porque definen muy bien lo que todos los cubanos estamos deseando y esperando. Por ello hay que luchar. Reiteramos a nuestros colaboradores nuestro agradecimiento y nuestra recomendación de seguir trabajando por la libertad de Cuba, pero con mucho cuidado, no hay que correr riesgos inútiles».

«Ya estamos en el camino —piensa Tony—, por fin nos hemos puesto en marcha». Y siente que al final ha llegado a la conducta que quería tener. Ahora por fin se siente fiel al ejemplo de su padre, su modelo.

Después de la desintegración de la Unión Soviética, que era algo impensable hacía sólo unos meses, se acabaron las subvenciones y los convenios de «apúntamelo en el hielo». Se declaró el período especial en tiempo de paz.

Grandes inversiones como la central nuclear de Cienfuegos, o el amplio plan de desarrollo de la industria de la goma se quedaron a medias y en total abandono. Miles de toneladas de hormigón, acero y equipos enterrados. Estos, entre otros ejemplos de la macro economía. Pero a nivel de las necesidades de las personas del pueblo las cosas eran aún peores.

Cuba se quedó sin posibilidades de adquirir petróleo, pues no generaba riquezas que permitan abastecerse al precio del mercado mundial. No es una cuestión de que no tuviera quién le vendiera. Es la realidad de qué no tenía dinero para poder pagar. Había «alumbrones», ya que lo que más abundaba era no tener electricidad. No había con qué mover el transporte. Solución: la bicicleta. Y comenzaron a llegar miles de bicicletas chinas al país. La Isla se movía sobre dos estrechas ruedas.

Comenzaron a proliferar los carretones tirados por caballos para transporte de mercancías. Una regresión de un siglo.

Si ya había escasez de alimentos, entonces se agudizó, se cuadruplicaron las dificultades. Las maquinarias agrícolas no tenían cómo moverse. Se volvió a los bueyes, allí donde quedaran algunos vivos. No había leche.

Se pusieron de moda recomendaciones para recetas de cocina surrealistas. Empanizar cáscaras de toronja. Apareció el picadillo de soja. Auras tiñosas en fricasé. Asaltos a los animales en los zoológicos. Pan elaborado con harina de boniato («los desmayados» los llamaban porque no tenían consistencia y se doblaban, no se sostenían). Algún desalmado vendió frazadas de piso, adobadas varios días con mucho agrio y después empanizadas. Eran momentos muy difíciles por los que tenía que pasar el pueblo.

Se creó un grave problema social con esta situación desesperada. Las personas no pensaban en otra cosa que buscar cómo subsistir. No había seguridad para mañana. Ni siquiera se creía que habría un mañana. Se perdieron las relaciones sociales. Nadie reconocía a nadie. Y pensar en la autorrealización personal era una fantasmagórica ilusión.

Con unas cáscaras de piña fabricaba garapiña Tony, no tenía nada más para el desayuno en su casa.

—A todos los lugares que voy existe un tema casi único de conversación. Cómo «resolver», qué «inventar» para solucionar el problema de la comida. No la alimentación y el hambre como concepto abstracto. La concreta comida que hay que comer ese día —comenta Vicente, el cura, su compadre, con el que Tony ha continuado sin interrupción su amistad a pesar de que no practica la religión.

—Pienso que la famosa pirámide de las jerarquías de las necesidades humanas, las de ese psicólogo americano, Maslow. Aquí en Cuba se quedó a medias, sólo alcanzaron los materiales para el primer nivel «las necesidades físicas». Las inmediatas, las de comer, sobre todo comer. Para las más altas: seguridad, relaciones sociales, reconocimiento y autorrealización no alcanzaron los materiales, o tal vez se los robaron en la obra y por eso aquí la pirámide tiene un único nivel: sólo un piso —parodia Tony, y le sirve una taza de un líquido oscuro, que plagia al café en la mesa de la cocina de su casa.

—¿Y lo de Antoñito es grave? Es portador del virus o ya está enfermo.

—Sí, Vicente, muy grave. Como empezaba a trabajar, se tuvo que hacer unos análisis clínicos de rutina. Y así es que le han detectado la enfermedad. No se conoce mucho de esto, pero qué más da. Ya sabe que está condenado.

—Me dices que lo vinieron a buscar a la casa —indaga el sacerdote después de beber su... ¿café?

—Sí, y se lo llevaron sin alternativas. Ahora está encerrado, más que ingresado, en una finca de la que no puede salir ni tener contacto con el exterior. Sólo sus familiares más allegados pueden ir a visitarlo. A mí me recuerda mis tiempos de encierro; la diferencia es que yo tenía esperanzas de salir de allí. Y este pobre....

—Con lo que le gusta la vida a Antoñito.

—El chico sufre demasiado, pues si alguien está enamorado de la vida es este muchacho. Alegre, divertido, bailador. Las condiciones de alimentación son ahora para él más vitales que nunca. Allí dentro son un poco mejor que en la calle, pero aún insuficientes. Los medicamentos son escasos y caros, hay que importarlos. No se sabe cuánto tiempo se podrá sostener con esta nueva situación que vive el país.

—Allí hay gente de todo tipo. Me han dicho que algunos jóvenes se han auto-infectado. Imagina qué mal lo están pasando fuera y qué poca visión de futuro tendrán. Para ellos es como si Dios estuviera muerto.

—Lo que hacen es suicidarse. Cansados y aburridos de la vida que llevan en este país tienen que estar... —Recuerdan a Tony los que se autolesionaban en las UMAP, pero salvando las distancias pues esto es mucho más grave y es mortal.

—Tony, te veo como una fiera enjaulada. No sabes qué hacer, no encuentra salidas. De nada te vale que te diga que rezo por ustedes, ya lo sé. Pero prefiero decirte que lo hago que callármelo. Intenta encontrar sosiego. Que Dios los bendiga.

—¡Tengo que sacarlo de allí! — se dice una y otra vez—. Pero ahora más que nunca creo que la única solución es sacarlo del país. ¿Cómo poder hacerlo? Es la gran pregunta.

En su trabajo recibe una llamada de Loly, su amiga de tanto tiempo. Hace bastante que no se ven y Tony piensa que quiere que salgan una noche.

—Tony, quiero verte en cuanto puedas —dice la chica.

—Bueno, nos podemos ver en esta semana.

—En esta semana no, yo necesito verte lo antes posible.

—¿Tan necesitada estás?

—Ya lo verás, cariño. Mañana sin falta, la hora y lugar los de siempre, tú los sabes. —Cuelga sin dejar que pueda decir algo más.

Tony no tiene la cabeza para estas cosas ahora. Pero si ella lo llama, acudirá. Él siempre acude. Se encuentran al día siguiente en una caseta abandonada, en una parcelación que hay a la salida del pueblo y que ha sido por muchos años su rinconcito de encuentro.

—Escúchame bien, quiero hablar contigo —dice misteriosa Loly.

—¿Pero qué pasa? Sucede algo que yo no sepa.

—Sí, pero hay que hablar bajito, tengo miedo que me escuchen.

—Loly, aquí hemos pasado mucho tiempo juntos y nunca ha pasado nada. Aquí nadie nos oye —dice Tony, que aún no sabe de qué se trata lo que tan misteriosamente quiere comunicarle Loly.

—Tony, es algo muy gordo. Como sabes yo soy un espíritu libre. Voy con quien quiero y cuando quiero.

—Ya lo sé, y nunca hemos discutido por eso, porque jugamos con las mismas reglas para los dos lados. Y dónde no hay mentiras no hay agravios.

—Pero yo a ti te quiero. Te quiero mucho. Pase lo que pase tú eres, y serás siempre, el amor de mi vida. Y eso es más profundo que si hoy yo estoy con alguien que no eres tú.

—Es cariño recíproco. Yo también te quiero.

—La cuestión es que yo estoy saliendo con una persona que es nueva aquí, en el pueblo. Es oficial de la Seguridad. Él vive en La Habana y tiene mujer e hijos. Pero cuando se queda aquí viene a mi casa. Me trata muy bien. Me soluciona muchas cosas. Él fue el que me resolvió el ingreso en el hospital a mi hijo cuando estuvo tan malo. Me resuelve comida… Yo por agradecimiento estoy con él. Pero las casualidades… Sucede algo terrible, ¡que salación!...

	1	2	3	4	5	6	7	8	9
V									
HC									

XVIII Novena entrada, parte baja

Es la última entrada en un juego normal. Cuando el equipo «jonclú» llega con ventaja de carreras a esta entrada, se suprime, no se juega, pues ya ha ganado el partido sucediera lo que sucediera. Pero cuando llega perdiendo o en empate, entonces es la hora del desenlace, ahora se decide todo: ¿Recuerdan la canción "Decisiones" de Rubén Blades? Cuándo dice: "COMIENZA LA SEGUNDA DEL NOVENO..."

Finales de 1992

Se está contagiando, incontenible, la enfermedad de la bicicleta. Algunos dicen la fiebre del Caballo, por la obsesión que el «Jefe» demuestra con el tema. Todo va sobre dos ruedas. Pero, al poco tiempo, los sesudos planificadores se dan cuenta de que las ruedas de la bicicleta se gastan, que se necesitan recambios. Y descubren, así de pronto, que en Cuba no se fabrican ruedas de bicicletas. Hay que buscar solución urgente. Esto puede crear una grave crisis y hay que poner remedio antes de que llegue un «tirón de orejas» desde lo más alto.

Se encomienda a la Goma hacer las gestiones de compra de una pequeña planta de neumáticos de bicicleta, que la Oficina Comercial de Cuba en España ha descubierto a la venta. Está ubicada en Basauri, que no es el mismo centro de Bilbao, pero está cerca, en Vizcaya. La fábrica está sin actividad porque la compañía propietaria no puede competir en precios con los neumáticos de bici asiáticos, mucho más baratos y con muy buena calidad.

Comienzan a formar el equipo de trabajo que debe ir a desmontar el equipamiento en España, traerlo a Cuba, volver a instalarlo y ponerlo a funcionar. No hay mucho tiempo, todo hay que hacerlo rápido. Desde arriba presionan. Desmontar, empacar en contenedores, trasladar al puerto, embarcar y transportar a Cuba. Necesitan personas capaces de servir para un roto y un descosido. Que sepan moverse, como en el boxeo, en todas las distancias, la larga, la media y la corta. Que conozcan la industria y la tecnología. Que sepan trabajar el desmontaje y el montaje, incluso con sus propias manos si llega el caso. Tienen que servir también de contraparte a los españoles que venden, así como contratar y negociar trabajos con empresas locales, que por necesidad del trabajo tienen que colaborar en el desmontaje con equipamiento pesado, herramientas y otros recursos.

En una reunión del Consejo de Dirección se discute:

—Hemos de escoger el grupo que debe ir a negociar, desmontar y embarcar esas máquinas para acá —plantea el Director.

—Para hacer todo lo que se plantea se necesitarán por lo menos seis personas. Cinco especialistas y una cabeza, un director de equipo. Es mucho trabajo y muy diverso —dice ingenuamente el Subdirector de Producción.

—¡Pero qué dices! Tal como están las cosas, podrán ir a lo sumo tres.

—Bueno, entonces la selección es más fácil. Yo como Jefe de Recursos Humanos creo que sólo tenemos un hombre capaz de ir al frente de esta misión: Tony, sin lugar a dudas.

—Yo estoy de acuerdo. Era mi propuesta, pero ya que te me adelantas… Llamadlo para que esté informado.

Telefonean a Tony desde la reunión para informarlo sobre la misión que se le quiere encomendar y le piden que acuda de inmediato a la sala de reuniones.

—Bueno, ya saben que yo no me voy a negar. Pero si van

dos más, como me dicen, yo quiero escogerlos. Nadie puede hacer un trabajo así, solo. Necesita un equipo. Y si voy a ir con el equipo me gustaría escogerlo.

—No —dice el Director—, los que irán contigo los voy a designar yo. O si quieres lo discutimos y negociamos. Admito tus sugerencias, pero la última palabra es mía.

Cruzando las ideas del director y las proposiciones de Tony, se forma un equipo de tres personas que tendrá a su cargo el trabajo. Tony será el responsable.

«Ahora sí. Esta es la mía. Mi hijo está cada vez peor, no quiero abandonarlo, pero aquí no puedo hacer nada por él. Le voy a hablar claro y decidiremos», habla Tony consigo mismo, a la salida de la reunión más importante de su vida.

Ese fin de semana, en la visita que hace al hospital jaula, donde se encuentra ingresado el hijo, se sientan ambos debajo de un árbol de mangos. Están ellos dos solos, hay tranquilidad, casi todos los enfermos están haciendo la siesta. Conversan.

—Antonio, hijo, ¿cómo ves la situación en que estamos? Tú estás viendo lo que hay aquí. ¿Qué te parece?

—Pipa, esto es cuestión de tiempo. Me da miedo decirlo, pero aquí no hay salvación. Ya he visto morir a varios de mis compañeros. ¿Recuerdas la señora que me ayudaba tanto? La enfermera que se había contagiado atendiendo a la gente. Se ha muerto el martes. Se nos fue, así sin avisar. Entro en su casa y me tengo que ir al momento. No puedo soportarlo, es lo más triste que puedas imaginar. Era como mi madre aquí dentro.

—Siempre has tenido fe. No quiero que la pierdas, sin ella no podrás aguantar. Tú crees en Dios, refúgiate en él. No puedes dejarte abatir —dice el padre, con un nudo en la garganta.

—¿Pero qué podemos hacer? Lo peor de todos es no tener puertas de salida. Lo peor de todo es la desesperanza.

—Mira, Antonio, si todo sale bien, voy a salir a España a realizar un trabajo. Me han escogido porque me necesitan. Están apurados y no tienen otro que pueda solucionar todo lo que requiere este tipo de trabajo. Estoy pensando que puedo quedarme y no regresar, para poder sacarlos a ustedes después. Para mí es demasiado peligroso y muy duro hacerlo, pues te tengo a ti aquí.

—¡No me digas más! No lo pienses ni un solo minuto. ¡Quédate! Yo te prometo que yo voy a aguantar. Y confío que tú me vas a sacar de aquí dentro. Es mejor actuar que quedarnos cruzados de brazos esperando el desenlace. Por favor, papá, sin miedo ninguno, adelante. Dame esperanzas para poder seguir viviendo.

—Es tremendo, hijo. Puede salir mal y entonces no nos veremos nunca más. Se pueden poner farrucos y no querer dejarte salir, a pesar de estar enfermo. En esto hay que pensar también.

—También, si yo me muero no nos veremos nunca más. Coño, viejo, tu siempre has sido valiente. ¡No me falles ahora!

—Bueno, el riesgo es grande, pero la recompensa también lo es. Si algo me anima es como te he visto de decidido. Tu entereza me anima. Hablaré con tu madre, ella lo tiene que saber y lo tiene que aprobar. Por favor, es imprescindible para que salga bien, que nadie más lo sepa.

—¿Mi hermana lo puede saber? Yo confío más en ella que en mí mismo.

—Ya se lo diremos en el momento adecuado. Hablar ahora con ella es ponerla nerviosa. No es desconfianza, es evitarle preocupaciones y sufrimientos por ahora innecesarios.

—Bien, pipa, con esto que me has dicho se abren mis esperanzas, no podías decirme algo que me reconfortara más. —Y de pronto lo abraza con todas sus fuerzas.

Tony no puede hablar. ¿Qué podrían decir las palabras en un momento así? Lo que mejor encontró para decir fue un beso que le dio de despedida y se marchó, llorando, sin poder evitarlo y sin ser capaz de darse la vuelta para decirle adiós.

Completamente roto, de vuelta a casa Tony habla con Caridad. Le dice como puede lo que ha hablado con su hijo. Ella se pone muy nerviosa, llora, se inquieta. Pero en todo momento está de acuerdo que sea la posible solución al problema tan grande que tienen. Si Antoñito ha dicho que sí, por su parte ella dice, «adelante». Promete, aunque no era necesario que lo hiciera, que asumirá lo que sea necesario durante todo el proceso, que ya se vislumbra largo y que tendrá que afrontar sola. Y la convicción le sale de lo más profundo de su amor de madre, pues sabe que lo está haciendo por su querido hijo. Ahora es cuestión de esperar. Que no se tuerza nada y Tony sepa lograr lo que se propone.

—El otro día vino a mi casa Severo, el del vidrio, aquel que tú le caías tan mal. Quería conversar con él y sabía que allí lo podía encontrar porque se quedaba esa noche conmigo. Conversaban, y estaban tomando ron un rato —comienza por contarle Loly en su encuentro en la caseta—. Yo estaba aparte haciendo mis cosas de la casa, pero como siempre con la antena puesta. Severo vino a traerle una carta que está circulando que habla mal del gobierno, y que le llegó a uno de la fábrica de vidrios, se apendejó y se fue con el chivatazo. Por lo que puede oír, hay más cosas que han hablado por la radio de afuera. Después de meterse la botella, se fue el Severo pesado ese. —Hace un gesto con la cara que denota el poco afecto, casi el asco que siente por el personaje—. Él guardó la carta que el otro había traído. La metió en una carpeta. Estuvimos un rato viendo la tele y después se dejó la carpeta sobre la mesa del comedor. Y yo grabando, tú me conoces. Por la madrugada, él estaba dormido, me había ocupado de cansarlo bien. Y yo, sabes lo curiosa que soy, no podía quedarme dormida sin saber lo que decía la famosa carta. Me fui a la cocina, me preparé una limonada y me senté en la mesa. Bauticé la limonada con un «buchito» de ron que quedó en la botella que se habían tomado. Estuve largo rato mirando la carpeta, sin saber si mirar la carta o no. ¿Lo hago o no lo hago? No me gusta meterme en sus cosas. Él ha sido muy bueno conmigo y no quiero hacerle una mierda. Parece que el poquito de ron me dio valor y que la curiosidad pudo más que mi voluntad. Me decidí, cogí y abrí la carpeta. La carta era larga y hablaba de muchas cosas. La leía y estaba siempre atenta a que él no se fuera a despertar y me sorprendiera. Mientras más la leía, más miedo me daba.

—¿Pero que decía la carta?

—¡Tú sabes lo que decía la carta!

—Yo que voy a saber, ¿no me lo estas contando ahora?

—Abel Antonio Sánchez y López, que nos conocemos hace mucho tiempo. Esa carta la has escrito tú. Es tu forma de decir las cosas. Fui tu secretaria mucho tiempo y conozco exactamente cómo escribes. Y eso fue una de las cosas por las cuales me enamoré de ti, tus notas, tu forma de escribirme, y aquí me tienes, sigo enamorada como una boba y creo que así me voy a morir.

—Pero mujer, ¿cómo vas a decir eso? Si Severo está metido en esto seguramente es para joderme. Desde el vidrio me la tiene jurada. ¿Qué carta ni que niño muerto? Yo no estoy en nada.

—Tony, no me digas nada más, no quiero saber nada más, pues si yo sé algo puedo meter la pata. Pero cuídate amor. Yo no quiero que te pase nada. Mi niño, ¿tú estás metido en algo?—Y coge la cara con sus dos manos y lo mira a los ojos.

—No, Loly, yo no estoy en nada. Te lo juro —miente Tony. ¿Qué otra cosa podía hacer?

—Pues yo te aviso. Cuídate, porque para mí, esto no va a traer nada bueno. —Y lo abrazó poniendo su cara junto al corazón que sentía golpear y que le transmitía seguridad.

—Ya verás que no es nada. Bueno, yo venía preparado a nuestro rincón de amor de siempre. Pero así las cosas, mejor nos vemos la semana que viene —lo dice Tony, pensando que necesitará tener información un poco más adelante y sobre todo porque con esa noticia sabe que no va a poder cumplir. Del viaje no comenta por precaución.

—Ok. Llámame, ya me invento algo. Pues creo que con su manía, hasta a mí me está vigilando. Mejor no, no me llames por teléfono. Mira, si me entero de algo más y tengo que decirte algo urgente dejaré apagada la luz del portal de mi casa. Cuando lo veas así no me llames y ven aquí la siguiente noche, a la misma hora de siempre ¿De acuerdo?

—Yo creo que tú estás viendo muchas películas de espías por la tele.

Un largo y apasionado beso marca el momento de la despedida sin decir nada más.

Ella sale por la puerta delantera y se va sola por un caminito de cemento que la lleva a la calle. Es una zona de ninguna iluminación, solo la de las estrellas que han querido salir y media luna que algo alumbra. Es una de las cosas por lo que han escogido el sitio para mantener siempre sus ilegitimas citas. Él espera, pensando. Marca en su reloj Poljot, los diez minutos que siempre están acordados para marcharse. Regresa en su bicicleta y es por dentro un volcán en erupción. Sabe ya que se está investigando, pero… ¿Hasta dónde las pistas llegan a él?

«Usted va a ver que han rastreado el papel o algo que he hecho mal con lo de las cartas y que me van enchironar», piensa. «¿Estarán usando de cebo a Loly? Nunca se sabe, pero no, esta mujer es de ley. Si caigo preso, entonces lo de Antoñito sí se pone feo. Si se cae el viaje, el muchacho que se ha ilusionado… Ilusión de vida o muerte, un fracaso lo deprimiría sin remedio, lo acabaría de matar, y yo sería el causante».

Y una vez que el hombre que estando normal es sereno, que siempre está tranquilo, ahora comienza a ponerse muy nervioso. Comienza a pasar noches en blanco escuchando el tic tac del despertador y sin poder dormir. Comienza a tener la fobia que aquejaba al Capitán Garfio con los relojes. Los escucha en su cabeza en todo momento. Tic Tac. Tic Tac. Lo peor de todo es que estas cosas se van maquinando en la sombra, en el mecanismo interno del reloj que marca su destino y no salen hasta última hora, con lo cual lo mantienen en un sin vivir. Nada puede hacer, por eso se desespera.

En los días siguientes, trabaja con su equipo en preparar el viaje. Hay que imaginar lo que se van a encontrar en España.

Trabajan con un grupo de fotos que han enviado desde la Embajada. Además, tienen un plano de disposición de la planta, «layout» se dice en el argot técnico. Por la copia del contrato determinan las máquinas que hay que desmontar, sus dimensiones y sus pesos.

—Coño, pero si están montadas en un segundo piso.

—Sí, tendremos que apearlas de allá arriba.

—El puntal de la nave es poco. Vamos a pasar mucho trabajo con los equipos de izar.

Hacen suposiciones, calculan traslados, intentan tener una idea lo más precisa posible del trabajo a realizar. Como siempre, Tony quiere elaborar una ruta crítica. No sólo hay que desmontar sin que nada se rompa. Hay que marcar y preparar desde allí los siguientes pasos. Dejar listo para que luego el montaje se haga bien y rápido.

—Tony, no sé lo que te pasa. No eres el mismo. ¿Te preocupa algo? Estas ido, compadre. Lávate un poco la cara, a ver si te mejora —comenta uno de los ingenieros que va en el grupo. Es un hombre de toda confianza.

—No, Narra, es que tengo problemas en casa y eso me está distrayendo un poco —contesta con una evasiva.

—Oye, compadre, tienes que ponerte «pa´esta». Ya sabes que hay mucha gente pendiente de este trabajo. Gente importante. Aquí no se puede fallar, ni estar en verraqueras.

—No te preocupes, Chino, todo va a salir bien. ¿Hemos fallado alguna vez? Siempre nos ha salido bien. Teniéndote a ti en mi equipo me siento tranquilo.

—Eso esperamos. Tú olvídate de los líos de la casa. Cágate en la noticia. Los problemas de casa siempre van y vienen, ya pasarán. Pero coño, mejora esa cara por favor. Pareces un perro que le han entrado a palos. ¿Te dijo Tabares que ya confirmaron la salida? Es para el día diecinueve de noviembre. Nos quedan quince días.

—¡Coño! Es más rápido de lo que yo pensaba. De verdad que hay que ponerse «pa´esta»

Entonces hace un gran círculo en el día diecinueve de un calendario de números grandes que tienen puesto en la pared de la oficina. El calendario tiene una gran foto del máximo líder. Cada día van haciendo una cruz en la fecha que pasa. Cuando hace la cruz mira la foto y se repite: «cada vez te queda menos». El tiempo apremia, pero Tony querría que los días pasaran volando. Ahora, la cuenta de día tras día es agobiante. El tiempo se ralentiza, se hace relativo, muy relativo, más de lo que Einstein pudo haber supuesto. Es la puñetera sensación de que no pasa.

Se propone ir despidiéndose de mucha gente, que él sabe que si todo lo que está moviéndose se lleva a cabo, no volverá a ver en toda su vida. Si se queda fuera del país porque se queda; si lo encarcelan dentro, por eso mismo.

Además, tiene la imposición de que no puede comentar con nadie, o con casi nadie. Ni siquiera puede dar pistas con su comportamiento de en lo que está metido. Pero son personas entrañables, personas que son o han sido importantes en su vida, y esto es un factor de desestabilización adicional. Y se produce en el terreno que le es menos controlable: los sentimientos.

Primero va por casa de su hermano, el que está en el medio. Es un hermano muy querido, Nardi. Es la persona más buena del mundo. Sabe que con todos sus hermanos él puede hablar lo que sea pero que por las características personales con Nardi no va a generar sufrimientos. Es un hombre de mucha fe que le concede una tranquilidad espiritual capaz de transmitirla con sólo hablar con él. Es muy positivo y optimista. Además se conocen muy bien.

—Nardi, necesito que me prestes la maleta, esa grande que tú tienes. Voy a un viaje a España y la necesito. — Están fuera, en el exterior de su linda casa, mirando al mar.

—Faltaría más. Ya sabes que lo mío es tuyo. Sin tema.

—Tengo que decirte además que es posible que no te la devuelva.

—¡Ñooo...! Entiendo. No me lo esperaba. —El noble hermano se ha dado cuenta de lo que estaba diciendo—. ¿Quién más lo sabe?

—Lo sabe Antonio, Caridad y tendré que hablar con Mabelita. A Mingo, por necesidades de otro tipo, también se lo voy a decir. —Pero no comenta cuáles son ese otro tipo—. No quiero que nadie más se preocupe.

—¿Y a los viejos? ¿Y a los otros hermanos?

—¿Qué piensas tú de eso? —responde a la pregunta con otra pregunta.

—Bueno, es duro de decidir. Pero no se soluciona nada con decírselo ahora, pues van a estar sufriendo. Si las cosas no salen bien y tienes que volver, puede ser que ni se enteren, y el sufrimiento será innecesario. Si salen bien ya se lo diremos nosotros, pero entonces no tendrán ninguna angustia por que pueda salir mal, pues habrá salido bien. El dolor que van a sentir por tu ausencia, ese lo tendrán de todas formas. Pero como dice el puro, «es inútil sufrir dos veces por la misma cosa». Esperemos que todo pase y que sea para bien.

—Es una de las cosas que más me preocupa. Lo que van a sufrir. Confío en que ustedes sepan llevar la situación con ellos.

—Sí, es imposible que no sea así. Pero yo creo que estás tomando la decisión adecuada. Cuando las cosas se hacen por una razón superior, y la vida de tu hijo lo es, todo se acepta, todo se sobrelleva. ¿Y cómo y cuándo lo sabremos?

—Bueno, si te digo por alguna vía que «Flora parió», esa es la señal que todo ha salido bien.

—Pero si Flora, nuestra prima de España, es soltera y que yo sepa no está en la onda de tener hijos.

—Es por ello. ¿De acuerdo? Yo tengo en la cabeza hacer todo el trabajo, con toda profesionalidad. Tiene que salir todo bien; mejor que bien, excelente. No quiero que se argumente que he realizado una chapucería y que tiré a mierda todo, y entonces se lo quieran cobrar a ustedes que se quedan aquí.

—Bueno, Tony, esto es muy triste, pero a la vez me alegro por ustedes. Que Dios te acompañe.

Las despedidas, sin poder hacerlas explícitas, se van sucediendo una tras otra. Son despedidas extrañas, unilaterales. Tony es está despidiendo definitivamente, pero la otra persona no puede saber que lo está haciendo. Tiene que acudir a todo su ingenio, ser sutil para dejar la sensación de que es una despedida parcial, como la de un viaje rutinario, pero dejar pistas o frases que una vez que los acontecimientos sucedan dejarán claro las intenciones y sentimientos de estos momentos.

De alguna de las que hemos conocido, se despide con cariño Tony en estos tensos días. También a Yuly, su amiga del Instituto, con la que tiene la más pura de las amistades, siente Tony que ha de ver antes de marchar y tal vez por última vez en su vida. Pero en ningún caso suelta prenda, a ninguna dice nada.

Todas las noches, si no hay apagón o después que este haya pasado, pasa con su bicicleta por casa de Loly. La luz está encendida no hay avisos. Una noche y otra, otra más. ¿Se habrá percatado el amigo oficial de que ella sospecha algo? ¿Se habrá enterado de lo de ellos y por celos quiere venganza? Es corrosiva la duda, no deja vivir, no deja pensar. La quinta noche, la luz está apagada. Esta era la señal convenida. Algo anda mal.

La noche siguiente le ayuda porque no hay luna.

—Tengo que salir, quiero hablar un asunto con un socio antes del viaje —dice Tony a Caridad.

—Pero a ti no se te ocurra decir nada a nadie —recela ella y piensa que se puede malograr la salida si por alguna razón comenta lo de quedarse.

—No te preocupes, mujer. Lo saben Berni, Antoñito, Mingo y tú. Nadie más tiene que saberlo, ni a nadie más hay que preocupar. Cálmate que todo saldrá bien.

Mira su reloj de muñeca, el inseparable «Poljot» de cuerda. Son las diez menos cuarto, y tiene suficiente tiempo. Pedalea por las oscuras calles del pueblo, ya no se encienden casi nunca las luces del alumbrado público. Toma la salida que lo lleva a la parcelación de las afueras a la casita abandonada, que tantas veces ha sido refugio de amor.

Cuando pasa por cerca del tanque del acueducto se abre un poco para adelantar a un «Moscovich» verde que está aparcado en el lado derecho de la calle. Tiene placa del Ministerio del Interior. Sigue pedaleando y cuando ha avanzado unos doscientos metros, el auto que ha pasado enciende las luces. Intuye que viene tras él. Tony no sabe qué hacer, no conoce aquel carro y tampoco sabe que intenciones tiene. Prefiere correr que esperar a ver qué es lo que quiere. Se levanta del sillín y comienza a pedalear desesperadamente. El coche se viene acercando y en poco tiempo deshace todo el camino que el lleva de ventaja. En una esquina que está muy oscura hace un giro violento con la bici, casi suicida, sube al contén y corre por la acera. Escucha un violento frenazo del coche, que ha seguido en dirección recta y ahora da marcha atrás, para ganar la calle por la que ha entrado Tony. Los pies de Tony se mueven todo lo que pueden, pero de ninguna forma puede despistar por velocidad al coche.

Tiene que inventarse algo. ¿Qué hago? ¿Qué hago? Se pregunta. Juega con la ventaja de conocer perfectamente el terreno desde que era un niño. Recuerda una obra con unas grandes tuberías que están montado para drenaje de alcantarillado de la zona y que está paralizada desde hace bastante tiempo. Se le ocurre una idea. Le faltan cincuenta metros para llegar a la entrada de las zanjas de las tuberías, que está en la calle paralela. Tiene que llegar antes que el auto que le persigue y sin que este lo detecte. El coche que lo sigue no ha llegado aún a la calle por dónde va. Se tira a por medio de un patio para salir al otro lado de la calle.

Por segundos, antes de que aparezca el auto que lo persigue en la esquina, se mete con bici y todo por dentro de la zanja. Se baja y la conduce por el manillar, teme que pueda tropezar con algo, pues la oscuridad impide ver lo que hay en el suelo de la zanja. Pero el miedo que trae detrás puede más que él.

El «Moscovich» gira por la oscura calle y alumbra con sus faros hasta bastante lejos. No encuentra por ninguna parte al que viene persiguiendo. Desde la calle no le es posible ver la zanja. Anda ahora despacio, alumbrando a los dos lados, tratando de descubrir el hombre, la bicicleta o ambos. No ve nada. Tony sigue andando deprisa, pues no pueden detectarlo. Camina hasta la salida de la zanja que atraviesa el campo en una diagonal. Cuando llega al final, recuesta la bicicleta y se detiene a investigar con mucha cautela. Escucha fuerte el latido de su corazón, que con el miedo y la carrera se le quiere salir por la boca. Va tomando aire y se serena poco a poco. Trata de desatar el nudo que tiene en el estómago.

Sólo escucha el chirrido de los grillos machos con su insistente llamado al sexo a sus parejas. Así pasan unos diez minutos que le parecen eternos. El coche no está por aquellos lugares. Se ha marchado. Lo ha despistado. Loly debe estar esperándolo desde hace rato, tiene que buscar la forma de llegar a su secreta casita. Pedalea ahora y se percata que le duelen mucho las piernas, tiene agujetas por el esfuerzo que ha tenido que hacer. Su camisa está embarrada y empapada en sudor, a pesar de que el tiempo es ya fresco en esta época del año. Con las pocas fuerzas que le quedan, deja la bicicleta bien escondida en un macizo de cañas bravas que hay en la esquina de una calle. Atraviesa dos jardines y llega por detrás a la casa. Un perro ladra asustado, pero se escucha lejos. Dentro está completamente oscuro, como es la costumbre, pero no puede saber si Loly está esperándolo. Da dos toques a la puerta que está cerrada con un pestillo por dentro. Loly, que con cara de asustada abre, se asombra que venga contra natura y en un estado deplorable.

—¿Qué pasa Tony? ¿Por qué estás tan sudado y tan sucio?

—Ahora te cuento. Creo que tu novio me venía siguiendo. —Se tira, más que se sienta, encima de un cajón de madera que hay dentro.

—¿Mi novio? Te refieres a Carlos. No, él hoy está para su casa. Hoy no ha estado en todo el día en el pueblo.

—¿Él tiene un Moscovich verde?

—No, no, él tiene un «Lada» de color crema. ¿Pero qué ha pasado?

—Nada, que me ha caído atrás un carro al salir de las calles del pueblo y he tenido que echar tremendo patín.

—¿Pero no sabes quién es? ¿Le viste la cara?

—¡Qué coño voy a ver la cara con la oscuridad que hay en las calles! Cuando lo pase por el lado vi la chapa del MININT, pero ni el número ni nada. No sé quién carajo es, ni tampoco por qué me persigue. Dímelo tú, que por algo me has indicado que venga.

—Esto se pone cada vez peor, mi niño. Pero yo te llamé porque me he enterado de otra casa, aún más preocupante.

—Más cosas aún. ¿Qué es dime?

—Mira, ayer dejé la luz apagada, porque anteayer por la tarde vino Carlos a mi casa a quedarse. Dejó sus cosas en el cuarto y se metió al baño. Mientras se duchaba volví a ver la dichosa carpeta, que la había dejado antes en la mesa del comedor. En el mismo lugar que antes. Volví a mirar dentro, pero esta vez no tenía la famosa carta, es peor aún.

—Mujer, pero me vas a matar del corazón. Dime. ¡Dime lo que sea, pero acaba de soltarlo!

—Lo que tenía esta vez era una ficha tuya. Con tu foto y todo. La foto es bastante vieja. De cuando parecías un niñito. Estaba escrita a mano, pero no pude leer todo lo que decía, eran muchos papeles. Algo de la UMAP ponía. Pero como tenía miedo que me sorprendiera no miré más. Yo estoy muy asustada. Pero, ¿en qué estás metido, Tony? Dime, ¿qué quieres? ¿Qué es lo que estás buscando?

—Coño Loly, tú lo sabes. Quiero ser yo, yo, yo, no un número. Quiero ser una persona, no un tornillo o un engranaje. Quiero qué tú seas tú. Quiero vivir mi vida, que tú puedas vivir la tuya. Quiero que cada uno sea el mismo. Con poco o con mucho, pero que podamos escoger lo que queremos. Quiero la vida que yo escoja, no la que me planifiquen y me impongan. No quiero vivir «berreao» a perpetuidad. Con esta sobredosis de «empingamiento» por tener siempre en el cogote una bota que me aprieta. Es que es así la vida en este país, eres parte del rebaño y se acabó. ¡Qué no se te ocurra salirte, porque te muelen! Y sobre todo, quiero que mis hijos no tengan que pasar por todo esto que a mí me ha tocado vivir. —Y se abre Tony como no lo había hecho hasta ahora con esta mujer que lo quiere y que está corriendo riesgos por él, a pesar de estar segura que no debe esperar nada a cambio.

Ella se acerca, lo abraza muy fuerte, lo besa en la cara, uno, dos, mil besos. Luego unen sus bocas en una y sin poder evitarlo se desnudan con prisa, sin poder esperar. Sobre unas paletas de madera que cubren unos sacos de yute, hacen con pasión el sexo. O mejor el amor, pues en este acto hay mucho más que pura pasión. Terminan agotados, empapados en sudor. Conversan ahora, una vez que todo se ha consumado.

—Traigo un poco de «Paticruzao» en una caneca, espera un momento. —Y se acerca a su bolsa de dónde saca una mediana y plana botella de ron de la marca que los marineros, apoyados en un barril, tienen entrecruzados las piernas—. Toma un trago, mi niño, que con tanto jelengue te me vas a morir. Ya te imaginas quién me lo ha dado, pues esto en la calle no lo hay. —Él se empina la caneca, acostado, y ella lame delicada, con su lengua lo que se le derrama por las comisuras de su boca al beber.

—¿Sabes una cosa, Loly? Ese hombre está mandándome una señal. Por alguna razón me está avisando, o amenazando… No sé, estoy muy confuso. Es mucha casualidad que dos veces en el mismo lugar, como me has dicho, haya dejado la información que quería que tú vieras. Un profesional de su nivel no hace eso, a no ser que quiera que tú te enteres. Puede ser para sacarte información después. ¿Cómo no me había dado cuenta hasta ahora? Él quería que yo me enterara. ¿Pero por qué razón?

—Bueno, ya te he dicho que a pesar de las apariencias, él no es mala persona. Es muy reservado y no habla casi nada.

Pero en estos últimos tiempos, yo lo noto como con menos entusiasmo. Como si estuviera desencantado, cansado o yo qué sé.

—Tal vez piensa que esto se acaba pronto y necesita limpiarse.

—No, no creo que sea por eso. O… Tal vez, ¿quién sabe?

—¿Y entonces por qué?... y, ¿a quién le ha dado por perseguirme? ¿Será por un chivatazo de Severo? ¿Será otra cosa?

Algo realmente peligroso tiene entre manos este nuevo personaje del que Tony no siente ni un solo gramo de celos pero que le infunde un enorme temor porque sabe cuánto poder tiene y cuánto daño puede ocasionarle.

¿Qué cartas tiene entre manos? ¿Estaría utilizando a Loly como instrumento? ¿O ella había consentido violar aquella extraña y complicada fidelidad que siempre le había profesado, a su forma y que no entendía de ideologías, tiempos, parejas u otros compromisos? No, no era eso, ella le profesaba la verdadera lealtad, la única que existe: la del amor total. Por otra parte, no cabía la negligencia, la experiencia y entrenamiento de un mayor de la Seguridad descartaba casi por completo esta posibilidad. Una macabra intención se escondía y no quería asomar acechaba tras todos los indicios que se iban conociendo. Pero… ¿Qué carajo era?

«Puede que quiera asustarme, o demostrarme que es más fuerte que yo. Marcar su territorio en cuanto a la hembra. Si me mete preso, sabe que ella se lo recriminará. Puede ser que su mensaje sea: huye o lo pasarás mal. ¿Qué coño será todo esto?». Y Tony no es capaz de dilucidar el conflicto que se presenta y que tiene encima y lo ataca por los cuatro puntos cardinales de su vida. Vuelve a sentir el terrible miedo, el cabrón miedo que paraliza y no deja actuar.

En su tremenda inseguridad, busca ayuda y apoyo. Habla con Mingo, su hermano.

—Bueno, ya te he contado lo que voy a hacer.

—«Pa´lante» Tony, si ya lo has decidido no se puede estar titubeando — razona con su habitual ímpetu el hermano.

—Además, tengo que decirte que es posible que me estén siguiendo la pista por lo que se ha estado oyendo por la onda corta, por las cartas o quién sabe porque jodida cosa. Y esto no es juego, es muy serio.

—¡Coño! Eso sí está malo. —Mingo es la única persona que conoce, desde el principio, de estas otras actividades.

—Todo va a salir bien, pero si de aquí al día diecinueve a mí me detienen o pasa algo, lo que tienes que hacer es avisar a la persona que te voy a decir. Él sabe lo que hay que hacer y cómo hacerlo.

—Perfecto. Tu hermano no te falla. Pero yo voy a ti. Sin tema, mi hermano. —Y lo estrecha en un fuerte abrazo, diciéndole al oído—: Y a mí espérame, que si ya tú destapas la lata, a mí no hay quien me aguante.

El domingo anterior al día marcado para la salida se reúnen todos los hermanos y sus familias en la casa paterna. Hasta a Antonio hijo le permiten venir por unas horas. Tiene que salir con un acompañante/vigilante pero una monja que se ocupa de los enfermos, Martica, amiga de la familia desde hace mucho tiempo, santa y bendita mujer, hace las funciones de guardián y es su garante. Lo trae en una furgoneta, lo deja con toda tranquilidad con la familia hasta que llegue la hora del regreso.

Los padres, con mucho trabajo «forrajean» lo que pueden durante la semana. La convocatoria ha sido fácil pues es una costumbre arraigada en la familia. Nardi y Mingo están al tanto, los demás no. Buscan un cubo de cerveza en la pipa que recorre el pueblo. Está caliente y la enfrían con hielo dentro de un sobre de nylon para que no se pueda aguar. El proceso tarda un poco de tiempo.

—Coco, la verdad es que fría se la toma cualquiera. Los machos, machos, se la disparan caliente. — Hace el alarde Mingo, y se sirve medio vaso de cerveza caliente, que es más un purgante que una bebida para refrescar. Bebe un sorbo y exclama—: ¡Desmaya la talla! No hay quien se lo empuje —y tira lo que queda de contenido en el vaso por desagüe del fregadero.

Pasan la mañana y la tarde todos juntos. Todos juntos, hasta ahora esta era una expresión que usaban, pero no sin darse cuenta de la inmensa significación que tiene. Esta puede ser la última vez que toda la familia completa esté así, aunque sólo unos pocos lo puedan presentir. El ambiente es muy bueno. Unos miran la película de la televisión. Otros se entretienen con juegos de mesa, de los que hace mucho se llevan minuciosas estadísticas y récords. Todo parece normal. La procesión va por dentro para los que están en el ajo.

Mabelita está haciendo el bachillerato en una escuela interna. Esa noche, antes de devolverla, una vez disfrutado el pase de fin de semana, Tony la pone al tanto de lo que va a intentar. La niña en principio se asusta. Llora. No quiere que le pase nada a su padre. Estas cosas le dan miedo, la asustan. Cuando le explican las causas y las posibilidades que esto ofrece a su hermano, entonces se transforma. Parece una mujer adulta y con muchas agallas. Es ella la que consuela y ayuda a su madre. ¡Mabel es extraordinaria! Se despiden. Quién sabe por cuánto tiempo. ¿Tal vez para siempre? Nadie lo sabe.

Faltan unos pocos días, que se hacen eternos. Los trámites burocráticos se atascan. Tiene Tony que hacer gestiones en el Ministerio y hasta en la Embajada de España en La Habana, para que pueda salir su equipo al completo. Con mucha cautela las hace, de manera que no se le note su desespero.

«No obstante, no es tan fiero el león como lo pintan», se estimula Tony a sí mismo, como el que silva en la oscuridad para disimular el miedo. Es tanto lo que se está jugando que prefiere la negación, el no admitir que está en una situación de extremo peligro.

Pero al fin llega el día. Último adiós a la familia. Los ve a todos diciendo adiós en el amplio portal de la casona familiar. El corazón en tajadas, dividido por el dolor de lo que deja y con la esperanza de lo que va a buscar. Salen rumbo al aeropuerto.

Al llegar en un coche de la empresa que lo lleva, van al aparcamiento. Sacan el equipaje y lo montan en un carrito para ir a embarcar. Vienen sus compañeros, el equipo que se encargará de todo el trabajo.

«Cojones, un Moskovich verde como el del otro día, con placa del Ministerio, está parqueado casi a la salida del parking. Me han dejado que nade para que muera en la orilla», se dice Tony.

No se lo puede creer, lo han dejado correr hasta el último momento. Van a montar el número aquí en el aeropuerto. Seguro que para que sirva de ejemplo y escarmiento. Pero tiene que seguir adelante.

Una última prueba que pasar, el control de aduana. Seguramente va a ser allí. Se teme que han estado jugando con él como un gato cuando captura un ratón. Presiente que los de Seguridad quieren anotarse un tanto espectacular y que lo van a detener ahora, en el último momento. Está expectante, con su guardia cerrada, esperando el golpe. Pasa el tiempo y también pasan la aduana, y el control de pasaportes, donde todo pasa sin que ocurra nada. Media hora falta para que salga el vuelo. Nervios y angustia de él. Alegría de sus compañeros sentados en una mesa de la cafetería. Pero hasta ahora nadie nota nada.

De repente, aparece un uniformado oficial del Ministerio del Interior. Tony no lo conoce, pero se asemeja a la descripción que alguna vez ha hecho Loly de su novio Carlos. Viene solo. Es lo que él estaba esperando. Ahora lo van a detener, nada puede hacer. Gruesas gotas de sudor empapan la frente y su boca está seca, como si las glándulas salivares se hubiesen secado de manera instantánea.

El militar pasa por el lado de su mesa, se acerca a la barra y encarga que preparen un trago, que pide sirvan en una mesa. Por la mente de Tony pasan como un flash sus años en la UMAP, las penurias del encierro y teme que le va a volver a suceder. ¿Qué será de su familia y sobre todo de su hijo? Pasan las imágenes de esa forma que dicen los que han estado cerca de la muerte que pasa toda la vida en un instante, pero en este caso se focaliza en la cárcel, en lo que él ya conoce demasiado bien. Está por ponerse de pie y pedir que no lo haga sufrir más, que lo espose y lo lleve detenido. Pero no puede ponerse en pie, pues las piernas le tiemblan. No puede articular palabras.

El oficial se acerca a la mesa contigua. Se sienta y queda de frente a Tony. Entonces le sirven su trago en la mesa. Da vuelta a los hielos con el revolvedor que han puesto. Sorbo a sorbo se lo va tomando, su cara es inexpresiva, de jugador de póquer en plena partida. Los compañeros de Tony están hablando, pero él no puede escuchar lo que dicen. Está como en otro mundo. Está en shock. Las luces bajas dan vueltas. Parece que el techo del aeropuerto le va a caer encima. Sus compañeros charlan, se ríen, dicen cosas que él no puede escuchar. Sólo ve moverse sus bocas, que emiten sonidos que no dicen nada, son ruidos de voces deformadas. Va cambiando de color como un camaleón, del blanco al verde y de nuevo al blanco.

Se hacen largos los quince minutos en que termina su bebida el oficial. Mira fijamente a Tony, saca un sobre blanco del gran bolsillo lateral del pantalón y lo pone sobre la mesa y de pie, soportado por el vaso al que sólo le quedan dentro los hielos. Se va a la barra, paga lo que ha consumido y sin decir palabra se marcha en dirección contraria a las puertas de embarque.

Llaman a los pasajeros del vuelo a abordar. Los compañeros de Tony salen presurosos en busca la puerta de embarque. Él aún no puede ponerse en pie. Se ha quedado convertido en piedra. Le parece irreal todo lo que ha pasado. Como si estuviese soñando, un mal sueño. Cuando ya se han perdido de vista sus compañeros, logra ponerse de pie en un acuerdo breve con sus piernas para que dejen de temblar. Coge su equipaje de mano y pasa por la mesa contigua. Mira el sobre que ha dejado allí el oficial y reconoce que es el tipo de sobre, exactamente igual, al que él ha estado utilizando para enviar las disidentes cartas anunciadoras. Al paso ve que hay una nota escrita, que como si fuera una dirección, esta rotulada en la parte delantera del sobre. ¿Qué ha dejado escrito este misterioso hombre? Piensa en llevarse el sobre, su instinto dice que no lo haga, podría ser una trampa. No lo toca, no van a encontrar sus huellas en ningún papel. Sigue de largo.

Por el envolvente túnel de abordar entran al avión de Iberia. Es un zombi. Lo ayuda a ubicar su asiento y colocar el equipaje de mano una afable y diligente azafata porque él sigue impactado. Se sienta a ver si los latidos que tiene en sus sienes dejan de resonar como un tambor. Comienza, poco a poco, a percibir la realidad. Van en asientos separados los miembros del equipo. A él le parece que es el centro de los pasajeros de aquel avión. Que todo el mundo lo mira y que saben lo que está pasando. Comenzaba a pensar de nuevo, y lo primero que se le ocurre es esconderse en los lavabos. No, allí sería presa fácil si entra alguien a buscarlo y quiere sacarlo. Mejor estar delante de todos. En cuanto a la estricta legalidad, ya está en suelo español. Aunque él no se cree nada de esto, y sabe que la Seguridad tampoco. Toma aire, todo el que puede, y lo va soltando poco a poco. Lo mejor era seguir comportándose naturalmente, sin llamar la atención. Cerró los ojos un instante para buscar concentración. No iba a suceder nada. Todo saldría bien.

Se acerca a la puerta de embarque el oficial uniformado. Trae un sobre grande en la mano. Llama a la empleada que está controlando el embarque y habla con ella.

Fue un poco después cuando escuchó…

—Por favor señor Sánchez. Señor Sánchez López —dice la azafata por la megafonía interna del avión.

«No coño, ahora no… No puede ser, no por favor, si ya estaba todo…»

Tony está sentado en el pasillo y levanta con timidez la mano para que lo puedan localizar. Sentía pánico. Por instinto, abrocha el cinturón de seguridad para que si tratan de levantarlo sea más difícil. La azafata se acerca a su asiento. Viene lenta, caminando por el pasillo, trae algo en las manos. En el ángulo que se encuentra no puede observar si viene alguien caminando detrás de ella.

—Un militar me ha dado este sobre en la puerta del avión y me ha pedido que se lo entregue personalmente.

—¿Le… Le ha dicho… algo más?

—No, sólo me lo entregó y me pidió, muy amable, que se lo entregara. No espera respuesta.

—Gracias, muchas gracias, señorita.

—No las merece señor. ¿Se encuentra usted bien? ¿Le da miedo volar? En la parte delantera de su asiento tiene una bolsa por si la necesita.

—No, no. Hace muchos años que no me sentía tan bien. Es la emoción del viaje, ¿sabe? —Aunque la azafata estaba viendo su cara más blanca que el papel del gran sobre que le había entregado.

Se cierran las puertas del avión. Comienza ese ritual de las azafatas para indicar las medidas de seguridad, que como siempre, la mayoría de los pasajeros no atiende. Tony no puede más, tiene que abrir el sobre grande y ver que tiene dentro. Lo rompe, más que abrirlo. Dentro hay un sobre de correo, más pequeño, como los que él había estado usando en su labor clandestina. Lo reconoce de inmediato. Escrito en la cara donde se pone la dirección decía:

«Mi bebida: Cubalibre. El portal está encendido. Salud y suerte».

Falta muy poco. Busca la pista de salida el avión, tarda unos minutos eternos. La torre autoriza el despegue. Gana en velocidad. Más rápido. Más rápido, se impulsa lo suficiente. Tony, como si de un astronauta en ascenso se tratara, adhiere como una ventosa su espalda al asiento. Las ruedas se despegan del suelo. El avión se eleva en el cielo, atrás queda la tierra. Una sensación de desasosegado vacío interno lo invade. Todo queda atrás, no sólo la tierra, también los amigos, la familia, la patria... Sólo lleva con él la esperanza.

«¡Proa a la libertad, ya está logrado!».

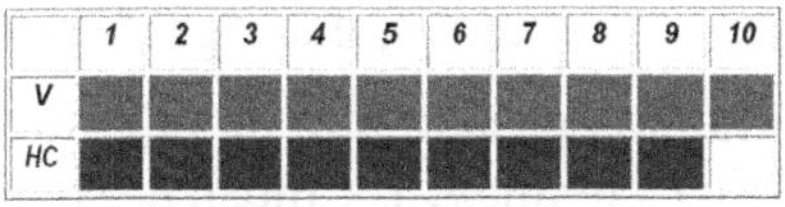

XIX.- Décima entrada (parte alta)

El juego se va a «extra innings». El juego es a nueve entradas. Pero en la pelota no hay empates. Uno de los dos equipos tiene que ganar y uno tiene que perder. Cuando se llega a la novena entrada, la hora de recoger los bates, y ninguno de los dos equipos aventaja al otro, se siguen añadiendo entradas hasta que uno de los dos, jugando entradas completas, pueda ganar. Como este juego no se ha acabado, nos vamos a «extra innings».

Otro día del siglo XXI, pero dos años después

Está sentado, meditando en la arena de la pequeña playa valenciana de El Puig que ahora, a la caída de la tarde, está desierta. Tiene ante sí como testigo su otro Caribe: el Mediterráneo. Está bravo, añejo, oscuro y fuerte como buen ron. Pega sin cesar y va lamiendo largo el espigón de piedra, desde dentro hacía la orilla. La roca se defiende y lo hiere provocando una blanca manta de espuma. También el tiempo ha cosechado blancas canas, que por el lateral de su cabeza, en la zona del temporal, se dejan ver. A lo lejos, a la mitad del camino antes de llegar al horizonte, se ve una vela que también es blanca, como un ángel o quizá un fantasma. ¿Puede ser alguien que viene? Puede ser.

Es septiembre, la entrada del otoño. Y es como si la naturaleza, entre grises y blancos recuerdos, convocara a la reflexión y al recuento.

A su izquierda, a lo lejos, Sagunto. Con su puerto, su ciudad, que fue romana. Aquella que asedió Aníbal y que donde según algunas épicas narraciones, tal vez leyendas, sus habitantes prefirieron inmolarse que rendirse al invasor.

«Valientes hombres, los que fueron capaces de darlo todo por sus ideas, por su gentes…», piensa Tony, aunque le gusta más recordar tiempos cercanos, más agradables.

«Que bien la hemos pasado allí, en el anfiteatro milenario, escuchando música cubana». La música, siempre la música. Siempre su música. «Los romanos construyeron esa joya de la arquitectura, pero a pesar de sus tremendas conquistas imperiales y sus legados extraordinarios, no podrán escuchar, como Margarita y yo hemos escuchado, a Paquito de Rivera tocando en su anfiteatro».

Vive un intenso instante de sentimientos. Escucha en su interior un magnífico quinteto cubano de cuerda, interpretando los «Tres Golpes» de Ignacio Cervantes. Y lo emociona la mezcla de lo viejo con lo nuevo. Y se reafirma en que al final, todo lo que lo merece, el tiempo lo hace clásico.

Pero no ha sido hombre de mirar sólo en una dirección. Divisa a su derecha, en lontananza, las grandes instalaciones del puerto de Valencia.

Valencia romana, visigoda, mora, cristiana… Valencia del Cid. Valencia de Jaime el Conquistador. La de Luis Vives. Valencia que fue un tiempo capital de la República Española. Valencia de Blasco Ibáñez y de Sorolla... Valencia diversa. La tierra de la luz y del amor. Valencia de las Fallas y de la paella. Todas en una, múltiple y tolerante. La Valencia que lo ha acogido y que a él se la ha metido en el alma, con la condición de patria.

«Allí también se ha dejado escuchar la música cubana. ¿Y dónde no ha llegado esta gran embajadora nuestra? Las ferias de verano, con el Bebo, Cachao, Iraquere, La Ritmo Oriental. La música, mi música siempre presente referencia».

Y en este marco de historia y acordes, en la tierra que lo ha amparado, sin reservas, como hijo propio, este relato ha llegado a su última jugada. Los últimos «aos» del partido que están por caer.

El sol, un día más viejo, baja y comienza a apagarse anunciando con sombras largas que se marcha, que deja paso a la nueva luna, y que si las nubes tercas lo permiten también acudirán jóvenes estrellas.

Caminando por la orilla se acerca su hijo Jorge, que siente una admiración reverencial por su padre y quiere conocerlo más para parecérsele, ahora que él ya es un hombre.

—Papá, estás pensativo, ¿triste? ¿Te pasa algo? —Y se sienta, en cuclillas, a su lado.

—Nada, Jorge, estaba echando la vista atrás, haciendo algo parecido a un balance de mi vida.

—Largas son entonces tus reflexiones —dice Alberto que llega en tromba y se tira, más que sentarse, a su lado en la arena y ha escuchado lo que hablan.

—No lo creas, hijo. Es más sencillo de lo que pueda parecer. Sólo ha transcurrido el tiempo que dura una vida. Y esto no es mucho. Ya se ha terminado de escribir esta historia. Lo prometido es deuda, y esa ya está saldada.

—¿Y en qué pensabas? ¿En Cuba?

—Sí, entre otras cosas. En mi tierra, mi novia de toda la vida. Cuánto ha sufrido y sigue sufriendo. Y sin necesidad. No guardo rencores, no me caben en el corazón, que prefiero esté lleno de amor. Pero me pregunto una y otra vez. ¿Es tan difícil que la gente sea respetada como individuos? ¿De qué vale todo aquello si no aporta nada a las vidas de la gente? ¿Por qué hacer a los cubanos más pobres cada día, tanto en lo moral como en lo material? ¿Por qué negar la libertad a un pueblo entero?

—Además, no entiendo en nombre de qué. ¿Por una causa vacía, ya desfasada en el tiempo? ¿Fracasada en todos los sitios? ¿Para lograr qué supuestos anhelos? —Jorge, con un desarrollo superior a los chicos de su edad de las inquietudes políticas, lo apoya en sus reflexiones.

—Y siempre nos preguntaremos, hasta el infinito: ¿Por qué? Y... ¿Para qué?

—Pero tú eres optimista, lo traes de serie en tu diseño como los coches. El futuro será mejor. ¿No te parece, papá? —pregunta el benjamín.

—Sí, Alberto, soy optimista, y mis esperanzas son fundadas en hechos, no son meras ilusiones o sueños. De las experiencias de otros podemos sacar nuestras conclusiones. Es bueno ser objetivos. Traten de ser así siempre y no se dejen engañar por el canto de sirenas y encantadores de serpientes.

—¿Y cuáles son esos hechos? Explícame.

—He vuelto a Praga hace poco y he visto el cambio que se ha producido en esta milenaria ciudad, y lo he visto con los mismos ojos que vieron la Praga pobre. Las piedras son las mismas, pero la gente no es la misma. Ha sido extraordinario el cambio en beneficio de los checos. Una sociedad donde los ciudadanos son respetados y tienen libertad hace que las personas crezcan en lo espiritual y dispongan de la parte material necesaria para vivir dignamente.

—¿Qué dirán, si lo pudieran ver, aquellos «ñangaras» recalcitrantes que vaticinaban la debacle para ese país, cuando estuviste allá un poco antes de venir a España? —dice Jorge que trata de demostrar sin disimulos que también conoce, que en jerga cubana está al día.

—Cuba puede cambiar, y eso esperamos todos. Pero… y todos estos años perdidos, ¿qué sentido y qué utilidad han tenido? ¿A nombre de quién cargamos la dolorosa factura que le ha tocado pagar a mi pueblo?

—Papá, pero tu vida ha sido extraordinaria. Ya quisiera yo la mitad de las andanzas que has vivido. Tú eres un «crack» —Alberto comenta, un poco aventurero, por lo joven—. Además, tienes dos patrias, que también nos has regalado a nosotros.

—Sí, y hay un ornitorrinco que los está esperando.

—Es verdad, el ornitorrinco, que está al lado de allá de este charco grande. ¿Nos está esperando?

—Sí, los está esperando, a ustedes y otros muchos jóvenes como ustedes. De dentro y de fuera.

—¡Es que tu vida ha sido una vida extraordinaria!

—¿He vivido una vida extraordinaria? No lo sé. Creo que no. Casi seguro ha sido una vida corriente. Igual a la que a muchos de mis compatriotas les ha tocado vivir, de una forma o de otra, en un sitio o en otro. En la limitada sociedad cubana, muy militante pero muy limitante. O en un nostálgico y muchas veces duro y penoso exilio. Mis experiencias son las de un cubano de mi época, de mi generación.

—Sí que ha sido la generación del carbón, como tú la llamas.

—¿Y te arrepientes de algo, papá? Es que entre tantas cosas algo no habrá salido bien.

—Bueno, hijo, algunas cosas, con la experiencia de ahora las habría hecho de otra forma. Pero alguien dijo que la experiencia es algo que llega cuando ya no la necesitas. —Tras una pausa continúa—: Algunas veces miré sólo la meta, y la veía tan cercana, tan posible, tan al alcance de la mano que no me percaté de las personas y sus afectos que estaban en el entorno. —Los ojos tristes miran lejos, al mar, que ahora parece más gris—. Mis intuiciones me llevaron muchas veces por buenos caminos, pero algunas veces también por el equivocado, y desprecié de forma intolerante algunos criterios, y hasta sentimientos cuando no coincidían con los míos. Eso sí, nunca acepté límites, si no los entendía. Podría ser un buen consejo, pensadlo. —Y pone el dedo índice en la sien—. Entendí que somos tan solo un puntico en el espacio. Y que antes de los dioses hubo titanes, y que no hacen falta ni unos ni otros para vivir de acuerdo a los valores que te dicta tu voz interior. Traten de hacer correctamente las cosas correctas. Intenten ser colaboradores, ayudar, compartir. Pero no os olvidéis nunca que sois únicos, irrepetibles. Ser integrantes de todo lo que les parezca bueno, pero mantener vuestra individualidad. —De todo lo dicho esto es en lo que más acento ha puesto, como para que quede grabado en las piedras del espigón—. Algunas veces, tal vez muchas, me excedí en la lucha por lo que yo creía justo. Muy cabezón he sido. También recuerdo ocasiones donde fui cobarde y me camuflé en justificaciones para no dar la cara y hacer lo que debía haber hecho en cada momento.

—Su expresión se torna taciturna, la cara flácida, los hombros caídos, cuando recuerda cosas que bien le gustaría que su memoria extraviara. Alguna nube colaboradora tapa el sol en este momento y la luz del atardecer se hace aún más tenue. Tal parece que la naturaleza participa de la conversación. Pero él, al ver las expresiones interrogantes de sus hijos retoma con vigor la conversación y repone la alegría—. Sobre todo, he peleado por mis hijos, la mayor bendición con que la vida me ha premiado. —Vuelve la expresión de contento a los chicos, que se están bebiendo sorbo a sorbo cada una de sus palabras—. Me he tratado duro a mí mismo. Muy duro, porque así me obligó, o tal vez quería enseñarme, la vida; no tengáis miedo de la vida. Es como en la pelota, buscar el buen «baun», pero partirle siempre de frente, sin virar la cara, con coraje, por muy dura que venga, aunque haya que pararla con el pecho. Y eso siempre duele, por fuera y por dentro. —Recuerda, como un flash, sus tiempos de tercera base y prosigue—. ¿Veis ese barco? —Mirando aquel velero que se ve lejos, en el mar bravo, e indicando con el brazo extendido—. Dentro va una tripulación que está luchando en el mar picado por llevar su nave a donde se han propuesto. ¿Sagunto, Valencia, más allá? Ellos sabrán. Pueden elegir qué rumbo tomar. De su esfuerzo y habilidad dependerá. Es duro, seguro que es duro luchar contra este mar cuando se pone así como está ahora. Pero también estoy seguro que se lo van pasando bien, porque están haciendo lo que quieren hacer. Así debe ser la vida. A veces he creído que ese trato duro conmigo mismo, me daba derecho a ser igual de exigente con los demás, y ya sabéis que eso no es así. —El orgullo y la felicidad se refleja en una cara ya vieja y dos caras jóvenes, muy parecidas, que se han dado cuenta que están entregando y recibiendo un legado, que el momento es solemne—. No siempre fui fiel con los que no se merecían mi deslealtad. Y alguna vez hice daño sin intención, sin querer hacer mal y sobre todo por las formas de hacer las cosas; y después me di cuenta que la había cagado. Fui orgulloso, y a lo peor, hasta soberbio.

—Entonces, de eso sí te arrepientes —pregunta el mayor de sus hijos.

—Esas cosas las cambiaría, pero sin arrepentimientos hipócritas. Yo no he tenido lo que llaman tacto social, pues siempre me ha parecido que no son más que simulaciones mentirosas. De vuestro abuelo lo aprendí. Mi gran viejo, carajo. —Y sin proponérselo mira al cielo donde el sol aparta de un empujón las nubes, para que por un momento no estorben por si hay alguien arriba que pueda estar escuchando, aunque él viva convencido que no es así.

Las olas siguen llegando, sin parar, una tras otra, tal como van saliendo las reflexiones en esta conversación, que es un viaje en el tiempo de muchos años, de muchos kilómetros, de muchas gentes, de tantos recuerdos.

—Hay otras cuestiones que no sé si elegiría cambiarlas. Mejor dejarlas tal como han sido. Y si pudiera, otras que yo me sé, que yo sólo me sé, las cambiaría. ¡SEGURO! —Y es indescifrable la sonrisa con que cubre estas últimas palabras, para que después hable un poquito el silencio y que sus hijos no se atreven a traspasar. El viento del este, hacia la costa, arrecia. El mar es cada vez más gris porque el sol, por el otro lado, ya quiere dejarlo solo.

Juguetea con la arena. Y vislumbra restos de los castillos que se levantaron en la arena, o tal vez en el aire, y que algunos considerarán ruinas hasta que jóvenes impulsos vuelvan a edificarlos si al verano se le antojase retornar.

—Papá, y con esa memoria que tienes, ¿recuerdas cuántos castillos de arena nos has construido a lo largo de esa larga y extraordinaria vida tuya?

—Muchos, pero ¿quién habrá contado cuántos? Seguro que si se lo preguntas a tu madre te lo dice —y sonríen todos—. Yo no lo sé. Lo que sí sé cómo acabaron todos. Todos terminaron igual.

—Bueno, pero que nos quiten lo bailado. ¡Qué bien nos lo hemos pasado siempre!

—Aunque ha sido una vida corriente, ya digo. Tan corriente como un viaje en una guagua, donde he tenido muchos compañeros de viaje. Algunas veces viajé de pie y otras veces pude sentarme. Pero lo que sí puedo afirmar con toda rotundidad es que he encontrado en esta mi vida corriente, personas maravillosas que me han proporcionado placeres extraordinarios: el placer de querer y que me quieran, envolviéndome con su calor, una maravillosa familia, el placer de tener buenos amigos y amigas, he vivido el amor con intensidad, he amado y he sido amado… He buscado, y a veces logrado, el bienestar de mis semejantes.

—¡Eso es mucho, papá! —casi grita Alberto.

—¡Sí que es mucho! —confirma Jorge un poco más comedido.

—Muchas más alegrías he disfrutado. —Se seca de la cara las gotas saladas del mar con que el viento la moja y tal vez también, un par de lágrimas dulces que no puede evitar—. Pero en particular he tenido el placer del que me enorgullezco en grado superlativo: el íntimo sentimiento de haberme propuesto y conseguido vivir como un hombre libre.

Hace otro sonoro silencio y todos escuchan el ir y volver de las olas, incesantes, perennes. Y rememora de entre sus recuerdos, como sacado de un cofre viejo, un versículo de la Biblia, algo que una vez leyó hace mucho tiempo del Libro del Eclesiástico.

«Ante el hombre está la vida y la muerte y lo que quisiere le será dado».

—Yo quería que en mi vida me fuera dado, como es la aspiración de toda persona, el ser libre: ¡He logrado ser libre! Maravillosa ha sido para mí la vida, y creo con toda convicción que ha sido así porque he tenido plena conciencia de los regalos que esta vida corriente me ofrecía y yo estaba disfrutando en cada momento. —Les da unas palmaditas al unísono en los muslos, muy cerca de la rodillas, en un gesto que para ellos es el sinónimo más exacto del cariño.

—¡Y esto, sin darle más vueltas, hijos, es la felicidad!

Valencia, diciembre de 2015